许辉中短篇小说典藏

在卫运河艾墩甸的高坡上
ZAI WEIYUN HE AIDUN DIAN DE GAOPO SHANG

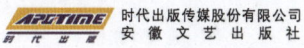

时代出版传媒股份有限公司
安徽文艺出版社

许辉，安徽省作家协会主席，中国作家协会全国委员会委员，中国作家协会全国散文委员会委员，安徽大学兼职教授，曾任茅盾文学奖评委。著有中短篇小说集《夏天的公事》《人种》等，长篇小说《尘世》《王》等，散文随笔集《和地球上的小麦单独在一起》《和自己的淮河单独在一起》《又见炊烟》《涡河边的老子》等。短篇小说《碑》曾作为全国高考、高校考研大试题，中短篇小说《碑》《夏天的公事》等被翻译成英、日等多国文字，收入大学教材。作品多次获国内文学大奖。

许辉中短篇小说典藏

# 在卫运河艾墩甸的高坡上

ZAI WEIYUN HE AIDUN DIAN DE GAOPO SHANG

许 辉 ◎ 著

时代出版传媒股份有限公司
安徽文艺出版社

图书在版编目（CIP）数据

在卫运河艾墩甸的高坡上/许辉著.—合肥：安徽文艺出版社，2018.10
（许辉中短篇小说典藏）
ISBN 978-7-5396-6288-6

Ⅰ.①在… Ⅱ.①许… Ⅲ.①中篇小说－中国－当代 ②短篇小说－中国－当代 Ⅳ.①I247.7

中国版本图书馆CIP数据核字(2017)第312351号

| 出 版 人：朱寒冬 | 出版策划：朱寒冬 |
| --- | --- |
| 责任编辑：韩 露 | 装帧设计：徐 睿 张诚鑫 |

出版发行：时代出版传媒股份有限公司　www.press-mart.com
　　　　　安徽文艺出版社　www.awpub.com
地　　址：合肥市翡翠路1118号　邮政编码：230071
营 销 部：(0551)63533889
印　　制：安徽新华印刷股份有限公司　(0551)65859551

开本：880×1230　1/32　印张：14.375　字数：410千字
版次：2018年10月第1版　2018年10月第1次印刷
定价：49.00元(精装)

（如发现印装质量问题，影响阅读，请与出版社联系调换）
版权所有，侵权必究

# 目录

**1997 年**

过年(存目)

十月一日圆明园和颐和园／001

读她(存目)

花岛的故事(存目)

**1998 年**

一棵树的淮北／011

地道(存目)

**2001 年**

李中和白燕去白石山镇／047

尼玛草原的狂欢／067

尕海／125

**2003 年**

别人的天堂／133

樛藤河两题:河·源／180

桑园湖／189

紫蓬山／196

蚕／201

**2004 年**

吃米饭的人 / 207

城里来的人 / 212

园子里的蜗牛 / 218

受伤的鸟 / 224

**2005 年**

买油记 / 229

**2006 年**

鄢家岗的阚娟 / 259

1984 年的丑男 / 276

**2007 年**

桑月 / 322

槐月 / 332

广场 / 341

花生 / 359

在卫运河艾墩甸的高坡上 / 369

俺的自传 / 380

**1997 年**

# 十月一日的圆明园和颐和园

我客居北京有好长时间了——我自己感觉都已经有好长时间了。但屈指算来,也才三五个月,或者最多七个月。我的事情没有任何进展。我不想坐下来写一个字。小说啦,散文啦,纪实文学啦什么的,我觉得这些文体现在都在衰颓,都充满了虚假的做作。固有的小说结构已经僵化,新的结构还没有从自然界里生长出来。新潮派仍然是对译本的翻造,有责任感的传统现实主义使人疲倦。散文的勉强和妩媚已经泛滥成灾,诗歌的读者很少,纪实文学一篇比一篇雷同,新闻报道好像也没有十分吸引人的消息。我想找一件略微能挣点钱的临时工作,可是我又突然发现我太挑剔了,也许是太慵懒了。

曾经有那么几天,我一时冲动,跑出去找了十几位朋友,请他们帮我留意工作的事情。但是回到居所时我就已经松弛了下来,以致兴味全无了。三五天后信息反馈回来,有一个作家班在北师院,我可以随便去讲几节课,挣一笔讲课费。但我觉得那太费事,我得提前准备,还得按时到场,于是我婉言谢绝了。另有一份组稿的工作,我可以只上半天班,甚至不上班也行,只要我能组到有出版价值(大印数的畅销书)的书稿,报酬他们是绝不会少的。但我不想变成一个四处流窜的中间人,不想去向所有认识的和不认识的撰稿者拍胸脯说大话,请他们下馆子喝酒,一天三五封电报或五七个电话求他们,然后再同我的老板讨价还价,要手腕、斗心机、要回扣,于是我也谢绝了。后来有一位朋友说他们报社需要特约记者,但每人每月有五千到一万块钱的拉广告任务。拉广告也不错,回扣是30%。再给企业写篇长点的报告文学,稿费是千字三十到五十不等,收入可观。我盘算了一下,即使我每月可以拉到五千块钱的广告,加上报告文学的稿费收入,也才一千多点两千不到。我不会因此而丰衣足食的(与大款们相比),更不可能发财,我也谢绝了。最后一份工作是去管理一个小书店,对方的条件绝对宽容:每月的纯利润只要完成三千,就可以拿到四百到六百元工资,当然,奖金另算。我想了很久,这是一件有诱惑力的事情,如果接受下来,我就是老板了。我有可能被人称为大款(大款当然差不多都是老板);我也有可能开一辆桑塔纳,停在建国门内大街的北京饭店附近,下得车来,面向众人,拿出手机(故意?)旁若无人地随便打一个电话,然后再钻进车里开走;我还可能有非常丰富的生活,每天白天谈成三五笔大生意,晚上到舞厅、歌厅或高级宾馆与多位看好我的小姐应酬……但一想到我挣了很多钱,到头来都并不是我的,我只能拿那几个死工资(外加可以数得过来的奖金),我就泄气了。我不愿意辛辛苦苦为别的我不认识的人做嫁衣裳,特别因为这不是牵扯到理想和信念的事,我就更不愿做出牺牲了。我也婉言谢绝了。所以到现在我还在寻找。我过得有点苦闷,也非常孤寂。我远离家乡,每天还要交付房租,还要吃饭,还有别的各种开销,我觉得社会正在掏空我。

这是九月的最后五天了。大街上一派节日气氛,天安门广场上的花坛早就布置好了,北京的几家电台也一刻不停地说节日将怎样热闹、怎样"丰盛"。早上醒来,我看见了窗外的阳光,我一时留恋这种境界,就躺在床上没有起来。我想,如果她们能来就好了——我想到的是我的妻子和女儿——虽然我在此无所作为,但她们并不知道这些,她们是一贯地、毫无保留地信任我的。再说,我们也有好长时间没聚了。如果一家人能一起在节日的北京玩几天,那一定是最愉快的事情,我以前的失意也许都可以一笔勾销,都可以化为乌有呢。

想到这里,我爬起来去给妻子打长途电话。我们立刻就约好了,因为女儿不能缺课太多,所以如果她们来,就二十九号出发,三十号到。为什么要说如果呢?那是因为假如妻子请不准假,或是买不到车票,她们就只好不来。我把地址、楼号和乘车路线都告诉了她。妻子在电话里大声地说:你别管了,你也别打电话了,电话费你省着吧,打这样一个电话得十几块钱吧,你说话又啰啰唆唆的,你省着买几斤梨吃吧,听说北京的气候挺干的,反正我们会给你一个意外的惊喜的。我认为我是理解了她的意思了。我说:好吧,就这么说吧。

我心里很高兴,有一种成功的感觉。我盼着快到三十号,好像三十号能给我某种转机或机会。我天真地对此充满了兴奋、新奇和渴望。剩下的这几天,我更做不了什么事了。为了消磨时间,我踱到街头和北京语言学院。像北京的许多地方一样,学院门口也站着或坐着几个经警。我一往里进就被他们拦住了,他们好像能认出所有的教师和学生似的。我说:我进去买书的。我把工作证拿给他们看,其中的一个接了过去。他看了半天,然后向另一个讲:外地的,合肥的。我说:我大老远跑来,就为买几本书。他们说:你进去吧。我就进去了。我在语言学院转悠了半天。我先是跟踪所有在路上走的外国姑娘,黑人、白人、棕人、混血者,观察她们的举止动作,探测她们的潜在国力,评价她们的民族生命,然后我就到了运动场边上。我在椅子上坐下来,长时间地看人打网球和打篮球,一直看到天黑透了我才回家。

三十号上午,我早早就起床了。

我把房间收拾得干干净净,把卫生间彻底地擦洗了一遍,把热水器的各种开关都调定在一触即开的位置上(这也许没有必要),又早早到食堂买了四十多块钱的食品:卤肘子、卤肚丝、炸带鱼、土豆肉片、丸子、红烧鸡腿、红萝卜丝,甚至还有红烧肉,这种食品,我在家一般是不吃的。但我在食堂时被它那种红乎乎、颤巍巍的模样吸引了,馋得不得了,于是就买了两份。回到住处,我把这些菜肴按花色品种摆好。我走到室外,接着我又推门进来,想体验一下第一眼看见时的感觉。不错,挺不错的。然后我就到火车站去了。

在地铁车站门口,我看见有许多吹笛子、卖孔雀羽毛的乡下来的年轻人。在他们的中间夹杂着一个老头,老头的手里拿着一把旅游玩具。他把玩着,看样子像个卖货的。玩具上贴着一些不相称的说明:显然,任何切实可行的政治程序都可能产生不正义的结果。事实上,不存在一种能保证不正义的立法不会获得通过的程序性的政治规则安排。我能看出来,这是《正义论》里的一段话。但这是出乎我意料的一天,她们没有乘当天的这一班车来。而从合肥到北京,一天里只有这一班车。我站在出站口一直等到人全部走完。我想也许她们过去了但是我没看见,她们也没看见我,那样,她们就会按照地址找过去的。我坚持着站在原地不动。后来我回到了住处,她们也没有出现。

一直到十月一号,她们始终没来,我则不停地给家里打电话。一晚上我跑电话局跑了三四次,家里的电话一直是占线的忙音。反正不是电话坏了,就是没放好,要么就是有人每次都恰巧在我打过去的时候使用着。天快亮的时候我睡了一会,醒来时已经是十点多钟。饭菜都放得没有新鲜感了,显得很陈旧。但透过窗户,阳光从外面照进来,非常明媚。这就是北京秋天的阳光,有一种很怪的诱惑力。我坐起来。我的心情好多了。我想,不管怎么样,我自己也得过好这个节日。我吃了一点东西,然后开门走出去。我想,去圆明园吧。我乘上了去圆明园的公共汽车。

这一天北京外出的人确实非常多,甚至都有点人满为患了。我夹杂在人群中,心里渐渐就有了一种平安无事的感觉。节日的浓烈气氛和非常明媚的阳光,使人忘记了一切。我不再想过去的事,也不去想以后的事了。下了车,我坐在临街的一个台阶上,没急着进去。我的右边就是圆明园的售票处和被各种花卉围起来的正门。到处都是人,走动的和照相的,而且年轻人特别多,女孩子也特别多,可能这是因为附近有清华大学和北京大学的缘故。我捧着脸看着走过去的和走过来的年轻人。他们大多是运动鞋、牛仔裤和短线衫的打扮,或者身上还背个牛皮的或仿牛皮的登山包,这使他们看起来十分简洁有力。我想起一份服装杂志上的一句话:服饰是身体的延伸。为什么呢?我想这可能是因为简洁比复杂更"原始",更有说服力,因而也就更接近我们内心的衡量尺度的原因。过了一会,我又想起了郑天玲的一句话。郑天玲说:"臀部较小的男人更能吸引女人。"郑天玲属于那种怀才不遇的女人,她有表演才能,但工作却是教学生基础音乐理论。她总共只参加过一部电视剧的拍摄。在电视剧里,她最有名的一句话就是:臀部较小的男人,更能吸引女人。其实她是很不愿意说这句会影响她的生活形象的话的,但是如果她不说这句话,她的角色也就没有必要存在了。到北京以后,我跟她总共只见过一面。非常奇怪的是,她丈夫是她们学校的大客车驾驶员。她非常想出国,正在拼命学法语。她说她们学校每年都有出国名额,但只能去法国,或者英国。

"英国,我觉得已经彻底衰败了,没有前途,我不会去的;相对而言,法国还有一定的生命力,再说,法国背后还有两个大陆和很多别的国家。所以我选择法国。"

我想,我该给郑天玲打个电话了,不知她的情况有没有什么变化。我站起来买票进了圆明园。一路上我都没看见有打电话的地方。我顺着人流慢慢地往前走。整个公园里除了人,好像就没别的什么了。对了,还有各种菊花和各种树。树是在什么地方都存在的,所以不惹人注目,甚至会使人忘记它;而菊花呢,这里的菊花又太多了,多得使人也只好视而不见。多的东西就没有新闻效应了。圆明园非常大,我在路边找了个椅子坐下来。我身后是一个堤一类的土埂,埂坡上栽着柳树,埂上头走着人。阳光暖融融的。这是非常难得的一天。有许多气球同时从前方一个大湖的对面升上了天空。孩子们顿时欢呼起来,游人们也像孩子一样傻呵呵地笑开了怀。气球一直升到天空中看不见的地方,然后就消失了。空气中传来了花香,不知道是什么花的香气,但像是从比较远的地方传来的,有点像桂花的香气。我在椅子上几乎都睡着了。如果我睡着的话,我能一直睡到下午,但那样就太浪费了。为了不睡着,我放弃了座位,站起来往里头走。这次我没怎么停下来,我一直走到残破的大水池旁边。有两个背登山包的女孩站在路上,很认真地捧着一本小册子念道:

"焚于1860年英法联军之手!"

听到女孩子们的这句念白之后,我觉得我的这一段行程走到头了。我想,如果有电话,我一定会打个电话给郑天玲的。我返身往回走,一边走,一边四处看,慢慢就走出了圆明园。从进园到现在,我连一个外国人都没有碰到,我觉得心里像少了点东西似的。我经过大门走出去,想,去颐和园吧。但我又有点犹豫。我站在花坛边没动步。这时,路边一家花店里传来了老狗在音箱里的歌声。老狗唱道:"当我有钱的时候,我会为你买一间开北窗的屋子。"这显然是一个不能兑现的诺言,因为老狗不可能有钱。另外,谁又会把开北窗的屋子卖给别人,特别是像老狗这样的人呢? 我被老狗的歌唱逗笑了,同时,我又好像从老狗的歌唱里得到了一种启发。

我就在路边上了一辆往颐和园去的中巴。

中巴的车票价是每位一块,售票的姑娘面孔有点黑,但她长得很漂亮。她伏在车窗上,像个机器人那样不歇气地喊叫。我靠在座位上看着她。"颐和园,颐和园了啊,每位一块,降价了啊,每位一块,每位一块。"我一直看着她耐读的面孔。如果找媳妇,我想,就一定得找这样能干的,这种媳妇能支撑你一辈子,直到你撒手去了,她都不会拖累你的。

颐和园的人一点都不比圆明园少,特别是入口的地方。许多人在那里推呀挤呀的。我站在旁边看了一小会,这时从我的身后来了一大批人,眨眼间他们就把我包围了起来,并且团团围在中心。我身后的几个人耳语般地对我说:你沉住气就是了,我们会与你共存亡的。我觉得这严重了。我回过头去看他们,但他们已经不看着我了。他们好像都很忙,他们踮着脚尖,大喊大叫:光大团的,光大团的,手都拉好喽!别人谁都不许进来!我非常莫名其妙,但是在我的外围,每一个人都拉起了手,把我团团围在中间。我稀里糊涂问了一句:怎么回事?马上就有个穿西服打领带的人回答我说:团体票。我说:不售零票了?又有一个告诉我说:不售了,要么他们就去买外宾票,一张三十五块。

我点点头,随着大伙进了颐和园。

一进去我就站在昆明湖边了。我身边的人都散去了。我看着昆明湖。昆明湖很大,湖中心还有两只随风飘荡的风筝。湖边都是摩肩擦膀的游人。我觉得站在湖边看风筝挺好的。我一直站在湖边看着风筝。看了一会,风筝就不见了,可能是这放风筝的人把线放得太长了,风筝打熬不住,就融化在蓝天里了。我找了一会,秋空真是太那个了,找不到。我只好顺着湖边的长廊往前走,一边走,一边找,一直走到长廊的尽头才停下来。如果在平时,我不大可能走这么多路的,但现在不知不觉就走过来了。我又顺着长廊往回走,走到一个有许多房子的地方,我想这可能是皇族的住处了。这时我有点累了,感觉好像也有点上来了。我就挑了一个漂亮的门楼子往里走。走到跟前一看,果然是一个皇后的住宅。是光绪皇帝的皇后,她住的这个地方叫"宜芸馆"。

据我所知,在所有介绍皇后的书里,没有不承认光绪皇后是最漂亮和最性感的,她的风度和修养都是第一流的。宜芸馆的门口飘着淡淡的桂香,这样我就知道圆明园里桂花香气的出处了。但我找了好长时间也没找到桂花在哪里。也许桂香是跟建筑一起"与生俱来"的。我进了院子,这是典型的四合院,有正房,东、西厢房和四边的围廊。在《明清建筑》这本书里,有这样一段耐人寻味的话:

> 收集足够的食物和木柴招待随时而来的客人在这里并非易事。居处附近山坡上的木柴,已经被世代居住在这里生息的人们像梳头发似的刮了千百遍;菜地和庄稼地又远,妇女们得搬运几天才够庆典时一天的消耗。在这种日子里,男人们只搬运猪、场地中央火堆用的大木头以及其他需要费力搬运的食物。当搬运猪时,要靠许多男人集合起来一起干,否则,抬杠会擦伤他们不惯于搬运东西的肩膀。但是,妇女则能用悬在额前的吊带背六七十斤重的东西,在山间小径上走上走下,如履平地,有时还在乳房上挂一个装重物的兜兜。

我在院里随便转了一圈。院里的桂香气更浓了,但院里人也更多,进进出出,都像是公务缠身的样子。不过总的来说,大家都还挺安静的。我找了个有靠柱的清静地方坐了下来。我觉得,我真该给郑天玲打个电话了,她的近况我一点都不知道。我现在似乎才反应过来她对我说"臀部较小的男人有魅力"这句话的真实含义。因为不论从哪个角度看,我的臀部都不能算大。况且她对我说这句话时,眼神也不怎么对头。我安静地坐了一会,想了许多。我站起来在院子里又转了一圈。院里有几块方形的草地和一些安置恰当的常青树。我好像被光绪皇后感动了,她的温柔气息好像在抚摸我。我回到原来的靠柱前。一些人在我面前不远的地方巡逻般地走动,但他们就是不到我跟前来。我屏息凝神地端坐了一会。我想,打吧。我站起来,靠柱上就是个戴黄帽子的投币电话。我摘下听筒,把硬币投进去。过了一会,听筒里咔嗒一响,对方好像接电话了。我连忙说:

"喂,郑天玲吧,我现在在颐和园,颐和园!你能出来吗?马上?"

但是话还没说完,我就僵住了。我妻子和女儿手拉着手,微笑着,但又疑惑地,站在我身边。她们肯定听见我说的每一句话了。其实,这时电话根本没通,电话里咔嗒又响了一声,可能是硬币在里面滚动的声音。我赶忙挂上了电话,面对着妻女,我有点惊慌失措地说:

"你们怎么来了?"我的意思是说,"你们怎么会到颐和园的?"

妻子说:"我们潇洒了一回,坐飞机来的。但飞机出了点故障,我们在机场住了一夜。"

我镇定下来。我说:"那家里的电话是咋回事?一直忙音。"

妻子想了一下,平静地说:"除了小偷和盗贼,还会是谁呢?"

我同意她的看法。女儿高兴而又莫名其妙地叫道:"真有意思。"我们都知道,不管是窃贼、电话故障还是别的什么,我们都只能无能为力了。但我还是说:"我们再往家里打个电话,证实一下。但这个电话……"我指着身边的黄帽子说:"坏的。"

妻子和女儿点点头。她们分布在我的两边,紧贴着我走。她们的这个举动弄得我都有点受宠若惊、不大自然了。我们走到院门口,妻子回头看了宜芸馆一眼,笑嘻嘻地说:"不等你的郑天玲了?"

我说:"郑天玲是谁?"

**1998 年**

# 一棵树的淮北

老大在地里忙活的时候,野鹌鹑都飞在天上叫唤了。天老高老高的,瞧不见边地空阔。老远的庄子周围,让树的青芽儿染得一片青绿。暖洋洋的田地里头,零星能瞧见几个人影,都邈远得很。

一个声音突然从沟埂子下边冒上来——那沟在夏天淌水,在冬、春天就成了人走的路了——

"老大,老大哎,你娘叫你家去哩。"

老大抬起头,望见从沟埂子下边冒上来一个人头……又冒上来头下边的身子和腿。是二叔哩。——四十来岁,剃着光头,裹着黑粗布棉袄,腰上扎着一条粗白带子,肩上背着个粪箕,粪耙子夹在胳肢窝里,袖着两只手,一步一步地上到地里头来。

"二叔。"老大说。手里的活也就停了。

"你娘叫你回哩。"

二叔吭吭哧哧地说。他把粪箕放下。粪箕里有一泡鲜牛屎。然后他慢慢坐下,盘着腿,从白粗布腰带里拔出一管烟袋,手自顾把烟袋头插在烟包里捣烟,眼却抬起来,眯缝着,直愣愣地瞧田地里的景观。

田原上的青鲜绿气染了一天一地。四野里都安详了。野鹌鹑在老的田埂子下边、青麦棵子下边叫,低低地飞上飞下,叫得撩人。两个人盘腿坐在麦地里边,闷了头吸烟。一袋烟吸完,他们就站起来,放开腰带,背上粪箕,一前一后地往庄子里走。

天真暖和了。他们先走出青麦地,又从一脚宽的小道上走到沟底下去了。

很长时间,他们才从老远的另一处地方冒上来。

现在,无边无沿的青麦地里,也就见着那两个黑点在走。前些天过了大半天队伍,现时都安静下来了。

春天到底是来了。解冻融冰的日子都已经过去,麦子都返了不少天的青了。柳丝都变了颜色,芽苞都鼓突出来了。袖着手在田野里乱窜着拾粪的节气,也快过完了。

这是两间窄矮破旧的草房。房上的草都灰黑焦枯,看上去都该换了。老大蹲在墙根下,闷苍苍的,那架势不像个二十出头的汉子。

娘讲:"河西那块打仗,打死不少男人哩。"

老大的头埋在裤裆里,吸着烟。烟从裤裆里冒出来,乍一见,像是裤裆里失了火。

娘讲:"拉下不少娘们儿哩。"

小院里还有个土坯垒成的小锅屋。现时锅屋的秫秸门敞开着,能瞧见一个破箩子,箩子上盛着一些红芋梗,这都是春天的粮食。娘讲:"村东村西的男人,都赶着说河西的娘们儿,河西的娘们儿剩哩。"

老大闷闷痴痴地点一点头。娘脸上都是纹沟。娘拿眼瞅瞅老大。娘讲:

"那就说哩?"

"说呗。"老大在鞋帮上磕磕烟灰,站起来,把烟袋插到粗白布腰带里,从墙旮旯拎了粪箕子,背在肩膀上,扑搭扑搭地走出院子,走到田地里。

一只小瘦狗摇尾摆头地过来迎他。老大瞧它一眼,又抬起头。庄前庄后的,有两三只公鸡打鸣。一冬里身子也没沾过水,现时有些痒了。庄子边的柳条,都泛着鲜青了。

老大闷着头往田地的深里走。走得愈深,他人就愈显得小,天跟地就愈显得无根无头地大。土包上的草根都鼓胀胀地往外突,突破了冬气里的那层田皮,芽尖就突展开了。

老大倒不出来肚里的东西。要说媳妇哩。拿啥说哩?跟着枪子捡一个来家哩。想着,闷闷痴痴地瞧了一眼的青鲜绿气。瞧见一些鸟在前方柳林子里落下了,就愣手愣脚地把两只又黑又粗裂的大手,套在嘴皮子上,鼓突着脖筋,向那柳林子吆喝了一声:

"噉嚹——"

吆喝声跟大脚片子踩在春地上一样的……扑扑搭搭……又浊又浑。那些鸟儿在远处的地方怕是领会不到他吆喝的意思,一个都不见飞起来。

老大瞅瞅林子,闷头想一时,就蹽开脚步,直往一道干沟里去了。在沟沿上,他把粪箕子打肩膀上卸下来,卸在地上,又顺手从地上拾了块砂姜疙瘩,留着擦腚用。他下了干沟就把裤子褪了。

过了一刻,老大的粪箕里就多了些鲜货。

队伍都退了。春上的青绿气,渐次把打仗的事给抹平了。

天还不亮,鸡狗也都在睡得香的时候。两个人,推了一辆木轱辘的独轮车,从庄子里出来,奔土大路上去了。都穿黑棉袄,腰间扎着粗白布腰带。

车轱辘上了不少的棉油,推起来滑溜,也不作响。两个走着的人,一声不吭。空气清冷清冷的,四野里都静得很。

走着,天在身子后头就放亮了。独轮车上捆着两个白布袋子,一袋子扎扎拉拉的,像是红芋干子;一袋子喧喧腾腾的,像是些红芋粉的粉条。独轮车走在了高高的滩水堤上。

从滩堤上往下一望,满眼里都是翠青青的。这时堤下的田地里,就有一个穿破棉袄的半大孩子,尖了嗓子号道:
"大老犍——哎!"
他是在吆一头牛哩,虽说田地里并没有那头牛的影子。

第二日的小傍晚,独轮车掉了个头,往粪堆儿张家的方向来了。
车挡子两边的布袋都去了。一个大围女,头上蒙着一块带红条子的大方巾,穿一双黑布鞋,鞋头面绣着一朵浅红花,上身穿一件对襟黑棉袄,下身穿一条黑棉裤,裤管拿两根红布条扎紧了——侧身坐在独轮车的车挡子上。

从堤下边远远的地方望过去,高高的堤上,推独轮车的那个男人撅着腚,扭着腰,倾斜上身,把独轮车儿往前推;车上的那个娘们儿跟喝醉了似的,柔柔地在车上晃来晃去。还有个男人,敞着怀,吸着烟袋,有丝丝的青烟在堤上升,眨眼也就融到蓝天青气里去了,再也瞧不见了。

高堤上那几个人的背景就是无根无头的、宽宽广广的蓝蓝的天。那几个小人儿,人小,却是精神,在高高的堤上,一刻不停地往前走。
走了一刻,有个声音说:
"老大,歇一刻呗。"
"管哪,俺二叔。"

车就停住。车把慢慢地往下放平,车上的娘们儿轻手轻脚地下来,扭扭巴巴走到堤后头去了。

"妞儿哇,嫁过来后,跟着老大好生过日子吧。赶明儿个将了崽子,也跟老大能干哩。"

也没啥排场。老大当晚就破了她的瓜。

到了春末上,老大又起了个大早,独轮车上推着"老大家里的",出了庄。

这是满了月,新娘子回娘家了,他们又走在高高的滩水堤上了。

这会儿的天气跟一个月前的也就不一样了,人都穿着小夹袄了,做活做累了,赤着膊也不叫人看着碍眼了。天打根子上暖了。

老大家里的侧身坐在车挡上,头上顶着条粗线方巾,脸面露在外头,两眼亮亮地瞅望滩水两岸的颜色。

"俺想下去啦。"
"咋啦?"
"俺怕累伤你,路老远哩。"
"俺随你。"

老大把独轮车停住。停稳了,老大家里的打车上把一只脚伸下来,够住地了,才把另一只脚也放下来。

新娘子个头不高,瘦精精的,还是个小丫头的模样。老大家里的就跟在老大后头走。

另一边堤的下边,一头牛儿"哞"了一声。在更远些的地方,有一大片雪样白的花——那是刺槐树浓烈香腻的花哩。

从堤下远远的地方一望,高高的滩水堤上,柳树隔不多远就是一棵,青翠翠的一线。两个小人影儿,一前一后,推一架独轮车,打第一棵柳树和第二棵柳树切成的空白里,走到了第二棵柳树和第三棵柳树切成的空白里,再走到第三棵柳树和第四棵柳树切成的空白里……就这么走,在春末的暖洋洋的天地间,暖洋洋地往下走。一直走到跟老远的地平线融在一起,消失了,天地间才瞧不见了他们年轻有力的身形。

第二年到栽红芋的季节,大狗就跟着他娘和他大(爸)下地了。老大家里的拿一根粗白布带子把大狗捆在背上,手里拎着个锄。

地头上有两棵歪把子柳,不大,不高,但有些凉荫。老大家里的就把儿放在凉荫里的一块破席片子上。

锄都被土坷垃磨圆、磨钝了。太阳晒着地,干焦拉拉的。土坷垃滚在脚背上,硬硬的,好疼。老大说:"瞧瞧儿哩。"

"嗯哪。"大狗娘扔了锄,走到柳树下。看见儿在柳树下呀呀地爬,嘴在地上啃了一嘴土。忙抱起来,撩起衣襟擦了一把,一屁股坐在地上,把奶头子塞在狗儿嘴里,而后就喘着气,愣愣地瞅着在大太阳底下刨着坷垃的老大。

老天再不落雨,人都要干死啦。她坐着想。

干到小半晌午,老大两口子回到树荫底下,喘口长气。女人又把狗儿抱在怀里,拿一根酸草叶子引他,叫他拿没牙的嘴去裹。

瞧着大太阳底下的玉米苗,老大讲:"老天再不落雨,怕就干死啦。"

抬头望望天,阳光把眼照得发花。老远的地方,滩水堤上的柳绿成一行,葱葱的。树大了,也就不怕小旱小涝啥的啦。

歇了一气,老大和他的媳妇走到大太阳底下,去栽红芋秧。栽下了,旱死旱不死,就不知道啦。

打鸡叫三遍那会儿,外边霹雷喝闪,雷暴子就下得不歇。堂屋里漏了水,娘一边嘟囔,一边拿黄盆去接。家里人都起来了,天也就亮了。

"就入三伏了哩。"娘讲。老大蹲在门里,吃着烟,闷闷地瞧外头不断线的雨丝。瞧了好一时,又闷闷地讲:"鱼怕下不来了哩。"老大立起来,把一个柳条篓子扔到粪箕里,只穿了个裤头,就钻进雨里去了。

老大家里的坐在凉床上拍哄着怀里的大狗,道:"狗儿睡哩,狗儿睡哩,大等鱼哩,狗儿吃哩。"

狗儿大等来鱼,她就有奶下啦,狗儿就能吃得饱饱的。

一家人都心欢喜地盼着。

大雨浇得人喘不过气来。

村里村外的沟沟洼洼们都哗哗啦啦地淌着水了。大人孩子里都打村里跑出来了,在大雨里浇着、跑着、喊着,都只穿着裤头,背着粪箕、竹篓和筝。

雨下得大了,鱼就吸着水,打滩水里上来了。田地里、沟渠里,到处都会有鱼的。

老大在村外的一条小沟里一动不动地站到了天黑。小傍晚的时候有几个孩子跑来了,他们只能在老大身后等过的水里去等了。雨点"哗哗哗哗"响成一片,离着好近都听不见人家在喊什么。

老大"扑哧扑哧"地踩着水跑回家时,他的篓子里有大半篓子鱼。

他的腿都泡白了。

天黑了。鱼香在屋里飘动。外面还是一片雨声。再下,庄稼怕就要淹啦。

雨停了以后,田地里的庄稼一片一片地倒在地上。地都泡烂了。

地里也下不去人。太阳出来了,天气又闷又热。蝉都在树上叫着,吱吱啦啦的,一时还干不了啥活。

老大背着粪箕子,戴一顶旧草帽,赤着脚,往滩水堤那块走。

打老远有个声音喊:"狗他大,狗他大,上哪哩?"

老大转着圈子瞅了一圈子,才瞅见小蜀黍地里有个汉子,五十岁,光头,赤脚,正在小蜀黍地里扶倒下的庄稼。

老大闷眼瞧了他一时,就走到地边上,讲:"兰芝大,能下地哩?"

兰芝大讲:"地烂,下不得人。扶不住哩。"

老大自顾自闷头走了。太阳晒得肩膀子疼。左右也见不到遮阳的地方。走了一时,一打转,就往村东四里外的月亮河去了。月亮河是滩水的支汊,水比滩水小多了。

月亮河的河堆上杂七杂八地长了好些树。树都不成林子,也不成大材料。河堆(堤)上风凉多了,河堆两边都是宽宽广广的田地。

老大上了河堆,抬起眼往两边的田地里瞅了几眼,就看见到处都水汪汪的,也青葱葱的。天晴得快,水就下去得快。

眼望着,蹲下吃了一袋烟,老大放倒身子,在地上呼呼地睡了。整天忙着不歇,人都乏透了。

一睁眼,天时都小傍晚了。老大拿粗粗的大手往脸上抹一把,背起粪箕,下了河堆,往村里去了。

小蜀黍刚扶住,雨又下起来了,没日没夜地往下浇,啥活也干不成。

天一亮,老大又背着粪箕,去村外小沟里等鱼。等到大半日晌午,猛不丁地听见村里有人乱号。等鱼的大人小孩都侧着脸细听,听出来是哪家房子叫水泡倒了,砸住人了。

老大背上粪箕就往村里跑,才到庄口,二叔张膀拉腿地迎过来号道:"老大,你娘叫倒房子砸过去啦!"

老大"娘哇"一声号,一腚坐在泥窝里。

村里倒房子砸死八九口人。一村里哀哀号号哭喊了好些天,等不得雨停,都抬到庄外头埋了。再放人就臭了。

大蜀黍、小蜀黍、豆子、红芋,都收上来了。农户人家都松下了一口气。

大狗娘怀里又有了。下地干活时,老大讲:"慢些个干,别累掉了羔。"

大狗娘点点头说:"嗯哪,俺慎着哩。"

收成不好不坏的。刚落霜,老大就腾出手,把地里发黑的红芋秧,拿独轮车运回小院里去,垒成一个小垛子。大狗娘讲:"场上怕是干净啦。"

老大讲:"干净啦。"

大狗娘讲:"天要冻啦,挖地窖子藏红芋吧?"

老大讲:"就挖哩。"

花一两个晌午,老大就把红芋窖子挖成了。

红芋窖子就挖在院里头。他挖的时候,大狗娘帮他把挖出来的土弄到一边去。大狗坐在靠墙的红芋堆上,把带泥的红芋拿起来,哼哼唧唧地往嘴里放。老大跟他家里的都不管他,由着他去啃。

挖好窖子,两口子把鲜红芋都倒进窖里去。又拿几根木棍横在窖口上,上头用秫秸铺上,再把土掩上。

第二年挖好了红芋窖子,老大就蹲到墙根去吃烟。

太阳红彤彤的,晒得身上暖和。屋后落了叶子的刺槐树上有几只雀子在叫唤。

大狗娘怀里抱着二猫喂奶,她也蹲在墙根,手上还残留着土和泥。二猫的小腿在她娘的怀里一蹬一蹬的。她的小脸不胖,热天生下她来时,她瘦得像只猫。

老大闷着头吃烟,讲:"活忙尽啦,兰芝家想翻堂屋哩。"

大狗娘讲:"闲也是闲着,你去呗。"又讲,"咱家屋也该翻啦,明春怕就不行啦。"

老大抬头瞧了瞧自家的屋,屋上的草又枯又黑,墙也斜了,用两根树桩子撑着。不撑着,早些日子就倒了。

老大又把眼光转到屋后的那些树梢梢上去。"树也算长成啦,能做梁啦。"

大狗娘就了他的眼光,也去瞧屋后的那些树梢梢,又就着老大的话讲:"嗯哪,能做梁啦。"

兰芝家堂屋上梁那天,放了一挂炮,噼噼啪啪的,好红火。晚上吃酒,还有红烧猪头肉。老大吃得猛,喝得也猛。

老大讲:"托共产党的福,俺吃醉了哩。"

一桌子的男人,有敞开怀的,有脚蹬在板凳腿上的,有擤鼻子的,有歪身斜腰的,都趁着酒意,齐声朗道:"托共产党的福,俺们都吃醉了哩。"

吃喝到好晚,老大才往家里去。

一路东摇西晃地走,走到自家门外的粪坑边,憋不住就栽在粪坑边哇哇地吐,吐完了,就歪在粪坑边上睡着了。

第二日天蒙蒙亮,老大家里的开门出来倒尿罐子,瞧见老大歪在粪坑边打呼噜,霜铺了他一身,忙喊了隔壁二叔来帮着,把老大弄家里去了。

老大一直睡到小傍晚,才打被窝里坐起来,靠在墙上吃烟。

屋里黑洞洞的。大狗娘进来,瞧见老大正靠在墙上吃烟,就讲:"酒醒啦。"

老大讲:"天怕要落雪哩。"大狗娘跟上讲:"就是的,天怕要落雪哩,风都凉啦。"

第二天真落了雪。天一晴,到处都泥泥碴碴的,赶集的人也成群结队了。

老大背了个口袋,里头盛了十来斤小麦,跟着人流往濉水集上淌。

走到濉水堤上,瞧见有个人,二十来岁,也是光头,推一辆木轱辘的独轮车,忙就喊他:"彩玉他大,赶集哪?"

那汉子停住,讲:"天好哩。"又讲,"口袋放车上呗。"

两人说着讲着,往集上去。各路的人也都往集上去。

集上乱哄哄的,拥挤不动。小麦的价钱不算太贱。老大蹲了个把小时,把小麦卖了,又买了油、盐、火,过后才往庄里回。

天晴了几日,下起了雨,又下起了雪,哪个地方都不能去,老大就钻在被窝里闷头吃烟、睡觉。

大狗和二猫也都在破被窝里钻吃钻睡。老大一睁眼,就吃着烟望着北墙灰蒙蒙的一块小窗洞。

大狗娘还在外间干活,拾东拾西。间断有些声响传到里屋来。

过了两天,雨雪渐止住了,天却出奇地冷。老大裹上旧棉袄,腰里系一根粗白布带子,头上戴一顶散了边的黑线老头帽,背上粪箕子,上地里转悠着拾粪去。

野地里光秃秃的,树都瑟瑟着,光着丫巴,鸟都见不上一只。

老大背着粪箕,袖着手,缩着头。一直走到滩水堆上,又打滩水堆走到月亮河河堆上。

他拾了两泡牲口粪,靠在树上吃了两三袋烟,才往庄里走。

回到屋里,晚黑吃饭时,老大家里的讲:"怕得紧着脱些坯哩,孩子们都不小啦。"老大讲:"等天晴晴。"

日子慢慢过去,老大脸面上的皱纹好多好深,跟春上的犁沟那样的。到下下个春上,老大家的旧房子被重苫了一遍。墙都坑坑洼洼的,凑合着,也还能撑持个三年五载。

天再晴时,老大两口子就上东头小沟边脱坯。一个和泥,一个抹坯。大狗、二猫、三妮也都能跟着当帮手干活了。

歇着时,老大吃着烟,叫青烟一丝一丝地在空气里游。老大就蹲成了个木呆。暖太阳晒得他迷迷糊糊的,他就迷迷糊糊地吃着烟,迷糊着一时半晌也不动,像是睡熟了。哪个也不喊他醒。

日头打老大的东肩膀晒到头上,再晒到西肩膀。老大蹲在墙根,猪圈边上,蹲成个木呆,像是睡熟了。老大也太乏了,哪个也不着意去喊醒他。

到老七两岁、花妮半岁那年,老大家里盖起了四间新草房。

墙是自家脱坯垒成的,麦草是队里分的,棒是自家屋后长的,活是自个家劳力干的。大狗、二猫、三妮都长成了,老四也在队里干半劳力的活了。也请了几个老手,兰芝大、小刨子、小钢子、二叔,都来撑着梁,大狗几个就干些粗活。

房盖好了,老大家里的换上一件干净衣服,往娘家去了一趟。

她胳膊弯里还是挎着个小篮子,天才亮就出了庄。

庄外有个二十来岁的孩儿,远远地瞧见她,就讲:"俺婶,上哪哩?"

老大家里的喜笑颜开地讲:"大侄,俺走娘家哩。你忙啥哩?"

"白忙哩。"那孩儿道,又讲,"胳膊腿怕有些个僵啦,河西老远,咋不叫俺叔送你哩?"

老大家里的昂头瞧瞧天,讲:"天好,都忙哩。"

那孩儿就弯下腰干活去了。

老大家里的走到滩水堆上。滩水堆上的老柳都伐干净了。现时又整齐刷刷地栽了一堤大白杨。

大白杨还都只有碗口粗细。远远地打堤下的田地里望过去,就瞧见一个半老的女人,走路也倒还有精神,正一股劲地往西走,一刻也不停歇,一会儿就走远了,瞧不见了。

过了不长的一些时日,有一个头上扎着布条子红花的媒人,打河西往粪堆儿张家来,在老大家坐定了,开口讲:"两家换亲,也就互行些礼,收秋就办了。"

老大家里的讲:"就是,就是。"

老大坐在小板凳上吸烟,不吭声,脸上却盖不住地喜欢,不住地打面前的小方桌上的烟盒里掐烟给媒人吃。

媒人吃着烟,一只腿压在另一只腿上,讲:"那就定下啦。"

"定下啦。"老大家里的讲。午间烧煮了一些饭食,又割了肉,媒人吃好喝好了才走。

麦收前,两家定下了亲事,行了礼。

老大家里的跟老大讲:"趁现时得空,俺们倒不如一块上河西走一趟。"

老大讲:"走啥哩?"

老大家里的讲:"你也有些时日没上河西走动啦,也该着去瞧瞧大狗家里的跟二猫当家的哩,要不人家该讲俺家洋货啦。"

老大闷着头讲:"管。俺们走一趟呗。"

下午往队长家里请了假,打备些东西。第二日老大跟他家里的,就一块往河西去了。

老大跟他家里的一块往河西去,也有好些年没见了。老大心里有些不一样的味道。他仍是剃着光头,推着个独轮子车。老大家里的跟在车后头走着,"吱吱哽哽"地打麦地中间的土路上,上了滩水堤。

走了一气,老大家里的讲:"狗他大,天热毒啦,戴上草帽呗。"

老大"嗯"了一声。

老大家里的忙把草帽打独轮车上摘下来,扣在老大头上。扣好了,跟偎着在老大后头走,讲:"狗他大,那时节娶俺,也是拿独轮子车推来的哩。"

又讲:"眨巴眨巴眼,狗儿都二十啦。"

两人相跟着在高高的堤上走。堤上的白杨树都长得很葱郁。老大讲:"狗他娘,上来呗。"

把车放平了,老大家里的挪腚坐到车挡上去。坐好了,老大就推起来走。

走了一气,两人都不吭声。老大家里的"哇啦"一声哭起来,忙拿手巾掩了嘴,只用肩膀头子抽搭着。

老大眼眶里窝了两泡泪,硬憋着,一个劲地往前走。

秋收尽了。雁起始往南翔了。两家择定了日子。因是换亲,所以两家的事情两家办,省了许多。

早上起来,二猫就猫在房里哭。老大家里的进去,搂住二猫,讲:"儿啦,咋着啦?好事哩。"

二猫哭哭啼啼地讲:"俺不想跟你分着哩。俺不去哩。"

"傻哩。"老大家里的抹把眼泪出去了。

小晌午,送亲的人到了,是拿马车送来的,几床缎子被,还有些吃食。

老大家里开了七桌,亲戚乡邻都来凑喜,一晚上都喝得昏天黑地的。

老大端个酒盅,挨个桌敬着喝。桌上的人见他过来,都齐刷刷叫道:"老大叔,你好福气哩。"

老大脸上的纹沟挤成了一片花,也大着嗓门讲:"托毛主席、共产党的福哩。"

老大一盅一盅地喝,渐觉多了些,就避了人,上锅屋去,歪在柴上打迷糊。

老大家里的见了,讲他:"不能喝,不兴少喝几口?"忙拿棉袄来披在他身上。老大捏着纸烟,吃一口,讲:"不多哩。"讲着话,就迷糊着了。

第二日,又打队里出了一辆马车,把二猫送了过去。

两挂马车叮叮当当地响着喜铃,出庄奔河西去了。老大窝在家里不出来,手里捏着纸烟,一口一口地吃。

过了几日,河西亲家的人来走亲戚,带来两株枣子树。亲家人讲:"枣子树结得多,结得早哩。"

老大头点成鸡啄米,讲:"那是哩。"就刨了两个坑,把枣子树栽在墙边下。

过了喜日子,大狗把家分开了。

老大给大狗两间新房,中间拿土踩成一堵墙,两家就隔开了。

在冬里,队上派劳力去工地挖河挖沟。老大因着家里的事,没派上,就在家里闲待着。

每日到日头出上来老高了,队里才吹哨子出工。男女老少的,捣捣粪,拣拣种子,在庄近旁的地里打几道田埂子,傍黑时早早又收了工。冬季日头短,活又少,装模作样地干呗。

喜庆气到深冬里也还没散尽。老大整日里穿着一双苘绳和芦花打成的毛窝子,木头跟子,离地有两寸高,蹲在锅屋的柴边上吃烟。也不多想啥,饿了,吃饭;困了,睡觉;醒了,吃烟。日子过得稳稳当当的。

老大家里的讲:"真是哩,虽说好面吃得少,倒也饿不坏人啦。"

老大家里的又讲:"三妮、老四也都大啦,能干活啦,俺们家也得有个能识字的人哩。"

老大望了家里的一眼,吃了几口烟,抬起头来讲:"叫谁上学哩?"

老大家里的讲:"三妮、老四都大啦,不成啦,先叫五丫头念两天呗。识几个字,往后上婆家也气壮着些。"

老大家里的讲:"老六也快长起来啦。"又讲,"老六长起来,俺想供他念到中学哩。"

老大点点头,算是同意了。过了冬开学,五丫头就念小学一年级了。五丫头念小学一年级的时候,是九岁。

因着是春日,天清气朗的,老大的脸上整日都堆着一脸笑意。

家里的生活也觉得轻松了不少。大狗、二猫都走了,三妮跟老四也长起来了,五丫头整日里背着个黄布书包,蹦蹦跳跳地去上学,老六、老七跟花妮也都可以撒手到处跑了。晚黑吃过晚饭,老大坐在板凳上吃烟。吃了一气,老大家里的就讲:"不早啦。"又讲,"三妮,给你大舀水洗脚哩。"

三妮出落成一个大姑娘了,丰丰满满的,脸面也好看,麻利地答应着,打锅屋舀来洗脚水,放在老大的脚跟前。

老大磕了烟灰,把光脚打毛窝子里拿出来,放在热水里烫。烫够了,就上里屋钻进了被窝,靠在墙上吃烟。

屋里也不点灯,黑乎乎的。老大吃着烟,听着外边的拾掇声。拾掇净了,家里的端了灯,上里间屋来,对老大讲:"快哩。"

老大也闷声闷气地讲:"讲着话,三妮也长成啦。"

"真是哩。"

一夜就暖暖和和地过去了。


这年年底,老四忽然参上了军,要走了。老大听到这回事,又惊又喜,嘴愣愣地张着,半日合不上。讲:"狗日的东西,有两下子哩。"

老四整十六了。

过了春节,老四上公社去了一趟,回来就穿了一身黄绿色的军装,只是没挂领章帽徽。老大跟家里的喜得拢不上嘴。亲友乡邻都来他家里瞧,老大脸上光亮堂堂的。第二日,一家人送老四上公社,大狗娘哭成一团。老大讲:"哭啥哩?好事哩。"

老大家的抹着眼泪讲:"俺知道哩。"

送走老四,一家人离了滩水集,往粪堆张家走。

老大嘴里含着烟袋,一声不吭地走。老大家里的讲:"狗他大,你咋啦?"

老大讲:"没咋,心里喜。"

烟吃个不停,脚下也走得更快。像是要去家找丢掉的啥东西。

赶到阳历五月里,天气热了,小麦也差不离要熟了,正打苞灌浆。四野里都是青麦的味道。

下过两场雨,雨刚住,大队长跟队长就来喊老大,讲:"老大哎,一块上东湖瞧瞧麦去。你懂经哩。"三个人就一块下了东湖。

出了庄子,眼看着麦都往上蹿长。长势虽说好不到哪块去,但这些年也就没见过更好的长势。

地里还有些烂,老大跟队长都赤着脚走。老大讲:"二叔,鞋脱了呗,走不动哩。"大队长就把鞋脱了,提在手里。走到东湖,站在地埂边上瞧瞧青麦。青麦正灌浆,饱饱大大的,招人喜爱,拿手一掐,青汁就射得老远。老大讲:"今年怕有好收成哩。"

队长讲:"难讲哩,雨水多哩。"

二叔讲:"这场雨下完,再下两小场,就止住,最好。"

老大讲:"那是最好。"

三个人在东湖转悠了半天,瞧了好些块地,才回庄里。

又落了几场雨,雨对灌着浆的小麦好处多。

倏忽天却就晴了。一连晴了好几日,西南风渐次刮起来。

老大打地里回庄,走在一条浅干沟里。沟两边都是杞柳。

一阵风吹来,吹在身上暖洋洋的,继而又有点发热。老大闻到了一股麦香气。"快哩。"老大有些惊奇,"西南风才刮没几天哩。"他从杞柳丛里插到麦地里去,低下身瞅麦子。麦子还青着,只略微有些黄梢。"怕还有几日。"老大嘟嘟哝哝地自个对自个讲,转身打麦地的垄子上走回到庄里去了。

又下了一场雨,不大。老大讲:"不能再下哩,再下就不得了啦。"

雨果然不下了。天又晴了。西南风呼呼地刮,才两天时间,满世界就都弥散着麦子的黄熟香气了。

老大打地里回来,又从杞柳夹成的干沟道里走。

香气很浓。老大下了道,插到麦田里,仔细一瞅,麦穗虽说还青青拉拉的,可麦根已经焦拉黄了。嘴里就讲:"麦成了哩。"心里不知是个咋样的高兴,踢踢绊绊就打麦地里往庄上去了。

当晚全队开了社员大会。明个就要收麦了。

麦忙麦忙。老大在场上忙活了一天,到傍晚又打地里来了一牛车麦捆子。天有些晚了,队长有点犯愁,讲:"咋弄哩?怕不能散放哩。"

老大讲:"垛上呗。垛上下雨也不怕啦。"

队长说声"好",就上来一帮大男人,聚在牛车旁边,吆喝一声,把牛车掀翻了。轰隆一响,车上的麦子都散在了地上。

有几个人爬到垛子上去,下边的人拿杈子把麦挑起来,往上甩。上边的人接住了,就垛在垛子上。垛垛子得有经验,垛不好,不是倒了,就是漏了。一漏雨,那粮食就糟蹋了。

把麦垛垛完,人都散了往家里去了。老大跟队长蹲在场边的牛车边,点上火吃着一袋烟。

身上都是汗气尘气,也有点麦子的香气。吃了一袋烟,队长讲:"俺俩擦把澡去,身上扎拉得慌。"

老大讲:"也是的。"

两人走到牛屋旁边的小沟里,把衣服脱尽了,跳到水里去,一边拿手乱搓,一边嘴里咝咝的,是一种痛快的声音。

兰芝大过来讲:"小麦可(以)哩。"

"可哩,饱成哩。"队长讲,"牛得吃好些哩。"

"多加了料哩。"

老大讲:"下来涮涮哩。"

兰芝大讲:"想涮哩,没忙清哩。"

洗了澡,身上舒坦多了。两人穿上裤头,把脏褂子投在肩膀上,往庄子里走。

星都出齐了。庄里的饭香也溢出来了。两人的步子就加快了。

三妮出门子那日,男家开了两辆手扶车来接。

老大家门口贴上了通红的大"喜"字,进村出村的,放了几十挂鞭,放得一庄子都是红炮皮。

三妮走时喜气洋洋的,抹了两把眼泪,就哭不出来了。一家人都喜气洋洋的。三妮临走跟五丫头讲:"妹,家里事就指望你哩,俺大俺娘也操持一辈子啦,累不起哩。"

五丫头讲:"知道哩,俺也不是小孩子啦。"

三妮头上蒙了一块大红布,上了手扶拖拉机就走了。车厢里放着两口紫红木箱子,箱子里放着红绸子被。三妮的男人,是河西公社一个大队的副书记。

三妮走了,老大跟家里的有些日子不怎么习惯,就手的活没人干好,还得讲着喊着:"五丫头,挑水哩。""五丫头,喂猪食哩。"不像三妮在的时日,不用操心,就都拾弄好了。

五丫头到底是念过几天书的,干着活就不实在,喜好打扮,喜好赶滩水集,三日两头地上滩水集。床头也放着些新衣裳、新鞋啥的。老大有些生气她,讲:"念了几日书,就神气啦,不好生干活,往后你吃啥哩?咋操持家哩?"

大狗娘讲:"儿们也大啦,由她去。现时的小丫头,兴这样哩。"

老大不讲了,闷着头吃烟。

五丫头长相跟三妮一样好,又念了些书,看上去就更灵动些。老大讲:"儿们是大啦。"还是吃烟。

快秋收的时候,老四请了探亲假,来家了。一家人都喜得眉开眼笑的。

老大讲:"啥时打部队回哩?"

老四讲:"挨个半年七月的,就回啦。"

老四到部队里一趟,家来就是不一样。上年家来一趟,一庄子的人都围过来瞧,打近乎,老四拿烟一人一支散给大伙吃。这趟回来,大伙又围来打近乎,老四又拿烟一人一支散给大伙吃。身上穿着军装,精神得不行,叔叔婶婶地喊,嘴甜着哩。孩子们都过来拉他的衣服,看他的帽子。

热闹了一下午,众人都去了,大狗娘讲:"河西你二姐来说啦,你瞧着行,就行哩。"

老四讲:"俺明个去瞧。"

老大家里的讲:"捎带些东西哩,你间壁二奶跟你一块去哩。"

老四低头挠挠头,讲:"俺们这里也找不到自行车。有自行车俺就带着二奶去啦,大老远的。"

老大讲:"你猛叔家有一挂,旧车,怕不借哩。"又讲,"任谁都不借哩。"

老大家里的讲:"就走去呗。俺们几十年,不都是走来走去的。"

老大讲:"就走呗。"

老四跟二奶去了河西。到第三日,回来了。二猫也领着儿子一块回了。

老大家里的见到二猫,欢喜得不得了。全家都喜得屁滋滋的。

二猫讲:"俺大、俺娘,老四昨日去见啦,成哩。"

老大讲:"你娘也见过,成就成哩。"

晚上大狗一家子都过来,吃了一顿热闹饭。吃饭时节,大狗讲:"俺大,俺家这房也老旧很啦,不如到闲时,翻盖成新的。老四家来娶亲,也要房哩。"

老大没吭声。老大家里的讲:"怕一时置不齐哩。"

老大讲:"先紧上老四的房子。时日快哩。"

老四讲:"俺家来部队也给些钱带上哩。"

老大讲:"带些钱存着自个花呗。自个过日子易啦?"

说说讲讲,吃了两个时辰才吃完。二猫又过了两日,才带着孩子回婆家。

闲歇时,老大家就操持着盖房子了。老大讲:"老院子再盖,就挤巴死了,不如盖上庄外去,庄外场地大些。"

老大找过队长、队干。队上准了,就动了工。

二叔、二狗、几个女婿都来相帮着,又请了几位乡亲乡邻。不出二十日,房子就盖起来了。

歇歇子的时候,小钢子讲:"俺叔,你家老房子怕也得翻哩,旧很啦。"

老大咧嘴笑笑,讲:"力气不支哩。"

小钢子讲:"费不着啥东西。紧巴紧巴,这几个人,几日也就翻成啦。"

老大叫众人说动了心,真就把旧房子翻了个半成新。家里的存货也去完了。

活干完,人都走了。老大蹲靠在墙上,闻着新苫的麦草香气,心里到底是喜气多,对大狗娘讲:"大狗娘,撑持撑持就过去啦。"

大狗娘讲:"没啥哩,吃食劣些,也饿不坏人哩。"

搬进新房,入了冬,忽然有话传到大狗娘耳朵里,讲五丫头跟滩水公社的一位干事,谈上恋爱了。

大狗娘起始不相信,就家来问五丫头。夜间,把五丫头堵在屋里,轻声讲:"五丫头,这事真是不真?"

问了好长时间,五丫头才红着脸讲:"真哩。又没干啥坏事。"

大狗娘叹出一口气,讲:"他啥人哩?"

"干部哩。"五丫头扬扬得意地讲,"俺们是自由恋爱哩。"

"听讲是离过的。"大狗娘又讲。

"是离过哩。"五丫头脸上红通通的,讲,"他对俺好着哩。"

"多少岁哩?"

"大俺十岁,"五丫头脸又一红,讲,"没啥哩。"

大狗娘不知再讲啥好,坐在床沿上,叹了口气。五丫头就去绕她的脖颈,轻声慢语地哄她道:"俺娘,他人好。俺怕俺大不依俺,俺也就瞒住了不敢讲。你去跟俺大讲哩。"

大狗娘讲:"俺也摸不住他的心思哩。"

五丫头缠住她,嘴里一迭声讲:"俺娘,俺求你跟俺大讲哩。俺的亲娘哩。"

大狗娘又气又疼她,嘴里讲:"死丫头,胆大哩。"却点头答应了。

晚黑上床睡觉,大狗娘半晌睡不着觉,老大讲:"你咋啦?"

大狗娘讲:"五丫头谈了个公社的刘干事,叫俺跟你讲哩。"

老大听了一愣,讲:"俺不知道哩。咋自个谈人啦?"

大狗娘忙说:"不错哩,人家是公社干部,对五丫头好着哩。俺们倒不如就愿意了。"

老大闷着头吃烟。大狗娘又讲:"现时年轻人都是自个谈哩。"

说了一气,老大把烟袋打嘴里拔出来,讲:"既是自个谈啦,俺也就不讲啥啦。"

老大在床杠上磕了烟灰,脱去棉袄,缩进被窝里睡了。大狗娘在他耳朵根子上讲:"人好哩。"

老大嗯了一声。

第二年,老四退伍回来,老大就紧忙着把老四的婚事给办了。

办事那天,摆了十桌也还打不住。光老四一块退伍的就来了七八个,都在四乡八村里住着。

公社的刘干事也来贺个喜,刘干事一起的朋友同事,又来了七八个。

在一块喝酒的人,脸都红通通的,对老大讲:"俺老大叔家的日子过得红火哩。老大叔俺俩干两盅哩。"

老大也有些醉醺醺的,端着酒盅,讲:"啥红火,穷对付呗。喝酒俺不让着谁哩。"

一仰脖子,灌下去两盅。众人都喊好,又张罗着给他斟满。这时五丫头过来喊他:"俺大,俺大,俺娘喊你哩。讲有事问你哩。"

"啥事哩?"老大讲,"有事不会自个办哩?"

老大说了个"失礼",站起来,晃晃荡荡地往后锅屋里去了。到了后锅屋,大狗娘迎面讲他:"老头子,少喝着些哩,叫人家刘干事看去了,笑话哩。"

五丫头脸一红,讲:"俺娘,你咋讲笑话哩。"

老大在墙根蹲下,也不强要去吃酒了,打耳朵根上摸下来一根纸烟,讲:"五丫头,给大引个火来。"

五丫头干脆麻利地答应一声,跑去锅台上拿了火柴,划了一根给老大点上。老大吃着烟,脸红通通的,眯缝着眼,瞅着前院吃酒划拳的人。

大狗娘跟五丫头也放下心了,就忙着去拾掇别的事了。

老四的事办过没有多少时日,紧赶着又把五丫头的事给办了。五丫头的事在刘干事那头办,老大家里就不忙活。

到吃酒的那一日,吃酒的时候,刘干事拿两只手捧了两盅酒,捧到老大跟前,道:"俺大,俺敬您老两盅酒哩。"

老大听了这话,接过来就喝了。

酒一多些,老大话也就多了。五丫头忙私下跟刘干事讲:"俺大不能再吃了哩,俺大再吃就多啦。"

刘干事就打新房里出来,到老大桌前,低头跟老大讲:"俺大,五丫头讲叫您老少吃些哩,怕吃伤身子。"

老大讲:"俺知哩。"

刘干事也就不好再多说什么了。

老大也没吃醉。第二日回粪堆儿张家,抬腿就走回去了,也不叫刘干事拿自行车送。

接连出去两个儿们,一时间还真觉得心里身边的少了些啥。

事儿办清了,心里头渐次也平静下来。老大又起了个大早,跟往年冬闲时一样,上村外头拾粪去。

他头上戴着一顶掉了绒的黄棉帽子,脚上穿着大狗娘做的大黑帮子棉鞋,身上裹着棉袄、棉裤。出了村,就满野地里乱游,不觉间就游到月亮河的河堆上。

迎面撞见一个人,也背着粪箕子,戴着棉帽,穿着棉袄、棉裤、棉鞋,就叫唤道:"那可是骑路马家的二哥哥?"

那人一愣神,认出老大来,忙眉开眼笑地讲:"老大哩,有些日子不见啦。"

"有些日子啦。"两人说着,扔了粪箕,蹲在河堆上吃烟。

河堆上的刺槐树都长成大海碗粗细了,又直又高。因是冬天,一片青叶子也不见,野地里都露出了土黄色。二哥哥讲:

"听讲要分地啦,粪堆张家也没见着啥动静?"

老大闷声闷气地讲:"都传着哩,不知可信不?"

"不知哩。"二哥哥说。

两个人吃着烟。有几只老鸹在月亮河堆的刺槐林子上飞来飞去的,慢慢又去远了。老大讲:"该回啦。"

"该回啦。"

两个人立起来,往两个方向去了。老大下了河堆,走到冬麦地的地边上,立住了,瞧着冬麦。瞧了一时,就奔庄里去了。

晚黑吃饭时,不知咋的,就跟老七、花妮讲:"功课要用心哩。"又讲:"都讲要分地哩,怕也念不上许多日子啦。"

大狗娘讲:"咋啦?"

老大讲:"真分了地,得下学干活啦。"

哑了一时,大狗娘讲:"儿们念书是正道哩。地里活俺们带手也就干完啦。"

老大吃着烟,没吭气。

真分了地。老大讲:"老六先下学呗。"

老六讲:"俺正念不进去哩。"就下了学,跟老大下地干活了。

大狗娘讲:"老七跟花妮先念着呗,家里也用不上他们。"

老大没说话,就算答应了。大狗娘过来就跟老七、花妮讲:"念书要用心哩,为着你们好哩。"

老七讲:"俺想当兵哩。俺下年找俺三姐夫去,叫他给俺想法儿。"

花妮讲:"俺就想念书,俺旁的啥都不想做。"

大狗娘不知咋样讲他们好,就转身回正房了。

春忙才尽,老大忽觉胸口憋闷,喘不出气来。晚上跟大狗娘讲:"大狗娘,俺觉得憋闷哩,喘不出气来。"

大狗娘忙问:"在哪里哩?"说着就来老大身上摸。

老大讲:"在这里。"拿手指着胸口,讲,"不知咋的哩。"

大狗娘讲:"平日里也是好生的,能吃能睡,也没生个啥病的。"

老大讲:"怕是干活乏了,累过头啦。"

大狗娘讲:"往后就少干着些。过些日子,叫老七也下学,家来干活。"

老大讲:"也没啥哩,喘喘就好啦。"


拖拖拉拉的,老大的胸口时闷时痛时好。虽算不上是病,老大心里也有些怕,干活就松快些,不像往日里那般硬干。大狗娘更往心里去,讲了好几回,道:"等天凉啦,俺咋也带你上宿县城里瞧瞧大夫。俺心里放不下哩。"

大蜀黍才砍倒,花生才起出来,老大就讲:"比往日闷哩。"

大狗娘有些发急,就托人捎信给五丫头,叫五丫头家来一趟。

五丫头刚生了个丫头,两个来月。刘干事就骑着自行车,带着她娘儿俩来粪堆儿张家了。

下了车,大狗娘迎头就讲:"五丫头,你大胸口憋闷哩,不少日子啦,俺也没对你俩讲。"

老大坐在板凳上,只顾闷着头吃烟。

刘干事讲:"那咋行哩,上城里瞧医生哩。"

大狗娘讲:"想去哩,想上宿县城瞧瞧哩,就怕无亲无朋的,没法招呼哩。"

刘干事讲:"俺有个好朋友在乡镇企业局干事,俺就请他帮个忙,照应着。"

大狗娘讲:"怕添麻烦哩,该给人家花几个钱就花呗。"

刘干事讲:"没啥哩,孙股长每回上滩水乡来,俺们都喝两盅,走的时候,都带着东西走。没啥哩。"

五丫头也讲:"没啥哩,俺大病要紧哩,叫他请两天假陪俺大一块进城就是啦。"

刘干事讲:"俺就请两天假陪俺大一块去,俺大病要紧哩。"

就这样讲定了。

把家间安顿安顿,叫大狗跟老四勤过来照看着。老大跟家里的带上钱物,背着老四打部队捎回来的一个黄书包,由大狗拉着板车,送上滩水集去。

到了滩水集,刘干事跟五丫头接着,大狗就拉着板车回了。

几个人在集上等坐一时,有一班农客来了。上了农客,颠颠簸簸两个来小时,就进了宿县城。

老大跟大狗娘长到这般大,还没出过滩水乡跟河西乡的地界哩,更没瞧过城里是啥样子。走在街上,木头木脑的,瞧见啥都稀罕。刘干事讲:"俺们先上孙股长家里去。"

到了孙股长家,已是快到晌午了。孙股长接住他们,讲:"大叔放心呗,事儿俺给你办啦。"

刘干事讲:"带捎打家里拿来几斤香油,留你拌个凉菜。是小磨磨的,见不着假。"

孙股长生气道:"你这就是客气啦,下次再带东西来,俺就不痛快啦。"

刘干事讲:"这不算啥东西哩。"

吃过饭,孙股长就带着他们几个上了医院。

找到人就快,一眨眼看过了。医生讲:"心脏不大好哩。"又对孙股长讲,"毛病也不大,但要注意了。"

几个人都把头点得鸡啄米。医生拿过来一本纸,讲:"拿些药吃着。"又问,"平时吃烟吧?"

老大家里的讲:"吃哩。"

医生又问:"酒喝多少哩?"

老大讲:"论到场合,也就半斤八两的量。"

医生又问:"平日讲话多哩?"

老大有些忸怩,讲:"不多哩。"

医生开好方子,讲:"烟要少吃些,尽量不吃,酒也要少喝。平日里性格开朗些,有说有笑的,不生闷气,慢慢就好啦。"

又讲:"再有不舒服的时候,得抓紧上医院,不能耽误。"

花了几十块钱,拿了几瓶子药。大狗娘宝贝样地放在包里,拿两只胳膊护住。几个人谢了孙股长,搭农客回了滩水集。

在滩水集五丫头家吃过饭,老大讲:"俺们回呗。"

刘干事讲:"住一晚呗,上电影院瞧一场电影哩。"

老大讲:"不啦,家里活多哩。"

五丫头心酸酸地讲:"俺大少干些活,该歇息就多歇息,老六老七也都长成汉子啦。"

大狗娘又跟五丫头讲了一会话,两人就出来往家里走。刘干事讲:"拿自行车推您老回哩。"

老大手摆得像拨浪鼓,讲:"坐不起,怕哩。"

刘干事也不好勉强他,就把他们送到路上,看着他们走了。

两人走在路上,心上有点依依偎偎的。大狗娘讲:"少吃些烟,少吃些酒,有啥哩,大夫讲慢慢就好啦。"

大狗娘又讲:"叫老七也下学,他哥俩也就把地头的活拾掇完啦。"

老大没讲话。大狗娘依依偎偎地跟在他身后头走。

老大一冬天都没做啥大活动,每日上村里转悠转悠,或背着粪箕子,往野地里晃荡去。

晃荡累了就家来吃饭。大狗娘侍候他侍候得好生的,吃也不叫他操心,用也不叫他操心,日子倒过得顺畅。

听说大生了病,二猫跟三妮都拎着鸡呀果呀的家来瞧大。老大心里也得了不少安慰。家里十天半月地碰上些重活,老四跟大狗也都能来相帮着干了。

烟却是没少吃,每日早早上了床,还是靠在床上吃。胸口倒是不憋闷了。

一边吃着,一边大狗娘拾拾掇掇地讲:"花妮都上高中啦,咋也得上完哩。老七就整日嗷嗷叫,就要当个兵去。"

讲完,拾掇完,就吹熄灯睡觉了。

过了一年,老大家又是双喜临门。

老七真叫他三姐夫刘干事帮忙,当了兵,穿上军装走了。老六成了亲,老大把大狗间壁的那两间房子给了他。那两间房子虽说盖得早些,初看上去有点旧,但棒都是好棒,房里也大。

成亲那天,老大真也没敢吃酒。

老大蹲在后头的锅屋近旁,吃着烟。大伙知道他有个毛病,都不来劝他酒。

中午开了几桌,晚黑又开了几桌。儿们都有自个的窝了,这样想着,老大心里对花妮更有些疼疼的味道。

众人都散了,老大到屋里跟大狗娘讲:"学校咋就有这个规矩,咋就不能天天家来哩?"

大狗娘讲:"人家学校就有这规矩哩。"又讲,"潍水集也离着老远哩。"

老两口清清净净的,忙里忙外,日子过得也快。

闲冬天,二叔打河西回来,直接就上老大家来,一进门就讲:"二猫捎了个匣子孝敬你哩。"

老大跟大狗娘闻声打屋里出来,忙把二叔让进去。

二叔打包里掏出个半导体收音机,讲:"是二猫孝敬你两个的哩。"说着就拧开了,就有个女人的声音讲话,过一时又有个男人的声音讲话。老大跟大狗娘都喜欢得不得了。二叔教着他咋开、咋关、咋找台。听了一时,就回去了。

老大跟得了宝物样的,半下也不敢多动它,就开着,放在小桌上听。

听了一会,大狗娘讲:"歇歇哩,怕累出毛病来哩。"

老大听说,就拿又粗又硬的手,把收音机关了。讲:"真得歇会哩。"说完,就透出一口长气来。

有了机子,老大就不想出家门,天又冷,地里又没啥活干。

大狗娘把活拾掇完,也来听收音机。

晚上吃过饭再听,一直听到小半夜,才关了机子睡觉。

花妮一个星期来家一趟。星期六来家了,大呀娘呀地叫唤,讨人喜欢。

花妮长得俊,有灵性,眼又好看。老大心疼她,不叫她干活。花妮家来了,就在村里跟那帮念书的丫头在一块混,说呀笑呀的。晚黑就在自个的房里看书。

花妮来家的第二日,大狗娘就蒸了好些馒头,给花妮带上学校吃去。一吃一个星期。

花妮讲:"俺娘,俺吃不了哩。"

"不够你吃哩。"

花妮讲:"不够吃俺上俺三姐家吃,还能饿住啦?!"

花妮一走,老大跟家里的,就又剩下两个人在家,多少有些冷清,就盼着花妮到星期六家来,也有个说笑的。

到盛夏三伏,花妮打学校里回来,心情说好不好的,天把两天就往滩水集跑一趟。老大也不管她,老闺女,都宠着。

老大家里的讲:"听讲是考个啥学校哩。考不中就家来呗,俺瞅她那失魂的样子,心也焦哩。"

到初秋,忽地就传了话来,讲花妮考上学了。老大跟家里的都半信半疑。老大盯住老六问:"你打哪听讲的?"

"俺三姐夫跟俺讲的。"

"花妮哩?"

"打车票上宿县城里啦。"

等到傍晚黑,花妮骑了一辆自行车家来了,跑进门就喊:"俺大,俺娘,俺考上学啦。"

老大喜滋滋地张着嘴问:"啥学哩?"

"地区农校哩。"

老大又问:"在哪上的?"

花妮讲:"在宿县上哩。"

老大问:"那得几年?"

"俺大,得两年哩。"花妮喜蹦蹦地讲。

老大跟大狗娘都喜得合不上嘴。老六、大狗、老四跟二叔几家子闻说,都跑过来看,都讲:"花妮有本事哩,花妮说变就变城里人啦。"都高兴得不得了。

过些日子,花妮真拾掇个行李念书去了。

秋天收了大蜀黍,耕了地,种了冬麦,又闲下来了。花妮一走,老大心里显得空落落的。

老大更觉得自个有点懒动,就整日里待在家间,听个收音机,一听就是半晌一天的。

天好些的时候,他也背着个粪箕子,上野地里转悠转悠,钩几泡人、畜粪。

转着转着,就又转到月亮河堆上了。

离着老远,瞧见一个人正打枯水后露出的水坝子上过河,就站在高处,瞧那个人。瞧了一时,瞧不真切,就喊:

"那谁哩?"

那人紧忙一回头,应声道:"俺哩。"

原来是个不认得的。老大又问:"上哪哩?"

"上骑路马家哩。"

"没见过哩。"

"走亲戚的。"

老大就把烟袋摆晃摆晃:"你走好哩。"

那人过了土坝子,又翻过对面的河堆,掉到河堆后边去了。

天傍黑时,老大也就回家了。

到落了雨、落了雪的日子,老大就钻进被窝里吃烟、听收音机,能十天半月不离家。大狗娘想起来就讲:"狗他大,上别家唠唠去呗,整日闷在床上,怕闷出病来哩。"

老大讲:"怕冷哩。"

听着听着收音机,老大就能迷糊过去。迷糊一气醒来,收音机子还在响。就点上一袋烟,再听。一直听到夜里吹灯睡觉。

这一年过年,老大家里热闹得很。

初二、初三,二猫、三妮、五丫头,三家都带着孩子来过年了,花妮也放假家来了,只有老七在部队里回不来。

人多,老大拿麦草在堂屋里厚厚地打了地铺,晚间才能睡下。

初二吃了一顿酒。老大心里高兴,憋不住,就多喝了两杯,喝得有些飘飘的,话也多。大狗娘讲他:"少喝些哩,大夫不叫喝哩。"

老大讲:"怕啥哩,高兴哩。"

夜间老大睡不沉,讲:"心有火哩。"

大狗娘摸摸他身上,讲:"叫你少喝些。"就下床倒了一杯水,端给他喝了。

第二日晌午又吃了一顿酒,老大心里高兴,又吃了不少。

那一日天气好,暖融融的,酒也喝得急了些,老大太阳穴"嘭嘭"跳,脚有点飘。大狗娘讲:"狗他大,少喝着些。"又在锅屋里跟刘干事讲:"你大不能喝啦,他身上带病哩。"

刘干事回到桌前,讲:"俺们玩一时哩。"

几个人都讲"好"。就把桌边的一盅酒喝干,吃了饭,摆起桌子,打起麻将来了。

大狗讲:"俺大,你玩哩。"

老大讲:"你们玩,俺不会哩。"

说着就出了屋,蹲在墙根吃了一袋烟。

吃烟吃到一半,老大站起来对大狗娘讲:"俺心头有火哩,俺上野地里转悠转悠。"

大狗娘讲:"也好哩。早些家来。"

老大答应一声,背了粪箕子,拿着烟袋,出了院,上野地里转悠去了。

一直到小傍晚,老大也没回来。大狗娘有些急,就喊老六出来,讲:"你大讲心头有火,上野地里转悠去啦,到现时也不家来。你往地里喊喊他去。"

老六转身出了家,就往野地里去了。

转了庄南、庄北好些地段,也没找见。老六再往月亮河堆那块走。离着老远,瞧见一个人靠在树上,就仰了脖颈喊:"那是俺大呗?"

那人也不应。老六往前走,又喊:"那是俺大呗?"

快走到跟前了,瞧瞧就是大,却又不应着。老六有些慌神,忙跑到跟前去。一摇晃,才知道大死了,手里还把烟袋捏得紧紧的,靠在一棵树上,脸上是一脸难受的样子。

老大下了地之后,老大家里的想起来就哭。

二猫讲:"俺娘,你跟俺过呗。"

三妮跟五丫头也讲:"一个人过无味哩。"

儿们也都讲:"跟俺们过哩,一口饭也不算啥哩,到底也是把俺们操持大的,俺们也丢不掉哩。"

老大家里的讲:"俺舍不得这几间房子。"

还是要自个过。一个人,想想老大就哭一场。虽说今个你来看看,明个我来瞧瞧,却到底跟一个枕头上睡着的不一样。

过到春上,过了些时日,老大家里的上大狗家讲:"俺上河西娘家走一趟,过几日俺就家来了。"

几个儿子都来了,儿子们讲:"俺们骑车送您呗。"

老大家里的讲:"俺自个走去。俺也怕坐车子。"又讲,"替俺瞧着鸡哩,俺过不上几日,就家来啦。"

儿子们拗不过她,就放了她去。

也是春末了。老大家里的仍是顶了块头巾,胳膊弯子上挎着个小竹篮。天才放亮,就出了庄子,奔滩水堤上去了。

走在滩水堤上,堤高高的,春风春意就来扑她,弄她的衣裳和头巾。

老大家里的忽地想到那年,老大年纪轻轻的,又有劲,拿独轮车推她往粪堆儿张家来的景象。那会儿自个的身子还没叫男人沾过,又有些怕……老大家里的这般想着,就哇的一声号哭起来,跌跌撞撞的,一路走,一路号哭,一声一声地哭得伤心。哭了一气,心里头顺畅些了,就拿头巾抹抹脸上的泪水,一路往西走了去了。

堤下有个孩子,直着嗓子号道:
"小牯子——哎!"

号声传到堤上,已是很细弱了。老大家里的没听见,就在高高的滩水堤上,一直往西去了。

老大家里的越走越小,只剩着一个小黑点点了,倒显出滩水堤老长,老高,老大。春气也旺,把天地一切都罩在里头。春风有些懒洋洋的,把野地里的什么都暖迷糊过去了。

只有些树梢还动。

## 2001 年

# 李中和白燕去白石山镇

早晨五点钟,电话叫的铃声一响,李中就爬起来了,还是用热水器里的水刷牙、洗脸,然后打开热水器的进水开关,再去厨房,一只手握住漏水的管道,另一只手拧开水龙头开关。直到热水器里的水上满,李中才把开关关上。

室外天晴气爽,满目蓝天,李中什么也没带,只带了香烟、打火机、身份证和钱,就出门了,打的到码头,码头那附近已经有点热闹了。李中到的时候,白燕正站在码头围栏外的石级上,伸着头往路上瞅。看见李中下了车,她扬起手,使劲同李中挥着。

李中看白燕,穿着一条绣花的牛仔裤,一双看上去很高档的白运动鞋,上身一袭带帽的粉红色拉链衫,领口里露出了半高领的纯黑羊毛衫。背上一个灰皮的女式小背包,很是富态、漂亮、年轻、精干、精神,用很多词汇都说不清的那种,回头率肯定是高得不得了,过往的人禁不住看她。

白燕跑过来,挽住李中的胳膊,李中说:"燕子,早来啦?"白燕说:"我也是刚到,还怕起晚了呢,早上四点多就睡不着了,就起来,可是到了快五点,又困了,迷糊着了,一觉睡醒,都五点十分了,爬起来赶紧往码头跑。"

两人进了候船室,候船室里都是农民,拖东带西的,鸡鸭乱叫,李中买了两张去白石山镇的船票,然后两人出了候船室,到码头外一个早点摊上,要了些稀饭、油条、鸡蛋饼,吃了个饱。吃过早饭,看看时间,已经快到六点了,两人起身再进候船室,候船室里人数稀落,原来船上已经检过票了,他们径直从里门上了码头,检票上了船。

这是一艘半旧的船,船舱不很大,沿下面是两大间有座位的统舱,甲板上堆放的都是大麻包,蛇皮袋子,还有羊。自行车这里一辆那里一辆,板车架了五六部在船舷上,鱼篓子堆了一大堆,腥乎乎的;一些穿解放黄球鞋,挽着外面的裤腿,露出里面的篮球裤,鱼腥味很重的渔人,蹲着或者坐着,在一起吸烟,还有斗地主的。

李中和白燕伸头看看,鱼篓里还有些白花花的小毛鱼,李中说:"这卖的什么鱼?"一个渔人说:"有鲫鱼,有鲤鱼,还有戈鱼,就是汪丫。"李中说:"汪丫好吃,多少钱一斤?"另一个渔人说:"兑给贩子的,可怜喽,零卖两块五,兑给贩子,他只给一块半钱。"李中说:"那不如自己去卖。"第一个渔人说:"那哪行,贩子不让你进去,下船就拦庄了。"白燕说:"下回,你们送到花戏楼青衣阁去,就说白经理叫送的,给你们两块钱一斤,有没有鳜鱼、鲈鱼?"一个渔人说:"也有,现在不多了,都打完了,家养的多些。"白燕说:"鳜鱼、鲈鱼也要。"那些渔人都点头,说:"到时候我们给你送去。"

讲了一会闲话,李中和白燕两人走到船舷边,伏在栏杆上,看水去了,这里接近岗州河的入湖口,所以水流有点快,岗州河经过了市区,市区里的纸片、树叶、塑料袋什么的,都冲下来了,在码头形成了一个小小的垃圾区,有两个人,分别坐在两只小船上,用一个长杆鱼罩样的东西,在水里捞这些垃圾。太阳渐渐从东方升起来了,照在水面上。波光粼粼的,很是好看,空气还有些凉意,但太阳照在身上时,凉意就几乎没有了。

时间已经六点二十多了,船还没有开的意思,李中和白燕回头去看码头,码头上又下来了几辆板车,板车上都装满了货物,板车到了船边,工人们开始往船上卸货,大包小包的,最后板车也上来了,把甲板上堆得满满的,东西上完之后,船板抽上了船,船鸣了几声笛,船舱里轰轰响起来了,船离开码头,往湖里开去,岗州湖在码头这附近,实际上是一个水湾子,和花戏楼那边的湖不一样,花戏楼那边的湖比较开阔,特别是花戏楼再往西,水面浩大,几乎就一望无际了。

船慢慢地往前走着,两边岸上都是路和花园、树木,船从一座大桥下面穿过,抬头能看见大桥内面毛糙的水泥面、露头的钢筋和架在桥里的管道。

一共过了两座大桥,船行二十分钟后,湖面渐渐开放了,块石砌成的湖堤渐成了较远的风景,堤上的树呀,人呀,车呀,都愈来愈小,树在蓝天的大背景前面,像一些剪纸,非常迷人,天气真好,太阳也升得更高些了,人身上愈觉暖和,但船头迎风的地方还是有些冷的。

李中和白燕一直伏在栏杆上看风景,湖面越来越宽,树下的水看上去很深,很蓝,和天空的颜色一样,湖面上有两只小石岛从船舷边滑过去了,落到后面去了,小石岛上长着绿葱葱的树,湖鸥也出现了。在湖天一色的地方飞着,白燕说:"李哥,你看,鸟,鸟。"船边的人听见白燕叫,看了湖上一眼,看习惯了,也不当一回事,又做各自的事情去了。李中说:"那是湖鸥,不是白燕。"白燕撒娇地嗯了一声,说:"就是白燕,李哥,你说,就是白燕。"李中说:"就是白燕。"白燕挽着李中的胳膊,紧偎在李中的身边了。

李中觉得双休日两个人这么过,真是太放松、太美好了,他深深地呼吸着越来越清新的空气,客船有一阵子往东南开,太阳转往弓一边船舷去下,李中和白燕便转移到那边,晒着太阳。看着湖景,船停了几个码头,上来下去的,都是当地的农民,自行车和板车上上下下,抱孩子的农村妇女一群一伙的,说说笑笑,气氛好得很,和火车、汽车上完全不一样,显得这船就像是自己家里的。

船一直沿着岗州湖的东岸走,李中和白燕站累了。就到甲板下面的船舱里去。船舱里是一些木制的长条靠椅,有几个人在那边打扑克。一些带孩子的妇女,抱着孩子坐着。还有两三个男人在靠里边的椅子上睡觉,他们可能起来得太早了。另外还分别有两对年轻男女,穿得干净整齐。看样子像城里人,也不知道是干什么的,在椅子上坐着,说着话。加上舱底机器的声音,船舱里就是有点吵,李中和白燕找个地方坐下,坐了一会也就适应了,但就是不方便说话,说话和听话都有点费劲。

白燕靠在李中身上,从船舱的圆形玻璃处,看着船外的天空,坐了一会。李中说:"燕子,我吸支烟。"白燕说:"李哥,你吸吧。"李中点了支烟慢慢吸着,他觉得烟很香,烟到了嘴里,淡淡的,香香的,不是平常的那种味道。

吸完一支烟,后舱忽然响起了铃声,铃声响了两遍,就不再响了。听到铃声,有些人坐着不动,有些人就往前舱去了,白燕说:"李哥,干什么的?"李中说:"不知道,我去看看?"白燕说:"我跟你一起去。"他们起身往后舱去,后舱人比前舱多,原来是船上开饭了,一个小木窗口,窗边一块小黑板上写着:午饭供应芹菜烧肉、雪里蕻肉丝、白菜鸡蛋汤,两元。一个船员在卖盒饭,不过盛饭的不是发泡盒,而是小塑料盆,连菜带饭。

白燕说:"李哥,现在才几点,就开饭了?"说着,她看看腕上的手表,说:"才刚刚十一点哎。"李中说:"时间过得倒快,不知不觉就十一点了,燕子,你饿不饿,中午可能没有吃的,到香庙,大概得下午一点钟。"白燕说:"外面的饭香,看人家吃还真有点饿了。"李中说:"那你嫌不嫌脏?"白燕说:"你呢?"李中说:"我习惯了。"白燕说:"你怎样我就怎样。"李中说:"那我们就吃饭吧。"

白燕说:"好。"

两人到窗口买了两份饭菜,两份汤,端回到原来坐的地方,吃起来,白燕边吃边说:"好好玩噢,饭菜也很好吃。"李中说:"跟你们酒店味道不一样的。"白燕说:"很奇怪,这种饭菜要是在岗州城里,我不会吃的,现在倒觉得很好吃,真是很好吃。"李中说:"很好玩吧?"白燕说:"李哥,太好玩了。"

饭后,白燕和李中去了一趟厕所。厕所在船尾楼梯边,里面只能容下一个人,李中说:"燕子,你进去吧,我在外面给你看着门。"白燕进去了一会,出来了,李中也进去解了个小便,他们在船边站了一会,然后又回到了船舱里,坐在靠窗的椅子上。

下午一点多,船到了岗州湖边的一个大镇,香庙镇,船上的人下去了一大半,但是又上来了一些人。还上来了一些板车、自行车和货物,李中和白燕想上岸走走。递了一根烟给一个船员,问他船什么时候开,那个船员说:"两点整开船,上香庙里玩玩吧,那里能许愿的,灵得很,一拐弯就到了。"白燕说:"李哥,我正想许个愿呢,我们去看看吧。"李中说:"好的,我十年前来过的。现在不知什么样子了。"

两人上了岸,白燕挽着李中的胳膊,穿过沿湖的青条石街道,径直去了香庙。香庙就在岗州湖边,高高的石头山上,临湖而建,两人到了庙前。四元钱买了两张门票,进了庙门,沿青石台阶盘旋而上。左边是悬崖式的直上直下的深湖,崖边长着大树,树都往湖里倾倒。但树都有几百年岁数了,看样子倒不下去,要倒早就倒下去了,等不到现在了,湖水拍在悬崖下人看不见的地方,惊涛拍岸的声音,隆隆的,惊悚人。

白燕挽着李中的胳膊,慢慢往上走,走到最高处,就是香庙的大殿,大殿面南,阳光普照,让人心里暖暖的,游人不多。李中和白燕看见一个老僧,极老了。老得都像个女的了。慈眉善目的,正沿大殿的周边叩首,身下一个棉垫子。跪下叩一次首,再起身,把棉垫子往前踢踢。再跪下叩,不厌其烦的。

白燕挽着李中,在不远不近的地方看他,那位老僧叩了一转,起身拿起棉垫,往大殿里走,白燕说:"李哥,我想求一炷香,李哥,你信不信这个?"李中说:"我不在乎形式,你求吧,我陪你。"白燕点点头,拉着李中快走几步,赶上那位老僧。轻言轻语对他说:"老住持,我想求一炷香,再请您摩摩顶,您看……"老僧偏头看了看白燕,点头答应了。

两人随老僧进了大殿。白燕把小背包递给李中,她求了香,点着了,插在香炉里,在蒲垫前,双手合十,闭着眼,站得直直的,老僧坐在蒲垫的一边,手里拿着一柄拂尘,嘴里念念有词。李中站在白燕偏左稍后的地方,看她的动作,白燕脸色发白,神态非常虔诚,默想了一刻,双掌、双臂,自然地垂下,右手轻轻往上拉拉牛仔裤,右膝跪下,左膝接着跪下,再双肘着地,整个小臂并着着地,两手腕着地,两手背着地,头叩在两手手心里,非常诚心,非常到位,李中从未见过这种姿势的,一时看呆了。禁不住心里激动,太震撼。

这时,旁边已经围过来三五个游人观看,大家都看呆了,白燕一而再,再而三,做了三遍后,就不再做了,站直了身体,由老僧用拂尘在她身上拂拂,又用手在她头上摩摩,老僧嘴里念念有词,做完了。白燕睁开眼来,面孔红润,轻言轻语对老僧说:"谢谢,谢谢,阿弥陀佛。"老僧说:"阿弥陀佛。"说完了,从坐处站起来,嘴里说,"乖乖,行了大礼了,行了大礼了。"也不知道他是说给别人听的呢,还是自言自语的,边说边慢慢地转身,慢慢地走了。

白燕定了定神,从李中手里拿过小背包,在小背包里掏了掏,掏出个小钱包,从里抽出一张百元大钞。往右边的一个善款箱走去,李中接过白燕递过来的小背包,跟在她身后。善款箱旁边有张桌子,桌子后边坐了个小和尚。白燕把善款给小和尚看看,小和尚做了登记,给了白燕一张盖着寺庙管委会的条子,白燕把善款丢进善款箱,把条子仔细叠好,收进小钱包里,然后回过来,背上小背包,挽住李中,和李中一起出了大殿。

李中说:"燕子,这不是别的事,我不敢替你出钱。"白燕说:"李哥,这不许别人代捐的。"

两人在寺庙的范围里转了一圈,庙的范围也不大,两面临湖,湖风较大,吹得屋檐带着哨声响。但风很快就停了。几乎一点都没有了,几棵古树枝干粗壮。

转到近一点四十分,李中和白燕开始往码头走,白燕一直挽着李中,走出庙门时,白燕说:"李哥,我许了三个愿哎。"李中说:"哪三个愿? 能不能说?"白燕说:"有两个能说,有一个,要等到一个特殊的日子才能说。"李中说:"特殊的日子? 那就先说那两个能说的吧,那两个能说的是什么?"白燕说:"都是一般的,一个是全家身体健康,自己身体健康,李哥身体健康。"李中说:"谢谢你的祝福,但这已经不是两个,而是三个了。"白燕说:"这是一个,都是健康类的,算一个。"李中说:"还有一个呢?"

白燕说:"还有一个是工作顺利啦。"李中说:"这确实都是一般的,都是普遍的,不具体。"白燕说:"第三个是具体的,也不算具体,但应该是明确的,可是现在不能说。"李中说:"那我就不好问了。"白燕说:"李哥,我写给你吧,放在信封里,等到明年我生日那天,你拆开看,看灵不灵。但一定要等到我生日再拆,提前拆,就不灵了。"说:"燕子,你生日是哪一天。"白燕说:"我是每年的元月四号。"李中说:"元月四号? 那要到下个世纪了。"白燕说:"我这个世纪的生日都过完了。"李中说:"那也就快了,好的。燕子,我肯定不会提前拆的,不过,哪里有信封呢?"白燕说:"路边有邮局。"

出了庙门,走不多远,街边真有个小邮电所,两人进去,李中买了个信封给白燕,又买了一张信纸,白燕离开李中,在纸上写上字,装进信封里,用糨糊糊上,白燕说:"做成个实寄封的样子吧。"李中又买了一张邮票,白燕把邮票贴在信封上,在信封上写了两行字:白燕寄李中哥,×年×月×日×时,于香庙。写好了,请邮所工作人员盖了个邮戳,把邮票盖销,然后交给李中。李中把信装进口袋里。

看看时候不早了,两人赶紧住码头跑,船还在。两人跑上船,站在船舷边,才喘了几口气,船就响了几声笛,离开码头,往湖里开去了。

阳光更加充足。照得人身上暖暖的。现在,船是往湖心里开的,不再沿湖岸开了,白石山镇在湖对岸,所以船要横湖而过,白燕又去解了个手。李中在门外楼梯口给她看着门,李中看见楼梯是往船顶上去的,就上去几磴看看。木质的船顶很宽广,太阳晒得极暖和,风平浪静的。又能居高临下地看湖,李中不由得就上去了,站在楼梯口看了一会,听见下面厕所门响,李中低下身子,对白燕说:"燕子,上来,上面好暖和。"

李中拉着白燕的手。上了船顶,两人站在船顶上,一刹那,四面湖光潋滟,水天一色,视野无尽,心胸开阔极了,白燕用两手搂住李中的腰。两人站着看越来越小的香庙,阳光照在身上。真是太暖和了,白翅间黑的湖鸥在湖天一色里飞翔,远远的地方,渔人的小船在波光闪闪中一起一伏。

船行驶得平稳,李中转过身,和白燕面对面。两条胳膊从白燕的两臂下穿过,搂住白燕,白燕的两条胳膊箍住李中的腰,他们紧紧地搂着,尽情地享受着暖和的阳光、清新的空气、无穷的视野和鸟语花香。鸟,是湖鸥,或者说不出名字的水鸟,花香是从湖里一座小岛上飘来的,不知是什么花。

船从小岛的一侧驶过,岛上石壁陡直,树木丛密,房屋隐现。李中说:"真不想回城里上班了,上班就乱七八糟的事情多得不得了。"白燕说:"就是的。城里太嘈乱了。"李中说:"我们到这个小岛上去隐居吧。"白燕说:"李哥,我愿意,你带我去吧。"李中说:"就怕我们在这里住两个星期就住不下去了。"白燕说:"为什么?"

李中说:"你看,这里既没有酒店,也没有电话,还不知道有没有电灯,看报纸都得比别的地方晚三五天,我们在城里住惯了,对这里不一定能适应。"

白燕说:"那也不一定,只要两个人在一起,有一间大房子,白天种种瓜菜,种种豆,种种花,晚上累了,自己烧水洗个热水澡。上床做做爱,生两个可爱的孩子,不是挺好的吗?"李中说:"好是挺好的,不过,就是觉得还缺少点什么,现在的人,已经不是这么容易满足了。"

站了一会,说了一会话。两人在船顶上一个大木箱子边坐下了,箱子是和船顶一起造的,但不知是做什么用的,他们靠在大木箱子上,正好面向太阳,李中说:"燕子,你怕晒吧? 别晒黑了。"白燕说:"不要紧的。偶尔晒晒,对人的皮肤还有好处呢。"白燕搂着李中的腰,偎在李中身边。他们居高临下,看着波光粼粼的湖,远处山影成片,黛色深浅,一些不知疲倦的湖鸥盘旋飞翔,几面白帆的小船在湖水里起伏。

小岛早就消失在身后了,太阳渐渐西行,船开始转向南行了。前方的湖岸越来越近,这条河的河口慢慢露了出来。

李中说:"这肯定是白石天河,从白石山镇流下来的。"船响了几声笛,对准了河口驶去,河口两边是很大的湿地,湿地上长满了植物,还有不少沟沟岔岔的,一些鸟在植物和湿地上起落。白燕说:"湖里鸟真多,各种各样的。"李中说:"这里有点奇怪。"白燕说:"李哥,什么奇怪?"李中说:"你看是不是很奇怪,河口附近连一家住家的都没有,在一般的河口,都至少会有一个村庄。"白燕说:"这里的湿泥地太大了,不好住人的。"李中说:"那也是的。"

船慢慢开进了河里,河面比较宽,非常弯曲。所以船开得很慢,而且不停地鸣笛,河边的矮树也很多,矮树一直长到水里,太阳更加往西走了,阳光照在身上温度有所下降,村庄在河岸不远处出现了,白燕更紧地搂住李中的腰,更紧地偎在李中身上,李中说:"真不想回去上班了,要是就过这种生活多好。"白燕说:"李哥,我也是这么想的。"

李中搂住白燕的脖子,河两边的湿地,现在越来越收窄了。李中和白燕在高处,能清楚地看见河岸两边的地面上,种着一些还没有收割的庄稼,更多的地块种了蔬菜,零星的农夫弯着腰在蔬菜地里干活。一块一块的菜地里,偶有一两株孤零零长着的矮树,或者高树,但都很孤单。

突然,前方拐弯处出现了一些房屋,客船又鸣起笛来,连叫了几声。李中和白燕看得见河边的小码头了。白燕说:"李哥,是不是到白石山镇了?"李中说:"小像,白石山镇不会这么小吧,反正白石山镇是终点。无所谓的。"

船在码头边慢慢停靠下来,这里果然不是白石山镇,码头上一块铁牌子写着:芳村。船上下去了很多人,板车和自行车也下去不少,另有几十人上来,还上来了两辆自行车,船鸣了笛。慢慢离了码头,又溯着河水往南开去。

水还是那么清,河面也比较宽,河边的稻田开始多起来了。成片成块的,树林也开始多起来,也是一片一片的,白燕更紧地搂住李中。李中搂着白燕的脖子,太阳再落下去一些,河里的凉气有点往上升了,树林过去,河两边的田地更显宽广,白燕偎在李中的怀里,小声说:"李哥,有山了,左边。"李中往左边看去,左边影影绰绰的,真显出了一丛山影,两人盯着山影看,河道拐来拐去的,山影有时候在正南方,有时候在偏东南方向,有时候甚至在偏西南方向。

山影越来越清晰了,山并不很高,在西天太阳的照耀下,红红的,李中说:"燕子,肯定到了,时间也该差不多了,船还能往哪里开呢?"白燕从李中怀里坐起来,李中说:"燕子,我们下去吧,上面有点冷了。"白燕说:"我的手都有点凉了。"李中摸摸白燕的小手,真的有点凉了,他攥住白燕的手,他们站起来,白燕在前面,李中在后面。他们下到了甲板上。

所有的乘客都已经聚集在船舷边上,看样子终点站白石山镇真的要到了,甲板上一点都不凉了,李中和白燕站在船舷边。白燕挽着李中的胳膊,船鸣起了笛,速度越来越慢,前面的镇子越来越近,码头出现了,码头边站着一台用水泥礅固定的吊车,一面大屋的整面墙上,白底红字写着几个字:白石山镇。

船慢慢靠在码头上。李中和白燕随着乘客下了船,出了码头大院,顺着一条青石条路往高处走,走不到一百米,就进了街道。右手是桥,左手是进镇的方向,原来白石山镇就在白石山的山脚下,依山而建。

李中和白燕往左手方向走去,街是极古老的街,青白条石,不宽,同时能行两辆汽车了不起了,街两边都是商铺木板活门,店里的老板或者老板娘,都像是几辈子一直在这里生活的,悠然,心定,神闲,有两个人正在下象棋,有四个男女在打扑克斗地主,外带三两个人在旁边看,有的老板坐在店堂里闲看店外,还有看书的,还有几个人在店堂里择菜、拣菜、说话,有两个人在门里劈竹篾编箩,一个女孩带着一个小孩子玩,孩子就像是古典文学里的那种白胖有神的孩子,穿着花绿衣服,留一撮毛,扑在大孩子的怀里撒娇,不一而足,总体上说,都安安静静的,整个镇子也是安安静静的,街道上以及门里门外,都打扫得干干净净,看了叫人心里舒坦。

白燕仍挽着李中的胳膊。不出片刻,他们已经走出老街,走到新街上了,新街没有什么看的,两人返身往回走,走了几步,看见一条石级组成的巷子,直往镇街背后的山上去。李中说:"燕子,我们上去看看,反正现在也做不成什么。"白燕说:"李哥,我跟着你就是了。"

两人沿石级上去,石级两边都长着青苔,上了几十米,石级两边有各种各样的门,有的是独家住房,有的是单位大院,再往上上,过了几间民房后,一下子到了山坡上,山坡上的草虽然已有点枯黄,但仍是绿格莹莹的,昂头看去,白石山原来并不高大,只是一两个山头而已,不过,山上的石头真都是白的,李中说:"这山真有趣,石头真都是白的。"

两人手拉着手,往山上走,过了一片光滑的大白石头,再往上就没有什么险途了,十分钟不到,两人已经到了山顶,山顶有数百平米那么大的一片平地,平地上没来由地堆着两堆高大的石块,那些石块一眼就看出来是自己从山下长出来的,原本是整的,不知哪年从中间裂了几道缝,就成了现在这个样子了,其中一块大白石头上,还凿涂了几个大红字:白石山。

李中和白燕从那些大石下边的洞洞钻过去,再回到原来的位置,看了那些字,又走到山的四面,往山下看。

山的东面就是白石天河,河道蜿蜒。晚霞把水都染红了,河上却还有一两个小盆子,正在顺流往下划。不知他们是不是要连夜赶往岗州湖里去。山的南面,是一片白石山镇的屋顶,高低错落,别然有致的。山的西面,一条公路在田地里伸展。一直消失在白石山镇里,再出镇时已经在白石天河的桥上了,公路还一直往西延展呢。山的北面,离山有三五里地,田原里有一个村子,树木多多,飞檐走瓦的。村庄的面积看上去也不小。白燕说:"李哥,那是什么地方,看上去不像个一般的村庄。"李中说:"我也不知道。明天要是有时间。我们就过去转转。"白燕说:"我想去看看。"

山上的风逐渐加大,夕阳马上就要落下去了,李中和白燕手拉着手,下了山。

天说黑就黑了,回到镇上,找了一家较大的私人旅社,要了一个房间,房间比较大。在二楼,房间里有四个铺,既没有电视机,也没有卫生间,旅社的下面临街处,就是饭店,饭店里没有人吃饭,一个厨师在灶前忙着做卤菜,一个小姑娘在择菜,老板娘在门前收干鱼。在屋里洗了脸,李中和白燕下楼到一楼饭店里,在饭店要了四个菜,一个当地的咸肉烧菜,一个白石天河里捕的新鲜鲫鱼,一个当地笋干烧当地产的香菇,还有一盘小白菜,再要了两碗米饭,一碗酒酿鸡蛋汤,两瓶啤酒,两人对坐在昏暗的灯光下,吃得酒足饭饱。

李中吃得快,吃过饭,李中点了支烟吸,看着白燕慢慢吃。白燕也是饿了,中午吃饭早,又颠了一天,她把剩下的咸肉拣出来不吃,香菇、干笋、小白菜、鲫鱼和酒酿鸡蛋汤,她吃得一干二净。边吃边说:"李哥,我可以这么吃吗?"李中说:"看你吃饭是一种享受,就像是回到了家里。"白燕说:"这些东西都不会长胖的。"李中说:"你再长胖点,也还是这种情趣,你本身就是个富态相。"白燕说:"那我长得不漂亮吗?"李中说:"不是的,你很漂亮,这是不用说的,除了漂亮,你还很富态,我很喜欢。"白燕说:"我喜欢听你的这些话,特别是最后一句。"

晚饭后,李中和白燕在街上转了一圈,街上没有路灯,只有各家门里露出来的一些灯光,小镇已经静得不得了了。他们转到白石天河大桥上,桥两边还有几个卖卤菜的摊子,李中问卤菜摊上一位小老板:"小师傅,这里有车到岗州吧?"小老板说:"有,有,就在这桥头坐车。"李中说:"一天几班?"小老板说:"半小时一班,多得很。"李中说:"最晚一班是几点?"小老板说:"那谁知道,反正两三点钟都有,再晚就不保险了。"白燕说:"从这里到岗州,坐车要多长时间?"小老板说:"两个多小时就到了。"李中说:"谢谢你。"小老板说:"谢啥子。"

李中和白燕在桥上站了一会,桥上风有些大,人很快就觉得被风吹得有些冷了,他们离开大桥,回到旅社房间,两人去二楼另一头上了厕所,回来插了门,灯光昏黄,在房间里用热水洗了脚。水就泼在屋里的水泥地上,很快就渗干了。

李中说:"燕子,晚上起来就用脚盆吧。"白燕说:"脚盆太浅了,会溅一屁股的。"李中说:"你把它稍微立起来一点,就不会了。"白燕笑说:"李哥,你以前这样干过的吧?"李中也笑起来,说:"生活经验。"

白燕说:"李哥,晚上怎么睡呢?"李中说:"燕子,我想听你的。"白燕笑说:"李哥,你是男人,还不是你定吗?"听了白燕的话,李中也笑起来,说:"燕子,我身上不干净。或者说,心里不干净。"白燕说:"李哥,我听不懂。这怎么说呢?"李中说:"燕子,我喜欢你,我暂时先用喜欢这个词,我也非常想跟你睡觉,非常想。现在就想,立刻就想,但是,我不想把你仅仅当成情人,或者性伙伴什么的。我非常珍惜你,但是我现在身上不干净,我想把最珍贵的东西,留到最后那一刻。"白燕笑说:"李哥,我也是这样想的,但是,李哥,我还是想和你睡在一起,一个被窝两头睡,这里会很冷的。"李中说:"好的,这样睡挺好的。"白燕说:"李哥,如果你控制不住自己,你随时可以来的。"

李中看着白燕,点点头。

他们上了床,李中在北头,白燕在南头,被子有点薄,他们盖了两床被子,两人靠在床头讲话,李中觉得白燕身上暖暖的,软软的,他抱着她的脚,把她的脚放在怀里。

白燕笑说:"李哥,你刚才说,你身上不干净,你和哪位小姐在一起的?"李中说:"几年前的一个情人,正好她回岗州来,两人就见了一面。"白燕说:"她不好吗?"李中说:"我不是那个意思。我是说,我不能对你隐瞒这件事。"白燕说:"李哥,和夫人还是不好吗?"李中说:"好像更不好了。"白燕说:"她对你怎么样了呢?"李中说:"她要搬出去住了。"

说到这里,外面传来了脚步声,老板娘在窗外说:"睡觉了就关灯吧,别浪费电。"李中说:"这是说咱们的,这楼上没住别人。"

李中伸手把灯关掉,老板娘的脚步声下楼去了,两人又说了一会话,李中一直把白燕两只细嫩丰润的小脚抱在怀里,白燕也一直抱着李中的一条腿,不知不觉的,两人就睡着了。

一觉睡醒,窗外已经亮了,李中怀里还抱着白燕的两只脚呢,闻闻白燕脚丫巴子的香味,李中在床头靠起来。窗外好像有点吵,阳光已经从窗外照进来了。

过了好一会,白燕醒了。身子动了动,哼唧了一声,李中知道她在撒娇,就又把她的两只小香脚揽在怀里,用手抚摸着,说:"燕子乖乖,太阳照屁屁了,夜里睡得好不好?"白燕说:"上半夜睡得不太好。开头睡不着,想把你喊起来,做那个,不过后来还是忍住了。东想西想的,到下半夜才睡着。"

李中说:"你夜里没起来吗?"白燕说:"起来了,还开了灯,起来两次,晚上喝汤喝多了,再说又没睡着,人就老觉得想起来,从那边床底下,找到一个塑料痰盂,在那里解的。"

李中和白燕吃过早饭,白燕又上二楼房里化了淡妆,结账出来,在街上人丛里遛了一圈,然后出了镇街,住山北那个村子里去。

两人一直往东走,走了不到一里路,再往北一拐,就走到了田地里,乡村的路上干干的,时有上集下集的人走过,远远地看见村庄了,其实一点都不远的,走着走着就接近村庄了,村庄显得很素净,走到村口,看见一块大石碑,白石的,上面写着三个楷体大字:烟雨村。

两人走进村里,村里也没有什么特别的,只不过旧房子较多些,旧房子都飞檐走瓦,带门廊,门楣上方的墙面上,大都有石雕的浮像,有花草,有人物,有山山水水,李中说:"这绝对是老屋,中国古民居。"

新房子倒没什么,一般都是两层平楼,也有起了三层,或者两层半的,家家院院都不算小,隔墙看见院里有树枝或花枝出墙来,也不知道是什么树,什么花,村里搞得也干净,本来石头多的地方,也是容易干净的。

在靠近村外的地方,有不少用鹅蛋石垒成的小院,小院高只盈尺,鹅蛋石上用黄泥再垒起半尺高,黄泥上遍植仙人掌,仙人掌落地生根,枝枝爬爬,长得到处都是,李中和白燕看呆了,李中说:"这种护墙法只听说南方广西那边有,没想到这里也有,还长得这么苍。"白燕说:"李哥赶快跑,我看着身上都痒痒。"

白燕拉着李中的手赶快跑,跑进村子里,到一个小巷口,才慢下来,两人笑得前仰后合,李中说:"燕子,我点支烟吸。"白燕说:"给我也吸一口。"李中点着烟,吸着了,把烟放进白燕嘴里,白燕吸了一口,从鼻子里把烟冒出来,李中看着她笑。白燕也笑,说:"李哥,烟好香。"李中说:"要不要再吸一口?"白燕说:"会上瘾的。"李中说:"香烟上瘾不可怕。"白燕又吸了一口,憋着,憋了一会,憋不住了,再从鼻子里冒了出来,白燕摇摇头说:"不吸了。有时候在酒店里会吸一支半支的,为了应酬,有时候也很累,平常不想吸。"

这时手机响了。李中说:"双休日,还有谁这么讨厌。"白燕说:"也许有事呢,李哥,你接吧。"

李中接了电话后,关了机,往巷子里去找白燕。

巷里都是青石条铺路。不是直来直去的,有些小拐弯。转过一个小弯,李中看见白燕正站在一户人家的门廊外,往门上看,李中走过去,看见那家人家院门大敞着,李中说:"燕子,看什么哪?"白燕挽住李中的胳膊。说:"看门上的字。"李中也抬头去看,看见大木门门楣上边的白石墙上,是几个苍劲的繁体字:许氏听雨花园。李中说:"这名字起得好。这里住的人家以前不是大户,也是官。"白燕说:"李哥,你看他家院里好多花,咱们进去看看行不行?"李中说:"应该行的。"

两人小心进了院子,原来院子里有人的,一个老年人,光头,穿对襟褂子,另有一个女孩子,十八九岁,两人正在院拐角里筛土。看见李中和白燕进来了,老年人和女孩子都转头来看,李中说:"老先生,不好意思,看见你院里这么多花,顺便进来看一下。"老年人说:"不要紧的,不要紧的,你们看吧,从哪里来的?"白燕说:"从岗州来的。"老年人说:"不要紧的,看吧。"李中说:"谢谢,谢谢。"

白燕挽着李中,从院子一角开始看,只是看着好看,到处都是盆,都是花的,少数认识,多数都不认识,只是看个热闹。

院子的另一角,看到一种攀爬的植物,蓬勃旺盛,叶子带红色,爬了一窗一架的。闻上去还有些清淡的香气,白燕很喜欢。禁不住转身问老年人,说:"老先生,这叫什么花?"老年人听白燕发问,拿着手里的筛子就过来了,说:"这叫金银花。"李中说:"你这院子里种了这么多金银花,肯定非常喜欢这种花吧?"老年人说:"喜欢,喜欢,我打小就喜欢,你们看这一棵,都有二三十年了,还长这样好,每年都开一树花,看着喜欢人。"白燕说:"金银花这么好啊?"老年人说:"我喜欢金银花,就偏好它几句,也有不喜欢的,就说不上来了,人都是这样的。"

李中说:"老先生,金银花有什么好呢?"老年人说:"要说它好,就能说上一大溜子,金银花又叫忍冬,双花,二宝花,莺鹭花,鸳鸯藤,属忍冬科,忍冬属的。"李中笑说:"那它还怪有名的,你看又是它的科,又是它的属的。"老年人说:"就是的,它是藤本的,常绿缠绕植物,你们看它爬多高。"

白燕说:"老先生。它好种不好种呀?好种了我们回家也种一棵两棵的,让它爬。"老年人说:"好种,好种,这种花特别好种。它又不怕酸,又不怕碱,涝也不怕,旱点也没问题,夏天太阳晒,那对它好。冬天冷风冻,也冻不死它,好养得很,我就喜欢这样的东西。"李中说:"它为什么叫金银花?有没有什么讲究?"老年人说:"金银花开花,先开白的。开过几天,就由白变黄了。开花的时候,一树上有白有黄,所以叫金银花,这东西色香韵齐全,从春开到秋,香气满院。又不娇气,讨人喜欢得很。"白燕惊叹说:"噢,这么神奇。那怎么又叫鸳鸯花呢?"老年人说:"你看它开花的时候。一定是成双成对地开,就像形影不离的情人,所以又叫鸳鸯花。古诗讲,天地氤氲夏日长,金银二宝结鸳鸯,山盟不以风霜改,处处同心岁岁香。讲的就是这个意思,这种花好得很,以前还有些典故哩。"

白燕说:"老先生,什么典故?"老年人说:"传说以前在白石天河边,住着对孪生姐妹。姐姐叫金花,妹妹叫银花,这一天下午,姐妹两个看见河对岸有一只狼追赶一个女孩子,就过河把女孩子救下来了,可是,那个女孩子伤势很严重,周身发热,眼看就有危险了。为了救活女孩子,金花带着干粮上白石山找药,那时候山比现在这山大。金花上山找药,滑下山沟,遇难了。银花又去找,经过千辛万苦,终于找到了,治好了女孩子的伤,银花因为劳累过度,也离开了人世,女孩子为了感谢金花银花这姐妹俩,就把她俩合葬在一起,后来坟上长出了很多金银花,一叶两花,先白后黄。后人就给这东西起个名字,叫金银花了。"

白燕说:"噢,原来是这样的。"老年人说:"就是这样的。"白燕很是佩服老年人的知识,嘴里一直啧啧个不停,李中说:"老先生,这种花原来是产在哪里的?是国产的,还是从国外进口来的?"老年人说:"我们国家原产的,我们国家,从南到北,从东北,到云南、贵州,都有培养,南北朝的医书里就有记载,明朝有个古方子,叫银翘散,治疗伤风、感冒、咽炎、口腔炎,效果好得很,就是用金银花为主药制成的,现在改名叫银翘解毒丸了。"李中说:"咦,金银花作用大得很哩。"

老年人说："金银花的花和叶子都能当茶喝，在茶杯里泡泡，好喝得很，又能清热解毒，比茶叶差不到哪里去，古书上讲，吴中暑月，以花入茶饮之，茶肆以新贩到金银花为贵，都说的是这东西。"李中说："老先生，在这个村子里住，怎么想起来养花的？"老年人笑笑，平淡地说："人老了，干啥去，你们城里人，有文化，都懂这个理，我们中国人，到了一定年岁，上哪找归宿去呢？还不得上养花、书法、中国画、老古董那里找归宿去？"李中连说："是的，是的，至理名言，至理名言。"

李中和白燕都听迷了，特别是白燕，听得脸上泛着红光，一直说了很长时间，李中和白燕才告辞出来，白燕说："李哥，真想不到这里还有这样的奇人。"李中说："古人说过的，十步之内，必有芳草，其实到处都有能人的。"

两人在村里看过一遍，离开烟雨村回白石山镇，到了镇里，先找一家小馆子，点了几个土菜，要了汤、饭和啤酒，慢慢地吃了，喝了。

酒足饭饱，时间才刚刚十二点，白燕趁稍有点酒兴，说："李哥，我想和你接吻，就是接接吻，没别的，和你认识这么长时间了，又跟你跑出来玩，连接吻都没有，有点说不过去。"李中说："我也很想，时间还早，咱们出去找地方吧。"

两人出了饭馆，往镇子外走，走了几步，看见昨天上山的那条石级巷，李中拉着白燕的手就上去了。上到最上的房屋后面，那家边墙有一人多高，正好挡住让人看不见，墙下边是红色的山土和发白的大石，李中把白燕抱到大白石上，这样两人差不多高了，李中先亲亲白燕的鼻子，然后把白燕半放倒搂在怀里，和她接吻。

李中把舌头伸进白燕嘴里，白燕也把舌头伸进李中嘴里。他们吻了很久，白燕软软的，已经快要站不住了，李中一直在吻白燕，他们换了个姿势。白燕的身体倒向了另一边,他们继续接吻,吻了一会,白燕站直身体,紧紧搂着李中,哼唧着,脸上红粉粉的,如痴如醉的,闭着双眼。

他们又吻了很久,后来,他们坐在大石头上接吻。李中觉得白燕都快要吻得睡着了,李中离开白燕的嘴,说:"燕子,你睡着了?"白燕睁开眼说:"没有。李哥,我还要你吻。"他们坐在大白石上继续接吻,白燕躺在李中的怀里了,她紧紧地搂着李中,像是怕他离去似的,她非常痴迷,翻来覆去地和李中接吻,李中也翻来覆去地和白燕接吻。

不知道多长时间过去了,白燕突然惊醒了,她睁开眼看看李中。头钻进李中的怀里,说:"李哥,不早了吧?"李中说:"大概不早了。"白燕说:"李哥,咱们该走了。"李中点点头,他们站起来,理理衣服,白燕挽着李中的胳膊,两人往街下走,白燕说:"李哥,我嘴唇有点胀,可能会肿了。"李中说:"我也是。"白燕:"今天上班好看了。"李中说:"你就说是火气冲的。"白燕扑哧一声笑出来,说:"哪有这么冲火气的,人家火气只会冲几个包,哪有火气把整个嘴唇都冲肿的。"

下了山,进了镇街,走到桥边,两人上了车,白燕一直蔫歪歪的,歪在李中身上,李中说:"燕子,累了吗?"白燕轻声说:"李哥,我刚才投入太多,现在困得眼睛睁不开。"李中说:"燕子,你睡吧,我也有些困了。"

白燕歪在李中身上,很快就睡着了,李中也是半睡半醒的,车从白石天河大桥上开出,一直往西开,李中也不知它开到哪里了,蒙眬中只见它驶过一片桑田,又驶过一片洼地,洼地里挖着一些鱼塘,又驶进一个高岗上的村庄,再从高岗上的村庄里驶出来,最后上了一条宽敞的大公路。

# 尼玛草原的狂欢

## 1

一个浪漫的盛暑的下午。

门窗紧闭,空调放出一阵阵凉气,人身上滑滑的。

我和杨小慧赤裸裸地躺在床上,喘息。我开始吸烟,香烟的青气沿着素花墙纸的墙面悠然上升。

"我们应该再来一次。"杨小慧说。

"我有点累了。"

"你的性欲在下降,阿康。"

"过几天我们又会在一起,还会在草原上度过一段可能是难忘的时光的。"

"那倒是。"

## 2

一本红塑料皮的中国地图搁在床头柜上,还有几张花花绿绿的零散的报纸。

"如果在草原上,据说人们通常都会连续来两次的,尽兴以后,两个人就可以完全放松地睡个好觉了。"

"那我愿意到草原上去。"杨小慧说。

"那你一定会尽兴的。"

"但是,咱们也许能推迟几天,推迟十天、十五天,再去,我不想耽误这次考评的机会。"

"现在是大西北旅游的最好季节,早了天气会很寒冷,晚了就会起风沙。"

"难道你做决定,依靠的就是一本烂地图和几张破报纸?这上面都有些什么?"杨小慧有些微愠。

"有些什么你都知道的。"

"梦一般的玛曲草原、碌曲草原、桑科草原、尼玛草原,金碧辉煌的藏传佛教拉卜楞寺、尼玛寺、郎木寺?8月4号金色夏季尼玛草原上的狂欢?你不觉得它们的宣传味道过浓了一点吗?"

"好了,好了,小慧,我并不勉强你,但我想去草原,我要去草原寻找我心中的小羊。"

"那个王老洛的遥远地方的破小羊?"

"你是在讽刺我吗?"

"没有,阿康,我只是在和你对话。"

## 3

香烟早已吸完,但很长时间了,我们还是赤裸裸地躺在床上面,皮肤凉凉的、滑滑的。我不会和杨小慧计较的,我知道她的脾性。

"谁有诚心,谁就能在草原上看到《雪山瑞草图》。"

"哦?"杨小慧的精神还算集中。

"古代有一位年轻英俊的公子,有一天他游逛到尼玛草原上,他被一棵野草绊倒,于是他被美丽的草原迷住了,他娶了一位比雪山和草原更美丽的姑娘,从那时起,他们就在草原上繁衍生息,一直到现在。"

"这是什么?"

"这就是传说中的《雪山瑞草图》。还没有人得到过它。"

"我看倒更像是一幅《草原寻羊图》,你真不如直说了。"

"我并没有想说别的。"

"你一定很想去碰碰运气。男人都是这个样子的。"

## 4

窗外好像在刮大风,窗玻璃偶尔发出一两下响声,楼下似乎有喊"拾被子"的声音。竹竿从楼上掉落下去碰在一些物件上。我们似乎睡了一会。

## 5

我们还是躺在床上,说着话。

"阿康,草原大不大,会不会比市中心的广场大?"

"我想应该更大一些。由许多个市中广场,才能组成一个大草原。"

"草原的四边都是房子? 像市中广场一样?"

"没有那么多房子,不会像市中广场那样,被楼房围起来。那里没有那么多人,最多只有十多万人。草原周围的房子会稀落一些,也许有市中广场的三成五那么多。"

"草原上会不会开各种花?"

"那是不可能的,草原上只会长草,长那种供牛羊吃的草,草原上的草是不可能开花的。"

"那草原上的花都是猪。"

"到了草原上就不能再胡说八道了,这是规矩。"

"但现在并不是在草原上,再说我只是个未婚的女人。"

"未婚的女人?"

"至少现在、当下,我还未婚。"

"嗯。"

"未婚的女人想怎么说,就怎么说,未婚的女人是不可能受到那些俗世规矩的限制的。"

## 6

窗外天空的颜色在不断地变幻,天色阴暗,雨哗哗啦啦地下起来了。

后来天明亮了一些,天空似乎变成了蔚蓝色,阳光照亮了天空。

"我们应该再来一次,阿康。"

"过几天我们还会在一起,会在一起许多天的。"

"但我们现在应该再来一次。我想再来一次,真的,阿康,我觉得你很厉害,你完全征服我了。"

"我中午酒喝得太多了。我们会在一起的,在草原上我会更厉害。"

"我们不会一起在草原上的。"

"不会?"

"我们不会一起在草原上的,阿康,我不想放弃这次考评的机会,阿康,我们真的应该再来一次,我真的很想再来一次。"

"小慧,我不想,现在不想,真的,过半小时再说吧。"

"那你想什么?想你的那个看不见、摸不着的破草原?想你的那个破婊子西北小羊?想你的什么烂东西!你他妈的到底在想什么?!"

"我在想什么?"

"你到底在想什么?!"

"……"

"……"

"我在想我后天怎么走,我在想我怎样去西北寻找我的小羊,我在想我后天一定要走!一定!一定!"

杨小慧柔声说:"我会把票退掉的,一定,一定!"

## 7

天空再一次暗淡下来,雨不停地下着,看样子,外面的天气也不会太热。

后来天又晴了。

杨小慧打了个哈欠。因为这个哈欠,晶莹的泪珠涌出了她的眼窝。

我们赤身裸体、长时间地仰面躺着,或者各向一边。

"慧慧,你困了吗?"

"我困了。"

这次由我提议并发起,我们做起了爱。杨小慧的脸在我的胸脯下一抖一抖的,床也在"咯吱咯吱"地响。

"这,不公平。为什么,你要,做,什么,总是,能做,成?"

我说:"我将,等待,你的回,答,哪怕,一千,年!"

——不对,这是另一场次中的台词。

杨小慧说:"你的,激情,让,我,口渴,口,渴,口渴。"

## 8

现在,我站在十三楼住宅的阳台上,看着城市里大大小小的屋顶和建筑。

——这里是附近的一个高点。

当你从上面、从高处俯瞰这片古老的人类居留地时,你的感觉会跟平时大不一样。

你的目光快速地从城市的顶面上扫过,现在你看到的,只是城市里最不讲究的屋顶,它们灰溜溜、光秃秃的,偶尔有些东西,也就是水箱、广告牌锈迹斑斑的角铁、金属管道之类,毫无诗意,它不像平时你在街面上、在示范路上、在闹市区看到的那样:五颜六色的广告牌、漂亮的灯饰、光彩照人的店面、豪华的大玻璃橱窗、各种各样闲溜达的美人等等。

## 9

从闹市区开始,五光十色的街道在后退。街道上的一切都迎面扑来,又慢慢地退去。

一直往东。

我完全记得十字路口那个白色的、插着白蓝相间的遮阳伞的、经常站着警察的岗亭,也记得另一个十字路口的两条我都可以回家的路。一条路笔直地往前走,那条路会先经过一座较老的水泥长桥,桥上颠得厉害,桥的两边都是老式建筑,一家门面的玻璃门上贴着很大的红字:手机;另一家门面前的电线杆上挂着布质的招牌:臭干子——这是本地的名小吃。

另一条路却要往左拐:街道上所有的一切都急速地迎面而来,

又较慢地后退而去,路的两边是漂亮的花园、漂亮的蓝白相间的小房子、穿夏季制服的公交车站票务人员、在有大树遮阳的人行道上行走的美少女,一个、两个,又是两个;一个小伙子靠在花园的围栏上看她们。

## 10

街景在继续急速地迎面而来。

然后你看见第三个十字路口。

你看见右边的街景,你再看见街道左边的一个不大的巷子,巷口最显眼的是两巨扇贴着"美容美发"字样的玻璃门,完全是城市居民模样的老年人在巷口进出。

巷子两边的事物在慢慢地移去,小烟酒店、洗衣房、出租影碟的门面、面包房、小书报店、修理自行车的摊位等等。

## 11

我们暂时会在这里停住。小巷会让我想起那些乌糟糟、乌燥燥的早晨。我使劲甩头都甩不掉那些平庸和琐屑的事情。

我的每一天都像上一天一样,一大早我就醒了,我揉着眼睛下床,然后"扑通"一声跪在阳台门里,面向阳台外的广阔蓝天,用我自己的方式晨祷。

"让我的身体健康吧!我并不是怕死,而是不愿意无谓地送命。我也需要一副好的身板,以便能实现更多的人生愿望。"

"让我的思想也活跃吧!让我有巨大的创造力吧!我最不愿意碌碌无为地活着了,那跟死了没什么两样,那甚至比死了更让人难受!"

"另外,再让我得到我的最爱吧!她可能是我的女伴,也可能是我的红颜知己,还可能是我的终身伴侣,说不准的,但是,一定让我得到我的至爱吧!"

我每天的祷告词虽然可能会有一些小小的变化,但主旨、大体内容,基本上都差不多,我总是向上面提出一些具体的、有时候是过分的要求,并且指名道姓地索取一些东西。我觉得这并没有什么不好,坦率为什么就不是一种美德呢?再说我每次的祈祷,都是非常真诚,绝不掺什么疵瑕。

## 12

我认为我的真诚很快就会感动上天的。我的心情轻松下来,我一跃而起,我穿着红裤头、红背心,肩上斜背着我自制的一个小荷包——里面装有手机、早点钱之类——跑下了楼,跑出了小区,跑进了小巷。

时间很早,也许只有五点左右。小区里还没有什么人。我跑过我们前面提到的、我熟得不能再熟的小巷。

一个光头男孩和两个穿紧身衫的大屁股女孩,正在小巷里进行激烈的争吵。

我放慢脚步,从他们的身边跑过。

……见红吧……钱不到……二赖子小心……妈×想白干……妈×去死吧……这些句子分别飘进我的耳朵。我饶有兴趣地捕捉着这些词句。

## 13

我跑出小巷,跑到了大街上。

"妈×去死吧。"我微笑着,重复着他们的话。我边跑边从自制的荷包里摸出手机,给110打了电话,向他们报了警。然后又把手机塞进荷包里。

我昂首挺胸,精力集中,在鲜有行人车辆的街道上向前快跑。晨跑真是一种叫人过瘾死的活动。它太过瘾并且太舒畅了,如果你像我一样有充足的时间的话。

我尽情地用肺呼吸着早晨的空气。

夜来香的香味还未散尽,整个城市都飘浮着夜来香的已经渐淡的香味。

## 14

茉莉花的芳香又接上来了。

我继续向前奔跑。一辆110警车从街道上疾驶而过。没错,就是它。我幸灾乐祸地微笑着,一刻不停地向前快跑着。

我始终微笑着,我都能够感觉到我自己的微笑的魅力。

人们怎么可能不欣赏这种自信的、智慧的、儒雅的、剧作家诗人式的,也有点令人不寒而栗的、笑里藏刀的微笑呢?

## 15

这就是小巷的故事。

## 16

小巷留在我们的身后了。

我有点晕,被各种事情绕得有点晕。再说,这种快速的、不分青红皂白地疾行,也搞死人。不过,你得控制住自己。

穿过小巷,我们继续前行。现在,在你的右手,一个敞开的大门出现了,墙上彩色水泥制成的大字是:留香苑新村。

值班室的门外有一辆轮椅,一个瘦瘦的中年人坐在上面,轮椅后面站着一个中年妇女,那是老张和他的媳妇。两排半大的小叶女贞一路排开,一幢幢楼房排列在新村里。

"13幢",这个惹眼的、不知吉凶与否的数字。我们向左拐,有另一些尚未长大的合欢树。一个三十岁左右、染黄毛的少妇从楼房里走出来,她会瞥你一眼,她的眼睛很明亮,你忘不掉的。她急匆匆地与你擦肩而过,似乎活力四射,你能感觉到。

## 17

现在是3单元门洞。黑乎乎的墙上印着无数个疏通下水道和搬家的传呼以及电话。电梯发出嗡嗡的声音,电梯门打开,你一眼就能看到1306这个号码。

门已经很旧了。进门是一个放鞋的木柜。穿过小小的客厅,通往阳台的门大开着,一个似乎高大的、光着脊梁的男人背身站在阳台上。那一定是我。我仍然待在阳台上。

现在你看到的,只是城市里最不讲究的屋顶,它们灰溜溜、光秃秃的,偶尔有些东西,除了那些已经凋谢的牵牛花,也就是水箱、热水器、广告牌锈迹斑斑的角铁、金属管道之类,毫无诗意。这与我的天性,也与我的工作不合。

这是这一天几乎就要结束的时间,你可能觉得这种时辰还不算很坏。

## 18

确实如此,盛夏的,但有风的傍晚,我站在我十三楼这个有着小小转角的阳台上,略带些深思地看着暗灰色的城市,风吹动着我身上很少的衣服。

太阳似乎就要落下去了——西略偏北的地方有一些高楼——它红得让人发眩,也有些让人迷幻,以为什么美好的事情就要来临了。

每天的这种时候——傍晚落日的前夕,我站在我的十三楼阳台上的时候——我都会有这种不切实际的幻觉。

我总会不由自主地想起半年前我发表在机电报副刊上的组诗,那是我这六年来最值得纪念的收获了,那也是我这六年耗费心血最多的作品。几乎就是它们支撑着我这六年的精神生活,我也总会找到机会朗诵它们的。

## 19

一间很大的阶梯教室。

二楼的横梁上悬挂着红布的大条幅:热烈欢迎著名诗人们来我市演讲!数百名(如果不是六七百名的话)当地中学的老师和高中生挤挤地坐满了教室,你能看到他们求知若渴的表情,在这种情况下,我总是更加兴奋,发挥得似乎也更好。

　　无题
　肚子饿了面包的滋味无花果的清香
　做不出来的激情却总做痛苦状

邻家的猫儿在叫老鼠在厨房窃笑
线性的思维瘦削
风乍起秋意转凉草茎还在延长

我的沉着的台风、抑扬顿挫的声调、略带些磁性的男中音（偏高的），会带给我极大的满足和收获。不要小看这一点，这是我生命的动力。我微笑着，看着台下那些兴奋的、激动的面孔，看着那些使劲鼓着掌的老师和同学，在那一刻，我感觉我似乎不再需要别的，似乎不再需要职务、家庭、大房子、高收入，还有杨小慧、我的前妻靳芬，或者刘康——我的同名者，以及其他。

## 20

整场肃静，那些期待的面孔和眼神，再一次出现在我的眼前，是一种暴风雨即将来临的征兆。这是我的第二首诗，它也是我的最爱。

草地
这块草地（虽然很小），
在干热的夜晚，送来一阵阵
清气荡漾的爽意
夜晚走出斗室，走到无垠的星空下
走在一年一度难挨的暑闷里
草地，扩展开绿色的胸脯
层层草的气息像曾邂逅的姑娘
那激情难禁的喘息
在黑暗中迎接你。没有声音。

最后一个音结束时,我凝固成如下的形状:头略仰起,双目紧锁,两臂张开。我像是真的要拥抱什么,又像是在等着接天上的露水喝。

你能想象我得到了什么:极其热烈的掌声,小女生们失控的尖叫声,还有别的,我已经听不出来了。

真的,在那一刻,我觉得自己似乎真的不再需要别的什么了,什么都不需要了,完全不需要了,不需要了。

## 21

但我需要牵牛花。

万般楼灰中的一片云红、梦蓝和幻象中的绿。牵牛花的花朵正在开放,在盛开、盛开,红的,或者蓝的。

——这是清晨我从阳台上看出去的唯一亮点:对面楼上一户人家阳台的支架上爬满了富有想象力的牵牛花。楼顶也是,满眼的牵牛花。那是残疾人老张的杰作。

牵牛花无拘无束地率真开放。小女生们的尖叫声,在无边无际的牵牛花的花丛和叶丛里回响,一两只早起的小昆虫在花朵边徘徊。

我还喜欢昆虫,特别是某种名声似乎不佳的昆虫。我愿意变成花朵,或者那某种昆虫。

## 22

我愿意在某日的某个时段飞抵某地的上空,这样我就会看到我所关心的,或者认识的那些人,我就会看到那些不为人知的转瞬即逝的瞬间。

杨小慧:她在接电话,她叉着腰,面对着一面墙。她转过身来了,她开始吼叫,发疯,真的,她疯了,她声嘶力竭地大叫(我们听不清楚,昆虫的翅膀声太噪了,再说还有玻璃的阻隔),她挥舞着左手,做出劈杀动作,"呀!呀!"。她真的疯了,她在发疯。我停在窗户玻璃上,揪心地看着她。然后我嗡嗡地扇动着翅膀,飞开了。

小刘康:她似乎永远在旅途上,但当下她不在,她在自己的小房间里熟睡。她需要很好的睡眠,她太倦了,她需要好好睡个觉,一个世界上最香的觉。她显然正在享受这个世界上最香的觉。她酣睡的脸上流露出无比的满足和幸福。"砰",我吓得翅膀一抖,室外空地上一个狗羔子放了个炮,我真想过去一脚把他踢哭!千谢万谢,还好,小刘康没有醒,她翻了个身,转脸向里又睡了。她太累了。

我的前妻靳芬:她坐在沙发上微笑,我很熟悉的那张三人沙发,她偶尔说一两句什么。我一直看不见她在跟谁说话。厨房里没有人,那么人肯定在卧室里。卧室里?对,卧室里,敏感的地方。但卧室里拉着窗帘,从外面往里看什么都看不见。我嗡嗡地扑扇着翅膀,飞走了。

残疾人老张:他痛苦地仰面坐在轮椅上,他紧闭双眼,两手捏着拳头,发出痛不欲生的喘息声。他老婆坐在地上,一声一声地哭泣,她的身边是一些摔碎的玻璃和陶瓷器具。他们肯定刚吵过架。我扒在窗户玻璃上,担心地看着他们。老张紧闭的双眼里慢慢淌出了两滴眼泪。家家都有难念的经。我飞走了。

23

牵牛花仍然无拘无束地率真开放着。小女生们的尖叫声,在无边无际的牵牛花的花丛和叶丛里回响,一两只早起的小昆虫仍然在花朵的边缘犹豫着、徘徊着。

我陶醉于这种让人死去的氛围之中,真的,我也许真的什么都不需要了:家庭、职务、杨小慧、我的前妻靳芬,还有小刘康——我的同名者。还有,那些恼人的事,让它们统统见鬼去吧。

## 24

一瞬间,我似乎尽释前"仇"了。但我仍然清楚地记得六年前的那一天。

他们都在——我们单位的领导,郝局长他们——他们都在。我们喝着新茶——那就应该是五月份了,办公室里拉着带格子的粉红色的窗帘,阳光不完整地照进来,人看上去都有些怪异。

"刘康,你必须做出牺牲,你必须先把这个位子让给她,你必须帮我们这个大忙。我们保证,在一年之内,等这件事情过去,在一年之内,我们一定会有一个非常合适的科长职位给你。我们保证。"

"一年之内?……我不在乎……"

"你不在乎,但是她很在乎。她也没有几年了。"

"噢。"

"没有问题,到明年喝新茶的时候……"

## 25

"我将等待你的回答,哪怕一千年!"

——这只不过是我的一句口头禅式的经典台词罢了。

## 26

　　我稀里糊涂地相信了他们。于是,从那一天起,我就变成了剧目室里所谓的专业剧作家兼专业诗人,拿着工资、每天待在家里无所事事的所谓专业编剧、专业诗人。不管怎么说,随着时间的推移,它在这六年里,似乎成了我心中永远的痛。他们完全忘记了我,似乎当我在这个世界上不存在了。

　　一种吃亏、上当、受骗和愤怒的感觉。

　　但我也懒得去找他们,因为我过得太滋润了。局里的班子已经走马灯般换过三茬了,新来的领导是高是矮是胖是瘦是男是女,走在街上我都不会认识的。随着时间的推移,我似乎要感谢他们了,因为除了家庭和伴侣,精神、自由、清高……我似乎什么都不缺了,我好像已经适应了当下的生活。

　　真的,我真的要感谢他们为我安排了一个绝佳的人生,我真的要给他们下跪,给他们作揖了!

## 27

　　夏天清晨的好时光并不久长。突如其来的暴风雨开始,又终止了。

　　当人们上街需要寻找树荫的时候,我在街头的烤鸡店旁碰到了郝局长。

　　我请他在街上吃了一顿饭,我们在闹市区一家新开张的大酒店的大厅里坐下,如果不是因为退休,我敢说,郝局长不会在这样的地方接受别人的吃请的——郝局长什么没吃过、什么阵势没见过!他至少得进一个包厢。但他现在完全掉价了。

喝第二杯啤酒的时候,碍于情面,郝局长开始拐弯抹角地向我解释、道歉。

"我一直想着你的事,一直想着,用刀刻在头脑里,一直到现在都还在想着。但是……"

"现在?"我在心里说,"哼,现在你妈的黄花菜都你妈的凉了!现在!"

我发现我的血肉之躯还是在乎这件事的,虽然这肯定只是我最后的回忆录式的关注了,这也可能只是对一种不公正、不诚信的正常反应。我认真地看着他,仔细地听他讲那些屁话,貌似郑重地点着头,但我什么都没说。一句话都没说,我屁都没放一个。他妈的他还以为他妈的他比别人多长两个卵蛋!

## 28

饭后我请他进歌舞厅。

"没有问题,没有问题,尽情地玩,尽情地玩。"

我谦恭地为他开门、引路,不怀好意地为他扶正座椅。我打着响指点了几瓶高档红酒和两位价钱不菲的小姐,又要了一茶几贵得吓人的茶点和饮料。

"没问题,没问题的,我来解决,我来解决,没问题,没问题的,郝局长,尽兴,一定要尽兴。"我一直这么对他说,劝他、开导他。

我们开怀痛饮,然后抱着小姐跳舞。

"尽兴,一定要尽兴。没问题的,没问题,一切我来解决。"

"刘康,你对我真好。"他有点喝多了,"我对不起你呀! 那些狼心狗肺的东西,一个个背信弃义的狗东西!"他妈的他骂谁哪!

郝局长抹着眼泪,号啕大哭起来。哭着哭着,他嘟噜到地板上去了。

## 29

我背地里狠踢了他一脚,然后喊来服务生,我俩架着他,到歌舞厅楼上的休息房开了房间。

他还没死!他还知道说点什么!"这是去哪里?去哪里呀?我可不能晚节不保呀!"

服务生忍不住笑出声来。

"不去哪里,去人肉店。"

我要了最大的套间。小姐们对郝局长撇撇嘴,双双进卫生间冲澡去了。

"尽兴,郝局,一定要尽兴,没问题的,我来解决,我来解决。"

"对不住你,刘康,真觉得对不住你。"

郝局长仍然鼻子一把泪一把地哭着。他又突然扑过来,抱住我的两腿,号啕大哭起来。

我厌恶地一脚踢开他。

"郝局,说点别的吧,你里间请,里间请,尽兴,一定要尽兴,没问题,没问题,一切我来解决,我来解决。"

我把他架进里屋,把他扔到床上,把他的裤子扒到大腿弯。

小姐们半裸着,从卫生间出来了。

"等她到了,你们……"如此这般,我向小姐们面授机宜,把钱塞进她们的胸罩里。小姐们快活地"哇哇"大叫起来。

## 30

离开休息房,我在街头给郝局长老婆打了"报警"电话。

"快来,你赶快来,真是大开眼界,好看得很!"我告诉了她具体的方位和地点。

然后我乘出租车离开了那条街。

我捂着嘴,"嘿嘿嘿嘿",偷偷地乐了。这次的"单",可得抠掉他不少银子,这条老狗养的!

他老婆也决饶不了他!

我找了个小酒店,痛痛快快地喝了一杯,然后摇摇晃晃地回了家。

## 31

一声惊喜的尖叫。牵牛花旁的昆虫飞走了,带着我的偷窥癖?
厨房里的靳芬转回头、张大着嘴,看着厨房门的方向。
他还在那里?谁在她的房间里?

## 32

那就是我的前妻——靳芬,她就住在我阳台斜对面那幢楼的一套房子里,也是高层,我们的直线距离并不远,从我拐角的阳台的拐角处,你可以看到我前妻的厨房。

有时候你还可以看见我前妻厨房里我的前妻,特别是在早晨,或者晚上的做饭时间。

在夏天,她总是穿一种吊带的花肚兜,在厨房里长时间地拾掇着,忙忙碌碌的,她还经常会回头去和通厨房门方向的那个地方说话。你仍然看不见跟她说话的那个人,但是她肯定是在和什么人说话,她的脸、脖子、一些胸脯、胳膊——藕节一样的胳膊——手,都白白的,肉乎乎的,不过绝不是肥胖。看见她,你总会有一种怜香惜玉的肉欲涌上心头。不是的,这不是要侮辱她,这是一种了不起的、无法摹仿的魅力,得不到的东西也许永远是好的、让你想象的,包括前妻。这是一种赞誉。

## 33

靳芬的身影在我的眼前晃动。我无法忘记六年半以前那一天的晚上——又是六年前!我无法忘记那个令人厌倦的年头,但那也是我的"事业"最"如日中天"的时期——当我们把一切事情做完,无忧无虑地分手的当天,在她的提议下,我们去看了一场话剧。

那些新鲜的场景令人难忘。

半黑半明的舞台、虚拟的幕景、为剧中人物一句貌似真言的假话而拼命鼓掌(不是没有跟着起哄的因素)、沉痛的哀悼、闹心的失望、尽情的欢呼、最折磨人的人生悬念和等待。

## 34

"我将等待你的回答,哪怕一千年!"

——为什么会有这种混账的悬念、眼巴巴的等待和落针可闻的静场!靳芬突然低下头、耸着肩啜泣起来。

"刘康,你混蛋!混蛋!混蛋!混蛋!"她咬牙切齿地说。

我仰着脸、面色苍白、目光呆滞地看着舞台。靳芬倏然站起,抡开来,结实地给了我一个清脆响亮的巴掌。

戏院里所有的人都看着她、看着我。我愕然地仰视她。靳芬已经离开座位,胸部一耸一耸地绕到前场,并在众目睽睽之中,闪亮地离了场。

舞台上的人还在说:

"我将等待你的回答,哪怕一千年!"

## 35

当天晚上,我躺在杨小慧的床上。性爱之后,我们俩赤裸裸地并排躺在床上。

"所有的事情都结束了。"

"都结束了?"杨小慧说。

"是的,都结束了。"

"噢!"

"噢?"

"烦心的事情真多。"

"人生总是这样的。"

"总是这样的?"

"是的,总是这样的。"

"无法改变?"杨小慧说。

"无法改变。"

## 36

"哦!"杨小慧痛苦地呻吟起来,"给我讲点别的。"

"讲点别的?"

"讲点别的。讲点有趣的、开心的、瞎编的……"

"有趣的、开心的、瞎编的?"

"是的,有趣的、瞎编的、能开心的。"

"那好吧。古代有一位年轻英俊的公子,他是个同性恋,有一天他游逛到尼玛草原上。被一棵野草绊倒,于是他被美丽的草原迷住了,他改掉了他的同性恋,娶了一位比雪山和草原更美丽的姑娘,从那时起,他们就在草原上繁衍生息,一直到现在。"

杨小慧说:"阿康,我不相信会有这样的事情的。我什么都不相信。"

我说:"你信不信也都没有关系的。"

## 37

杨小慧点了点头。我们沉默了一会。杨小慧说:"阿康,真的,人为什么要生下来?"

我说:"不为什么,只是因为父母的性欲。"

"父母的性欲?"

"也就是人的本能。"

"人的本能?"

"人的本能。"

杨小慧说:"那我们为什么没有这种本能?"

"你不是也有孩子吗?"

"我是说'我们',你和我。"

"因为我们还没有结婚。"

"噢,当人们结婚时,人们就具有动物的本能了?"

"我不是这个意思。"

"那你他妈的是什么意思?"

"我不知道。"

## 38

凌晨一点,我执意离开了杨小慧的床。我需要一个人清醒清醒。

我下了楼,我在杨小慧那个已经秋凉了的大院里徘徊、捶胸顿足。

"都是猪!都是猪!他妈的都是猪!一窝猪!啊!一窝猪!一窝猪啊!"

我找了个僻静的地方,用拳头使劲擂着老墙,使劲擂着那面经久不衰的老墙。

"都他妈的是猪!猪猪猪!他妈的都是猪!一窝猪!啊!一窝猪!一窝他妈的老母猪啊!"

## 39

一个人像个鬼影子一样,从我身后一闪而过。

凌晨一点了啊!

我心里窝着一心的火,无论有什么事,不管三七二十一,我都会参加算一份的。我返身撵了上去。

杨小慧在后面喊着:"刘康,算了,算了,他没偷到什么东西。"

另外一些人也在后面喊着、劝着我。

"算了,跟这个色情狂,辩不出什么理来。"

"黑灯瞎火的,他也没看见什么,听听声音、过过耳瘾而已。"

"算了,算了。"

## 40

"算了?不可能的!"

我不可能停下来的。我并不是为了要抓他,我并不是为了要做什么,而是因为那时我一定要做点什么。

猫捉老鼠。我一直很有耐心地追赶他。

我不傻,我不会很快就扑上去抓住他,以便证明什么的。那样的话,这出戏刚开个头就结束了,没有发展,没有高潮,那不是我的风格。我曾经做过一阵子的中学体育老师,这一套我懂。那就马拉松吧,我要一直拖死他!我要一直把他拖死!那是他自己跑死的,我不需要负任何刑事责任!

除了一些上晚班的小姐和大量的出租车、出租摩托,大街上几乎空无一人。

无营业执照的黑头摩托跟在我的旁边,一直推销他的摩托,要我乘他的摩托去追。

还有一辆出租车也跟了一段。

"坐你们的车?说老实话,那就不算他妈的什么本事了。"

"要不要我们一头把他撞死,你就省心了。"

"多谢,不烦你们大驾动手,我自己就收拾这个婊子养的了!"

最后,他们都失望地减掉油门,去揽别的生意了。

## 41

我们一前一后,不紧不慢,跑了十几条街。一个小时后,我们又回到了原地。

兼做小偷的色情狂,瘫倒在仍等在老墙那里的杨小慧的脚下,他抱住杨小慧的腿痛哭起来。

"大姐,我再也不敢了,再也不敢了。求你饶了我吧,饶了我吧,我家上有老,下有小,混口饭吃,都不容易哇,大姐,大姐。"

"谁他妈是你大姐!我还是你大娘呢!都看见什么了?"

"没有,大姐,没有,什么都没看见大姐您。就听见这位大哥嗷嗷叫。"

杨小慧厌恶地一脚把他踢开。

兼做小偷的色情狂靠着墙站起来,向杨小慧深鞠了一躬。

"大姐,好福气您,您慢享,您慢享。谢谢,谢谢。"

他讨好地绕过我,拍拍身上的土,溜着墙根走了。

## 42

第二天上午我们在我的办公室里,杨小慧坐在我的腿上,我掐住她的小蜂腰,我们做完了爱。

"他太可怕了,他举着拳头向我冲过来,我吓坏了,我完全没有想到,他的拳头竟然真的会落在我身上。我尖声大叫。吓死我了。我不理解,男人怎么能这样。我伤心极了。这个世界上不会有好男人的,女人犯不着去结婚、受罪。男人真是太可怕了,太可怕了。"她说的是她丈夫。

"并非所有的男人都像那条野狗样!"

"我不再天真地相信所有的男人了。我不再相信所有的狗男人了!"

"哦?"

我觉得很苦恼。

## 43

那之后,接连着几天的中午,我们都去一家老鸭店吃炖老鸭。

老鸭店的门面上画着一只酱红色的神气活现的老鸭。老鸭店里凉爽爽的,人也不多。

我们要了半只炖得稀烂的老鸭,我们会吃很长时间,最后我们还会用老鸭汤下面条,鲜美无比。

"阿康,给我讲一个最精彩的故事。"

"最精彩的?"

"对了,最精彩的,我希望能有一个好胃口。"

"最精彩的?"

"对了,最精彩的。"

"我有一个现成的。"

"现成的?"

"是的,现成的。"

"像炖烂的老鸭一样,现成的?"

"是的,像炖烂的老鸭一样,现成的。"

"那好吧。"

## 44

杨小慧斜着眼,不相信地看着我,是那种拭目以待的神情。

我把头伸过去:"小慧,你听好了?"

"我在听。"

"古代有一个年轻英俊的知识分子,有一天他骑车来到了尼玛草原,草原上正在举行射箭比赛,他的英俊的外貌和精湛的箭术,使草原上的姑娘如痴如醉,他爱上了一位比雪山和草原更美丽的姑娘,从那时候起,他们就在草原上繁衍生息,过着性欲旺盛的生活,一直到现在。"

## 45

杨小慧笑得歇不下来。

我也微笑着,看着她笑。她笑得歇不下来。

"瞎扯,瞎扯,不可能的,完全不可能的。"

后来她笑呛了,直咳嗽。

我拍着她的后背,老鸭店的老板娘也跑了过来。杨小慧一边呛,一边笑,一边向老鸭店的老板娘直摆手。

"谢谢,谢谢,谢,谢谢。"

我们一直笑。服务员从门边回过头来看着我们,被我们感染了,也咧着嘴,笑个不停。最后,老板娘也从操作间里走出来,笑了。

整个老鸭店里都在笑。有两个刚走进来的男女,被老鸭店里的笑声搞得莫名其妙,但他们在桌边坐下后,也忍不住放声大笑起来,他们边大笑着,边点了菜。

我们一直笑着,杨小慧伏案,或者仰身笑着,笑个不停,我一直微笑着看着她笑。这里面的玄机,也许只有我们自己才能意会。

也许并不好笑。一点都不好笑。

但是我们觉得应该笑。

## 46

我的对面,一直晃动着杨小慧彻底开朗的笑脸。但是你知道,人开怀大笑的时光总是少而又少的。

你也许永远不会确切地知道某一人曾经的生活,特别是那些带有具体细节和感受的生活。

杨小慧气鼓鼓地在街上骑着自行车,车后座上坐着他们两岁半的女儿。她的前任丈夫骑车落在后面。

我现在只能看见杨小慧丈夫晃动和模糊不清的脸,因为我从未见过杨小慧的前任丈夫。我没有理由不尊重他,但我仍然,只能把他想象成一个方脸、圆身、张牙舞爪的怪物。

但我无法想象恋爱前和结婚后,他恶狠狠地骑在杨小慧身上

(杨小慧同意的,并且是合法的)侮辱杨小慧的情景。孩子是这一情景的明证。

## 47

杨小慧停住自行车,他们在街边又吵了起来。
"你是猪!你只能是猪!"
杨小慧气得说不出别的话来。
行人、自行车、公交车、出租车,来来往往。但街道上阒静无声,如入无人之境。只有杨小慧声嘶力竭的、带有浓厚艺术气质的尖叫声。
"你是猪!你是猪!你只能是猪!"

## 48

杨小慧车后座上的孩子,"哇啦"一声号哭起来。街上的人都往这边看。
"你是猪!猪——!"
杨小慧弓着腰,憋足了劲叫喊,气急败坏兼声嘶力竭。
"你是臭猪!臭猪!臭猪!臭猪!"
但是,尖利、尖厉的叫喊声,逐渐变得圆润和丰满起来了。

## 49

杨小慧在办公室里。
办公室的门大开着,窗子也大开着。当下,办公室里没有别人,只有杨小慧一个人。杨小慧正半低着头在桌上用笔写着什么,长时间地写着什么,非常专心。

极尖细,但是又极圆润的女腔尖叫。起初低,渐渐高,久之达到最高,不间、不断,一直持续。

整个办公楼里都充满了这种圆润的、高音区的尖叫。办公楼里一片嘈乱。

尖叫不断、不歇,一直在高音区尖叫,楼上楼下的人都在寻找尖叫声的来源。这一层楼其他办公室的人都跑了出来,在走廊上到处找。

她们拥堵在杨小慧的办公室门口,看着半伏案写字的杨小慧。

持续了数分钟之久的尖叫声终于停了下来。

一位染黄毛的少妇(也许我们在某楼梯口见过她)说:"小慧,你在干什么?"

杨小慧抬起头,一脸的不解、无辜、莫名其妙。摇头。

"我做什么了吗?"

大家面面相觑。散去。

## 50

一个大下雪天,杨小慧仍半伏在桌上写字,另两张办公桌上也有人在办公。

外面雪下得很大。整个城市都他妈的是雪。

持续不断、尖而高、圆润、悠扬的尖叫声,又从办公楼里由低到高地传了出来,在城市里捂挡不住地回荡,很久、很久才渐渐收下。

杨小慧的同事抬起头来。

"尖叫真是这么舒服吗?"

"非常舒服,而且包治百病。"

"啊?"

## 51

在杨小慧不太常见的完全放开的大笑声中,我也许慢慢就笑不起来了。

在失意和苦恼的纠缠下,在夏天,在闷热的夜晚,我只能经常整夜整夜地似乎是充满悲伤地坐在阳台上。

我有一把竹制的旧躺椅。我躺在阳台的躺椅上睡着了。

半夜我顿然醒来,我会长时间地站在阳台上,向半明半暗的远处观望,看着昏昏沉沉的城市。

有时候,突起的狂风呼呼地吹过来,狂风吹得阳台顶上的晾衣架噼啪作响,电闪雷鸣,整个城市像是在闹地震。倾盆大雨不顾一切地浇泼到阳台上。我沉着地退进房间门里,看着阳台上不可一世的风雨雷电。

它们只不过是在做自己的游戏罢了——我恍然顿悟。我觉得,其实就是这么回事。

## 52

雨停了。老张的不利索的身影还在对面的楼顶上晃动。

"老张,还没睡?"

"还没睡。妈×这天睡不着。"

"睡不着?"

"睡不着,妈×看楼顶上牵牛花咋开。"

"老张,我倒有个时鲜的笑话。"

"笑话?"

"笑话。古代有个一般不起眼的孤儿,有一天他瞎走走到尼玛草原上,他被一堆干牛粪绊倒,被一只咩咩叫的小羊羔吸引,于是他在草原上打坯盖起了四间平房,一间平房是卧室,一间平房是暖房,一间平房是花工用具,还有一间平房是书房,里面放满了和养花有关的书典,平房外面种满了鲜花,草原上也种满了鲜花,他还定期运一些花到城里的花市出售,他娶了一位比雪山和草原更加美丽的姑娘,从那时候起,他们就在草原上繁衍生息,子孙成群,一直到现在。"

"哦?"

我们同病相怜地沉默下来了。

我知道,每个人都有自己的烦恼。让我们沉浸在自己的烦恼里,痛并享受着吧!

## 53

电话铃声。低沉的、很磁性的声音,在夜空里响:"老张,不好意思。"

我回到屋里。我的曾经的小刘康。

"你好,小康。"

"你好,康哥。"

"我要远行了。"

"保护好自己。

"康哥,再见。

"再见,小康。

## 54

我曾经的永不言败的女朋友,这个世界上与我拥有相同符号的人。我会长远地为此而自豪。

列车向着远方飞奔,连过道上都站满了人。农民工,结实、年轻的小伙子和姑娘们。

刘康永远健美的身材和面孔在他们中间。我能想象出来她在他们中间的模样。列车颠晃着,但一刻不停地往前猛开。刘康站起来,挤过人群,在列车卫生间的门口排队。

不断有人从两边挤过来、再挤过去。还有些背着大包的,大包总是被卡在人身上和门上。

一个光膀子的黑男人挤过来,他看见了刘康。他一边往这边挤,一边盯着刘康的脸和胸脯看。

他从刘康身边挤过,有意挤住刘康的胸脯,刘康让开他。他挤过去了,又回过头来看刘康。

卫生间的门打开,一个男人进去,门"咣"的一声关死,刘康又往前排了一位。

## 55

刘康从一个高大的灰门里出来,把两张大面额的票子塞进裤子口袋。大门旁站着一个穿制服的乘警。

她手里拎着一个帆布的旅行包,旅行包也可以作为双肩包背在肩上。

刘康在街上走了一会,开始把帆布包作为双肩包背在双肩上,这样她的两手都腾出来了,她走得更轻松、更有劲了。

街头人行道上,有个畸形人坐在人行道上,面前放着一张写着字的纸,纸上用毛笔写着一些字:救助残疾人。纸的一角放着一个搪瓷缸,搪瓷缸里有一些块票、角票和硬币。

刘康从畸形人跟前走过,她从牛仔裤口袋里掏出一枚一元的硬币,弯腰放入畸形人的搪瓷缸里。然后向他点点头。

畸形人也向刘康点点头,含混不清地说:"谢谢!谢谢!"

## 56

太阳很烈了,刘康用单肩挎着帆布包,踯躅在街头。

街上没有树,刘康的脸上和胳膊上已经晒得很黑了,她的脸有点瘦削,但精神还好,她在街头的水泥礅子上坐下,把旅行包放在脚边,两手支着脸,看着街上来往的车辆和行人。街对面是一幢很高、很现代的银行大楼,大楼的出口处不断有衣着讲究的人进进出出。

各种各样的小轿车、客车和货车在街道上驶来驶去。

汽车喇叭声响成一片。

## 57

刘康仍然坐在街边的水泥礅子上,双手支着脸,看着街景。她的脸似乎晒得更黑了,也更有点瘦削了。

街道上花花绿绿的人力三轮车逐渐多起来了,和出租车、小货车一起在街道上穿梭。

街对面是一幢不很高的老式的百货大楼,百货大楼的墙面上吊着一些人,那些人正在装修百货大楼,正在给大楼装上玻璃幕墙。

一些小毛驴拉着的板车走在街上,显得非常悠闲,小毛驴不时地甩甩头,还昂着头叫了几声。

毛驴车上坐着一位少数民族大嫂,她的头上戴着花头巾,车上有半车金黄色的大香瓜,在街道的另一边,是一个非常漂亮的城市广场,城市广场上鲜花开放、绿树成片、喷泉四起,广场上正在进行歌舞表演的预排,姑娘们花枝招展。

## 58

毛驴车走远了。街道变得越来越宽,豪华的大轿车一辆接一辆,在八车道的街道上并排驶过。但一声车笛也听不见。

刘康上身穿男式拉裢衫,领口有红色的毛线衣露出来,下身穿牛仔裤。她站起来,眯着眼向街对面看过去,那里似乎是一个博物馆,虽然不很高,但很长很宽。

一阵马蹄声传来,刘康回头一看,是两个肩宽脸小、壮实的女骑警,她们骑着高头大马过来了。

刘康羡慕地昂着脸看她们,一直目送她们走远。

## 59

刘康仍然在街头踯躅。天早就黑了,火车站附近的灯光并不很亮。刘康坐在快餐店里吃了两个菜包子,这是她当天的第二顿饭。她使劲从裤子口袋里掏钱,最后她掏出了一些零票子和硬币。

吃过饭后,刘康走到火车站候车室外的广场上,风吹得有些凉,刘康把衣服拉紧了一些。

她坐在旗杆下的大理石台阶上,从帆布包里拿出口琴,轻轻吹起来。曲子总是有些伤感的,旋律在夜风里飘散,但情绪也还算饱满。

悠扬的琴声逐渐吸引了一些人,他们在附近听着刘康的琴声,还有人在刘康的面前丢下一些零钱。

## 60

刘康继续吹着口琴,这时有几个衣着不整的青年围了过来,在那里对刘康指手画脚地说一些刺耳的话。

刘康站起来,收拾好东西,快步进了候车室。

候车室里又闷又热。刘康在候车室里观察了一下,选定了一处既不过于偏僻、有安全感,又较安静的地方,她走过去,把旅行包放在椅子上,放倒身子,头枕住旅行包,面向椅背,闭上眼,努力睡去。

但是她睡不着。有蚊子叮她的脸,她伸手打蚊子,又用手指挠痒痒处。

刘康转过身,看着候车室里的东西。

过一会,她又把脸转向了椅背。

## 61

火车在平原上中速行驶,逐渐驶入由一些旧乱的违章建筑构成铁道走廊的城市。

刘康站在晃动的火车里,面容倦怠、睡眠不足地看着车窗外的城市。一个面相较瘦,但很健康精神的年轻人,站在她的斜对面,时而看看窗外,时而目光炯炯地看看刘康。

刘康全神贯注地看着车窗外依次出现的景色。

铁道两边的民房开始有规划起来,房前留着路,每家的大门都有门廊了,有些还搞得很漂亮,从火车上看下去,较低的院落里种着树和花草,有的花草从院墙上攀出来,搭垂在院墙外边。刘康脸上露出了喜欢的神情,她的笑容也有些开朗了。

## 62

刘康从小城火车站外的大排档前走过。面相较瘦,但很健康精神的小伙子也下了车,他和刘康上了同一辆公交车,刘康先下了车,他在车上一直看着她。

刘康走在街上,她看着那些看上去可口的食物,咽了咽口水。

走了一圈,刘康回到一家早点摊前,坐下,狼吞虎咽地喝了一碗稀饭,吃了一个油炸狮子头。她把桌上免费的一小碟咸菜也吃完了,摊主一边刷碗,一边直看她。

刘康抹抹嘴,离开早点摊,走到街对面的电话边,她拿起电话,放在耳边,想了想,说:

"你好,康哥,我是小康,我现在在北方,我很好,就是手头一时有些紧张……"

刘康摇摇头,把电话挂回去,然后再拿起来,放到耳边。

"你好,康哥,我是小康,我现在手头一时有点紧张,你寄点钱来给我,以解燃眉之急,好吗?"

刘康又摇摇头,把电话挂回去。

她后面一位等着打电话的女士,手里拿着卡,她奇怪地看看手里的卡,又看看刘康。刘康回过头,那位女士看着她。刘康向她点点头,然后背着旅行包离去。

那位女士不解地从后面看着离去的刘康,也摇了摇头。

## 63

一辆半旧不新的中巴车从一座小城里开出,城市的景观逐渐演变成了乡村里稻田水乡的风光。

刘康背着旅行包在乡村公路上走着,然后她折向了通往村庄的土路。

两个在地里干活的妇女直起身来看着她。

一辆手扶拖拉机从她身边开过去,开手扶拖拉机的小伙子用脚掌握着方向,他侧过头来看着刘康。

刘康叫了一声,小伙子手忙脚乱地把拖拉机慢下来,刘康紧跑两步,跳上拖拉机,拖拉机继续向前开去。

## 64

刘康和几个年龄相仿的农村姑娘正在稻田里插水稻,她头上戴着一顶旧的淡红色的棒球帽,一直弓着腰干着。

蓝天白云,远树近水。刘康干了很长时间,才直起腰来,用手拢了拢头发,她的面庞黝黑,较瘦削,但比较健康。

她站直身看了远处两眼,又低下头干起来。她插得很快。稻田的不远处,有一些花花绿绿的水鸟在短距离飞动,它们更多的时间是落在稻田里,低着头吃东西。

日上正午。一位大娘,头上顶着白毛巾,挎着一个大柳条篮子,从村庄里出来,走到稻田埂上,向刘康她们这里走来。

刘康她们都走出水稻田,赤着脚、光着腿,走上稻田埂,走到大片水稻田中间的几棵柳树下,她们在树荫底下席地而坐。

大娘把篮子放在地上,揭开盖布,从篮子里拿出用碗和搪瓷缸盛着的饭菜,还有汤,姑娘们都大口大口地吃起来。

大娘说:"天要好旱。"她的意思是说,天比较旱。

大娘眯着眼,看着田野里的稻田、少量的玉米,还有稻田上的天空。

## 65

村庄正在逐渐地安静下来,月亮悬在侧面的天空。

悠扬而略带感伤的口琴声,在乡村的夜空里流荡。刘康半倚在村旁稻场的一个稻草堆上,不远处就是朦朦胧胧、很深远的田野。

一头黄牛听见隐约飘来的琴声,它竖起了耳朵,听着琴声。

微风吹动了河岸上的树梢,顺着月光中的河流而下,河流时而左行,时而右拐,从河上一座桥的上面飞掠而过。河面清气渐起。两岸的村庄慢慢向后退去。

口琴声听不见了,河流还在月光中伸向无尽的远方。

## 66

现在,刘康是一身歌厅姑娘的打扮,绣花的吊带露脐衫,超短裙,胸脯做得很夸张,鼓鼓囊囊的。

刘康和一群姑娘站在歌舞厅外的空地上。歌舞厅开始上人了,一些西装革履的人,有的吸着烟,有的说着话,都心气很足地、三三两两地鱼贯而入。

歌舞厅台阶上有几个人在指指点点。服务生指着刘康和另外两个女孩说:"你,还有你,你,跟这位先生走。"

刘康和那位女孩连忙走过去,对一位穿西服、打红领带的先生说:"谢谢先生。"

打红领带的先生吸着烟,仔细地打量她们一眼,然后咧开嘴笑了,搂着她们的肩膀,进了歌舞厅。

从她们的后面看,她们的大屁股都夸耀地一扭一扭的。

## 67

在半开放式的包厢里,两个男人搂着两个女孩在喝酒,他们边喝酒,边看着中间的大舞池。

刘康和那个打红领带的男人在跳舞,那个男人把她搂得很紧,刘康适可而止地尽量把脸转向侧面。打红领带的男人贴在刘康耳朵边说了些什么,刘康故意撒娇地扭扭身,并且摇了摇头。

舞曲结束,他们回到沙发坐上。

刘康旁边的一位女孩突然尖叫起来,另一位女孩说:"先生,你还掏她呀。"

打红领带的男人递了一杯酒给刘康,他自己也端起一杯喝起来。他搂着刘康,贴在她耳朵旁边说着话,刘康"嗯嗯"地、不愿意地扭动着身体。

## 68

在一个未完工的建筑工地的房间里,那个打红领带的男人衣衫不整地正在和另一个女孩做爱,那个女孩两手扶在没有窗框的窗户上,男人在她后面不停地、压低声地蠕动、撞击着。

刘康靠在尚未抹灰的砖墙上,看着他们,吸着烟。

男人倒在地上,呼呼喘着。刘康冷眼看着他。那个女孩蹲到地上,用卫生纸擦着屁股,她一边擦,一边厌烦地"哼"着,把卫生纸扔了一地。

刘康把手里的烟吸完,把烟头弹到对面的墙上,用挑战的口气说:"先生,来吧。"

打红领带的男人觉得不上自己会吃亏,打起精神说:"来!"

他从地上站起来,往前走了两步,裤子褪到他的脚脖,这使他有点行走不便。

刘康已经把内裤褪掉,在手里挂着。她撅着腚,两手扶在窗台上,看着窗外。那个男人贴上来,在她屁股后面拱动着。

刘康面无表情地看着没有窗框的窗户外的夜空,城市里这里那里的光线交织在一起,有些朦朦胧胧的。

刘康似乎有了一点感觉,她咬着牙,低下头,然后又把头抬起来,轻轻哼了一声。

## 69

刘康和那个女孩坐在出租车里,她们开始分钱。

刘康把钱数了一遍,那个女孩又数了一遍,然后刘康把钱分成两份,递给那个女孩一份,她把自己的一份装进小挎包里。

"妈个×的,脏猪!搞得我一×糟!"那个女孩骂道。

她们点着烟吸起来。刘康吸着烟,看着外面。

她们在闹市区下了车,虽然已经过了半夜,但这里灯火通明,街边的大排档生意正火,出租车有数十部停在十字路口附近。

刘康和那个女孩看见另两个穿吊带露脐衫的女孩坐在桌边喝啤酒、吃龙虾,她们走过去,互相打过招呼,也在桌边坐下,要了啤酒和龙虾,吃喝起来。

她们一边吃喝,一边不停地说着话。

## 70

我坐在高速新空调旅游列车上,稻田和丘陵一一向车后闪去。更多的稻田和丘陵,都一一向车后闪去。温暖而平和的心境。车程 200 公里。

## 71

直通列车。车程 300 公里。

田野和丘陵依然一一向车后闪去。接着,有更多的田野、旱地、平原和丘陵,都一一向车后闪去。

车窗外带有各种生活信息的浊风呼呼地涌进来。平原、旱地更大了,庄稼一片接着一片。一个黑黝黝的农村小伙子靠在肮脏的车门上,撮嘴吹着悠扬的口哨:《太阳照在尼玛河上》

> 太阳照在清澈的尼玛河上,
> 骑着骏马的汉子那是我昨天的新郎,
> 草原上的小路通向白蓝相间的帐房,
> 帐房里唱着歌的那是草原上昨天的新娘。

你没法不向生活投降!真的,千真万确,你没有任何办法不向生活投降,生活真是太厉害、太厉害了!

你从车厢里推来推去的白色不锈钢手推车上买来食品。你对瓶灌着啤酒,面前的小脏几上摊开几样下酒菜:花生米、五香干和火腿肠。车轮咣当咣当响。

农村的小伙子已经不知在哪一站下了车,车厢里枯燥而乏味。

## 72

晚饭前的最后一班汽车。车程 200 公里。

水网、湿地和沼泽出现在公路的两边,还有一些生长得非常茂盛的低地的植物,菖蒲之类。一条河连着另一条河,一片水接着另一片水。你总是看到小木筏子在水生植物之中划行,撒网的渔人不时地从小木筏子上站起,纵身向水里撒开渔网。

## 73

再一次的行程。几乎相同的景象。

那段时间总是这样来回奔波的,一天会赶上一千五百里路,去和刘康见面、住一夜,第二天再往回赶。

无论你有什么样的经历,我都将成为你的朋友。

高速新空调列车,车程 200 公里。稻田和丘陵在车窗外绵延不绝。

普快:车程 300 公里。

晚饭后的第一班客运汽车,车程 200 公里。

## 74

"找个时间,也许我们可以一起到草原上去玩一次。据说那里非常好玩,还有一些有趣的传说。"

"有趣的传说?"

"对,非常有趣的传说。"

"非常有趣的传说?"

"对,非常有趣的传说。你一定会着迷的。"

"着迷?"

"对,非常有意思,非常非常有意思。"

## 75

记忆中和刘康在一起的场所,大多是在房间里,又大多是在床上。

总是这样的,因为我们的时间总是有点紧张。长途跋涉后我们的第一件事情,就是上床做爱。两人都有些迫不及待。做爱的时间也总是很长,翻过来掉过去、床上床下的,总要拖上个把两个小时,直至精疲力竭。

我们赤身裸体、长时间地躺在床上。要么我们睡着了,于是就什么都不知道了,这种情况很少,要么我们就看着屋顶。

"草原到底是什么样子的?"

"草原是传说中的仙女们的避暑地,仙女们穿着透明的吊带裙,唱着卡拉 OK,她们的后背上背着薄雾一样的翅膀,当她们想要享受人间的快乐时,她们就把翅膀藏起来了。"

"哦。真美!"

"草原上还生活着一种山臊,其实就是一种宠物,它们喜欢跟人、特别是女孩子在一起,喜欢歪在女孩子的怀里,当它们看见人不在的时候,它们就会把人的盐偷走,去煮自己捕的虾子和螃蟹,还有啤酒;然后它们就会唱着歌,跳着舞,大吃一顿,一醉方休。"

"噢,康哥,康哥。"

## 76

有两次快半夜了我们去街头吃饭,河水和湖泊包围着这座城市,阵阵带有湿气和植物味的夜风吹过城市的上空。

刘康就在自己吃饭的座位上唱歌,她的歌声宽厚、有力。带有磁性的嗓音,如果她加入流行歌手的队伍,她绝对不比任何每场挣一万两万的那些歌星逊的。

我沉迷在这种歌声和嗓音中。歌声像一些清新的花香,在人们的呼吸之间、树叶的擦碰之中、小鸟的梦呓之中流动。

晚风吹过我的胸膛、胸膛,
夜香花在很远的地方开放、开放,
我无法、无法对你讲、对你讲,
我只能、只能看着远方、远方。

晚风吹过我的胸膛、胸膛,
海棠花在很远的地方开放、开放,
我无法、无法对你讲、对你讲,
我只能、只能去做别人的新娘、新娘。

## 77

刘康把她心爱的口琴随身带来了,她在夜色中吹起了带有金属声的、好听的口琴。我喝着啤酒,听着刘康很悠然的口琴的旋律在夜风中飘动、飘动。

刘康闭着眼,沉浸在自己的感想和琴音里。她的头发也在夜风里微微拂动。

我无法闭目睡去。这是人类有史以来,最令人动容的时刻之一。

无论你有过什么样的经历,我都将成为你的朋友。

## 78

  让我们回到床上,让我们沉淫在摇头丸似的迷境中。
  "古代有一个年轻英俊的王子,有一天他游逛到尼玛草原上,他被一棵野草绊倒,被一只咩咩叫的羊羔吸引,于是他被美丽的草原迷住了,他在草原上盖起了一座辉煌的宫殿,宫殿里的每一个人都平均有两百平方米的居住面积,宽带网也都安装到户了,他娶了一位比雪山和草原更加美丽的姑娘,从那时候起,他们就在草原上繁衍生息,子孙成群,一直到现在。"
  刘康的眼神出现了迷惘的色彩,这是进入幻境的特征。
  我们在一种幻境中又做起了爱,长时间的、柔韧有力的肉欲。
  "我将等待你的回答,哪怕一千年!"

## 79

  但是,传说和魔咒并没有灵验,我再一次失望和伤心地回到自己的家中,我从阳台的拐角处偷窥着靳芬,听着靳芬开心的、幼稚的、不设防的笑声。
  "怎么会是他?那只掉了毛的老鸭子!"我惊讶得半天合不拢嘴。
  "你会上当的,那是个骗子!老骗子!"我真想打电话过去提醒她,但我知道,她绝不会听我的。
  再说,寻求快乐和享受,哪怕仅仅是肉体的,那是人的本能。无论别人的看法怎样。

## 80

我郁郁寡欢地离开阳台,回到屋里,长吁短叹地挨过一天又一天苦闷的日子。等待着决定命运的那一天的到来。

牵牛花一直开不个停。天黑了一大半,暴雨下来了,但很快天又晴了。

风有点大。

城市的噪音也是时大时小的。太阳出来了,湿气闷热,热死人了。路面上突然有几辆卡丁车在跑。茉莉花的香气更烈了。

那一天终于到来了。

## 81

我踏上了西行的列车,但是杨小慧没有出现在列车上,她的铺位为一个七十余岁的老太太所占,老太太一头的白发,精神矍铄,而且乐于助人。

"寻访青春的梦。"

老太太告诉所有的旅客。

"嗒嗒嗒,嗒嗒嗒。"

她说她在西北行过军、打过仗,还吃过草根。

"是那种茅草根吗?春天清热去火、治肝炎的?"

"听说还有壮阳的作用。"她神秘兮兮地小声地讲。所有的人都开怀大笑起来。

## 82

这就是西去列车的窗口?——一位老诗人这样说过。

现在,我就在西去列车的窗口边站着,我的心里似乎真的产生了某种感觉。但是我快乐不起来。

我走进卫生间,在卫生间积满戈壁沙尘的窗玻璃上,用手指信手写下"去西部寻找小羊"这样的句子,又用手指画了一只貌似奔跑的动物。

外面有人摇门把。我磨蹭了一会,才出去。

天很快就黑了,外面的天尤其黑,整个车厢里的人都在睡觉,我却一点睡意都没有了。我下了床,在列车的行李架上这摸摸,那掏掏,看有没有值钱的东西。我对自己生活的前景充满了迷惑。

似乎有很多青蛙在车窗外面"呱呱"地叫,叫个不停,真奇怪。

我真想到外面看看。这里这么干旱,怎么会有青蛙叫?

## 83

我神情郁闷地重新上了床。

我闭上眼睛,很快变成了一只黑色的屎壳郎。

我扑扇着沉重的翅膀,从床上飞下来,木头木脑、噪声很大地在卧铺车厢里瞎闯乱飞,寻找着飞出车厢的出路。

我嗅到了一点那种味道。谁没把卫生间的门关好!我扑扇着翅膀,飞进卫生间。在卫生间里我盘旋了几圈,我知道我此时的身份,我屏住呼吸,一头扎进泄污道,那味道其实没有什么,只是你还不习惯罢了。

空气突然清新起来,我已经来到西北大地的原野上了。

## 83

噢,这就是我魂牵梦萦的大西北?

我跟着跑得飞快的列车,借助它的气流,在大西北清凉的夜空里上升、下降、飘飘忽忽地飞翔。真快活、过瘾!

列车驶过一片沙枣林,那些具有古典风的沙枣林。我在沙枣林里穿行,在沙枣树那些可爱的小树叶里穿行。

我贴着戈壁的地面飞行,那么自如、灵便、活络,这是我以前从未想到的。屎壳郎飞行的最快速度是多少,我也弄不清,但我觉得我飞得很轻松。

天亮了!太阳从东方升起来了,阳光照在我闪着蓝荧光的翅膀上。

我上升到了很高、很高的高空中,我的心真激动呀!我从很高很高的高空俯瞰着梯田层叠的大地,我的翅膀唱着歌,虽然歌声有点喑哑,但它表达了我在母亲大地的上空飞翔的感触,我的歌声是极真实的。

## 84

我飞过高高的干燥的大山,飞过差不多棵草不长的大戈壁。

很远的路程过去了,时间也不知道过去了几天。戈壁上太干燥了,我没有粪吃,我饿坏了,我也渴得不行了。

一辆大客车在盘山公路上慢慢地"吭哧吭哧"地爬升着,我一头栽了下去,落在驾驶员旁边的污水桶里,我知道这是洗擦车布或油手用的,平时坐车我绝不会碰它的,但现在我却"咕嘟咕嘟"喝了个饱。

"这哪个场子飞落个屎壳郎,掉搁桶里淹死了。"

一只大手,不由分说捞起我扔向车窗外,但是我又回来了,我落在车厢里正在播放影碟的车载电视机上,目不转睛地看着前排座位上一位有着惊人美貌的大西北姑娘。

## 85

"没淹死的那个屎壳郎,它又飞转来了。"一位看电视的乘客说。

我不想引起别人对我的特别注意,我突然消失了,我变成了卡通刘康,我在电视里慢慢地跑着。

全车的乘客都惊讶地注视着我。

我一边跑,一边看着那位美丽的西北姑娘,姑娘也脉脉含情、全神贯注地看着我——我知道她是在看电视,但我觉得她是在看我,我一边跑,一边凝神看着她。

她的小嘴太可爱了,她的脖子,她的小高鼻子,她的皮肤,她的高雅的西部人的气质,还有一切。

我的眼泪不由自主地从眼眶里掉落下来,我愿意用我真诚的身体去拥抱她,没有关系,这是我自己愿意做的,是我自愿的,没有关系,没有关系。

## 86

动画刘康从电视屏幕上消失了。我变成了一条洁白的哈达围在了姑娘的脖子上。

姑娘温热的体温给我留下了很深的印象,她饱满的胸脯为了我而不正常地大幅度起伏着。

客车爬到了山顶上，山上的微风吹来，我轻轻地飘动，在姑娘细滑白嫩的面颊上不住地亲吻着，并且不失时机地在她鲜红的嘴唇上不住地亲吻着。

姑娘迷醉般地睡着了。我在她的脖子上轻轻地抚动着，轻轻地抚动着，直到她睡得更香、更甜，我才依依不舍地、流连忘返地离去。

## 87

我伤心地在大地的上空继续飞翔。干燥的热浪扑在我的身上。

在大山上盘旋的客车早已远去不再，我的肚子已经完全饿瘪了，早些时候喝下的脏水也已经消耗一空，我的头发晕，身子发飘，翅膀也有点软耷耷的了。

但我坚持着、努力地向前飞。

有时候是云，有时候是太阳，有时候是夜。

当我觉得自己快要不行了的时候，绿色的草原和成群的黑牦牛突然在我的翅膀下出现了。我不由自主地叫了起来。

"哦！"

## 88

草原越来越广阔，也越来越翠绿。终至于绵延不绝，广袤无边了。

我歪歪倒倒地往前飞，寻觅着降落的地点。

草原上出现了一道花墙。

我顺着花墙往前飞。我的体力快要消耗尽了。有时候我都快跌倒在花墙上了,我看出来那是各色牵牛花织成的花墙。

牵牛花墙像草原上的一道长城,在草原、河谷和山脉上蜿蜒,没有尽头。

我一头从半空中倒栽下去。

我的闪着蓝荧光的身体在花墙上弹了一下之后,我就什么都不知道了。

## 89

艳阳高照,但是在草原上并不觉得热。辉煌的、闪耀着金光的尼玛寺矗立在草原上,诵经的声音时隐时现,和尚们在转着经筒。

草原上成片地摆放着无数张纯白的桌、椅,留给到草原上来的客人们坐,桌子上堆着各种食品和水果;一阵长号的呜呜声传来,草原上的狂欢似乎开始了。

一队接着一队的赛马狂奔而过;一些摔跤手在"嘿呀嘿呀"地摔跤,许多人在为他们叫好。

在那些射箭的地方,一支支快箭迫不及待地飞向了箭靶;孩子们在和领头的最大的羊较劲;妇女们在比赛挤牛奶,这活是一个中年藏族妇女做得最好。

和尚们再次吹起了数米长的长号,这次他们是比赛看谁吹的时间最长,这次由一个年轻的小伙子赢去了。草原上狂欢的人们齐声唱起了"花儿","花儿"的悠长的曲调响彻了整个尼玛草原。

## 90

我吃了一碗油腻的羊杂碎以后,感觉精力好多了,但总还是有些郁郁寡欢的。

我单独一个人孤零零地坐在桌子边,嘴里机械地吃着南方运来的水果。肚子只有这么大,吃这些水果会更值一些,不经意间我已经吃掉一堆了。

我一边吃,一边呆呆地看着远处蜿蜒着牵牛花墙的草原和山脉,这时老张坐在轮椅上,由他老婆推着过来了。

老张两口子非常满足的样子,都笑眯眯的。老张安慰地摸摸我的手,笑着,对我点点头。

"可费他老点子劲了,他就坐在地上种、挖坑、上肥,到底把花都种上了。"老张的老婆说。

我信服地点点头,我们看着草原上无尽的花墙。老张说:"刘诗人,你是有学问的人,你再给咱们讲点啥吧。"

我说:"老一套了。"

老张说:"好歹讲点啥吧,消磨消磨时间。"

我苦笑笑。

"古代有一个年轻英俊的小伙子,有一天他走到了尼玛草原上,他被一棵野草绊倒,被一只咩咩叫的羊羔吸引,于是他被美丽的草原迷住了,他在草原上干起了修理摩托车的活计,他一直脚踏实地地干着这项收入还不错的工作,他朴实的性格和求是的作风赢得了牧民的信任,他迎娶了一位比雪山和草原更美丽的姑娘,从那一年的七八月份起,他们就在草原上繁衍生息,一直到现在。"

老张说:"就是这样子的。"

老张的老婆说:"刘诗人他讲的啥?"

我说:"我将等待你们的回答,哪怕一千年!"

他们拍拍我的头,就走了。

## 92

老张两口子走了以后,刘康带着她的丈夫和孩子过来了。

刘康的丈夫是一位面相较瘦,但很健康精神的年轻人,他的双目炯炯有神。他们的孩子手里抱着一把几乎比他自己都大的花,还有一只黄气球,他叫着、跳着、笑着,非常可爱,一刻都不安静。

他们过来和我打了个招呼。小男孩把黄气球放上了天。我摸摸小男孩的头。刘康说:"康哥,给我们讲点什么,好吗?"

我说:"好的。古代有一个英俊结实的小伙子,有一天上午他走到了尼玛草原上,他被一只正在睡觉的小羊绊倒,于是他被美丽的草原迷住了,他在草原上干起了送牛奶和羊奶的活计,他一直脚踏实地地干着这项学雷锋的活计,他朴实的性格和为人民服务的作风赢得了牧民的信任,他迎娶了一位比雪山、草原和湖泊更美丽的姑娘,从那一天的早晨开始,他们就在草原上繁衍生息,一直到现在。"

小刘康的丈夫和孩子跑去玩去了,小刘康摸摸我的头,对我笑笑,对我实在地点点头,她就追着去她丈夫和孩子那里了。

我轻声说:"我将等待你的回答,哪怕一千年!"

## 93

我呆呆地坐着。

这都算什么事呢?我前妻靳芬和她的唯唯诺诺的新丈夫郝局长,挽着胳膊,小心翼翼地走过来了。

"好。"

"好。"

我们互相打着招呼。

"你们说说话,我去看人家摔跤,好看,好看。"靳芬的新丈夫说。说着他就转身跑了。

"你好吗？阿康？"

我说："我有一个故事告诉你。"

靳芬说："又是那个橡皮虫波波的故事？"

我说："一个新故事。"

"新故事？"

我说："古代有一个病歪歪的小伙子,有一天他连走带爬地来到了尼玛草原上,他被一棵有刺的野草绊倒,他睡了四天四夜,醒来后他替别人做收购羊皮的活计,他干了很长时间,他迎娶了山那边的一位姑娘,后来,他们就在草原上繁衍生息,一直到现在了。"

靳芬看着我,用手指触了触我的头发,她沉思着点了点头。

我梦呓般地轻声说："我将等待你的回答,哪怕一千年！"

## 94

靳芬的身影渐渐地消失在草原上狂欢的人群中了。

我呆呆地、伤感地看着远处的人群、草原和山脉。

过了很长时间,我知道,杨小慧领着她的女儿走过来了。宽容的杨小慧,她原谅了我！

杨小慧的女儿漂亮极了,像个毛茸茸的小花团,杨小慧蹲下来,对女儿说："宝贝,和小朋友们一起玩好吗？"

"好的,妈妈。"

杨小慧的女儿像一朵小蝴蝶,扑扇着翅膀飞走了。

杨小慧看着女儿跑走了,她转过身来,她穿着一身非常高贵的红绸衫,她甜蜜地微笑着,伸开双臂,向我走过来。

"嗨,阿康,你这个婊子养的!"

这是她的口头语。

我马上就要不行了!

我也站起来,我歪歪倒倒、十分紧张地向她迎过去。我们紧紧地拥抱在一起。

## 95

我们站在草原上,旋转着、紧紧地拥抱在一起。

## 96

草原上所有的人都欢呼着围拢过来了,十万人都不止,还有更多的、正在狂欢着的人正在跑过来。

锣鼓敲得震天响,人们不住地向我们欢呼着、扔掷着鲜花。

鲜花都快把我们埋起来了。这种场面持续了很长时间。

等欢呼的人群散开以后,我和杨小慧终于可以手牵着手,在尼玛大草原上散步了。

## 97

我说:"小慧,我可以讲一个故事给你听吗?"

杨小慧笑眯眯地说:"阿康,当然可以,我喜欢听你的故事,哪怕是早已听过的。但是现在不,现在我们要到那座最高的山脉上去。"

我点点头。这也是应该的。

## 98

我们手拉着手,爬到了草原上那座最高的山脉上。

我们站在绿草茵茵的山顶上往下看。

我们极目远眺着无边的尼玛大草原,远眺着草原上的盛大狂欢场面。

杨小慧突然弓着腰尖叫了起来,就像演员在喊嗓子。她的嗓音极其圆润、高扬、传播久远。我兴奋地跳了起来,高举双手,使劲地鼓起了掌。

杨小慧长时间地尖叫着。草原上所有的人都听见了,他们受到杨小慧的传染,也都用各种各样的声音高声叫起来,人类的各种吊嗓子的声音,在尼玛草原上久久地传送着。

## 99

尼玛草原上的狂欢到天快亮时才暂停下来,人们稍作歇息,为第二天的活动积蓄体力。

我和杨小慧做过了爱,我们赤身露体地平躺在帐篷里的床上。

我说:"所有的事情都结束了。"

"都结束了?"

"是的,都结束了。"

"噢!都结束了!多么好!"杨小慧搂着我、亲着我,由衷地说。

"但是,烦心的事情真多。"

"人生总是这样的。"杨小慧说。

"总是这样的?"

"是的,总是这样的!"杨小慧肯定地说。

"无法改变?"

"是的,我的宝贝阿康,无法改变!"

## 100

我点点头。

我说:"古代有一位年轻英俊的公子,有一天他游逛到尼玛草原上,他被一棵野草绊倒,于是他被美丽的草原迷住了,他娶了一位比雪山和草原更美丽的姑娘,从那时起,他们就在草原上繁衍生息,一直到现在。"

——这就是我的原汁原味的故事,后来它被传得走了样。不过并没有什么,事物都不是一成不变的。

杨小慧亲着我说:"阿康,我喜欢你的故事。不过,我们应该再来一次。"

"再来一次?"

"是的,再来一次!"

"现在?"

"就是现在。"

"现在再来一次?"

"是的,现在再来一次!"

## 101

我不能相信地看着她。

"再来一次?"

"再来一次!"

我哈哈哈哈地大笑起来,杨小慧也笑起来。我们笑得眼泪都出来了。我们笑得停不下来。

"再,再来,一次?"

"再来,再,再来,一,一次!"

我们开怀地、放声地大笑着,肚子都笑疼了。我爬到杨小慧的身上,我们悠长地做起了爱。

我想起过去的许多时光:卑微的,但可留为纪念的,许多片断。但我更愿意享受现在。

## 102

从那天起,我和杨小慧就在尼玛草原上,过着幸福、美满、没有任何烦恼的生活了。

我们生了许多孩子。虽然这有悖于计生政策,但是没什么的,我们只是想以这种方式来表达我们的幸福和美满的感觉。

真的,再也没有什么人会过上比我们更美满、更幸福的生活了。

我们陶醉在时光的每分每秒里,每分、每秒,我们都不愿意分开!

# 尕　　海

游客们不期而遇,从玛曲乘早班车到尕海,等这一天里从碌曲发来的唯一的一班客车去尼玛寺。他们已经在尕海等了近一个小时了,现在的时间是上午9点。尕海茶面馆的老板说,碌曲的车,要在11点半以后、12点以前,才会到。

尕海茶面馆的藏族老板是个老头,他头发花白,面孔黢黑——是高原上的太阳晒的——眼神略有些混浊,两腮凹瘪,说话时嘴里露出稀落的几颗牙齿。他手脚勤快,不停地伸出骨节粗大的手,把客人用过的碗盏茶具收拾到厨间去。他的老伴看上去比他还要苍老。她蓬乱的头发下部扎着辫子,皮肤也是黑黑的,满脸都是皱褶。她也在一刻不停地收拾厨房里的东西。收拾好之后,她就坐在粗糙的实木桌边,两手捧起一个煮熟的大土豆吃起来。她一边吃,一边看着窗外等车的乘客。

茶面馆里还有个藏族孩子,也晒得黑黑的,十一二岁的样子,他可能是茶面馆老板的孙子。他一会在三岔路口吹口哨,一会躺到公路边的草地上去逗两条不知从哪里跑来的狗,一会坐在茶面馆门前的大遮阳篷下的白塑料椅上,眯眼看着公路的交会处和公路外的大草原。

尕海是大草原上的一个三岔路口,一共有三条路汇集到尕海这个地方来:一条路是通往玛曲的,一条路是通往碌曲的,最后一条路通往迭部和尼玛寺(去迭部和尼玛寺的路在中途分开)。尕海茶面馆面向东南的尼玛寺方向。茶面馆门外有一个很大的无顶走廊,走廊上摆放着五张木桌和五把大遮阳伞。从玛曲的车上下来的乘客和游客,有的在遮阳伞下喝茶,有的吃面——这是他们的早饭——有的蹲在三岔路口的中间,从那里可以很方便地看见草原腹地三条公路上的来车,很远就可以看到。

但是客车很少,偶尔有一辆客车从草原和绿色山脉的后面冒上来,并且开过来,要么方向不对,是去迭部的,要么就是去碌曲,或者去玛曲的。车一来,尕海的候客都不由自主地站起来,满怀期待地引颈长望,但到头来总是空欢喜一场。

丁家勇和那位日本来的年轻的旅游调查员,还有三个穿红僧服的藏族小和尚坐在一张桌子上喝茶;四位白皮肤的欧洲人,一位三十多岁、讲汉语的女士坐在第二张桌边;另一位身体结实、脸上留着大胡子、左腿略有点不灵便的中年白人男子,他好动地经常这走走、那看看,他的同伴是一个个子较高,但较瘦的男人,他们坐在第三张桌子边;第四和第五张桌子边坐满了从草原深处骑摩托车来的藏民,他们把藏袍裹在腰间,说着夹杂有汉语的藏话,他们大口地喝着茶,或者吃着面、吃着牛杂碎,漂亮的藏刀插在他们的腰带上。

摩托车一直很多,整个上午不断有面孔黢黑的藏族汉子,高速地驾车飞驰而来,也不断有喝好了茶,或吃好了面的藏民飞车而去。他们的车后座上总会带着另一个藏族青年,要么就带一个藏族男孩。因为藏袍的原因,他们下车有些困难,也显得很笨拙;上车时也是这样,他们必须得离摩托车稍远些,两只手提提藏袍,略纵些身,才能上去。这就使他们个个都显得很厚实,他们的动作像极了草原上摇摇摆摆的摔跤手。

时间似乎过得很慢。太阳明亮,但也偶尔会被碎云遮住。一位等车的藏族妇女走到公路边的草原上,她背对着尕海茶面馆,面对着草原远方的山脉蹲了下去。她的大藏袍把她包裹得很严实。过了一会,她又站起来,回到了茶面馆附近。

草原上的狗早就没影子了,不知道跑去哪里了。藏族孩子无聊地在茶面馆门前的空地上扔小石子玩。

闲不住的那位中年白人男子,又站起身来,在茶面馆无顶走廊的前面东张西望地逛着,然后凑到喝茶的藏民桌边,看他们喝茶、吃面。

他站在离藏民三五步远的地方,看了一会,试探着用很不熟练的汉语说:"你们,好,你们,在吃,什么?"一个年轻的藏民,用甘肃腔的汉语说:"你好,我们在吃牛杂碎,你吃不吃?"中年白人男子说:"我,不吃,我,吃过,早饭了。我可以,在这里,坐下吗?"他指了指走廊下的水泥台阶。看到没有人反对,他就在水泥台阶上坐下了。

太阳照在广袤的香气扑鼻的草原上,空气中飘来一阵阵草原上花的香气。

在尕海茶面馆的对面,穿过公路就是绿色和花香的草原,有一小群黑色的牦牛正低着头吃草。在牦牛们的身后,是一道波浪一样的鲜绿色的山脉,山脉看上去并不太高,也不很远。但像玛曲和碌曲的所有山脉一样,它绵亘在开满鲜花的草原上,非常迷人,恍如一个梦境。山脉中间一个较高些的山头上,还飘动着一小丛五颜六色的经幡一样的东西。

山那边不知道是什么。更大的草原?更雄伟的山脉?更多的草原上的花?在一个小时以前,在他们下了从玛曲来的客车,刚在茶面馆的茶桌边坐下时,丁家勇就看见了那道山脉,就想到那道山脉上去看看了,一直到现在,他还是想去那里看看。反正时间还早,客车在11点之前不会来的,到那道山脉去看看完全来得及。但是,他一直没有起身,一直没有付诸行动。

坐在丁家勇邻座的那位年轻的日本旅游调查员,从背包里拿出一沓稿纸,上面写满了文字。她的脸和脖子晒得黢黑黢黑的,她的黑肯定是在草原上晒的。她把稿纸平放在茶桌上,伏上去写一些字。她抬起头看看面前的公路和草原,再伏下头去写一些字。后来,她抬起头,看着丁家勇,说:"先生,我可以问你一个问题吗?"

丁家勇说:"不要客气。"

日本女孩说:"先生,尕海的尕,是什么意思?"

丁家勇说:"这是方言,是'小'的意思。中国西北地区这里,经常用的。"

日本女孩说:"噢,我明白了。谢谢你,先生。"

丁家勇说:"不客气。你的汉字写得很漂亮。对不起,我看到你写的汉字了,不是有意看的。"

日本女孩说:"没关系。我的字写得很工整。"

丁家勇说:"是这样的。"

喝茶的藏民那里起了一点小小的骚动,年轻的藏民们已经把中年白人男子包围起来了。

丁家勇起身去看。

他站在年轻藏民的圈子外,往圈里看。原来那位中年白人男子把自己的两条裤腿都卷起来了,露出了左小腿的假肢。他用断续不连贯的汉语,向围观的人说明假肢的使用方法。他一边说,一边再把假肢装到腿上去。他用了不到五分钟就装好了。他站起来,握紧拳头,伸展上肢,挥了挥拳头,略有些拐地、有力地往前走了几步,表示他并不惧怕这些困难。然后,他一步一步地走过似乎是空空荡荡的公路,走到了公路的那一边。

尕海茶面馆这边的许多人都看着他,大家都没有事干;茶面馆的藏族老板也用略带苍茫的目光,从窗里看着他;那个孩子站在台阶上,也在看他。

中年白人男子走过了公路,在公路边站住,看了看两个方向公路的深处。

他突然坚决地向草原走去,他走上了草原。也许草原上有点不很平整,他的假肢显得稍有点费力。他走了十几步,也许有什么事情要发生了,也应该有什么事情要发生了,这是大家的预感,好像也是大家的期望。

果然有事情发生了。在闪电一样短的时间里,两条狼一样的恶狗,突然从草原的什么地方扑了过来。它们狂吠着扑到中年白人男子的脚下,把中年白人男子扑得一个趔趄。也许狗并不真的想咬他,它们只是一个劲地狂吠、狂扑,而中年白人男子一边招架,一边后退,一边大声叱呵。

站在台阶上的孩子箭一般地射了出去。等他跑过公路,喝退那两条狗的时候,中年白人男子已经退出了草原。

他站在公路上,定了定神,想了想,然后摇了摇头,一拐一拐地回到他的瘦子同伴那里,坐到塑料椅上。他喝了口水,说了一句什么,哈哈大笑两声,又摇了摇头,戴上墨镜,凝神看阳光下的大草原去了。

丁家勇也回到座位上,在座位上坐下。藏民那边,有一辆摩托发动起来。一个年轻的藏民,和另一个年轻的藏民,他们用手提着看上去沉重的藏袍,角力士那样,跳着、晃着,跨上摩托车,风一样地,顺着草原上的公路,驶进草原的深里去了。

日本女孩也已经把稿纸收起来了。她抱着膀子,靠在椅背上坐着,看着远处的草原和青山。

在丁家勇离开的这一小段时间里,邻桌的那位讲汉语的三十多岁的女士,以及另外三位欧洲游客,两男一女,已经到丁家勇他们这张桌子边坐下了,他们把那三位小和尚包围起来。小和尚的手里各拿着一本小册子翻动着。小册子的每一面都印着三种文字,左边是藏文,中间的一种是中文,右边的一种是英文。

那位三十多岁讲汉语的女士,她好像非常狂热。从她的口音和言谈举止判断,她不会是中国内地人。她蹲在一个小和尚跟前,拉住他的手,不断地恳切地对他说:"来,你跟我说,你一定要跟我说。来,来,我们来说,我说一句,你跟着我说一句。来,来,我们来说,我是主的儿子。来,我说一句,你跟着我说一句。来,来,让我们来说,你跟着我说,我是主的儿子……"那一位白人女子也在旁边,用生硬的汉语说:"对了,你说,你说,很好,很好。"

丁家勇觉得他非常不喜欢这种行为,特别是对讲汉语的这位女士。他甚至都有点憎恨她了。但是,小和尚不知是出于害羞,还是别的什么原因,他只是低着头,笑着,却一句话也不说。这似乎使丁家勇松了一口气。

那位讲汉语的女士还在动员着小和尚,而那位白人女子却站了起来,她对丁家勇的神态也许已经有所觉察。当她和丁家勇的眼光相遇时,她主动笑着对丁家勇说:"你好。"丁家勇也对她笑笑,说:"你好。"她又用外语说了些什么,她看着丁家勇。丁家勇摇摇头,轻轻笑了笑,说:"对不起,Sorry。"她也笑着,摇摇头,摊摊手,转身去和她的同伴说什么去了。

一位两手套着织物的中年女藏民,一步一叩首地从碌曲方向的公路上叩过来了。

大家并不惊奇,特别是那些藏民。大家坐在遮阳伞下看着她从公路上叩过来。从这里到尼玛寺还有七十多公里呢。太阳偶尔被云彩遮住,太阳被云彩遮住时,人就觉得有些凉;太阳出来照在身上时,人又会觉得有些热。草原上的情况就是这样的。

茶面馆的女主人走出了屋子,站在门口,手里拿着那个非常大的土豆,嘴里慢慢咀嚼着,看着那个一步一叩首的妇女。她一动不动地看着她,她的手停留在嘴巴附近,就像凝固了一样。直到那位藏族妇女越叩越远,她才转身回到屋里去。

也许这一切都是一种催化剂,丁家勇看了看时间,还不到10点。他站起身来,在双肩上背好背包,离开茶桌和遮阳伞,走下无顶的走廊,走到那个正无聊地站在空地上的藏族孩子身边。

他知道身后会有目光看他,但他现在似乎感觉不到什么了。他的眼前闪现了一下那位中年白人男子略有点瘸的步态。

"你好,你能把那两条狗看住吗?我想去那个山上看看。"丁家勇指指公路对面、草原上牦牛群后面的山脉。

藏族孩子看看他,点点头,用甘肃腔的汉语说:"你有香烟吗?"

丁家勇摇摇头,遗憾地说:"我不吸烟的。"

藏族孩子又看看他,再一次点点头,说:"可以的。"

丁家勇搂着孩子的肩膀,他们一起向公路走去。

公路上空空荡荡的,公路的尽头也是空空荡荡的。草原无限地宽远,即使远处有一些山脉。

他们穿过了公路。

孩子突然离开了丁家勇,向前方的草原跑去。他跑进了草原,那两条狼一样的狗不知道从什么地方蹿了出来,它们拼命地摇动尾巴,张着嘴,迎接着孩子。孩子蹲下去抱住两条狗,和它们一起玩耍。然后,他带着两条摇头摆尾的狗,向绿茵茵的山脉的方向跑去。

丁家勇的眼睛看着在草原上越跑越远的孩子,还有狗,他的脚也在一刻不停地往前大步地走。丁家勇感觉自己的脚踏上草原了。他的心里一阵激动,也许并不仅仅因为脚踏上了草原。

太阳照耀在绿色的草原上,草原上开放着各种各样不同的小野花。草原上香得要命。是哪一种花散发出了不同凡响的香气呢?丁家勇蹲下身,跪到草原上,伏身去闻那些不同颜色的花,看到底是哪一种花散发的香气更浓烈。

丁家勇闻不出来。他站起身来。孩子和狗已经在草原里跑得较远了,跑到那群黑色的牦牛那里去了。牦牛群在移动,山脉就在牦牛群的后面。丁家勇大步地向着草原的更里面走去。他一直大步地往前走着。

连尕海茶面馆那里的些微的声音都消失不再了,草原上除了阳光洒散开来的声音,没有其他任何声音了。丁家勇觉得自己已经走出很远了,他停下脚步,回头去看尕海的三岔路和尕海的茶面馆。

他看不到尕海那里的公路了,只有尕海茶面馆还有个红屋顶。在他身后较远些的地方,那位背旅行包的日本女孩,跟着他,正在往草原上走来。而在日本女孩的后面,更远些的地方,是那位中年白人男子,他也已经走到草原上了。

丁家勇没有等候他们,他回转身,在草原上继续大步向牦牛和山脉的方向走去。

他的脚下有一些鼠洞,但这些鼠洞似乎并不能阻止更强势的草原的生长。

半空中有一些鸟叫,那是些什么鸟?丁家勇说不清楚,他只顾往前走着。现在在他的脑海里,时间、客车、公路,都消失不在了。他的面前只有草原、鲜花、翠绿的山脉和远方的那个孩子。

丁家勇想尽快地追上那个孩子和那个孩子的狗,另外,他暂时也不想让后面的人追上来。于是,他暗暗地加快了脚步。

## 2003 年

## 别人的天堂

1

为第二天跟妈妈到腥草湖干校的事,我几乎一夜没睡好。吃晚饭时,妈妈反复对哥哥和姐姐们交代,要他们在城里把自己的事情做好,不要天天光知道玩,学校开学就到学校去,学工,学农,学军,都要参加。因为要照顾哥哥和姐姐们的生活,刚过春节,妈妈就把虫岗县大刘圩子乡下的堂姐小三姐接来了,妈妈让小三姐来管这个只有四个孩子的家(我大姐、我哥哥、我二姐,还有小三姐自己)。

小三姐是俺二叔家的小三姐,她在家里姐妹之间,排行老三,其实,小三姐比十五岁的哥哥只大两岁,比十六岁的大姐只大一岁,她也还是个孩子。但我喜欢她,她长得很漂亮,懂事,又非常能干,样样活都拿得起,放得下。

妈妈把第二天要带的东西都准备好了,包括要带给爸爸的红塑料烟嘴和《马列选集》,这些东西放在一个中号的柳条箱、一个白被单打成的包袱和一个大帆布包里,此外,还有一个两床被子捆成的大背包,它们十分臃肿地堆在堂屋的一角,像一个大土堆。这天夜里,我仍和哥哥睡在一床,明亮的灯光里,床头的墙上,挂着我的带红尾穗的紫红色的竹笛,它是我的最爱。

晚饭前,妈妈和小三姐在锅屋里做晚饭,哥哥和姐姐们都还在外面玩,没有回家,我坐在窗前吹笛子。我吹了一曲《浏阳河》,接着,我又吹了一曲《山丹丹开花红艳艳》。窗外的院里是一棵大柳树,你别看它现在光枝秃干的,我的笛声一响起来,它很快就变得一树嫩绿、青枝摇动了,我的笛声就有这样大的魔力,这是我认为自己有吹笛子才能的证明,一吹起笛子来,我就能想到和曲子有关的情景。

晚饭后,哥哥的同学,也是我们的邻居滕小芹,来我们家。和姐姐们说了一会话之后,她就打棉袄里拿出一个1953年生产的日记本,给姐姐们看,我也凑上去看了一眼。日记本是紫色的硬封皮,很小巧,封面上印着泰山风光,本子里有十几张画页,都是各地的山水风光,我觉得它很漂亮,太漂亮了,如果我有一个这样的日记本,我就美死了。

二姐说,小芹,你搁哪弄的?滕小芹说,这是俺爸跟俺妈谈对象,俺妈送给俺爸的,俺爸一直没舍得用,俺爸拿它压箱子的。大姐看过以后,说,这是封资修!滕小芹说,不是的。我插嘴说,就是封资修。滕小芹说,就不是的。二姐说,不是是啥子?都是资产阶级的风光片。滕小芹说,就不是的!就不是的!

滕小芹扭头看看我哥哥,哥哥坐在桌子边,拿螺丝刀拧一块电子板,他一直想自己装配一架收音机,他专心地做事,一句话都不说。大姐说,这就是封资修!我说,就是封资修!二姐说,就是的!就是的!滕小芹气哭了,她说,就不是的!就不是的!说着,她哭着跑回家了。

妈妈叫我们睡觉时,我们拖拖拉拉地洗了脚,钻进了被窝,被窝已经被妈妈用医院的盐水瓶做成的暖瓶焐热了。妈妈早上说过,今天是立春,这一天,也是我的生日,立了春,我又长了一岁了,哦,我十一岁了。姐姐们躲在被窝里,叽叽喳喳地说着滕小芹还有邵亚琳的坏话,后来,她们又和小三姐说起了虫岗乡下水沟里的水蚂蟥。

妈妈来关了我们的灯以后,哥哥在被窝那头蹬我,叫我过去,我被他蹬得嗷嗷叫。大姐尖声说,小二子,你又蹬小四子弄啥?!看俺不喊俺妈来打你。哥哥说,你这个哈巴狗。大姐说,你是哈巴狗!你是哈巴狗!你才是哈巴狗!哥哥说,俺不跟你吵。大姐说,有理走遍天下,无理寸步难行,你吵不过俺,你当然不敢跟俺吵!哥哥说,就你小丫头嘴快。二姐插上来给大姐帮腔,说,你才小丫头,你才小丫头,臭刘如健大男子主义!

我钻到哥哥那一头,她们又在被窝里说别的事去了,哥哥搂着我,他在被窝里贴在我耳边小声说,小四子,俺告诉你一个秘密,你不准跟任何人讲,包括俺爸、俺妈,你要说,俺就把你骗到城墙根,踢你的蛋。我说,俺哥,你还不相信俺吗?俺啥时候坏过你的事来?哥哥说,俺想跟滕小芹好了。我说,俺哥,你咋跟她好了?大姐和二姐都不想理她了,说她是个小妖精。哥哥捶了我肚子一下,我赶忙捂着肚子,辩白说,这不是俺说的,不是俺说的,是俺大姐、二姐她俩说的。

哥哥说,啥小妖精,滕小芹那天对俺讲,她讲她原先想报名学农的,看见俺报名学工了,她也报名学工了,开学以后,俺们就一块上学校纺织厂了,她学织布,俺学机修。我说,俺哥,小芹可叫你摸她来?哥哥说,那还不是迟早的事?俺要是提出来,她还能不叫俺摸?只不过俺现在不想。

这一夜,我睡着睡着总是醒,就算睡着了,也是迷迷糊糊的,做着许多古怪的梦。我梦见我在一条直上直下的街道上艰难地走,走到最后,就要扑倒身子,往上爬。我还梦见我穿着不带领章、帽徽的黄军装,和滕小芹、桂彩侠她们一起到学校去,这样的军装,平时只有哥哥才有一套,是我梦了无数次都得不到的,到了学校,滕小芹到初中部去了,我和桂彩侠到小学部去。

快走到教室门口的时候,桂彩侠对我说,刘如康,你可想解手?我说,俺都憋半天了。桂彩侠领我到一个破墙框子里,她说,这个地方不给解手。我说,那咋办?俺都憋死了,一天净找厕所,啥事都干不成。桂彩侠说,那咱俩都把衣服脱掉吧。一眨眼,我和桂彩侠身上的衣服都没有了,这里很冷,寒风刺骨,我和桂彩侠抱在一起。

有人在破墙框子外边喊,小四子,起来喽,起来喽。我睁开眼,原来是妈妈,她坐在床边,我放开哥哥的腿,妈妈说,你看你哥哥把被子都拉过去了,你半个膀子都在外边。我钻在哥哥身边不愿意起来,妈妈又哄着我说,小四子,你不是想上干校的吗?你爸爸在那等你都等急了,赶快起来走,你要是不起来,俺就走了,不带你了。

我睁开眼,醒了,这是1969年2月一天的上午,太阳出来了,但天色昏黄,并不暖和。小三姐用一辆借来的架子车,把妈妈堆放在堂屋里的行李,拉到了东关运输公司的小院。小院里有很多人,还有一辆看上去很破的旧卡车,车上已经堆满了包袱和行李。在别人的帮助下,我们的行李也都搁在了车厢里,车厢里堆得满满的。

小三姐拉着架子车回家了,妈妈在和别人说话,说了很长时间。在妈妈的同意下,我爬到车上,坐在那些行李和包袱上。过了一会,奚阿姨也爬到车厢里了。奚阿姨白白的,她剪着短发,长得很好看,人很年轻,也很有精神。她坐在我身边,笑眯眯地看着我,问我,小四子,你上几年级了?我低着头,手里玩着包袱皮,我说,四年级了。奚阿姨笑着说,那你个子咋长这样小?我脸一红,我说,俺妈说俺晚长。奚阿姨点点头,说,俺看也像,你腿长,上初中就长个了。

过了一会,妈妈来到车下,在车下喊奚阿姨下去。妈妈说,奚冰春,你下来,下来。奚阿姨下了车,她们站在车下说着说不完的话。卡车点了一次火,但一直没有开。中午的时候,妈妈从运输公司屋里出来,喊我下车。妈妈说,小四子,上午不走了。我很失望,我跟着妈妈,顶着寒风,踩着积雪,步行了三里多路,回家吃饭。吃过饭以后,我和妈妈又走回到运输公司的小院,卡车还停在那里。

下午,我一直在南墙根玩小石子。太阳快落下去的时候,妈妈过来对我说,小四子,车上坐不下,妈妈和赵叔叔他们坐火车去,你跟着奚阿姨就行了。我上了车,车上有六七个叔叔阿姨,奚阿姨坐在我身边。妈妈对我交代了又交代,后来他们走了,我们的卡车也轰轰隆隆地开动了。

车子开出了心如城,开到公路上。冬天的原野,半白半灰,很苍茫,太阳很快落下去了,天也变了,寒流滚滚,车子颠晃着往前开,寒风刺骨,冻得人受不住。大家把包袱里的被子拿出来,盖在身上,只露一张脸。后来,大家觉得太冷了,又拿出几床被子,盖在原来的被子上,我们整个人都蜷在被子里,连脸都不露了。

天完全黑了,奚阿姨说,下大雪了。我想看,奚阿姨说,不要看,冷。奚阿姨搂着我,我觉得很暖和,我蜷在奚阿姨的怀里睡着了,车子一颠,我醒了,我觉得小便憋得很,但是在车上,我上哪解手去?这时,奚阿姨穿着一条花睡裤走过来,她对我说,小四子,你可想解手?我说,俺都憋死了,一天净找厕所。奚阿姨说,那俺们上城隍庙菜市场后头解手去。

我跟着奚阿姨到了城隍庙菜市场后头,那里到处都有人,没法解手,我就偎着奚阿姨,她身上又暖、又软,忽然,我解出手来了,真痛快,我一下子惊醒了,裤子里又黏又湿。我蜷在奚阿姨怀里,装睡不敢动,呼吸着她身上暖和的衣裳味,奚阿姨搂着我,她一直睡得很熟。

## 2

天蒙蒙亮的时候,卡车开到了腥草湖干校。这里原来是腥草湖农场,去年成了干校,校部有十几排长长的平房,在集体宿舍的北边,还有一个很大的像仓库一样的高房子,那就是干校的大食堂,在这些房子以外,就是被大雪盖住的无边的原野了。

一阵嘹亮的军号声传来,我摸摸屁股,呀,我的笛子忘记带了。这时,平房的窗户里都亮起了发黄的灯光,后来我才知道,爸爸他们每天都是在这时候统一起来的。他们到井里提水上来,回到房门口,大家用井水洗脸、刷牙以后,就坐在地铺上学习、跳忠字舞。天暖和以后,整个干校近千名学员,早晨会集中到一、二、三号平房前面的大空地上,集体学习和跳舞。

一夜的大雪,使我们的卡车变成了一辆白白的雪车,爸爸和许多人都来接车,把箱子和包袱拿走,把被子上厚厚的一层雪抖掉。我缩着脖子,新奇地踩着雪,在附近转悠。路边的水渠结着厚厚的冰,宽阔的道路通向白色原野的深处,路边的大树上,一些不怕冻的鸟在叫。后来沙叔对我说,这是棠梨子树,秋天结的果子又小又涩,颜色是紫的。

这里的人都起得很早,有一辆马车从宿舍的道路上跑过来,驾辕的是一匹枣红马,两匹马一白一黑。赶马车的那个人,穿着大棉袄、大棉裤,戴着黑棉帽,坐得笔直,他身材结实、魁梧,嘚嘚的吆喝声响亮、干脆,这就是西盛海,干校的农工,我喊他西叔。在那个清冷的早晨,他对我笑着,叭地炸了个响鞭,驾着马车,从我身边跑过去了。

哦,马车驶过,这就是赶马车的西叔,我又是那么喜欢马和马车,十天后,西叔成了我在干校最好的朋友。我离开妈妈和奚阿姨她们女同志的宿舍，搬进了马房，和西叔睡在一起。马房在干校一号平房的西边，再往西就是大路了，过了大路再往西，过一个弯弯曲曲的大池塘，走四五百步，就是当地一个叫瓦韩家的小村子。

雪后的原野包围着小小的乡村和干校，津浦线上的火车在干校东边四五里路的地方，吼叫着开过，但马房里温暖如春。西叔在马房里用碎砖自砌了一个烤火灶，灶后有一道砖沟从屋里通过，一直通到西墙上，从窗户上通到屋外。烤火的燃料，是西叔秋天用马粪、牛粪和煤灰自制的，一个一个灰色的饼子，在马房里堆了一大堆。

夜晚，土灶里火势旺盛，三匹马在马槽后面咕哧咕哧地吃着草，有时候它们还打架，但西叔，或者赵叔，喝骂它们两声，它们就老实了，也和好了，互相蹭蹭脖子，又低着头咕哧咕哧地吃草去了。如果它们闹得厉害，西叔就会拿拌草料的木棍去打，西叔先看是哪个惹的事，上去两棍，把它打得直往后退，它一夜都不会闹人。

三月里，雪刚化完，傍晚的风又冷又硬。那天下午，我跟着西叔的马车去五块湖地送化肥，干校学员在冬麦地里撒完化肥，陆续都回去了，天快黑的时候，留下的三个人才把剩下的化肥撒完。三匹马在地头都等得不耐烦了，扬头刨蹄子的。沙叔堵在梢马面前，手攥马缰，他的大号红烟斗一直叼在嘴上。沙叔说的不是心如当地话，听妈妈说，沙叔是山东人，他说的是山东话。沙叔骂马都是用山东话骂的，他又不太会骂，骂得别别扭扭的，显得很滑稽。

我们刚上车，西叔还没发出走的口令，三匹马就迫不及待地往家走了，它们都饿了。因为是空车，马车在旷野里颠簸得很厉害，我在车帮上坐不住，就坐到车厢里。三匹马越走越快，拐上南北路时，它们就开始撒腿跑起来，西叔使劲勒住辕马的缰绳，马车一个大颠，我摔到车后的路上，摔得头昏眼花。但我咬着牙，既不哭，也不喊，马上又爬起来，追上奔跑的马车，坠了上去。我知道，西叔最讨厌那种动不动就哭、就喊的孩子。马车一直奔到马房门口,才吱吱地刹住。

干校宿舍的晚学习结束后,赵叔叔一般都会来马房同西叔下两盘象棋。赵叔叔长得黑,一脸都是疙瘩,大人们都叫他赵黑子。赵叔为人和善,他对我也很好,我一点都不怕他,经常和他在一起闹,爬到他身上,叫他背我。他的象棋下得更好,在干校里是第一位的。沙叔也是常来马房下棋的一位,沙叔是个结实的矮个子,他不太喜欢说话,总是笑眯眯的,他嘴上的大号烟斗,一刻不停地冒烟。西叔在马房里没有事的时候,就用废纸卷烟卷个不停。我帮他数过,有时候一晚上两三个小时,他能卷六七十支烟,西叔不吸烟,这些烟,他都是替赵叔卷的。

沙叔喜欢我,他也喜欢带我到处玩,我们俩到各个宿舍串门子,还到食堂串门子,看人家做月饼。天寒地冻,干校不干活的时候,他就喊上我,两个人背上粪箕子,粪箕子里带上粪耙子,顺着干校西边的大路拾粪,一走就走个四五里、五六里,有时候都能走到腥草镇,在半条街的腥草镇上转一圈,再到站台上看火车卸煤,看过了,就往回走,在路上碰到两三泡牛粪堆。拾粪拾多了,粪箕子里盛不下,就到路边的干沟里挖坑,把带不走的牛粪、马粪埋在坑里,做上记号,等开春了再来挖走。

还有一位工宣队的张队长,他有时候也到马房里下象棋,但是我不喜欢他,他很严肃。他还经常指指点点,叫西叔这个要干,那个也要做,挑三拣四的,不过,当他坐在小板凳上开始下棋时,他就变了,变成另外一个人了。他下不过赵叔,也下不过沙叔,和西叔倒是有时能打个平手,但他的棋瘾大,大得很,实在没有人,他都能拉着我下两盘。赖棋是张队长最常用的伎俩,他赖棋赖得不能看,回棋都能回五六步,就这,他下十盘也还有九盘输。

张队长是个四方脸,他解手的东西特别大。春天,有一次我从一号平房拐过去,看见张队长正在墙根解小手,他手里拿着的解手的东西,像一个小蒜锤。我吓了一跳,赶紧装作没看见的样子,跑过去了,跑到马房里,站在马槽跟前,摸着红辕马的马头看马吃草,心还怦怦跳了半天。

奚阿姨有时晚上也来马房,她是来喊赵叔的。一进门,她就说,西盛海,你们马房真暖和。赵局长,你爱人到了,你还不赶快看她去。赵叔说,不是讲明天来的吗,咋今天到了?奚阿姨就说,你看你说的,这是组织的决定,人家哪能说来就来,说走就走?再说,你还不欢迎人家?赵叔说,那俺真得赶紧去了。说完,赵叔爬起来就走了。

有时候,奚阿姨来喊张队长去校部开会,奚阿姨说是凌书记叫来喊的。张队长说,好了,好了,就这一步了。他半站起身,却就是不情愿走。奚阿姨就半坐在西叔的床上,和西叔、沙叔说话,马房里都是草料味,等张队长走了以后,奚阿姨又和西叔、沙叔说了一会话,才起身回宿舍。

西叔和赵叔、沙叔他们,没事时和干校的人经常说到奚阿姨。沙叔说,小奚的爸爸妈妈都是医生,五十年代末从省城天香下放来心如的,她爸爸以前跟洋鬼子学过医,跟人家讲自杀,都能一套一套,讲得头头是道。小奚前两年打省财校毕业,分配到心如市财政局工作,她谈了个男朋友,是快活集镇的一个中学副校长何校长,年纪比她大七八岁,人长得又矮又丑,还是离过婚的,带着一男一女两个孩子。他两个人感情好来,小奚也自愿,但是她家里不同意,亲戚、同事也都说可惜,一朵鲜花插在一堆干牛粪上,硬把他俩拆散了。赵叔说,你别说,人才怪来,该摊着啥人,就得摊着啥人,犟都犟不掉。

可能是帮着校部做些跑腿的事,奚阿姨有时候还来马房里借房,有一回是帮钱科长来借房的,钱科长的老父亲、老母亲家里有难心事,哭哭啼啼地来了,没地方住;还有一回,奚阿姨是来帮小周借房的,小周的新婚丈夫打省城天香来看她,两人要在马房住一晚上,西叔上赵叔大宿舍去睡了,我回妈妈宿舍睡了一夜。

这一年春末的时候,我妈妈回心如过了半个多月,她从心如回来,奚阿姨也帮我妈妈和爸爸来借过一次房。当时赵叔、沙叔、西叔他们都看着我笑,虽然我不知道他们为什么要对我笑,但我自然而然就有点不好意思,红着脸不自然起来。奚阿姨站在我身边,用胳膊搂着我,奚阿姨说,西盛海,听凌书记说,马无夜草不肥,可是真的?西盛海说,马哪有不吃夜草的?马不吃夜草膘就掉完了,那还拉啥车、干啥活?奚阿姨说,那马晚上也不睡觉?赵叔说,打个盹就醒了。

奚阿姨说,那西盛海,等会刘部长、李科长来了,你还得跟他俩说好,叫他俩晚上替你喂马来。沙叔大笑着说,人家刘部长当兵打游击的出身,还能不知道喂马?小奚,这你都不要操心,人家能把马喂得比小西还好。奚阿姨摸摸我的头,说,你看小四子,你爸还真能来。我红着脸,站着,一下子就想到那晚卡车上在奚阿姨怀里的事情,我怕别人知道我的秘密,我的脸更红了,不过他们没在意。奚阿姨又说,就是你妈操心你哥他们,操得烦心,你哥也是个不省事的。

夏初,奚阿姨穿着她最喜欢的白的确良圆领小褂,来替孙主任两口子借房。那时,妈妈和费阿姨她们,都管的确良叫过河干,过河湿了的衣服,才刚过河,就干了,是那时夏天最好的料子。奚阿姨穿着过河干到马房里来的时候,赵叔和沙叔他们看见了,都说,你看小奚穿这件过河干,就跟个仙女样的。说得奚阿姨满脸通红。

西叔把房子借给了孙主任两口子,我俩没有好地方去,他就带我去了一趟农场五队。没调到校部以前,西叔原来是农场五队的农工,他在那里有一间屋子、一间小厨房,还有一块自留地。

五队在校部南边七八华里的地方,从校部到五队,是一望无际的起起伏伏的原野、田地、草甸子和草洼子,腥草湖的边缘从校部和五队中间穿过。腥草湖往西处湖水浩渺,从校部来的大路在大草甸子上穿行,到了腥草湖的边缘,如果是冬、春,湖洼地里没有水,就可以从湖洼地里直接走过去,这样可以近个两三里,如果是夏、秋,湖洼地里有水,车就要从东边绕,空身人可以从湖洼地里蹚水过去。

我和西叔在大草甸子上前进,天还没有黑,太阳的红光在西边的天际燃烧,天地很大,无穷无尽的样子。我们挽起裤腿,从水里蹚过腥草湖的湖洼地。在我们蹚水过去的时候,有一个背对着夕阳的人影,出现在斜对面蜿蜒起伏的地平线上。我们一边蹚水,一边看着那个人,那个人也远远地一直看着我们,夕阳在他的身后,猛烈地燃烧。

我们蹚过去开始穿鞋的时候,那个人把手拢起来,对着我们喊,那是哪个?可是西盛海小西?西叔直起身,也对着他大声喊,就是俺,你是哪个?可是杨老歪?那个人站在地平线上静静地听着,听完了,他又把手拢在嘴上,对着我们,大声喊,不是俺是哪个?小西你回来啦?西叔说,俺回来看看,明早还回去。那个人喊完话,他就把手放下来,侧着耳朵,静静地听,听完了,他又把手拢在嘴上,对着我和西叔大声地喊,俺知道了,你晚黑上俺家喝酒吧,俺家小孩姨三口子都来啦。

这件事我有点知道,杨老歪和西叔是老乡,杨老歪的小孩姨是西叔的媒人,她给西叔介绍了他们浍南县老家一个姓杨的姑娘,两个人已经确定了恋爱关系,但每年也见不上几面。这天晚上,我在杨老歪家喝醉了酒,这是我这一生中第一次喝醉酒,我倒在杨老歪家的床上,翻来倒去,难受得很,还哇哇地吐了杨老歪家床头一地。

当我迷迷糊糊地睡在床上的时候,我听见杨老歪和西叔进屋来看我。西叔心疼地说，你看俺办了这件错事吧，你看这孩子醉的，要是叫刘部长知道了，俺咋跟人家刘部长、李科长交代？杨老歪倒看得开，说，这没啥，小孩子火力旺，一夜睡就睡过来了，没啥，没啥。

## 3

西叔的马粪灶，断断续续，一直烧到三月中旬。这一年立了春以后，冬天也还迟迟没有过去，二月下旬和三月上旬，各下了一场大雪，二月下的大雪还没化完，三月上旬的大雪又下来了，雪化完以后，到三月底四月初，腥草镇上的小学也开学了，妈妈联系好，叫我到公社小学做插班生。开学那天，她把我交给奚阿姨，叫奚阿姨带我到学校报到、上课，哥哥在家里不听小三姐的话，妈妈请假回心如，管教哥哥去了。

开学的前一晚，我还是和西叔住在一起。那天晚上，在被窝里，我和西叔打打闹闹的，我们俩还比手劲，看谁能扳动谁。后来扳累了，我就连头钻进被窝里。我说，西叔，你的这个可有张队长的大？西叔说，俺咋知道？俺俩又没比过。我说，西叔，你给俺看看。还没等西叔说话，我就一把把西叔解小便的东西掏出来了。西叔护着，我说，你别护，你别护，俺比量比量，俺比量比量。西叔不护了，我拿拃量了量，我说，比张队长的小一点，也小不到哪里去。

西叔说，那俺看看你的有多大。说着，他就来掏。我拼命护着，大喊大叫着，俺不给你看！俺就不给你看！西叔硬把我解手的东西掏出来，我们俩比了比，我在西叔的跟前，只有一只刚冒顶的小苇芽芽粗。我有点生气，我说，俺不跟你比了，你是大人，俺是小孩，俺哪能比过你？后来，我和西叔在被窝里玩顶牛，顶了一会，顶困了,我转脸就睡着了。

妈妈把我交给奚阿姨,是因为那一段时间,干校的马车在镇旁的腥草河码头拉沙子,奚阿姨天天跟着去,到码头上跟人家开票、交钱、记账。那天早上,太阳才刚刚从东方露出一点红霞,干校的近千名学员,就集中在一、二、三号平房前的大空地上,开始了早学习、早请示,后来又跳起了忠字舞。我站在平房前的大树后面偷偷地看他们,他们每一个人都带着一个小马扎,在大空地上坐得黑压压一片。

凌书记和张队长站在台子上,凌书记两手背在身后,面向全体学员站着,张队长捧着一本《毛主席语录》念。后来,太阳从东方露出半个脸的时候,干校的喇叭响了。"敬爱的毛主席,我们忠心地热爱您……"他们全体跳起了忠字舞,我也在大树后面学着跳。

早饭后,我和奚阿姨爬上西叔的马车,西叔吆喝了一声,扬了扬手里的马鞭,马车就慢慢地往腥草公社的方向走去。马车出了干校,走到田野上,太阳升起在田野最高的棠梨子树的树顶上。正是旺春时节,道路的两边,一片一片的嫩黄,一片一片的青绿,车轮边的野草青凌凌的。马车在原野里慢腾腾地走着,马都很老实,因为它们都知道要干一天重活。

西叔握着马鞭,坐在车辕的左边,那里就是驭手的位置。我坐在车辕的右边,这样,我就可以摸到枣红辕马的脊背了。奚阿姨坐在辕马屁股后面的折子上,她离我和西叔一样近。路旁干沟边一棵很大的棠梨子树浓密的新叶里,有一缕一缕的烟气冒到天上去,我看到了,觉得很奇怪,就指着树,对西叔和奚阿姨说,那棵树上冒烟了,那棵树上冒烟了。我们都看着那棵树。

马车慢慢地走到树南边去了,原来高高的树杈上坐着一个人,在树上吸烟,树下放着一个粪箕子。西叔叫马车停下来,他对着树上大声喊,沙局长,沙局长,你还没回去吃早饭哪?沙叔在树上说,俺吃过啦,哎,小四子跟你两个上哪去?奚阿姨说,他上公社小学上学。沙叔坐在树上,边吸着烟斗,香喷喷地喷着浓烟,边说,噢,学校开学啦。我说,俺沙叔,你坐搁树上弄啥来?沙叔说,俺坐搁树上,看得远,啥都能看见。我霍地在马车上站起来,把枣红辕马吓得一扭腚,我说,那怪好玩的,沙叔,俺也上去,你给俺一口烟吸。奚阿姨怕我摔倒,吓得拉住我,说,这会不行,等学校放假了,你再跟你沙叔来爬树,坐倒,坐倒,吓死俺了。我懊恼地又坐下了。

马车离开棠梨子树,在原野上,又慢慢走动起来。过了棠梨子树,原野越来越香,路的两边,是干校种的几百亩做绿肥用的紫云英。三匹马一看见紫云英,都兴奋得直甩头、打鼻息,蹄子也都轻快起来,大白梢马还咴咴咴地昂头叫了几声。西叔骂了马一句,喊一声,抄近路啦,坐好。他一扯缰绳,叭地在空中炸了个鞭花,三匹马屁股一磨,顺便道拐进了紫云英地里。

车子一拐、一颠、一晃,奚阿姨赶忙用手抓住西叔和我,红着脸说,吓死俺了,吓死俺了,你个西盛海,咋赶这样快?西叔兴奋得笑呵呵的,他扬着鞭子,鞭梢在空中不断炸响。三匹马昂着头,咴咴咴地叫着,小颠着往前跑,马铃铛急乱地响着。奚阿姨吓得尖叫,使劲抓住我的一只肩膀和西叔的一只手,西叔的一只大手也安全地支撑着她。西叔没让三匹马跑太长的时间,这一天还有很重的活叫它们干,马蹄渐渐变成了小碎步,后来,又变成了正常的走路。

路两边的紫云英夹道,太阳照在广阔无边的原野上,蜜蜂在阳光照耀下的紫云英地上嗡嗡地飞舞。紫云英正在开花,棵子长得比我都高,三匹马都不好好走路了,瞅机会就歪头去吃一口紫云英。我伸手就能摘下紫云英紫色的花,放在鼻子上闻。奚阿姨说,小四子,给俺摘一把。我积极地摘着紫云英花,一把一把地递给奚阿姨。奚阿姨高兴地抱在怀里,啊啊地惊叫着,她白嫩细滑的脸兴奋得微微发红,我觉得她真好看。

马车走到紫云英地的中央,四面都是鲜青色开紫红花的紫云英地,望不见边,花香浓得叫人发醉,西叔"吁"了一声,马车停下来了,三匹马带着马车,都低着头,在路边大吃紫云英,西叔跳下马车,把车闸系住,对我说,小四子,咱俩解个大手,你往北,俺往南,起劲往前走,不然你要吃到俺的臭气,俺不叫你,你不准回来。

奚阿姨红着脸,抬头往远处看,嘴里说,尽出馊主意。我说,就是的,那俺不干,你要是赶马车跑了,俺咋弄来?西叔说,俺哪能跑,俺跑了,你奚阿姨还不答应来,她咋向你妈交代来?奚阿姨看着远方,说,他跑他就跑,咱俩还找不到家呀?我说,那管,西叔,俺俩就这样讲了,等你拉好了,你往北边接俺去。西叔说,管,你坐在路边,等俺去接你也管,你不要乱跑。

我撒腿向北跑去,然后钻进紫云英地里,两手拨开枝枝棵棵,在紫云英地里一直往北跑,跑到一个较洼的地方,我在地上捡了几个砂姜蛋子,留做擦腚用,然后就脱下裤子,蹲在地里,手里摆弄着身边的紫云英叶子,吭吭哧哧地拉起屎来。

拉好屎,我又在紫云英地里躲了一会,我不想让西叔一下子就找到我,躲了一会,西叔也没来找我,我就往路上走,走了好一会,走到了便道上,整个紫云英地里没有一点声音,只有阳光照在叶子上,紫云英开花引蜂的细小的声音,我蹲在土路上,用砂姜在地上画三角形和圆圈,等西叔和他的马车来。

过了一会,南边的紫云英地里,响起了马铃铛不急不慢的响声,我站起来,不一会,两匹梢马从紫云英的后面转过来了,整个马车也都转过来了。我跑过去,跳上马车,昂首挺胸地站在辕马的身后,我说,西叔,你拉屎咋拉这样长时间?西叔蔫蔫巴巴地扬着鞭子,说,俺昨晚黑吃多了,今个屎多。奚阿姨噗噜一声,笑出了声,说,净瞎说。奚阿姨脸上红通通的,她坐在折子上,坐得很老实,只是不住地用手梳头发,说过话,他们就不再吭声了,只有我站在马车上,大声地唱着歌,公社哦,是棵哦哦,长青藤嗯嗯,社员哦,都是哦哦,藤上的瓜啊……

西叔说,这小子号得还不错来。我又唱,戴花啊啊要戴大红花啊,骑马啊啊要骑千里马,唱歌要唱跃进歌,听话要听党的话。唱完了,西叔和奚阿姨都不吭声,我坐下了,看了看他俩,然后,我跳起来,扑到西叔身上,用右手中指屈起来的指关节,在西叔头上梆梆敲了两下,我厉声喝问他,俺西叔,你可欺负俺奚阿姨了?老实交代!奚阿姨噗噜一下笑出了声,西叔两手护着头,躲闪着我的手指,连声不迭地说,小四子,你咋这样讲话来?你叫你奚阿姨讲,俺可欺负她了,你叫你奚阿姨讲。

奚阿姨把我拉住,说,小四子,不要瞎讲噢,他哪能欺负俺来?上外头千万不能乱讲,可听见来?我放开西叔,我说,奚阿姨,俺西叔真没欺负你?奚阿姨说,他真没欺负俺。我说,俺在外头啥都不讲。奚阿姨搂住我,说,那你瞎猜个啥来?我说,俺看你不太高兴,俺怕俺西叔欺负你了。奚阿姨瞟了西叔一眼,轻声说,他不敢。

我点点头,马车慢慢地在紫云英地里晃着,过了一会,我说,俺奚阿姨,你跟西叔,咋姓一个姓来?奚阿姨和西叔听我这样问,又都笑了起来,奚阿姨说,俺俩的姓,念起来一样,写起来,就不一样了,他姓东南西北的西,俺姓姓奚的奚,这样写的。奚阿姨用手指在我手上写她的姓,西叔说,你别说,俺俩天南海北,还是在干校这里见了。奚阿姨嗔他一声,笑说,你又在孩子跟前瞎讲了。西叔说,俺也没讲啥,小四子他也不是旁人。我哼了一声,满意地点了点头。

4

公社小学在津浦铁路东、腥草河边不远的地方,学校只有两排平房,奚阿姨把我送到学校,交代了又交代,然后,她就转身回腥草河码头了。我跟着校长到教室的后排坐下,教室里都是农村孩子,大孩子、小孩子都有,二三十个,教室里没有课桌,只有用土坯垒成的一个一个土墩子。

我把自带的马扎放开,在马扎上坐下,周围的孩子都来跟我说话,一会就说熟了好几个。说了一会话,上课的铁轨铃敲响了,但这天上午也没有上课,老师只让我们抄一篇叫《刘胡兰》的文章,刘胡兰,山西文水县人……抄到十点多钟,学校就放学了。

放学以后,我和一个住在津浦铁路西的孩子袁大毛,一起过铁路,往家里走。我们爬到铁路上,先顺着津浦铁路线往南走,走一段路后,再下铁路往西走,铁路线旁边有一些信号灯,袁大毛对我说,信号灯是红的,火车就过不来,信号灯变绿了,火车就要过来了,就不能在铁路上玩了。走到快下铁路的时候,铁路西边不远处的田野里,孤零零地出现了四五间黑乎乎的草房子,袁大毛指着那些草房子,对我说,俺家就住那里,你可上俺家玩一会?我说,你家可有人?袁大毛说,现在顶多俺妈在家。

我和袁大毛下了铁路,顺着铁路旁边的干沟,往他家走去。袁大毛说,你城里人,你看不起俺呗?我说,你家房子真破。袁大毛说,俺家东西才多来,你别对人家讲。我说,你家都有啥东西?袁大毛说,俺家啥都有,铁路上有啥,俺家就有啥。我说,那俺不相信。袁大毛说,你不信你就晚上来看。我说,你叫俺晚上来看啥子?

袁大毛说,晚上货车打俺这走,俺爸,还有俺小叔,还有俺小舅,都打火车上往下扒东西,一晚上都能扒几大捆,扒回来就藏在俺家地窨子里,连俺都不给见。我说,不给你见,那你咋知道的?袁大毛说,天天晚上噼里啪啪的,俺还能不醒几回?我说,那你家可有狗?袁大毛说,俺家有两条狗来。我说,你家的狗可咬人?袁大毛说,俺家的狗叫俺爸驯的,见谁都咬,俺带着你不要紧的。

到了袁大毛家,袁大毛的妈正在院里洗衣服,她停了手,瞪着眼看着我,我有点害怕,我没敢进袁大毛家,袁大毛也没敢叫我进去,两条狗堵在围栏后边咬,叫袁大毛一脚踢回去了。我从袁大毛家的围栏外面看了看,就赶忙跑走了。我跑回干校,和爸爸一起,在干校食堂吃了中午饭,爸爸最喜爱的一个祖传的咸菜碗还被我打碎了,爸爸抬手要打我,反正我也吃饱了,我拔腿就跑了。

我背着书包,穿过做绿肥用的紫云英田地,跑到了腥草河码头,中午时间,那里一个干活的人都没有,我在河边扔了一会水漂。下午学校上了一会算术,不到四点就放学了。在五月底放假之前,我每天都在学校混两三个小时,然后就和同学到腥草河边玩打水漂、斗鸡、弹琉弹,要么就跟同学到村子里玩,学校根本不管,反正妈妈也不知道,再说,她有一次跟奘阿姨在背后说话,叫我听见了,妈妈说,啥学不学的,在农村学校那能学到啥?叫他有个地方去就是了,放在心如城里,俺又不放心,还不如带在身边。我觉得,妈妈这是说我的。

五月初的一天,上午上了一节课以后,我又跑了,我跑到腥草河码头,把书包扔给坐在磅秤旁边板凳上的奘阿姨,就和几个孩子跳到水里洑水去了。那一年天热得晚,却也热得非常快,我们在水里玩了一会,西叔赶着马车来了,他和奘阿姨在码头上说了一会话,西叔就到岸边喊我,说,小四子,上来,上来。我扬手往他身上泼水,他一边躲,一边说,小四子,快上来,快上来,带你上腥草城里逛逛去。

我赶忙爬上了岸,我和奘阿姨都上了马车,马车离开码头,上了公路,腥草镇离腥草县城瞎近近,顶多有五里路,离开腥草码头以后,奘阿姨就靠在西叔背上了,奘阿姨从西叔手里抢马鞭,说,俺来赶,俺来赶。西叔也不拦她,奘阿姨从西叔手里抢过马鞭子,两个手抱着,好像她都拿不动的样子,嘴里一点点声音,嘚嘚,我我。三匹马就跟没听见一样,我站起来,说,俺奚阿姨,你这样赶,马哪能怕你?我从奚阿姨手里夺过马鞭,扬起来,在空中炸了一个不太响的鞭花,嘴里吆喝着,嘚嘚嘚。三匹马开头还摇摇尾巴,快走了两步,过后,它们就不再听我的了。

到了腥草县城,西叔把马车停在百货公司门外,我在马车上看着,西叔和奚阿姨进了百货公司,过了一会,他们俩出来了,奚阿姨一只手拿了一包炸三刀果子,我最喜欢吃的,她另一只手,拿着一支竹笛。我看着奚阿姨的两只手,眼都看直了。西叔和奚阿姨上了车,马车往城外走,奚阿姨说,小四子,都是给你的,还给你买了一包笛膜来。我说,真的?奚阿姨?我抢过竹笛,简直不敢相信。

我们开始吃三刀子,三刀子里都是蜜糖,软泡泡的,非常好吃,吃过三刀子,我用口水把笛膜贴在笛孔上,捧着竹笛吹起来。我吹了一曲《山丹丹开花红艳艳》,两三个月不吹,有点生,但还像那么回事,奚阿姨和西叔都惊奇地不住说,小四子,你吹得还真不错来!你跟哪个学的?我说,俺在心如,还是校宣传队队员来。奚阿姨和西叔都说,怪不得你吹得这样好。我很得意,接连又吹了两首,一首是《大海航行靠舵手》,一首是《歌唱二小放牛郎》,西叔和奚阿姨都不住声地说好听。

五月底,学校放假以后,我就天天泡在西叔那里了。晚上在他那里睡觉,白天赤着脚,跟他的马车到处跑,我的脚上都磨出茧子来了。西叔说,小四子,你空闲着也是闲着,俺给你个粪箕子,给你一把草铲子,没事你就给俺铲一把草,晒干了,堆在马房门口,冬天卖给干校,俺给你买一个新书包、一双新鞋子,你看可管?我妈妈也在场,妈妈笑着说,学着干点活好,现在小孩子都不会干活,小四子,看你能不能铲成一个大草垛子。我说,俺西叔,你说话可是真的?西叔说,你看,这还能不是真的,你妈也在这里,俺说话还能当儿戏？我说,俺西叔,那你就等着卖俺铲的草吧。

  我暗暗下了决定。隔天,我天才亮就起来背着粪箕子,到干校西边瓦韩家的大蜀黍地头铲草了,这一天我铲了一粪箕青草,大约有二十斤重,西叔把草摊在马房门口的空地上晒,他还表扬我,说我能干,我累得腰酸腿疼,第二天睡在床上不想起来,懒觉一直睡到快中午,下午,我背着粪箕,咬着牙,到地里又铲了一粪箕嘴草,大约有十斤,连续铲了几天以后,我就再也不想干了,我天天背着粪箕子,肩头斜挎着竹笛,跟着马车跑、玩,有时候一天连一根草都铲不回来。

  不过,五月和六月,雨水也渐渐多起来了,有时候哪都不能去,只能在屋里看大人下棋、说话,要不就睡觉,天下雨不能干活的时候,干校的大人除了学习,就是自由活动。沙叔从心如城回来,按校部的安排,给西叔买了一块鲜黄色的雨布,下雨时,可以盖在马车的东西上,也可以披在马身上,还能披在人身上,也能当垫布用,平常,西叔就把它叠得板板整整的,跟马具放在一起。

  那时候下雨,经常是在下午下,下过雨以后,地里烂,什么事都不能做,赵叔、沙叔、张队长,有时候还有贾叔、王叔等人,都聚在马房门口下象棋,西叔就带我去遛马,他还教我骑马。开始,他在我身后抱着我,西叔说,黑母马最老实了,好骑。后来,我就可以自己骑了,我和西叔分别骑一匹光屁股马,他骑枣红辕马,我骑黑梢马,白梢马跟着跑,原野和草甸子上水珠闪闪。骑到腥草湖边,我们把马放开,它们在大草甸子上低头吃草,西叔在草地上铺开鲜黄色的雨布,睡在上面,看天。我把竹笛从屁股后面拽过来,在大草甸子上,走来走去地吹笛子。

  有一天下午,赵叔、沙叔、贾叔,还有张队长,都在马房下棋,这时外面雷声隆隆,天下起了大暴雨,暴雨来得快,走得也快,雨停了以后,干校的人都走出宿舍,到外面换空气,我趁机到爸爸地铺的床头,偷了两支香烟,一盒火柴,放在短裤口袋里。我跑回到马房时,发现西叔不见了,我问沙叔,我说,沙叔,俺西叔上哪去了?沙叔说,你西叔出去了,遛马去了。我扭头看看,三匹马果然不在马圈里,我说,俺沙叔,西叔上哪遛马去了?沙叔说,那俺不知道。

我跑到干校外面,四处找,到处都找不到,我又跑到干校西边的大路上,也看不见西叔和马车的影子。按照以往的习惯,西叔如果出去遛马,他一般会往南,到腥草湖边缘大草甸子湖洼地里遛的,我出了干校,顺着干校西边的大路往南跑,跑了一段路,刚下过暴雨的空旷的原野里、草甸子上,草色青青,鲜花朵朵,但一个人都没有,我四面看了看,动动脑筋,我跑到路边水波荡漾的大沟旁,挑了那棵孤零零长得最高的棠梨子树,噌噌噌噌地爬了上去。

我爬到树的最高处,在树杈上站稳了,踮着脚尖,四面张望。在高高的大树上,眼界开阔得很,但还是一个人影都看不见,更看不见那三匹我朝夕相处的马。我面前的一些树叶和树枝挡着我的脸,我把它们拨到一边去,西叔和他的马,到底躲藏在哪里呢?我从身后把竹笛拽过来,上气不接下气,吹了一首《阿佤人民唱新歌》,吹完,我伸头四面看,原野里没有任何变化,也没有一个人走动。

雨后的彩虹在天边出现了,非常好看,我从口袋里掏出香烟和火柴,把香烟点着,像大人那样吸起来,还尽快地把烟向空中喷去,我心里想,如果西叔从附近经过,他看见棠梨子树上,树叶子里在冒烟,一定会知道这里有人的,他也肯定能猜出是我的。

吸完了烟,我从树上爬下来,右手捂着屁股后面的竹笛,沿着大路,开始向南奔跑,原野里的空气,越来越新鲜。为了抄近路,我离开大路,从青翠的草甸子上跑向湖洼地,我跑到因下雨而积满了水的湖洼地,现在,这里已经是腥草湖的一部分了。我哗啦哗啦地蹚水过去,到了湖洼地南边,我站在浸满了水的草地上,看着东、南、西和西南方向蜿蜒起伏的地平线,还有天空五彩缤纷的彩虹。就是上一次,我和西叔看见杨老歪的地方,我心里生气地想,他们一定躲在那后面,一定躲在地线的后面,我拼命地向湖洼地的高坡跑去,脚下的嫩草踩得又软又舒服,我一口气跑到了坡顶上。

他们果然在这里,虽然我暂时还没看见西叔,但我看见那三匹马了,三匹马正低着头,在大草甸子上专心地吃着草。我向三匹马跑去,跑了几十步,我扑倒在草地上了,我看见西叔和奚阿姨了,他们躲在草甸子的一个小洼坑里,奚阿姨穿着她最喜欢的那件白的确良圆领小褂,地上铺着那块鲜亮的黄雨布,他们在上面搂搂抱抱的,在干着什么事?

我不知道他们在干什么,但我很嫉妒,西叔不跟我好,跟人家好了,奚阿姨也不跟我好了,但我不怪她,因为她是女的。我咬着嘴唇,看着他们,心里很生气,我得想一个办法报复西叔,但是,我又想不出什么好办法来,后来,我干脆从草地上爬起来,跑到三匹马跟前,拉着马缰,骑上枣红马,赶着它们往回走。

马都不想走,我气得用光脚丫踢了白公马一脚,白公马没觉得什么,它只往旁边闪了闪,我的脚却踢得有点疼。我带着三匹马,蹚着水,从水里过了湖洼地,到了湖北的大草甸子上,然后把它们放开,叫它们在腥草湖这边的草地上吃草,我睡在湿漉漉、鲜嫩的青草地上,两只手搁在脑袋后头,看着湖对面草甸子上的地平线,我幸灾乐祸地想,西叔看见马不见了,肯定要慌忙爬起来到处找,哈哈哈,看你们还避不避我。

# 5

我跟西叔的怄气,到六月份就烟消云散了,六月份有一段时间,天天都是大晴天,野池塘里的水都快晒干了,有好几天,中午西叔收工回来,就喊我拿着搪瓷盆,最少拿两个,到干校附近各个快要干透了的野池塘里去扒泥鳅,我们俩都只穿一条短裤,有时候,我们还在头上戴着我没事时编的柳条帽,就像电影里的武工队员,这样可以遮住一些太阳,但是,我们都已经晒得很黑了。

干校附近最大的野池塘叫大东塘,大东塘也基本上干了,只剩塘底的一片湿泥,湿泥上有无数的气眼,那是泥鳅呼吸的地方。我和西叔下到塘里,各人面前放一个搪瓷盆,我们从塘的北头开始翻起,两手深深地插进泥里,然后往后一翻,一大块塘泥就被翻起来了,泥里最少会有两三条乱扭身子的泥鳅,多的时候,会有十几条,眼睛看去,一片泥鳅身子乱翻,眼都被翻花了,这时,只要把泥鳅用两个手指夹住,扔进搪瓷盆里,就行了。

搪瓷盆装满之后,我送了一盆回马房,又从马房拿了一个大木桶,回到大东塘再翻,翻大东塘,用了我和西叔两个中午,我们总共翻了六大瓷盆泥鳅。西叔把大部分泥鳅都卖给了干校食堂,他还用卖泥鳅的钱,给我换了个好一些的竹笛,剩下的泥鳅,西叔分两次,炖了两锅,里面撒上大姜、花椒、干红椒,香气扑鼻。

第一次泥鳅炖好以后,我就端着大海碗,顶着中午的烈日,往我爸爸和赵叔、我妈妈、奚阿姨和费阿姨、贾叔、沙叔和王叔、张队长和凌书记他们的宿舍里,送烧好的泥鳅。第二次炖好以后,西叔叫我送了一碗给我爸爸宿舍,还送了一碗给我妈妈宿舍,然后喊了赵叔、沙叔两个人来吃,我们四个人还喝了几盅酒,这次我没有喝多,我只喝了两小盅,西叔就不给我喝了。

在六月那一段时间,我和西叔总共挖了五口塘,每次都能挖到将近两搪瓷盆泥鳅,最少的一次,是挖靠近瓦韩家的小西塘,那次只挖了小半瓷盆。挖好以后,正好瓦韩家的社员韩进挺,背着一大粪箕青草从田野回来,西叔同韩进挺好得很,西叔在稀泥里洗洗手,说,老韩,泥鳅你拿去吧。韩进挺说,那俺哪能拿,你跟小四子费了一晌午才挖来的。西叔说，这个塘里咋恁少来？可是叫人挖过的？韩进挺说，冬天抽水抽干过，叫人逮走不少。西叔说，俺说咋弄的来，老韩，你拿回家吧，俺们晚黑上你家喝酒去。韩进挺说，那也管。韩进挺就把小半瓷盆泥鳅，抵在肋巴骨上，拿回家了。

这天晚上，西叔邀了赵叔、沙叔，还有贾叔，当然还有我，上瓦韩家韩进挺家喝酒。天才刚要黑，正是干校开饭的时候，我们五个人一进村，村里的狗就叫起来，韩进挺和庄里的社员一呵斥，狗们就摇头摆尾地献殷勤，不叫了。韩进挺家炖了半瓷盆泥鳅，炒了辣椒茄子、鸡蛋炒丝瓜，还有南瓜丝、死面贴饼子，这些菜、饭，都放在他家院里一棵大枣树旁边的大方桌上，一进院，就闻到香得很。

韩进挺还请了队长、副队长和队里的会计，一块来喝酒，他们大人猜拳行令的，一直喝到干校快要上晚学习才回去。我上去大吃一肚子后，就歪在韩进挺家院里的凉床子上睡着了，西叔他们走的时候，也没喊醒我，西叔把我撂在背上，背回了马房，我一睁眼的时候，天已经亮了，一时间，我都认不出来我在哪里了。

挖泥鳅挖到六月底，雨下了一些，干校种的西瓜也开始成熟了。干校的瓜园在大东塘北边，看瓜的有两个人，一个是原来心如专署的茆副专员，他头发都快白完了，西叔他们都很敬重他，一般都不给他惹麻烦；另一个是赵黑子赵叔，赵叔和茆伯伯两个人轮流看瓜，你一晚，他一晚，要是轮到赵叔看瓜，我和西叔有时候就要去瓜园玩。

在瓜园玩了一会，我和西叔都想吃瓜，开始吃了一次，瓜皮没有地方扔，又怕被张队长他们白天检查发现，我只好抱着瓜皮，一直跑到大东塘南边很远的地方，把瓜皮扔在小水渠里。后来，我们就和赵叔讲好，我们想吃瓜时，就上瓜园偷瓜，到了瓜园，先学两声青蛙叫，叫过以后，再学两声，接着，再学两声，赵叔知道是我们，即使听见动静，他也装听不见，不来管我们。

六月底的一天晚上,天气有些热,西叔有些心神不定,吃过晚饭,他就带着我,在干校附近闲逛,逛到干校晚学习结束,西叔对我说,小四子,你上瓜园给你奚阿姨偷个西瓜,偷到了,上北边大蜀黍地里来找俺。我答应一声,就跑走了,我跑到瓜地边,呱呱,学了两声青蛙叫,呱呱,又学两声,呱呱,又学两声,学过以后,我就下到瓜地里,西瓜秧子上的毛刺拉手拉脚的,我半黑半暗地摸索着,摸到一个大的,拍起来有点脆,就使劲拧下来,抱着西瓜,猫着腰,跑进了干校食堂北边的大蜀黍地里。

我在大蜀黍地里找了一圈,又轻声喊了两声,西叔在地里低声说,小四子,在这边,这边。我跑到西叔和奚阿姨坐的地方,气喘吁吁地把西瓜放在西叔跟前,西叔说,俺来开。我说,俺西叔,你可带刀来?西叔说,俺没带。我说,那你拿啥开?西叔说,俺拿手开。西叔用指甲在西瓜皮上按了几个指甲印,然后一只手捧住西瓜,另一只手一拍,西瓜就开了。

奚阿姨坐在西叔旁边,一直低着头,不说话,西叔把一大块西瓜递给她,她也不接,我说,奚阿姨,你咋弄的?奚阿姨不说话,我又说,奚阿姨,你可是跟俺西叔吵架了?奚阿姨还是不说话,只是低着头,西叔说,你奚阿姨不舒服。我说,奚阿姨,吃块西瓜,就啥都好了。奚阿姨听了我的话,慢慢地把西叔手里的西瓜接了过去,轻轻地咬了一小口,不出声地吃起来,西叔自己也没有吃,我不顾他们了,我捧起最大的一块西瓜,吭哧吭哧地啃起来。

正吃着,奚阿姨突然不吃了,她把西瓜放在地上,抱住西叔哭起来,我说,奚阿姨,你咋弄的?你哭啥的?西叔说,你奚阿姨不舒服。我说,不舒服赶紧找俺罗阿姨去,叫她给你打一针,你就好了。西叔说,你奚阿姨她不是生病,她是心里头不舒服。奚阿姨哭了一会,不哭了,她靠在西叔身上,他们两个人都不说话。

我还是忘不了手里的西瓜,我捧着西瓜,跑到大蜀黍地边上,吭哧吭哧地把西瓜啃完,才扬起胳膊,把瓜皮扔得远远的,扔到另外一块大蜀黍地里。从那一晚上开始,西叔和奚阿姨都不喜欢讲话了,也不常见他俩的笑样了,他俩也不来往了,除了凌书记、张队长叫办的事,奚阿姨再也没到马房来过,西叔也再也没叫我去找过奚阿姨。

妈妈私底下跟我说,小四子,懂事,不要乱讲话噢。我说,俺妈,咋弄的?妈妈把我拉到食堂旁边没有人的地方,压低声对我说,你西叔和你奚阿姨,乱搞男女关系,张队长找他俩谈话了,还要处分他俩来,就是没有找到证据,他俩也不承认,旁的人也没有一个人看见、证明,你不要乱讲噢,碰到有人问你,你就讲,俺是个小孩子,俺啥都不知道,人家就不问你了。我使劲点了点头。

七月份,西叔回老家泾南县一趟,到七月底,他才穿着长袖的新衣裳、新裤子、新布鞋、脸上红光光地回来。赵叔代替西叔,在马房里喂马,一直到西叔回来,西叔不在时,我就不在马房住了,我在爸爸他们的宿舍睡觉,只是天天白天去马房玩,或者背着西叔给我的粪箕子,这里那里的,一边玩,一边铲点草,倒在马房门口那个不见高的干草堆旁边晒,晒干了以后,就堆到干草堆上。

那段时间,奚阿姨整天一句话都不讲,干活的时候,她就使劲干活,学习的时候,她捧着《毛主席语录》,头都不抬,她变得有些黑,不如以前好看了。在食堂吃饭的时候,我看见奚阿姨一声不吭地端着碗出去了,我就问妈妈,我说,俺妈,你看奚阿姨咋弄的?一句话都不讲,她也没有以前好看了。爸爸说,你小孩子乱问啥。我对爸爸说,你天天讲俺小,俺小个啥,俺都十一岁了,俺也不小了。妈妈吵爸爸,说,你对孩子咋能这样讲话?你吓着孩子咋弄?

妈妈贴在我耳朵上,小声说,你奚阿姨不高兴。我也把嘴贴在妈妈的耳朵上,我说,咋弄的?张队长给俺奚阿姨处分啦?妈妈说,不是的,你西叔回老家结婚了,所以你奚阿姨天天背着人哭,光搁俺怀里,她都哭过两三回了,怪可怜的。我听了,点点头,妈妈又说,小四子,上外头不准讲噢,一个字都不能讲,可听见了?我贴在妈妈的耳朵上,说,俺知道了,俺一个字都不讲,跟俺爸都不讲,哼,叫他啥都不知道!妈妈笑着说,好,好。

## 6

西叔回来以后,我又住到马房里,跟西叔住在一起了。西叔虽然还像以前一样喜欢我,喜欢同我在一起,也喜欢晚上同赵叔、沙叔、贾叔、王叔他们下象棋,张队长来的时候,他也招呼着,但西叔的话比以前少多了,要是赵叔他们有人下棋,他就不下了,他就愿意一个人在那里待着,忙着喂马,或者搓缰绳、搓鞭梢。

从七月底,到八月底西婶来干校以前,西叔同奚阿姨,只见了两次面。第一次见面,是在瓦韩生产队社员韩进挺家,那是一天干校的晚学习后,我正坐在在马房里,自个练习拴马扣,这是赶马车、养马的人都会的拴牛、马缰绳的一种拴法,这时,西叔从外面急冲冲地回来了。

西叔进了屋,用穿着新布鞋的脚,轻轻踢了踢我屁股,说,小四子,考验你的时候到了。我说,咋弄的,俺西叔?你看你忙的。西叔去擦了一把脸,又走近我身边,小声说,你去喊你奚阿姨,领她上瓦韩家韩进挺家去。我说,不能大声说呗?西叔说,哪能大声讲,小声讲都不能叫人听见。我爬起来就跑,边跑边说,俺西叔,你放心吧。

我跑到妈妈的宿舍,在门外的树后,鬼头鬼脑地往里看。妈妈宿舍的人,正在洗脸、洗脚,准备睡觉,也有的拎着水桶,到井里去打水,妈妈宿舍的费阿姨看见我了,她假装板着脸说,那可是小四子,在那里鬼头鬼脑的,弄啥子。我说,俺费阿姨,俺妈可在屋里?

费阿姨说,你妈回心如了,她不要你了,你看你咋办。我对她伸伸舌头,发出一种怪声,费阿姨扑哧一声笑了,说,你看这孩子,你妈打水去了。我说,那俺奚阿姨可在?她上回讲要带俺捉蛐蛐的,俺搁机房那里听见一个好的。费阿姨笑着说,你看你拐多大一个弯,你奚阿姨在,俺喊她。

奚阿姨从我看不见的门后露个头出来,我在树后对她使劲招手,说,奚阿姨,你过来,过来。奚阿姨点点头,穿上鞋子出来了。她走到树旁边,我拉着她的手就走,奚阿姨说,小四子,你带俺上哪去的?我拉她,怕别人怀疑,先往东走,再从五、六、七号楼那里往西走,一边走,我一边扒着她的肩膀,贴在她耳朵旁,小声对她说,俺西叔搁瓦韩家韩进挺家等你来。

我和奚阿姨摸着黑路,离开干校,往西走进瓦韩家韩进挺家,西叔正在韩进挺家坐着,同韩进挺和韩进挺老婆说话。我同奚阿姨进了堂屋,奚阿姨在韩进挺家堂屋的凉床子上默默地坐下,韩进挺和韩进挺老婆就拉着我出来了,韩进挺说,小四子,俺带你上牛屋玩去。我说,管,俺最喜欢上牛屋玩了。

我跟着韩进挺到了村外的牛屋,牛屋的两个饲养员,正铺了一张席,在牛屋门口的场上说话,烟袋锅一亮一亮的。我和韩进挺走过去,场上的人讲,那是哪个?韩进挺讲,是俺。场上的人讲,那是哪个?韩进挺讲,是干校刘部长家的小四子,来玩的。两个饲养员,还有韩进挺,他们一个坐在席上,两个蹲在地上,吸着烟,说话,我睡在席上,田野里刮过来的微风扫在身上,十分凉爽,我仰面朝天,数着天上的星星,很快,我就睡着了。

睡到第二天早上,我和饲养员身上盖的被,都被夜里的露水下湿了,我睁开眼,太阳从东边地平线下露出了一些红光,轻巧的晨雾在牛屋后面的小河上飘荡,一声一声被晨雾弄湿的鸟叫,在牛屋旁边的刺槐树上响着,赶着牛拉犁的社员,正抱着荷搓的牛鞭,从场边的村路上走过去,那两个饲养员都起来了,正在牛屋旁,一个续草,一个嘿嘿嘿嘿地铡草,我揉揉眼,爬起来,跑回了干校马房。

第二次,是在八月份,干校地里都开始起早茬春红芋了。那晚,西叔有事到五队去了,我一个人插了门,在马房里听西叔老掉牙的收音机,干校晚学习的军号吹响以后,大约过了十五分钟,奚阿姨在马房外面敲门,说,小四子,开门,俺是你奚阿姨。我赶忙跳下床,给奚阿姨开了门。

奚阿姨进来以后,对我说,小四子,你可能帮俺一个忙?我说,奚阿姨,你叫俺帮你啥忙?奚阿姨说,你可能陪俺上五队去一趟,俺跟你西叔讲好的,俺一个人又不敢去了。我说,上五队?那可不近来,俺奚阿姨,那你去了,啥时候回来?奚阿姨说,俺去去就回来了。我说,那你来回跑,还不累屁的了。奚阿姨为难地看着我说,那咋弄来?俺跟你西叔讲好的,俺一个人又不敢去。

我想了想,我说,要不,俺奚阿姨,俺骑马送你去,可行?你可会骑马?奚阿姨难过地摇摇头,说,俺哪会骑马,俺打小也没碰到马。我说,那奚阿姨,俺只有骑马带你了,你要是不敢叫俺带,俺就没有办法了。奚阿姨看看在马槽后吃草的马,又看看我,她用劲地点了点头。

我摘下马铃铛,牵着黑母马,和奚阿姨一起,悄悄出了马房。我从外面把马房的门锁上,我们轻轻走到干校西边的大路上,在半黑不黑的大路上往马身上上,但是奚阿姨胆小,她自己不敢上,也上不去,我说,奚阿姨,大黑马最好骑了,它最老实了。后来,我把大黑马牵到路边,把马拴在树上,我先把奚阿姨推上去,我再解了马缰,自己爬上去。

我坐在奚阿姨的身后,两只胳膊搂着她的腰。开始的时候,马一走,奚阿姨就抓着我的手,吓得不断声地小声尖叫,但是马走了一会以后,奚阿姨就不太害怕了,不过,奚阿姨一再说,小四子,咱就慢慢走,你别叫马跑噢,管不管? 我说,管,俺们慢慢走就是了,那也比人走得快,人还不累。

我和奚阿姨骑着光屁股马,一晃一晃地顺着土路往南走,我们走到草甸子上,又从湖洼地里蹚水过了腥草湖。原野里到处都是虫叫,空气也觉得清凉清凉的了。蹚过腥草湖以后,大黑马喷着鼻子,走上了湖南边草甸子上的高坡地,天上的星星还是很多,就像几天前、十几天前一样多。

奚阿姨晃晃悠悠的,就像睡着了一样,她攥着我的手,安安静静地在马背上坐着。后来,她说,小四子,俺唱一首歌给你听,你没听过的,咋样? 我说,是啥歌? 奚阿姨说,是以前的老歌,资产阶级歌曲,不给唱的,叫《金瓶寺的小山》。我说,奚阿姨,那你就唱给俺听,俺又不往外传。奚阿姨轻轻唱起了《金瓶寺的小山》,奚阿姨的嗓音就像一面小瓷盘,又脆又亮,我都听得入了迷。

我和奚阿姨在马背上晃着,大黑马一会走到草甸子上,一会走到草坡下,一会走到土路上。我们到五队队部外边时,西叔早就在路边的刺槐树后面等奚阿姨了。西叔把奚阿姨接走了,他给我留下一张草席,一件夹衣,一包鲜花生,两个青萝卜。我把马拴在树上,吃了一个青萝卜,吃了小半包鲜花生,我就在草席上睡着了。

后来,西叔把我从睡梦里喊醒了,奚阿姨疼爱地抱着我,说,你看小四子睡的,多香。我和奚阿姨上了马,摇晃着又回了干校。回到马房,我开门把马牵进去,奚阿姨回宿舍睡觉去了。我把马灯拧小一些,又给马拌了一些草料,然后,我倒在床上,一觉睡到天亮。

八月底,西婶到干校来了以后,我就不能在马房睡了。西婶比奚阿姨年轻,二十岁左右,她个子小小的,身段很软,但不如奚阿姨长得白、长得漂亮,她不太爱说话,她就喜欢笑,干校的人跟她说话,她还没说话,先就笑起来了,她还非常能干,干校的人都说她能吃苦、能干,她天天早上天不亮就起来了,西叔还没起来,她就背着粪箕子下地了,等干校吹起床号的时候,她已经铲了一粪箕子带露水的鲜草回来了。

西婶回家做好饭,吃过早饭,西叔出车走了,她又背着粪箕子下地了。她的粪箕子里有两把西叔帮她磨得锋快的草铲,她头上顶着一块湿手巾,她蹲在地里不挪窝,半天就能铲一百多斤鲜草,快到中午的时候,她把粪箕填得不能再填,我提都提不动,但西婶能用草铲的把,把它背回来。

西婶做好中午饭,西叔回来就吃了。西婶下午出门晚一些,下午太阳晒,她等干校的人都下地干活以后,才背着粪箕出门,她这一出去,就要到天黑透了才回来,她一下午铲的草,比她一早晨、一上午铲的都多,特别是天傍晚,太阳要落没落,天有点凉快的时候,她干活更出活,她一直干到天黑得看不见了,才背着小山一样的一粪箕子草回到马房。

回到马房以后,十有八九,西叔还要拿着绳子和短粗的枣木棍,摸着黑,到西婶下午铲草的地方去,因为那里还有一堆西婶下午铲下来的草,但西婶实在没有办法把它们一块背回家了。西婶洗洗脸,就开始和面做晚饭了。

西婶铲下来的草,都摊在马房门口的干草堆旁边晒,鲜草几个大太阳就晒干了,等鲜草晒干了,西叔再拿木杈,把它们挑到干草堆上去,西叔也是个会干活的人,他堆的干草堆,不管下多大的雨,也不管下多长时间的雨,里面都不会漏的。

到九月底,马房门口的干草堆已经有我两个高了,到十月下旬,马房门口的干草堆,已经有我四个高了,都快有马房的屋顶高了。西叔对我说,俺说过的话,俺冬天把草卖给干校,俺给你买一个新书包、一双新鞋子,样式你自个挑。我说,这草都是俺西婶铲的,俺又没铲多少。西叔说,那俺也得给你买,俺说过的话。

# 7

十月初的时候,腥草公社的小学开学了,妈妈还叫我上学去,妈妈说,你不上学,天天玩,玩到最后咋弄?好几个月没到学校去,我也想上学了,我就背起书包,天天步行到腥草公社的小学去上学。

那时候,秋天早就到了,早晚的天气,慢慢都有点凉了,妈妈也给我穿上衣袖打着补丁的厚衣服了。我的衣服一直都是拾哥哥的,十五岁以前,我很少穿新衣服,妈妈一直都教育我要勤俭节约,我也一直都没计较过穿什么新衣服旧衣服的,妈妈宿舍的人,都夸我朴素、听话。

我穿着厚衣服到学校去上学,但是到中午,我就把它脱下来挂在书包上了,因为中午还有点热,我和一些同学在干沟里和草坡上弹泥弹玩,等我午饭时回到干校,妈妈说,小四子,你衣服哪?我说,在书包带子上。妈妈说,在哪个书包带子上?我说,俺还有哪个书包带子?妈妈说,那你来找找。我这才发现我的衣服不见了,下午再去找,把干沟和草坡都找了个遍,却什么都没找到。

刚开学的那个把月,袁大毛也到学校来了,有时候,他还把他家的一条狗,也领到学校里来,袁大毛在教室上课,他家的狗就趴在学校外面等他,等袁大毛放学了,那条狗也从地上爬起来,伸个懒腰,打个抖,摇着尾巴,跟着他跑了。但是到十一月初,袁大毛突然就不到学校来了,我在学校见不到他,就在上课的时候问老师,我说,马老师,袁大毛这两天咋没来上学?马老师说,袁大毛家出事了。

同学们都很感兴趣,都叽叽喳喳地问,出啥事了?出啥事了?马老师说,他家人偷盗火车物资,叫公安局逮起来了。同学们都好奇,还是问个不停,马老师说,他家不就住搁铁路边上吗,他家的人都是铁盗游击队,专门扒火车,盗窃国家物资,火车从咱这走的时候,他家人就扒上火车,打火车上往下掀东西,大包小包都往下掀,掀下了,铁路底下还有他家的人沿路收,收回家以后,就贩卖给不法分子,前两天,他家人都叫公安局逮起来了。我说,那袁大毛咋弄来?他咋活来?马老师说,袁大毛上滩北他小姨家去了。从那以后,我就再也没有见过袁大毛。

十月底的一个星期六下午,老师都上县里看电影去了,我们不上学,我就跟着干校的人,在校部附近的地里起花生,这是干校最后两块没起的花生地了,远地的花生都起完了。那些天,天气十分晴朗,干校的近千口人,都集中在干校周围的地里起花生,他们有的抢抓钩子刨,有的把花生聚成一堆,有的装车,有的往干校各宿舍的门前运,运到路上,就把花生秧子摊开叫太阳晒,干校各处晒的都是连秧花生。在花生地里干活,是允许吃的,大家一边干着,一边吃一些,我吃得更多,吃得嘴角都直冒白沫,妈妈说,小四子,少吃些,花生吃多了胀肚子。但我想吃,时不时就往嘴里扔一颗。

第二天是星期天,干校一部分人休息,一小部分人到校部东南的干校鱼塘起鱼,另一部分人继续起马房西南那块地里的花生。天晴得好,风也很大,但都是暖风,干校休息的人都把红红绿绿的被子拿出来,挂在门前路上的铁丝上晒。

到快中午的时候,西叔和赵叔赶着马车,给干校食堂运来一车面粉,我从花生地里跑到马车上玩。面粉卸掉以后,赵叔回宿舍喝水,我坐在空马车上,西叔赶着马车回马房,走到五号平房前边,因为路上晒着红红绿绿的被褥,拦着路,马车过不去,马车就在五号平房门前停住了,西叔把车闸拉上,下车找五号平房的人收被子,三匹马眼见着到家了,都摇头刨蹄的,想早些回马房吃草。

这时,张队长在马房门口喊西叔,说,小西,你先来开开马房门,拿俩粪箕子,地里的人等着用。西叔说,这哪个晒的被,都挡在路上。张队长说,你先来开门拿粪箕子,你叫小四子喊老单来收被子就是了。西叔说,那管,小四子,你喊老单来收被子,俺马车过去他再晒就是了。西叔说完,就到马房去给张队长开门,我就在马车上声嘶力竭地喊,老单,老单,张叔叫你收被子啦,张叔叫你收被子啦。

单永国是个年纪很大的右派,他的头发早就白的多,黑的少了,他很少说话,天天阴沉着脸,干校的人都不怎么搭理他,平常我也不太敢跟他说话,觉得他有点阴森,像个妖魔,见到他,我就赶紧躲得远远的。我喊了好几声,单永国慢慢腾腾地出来了,他说,你小孩子叫啥叫。我说,是俺张叔叫你收被子的,又不是俺叫你收的。

单永国一挪三不动地,十分不情愿地从铁丝上把红被子掀下来,扛在肩头,在路上一动不动地站着。我说,老单,俺们马车还过不去。单永国翻眼看看我,站着不动,我吓得不敢说话了,单永国站了一会,他又伸手把铁丝上的那床绿被掀下来,他把右臂半伸直,架着那床红被,左臂半伸直,架着那床绿被,半低着头,站在路上,看起来很怪,我有点害怕,又想笑。

西叔已经走到马房那里了,风很大,单永国架着两床被,站在路中间,因为阻力大,风把他刮得前后摇晃,三匹马见了,不知道是什么东西,都竖着耳朵直往后退。忽然,一阵大风刮来,单永国被大风刮得往前跌跌撞撞了几步,连人带被扑倒在地,三匹马吓得一下子拐到路下边的菜地里,拉着马车,从菜地和水沟里越过,向马房狂奔。

马车从水沟上拐过去的时候,一个轱辘陷在沟里,一个轱辘架在空中,马车差点翻过去,我一边拼命拉住车闸,一边连声大叫,吁!吁!吁!吁!听到这些声音,在花生地里起花生的人都站起来看,大叫,马惊了!马惊了!赶快拦住马车!赶快拦住马车!

这时,西叔和张队长一起,拿了两个粪箕,从马房里出来,他们一看三匹马受惊,往马房狂奔过来了,都扔了粪箕子,张开膀子,大声喊,吁!吁!三匹马直竖着耳朵,什么都听不见了,直往马房狂奔,眼看着快到跟前了,张队长吓得转过身,跌跌爬爬地跑进马房去了,西叔还张开两只胳膊,拦在路上,等梢马一到跟前,他两只手一把拉住两匹梢马的缰绳,身子往下坐,使劲把马缰绳勒住。

两匹梢马被西叔勒得头都快抵在地上了,驾辕的枣红马被惯性冲得前蹄都爬到黑母马的身上了,三匹马刹不住脚,一直把西叔抵到马房门前的干草堆上,才停住,两匹梢马挣扎着站起来,挤到旁边去了,驾辕的枣红马倒在地上,怎么都站不起来,我从马车上跳下来,两手拼命抬着车杠,大哭着喊,赶快来抬呀,赶快来抬呀!张队长从马房里跑出来,和我一起抬车杠,车却一动都不动,枣红马也筋疲力尽了,它睡在地上,瞪着眼,呼呼地直喘气。

地里起花生的人,都扔下手里的东西跑过来了,女的站在附近的地方,揪心地看,男的齐心合力,把马车抬起来,妈妈也去帮着抬车,费阿姨一把把我拉过去,奚阿姨又把我抢过去,一把搂在怀里,我哭得都说不出来话了,我说,俺西叔不知咋样来,俺西叔不知咋样来。马车抬起来以后,赵叔和沙叔赶紧把马车拉到一边去,把马卸了,拴进马房的马槽里去。

马车拉走以后,西叔还窝在干草堆里,一动都不动。张队长过去拉他,说,小西,小西,起来,起来,你咋弄的?你咋弄的?张队长喊了半天,西叔就是不动。张队长和贾叔把西叔从草堆里架起来,西叔身上软软的,头耷拉在一边,张队长说,赶紧喊幕医生来,赶紧喊幕医生、罗医生来!张队长和贾叔轻轻把西叔放在地上的干草上,张队长和贾叔把西叔放下什么样,西叔就是什么样,一点都不变了。

奚阿姨搂着我,我觉得她一点一点软了,慕医生和罗阿姨还没来到的时候,她扑通一声,摔倒在地上,把我也带倒了,妈妈、费阿姨她们都赶快来拉她,我哭得都不能呼吸了,我摇摇晃晃地走到马房墙根,蹲在墙根旁,一边哭,一边大把小把地抹眼泪,我想想就伤心,就哭,后来,很长时间了,我哭累了,哭不出来了,奚阿姨被妈妈她们扶走了,西叔也被赵叔、沙叔他们抬走了,费阿姨把我搂在怀里,带到妈妈的宿舍去了。

西叔死了,西婶的眼泪也哭干了,西婶把干草卖给干校,收拾收拾西叔的东西,回浍南县老家去了。西婶走的时候,妈妈和费阿姨她们,都送她送得很远,妈妈和费阿姨她们回来后,私下里说起西婶,还都说她人好,也可怜,那些天她们说起西叔、西婶,有时候她们眼圈就红了。

赵叔住到马房里,临时干起喂马、赶马车的活了,我在妈妈宿舍里睡了几个晚上,很快也恢复了。有一天中午,我在妈妈铺上睡觉,吹起床号的时候,我没醒,后来妈妈、费阿姨和奚阿姨说话的声音,把我弄醒了,我装作没醒,睡在被窝里听,只听妈妈说,你不是想着他,你在马房门口昏倒弄啥?奚阿姨轻声说,俺那是吓的,俺从小到大,也没见过死人是啥样的。

费阿姨说,那你后来可想着他了?你不能跟俺们都讲假话吧?奚阿姨说,俺哪还想着他,俺心里早就没有他了,他在俺心里,早就死了,连骨头都化成灰了。妈妈和费阿姨都不讲话,后来,妈妈说,小奚,你不要骗俺们,打今天往后,你不准离开俺半步,俺做啥,你也得做啥,你要是不在俺旁边,你就得在你费大姐旁边,不准犟的,你可听见了?奚阿姨说,俺知道了。

## 8

  天又晴了几天,干校所有的鱼塘都开始起鱼了,干校和农场的农工,还有附近村子里的社员,都围到干校的鱼塘边看起鱼,鱼塘四周围得满满的,张队长、贾叔、王叔他们,都穿上了黑乎乎的胶皮衣,拉着渔网,下到鱼塘里。

  张队长他们从鱼塘北头拦起,一直往南拦,拦着拦着,鱼都在水里翻跳起来了,有的都从水里蹦出来一两尺高,白花花的鱼肚子,还有的竟然跳到渔网那边去了,鱼一跳上来,鱼塘周围的人都欢呼一声,鱼跳个不停,鱼塘周围的人都欢呼个不停,拦到一半,贾叔、王叔他们架着渔网,站在水里不动了,张队长站在水里,扬着手,高声大嗓地指挥着,拿小兜捞!拿小兜捞!岸上有二十几个干校学员,包括沙叔,事先都准备好的,就穿着黑胶皮衣服,拿着小网兜和竹篾筐,下到水里,从水里往竹篾筐里捞鱼,捞满了,岸上的人就接过去。

  岸上有一块两间房子那么大的尼龙布,铺在地上,鱼都倒在那上面,尼龙布旁边有一架生铁铸成的磅秤,奚阿姨和另外两个干校的人,站在磅秤旁边,奚阿姨手里拿着一个本子,是记账用的,尼龙布上很快就倒满了活蹦乱跳的鱼。后来,中间垒得很高,旁边的鱼都散落到尼龙布外面去了,干校的人就在尼龙布外面,布了一圈岗,不让别人进去。

  塘里的鱼跳水得不太多的时候,贾叔、王叔他们,拉着拦网,慢慢地再往南走,走一小段,鱼被挤得没有地方去,就往上跳,沙叔他们就用小兜捞,沙叔他们一边捞,赵叔他们慢慢再往南走,走到最后,鱼都被堵在鱼塘的最南头了,干校的十几个人跳到拦网后头,弓着腰,推着拦网,一下子把剩下的鱼全部推到了鱼塘的南岸上,岸上的人一拥而上,把鱼都捉到尼龙布上去了。

贾叔他们又下到水里,从南往北,再推了一遍,把鱼塘里漏网的鱼推上来,他们推到北岸,又推回南岸,等贾叔他们上了岸以后,围在鱼塘边的农工、家属,还有附近村里的社员,都迫不及待了,都下到水边,准备下水。张队长问贾叔,说,老贾,差不多了吧?贾叔说,差不多了,剩不下啥了,钻在泥里的也没法子逮了。张队长说,那就给他们下水摸吧。

张队长话音才落,鱼塘里就跳下去一塘人,都在水里摸鱼,不一会儿,有一个农工抱着一条两斤多重的大鱼,跑到岸上去了;不一会儿,又有一个社员抱着一条乱蹦的大鱼,上了岸。我也下到水里,跟着摸鱼,我旁边的一个农工对我说,拿脚踩,拿脚踩。我就拿脚在泥里踩。

踩着踩着,脚下一滑,是一条鱼,鱼在泥里很老实,一动都不动,我弯下腰,两手抱住大鱼,就往岸上跑,鱼一到水里,就活了,头尾乱甩,快到岸上的时候,鱼从我怀里蹦出去了,旁边的人,在水里倒了一片,都去扑那条鱼,最后,那条鱼被二队的一个农工逮走了。

当晚,整个干校和农场,到处都弥漫着炖鱼的香气,干校的食堂炖了鱼,农场每个农工家里,也都分到了鱼,因为鱼多,干校一下子吃不完,干校食堂就把剩下的鱼,用大缸腌起来,食堂后堂一个洗菜用的大水泥池子里,也腌的都是鱼。这些鱼,断断续续一直吃到1970年春节前,干校学员最后一批返回心如城前一天的中午,食堂还卖了一次咸鱼烧豆腐。

十一月中旬,爸爸妈妈他们,都开始谈论春节回心如的事情了。有一天下午,也是个星期天,初冬天气晴得好,我在马房里吹笛子玩,赵叔和沙叔在床上下棋,三匹马都在马槽后边吃草,干校午睡的起床号吹过不一会儿,妈妈就疾走快步的,来到了马房。

妈妈一看见我,就过来拉着我问,小四子,你可看见你奚阿姨了？我说，俺奚阿姨没上马房来。赵叔和沙叔都从棋盘上抬起头，赵叔说，小西走了以后，她就没上马房来过。沙叔说，咋弄的？小奚上哪去了？妈妈说，她一晌午都没回宿舍睡觉，吃过晌午饭，她人就不见了。

赵叔说，你到处可都找了？妈妈说，俺几个把校部都找遍了，也没找见她影子，那她能上哪去？沙叔说，食堂那边可都找过了？妈妈说，食堂哪有，人家食堂早都锁起来了，晌午都睡觉了。几个人都挠头，妈妈说，小四子，你可知道你奚阿姨上哪去了？往常她都上哪去的？妈妈这一句话提醒了我，我说，俺妈，俺知道奚阿姨上哪去了，俺这就去给你找来。

我把竹笛往床上一扔，出了马房的门，拔腿往瓦韩家跑去。妈妈在后头喊我，小四子，你咋不穿鞋来，扎着脚。我顾不上说话，我心里想，奚阿姨肯定在瓦韩家，跟韩进挺两口子讲话，不然她能上哪去？我跑到韩进挺家，韩进挺正端着一木盆猪食，去给圈里的猪喂食。我说，俺韩叔，俺奚阿姨可上你这来了？韩进挺说，没来。我说，你今个晌午，可看见俺奚阿姨了？韩进挺说，俺没看见。

我从村里跑出来，我爸爸、妈妈、赵叔、沙叔，还有妈妈宿舍的十几个人，都正站在路口等我。我跑到路口，也没看他们，往南一拐，顺着土大路，又往腥草湖湖洼地跑去，我赤着脚，跑得飞快，脚下一滑，我扑倒在砂姜地上，下巴火辣辣地疼，肯定叫砂姜抢烂了，右手掌也抢破了一块皮，我爬起来又跑，跑着跑着，听见后面有动静，我回头一看，我爸爸，还有赵叔、沙叔他们，都跟着跑来了，妈妈她们跑得慢，都落在后面。

我低着头，咬着牙，跑得更快了，我气喘吁吁地跑到腥草湖边缘的湖洼地里，那时候，水已经小下去了，但湖洼地里还有一些水，不深，只能没到小腿、脚脖子，我没有停步，噼里啪啦地蹚水过去了，草甸子上的草，都枯软枯软的，太阳晒了一天，地和草，都暖暖的,我拼命向湖洼地的高坡跑去,一口气跑到了草甸子的坡顶上,我知道奚阿姨在那里的,他们躲在草甸子一个长满青草的小洼坑里,地上铺着那块鲜亮的黄雨布,不是的,奚阿姨不是和西叔在那里的,奚阿姨不是铺着马房的那块黄雨布的,奚阿姨是穿着她喜欢的那件白的确良圆领小褂,一个人在那里的。

我高喊着,俺奚阿姨,俺奚阿姨,俺妈他们都四下找你来,俺妈他们都四下找你来。我一边喊,一边连滚带爬地下了坡,跑到了奚阿姨身边,奚阿姨的外套放在旁边的干草地上,她的头枕在小洼坑的沿沿上,她闭着眼,白白的脸上有两行泪水,她的两只手搭在胸前的白的确良小褂上,她的两只腿,一只腿半蜷着,一只腿半压在半蜷着的那条腿上,奚阿姨脚上穿着一双黑帮白底的新布鞋,她身上干干净净的,很舒服地睡着觉。

一直到很久很久以后,我都不知道奚阿姨是怎样死的,怎样自杀死的,奚阿姨身上是干干净净、没有一点脏破的呀,爸爸、赵叔、沙叔、贾叔,还有妈妈、费阿姨、姜阿姨,他们赶到的时候,妈妈一下子就把我搂在怀里,亲着我,半搂半抱着我,跌跌绊绊地往回走了。

妈妈一只脚上穿着鞋,另一只脚上只穿着袜子,走路一脚高,一脚低的,我大哭着,蹲下去摸着妈妈的脚,说,妈妈,你的鞋咋掉了,你脚可扎得慌?俺去给你找去。妈妈搂着我,亲着我,眼泪汪汪的,妈妈说,不要了,俺不要了。妈妈后来对我说,那是蹚水的时候,鞋陷在泥里,找不到的。

妈妈一路上都使劲搂着我,妈妈还不时地停下来,蹲下来抱着我,亲我的脸蛋,妈妈把我使劲抱在怀里,我哭了一路,妈妈也哭了一路,我一路哭,一路抱着妈妈,昂着头大声地问妈妈,奚阿姨咋弄的?奚阿姨咋弄的?奚阿姨可死掉了?奚阿姨可死掉了?

## 9

十一月下旬,腥草湖地区开始下雪了,天上一下雪,干校的食堂,就开始蒸糖包子了,过两三天蒸一次,过两三天蒸一次,我最喜欢吃糖包子了(有圆糖包子,有三角糖包子),一顿都能吃四五个,一到食堂卖糖包子的时候,妈妈总要在我的纠缠下,去食堂的窗口买两次。

妈妈吃过饭以后,她就在旁边看着我吃,妈妈总是要说,小四子,俺不吃了,不吃了,下顿给你留着,这顿不吃了,管不管?别吃多了。我一边吃,一边把头摇得像货郎鼓子,我从人前,吃到人后,最后实在撑得吃不下去了,才扶着妈妈,打着饱嗝,离开食堂的大餐厅。

大雪封路,我到腥草小学上了一星期课,妈妈就不叫我去了,腥草小学太冷了,教室的窗户上,玻璃也不全乎,这里少一块,那里缺一块的,屋外的寒风往里头呼呼直刮,雪大的时候,上午十点多钟,孩子们才陆续到学校,西北风把大雪刮进了教室,教室北边的窗户里,雪都积有两拃厚。

老师在教室里冻得站不住,他就叫我们写作业、抄课文,老师一走,我们也坐不住,我们就开始斗鸡(用单腿独立,另一只腿蜷起来,斗),女同学头上裹着洞眼多大的旧毛线围巾,袖着手,靠在墙上挤棉油,这样都暖和些,还能冒汗,我们斗鸡斗到十一点,就背起书包,跑回家了。

到校上学的孩子还不到原来的二分之一,来上学的孩子,都是有棉衣穿的,没有棉衣穿的都不来,他们裹着打满了红红绿绿大补丁的黑棉袄,有的还戴着黑棉线织的老头帽,袖着手,袖口上有很厚一层油泥,冬天冷,清水鼻子多,鼻子一淌出来,他们就把鼻子往袖口上一擦,手都不要伸出来,我很快就学会用这种办法擦清水鼻子了,鼻子一出来,我就低头往袖口上一擦,擦完一转脸,又去做别的事了。

我的这个举动,首先是被费阿姨看见的,她二话不说,把我拎过去就是轻轻的一巴掌,她嘴里还嚷着,你看你跟哪个学的,咱叫你妈讲,这可像个好孩子?妈妈也板起脸来吓唬我,妈妈说,这孩子就是欠揍,跟谁学的!我说,学校同学都是这样的。费阿姨说,你咋好的不学,净学孬的来?我瞪着眼看她俩,不说话。她俩也瞪着眼看我,看了一会儿,她俩看不过我了,噗噜一笑,我趁机拔腿就跑了。

我白天还经常到马房去玩,有时赵叔、沙叔、张队长、贾叔、王叔他们,在马房门口亮地下棋。我没事就吹笛子,吹过了,我把笛子往赵叔的床上一扔,就去逗马玩。我吹笛子的时候,马都喜欢听,都停止吃草了,昂着头,竖着耳朵,一动不动,听我吹笛子。我去抱抱它们的头,它们还用嘴巴皮抿我,我就轻轻捏它们的软鼻子。

干校西边的瓦韩家,在雪地里开了一次社员会,批判韩进挺等少数几个想走资本主义道路、专在自留地下劲干活的社员,还有一个是作风有问题的社员,锣鼓一响,干校有不少学员都围过去看,只见韩进挺和几个想走资本主义道路的社员,在雪地里排成一排,脖子上分别挂着破筐、粪箕子、胡萝卜、大蒜等物,那个作风有问题的社员,脖子上挂着一个大草鞋,大队大批判小分队的四个男女队员,手握红宝书,腰扎红腰带,肩上挎着小腰鼓,一边扭身体,一边说三句半:社会主义掀高潮,"文化革命"滚春潮,资本主义想回潮,怪胎,刮掉!嘭嘭嘭嘭锵,嘭嘭嘭嘭锵,嘭嘭嘭嘭锵咚锵咚锵咚锵!

十二月份,雪下得更大,从干校平房的门里看出去,原野白茫茫一片,除了那些光秃秃的棠梨子树、刺槐树、柳树等树的树干,春天、夏天和秋天的东西,一点都看不见了,那些东西,一点影子都没有了。十二月半,天气干冷的时候,干校组织一批学员回心如城,这批人有四百人的样子,他们走了以后,干校显得空旷、冷清多了,人心也很涣散,剩下的学员,天天也没有活干,吃过饭,各宿舍集中学习一会,就自由活动了。

十二月底,又有一批学员回心如了,赵叔、费阿姨和贾叔他们都走了,剩下的人,心里寒寒的,都不想在干校待了,马房来了一个农场的农工,是从六队抽来的,姓苏,他人有些粗,长相也有些野,天天嘴上骂骂咧咧的,干校的人都不太喜欢他,我去过几次,到马房里看看马,后来,除非我太想去,一般我就不太去了。

看完马,从马房里出来,我转来转去,没有地方去,就好像这个地方不认识了一样,西叔,还有奚阿姨她们,好像都没有存在过,谁都想不起他们了,谁都不提起他们了,就好像大家从来都不认得他们一样,我在干校里外转悠一圈,没有地方去玩,连碰见的人都是不认得的,我只好无精打采地回宿舍。

妈妈本来也是安排在十二月底回心如的,但那些天,爸爸有点感冒,她就没走,她想留下来照顾爸爸,同爸爸一道回去,那时,干校已经十分冷清了,学员已经很少了,顶多还有一百多名,像我们这样,一家三口在干校的,根本就没有,这样也好,这样我们三口人就不太想家了。

为了暖和,许多学员都集中到一起住宿,这样,就有一些房间腾出来了,爸爸和妈妈请示校部同意,我们三口就搬到了一间空宿舍住,空宿舍里什么都没有,只有墙上拴的两根挂衣服、毛巾的铁丝,还有地铺上的麦草,妈妈把地铺上的麦草,都集中到墙角的一个地方,这样,我们的地铺就很厚了,也很软了,妈妈把被子铺得非常舒服,又暄,又暖,我们睡上去,我和爸爸都喊舒服。

1970年1月10号左右,爸爸回来说,校部决定让剩下的学员,明天回心如。我高兴得在地铺上直跳,那两天正在下大雪,晚上,妈妈开门看了看门外,门外漆黑一片,就像在荒野里,门一开,寒风就卷着大片雪花扫进来,妈妈赶紧又把门关上,妈妈说,明天雪要是停了就好了。第二天,大雪一点都没有停,火车是傍晚的,我一上午都钻在被窝里没起来,早饭和午饭,都是爸爸妈妈到食堂里打回来,我坐在被窝里吃的。

　　吃过早饭,爸爸钻进被窝里吸烟,看他从校部借来的一张《人民日报》,妈妈就不停地收拾东西,她把所有的东西都用被单裹起来,再把被单系成个包袱样的东西,这样可以背在肩上,下午吃过饭,爸爸还在被窝里看那张报纸,妈妈还是一刻不停地收拾她的东西,她一会儿这样包,一会儿那样包,又背在肩膀上试试行不行。

　　妈妈一直忙到下午快四点钟,干校的预备集合号吹响了,爸爸和我才从被窝里爬起来,妈妈又把我们睡的被子,也打成了包袱,干校的一百多号人,全部集合到大食堂门口以后,大队人马就开始向腥草镇火车站进发了。

　　一出校部,狂风大雪交加,吹得人一下子都不能呼吸,大家顶着大风、大雪,好不容易走了一二十步,人才觉得好一点,一百多人渐渐地走到通往腥草镇的土路上,每一个人都背着大小包袱,都低着头,弓着腰,顶着北风大雪,往北方腥草镇的方向前进,路上是厚厚的雪,低洼的路面就是冰水和烂泥,走着走着,队伍就拉长了,大家被大北风刮得张不开嘴说话,只好都像以前在电影里看到的难民那样,泥泥水水的,不顾一切地往腥草镇的方向挣扎。

　　到腥草镇火车站的时候,天已经黑了,大家到了火车站候车室,一下子就觉得暖和起来了,候车室的地上,被踩得都是泥水,包袱没有地方搁,只好放在泥泥水水的地上,包袱都弄得不像样子,妈妈说,不管它了,俺回家再洗吧。

## 10

当天晚上,我都不知道我是怎样回家的,上了火车,又没有座位,妈妈蹲在地上抱着我,我就在火车上睡着了,火车半夜到了心如,听妈妈说,她怎么摇我都摇不醒,我睁睁眼,四下看看,又扑在妈妈怀里睡着了,是爸爸背我回家的,妈妈在火车站候车室看着包袱,爸爸到家后,把我放在床上,他又和小三姐一起,到火车站接妈妈,三个人一起,把包袱什么的,背回家来。

我一觉睡到第二天上午,我醒来的时候,在床上一睁眼,就看见我去年临到干校前,挂在床头墙上的竹笛了,竹笛紫红紫红的,系着鲜亮的红尾穗(现在没有刚系上时鲜亮了),这时,我才想起西叔和奚阿姨给我买的那支竹笛,我忘了带回来,可能是那天我在马房玩,走的时候忘在马房了。

我从被窝里跳起来,从墙上摘下紫红的竹笛,贴上笛膜,睡在被窝里吹起来,我吹了一首《大海航行靠舵手》,我不想吹了,我想起床了,我就在床上往外屋喊,可有人?哪个在家?咋不讲话?俺要起来啦,哪个来侍候俺起来?哪个在家,快来侍候俺起来。外头屋里可有人?我喊了半天,外屋一点动静也没有。

我不喊了,我又钻进被窝里,睁着眼睡懒觉,我睡了很长时间,窗外的太阳照在房檐下的冰溜溜上,都到中午了,外屋的门一响,有人开门进来了,我又声嘶力竭地大喊,哪个进来了?咋不讲话来?赶快来人,侍候俺起来,人都死哪去了?喊半天都没有人理!小三姐在外屋说,小四子,你喊啥来?人都不在家,咋理你?你看你逞的,看俺进去不打你,看你可还敢瞎骂人了。

小三姐在外屋拾拾弄弄的,不一刻,她就进屋来了,小三姐比我走的时候胖了一些,也在城里捂白了,她人还是那么漂亮,袖子还卷起来了,利利索索的,也不嫌冷,像个干活的样子,她过来扬手就要打我,我赶紧钻进被窝里,小三姐在我被上轻轻擂了一下,说,叫你还敢逗,叫你还敢逗!

打过了,小三姐就坐在我床边上,说,小四子,你还长高了来。我说,可是的?小三姐说,就是的,俺还能看不出来?我说,小三姐,俺家那些人都上哪去了?小三姐说,你大姐在青鹿湖中学学农,她学校还没放假来,小三子找她同学玩去了,小二子带隔壁那个滕小芹跑了,俺大爷、俺大娘昨晚回来,就出门找他俩去了。我说,小三姐,你讲啥子?你讲俺哥上哪去了?小三姐说,小二子带隔壁那个滕小芹跑了。我说,俺知道。小三姐说,你知道个啥!我说,俺就知道!小三姐说,小四子,你要是再跟俺胡搅蛮缠,俺就走了,俺外头还有一大堆事来。

我说,好三姐,俺不惹你了,你跟俺说,俺哥跑哪去了?小三姐说,小二子带着隔壁那个滕小芹,两个人坐火车,跑到省城天香去了。我说,他俩跑天香弄啥的?小三姐说,他俩背地里好了,想跑上外头自个生活去,在天香火车站蹭了两晚黑,又叫人家公安局的逮起来了。我说,那咋弄来?小三姐说,俺大爷、俺大娘昨晚黑没沾家,就跟隔壁滕大爷,上火车站等火车,上省城天香去领他俩去了。

哥哥和滕小芹,第三天就叫俺爸、俺妈和隔壁的滕大爷揪回来了,爸爸、妈妈领着哥哥到家时,天已经快黑了,吃晚饭时,爸爸没说什么,妈妈却训了哥哥一顿饭,二姐对哥哥直撇嘴,哥哥还扬手威胁她,二姐就高声向妈妈告状,说,俺妈,你看小二子,他还要打俺。妈妈心里烦,妈妈说,你也不要惹他。哥哥趁机幸灾乐祸地说,叫你哈巴狗有好下场!气得二姐眼泪都滴下来了,二姐说,好,刘如健,你等着!哥哥说,俺等着就等着,你能咋着俺?二姐气得咬牙切齿,说,等着俺咬死你!就跟咬死一条狗一样!说完,她自己也笑了。

　　这天晚上,我还是和哥哥睡在一个被窝,我刚钻进被窝,小三姐就把灯关了,哥哥在那头蹬我,把我蹬得嗷嗷叫,小三姐说,小二子,你又蹬小四子弄啥！哥哥说,俺叫他上这头来。二姐说,你要是再欺负小四子,看俺不喊俺妈来打你。哥哥说,就你是哈巴狗！二姐嘴快,二姐一连串不歇气地说,你是哈巴狗！你是哈巴狗！你是哈巴狗！你是哈巴狗！你刘如健是哈巴狗！哥哥说,俺不跟你个哈巴狗讲。二姐说,你讲不过俺了吧。

　　我从被窝里钻到哥哥那头,我们俩钻在被窝里,哥哥拧住我的耳朵,低声吓唬我说,小四子,你可向爸爸妈妈告密了？我用手护着耳朵,说,俺一句话都没讲,是公安局通知的,你找公安局去,你找公安局去。哥哥听了我的话,慢慢松开手,说,谅你也不敢。我说,俺哥,你跟小芹俩上天香弄啥去了？哥哥说,你不懂。我说,啥俺不懂,俺啥都懂,俺比你懂的还多来。

　　我的话音还没落,哥哥的两个手指就夹住了我的肚皮,我用手护着肚皮,又有点疼,又不敢叫,只好轻声地哎哟哎哟地叫,小三姐说,小二子,你又欺负小四子弄啥。哥哥终于把手松开了,我揉了一会肚皮,不疼了,我忍不住又想找哥哥说话,我说,俺哥,你可摸小芹了？

　　哥哥半天不吱声,后来,他说,俺困了,说完,哥哥就转脸往外,大气不出地睡了,后来我也睡着了。

# 樛藤河两题:河·源

## 河

慕时远在樛藤镇樛藤酒店与朋友们喝了一通酒之后,有些醉了,趴在桌上不愿意起来,说:"你们谁喊我起来,你们谁背我回城。"

众人无奈,无计可施,都在原位坐着,吸烟的吸烟,看电视的看电视,发呆的发呆。慕时远趴在桌上,嘴里却闲不住,不住地嘟嘟哝哝,道:"歇菜!歇菜!没意思了!没意思了!"

众人已听腻了,都不理他。

待了一阵,觉得长久这么等下去不是办法。由计夏原提议,大家商量一番,留了张字条,云:"兄弟们先行一步,去樛藤山大桥以北两里半晒死鸡村蒲折柳家里,下午、晚上,那里有场;若醒来,可径往樛藤山大桥以北两里半晒死鸡村蒲折柳家再聚。路径:一、樛藤镇南乘三轮马自达,过樛藤山大桥往北偏东即到;二、樛藤镇北樛藤河埂东行步走九里至樛藤山大桥,转北偏东亦可到。任君自选,明午返城。"

丢下字条,又跟酒店谭老板交代过后,众人径自走了。

慕时远午后1时醒来,看了字条。见谭老板与酒店女服务员鹊梅两人,搭肩绕臂,双双放倒在地面上,睡意正酣,就兀自打了水,洗了脸,吸支烟,喝口茶,发发呆,心想,他们带着鱼竿、鱼篓,不可能不去樛藤河选场子的。哼,想把我支走?想毕,再洗一把脸,起身出了酒店,往樗藤镇镇北樗藤河去了。

到了樗藤河边,上了樗藤桥,在极高处望着樗藤河水。只见樗藤河水半清半浑,河两岸浓荫匝地,觉得感受与城里似有区别。但慕时远并未多想,直接就离了桥,转而向东,于樗藤河河埂匝地浓荫之中,东行而去。

因前两天大雨,河埂路上都是烂泥,但出了镇子,路面就干得多了。此时阳光正烈,人迹不见,慕时远倒觉舒坦。河水、对岸、堤埂、槐树、庄稼、果木、野草、提灌设备、大白鹅群,这一切,似乎都明神醒脑,叫人振作。

慕时远边走边看,东张西望地走了三两里地。走到堤埂厚宽处,看见埂外有大片水洼湿地。水洼中心的隆岗上,结起数间瓦屋茅庐,屋舍前后高树葱茏,鸟窠三五。又见屋顶炊烟一二,想必农家正在做生火烹炊的事情。

水洼里却看不见水的,都是暗青叶片。一位包花头巾、穿大花褂的女子,坐在一只小水筏子里,两手翻飞,伸在水际叶片里摘东西。慕时远好奇,就下了樗藤河河埂,去水洼边细看。

"大姐,请问你这是做什么的?"

"采菱角的。"女子转过脸来看慕时远,手里却半刻都不停。

"噢,采菱角的。"

"就是采菱角的。你是做什么的?"

慕时远说:"我是找人的。"

那位女子说:"找谁的?"

慕时远说:"找几个拿鱼竿钓鱼的。你可看见他们了?"

那位女子说:"俺没看见。你再往前找找。人家钓鱼都上樗藤山大桥那里钓的,那里鱼多。"

慕时远说:"噢。"

慕时远又说:"大姐,这片水有几亩? 可有十亩九亩?"

那位女子说:"你这个人眼力好。就是十亩。"

慕时远很高兴,说:"一亩能挣多少钱?就采这菱角。"

那位女子说:"光采这菱角,一亩能挣两千块钱。"

慕时远说:"噢,那不算少。"

天晴日烈,此时的天地里,就他们两个人隔水相对着。又说了几句话,慕时远就告辞走了。

慕时远走回河埂上,顺着河往前走。走了一段,回过头再看堤下的水洼湿地,那里绿意联翩,花色耀眼——是那位女子的衣色——心里不禁有几分怅然。

不觉又走了三两里,面前河埂一转,槐林消失,草甸尽现。原来这里都是丘阜地的,只见河此岸、河彼岸各处丘阜相连,草青路白,农舍安详。

慕时远站住了望去,只见夏秋之交的原野,绿浪浓郁无尽。一头灰水牛被拴在河对岸连绵丘阜的草地上。一只雪白的白鹭站在河畔的浅水里,另两只雪白的白鹭于水牛不远处踱步,再一只雪白的白鹭却站在水牛的脊背上,随水牛起降开动,十分娇娆。丘阜之后则绿荫起伏,显得落墨极重,立体并且深邃。

慕时远一时惊得张口结舌,不忍这般离去,便竖在河埂上,凝望两岸风光。

对岸农舍里忽有电话铃隐约传来,一声一声,不紧不慢,很有耐心,却就是没有人接。

慕时远正张望时,由视野一头的丘阜后头,突然蹦蹦跳跳地跑出来两个手拿冷饮包装花纸的男孩。他们一边吃冷饮,一边手舞着花包装,一边顺白飘带般的路径跑到葱绿无限的草地上。须臾,丘阜后又出来两个打花伞的小女孩;又出来三个打花伞、背物件的妇女;最后一个出来的,是一个五六十岁的老年农民,他剃着光头,胳膊上挎着一个很大的大篮子。

他们自在地在绿茵地上快步地走。男孩子仍走走跑跑地玩，两个小女孩却不时地挤在一起讲话。

慕时远看他们与它们，简直看迷了，不由得想说两句话，便隔着河张嘴喊道：

"各位大爷、大姐，那边可看见有几个钓鱼的了？"

对岸那些人听见喊声，都转脸往河这岸看。看过了，那些孩子就不看了，只顾跑或走自个儿的，那几个妇女则尖着嗓子说："没看着。"也许觉得慕时远不满意，年岁大的男农民又说："你再往前找找，看樛藤山大桥那里可有，人家钓鱼都是在那里钓的。"

慕时远说："多谢了。"

那两个男孩子跑进农舍，农舍里的电话也就不响了。

慕时远静了心，再往前走，心里却不由得有些翻腾。

此时的樛藤河河埂，草、木、果树、庄稼都有些逼仄。天上风也小了，人觉得颇有些热闷，身上的汗也渐渐出来了。

路边果木低林中现出一间"人"字形的草棚，四面无墙，内有一张竹床。

慕时远走过去，又踅回来，钻进棚里，在竹床上坐住，定神想一想，而后从腰间拔出手机，按到短消息那一栏，一字一字地编了个短消息，道："天地广宽，人宜高远，凡事尽思，尚可决断，共勉。"写好，又掂量半天，才打出那个手机号，把短消息发出去。

屏幕上显示"发送成功"后，慕时远似乎松了一口气，人也顿觉乏倦了不少。

半小时之后，慕时远汗流浃背地上了樛藤山大桥。

走到桥上，那桥似乎早已荒尽，除桥面上几道新车辙，却半点人影都不见。慕时远左右顾盼了一阵，望见桥那头有间土坯屋，就过了桥去看。

原来这只是个无门的废屋，屋里阴凉、湿润。屋里的泥地上垒着个小土台,土台上尚有半鲜的菜叶和半干的肉星,屋梁上拴了几挂铁钩子。慕时远想,这必是早上当地杀猪卖肉给附近来赶露水集农民的屠夫的用具。屋梁醒目处有个鲜亮的红色粗箭头,箭头上挑着个金元宝,箭头前还有几个红粗字,是:"阳光大道,一路向前!"

慕时远转身到屋外,见屋外有三条土路通到桥上:一条从偏西方原野深里来,一条从西边樛藤河埂上来,另有一条是往东边的山上去的。要说"大道",原野深处来的那条道最大,可惜不是"北偏东"的,慕时远咧嘴笑笑,心想:计夏原这小子又想害我,此番没这么容易!

这么想着,就拔脚往东向的路上走去。

走不几步,看见前头有一方大水潭,大水潭水畔铁锈色的巨石上镌了几个斜白的大字:樛藤潭。

慕时远从潭边过去,又走了几十步,路上和路边的石块愈多起来。这时看见前方山脚下现出两个穿花衣的妇女,说着话,胳膊上还都挽着不大的竹篮子,袅袅婷婷地下来了。

慕时远远远地看见她们,就止了步,心想,还是问一问她们,免得真多走了冤枉路。这么想着,就转身到了水边,装成看水的样子,心里却在等她们下来。

## 源

由城里去樛藤山约一百二十六里。过了樛藤镇,水路并不通,只有一条乡下的土公路,蜿蜒曲折了从樛藤山外两里穿过,往东北向去了。进山却也不是没有路,有一条石砟子路,一直通到大山脚。

大山脚外有个五七户的小村庄,不知其名。庄北一里半的樛藤河上有座石桥,几乎荒了,桥栏上刻了两行字是:樛藤山樛藤桥;1973年樛藤镇大安建筑公司承建。

桥东不远处有一方大潭,潭边铁锈色巨石上镌了几个斜白字是:樛藤潭。桥北有个土坯房,不设门,半圮的样子。胡新路眼见着车再也上不去,索性把车停在无人的桥上,下车徒步走过去。先到桥北无门的土坯房里看了一眼,顺手从腰里拔出大红的记号笔,在拐梁上大笔一挥,画出个粗大的箭头,箭头上挑着个金元宝,又在箭头前写上几个粗字:"阳光大道,一路向前!"做完之后,起步沿樛藤河,过樛藤潭,往山的高势上走去。

樛藤河越走越细,走到樛藤山山脚下,樛藤河只遗一股细流,蜷在一堵巨大的黑石下了。"偌大的河,在此地竟瘦成这个模样。"胡新路不无心疼地想。

水畔尽是嫩草。胡新路在嫩草上坐下,又侧身躺下,打开手机瞅瞅,再点上一支香烟,边吸,边看身左的大山、眼前的黑石和脚下潺潺流动并打着小旋的山水。

水里还有胚胎似的小鱼在游动。胡新路凝视着它们,看它们不知疲倦地浮上沉下,心想如果能花钱砌个鱼池,一辈子珍养它们就好了。

似乎听得头顶山林里有人说话的声音。仰面眯眼去细瞅了半天,瞅见半空中悬有一丛巉岩,巉岩上斜竖着两株古柏、一角飞檐,只是不见半个人影。

胡新路索性不瞅。吸完烟,在水畔卵石上按灭烟火,拔出记号笔,在大黑石上尽笔一挥,挥出一个鲜红的大箭头和"一路向前"几块大字。想了想,又于箭杆下补了一辆快车,之后,便循山路上了山。

天气渐觉闷热,山林里愈甚,山路亦曲折、陡峭。路与河,忽而你左,倏然它右。胡新路腿脚倒快,埋头上山,才二三十分钟,便蹿至山腰间一个三岔路口。不过此时他口里也略喘了,汗也出来了一些,心中想,到底是不常活动了,从前这是不在话下的。

停住脚步,返身往山下看,看见樛藤河白白的一线,在夏秋间漫天遍野的葱绿里蜿蜒而西、而北,径奔它自己的天地去了。自个儿的车只抵一只小号的红沙虫,趴伏在不辨其色的桥面上,看去倒是叫人安心,因为有了它,两分钟便又可回返灯红酒绿的人欲世界中去了。

此刻再听见头顶上是人讲话的声音。胡新路忙抬头去找,仍只见当空悬定的一丛巉岩,巉岩上站稳的两株古柏,古柏里显露的一角飞檐。人偏是半个都瞅不见,更不知讲话的是老、是幼,是男、是女,是僧家还是俗人了。

胡新路于原地逗留玩味了一时,打腰间拔出记号笔,在三岔路口的平石上,胡乱地又画了个有想象力的箭头,箭头上穿了颗桃形的心,写上"一路向前"几方大字。选了靠樛藤河边的一条路,再大步不歇气地往山上蹿去。

一口气跑下来,不觉得竟到了山间一片湿地边。止步定睛看那片湿地,原来山路旁有数丛硬石,石上铲平的一面,刻着"樛藤源"几个大草字。山路一边为溪,一边为湿地。湿地里水草汪汪,黑泥可见。水路也在草丛与黑泥间雕出了一道道的痕迹,犹如蛇动。黑泥和水草间还不住地往外冒着水。

"这就是樛藤河的河源?"胡新路似乎不敢这样去想。他靠在硬石上,掏出记号笔,心不在焉地在硬石上草草画了个箭头,写上"一路向前"几个字。写完了,摸出一支香烟来吸,漠然地吸着,漠然地昂脸看着半天上的巉岩、古柏、飞檐,还有面前的山林,听着似真如幻的人声。

胡新路又揭开手机看看,信号都好,电量也满格,他再把手机插回腰眼里去。

何去？何往？胡新路吸着烟,心里一直这样想。

山林里更燥热了几分。胡新路有些踌躇,心下权衡,不知所往为何。心想还真不如回返呢,躲在哪座冰房里,哪怕只是吮一口假冒的冰茶,也……

也许纯粹是出于好奇,胡新路忽然扔了烟蒂,抬脚即往山路上蹽去。

湿地里渗过来的水滑得胡新路往前一扑。胡新路惊出一身凉汗,跌跌撞撞站稳了,嘴里狠骂了一句,反倒振作了,不在这段情绪里久留,立刻弓着腰,手脚并用着,往头上攀去。

这段路相对险峻一些,更让胡新路出了一身恶汗,心间却排了毒似的,万分舒坦了。

不久山风吹得甚烈了,胡新路心中渐有感觉。越过一片圆石,面前一爿巨岩哗啷闪开,原来这里已是峰巅:一块不很大的石地,数丛巉岩,两株颇见造诣的古柏,一座飞檐走瓦的大亭子。

因为出汗气喘,胡新路一时停不下来,便喘吁吁地在峰巅各处乱走。又拔出记号笔来,终于有所心得,在那爿巨石上勾出一杆快箭,快箭风声四起,还有几个快意淋漓的大红草字在其上:"直逼天门!"

适才点完,巨石后便转过来两个农村妇女,都在三十岁上下,都穿着大花的衣服,都挽着个装茶的小篮,身上的汗气也都还时鲜不尽。看见胡新路,那两个妇女对他招手说:"你过来看出炮车了,你过来看出炮车了。"说完,又都转到巨石后面去了。

胡新路并未多想,答应了一声就跟了过去。

原来这巨石背后就是大好河山、削岸峭壁。其实爬了半天,山并不很高,陡倒是陡得有些离谱,从这里看下去,山原清爽,河湖明晰。

胡新路点上一支香烟吸着。那两个妇女,叽叽喳喳说着话,一个坐在古柏下,一个坐在岩石上。

"出来了。"她们一齐指着半山腰说。

胡新路凝眸望去,只见半山腰的一道石壁上,用白石灰刷出如下八个大字:"拒绝战争,守卫和平!"大字的近旁,笔直地站着一个打旗的小人。他手里的三角小红旗一挥一动,一辆接一辆盖得严严实实的重型卡车就从山肚子里挪出来,转过石壁不见了。

胡新路同那两位说个不停的妇女一道看着。他又吸了一支烟,往更远的远处张望,同时也听着背后树林里的鸟叫。

腰间突然振动起来。

胡新路不动声色地慢慢转过身,踱开去,踱到巨石的另一面,把手机拔出来听。

"喂,哪一位?"

手机里一个女子的声音说:"是我,搞定了!"胡新路听后,猛地握了一把拳,低言一声:"好!"然后又说,"很好!我在外面,两小时后就到。"

把手机重插入腰间,胡新路昂着头,极目尽力地望着天。他把手里的烟蒂吸尽,扔在脚下踩灭,再握紧拳头,挥了挥。

"不和她们打招呼了。"胡新路心里这样想着。一边这样想着,一边他就蹽开大步往山下下了。

但他似乎又觉得若有所失,有所留恋。至于所失为何,留恋什么,他也不能说得清,只是隐约有这种感觉。但是一跑起来,他就什么都忘在脑后了。

胡新路半跑半奔地下了檬藤山。

# 桑 园 湖

## 起 因

贾为军第一次听说桑园湖,是在三马路的"水兵茶吧"。小巧坐在他的对过,红润白皙的颜面泛着幸福和激动的光泽。在那一刻,贾为军觉得她是世界上最美最美的女人了,没有人能比得上她。"在我的心目中,你比妮可·基德曼更美,比苏菲·玛索更耐看,比全智贤更有味道,比茱亚叶·罗伯茨更性感。而最重要的是,在我清高的心目中,她们都必定是昙花一现,而你将在我的心中永存!"贾为军倾身握着小巧的手说。

听了贾为军颇为得体的颂词后,除了觉得有些吃惊,小巧笑得更开心。她像一位初恋的少女那样红光满面,但也略带羞涩。"难道我比桑园湖还美?比桑园湖的西岸更耐看?比桑园湖的西北角更有味道?比桑园湖的东南角更性感?""桑园湖?""是的,桑园镇的桑园湖,"小巧说,"没有比那里更好的地方了。在我们桑园湖人的词典里,如果你想说一个人美,说一种东西好,说一件事情了得,你一定得先跟桑园湖进行比较,你才有资格开口说那个人、那种东西、那件事情是美,还是丑;是好,还是坏;是了得,还是假冒伪劣。"

贾为军点点头。他把握住小巧的两只手中的一只抽了回来,摸着下巴颏上的几根胡须,陷入了一种莫名的沉思之中。当然,他的激情并未荡然无存,至少在他的视界里尚未泯灭。他看见小巧背后的墙上挂着一幅本市三流画家描摹的《三个仕女图》。贾为军看着它时,心中产生了一定的错觉,一度他还觉得自己正置身于大唐时代,而小巧也已经披罗穿缎,出神入化,晋升为仙了呢。"哦,哦,桑园镇,桑园湖。""难道你已经心向往之?""哦,哦,是的,是的,桑园镇,桑园湖。"贾为军漫不经心地重复着从小巧的可爱的小嘴里轻轻吐出来的这些专有名词,心里似乎已经颇为有数。

三年后的一天,贾为军第一次来到桑园镇。早晨,他带着一脸长期操劳的疲惫和些许过度愤怒的倦怠坐在郊区车子靠窗的座位上,目光呆滞地看着暮春有些杂乱的山丘和田野。当公路转向偏北,第一缕阳光穿透厚薄不均的似有图谋的云层,照射到贾为军身上的时候,他伏在车窗上,咧开憨厚的嘴唇,露出了久远不见的笑容。"哦,哦,桑园镇,桑园镇。看起来,它也许还不是那么讨厌,还不是那么讨厌。"在小镇上,贾为军为卖万可贴的小贩的口才所倾倒,花五块钱买了两管万可贴。卖降价塑料拖鞋的柴油三轮车上播放着用当地方言录制的顺口溜。虽然一句都听不懂,但贾为军为那种鲜活的民间文学而激动,掏出钱来买了四盒,用一根红塑料绳扎紧,在手里拎着。卖甘蔗苗的老太太穿着及膝的胶靴。"给它些水喝,秋天你全家都吃甘蔗了。"贾为军买了六棵甘蔗苗装在塑料拖鞋的鞋窝里。这一天的他过得丰满而富足。

在那些廉价的拖鞋、甘蔗和万可贴被丢入城市垃圾流程中去之后的一个周六的上午,贾为军又一次挨着倦怠的窗边。当这天的第一缕阳光破开云层,再一次照射在贾为军脸上的时候——"哦,哦,桑园镇,桑园湖",贾为军嘴里嘟嘟哝哝地说,"原来你还不是那么浑蛋,原来你还不是那么浑蛋。"贾为军在小镇的水塘边看一排艳丽的少妇用鲜猪肉钓龙虾。"龙虾真是这样好钓的?龙虾真是这样好钓?""那你也来试试,城里人,你也来试试。"贾为军仿佛又回到了年轻和恋爱的时代,他的无声和似嫌廉价的眼泪掉落在水塘边杂草丛生的水面上。"咬钩了,咬钩了。"贾为军把空无一物的棉线和鲜猪肉甩上天空。那些乡妇笑他既呆又愚。"城里人就是笨些,头脸倒是白许多。"贾为军也是认了。

在水塘边一无所获的贾为军躺倒在桑园镇外暖洋洋的田埂上。欢喜鸟在陌头的榆树上,辉的,辉的地叫唤;南瓜花送来一阵阵鲜艳的黄色块;油菜累累的果荚垂倒在田塍的软草上;野蔷薇攀爬着棠梨子树开得有姿有形;灯笼柿的果挂在叶腋下像一个个小灯笼;土豆地里的土豆长得青葱葱的。"哦,哦,桑园镇,桑园湖,也许你还真是一种参照,真是一种参照。"贾为军在田塍上站起来,胸腔里的一个声音总是说,"如此总要有个了断,总要有个了断。"贾为军想出了一个主意,然后他乘车回到了疲惫的城市。

## 游　　戏

第三次的桑园之行,贾为军已是有备而来,他的手机早已充满了电,鞋也换成耐磨的了。他仍上午赶早乘车到那桑园镇,下了车出镇寻路往东北而去,行不到两里,转过一个拴着水牛的村庄,再过一道水泥预制板的桥,就到了桑园湖边。

此时的桑园湖云开云散,没有定论。贾为军站在湖岸的绿堤上,按照约定,打开手机给小巧发了个短信:"我已到预制板桥,你在哪里? 路线图又在哪里?"片刻小巧也以短信回他话说:"我就在你附近,不要找我,也不要给我打电话,沿途必须发出见闻以作证明,你按我短消息里的指示做就是了。"贾为军怎么能不找她? 但只是不相信她会在这里。左右看去,东边是湖,西边为河,中间只是河湖之间的一道湖堤。湖堤上有一些绿树,都不大,青芜芜的,湖堤上宽处有几块育秧的稻种田。田里站着一位戴草帽的姑娘,一位白皮肤黄头发的姑娘,一位衣衫褴褛但在风中甩着水袖的姑娘。"你下到水里去做什么?难道就为一个实验用的游戏?"

贾为军边说边走过去看那三位姑娘。原来她们都是农民唬鸟用的假人,戴草帽的姑娘是稻草做的,白皮肤黄头发的姑娘是城市商场中的模特做的,衣衫褴褛甩水袖的姑娘是塑料袋做的。"没有什么路线图,由预制板桥那里顺时针沿桑园湖转一圈即可。"贾为军返身顺时针沿湖走去。"湖埂细长,两边一河一湖,湖水略高于河水。河里有白鸭一群,河滨有夫妻渔人一对;湖里有渔棚一架,湖里有风有浪。近岸湖水拍击湖岸石砌,发出哗哗声响,湖对岸的丘地、村庄、树丛曲折连绵。"

"前方可有耕作、收获的农民?""前方有耕作农民两位,都是男性,都在水田里喝牛翻地,以备植稻;另有妇女三位,在油菜地里收获成熟的油菜;还有一对年轻夫妻,在地头小场上用手工的木连枷脱粒,一扬一落,十分辛苦;再有一群小孩上学,骑自行车的都在前头跑了,没有自行车的就在地上徒步疾行,但面相都很自然、自信、健康、从容。""可见湖岸稍远处的一个村庄?村庄外的湖边高地上可有一片青石碑的墓地?""远远地看见那个村庄了。问一个在湖边挑着担子赶路的老年妇女,老年妇女说那个庄叫九棵拐树。她说那庄上的人都是姓真,姓真的人没有一个会作假的。一只极大的花尾巴公鸡醉醺醺地带着一群小鸡在田地里寻吃的。再往前去果然看见高地上那一小块墓地了,墓地里干干净净,野花芬芳。前后左右有一二十块墓碑,不知你会叫我看哪个。""我要你看最南边面湖的那一块,你看看那上面写的是什么字。"

"最南边面湖的那一块墓碑倒是一块老碑,上头是门联一样的格局,右一句为:想见音容云万里;左一句为:思听教训月三更;横一句为:春霜秋露。""那你再往前走吧。""再往前走则是一条土丘的羊肠小道了。远望去丘顶罩着一棵无比大的巨树,形若白云。

一步步地上了土丘。土丘上盖着那棵巨大的棠梨子树,棠梨子树白花翻云,蝶飞蜂舞,擎天蔽日,人老几十代都没看见过的,令人惊绝!站在土丘上望湖里湖外,面前是一片起伏却广阔的原野,另一面是碧波粼粼的桑园湖。湖畔水禽觅食,湖上白鸥滑翔,非常美丽。""那你就再往前去。""再往前去是一个小湖汊子,小湖汊子被一面长着小麦的土坡挡住了一半。初看上去并无惊讶,等到走了过去,才发现原来是越不过去的。缘水探路,湖汊曲曲弯弯,一会是柿树林,一会是桃树湾,一会是水草浅滩,一会是西瓜、南瓜、冬瓜地。田原的风光却是极佳的,一路走,一路看,眼睛都不够使,心情也大为畅快。许久才转过小湖汊子,转到桑园湖的东岸来。"

"这一程你走了多少时间?""大约走了两个小时。""那你是累了呢还是不累?""腿脚略有些乏,但精神却是大好,因为前面都是不可知的世界,吸引我去探访。""那就好,我要你看看前面可又到了一个村庄?""前面真又到了一个村庄。""那个村庄是个什么样的村庄?""那个村庄是一个不很大的小村庄,村庄的周围密匝匝的都是树。有一位手腕上扎着白手巾的中年妇女,正在庄外的菜园地里拔小白菜。""那你去问问她姓什么,她旁边的那个村庄又叫什么。""我一边看村庄的风景,一边上前去请教她姓什么,她旁边的这个村庄又叫什么。她说这个小庄叫小桑家村,村里的人大部分都姓桑,她却是姓真的,想来该是桑园湖西北角九棵拐树的人。不过这个村子地势较低,桑园湖水特大了时,水就漫进村里来了。村里的人越搬越少,祖辈的家园渐渐就走得空了。但水退下去时村里的地都肥得不得了,种一年够吃三年。年轻的人都进城找活做去了。""那你就进村吧。"

"从湖边一条小路进了村。村里的狗虽然看见我来,但就跟认得我似的,只是看看,并不咬我。我看见被村里的人废弃的房屋,房屋的墙里都长起了荫翳的大树了。入村的路口湿漉漉的,路中央长着一棵旺盛的大桑树,这真不愧为一个叫小桑家的村庄。大桑树周围十几个平方米的地面,落满了紫红色的桑葚,但是这里没有人吃它,我不知道能不能摘下来吃一些。""你能吃的,你吃吧。你再看那棵桑树的树干上,可刻有什么字痕?""树上真有一些刻痕的,那大致是这样一些叫人似懂非懂的文字:小胖,明天去看天吧,明天走一万里去看天吧。我站在树下,从低矮的枝杈上摘吃了一些桑葚。桑葚真是一种被城市遗忘了的美食,它还能勾起人对远古的记忆,我什么颜色的都尝了尝,青的、半红的、大红的、紫红的。吃过桑葚以后,我就离开了那株桑树。""你再往前走吧。前面有一条小湖汊,湖汊南边都是大树。"

"确实是这样,村庄外是一个低浅的湖汊,湖汊上是一道长长的独木桥。""那是桑木做成的独木桥。""过了桥就是一道大堤了,大堤上都是大树。""那是桑园湖的南堤。""大堤上的大树遮天蔽日,原来堤上尽是巨桑,它们都有几十年?几百年了?一百年?两百年?还是三百年?巨桑上都缀满了桑果,整个大堤的地面上都落满了紫红色的桑果。我一路往前走,一路吃着大红色和紫红色的桑葚,有时候我也吃一些发青的桑葚,那种酸酸的味道也很有意思。""你一直往前走。""我一直往前走。当我走出桑林时,我发现我已经能看见桑园湖西岸来时的那道水泥预制板桥了,眼前豁然开朗,视界和思路都宽畅得不得了。小巧,你在哪里?小巧,你在哪里?""小巧在你的心里。"

## 结　　尾

2003 年春,贾为军离婚并于两月后新娶小巧为妻。婚后半月,贾为军陪小巧回桑园镇桑园湖小桑村娘家,小桑村村民那时已快搬尽了。桑园湖水那时正在村后的田埂边打转转,两人行至桑园湖湖南堤桑林内,贾为军摘了一些紫红的桑葚给小巧吃。第三天离开小桑家返城时,小巧的妈妈手脖上扎了一片白手巾,正在村边的菜地里拔小白菜。两人走到桑园湖湖南的桑堤林里,贾为军故意落在小巧的后面。他坐在落满桑果的干干的土地上,拿出手机,给小巧发了个短消息,说:"小巧,你现在在哪里?"过了一会,小巧回了信。小巧说:"为军,我还在你的心里。"

# 紫 蓬 山

## 一 大 早

久已在脑中做就的计划,周六的一大早差点被两个电话搅黄了。其实边慕鱼本质上并不是那种冷冰冰拒人于千里之外的人,但这一天的一大早,他心烦意乱,恨不能把来电的人通通掐死。"下星期不行,不可能的,从哪里讲都不可能,我还有事。就这样讲,我们再联系。"他态度坚决,但仍然捺着性子说,"你愿意你就等,星期一不可能,从哪里讲都不可能,你不要这样想了。"边慕鱼边说边起了床。窗外阳光灿烂,也许这一天会热的,但边慕鱼渴望着出行。他开了门走到阳台上看风可不可能吹到身上。风吹到身上了,早上的风确实很清爽。山林里的风也许更好,有植物的草腥气,还呼呼地吹得爽心。"你真抬举我了,我有这样大的本事?那就这样,那随便你了,你看着办吧。我劝你冷静点,弄翻了都没有好处。我刚才说了,你愿意等你就等,星期一不可能,绝对不可能,就这样讲了。就这样讲。随便你,随便你,那你看着办吧。"

早饭的时候又一个电话来了,边慕鱼依然捺着性子听和说。"我今天过不去,今天有事,早就说好了的。你自己调节调节好不好?这些事总是可以自己调节的呀。我相信你会这样的,你能做好。"边慕鱼把碗和盘子放到水池里去,"我知道,我完全清楚,比谁都清楚。我不愿意出现那种情况。我也很渴望,从心底里渴望,我永远不会失去理智,永远不会,也绝不愿意失去最好的机会。但是我需要时间,需要静下心来。会有结果的,也许很快就会有结果。"他开始从衣架上拿衣服,窗外依然阳光灿烂。边慕鱼站到窗前,望着城市的远端、淡灰色的天空,心中渴望着这一次出行。"我听得很清楚,但我今天真的过不去了。你总要给我一点时间考虑的,对不对?也许下个星期、下一个周末或者休息日。那好吧,我会给你电话。那就这样。我怎么会不理解你?我会的,会的,不可能忘记。也许明后天,甚至下午、傍晚,就会小雨飘飘。下星期见,再见。"

## 紫 蓬 山

旅行团的大客车在半山腰一下人,边慕鱼就同导游打了招呼,离开旅行团大部队,一个人走了东路。东路是一条砂石路,转过一个小山坡,后面的人就一个都看不见了。边慕鱼迈开大步往前走。路渐往一个山洼里伸展,路边的古树也多了起来。走了一会,一个穿雨靴的年轻人从后面跟上来,找边慕鱼说话。"你咋一个人打这里走?人家都是跟着团的。""一个人清净。""上个月,"穿雨靴的年轻人说,"也有一个人跟团上来,一个人打东路绕过去,绕到凡心寺北门,就在北门外的杉树林里弄死了。""怎么弄死的?""自己喝药喝死的。""为的什么?""那谁知道,想不开了呗。""噢。"边慕鱼顿了顿说,"你在山下做什么的?""开三轮车送客人上山的。""那你现在上哪里去?""俺回家吃早饭的。""现在都过了中午了",边慕鱼说,"你还吃什么早饭?""俺们山里哪有啥早晚,游客多就吃得晚些,游客少就吃得早些,没有啥准时候。""噢",边慕鱼说,"前头这个村叫什么村?""前头这个村叫刘麻营。""那,右头这个崖叫什么崖?""右头这个崖叫断命崖。相传明太祖朱元璋起事被官军追杀,朱元璋老家有个相好的叫草根妹,人长得漂亮无比,她跑到这个崖上,没有路了,就打崖上跳下去了。从此这里就叫断命崖了。"穿雨靴的年轻人说,"你看那崖壁上正雕着草根妹的石像,明年这个时候就雕好了。"

穿雨靴的年轻人在山洼底下进了刘麻营村的一户人家,边慕鱼只身一人再往前走。走了不短的时间,再往前走就没有村也没有人了。小路绕到一个大黑潭边,大黑潭冷飕飕、凉幽幽的,深不可测,潭边都长着大云杉。大云杉直逼云天,杉林里的鸟偶或尖厉地叫唤着,听得人浑身起鸡皮疙瘩。边慕鱼硬着头皮往山里走,不觉间走进了杉林。杉林广大、漫长,阴冷潮湿,人踪无觅,令人紧张。边慕鱼沿着杉林小路,走上、走下、左拐、右绕。他越走越快,走了很久,杉林终于打开,仰面的山上现出一座恢宏的庙宇来。边慕鱼连跑带攀,跑到了寺庙宽展的台阶上。台阶上摆着一张条桌,有一个年轻的和尚正坐在桌子后边看书。经过了这一程的孤单和无助,边慕鱼极想与人说话,就走到桌子跟前,说:"买一张票。这里可是凡心寺的北门?"那位和尚抬起头来,说:"这里就是凡心寺的北门,你进去吧。"边慕鱼:"那怎么说呢?"年轻和尚说:"你团里买过了。"边慕鱼说:"你怎么知道俺是哪个团的?"年轻和尚说:"打东路来的游客,俺们都知道,上个月、上上个月、上上上个月,都是在北门出的事。"边慕鱼说:"噢。"年轻和尚说:"你们打东路来的人,一举一动,俺们都看得清清楚楚。"边慕鱼扭脸往山下看去。原来山腰里的大黑潭及杉树林并不阔大,也只是一般的山湖、一般的山林而已,在凡心寺北门这里都能看得清清楚楚。

边慕鱼点点头就进去了,进到凡心寺的大院里。大院北、西两处有门,北、东、西三处为殿,南及东南两处是生活区,大院的中心无遮无挡。边慕鱼渴望着阳光,就抔着腰,站在大院的中间迎接阳光的照射。这时一位穿鱼白衫的文静的中年男子从生活区里走出来,跟边慕鱼搭话,说:"你那个团刚才下去,他们走西路近得多。"

边慕鱼说:"这位师傅在这里是做什么的？看你并不像个出家人。"中年男子说:"俺是在这里做义工帮忙的。"边慕鱼说:"那你是哪里的人?"中年男子说:"俺就是山下省城庐州人。"边慕鱼说:"那你在省城是做什么工作的呢?"中年男子说:"做电脑销售的。"边慕鱼说:"那你收入不低。"中年男子说:"平均一个月六七千块钱。"边慕鱼说:"那你为啥要在这里帮忙?"中年男子说:"其实俺并不是一个信徒,俺只是想清淡清淡、修身养性。在这里,人心都绵静得很。"边慕鱼说:"那你在这里是挣钱还是贴钱?"中年男子说:"俺在这里都是贴钱,吃喝住都是俺自个的。平时帮着寺里打扫打扫卫生,洗洗菜做做饭,翻翻电脑杂志,在山林里头走一走,一天就过去了。"边慕鱼说:"那你上来多长时间了?"中年男子说:"半个多月了。"边慕鱼说:"那你打算什么时候回去?"中年男子说:"想回去随时就回去了。"边慕鱼点点头。中年男子说:"其实,境地实在多得很,完全不必系于一念的。"边慕鱼似懂非懂。他又点点头,在寺里转了一遭,出凡心寺西门,走西路往山下去了。

原来不知不觉已经3点多钟了,此刻山上已没有什么游人了。边慕鱼觉得这样才好,免得闹嘈嘈的。西路虽然也左曲右扭的不平坦,但宽展无比。边慕鱼在山脊望见山腰上下没有一个人、一辆车,山风又呼呼地吹得爽心快意。他一时振奋,张开双臂,拔腿就往山下跑。山路拐弯一陡,边慕鱼收不住脚,只得尽力地随惯性往山下狂奔。山路又是一拐,前方不远处就是断命崖。边慕鱼一时收不住脚,继续风驰电掣般地往崖头冲去,但他心里已经有数,心中倒是十分地坦然。在边慕鱼的视界里,断命崖越来越近,近在眼前,边慕鱼冲上崖头的一块巨石。巨石下面的草皮上坐着一对男女,原来是团里的导游,正看着崖前的风光说话。听见响动,那一男一女回过头来。男的说:"这时候倒也不晚。"边慕鱼气喘吁吁地说:"不是说好的4点吗?"女的说:"看来你倒是个准时的人。"

边慕鱼说:"那你们在这里,是做什么的?"男的说:"还不是等你。他们都已经下去了。"女的说:"这里的风光也是最好。"边慕鱼笑说:"那倒是的,明年的这个时候再来。"

## 下 山 后

大客车进城的时候天上飘起了忧郁的小雨。下了车,边慕鱼站在城市的马路牙子上打电话。"那就星期一吧,"他说,"星期一上午8点。我抽出些时间,给你办掉就是了。"暮色渐渐地聚拢过来,市声在周遭弥漫。边慕鱼说:"那就这样说了,星期一上午你过去就是了。不需要,我还得上交。你心里领情就好,领情就好。"

然后是第二个电话。

"下雨了,街道上小雨飘飘。""这里也是,窗外和雨篷上都小雨飘飘的,但你怎么现在打电话给我了?""我觉得对不住你,每当你需要的时候我总是拒绝你。""我能理解,我想你现在也许还能过来。""我会坐最早的一班晚车过去,困了你就不用等我。""困了我就趴在桌子上睡觉等你,我做好了夜宵等你。""过江总会耽误点时间的,但我一定会给你一些惊喜。""你来了,就是你带给我的最大的惊喜。"

晚车在高速公路上疾行,边慕鱼怀里抱着纷纷攘攘的紫红色的玫瑰靠着车窗睡觉,小雨似乎飘洒在他的头上。他做着梦,在梦里他听见了远处的歌声。

# 蚕

## 1955

不到三岁的我已经能嗅出桑叶的味道了。现在还能想象搂着妈妈的脖子、偎在妈妈怀里的我睁着好奇的眼睛,看麦笤里白花花的蚕宝宝吃桑叶的样子。听妈妈和姐姐们说,那时候家里的平房有一些老式的木窗棂,窗棂上贴着东关合作印刷厂印制的鲤鱼跳龙门年画,年画的底下印着一行红色的小字:1955 年,毛泽东思想万岁!蚕宝宝们就在贴着年画的窗棂下边的麦笤里嚓嚓嚓嚓一秒不停地吃桑叶。晚上一直到睡觉以前我都能听见它们吃桑叶的声音,屋子里都是桑叶和蚕宝宝的味道。我的小身体白乎乎、肉滚滚的,肚子上系着花围兜。妈妈搂着我拍着我睡,而卧房兼蚕室的门上挂着父亲用细竹篾编结成的门帘,苍蝇是一个都不许进的。它们会把蚕宝宝偷偷吃掉,然后咬破蚕茧,再从蚕茧里钻一个洞爬出来跑掉。春天的时候,父亲坐在堂屋里的小板凳上劈那些发青的竹篾子,我坐在他身边自言自语地说着我自己都不懂的话,玩再也没有用处的细竹筒。夏天的蚕室里清凉干爽,蚕宝宝们爬到麦秸架上吐丝结茧。妈妈和姐姐们会把白白的蚕茧从麦秸架上扒下来,装在麦秸篮里。她们领着我,结伴挎着白亮亮的茧子,到南关的缫丝厂去卖。这样的话,第二天的早晨,我们全家就能到全城最热闹的小十字路东风饭店吃油酥烧饼、喝鸡丝汤了。鸡丝汤是我们柳西小城的特产早点。那是我们全家最开心的时刻,我们六口人占据了饭店整整一张桌子,大姐和二姐端着碗轮流侍候我。当饭店门外人来人往的时候,我们腆着圆滚滚的肚子离开饭店,走到飘浮着瓜果香气的街道上了。现在是三姐领着我了,我最喜欢闹她。"三姐,俺也要跟你们去乡下摘桑叶,俺也要去。""谁带你去,你这样小。""三姐带俺,三姐带俺。""三姐才不带你这个脏脏虫咪。""俺不是脏脏虫,俺不是脏脏虫,三姐才是脏脏虫咪。""小四子,你别闹小三子了。上大姐这来吧,大姐和二姐带你上蚕场摘桑叶去,大姐带你去。"但是大姐从未带我去过。大姐后来死掉了。大姐二十岁的时候到北边一个下半年雪的地方去过日子了,那个地方天气冷、瓜果好、煤尘大。在做了奶奶以后大姐就生病死掉了,她有二十多年没回老家来了。听大姐夫说,大姐后十多年老是说起我的,说我小时候怎样聪明、可爱和调皮,在甄五家的腌菜坛子里撒尿,放苍蝇到小蓉家的蚕室里咬蚕宝宝。她说她是最最喜欢她这个弟弟的,一直到死都没有不喜欢的时候。二姐也没带我到蚕场去过。二姐年轻的时候嫁给蚕场附近电灌站的姜大哥,后来她单身一人背着小包袱哭哭啼啼地离开小城,云游天下,从此就没有她的音信了。她可能也早就不在俗界了。

## 1960

只有三姐带我和小蓉到蚕场去过。蚕场在小城西南六里路的地方,大热的天我们上午拎着布袋子步行走了去,也就是玩去的。出小城南关往西南行,走四里时路边有一棵巨桑。巨桑遒劲,桑叶却有些老。"小蓉你下来,你爬不上去的,"三姐说,"叫小四子爬呗,他是男孩子。"我爬到巨桑上。巨桑上有一个大树瘤,我坐在大树瘤上摘老桑,摘过老桑下了树我们再走。天空中布谷鸟飞来飞去地叫着,是在陪伴着我们。走五里时漫坡遍野就都是嫩桑了,嫩桑叶片大如伞,无际的嫩桑之中露出一片灰瓦的建筑。"这就是蚕场了,"三姐说,"俺们还是打桑地里过去吧,俺们以往都是直接打桑地里过去的。"

我们穿过茂密的桑苗地,嫩桑伞大的叶片遮盖着我们。我们走进桑苗地里以后外头完全看不见我们,我们也一点都看不见外头了。桑苗地干焦干脆。在桑苗地里的一个土坎子上,我们坐在嫩桑如伞的大叶片底下的地上玩猜手帕。小蓉她妈妈在小蓉的右手腕上系了一块黄手帕。我们玩到不知时日的时候,大水从蚕场的方向奔涌过来,等我们发现的时候,混浊的大水已经把我的球鞋弄湿了。我们站起来拎着鞋就跑。"小四子你把鞋弄湿了,"三姐吓唬我,"看回家俺妈不捶你的皮!""都怪你,都怪你,臭三姐,臭三姐。"我们倒在桑苗地外高高的草坡上喘气,然后空着手一片桑叶也没偷,回到了城里。

下一个星期天我们又去,我们穿过桑苗地来到了蚕场大院。蚕场高大的水塔上用红色颜料写着很大的一些字:总路线、大跃进、人民公社三面红旗!离很远就能看到,蚕场的蚕室一间一间的,真大呀。蚕场的人把一大筐一大筐洗干净的嫩桑叶拎进去倒在蚕筥上。我闻到那种强烈的桑和蚕的清香气了,这熟悉的气味让我发醉。我们看到快中午时又回到了桑地,撑开了白布袋偷摘桑地里最嫩的桑叶。但是我们很快就遭到了看桑苗的魔怪老头的追击,他手里握着一头焦的烧火棍大呼小叫地不知从哪里跑出来了,我们吓得"哇呀"一声就跑。等我们跑停下来才发现三姐跑不见了,我和小蓉有点害怕了,我们手拉着手跑出桑苗地,在桑苗地外一声一声地喊:"三姐回来,三姐你快回来。三姐你在哪里?三姐你快回来。"

近午的太阳热焦焦地烤着我和小蓉,地上的小草都晒得有点发烫了。"三姐到哪里去了呢?""三姐肯定被那个怪老头吞吃掉了,"小蓉哭着说,"三姐再也不能回家了。""啊,三姐被那个老头连骨头吞吃掉了,三姐再也见不到妈妈了。"我和小蓉手拉着手,围着桑苗地一边哭一边喊着三姐。当我们的眼泪快要哭干的时候,三姐突然从桑苗地旁的一条干水沟里跳了出来。"你两个在哭啥呢?"三姐嘿嘿嘴说,"你看俺把布袋都采满了。"她手里举着盛桑叶的白布袋,笑得嘴都关不上了。我和小蓉顾不上擦眼泪,赶紧去抢三姐的布袋看。三姐真能干,她的布袋真的采满了,还按得结结实实的,这次蚕宝宝们有很多吃的了。我们快回家吧!

## 2003

是的,现在在这个世界上,我最亲的亲人只有三姐和小蓉在了,其他的人都不在了。三姐想我们时她就会坐车赶七十公里路从柳西小城来看我们,我们想三姐时也会随时坐车去柳西看单身一人生活的三姐。三姐要来总是在下午,晚饭后在沙发上看电视、说话是最让人难忘的一幕了。三姐把毛巾被盖在腿上,沙发后的窗子大开。小蓉只把粉红色的窗纱半拉上,以便让仲秋的风吹进来。"俺们全家那时候都最疼他了,"三姐说,"那时候啥不都让着他吃? 俺妈俺爸都不叫俺们跟他抢,啥不都让着他? 他吃剩了才有俺们姐仨的。""那就怪了",小蓉笑嘻嘻地说,"他不是个捡来的孩子吗?""谁不说呢,偏偏俺们都疼他疼得不知怎么疼。""说起来俺都不信,三姐,"小蓉说,"他可真是个捡来的孩子? 他是谁个捡回来的?""他还不是俺们姐仨捡回来的,就在蚕场外桑苗地里的土坎子上。见着他时,他小巴巴的脸蛋,肚子上围着红肚兜兜,手指头搁在嘴里嗍巴着,小眼滴溜溜地转,一看就是个聪明的孩子。不知他妈为啥把他扔了?""也许是咱们都想不到的原因吧,"小蓉看着我说,"不然谁能忍心把自个的孩子扔了。路边还放着一双小孩的小红鞋,不就是引着人往桑苗地里找的?""那是的",三姐说,"那时候俺们几个小孩胆也大,抱着就回家了。要是现在看见了,心里要打几个问号,轻易还不敢抱他呢,最多打个110就算了。现在谁还敢往家抱?""他还真怪可怜的",小蓉眼圈红红地说,"一辈子连亲爹亲妈都没见过,俺都心疼他了。""那怪不得你对他这样好。""俺不对他好,现在还有谁对他好? 除了三姐你,还能有谁对他好?"

我坐在她们侧面的沙发上听她们谈论我的事,我都习以为常了。电视小声地开着,我基本上听不见、看不见电视里在做什么。我有时候对她们笑笑,由她们说去。她们东扯西拉,总是说不够的。9点半,她们准备洗洗睡觉了,我进厨房给她们煮奶。她们喝了奶,洗洗脸,洗洗脚,就回房睡了。我还会留在客厅里看电视,看看足球赛,或者古装戏,要不就看相声晚会,总之要混混时间。混到10点半,我就会去卧室睡觉。那时候小蓉早睡着了。但我一上床她又会醒,她会迷迷糊糊地爬起来去一趟卫生间,回来时习惯性地问一声:"几点了? 可变天了?""快11点了,天没变。""注意变天了给三姐送小薄被去,三姐腿不好。""这我知道。"小蓉说过话,一翻身很快就又睡着了。

柳西小城的蚕场早已废掉了,但大模样还是那个样子。那些建筑和蚕室都还在,但都被人住上了,前后都开成了菜园,还有小孩子在门口学走路。蚕室外的水塔也还在,蚕场周围的桑苗地和地里的土坎竟也都还在,但地里都是新栽的嫩桑,枝干也不过拇指粗。我和小蓉去的时候天刚刚下过第一场春雨,漫眼看过去原野显得很厚重,所有的物件也都显得很扎实,生机也都开始显露了,桑苗青青的嫩芽都快发出来了。"小四子,你就是被放在这里的。"我和小蓉在桑苗地里那道土坎子附近转了转。后来我们回到了柳西三姐家,再后来我们又坐车离开了柳西。那段春天的日子我总是在寻找小蓉的空闲和好心情,然后在卧室里拉上窗帘。"说着说着都五十好几了,"小蓉吻着我说,"但你现在却变得越来越厉害了。""你就一点不想?""我现在也想了,"小蓉在我的身下温柔地承认说,"这件事有瘾,我觉得我好像又回到了青春年少的时代。"

## 2004 年

## 吃米饭的人

### 1

人人都说文化傻,但文化知道自己并不傻。两年前庙文化跟着本村的小三叔到散花坞来看花棚,小三叔跟邢老板闹翻回了北乡的老家西小庙,文化却留了下来。散花坞是散花河畔的一个半天市,也是个半年市。半天市指的是上午的半天,半年市指的是春秋两季。春天和秋天这两季,早上天不亮,四面八方的花农们就肩挑车载地从各村赶来了。散花河畔的半边堤,花香四溢,都是人:买花的人和卖花的人。文化坐在棕榈捆子旁等买主。初来时散花本地的蛮蛮腔他只能听懂个大概。听得费劲时,他就捂住耳朵不听,拿一根粗劣的手指在棕榈毛茸茸的杆子上,自娱自乐地敲北乡花鼓的大节奏,咚咚隆咚锵,咚咚隆咚锵。敲到晌午,散花湾的半天市也渐就稀溜散了。

下午以及冬、夏两季,文化都在花地里看花棚,一个人买了做,做了吃。瓠子笋瓜、笋瓜瓠子,过两天就吃得大厌了。吃过瓠子就蹲在月季畦边铲土薅草,文化想起他单恋着的本乡东小庙村丰满肥腴的平兰,就扔了花铲跑进花地的小屋里生闷气,吭吭哧哧的,净跟自个过不去,把自己的野草地弄得黏叽叽的。老板娘带着客户来起花,拍了半天竹栅门,文化才光着身子单穿一条长裤来开门。"文化你搞甚个?半天都不来开门!"文化低着头说:"俺搁屋里换裤头,换得专心,俺啥都没听见。"老板娘钻进小屋看了看文化蔫苶苶的湿裤头,睖了他一眼就走了。

老板娘坏了文化的好事,文化心里烦闷,就在傍晚的时分,锁了花地的竹栅门,上散花河的河堤上闲逛去。散花河大堤东两里是散花城,西半里就是农乡了。上了散花堤,不知怎么的,文化的心情就好了起来,他还时断时续地哼起了《义勇军进行曲》。这是他上学时在学校天天听听会的,一到心里快活的时候,就不由自主哼出来了。河滩里长着一垄一垄的大青豆。文化蹚过青豆垄,先盯在河边,看一个骑摩托披蓑衣的中年男人在河边一起一落地钓鱼。太阳落下去时,钓鱼的人嘟哝两声,对着河啐骂一句,把几条小刀鱼丢给文化,就骑上摩托走了。文化一个人蹲在河边发闷,抠抠鼻子、挖挖耳朵、挠挠头皮,然后拎起小刀鱼回花地,煮了一锅鱼腥汤喝。

第二日文化又到散花河边看钓鱼。太阳落下去时,钓鱼的老头连那几条小刀鱼都拾掇拾掇带走了。文化心里郁闷,不由得起了身,沿散花河堤往西走了去。河堤一旁是河,一旁就是住户。住户的房屋窄小,都有门廊,门廊下挂着大大的灯笼,灯笼上贴着居家姓氏。住户都顺堤而居,门前为堤,堤前为树,树外流水。文化心里坎坷,心想在北乡哪有这种住法,南蛮子这里就是稀奇百怪的。踽踽地往前走了一段。沿河住着的人从屋里出来,都端了饭碗,饭碗里垒了岗尖的一碗米饭,米饭上顶着一撮腌小菜、两块蒸咸鹅、三块酱咸肉,坐在门口的石台阶上呱嗒呱嗒地吃。文化看他们吃得香,心里更加烦闷,便转身走回花地的小屋里,扯被捂头,昏天黑地地睡去了。

三五天后,邢老板押了花车从广州回来。事事忙清,他来花地小屋找文化,站在门口对着门里喊:"文化你出来,你出来。"文化慢慢地出来了。两个人蹲在花棚外,抽着低价香烟,气氛像雨后的天气一样湿润、平和。邢老板说:"文化,你别在我这里急骚了犯事,干脆我替你找一个算了,你还回什么北乡!"文化望了一眼花地里的金针花,皮笑肉不笑地说:"邢老板,俺哪能麻烦你。"邢老板说:"我操,麻烦什么麻烦,我也想留你。你这人厚道、能干,心眼又实,找你一个比人家找两个都强。"文化低着头说:"啥强不强的,邢老板,俺还不就是个干活的命。"邢老板说:"那不就好了。文化,你想找个什么样的?"文化说:"俺想找个吃大馍的。"邢老板笑说:"文化你真是个死鸡巴心眼,这回我偏想替你找个吃米饭的。"文化说:"她是哪里的?"邢老板说:"就是沿河数第两百八十三家的,从小就吃散花河水长大的。"文化说:"那她不是散花县的,她是云溪县的。"邢老板说:"文化你说得不错,她就是云溪县的。"文化说:"她是叫啥子的?"邢老板说:"她就是叫散花的。"文化说:"云溪县第两百八十三家,她又叫散花,那还不就是邢老板您的小姨子吗?"邢老板大笑着说:"我操你的文化,散花坞这里人人都说你笨,说你傻、不开窍,天天就知道和面贴死面饼子吃,除了瓠子就是笋瓜,天天奄拉个卵子干活,连散花县城大桥头的小撅腚鸡都不找一个。原来文化你并不笨,也不傻,你北乡人心里有的是数。"文化咧嘴笑笑,心里有,但嘴里却说不出来话。邢老板说:"行了行了,笑笑那还不就定了。"文化说:"俺不能沾邢老板您这样大的光。"邢老板说:"都是家里兄弟,有什么沾光不沾光的,你这一辈子还不是要跟我干活吃饭,讲这种屁话管蛋用。"文化哧哧地挠着头皮说:"俺见不惯吃米饭就咸鸭子的,俺也听不惯把老母鸡说成老猛滋的。"邢老板说:"多见见就见得惯了,多听听就听得顺了。吃大馍的有哪样好?口气硬、脸皮粗、少洗澡、不拐弯。哪有吃米饭的好?口气软、脸皮细、讲卫生、心灵巧。你要是找了散花,她天天都洗了澡才上床等你。"文化一时拿不出话来抵挡邢老板。邢老板趁机把话顶上,站起来说:"那就这样定了,文化,我操你的,文化你这下子可占了我大便宜了,两条腿的龙虾不好找,两条腿的人还不随手拎、到处都是。文化我告诉你,你可别走了你他妈三叔的老路!"

## 2

文化找了个吃米饭的女人。她小小的个子,细细的脸皮,青豆秧一样的身条,皮肉里透露出一股笋干的清香和蒸咸鸭子的荤腥气。河堤上第两百八十三家那窄小的房子每天都被她打扫得干干净净,河滩紫妃竹林边条石垒砌的小厕所也一定会洒上淡灰色的杀虫净。三月莳秧、四月灌地、五月植稻、八月收割,文化身体里的生物钟日渐对南方的季节调得准了。农闲时他去邢老板的花地看花棚,他大姨子心疼这个结实蛮干的小妹夫,不叫他一个人在花地小屋里起火贴饼吃瓠子,叫他到家里大饭桌上吃米饭蒸咸鸭子、酱肉烧笋片和腌小菜。农忙时文化就沿着散花河堤,数着门号回到第两百八十三户。白天散花在当家塘里划着小船采菱角,文化则插秧割稻、去圈鸭地拾了鸭蛋来家里拿咸盐红泥渍腌;晚黑两人就关门锁户、他人不知地睡做一处。

"散花死伢们,你可想俺了?""我才不想你呢,你有什么让我好想的。"现在,文化的语气里已经带有一定的大米饭的味道了,他听散花说话也像从前听平兰说话一样容易听懂了。一年以后,散花生了个壮伢子。五千头的炮仗响过,邢老板在文化家的门廊下挂了个大红灯笼,灯笼上贴着大而方整的"庙氏"俩字。刚过周,那伢子就已经能跟文化一样平端着岗岗尖一碗米饭、夹着咸肉咸鸭子,蹲在大门口,望着河堤下的水滩往嘴里扒饭了。第三年,由文化出钱交罚金,邢老板摆平了乡计生站,散花又生了个女孩。女孩大额头、小圆嘴、细皮肉、竹节肢。所有来吃喜宴的人都说:"这孩子南北夹击,是俊绝了,往后一定是个跟大老板的料。"散花笑呵呵地说:"那她又得上更蛮的蛮地去,那里的话她哪能听得懂?饭她哪能吃得来?"文化说:"那也不一定,现在北边就没有钱?北边的钱也不比南边的少,国家的印钱机,不都是装在北边的?"邢老板说:"跟个大官也不错,北边的官大。我操他的,官大了,要什么有什么,还怕没有钱?!"

屋里那些正在往嘴里扒米饭的人听了,都大声地赞同,没有半个反对的。

# 城里来的人

## 1

晁若轻在中巴车上坐定。半分钟不到,又有一位二十来岁、不会超二十二岁的留长发的女孩上了车,在晁若轻身边靠窗的座位上坐下了。那个女孩虽然长得不很漂亮,但她年轻,穿着时髦,淡粉裙、短袖衫,也颇有气质,身段更加魔鬼,很不像会上这种农村客车的人。她一上车,中巴车上胡子拉碴闲着没事等时间等乘客的驾驶员就说:"这不是河埂上靳家的老二吗?你回家的?"留长发的女孩微红了脸,说:"就是回家的。"驾驶员伏在方向盘上,向后面歪着头,看着女孩子,说:"你可是在城里读书的?"那个女孩说:"原来读书,现在工作了。"售票员说:"现在在哪里工作?"已经在车上的两三个男人都看着她,听她说话。女孩子说:"在一家公司里工作。"驾驶员说:"那能拿不少钱。"说的是肯定句,但其实是疑问句,是在问她。但她装作热,伸手把车窗拉得开开的,脸转向外面看风景去了。驾驶员只好打住话头。晁若轻说:"这车几点走?"售票员说:"你到哪里的?"晁若轻说:"这车不是到施口的吗?"驾驶员说:"就是到施口的。"晁若轻说:"那不就对了。"售票员说:"就走,就走,还有五分钟,各位把'非典'表填了就走。"晁若轻说:"'非典'不是过去了吗,还要填表?"售票员说:"这是规定,没有办法。"

售票员拿出一本表格给大家填。填到身边的女孩,晁若轻侧着头去看,看那女孩在各栏里写道——姓名:靳楚楚;性别:女;家庭住址:天韵县施口乡靳裴湾村沿河 322 号;电话:130××××5277;有无发烧:无。售票员来收了登记表,到点车子就开走了。车子开出省城,开到天韵县境内,沿着天韵河北面圩地里不太平整的公路,似乎是不顾一切地往前开,车上颠得厉害。公路两边到处都是葡萄园,葡萄园里到处都是混浊的黄水。"你看今年梅雨季下雨下的,"驾驶员说,"到处都涝。"车在一个葡萄园边停住,葡萄园里的几个妇女抬上来十几个敞着口的泡沫箱,里面装满了红葡萄。但葡萄园里的人却一个都没上来,只是丢一句话给售票员:"施口有人接。"

中巴车又不计路况地往前开去,晁若轻看着眼前泡沫箱里的葡萄,说:"葡萄这么早就收了?"售票员说:"早熟品种,都是打增红素打得,都不好吃,酸。"晁若轻说:"增红素?"驾驶员说:"不打膨大素,它咋能长这样快?吃多了对人身体没有一点好处。"晁若轻说:"可能尝一个?"售票员说:"你尝就是了,这又不是什么好东西。"晁若轻掐下一颗葡萄吃进嘴里,葡萄果然酸得肉麻。驾驶员喜欢说话,又找话说:"你上施口做什么的?"晁若轻说:"我上施口河对面天香县的仓拐办事的。"驾驶员说:"天韵河水大得很,这两天还下去一点,前两天渡船都不敢走。"售票员说:"做什么买卖的?"晁若轻说:"不是做买卖的,是办事的。"驾驶员说:"你们城里人才会编来。那天有个城里人上车说了个段子,说是乡下人对城里人有意见,乡下人说,你们城里人真不够处,俺们乡下人才刚吃上肉,你们又吃素了;俺们乡下人才刚娶上媳妇,你们又单身了;俺们乡下人才刚吃上糖,你们又尿糖了;俺们乡下人才用白纸擦腚,你们又用白纸擦嘴了。"

## 2

快中午时,一车人在施口老街的停车场下了车,转眼都散了。晃若轻似乎没有急事要做,一个人在施口的老街上转悠了一圈,再后来就转到了天韵河的渡口上。天韵河水极大,浑黄的水往东急走,浩浩荡荡,把渡口里的房子都淹了。一只中等形式的柴油机渡船泊在一间砖房的窗栏边,上船的只管踏着木板上去就行了。晃若轻现时还不想上船,他在渡口踌躇了一会,侧身沿天韵河大堤往东行去。天韵河大堤北边是村房,南边是天韵河。村房的门楣上砸了铝牌,上面都有门牌号码。晃若轻一边看右手宽展无比、滚滚东流的天韵河,一边看左手一户挨一户的门牌号码。看到第200号时,他的心就开始跳动起来;看到第270号时,他的心就跳得有点恶心、想呕吐了;看到第300号时,他就站住了,在心里对自己说:稳住,走慢一些就是了。

晃若轻就把两手插在裤袋里,慢慢地往前走,一边走,一边仔细地看左手的那些村房。看到第321号时,他差不多都走得要停住了。晃若轻听见有男人在不停地大声说话的声音,但是听不太清楚说的是什么。他在路边站住,想要听那个男人高声大嗓地说什么,但就是听不清楚。他好奇得要命,就沿着河堤的右侧,抬腿慢慢往前走,眼睛看着322号敞开的屋门。晃若轻从322号门前走过去的时候,按心里想的那样,果然看见屋里坐着中巴车上的那个女孩靳楚楚,另外还有一个赤裸着黑瘦上身的五十多岁的男人、一个看不清样子的妇女和另一个抱小孩的妇女。

晃若轻从路上慢慢走过去的时候,屋里的人都抬起头来看他。晃若轻走到第334号就停了,他不能再往前走了,就硬着头皮转回去。转回到施口的渡口上的时候,腰里的手机振动起来。他拎出手机来看,原来是一个短信。短信半嗔他说:"叫你不要过来,你偏要过来,如果叫人家认出来,还得费一番口舌。我是装作小便在厕所里发的短信。"晁若轻就站在渡口上敲回复,说:"我只是好奇。怎么说的?跟吵架样的。看起来好像不好。""只是说两人都没有正式工作,你又比我大了一旬,无财无权的,面子上他们觉得不好看,他们又得不到什么实惠。不像297号裴家,人家女婿已经开车来送两次砖料了,到秋就盖新房子了。""那你怎样说?""我才不管他们呢!我的事要他们管!""那也不是个办法。""好了,先这样吧。按原先说的,你过河吃饭去吧,吃过饭在那边等我。乖乖听话,我要回屋了。""我知道了。"

3

晁若轻真过了河,到天韵河对岸天香县仓拐街上寻了一家饭店,心情郁郁地坐下来吃饭。饭店的老板过来问他:"你要吃什么?"晁若轻强打起精神来,也觉得有些饿了,说:"就炒个菜,一碗白饭,再一碗汤就行了。"饭店老板说:"炒什么菜?"晁若轻说:"你这里有什么炒菜?可有青椒肉丝、肉片?"饭店老板说:"有,都有。"晁若轻说:"多少钱一盘子?"饭店老板说:"八块钱一盘。"晁若轻说:"怎么比省城还贵!"饭店老板说:"就是比省城贵,这里都是这个价。这里肉贵,菜里放得又实在。"说话时一个三十多岁的女的也过来了,在旁边看着、听着,这时她插话说:"要不你就称五块钱卤菜吃,又好吃,还不贵,省城来的都是这样吃的。我们吴家的卤菜最有名了。"晁若轻说:"有什么卤菜?"饭店老板说:"有卤鹅、卤鸭子,什么都有。"晁若轻说:"可是今天卤的?"那个女的说:"都是今天卤的。我们家的卤菜天天都不够卖。上次也是省城来的,吃完了还带了两只卤鹅走。"晁若轻说:"那就称五块钱的卤鹅吧。还有什么样的汤?"饭店老板说:"鸡蛋汤、猪肝汤,什么汤都有。"晁若轻说:"一碗汤要多少钱?"饭店老板为难地说:"也是八块钱。"那个女的说:"看看电视,喝点白开水就是了,我们这里都比省城贵一些。"晁若轻说:"那就称五块钱的卤鹅、装一碗白饭,随便吃吃吧。"

晁若轻边吃边看着电视,其实心里看不下去。吃过饭,便在饭店里喝白开水耗时间。耗到下午1点多钟,手机里的短信来了。短信说:"我怎么找了一圈都找不到你?你出街沿河埂往东来吧,我在小引水闸跟前等你。"晁若轻赶忙离开饭店,出了仓拐街沿天韵河堤往东走。走出半里多路,看见靳楚楚正坐在天韵河边小引水闸的背阳水泥台阶上等他。晁若轻过去坐在她的身边,说:"你可吃过了?"靳楚楚说:"我吃过了。你可吃过了?"晁若轻说:"我也吃过了。"靳楚楚说:"这里的饭菜可对你的口味?"晁若轻说:"这里的饭菜很对我的口味,就是炒菜比省城还贵,我也不太想吃。"靳楚楚说:"这里就是这样的。"

晁若轻说:"你跟你爸可谈好了?还是谈崩了?"靳楚楚说:"又谈崩了。"说着,靳楚楚倒在晁若轻的怀里,说:"怎么这样难?真比死还难。这都什么时代了,也还有这样难的事。"晁若轻也没有话说,只是看着滚滚东去的河水。在他们坐着的地方能清楚地听见对面河岸上男女说话的声音,但就是听不清具体说的什么,也看不清楚人的模样。河水里不时地漂过一个个小岛一样的青草堆,还有一些木条、竹竿一类的东西。晁若轻说:"那里为什么叫施口呢?"靳楚楚在他怀里玩着头发梢,说:"那里原来都是姓施的,这里又是天韵河入天韵湖的河口,所以就叫施口了。"晁若轻:"要不咱俩就在这了结了。这里真是不错,有树有水的,死在这里心也甘了。你离家还近,天天晚上都能回家看你爸妈。"靳楚楚说:"那你离家不就远了?"晁若轻说:"有你在我还想什么?你不就是我的家？你的家还不就是我的家？"靳楚楚玩着头发梢,轻言慢语、心不在焉地说:"那倒也是。"

## 4

3点半的时候,天有些阴了,乌云慢慢从西天过来了。在一段时间里,天韵河南岸的大堤上也没有人走动。天气预报早就报过了,下午到晚上还有特大暴雨。

仓拐到省城的最后一班车,鸣了一串笛喊人,鸣过笛以后就慢慢开走了。施口到省城的最后一班车,比仓拐的还早发十分钟。

## 园子里的蜗牛

城市的高楼上有一个空中花园。春天一个细雨霏霏的下午,花园的男主人从花市带回来一盆花,是一盆金银花。男主人把金银花放在花园里的一株山茶的旁边,近处,还有一盆叶片肥厚的朱顶红、一株枝叶皆香的白兰、一株叶脉茂旺的四季桂、一株花香流溢的含笑。这时雨下大了,雨点打得山茶的枝叶啪啪响。男主人放下花盆,就赶紧跑回屋里去了。金银花小小的棵子、细细的叶子、纤纤的枝子,叶丫里缀着几朵暗红色的花苞,半偎在山茶的旁边。金银花毛茸茸的叶背上,黏着一粒河沙一样的蜗牛。蜗牛的背上长着琥珀色的花纹,他静静地、一动不动地黏在金银花的叶背上。

雨越下越大了。春雨下了一夜,到天亮时,停了下来。花园里清新、湿润、草木葳蕤,阳光也从东边的大楼后面放出了它温和的暖箭。河沙一样的蜗牛活动起来,他慢慢露出了带有两个小肉突突的脑袋。因为他的动作,金银花叶面上一滴夜间积攒起来的新鲜雨水,渐渐拉长、拉长,最终变成一道流水,从蜗牛的身边流过,至叶缘后跌落到花盆的泥土里去了。

"你好,你叫什么名字?"一个轻柔的声音在沙粒一样的蜗牛的身后问。蜗牛吓了一跳。他回头一看,原来是另一只砂粒一样的蜗牛,她歪着柔软的小脑袋,背上背着墨玉一般花纹的硬壳。

"我叫花岗岩,因为我背上的花纹有花岗岩一样的纹理。"花岗岩说,"你叫什么名字?""我叫墨玉石,因为我背上的花纹像珍贵的墨玉。现在,我们可以谈话了吗?""当然可以,不过,如果有一些点心作为谈话时的陪衬……"墨玉石摇摇脑袋,说:"该死,该死,我们尊贵的客人还没吃早餐呢,我怎么把这茬给忘了。如果你的口味……""甜食对我倒特别合适……""那是,那是,我知道在园子的东北角有一盆主人随手撒播的甜玉米,假若你不反对的话,我可以为你带路前往……""非常感谢,非常荣幸,有劳……"

他们一路上做着白色的路标,来到那片长着森林般茎叶的玉米地。太阳升起来,照耀在城市的群楼和楼顶的空中花园里,春天的太阳真暖和呀!花岗岩和墨玉石吃了一些鲜嫩的玉米叶以后,他们就爬到翠绿色的叶面上,把头伸出来,晒着太阳。

空气和地面湿漉漉的,玉米叶捕捉着照射过来的阳光,在滋滋地生长着。墨玉石说:"花岗哥,你能告诉我你的来历吗?""我祖籍在很远很远的一个乡下,那里的土地肥沃、湿润,还无限广大,那里的植物多得数不过来。"花岗岩说,"在那里,我还有无数的兄弟姐妹、无数的姑表亲戚、无数的挚朋玩友。"墨玉石问:"除了你我的同类,那里的其他人都生活得快乐吗?"花岗岩说:"虽然物质条件差一些,但那里的人们生活得无拘无束。他们呼吸的空气是最新鲜的,他们吃的食物是最没有污染的,他们的生活是最简单的。他们有兴趣的时候,还可以在大自然的拥抱里相爱。""既然如此,"墨玉石说,"那你为什么还要到城市里来呢?""我是无辜的,"花岗岩说,"我生活的土地的主人是一位花农。前一天我与兄弟姐妹们捉猫猫,我独自跑到这株金银花上赏玩,倦了我就在它的叶子背面睡着了。天还没亮的时候,土地的主人就把我所在的这盆金银花带到中巴车上进了城,我一直躲藏在叶子背后不敢动弹。在花市里,这盆金银花被你的主人买回来放在那株巨大的山茶旁边,因此,我才有缘与你相识。"

墨玉石慨叹道:"噢,原来你的生活道路这样曲折。我很钦佩你临危不乱的勇气,我对你很有好感。"花岗岩说:"谢谢墨玉妹的夸奖。墨玉妹,你能告诉我你的身世吗?"墨玉石说:"虽然听说祖籍非常遥远,但我的出生地就在这座空中花园里。"花岗岩说:"这座花园的情况是怎样的呢?"墨玉石说:"花园的男主人是个养花迷,从单位退休后,他便以养花莳草为业。他给花园起了个名字,叫芳菲万千苑。他的几位老友都爱花,时常来他家的花园里喝茶、品草、赏花。他老伴却不太喜欢花草,她每天上午买菜,每天下午来几个朋友,在屋里打打麻将消磨时间。你看,他们来了。"门响处,果然从门里出来三位老人,其中两位还提着几只鸟笼。"那位较矮、较胖、面容祥和的就是花园的主人。"墨玉石悄悄告诉花岗岩。三位老人把鸟笼挂在铁钩上,他们坐在花园的木椅上,喝着茶,看着花草,听着鸟叫,晒着太阳,说着与花草有关的闲话。但花岗岩一句都听不懂,也听不顺耳。要是在老家,人说话的声调,他可熟悉了。这样想着,花岗岩就把头缩到硬壳里,一动不动地,打起了瞌睡。

下午,花园的男主人又到花园里来了。

"老婆子,赶紧出来欣赏欣赏咱们的花园,金银花都快开了。"面容祥和的男主人兴奋而欢快地对着屋里喊道。

"明个吧,今个不去了,俺几个忙着呢,你替俺欣赏欣赏吧。"屋里的她爽声脆语地答道。

很快,这一天就过去了。第二天清晨,花岗岩早早就醒了,他伸出头来,看见墨玉石还缩在他的身边睡着。她的壳背上凝结着一颗小小的晶莹剔透的露珠,非常可爱。花岗岩万分爱慕地看着她的睡姿。太阳照例又升上来了,墨玉石把头伸出来,伸了个懒腰。他们喝了些清露,吃了些嫩叶,然后爬到叶子的正面,晒着太阳,说着说不完的话。到了第十二天,花岗岩和墨玉石都长得像蚕豆那样大了,他们热烈地相爱了。在雨后的这一天的晚上,星光显得很明亮,城市的夜光虽然比较庸俗,但也并不含糊。花岗岩和墨玉石在花盆里雨水浸湿了的枝叶上相拥相亲,他们俩黏合在一起,度过了一个美妙而又销魂的夜晚。

夜里他们睡得很少,很少。第二天一天,他们一直都黏合在一起。过了些时候,墨玉石在花盆松软的湿土里产下了一粒粒白色的珍珠一样的卵。天上下起了大雨,后来又出起了太阳,金银花开放了,清淡的香气弥漫了整个花园。花园的主人和他的朋友赏闻过几回。据墨玉石介绍,每一次他们都对金银花的香气赞不绝口。花岗岩闻到金银花的迷人的香气,他就想起了自己的老家和老家的兄弟姐妹。"花园虽然美丽,但还是老家的气味更纯正,更让人留恋,那里的天地也更加广阔,"花岗岩伤感地说,"亲爱的墨玉妹,如果你不反对,我今后会努力寻找回家的路的。""我理解你的思乡之情,"墨玉石说,"但是,在你之前,总有一些寻找回乡之路的前辈。他们要么失踪了,要么客死途中,到现在为止,还没有听说过成功的呢。"花岗岩说:"会是这样的吗?"墨玉石说:"就是这样的。"花岗岩说:"即便如此,我也会努力坚持下去的。"墨玉石说:"如果你下定了决心,我是决不会拖你的后腿的。"

春天更加温暖起来,季节已经到了公历的四月底了,花岗岩开始了他寻找回乡之路的工作,墨玉石始终跟在他的左右。他们用了一个晚上的时间,爬到了花园围墙下长着兰草的花盆里。白天,他们吃一些嫩草、食物,躲在枯湿的树叶底下打个盹;晚上,他们从兰草花盆出发,用一个晚上的时间爬到花园的水泥围墙上。阳光照射着有些污染的天空和城市。花园的墙外是数十米高的墙壁悬崖,悬崖下是宽阔的城市大道,大道上人头攒动、车流不息。"这里肯定是走不通的,"墨玉石轻轻地叹了口气,"两年前,我的一个表叔青条石和他的全家就是从这里走上回乡之路的,但是他们再也没有回来。""也许他们已经回到他们渴望已久的老家了呢。""不管怎样,"墨玉石说,"我都会跟你在一起的。"

太阳落下去的时候,花岗岩和墨玉石相跟着往墙下爬去。墙面上不时有一阵阵速度很快的风吹过,他们紧贴在墙面上,顽强地坚持着。当车流重新在高楼下流动起来的时候,他们看见墙壁上粘着一个死去的蜗牛的空壳,"这不是我的小彩板表姐吗?"墨玉石惊叫起来。很快,他们又在附近找到了青条石和他全家的尸壳。当天,花岗岩和墨玉石粘在墙上忍过了墙面难耐的高温。夜晚,他们奄奄一息地爬回了潮湿的兰草的花盆。"啊,真舒服啊!"他们嚷嚷着,拥抱在一起,亲吻着,哭泣着。他们睡了一天一夜,又吃了半天半夜。"墨玉妹,我还会去寻找的,"花岗岩说,"哪怕为此而献身。""花岗哥,我也会永远跟定你的,"墨玉石说,"谁叫我有缘分遇到你呢。"他们长久长久地拥抱在一起,亲吻着,不愿意放开。

这之后,花岗岩和墨玉石试探了下水管道路、墙缝道路和热水器铝塑管道路,除了墨玉石亲戚们的尸壳,却没有发现一条道路是畅通可行的。五月中旬,北方的寒流袭来了,花岗岩和墨玉石钻进金银花松软的泥土里,躲避着寒冷。寒流过去以后,天气开始晴热起来,太阳高挂在明亮的天空上,不断地向大地和城市喷射出火苗。接着,更令人担忧的事情也发生了,花园的男主人已经三四天没到花园里浇水了。"这在以前是从来没有过的。"墨玉石依偎在花岗岩的身边说,"花岗哥,你看,含笑的叶片已经被阳光灼伤了,萎蔫了。再过几天,它们都会干死的呀。"

又过了两天,怕旱的朱顶红、山茶、白兰和四季桂已经干死了,金银花的叶梢也开始枯萎了,含笑的叶子都垂挂下来了,兰草和别的花也都七死八落了。花园里的蜗牛家族散的散、藏的藏,一些仅存的蜗牛躲避在巨大的含笑花盆半干的泥土里。"花岗哥,这样下去,我们该怎么办呢?"墨玉石贴在花岗岩的身边,啜泣着。"也许,"花岗岩沉思地说,"在这种时候,我们更应该去看看花园的男女主人,看看他们那里到底发生了什么。"

数天以后的一个上午,天上开始下雨了,雨下了晴,晴了又下,下了再晴,花园男女主人的屋里一直很安静。直到有一天又下雨的时候,屋门外终于响起了钥匙开门的声音,花园的女主人开门走进了房间。但是女主人进了屋子以后,屋里重新安静下来了。到了下午,花园的女主人又锁了门出去了。又过了十天,女主人再一次开门进到屋里来,厨房里响起了擦洗的声音,卫生间也响了几回。屋里窗户都打开了,有人按响了门铃,花园的女主人去开了门。一对稳重的夫妻走了进来。这对夫妻离开以后,又有几个面容慈和的男男女女,按了门铃进来了,他们还带着几个面若桃花的健康可爱的小孩子。坐下以后,花园的女主人就搂着那几个小孩子。这种状况一直延续了三四天,也许有五六天。

第五天,也许是第七天,这一天是个晴朗的好天,花园的女主人起得很早。她洗漱干净以后,突然向通往花园的玻璃门走过来了。她走近玻璃门,想打开门到花园去,但她一眼就看见玻璃门上有两个并行排列着的蜗牛的尸壳,一个尸壳上有着花岗岩一样的花纹,一个尸壳上有着墨玉石一样的花纹。她伸手想把它们除去,但她的手突然又停了下来。花园的女主人靠在门上,满眼饱含泪水地看着它们,她一动不动,看了很长很长的时间。后来,天黑了,什么都看不见了,她才转身用手背抹去泪水,走回到屋里的床边去。在黑暗中,她把花园男主人的照片,紧紧地抱在怀里。

# 受 伤 的 鸟

傍晚起大风的时候,都市的上空,一只蓝翎白喙的大鸟,在天空中叽叽地、痛楚地、迫切地尖叫着,忽高忽低、歪歪斜斜地飞行着,像是找不到归家的路似的。任何飞翔的生物,从城市的上空俯瞰城市,都能够看见那些林立的交错的高楼的顶部。大鸟拼尽全力地在楼宇之间飞翔、升高,寻找城市中类似家园的处所。当它发现一幢高楼的楼顶葱绿色的"空中花园"的时候,它已经筋疲力尽了。它的头一晕,整个身体便如一颗坠石一般,向那块不过三四十平方米的"空中花园"直坠下去。

乌云浓重起来,夜里肯定会下大暴雨的吧!天气预报里也是这样说的。愈来愈有些骤烈的雨前风在都市高楼的顶部刮过。一株叶片极大的茂旺的柿树吸足了水,正立在花盆里打瞌睡;另一株两年树龄的月桂靠在他的旁边,叶片紧搭着他的叶片,他们都沉浸在一种不可言说的莫名的惆怅般的满足里。忽然,"啪"的一声,有一个不知所来的物件,重重地摔落在柿树和月桂旁边的水泥地上。它摔得吭叽一声,又往前冲扑了一下,就扎在地上不动了。当它摔下来的时候,它砸在柿树的一片树叶上,把那片叫"仲春十八"的树叶的叶柄砸折了,但"仲春十八"还半挂在柿树的树枝上。柿树和月桂被这一个突然的袭击惊吓得哀叫起来,他们全身的叶片抖缩个不停,过了好一会才和缓下来。

这时,夜已经快来了,天色越来越有些朦胧。柿树从惊恐之中恢复过来,他看了看树下蜷作一团的物件,轻声对月桂说:"桂妹,我站得高了些,一时有些看不清,落在地上的那是个什么生物吗?"

"那好像是一只大鸟哎,柿哥,"月桂小心翼翼地说,"它右边的翅膀耷拉着,它的头缩在左边的翅膀下面。它好像还有不规则的呼吸,身体一张一收的。它是受了什么伤或是中了什么毒了吗?""谢谢你细致的观察,这对咱们尽快地弄清情况很有帮助,桂妹,"柿树说,"现在我也看清了,不管怎么说,我觉得它还活着。""是的,它还活着,"月桂说,"但它的痛苦也肯定是巨大的。夜间将要来临的大暴雨,必定会要了它的受了伤的小命,它会在加倍的痛苦中死去的。"

月桂哽咽了一声,说不下去了,柿树用巨大的树叶拥抱或者摩擦着月桂的枝叶,安慰着她。他们忧心忡忡地看着水泥地上蜷作一团的大鸟。"它的家在哪里呢?"月桂说,"看起来它的年龄并不大,有可能还是只年轻的小鸟,它的爸爸妈妈肯定正焦心地等着它回巢呢。""是这样的,"柿树说,"它遇到什么样的灾难了呢?""它动了,柿哥,"月桂惊喜地小声尖叫起来,"或许,咱们能为它做点什么,你看它是那样地孤独无助。""也许咱们可以让它知道,"柿树说,"它的周围还有着随时都在关心它的生物。"柿树说完,就借助风的力量,忍痛把全身的树叶抖了一抖。"仲春十八"扯断了与柿树的连筋,飘落下去。"那可是我在仲春长出的第十八片叶子,"柿树喃喃地说,"春风、春雨、阳光、夜露,我们在一起度过了几十个那么美好的日子。""仲春十八"飘落在大鸟的翅膀上,轻轻地盖在上面。"不知道它能不能熬过这个初夏的夜晚。"月桂轻轻地叹了一声。

夜幕完全拉上了,都市的灯全都亮了起来,但人们大都回到室内去了。柿树和月桂睡不着,他们枝叶搭着枝叶,互相扶助着,感觉着水泥地上大鸟的困难的呼吸和痛楚的抖动。忽然,花园里的灯亮了,通往空中花园的玻璃门被"咣"的一声拉开了。花园的男主人大步从屋里走出来,气冲冲地从大鸟的身上跨过去,几步走到花园的围墙上,对着楼下挥舞着拳头,咆哮着怒吼:"人为什么要结婚,要生育,要活着,没意思!后悔,后悔,无休无止的烦恼,完完全全的后悔!"柿树和月桂惊恐而担忧地看着花园男主人极度扭曲的背影,他怎么啦?怎么啦?他平时总是和蔼万端的,对花园的侍弄,也总是认真、及时、负责、痴情和精心的呀。

花园的男主人在围墙边站了一会,平静下来了,他一动不动地站着,站着。过了半个多小时,从敞开的玻璃门里跑出来一个扎着小花辫的活泼可爱的小姑娘。小姑娘有点怯生生地跑到花园的男主人身后。她小心翼翼地拉了拉他的衣角,呢喃幼稚地说:"爸爸,你不要我了吗?爸爸,你跟妈妈和好吧,我不要你们两个分开,我要你们两个在一起。"花园男主人凝固的背影晃动了一下。过了一会,他转过身,弓腰抱起身后的小姑娘,亲了亲她的小脸蛋,说:"乖宝宝,爸爸要你,爸爸离不开你,爸爸和妈妈和好了,和好了。但是,这是什么?"

柿树和月桂都在心里欢呼起来。花园的男主人和小姑娘看着水泥地上的大鸟。"这是一只大鸟,爸爸,我要这只大鸟。它为什么会躺在这里?它不知道今天晚上要下大暴雨吗?它的爸爸妈妈为什么不来接它们的小宝宝回家呢?"花园的男主人看了看天,只感觉到越来越强劲的风。"它可能受伤了,也可能中了什么毒。它飞不起来了,生命危在旦夕。它的爸爸妈妈也不知道它在哪里。"花园的男主人说,"但它现在还活着,它还在呼吸,不知道它能不能熬过今天晚上。大暴雨会把它淋死的。""那怎么办?那怎么办?"小姑娘焦急地说,"我不想要它死,我要爸爸救活它,我要爸爸救活它。它一定会成为我的好伙伴的,它一定会成为我的好伙伴的。""乖宝宝,乖宝宝,你先回屋里去,"花园的男主人说,"让爸爸想一个法子,看能不能把你的这个小伙伴救活。"

花园的男主人把小姑娘送回屋里。他回到花园,戴上手套,把大鸟捧到屋檐下避风挡雨的地方。他蹲在它的身边看着它,沉思地看了很长很长的时间。后来,他回到屋里,从屋里端出一小碟水、一小碟米饭,放在大鸟的身边。花园的女主人跟出来,站在旁边看了一会。"它能活下来吗?"女主人关切地问。"那就看它能不能熬过今天晚上了。如果明天早上它还活着,我可以请假带它到宠物医院去看一看。"花园的男主人说,"如果它不能活,咱们也算尽力了。"他们又围着大鸟看了一会,然后就进了屋,把花园的灯关掉,把通往花园的门关上了。城市的夜里的人声愈加减少了,柿树和月桂悬着的心落下了,他们依傍在一起,迷迷糊糊地睡着了。

夜晚,当狂风大作,第一阵豆粒大的雨点砸向大地、城市、楼宇和空中花园的时候,柿树和月桂突然被屋檐下的大鸟挣扎的声音惊醒了。屋檐下的大鸟拼尽了所有的力气,挣扎着想要飞起来。但它只飞了两三米,就重重地掉落在柿树和月桂树的下面。暴雨开始倾倒下来,柿树和月桂极力张开他们的枝叶,为受伤的大鸟遮挡风雨。大鸟喘息着,它还在戮力地拼争。它扑起来一步,但只是更重地摔倒在地上。它又拼尽全力地往上飞。这一次,它终于顶着豆大的雨点,飞起来了。柿树和月桂都赶紧借着风力,张开树冠,为大鸟的飞翔敞开天空。

大鸟飞起来了,飞越了柿树树冠的高度,又飞出了空中花园的围墙。虽然它飞得那么艰难,但它拼尽全力,向天空飞去。柿树和月桂都为它欢呼起来,他们使劲扇动树叶,希望能为大鸟提供一点点有用的升力。大鸟终于飞到了花园围墙外的上空。但是,那里的风雨太骇人了,狂风和暴雨裹挟着大鸟,把大鸟抛上抛下地玩弄。猛地,一股恶风灌下,大鸟像一粒纽扣一样,向高楼下的街道摔去。柿树和月桂屏住了呼吸,但是在狂风暴雨的喧哗声中,他们什么也听不见了。

第二天早晨,太阳早早就出来了,阳光照耀在都市和都市空中花园的上空,一片灿烂。通往空中花园的玻璃门打开了,花园的男主人走出来,走到屋檐下查看昨晚受伤或中毒的大鸟的情况,但那个地方是空的。花园的男主人有些诧异。他走遍了花园,翻开了每一片草叶,都没有找到受伤的大鸟。他有些迷惑,他走到花园的围墙边,向高楼下的街道望去。从那里,他不可能看到什么的,除了人和车。

  花园的男主人摇了摇头。他看见月桂在阳光中开花了,他把鼻子凑上去闻了闻。"醉人的清香,无与伦比。"他自言自语地说。无花果也在叶腋间结出了小小的果实,花园的男主人欣喜万分地看着。"每天清晨都是那么美好,都有那么多美好的事物出现或者正在出现,人真是该满足了。"花园的男主人恋恋不舍地离开花园,关上玻璃门,上班去了。

## 2005 年

# 买 油 记

## A 部分

嗨,现在,咱要郑重地告诉你们,咱要结婚啦,是的,咱要结婚啦,咱希望诸位不要惊倒,咱没有办法,一点点办法都没有,咱这实在是很"无奈"的一招,因为新娘实在太招眼、太迷人啦,咱如果不先下手为强,社会上有实力、有野心的无聊家伙可多了去啦,那些在爱情方面输红了眼的家伙可都不是啥善茬,他们整天穿行在与他们毫不相干的人流中和偏僻的荒原(爱情的荒原),东张西望,伸长他们比狗都灵的鼻孔,把粪堆和垃圾堆无数次地翻过,以随时发现周围秀色可餐或才貌稍稍出众一点的美女,嗨,听见狗叫,你就知道这个世界(咱说的是爱情的世界)弱肉强食、恃强凌弱的事儿可多了去啦,不下个狠招儿,你都难以保证有基因优秀的后代来传承你的聪明和智慧! 不怕您笑话,这都是咱从实践里得来的体会和教训。

嗨,没有办法,没有办法的事情,咱一向把咱自己看得很高,咱的自我感觉良好,咱也一贯充满了不输他人的自信,这也是咱能够自立于中国十三亿人口之林,还能让周围的一大部分人时刻能看见鹤立鸡群的咱的根本原因,咱把咱的结婚消息公之于众,第一是要说出咱对完美无缺的新娘的骄傲之情,第二也是想暗示那些还对咱有非分之想的女孩子们:咱的私人领地从这一刻起已经划分好,不容他人涉足啦!人都得有社会责任感,都要自觉维护社会和荒原情绪的安定,咱这就是对咱的那些粉丝儿认真负责的一种具体表现,虽然心里头酸不溜丢的,但是,咳,咱是没有办法,咱不能都成全了你们,咱愿意,传统观念和法律制度还不允许呐,那是十分严肃的事儿,咱不带头维护,上行下效,那也容易乱呀!这可不是件小事。

2005年某月某日,在咱的印象里,那天是咱在几百万年的进化过程里从未见过的好天气,地球上的天空就跟月球的天空似的,那叫一个洁净,咱牵着咱新娘子温热无骨的小手站在瑶海区民政局婚姻登记处里,咱拿出了精心自制的结婚证书,但说破嘴皮子人家都不认。

咱自制的结婚证书(两份,以下内容录自美女的那一份):姓名:美女(关键的个人信息不能透露);血型:ABah阴性(人群中的概率百万分之三);星座:巨蟹;恋爱状况:恋爱—婚姻过渡中;宠物:卫生蛆;爱好:收集欧陆阿野哥的全部(偶气啊!);美女装备:美宝雅素睫毛膏,妮莲芬护肤品(可是咱不吃不喝两三个月的工资,心滴血呀!),水包淘自格尔撒姆旗舰店。

正为难之际,一位妈妈级的人物却按照政府文件的格式,别出心裁地叫咱脱口而出地说出那刻的一个感想,两个体会,三个感谢。当时,世界上所有的目光都密切地关注着咱们,一般人觉得压力挺大的,可这难不倒咱呀,这是咱的强项,闲侃和散扯是咱的看家副业呀,咱脱口而出说,一个感想是后怕,怕啥?咱在这里向全国人民透露一个小秘密,咱基本上是从工作以后才开始疯狂谈恋爱的,现在地球上除了咱还有这样的人吗?不过,让新娘子在茫茫人海中苦寻苦觅到如今、性价比极佳的资源浪费的责任咱也就不追究了;三个感激是感激咱爸咱妈、她爸她妈,还有咱报社的周主任,没有他们,咱哪能牵上这只温热的无骨小手?想都别想!

此外还有两个体会。两个体会呢是爱情需要缘分也需要刺激,缘分那玩意摸不着、看不见咱且忽略不说它,刺激是咱那日采访归来天已入暮,豪华大空调车开进市区,咱正感慨车窗外秋叶飘零、人无所依的时候,咱前座的两个年轻家伙却突然旁若无人、生离死别般地啃将起来,虽然一上车就看出他俩打情骂俏的不是两只好鸟,但咱不敢想他跟她能这样公然无视咱的存在呀,咱气呀,喷血呀,呜呜,这还不够刺激咱的,下车时转了三个圈咱想亲眼看见跟人抱头痛啃的那个女孩的芳容,要是东施那样的咱也就释怀、咱也就忍了,可咱捶墙跺地吐血呀,肤若凝脂、貌如天仙,那可是个咱从未目睹过的人类历史上仅见的美女呀,就那小子,那资源,疵毛撅腚的,嘿,他也敢,也能,也配搞上这样三生罕见的人气美女,偶气呀、气呀!老天不公,这是对咱的公然侮辱呀!打那天起,咱立下毒誓,咱要不优中选优、广泛海选,咱就是那个戴绿帽子的大王八蛋!嘿嘿,现在,不用咱说,你们都看见了,没看见?新娘子是谁?她的标准尺寸、洁白度、占地空间、国产率、关键部件磨损程度⋯⋯嗨,在 A 部分一般都只会引出一些人物和事件来,你们肯定还渴望窥探关于新娘子的一切私人信息,咱大度,虽然现在这些都还是秘密,不过你们会知道的,如果你们能哭哭啼啼地看完这部可能是 2006 年最感人的私密爱情小说,你们就能知道完全出乎你们意料的新娘之谜,别的咱不敢说,这一点咱还是能保证滴,以咱根正苗红的人格。

嗨,时光匆匆,白驹过隙呀,自打结婚度过能提升咱人格魅力的蜜月以后,咱跟新娘子就过起了与众有些相仿但又肯定与众不同的家庭生活,与众不同的是咱的幸福感比人家更强烈些,没办法,百里挑一嘛,嘻嘻,相仿的哪,相仿的是咱很快也就不脱俗套地生了孩子,为了养家糊口,为了孩子上小学、上中学,攻学校、挑学区,为了⋯⋯很快,咱开始秃顶了,咱的血脂高了,咱的腰发粗了,咱夜里睡觉兴打呼噜了,咱的性欲开始下降了,嗨,咱咋把这些大实话都说出来啦!其实咱的意思是说,在恋爱这件事上,咱也同你们这些凡人一样,有过不少波折,你们不要认为咱的人生都是一帆风顺的(当然可能并没有人这么认为,咱的自我感觉总是出乎意料的良好),咱还是人,不是神。

嘀嘀,对不住,啰唆了,啰唆了,这一部分只是个引子,精彩的故事和大片般的悬念都在后头,后面的内容既有周主任的恋爱过程,也有咱的恋爱花絮,既有周主任和他情人的隐秘,还有爱情遭遇失踪的惊悚故事。当然,也许你们仍然会失望,谁叫你们是玩失望的一代呢,但,咱想,"情况再糟,也糟不过周主任的初恋吧?"嗨,不瞒你们说,这是咱现在的口头禅,意思是情况不可能比周主任的初恋更糟了,咱还真不是动不动就要拿周主任来说事,其实,你们中的有些人,跟他在一起工作生活了十几年,几十年,你们对他了解多少?恐怕也只是点皮毛,你们别拿那么点人生资历来糊弄咱,咱也不是个吃素的,咱有咱独自的信息来源,嘿,咱从来都不是吹牛尾的人,这一点俺老婆知道,要不然咱咋能把人家骗上手,人家那可是要人有人,要才有才,要智有智,厨房的手艺也绝不比老徽菜馆的师傅差——咱又扯巴到漂亮的新娘子身上了,咱真不是成心气你们,好东西咱藏不住,总想拿出来共享呀!嘿!你看咱这德行!

## B 部分

在 A 部分咱们说过了,咱是大学毕业工作以后,在旅途中受到了强烈刺激,才疯狂地交友恋爱的,时间紧,任务急,期望高,不赶着点不行呀。咱得老实承认,白驹过隙,老马识途,人总摆脱不掉习惯的支配和影响,每次到了和女友"摊牌"的关键时刻,咱都得七里拐弯地带她到远郊县农村一个叫"响梁子"的小山包去,响梁子既是一座孤零零的小山名,也是山脚不远处一座古老的小村庄的名字,还是这里的一个乡镇名,2000年以后,因为平原地区少有山梁,这里就变成了有少数散客游人来旅游的地方,山包下的小村庄也有两三家农户做起了农家游的生意。

为什么一定要到这个地方来?这肯定是有点什么讲究的,但开始我总不会说明,只有到最后,当我说出"这辈子打算和你一个锅里搅马勺(是从有关抗战的小说书上看来的,马勺咱并不了解为何物,那也许是部队里一种给马添饲料的玩意,是器具,以前部队里骑兵是最机动和重要的部分,用它也许是极言其硕、大、用起来泼辣)啦"的密语时(这种机会只有一次),咱才会牵着咱时任女友皮滑骨酥的小手,领她到响梁山背后的一个地方,去看一件神秘的宝物,于是,立竿见影,咱那位时任女友听咱念出那件宝物的内容时,万无一失会向咱的肩头晕倒,咱则机不可失时不再来地顺势英雄救美,也可说是乘人之危,就此成就咱一生的豪赌。

根据对结局的不同预测,咱总是挑选具备隐喻功能的相应的天气,或愁云密布,或间阴间晴,或晴空万里,携时任女友前往响梁子的,在响梁子村吃过用劈柴烧煮的农家乐饭,咱就会牵手时任女友,登上相对海拔近五十三点六米的响梁子山,咱俩在山坡一个稍微有点凹陷的地方坐下,稍作喘息,咱就会不失时机地向时任女友说出一个完整版的名为"买油记"的故事。

"那是好几年以前的事了"——咱总是故作深沉地如是开头,看着咱这副天生喜剧版的脸,女友立刻就笑起来,或笑着拿她皮薄骨酥的小拳头捶打咱肩膀一两下,或一下子笑得扑倒在咱身上,或笑得疼爱咱疼爱得刹不住车地抱着咱的脸亲,但咱不能笑呀,咱心里沉重着哪,因为咱是知道结局的人哪,咱心里清楚,随着故事的进展、结束以及咱的问题的提出,咱时任女友那张红润的笑脸会逐渐由红转白,再转黄,或转惨白,会逐渐由笑变成不笑、沉静、深沉、严肃、伤感、警惕,之后则或大怒,或不屑,或伤心,咱要是开头跟着笑,那咱是不道德的呀,咱是在拿即将降临到人家身上的痛苦作乐呐,咱咋能干那种缺德事!

"那是好几年以前的事了,编辑部通知咱跟随咱报社的资深老记者周主任下乡采访,咱没做思索就答应了(不答应也不成呐,这是领导交代的任务),咱没把这次采访当成啥不一般的事,咱哪天不采访?不采访咱的上版任务咋能完成,咱的奖金打哪来?咱供房、供车的任务咋能完成?咱小二似的跟着女友拎包购物咋刷卡?总而言之,咱跟上周主任,坐上县里派来的猎豹就上路了。

"周主任是个啥人?那次采访之前,咱对他实在也是个不怎么了解,表面看,他貌不惊人,中等个,体态微胖,咱跟他没啥深交,咱只知道他是咱报社一位优秀中年的中层领导,为人随和厚道,吃苦耐劳,口碑良好,曾获'省新闻工作者十大杰出贡献奖',还得过'全国新闻奖',那可不容易,一个省一年也难得摊上个把两个,不过他也不可能没有缺点,缺点就是有点儿工作狂嫌疑,不过,这就不是咱负责的范围了,咱只说下县采访的事。这不,很快到了县城,先去县委县政府拜访书记、县长,看样子周主任跟他们比六七月的瓜都熟,在书记屋里坐定,两口茶没喝,周主任的屁股就挪到书记的办公桌上去了,'小林妹妹的事还真亏你哪,下月俺叫她过来办手续。''老周你这是说啥哪,人才难得,咱县里还得感谢你给咱万里牵线揽人才哪,吃了饭再下去,咱哥俩满满碰两杯!''碰两杯,一句话!''还下十八棵大树沟沿?那附近可是你的老基地,这回咱不能陪你了,国家教委来人啦,这近千万危房改造试点基金,市里许书记下死命令一定要从河东省抢过来!由吴镇长全程陪同。''你忙,俺不干扰你的工作。'中午喝过酒,猎豹顶着越来越严重的大风和乌云下了乡,在十八棵大树沟沿镇(这地名够长)的路口接上胳肢窝里夹着包、在此玉树临风般等候的吴镇长,一路跌跌爬爬向黑云压顶的三里凌家闯去。

"嘿,到了三里凌家,支书、村长(村主任)、会计都在支书家候着了,'你瞅这大春天的,乌云盖顶的,咋跟盛夏酷暑似的,你还别说,今年这天气有点怪。''听说是热带风暴外围影响。'镇长跟支书的对话说。嗨,这都哪跟哪呀,常识呀,阳春三月的,咱太平洋西岸有热带风暴吗!不过,那乌云那阵风,怎么说也还真有点像。原来是来采访一位叫春妮的先进妇女村干,见了面,采访完毕,返镇的路上,周主任听说附近有个独麻子村,村里有位中年妇女叫刘文芳,这位妇女在外地打工,有文化,做保姆兼家教,做得好,还得了她打工所在那个城市的'荣誉市民'称号,周主任当机立断,说此刻就去看看嗬,你看周主任人家这新闻敏感性、职业操守!咱得学呀,随时得学呀!猎豹还真能令行禁止,一头拐下了镇上的土大路,顶着狂风,碾着野草,气喘吁吁地拼到了独麻子村,一行人下车找到吴镇长举荐的刘文芳家,那叫一个干净哇,窗明几净的,连梳妆台上都摆着打城里带回来的经年不换的干花哪,一点都不像咱这里普通农村人的生活习惯,周主任感兴趣得不得了,东张西望的,还笑呵呵蹭进人家的卧房里闻闻人家被头上的气味,这一招新闻采访手段新鲜,咱看在眼里,记在心上,怪不得人家总得大奖,人家有怪招在手。坐下跟刘文芳家留守的三八六一九九部队闲聊了一气,又看了她家挂在墙上、存在箱底的照片,问那位刘文芳一年到头都啥时候回来?巧,说这两三天就要回来,周主任点点头,记在采访本上,天将黑时猎豹才返回十八棵大树沟沿镇,晚上就宿在镇招待所了,吃过饭,聊会天,吴镇长就回家了,咱和周主任看了会电视,又没啥娱乐活动,干脆倒头睡觉,你别说,还真困了,倒头就着了。

"第二天,还是乌云盖顶、狂风大作的天,在镇上闲着无事,也为了赶时间,出成果,'咱走?'周主任看着咱使用了疑问句,这可是对咱的尊重和信任哪,'听你的,周主任!'咱也上路子不跟他玩素的,此时吴主任披风赶来陪咱和周主任吃罢早饭,咱几位又乘上吭吭哧哧一点都不惜力的猎豹,顶着劈头风下乡了,这回去的是十八棵大树沟沿镇之十一棵柳树茬子村、六只羊村和五百万庄,你可能听着奇怪,这地名咋都这样,都是数字地名,还都长,听起来多少有点古怪,还费解,但您少安毋躁,听到后头你就明白了,一路磕磕绊绊,到那几个地方采访了一户渔民,一位编匠,一位大柳河边的老艄公。那位八十七高龄的老艄公和他的老伴,二十多年前认的干闺女年年都要接他俩进县城享清福,他俩就是不去,却几十年如一日地坚守在大柳河畔为人民服务,为周围群众服务,极为难得,也许是大柳河空气清新、风景优美,这老两口眼不花、耳不聋、腰不酸、腿不疼、吃素得多、吃荤得少,生活十分有机、环保。啥叫艄公?嗨,年轻人不懂,这是'古语'(就是"文革"时和"文革"以前使用的语言),不觉得十分文雅吗?通俗地解释,艄公的意思就是船夫,是摆渡的,咱直说?那不能直说,直说不就显得咱学识浅陋了吗?这叫说话的技巧,嘿!

"话说咱一行人在大柳河畔的两间土坯房里采访大柳河畔的老艄公,'有你干闺女的相片呗?'每到一地,周主任总忘不了照片这个茬(假如不见人的话),人家周主任的新闻眼光,那叫细,'那还能没有!'老太太笑呵呵瘪着嘴说,看完照片,咱打算给两位老人在大柳河边照几张照。几个人才出门,就被河边的狂风扑倒在地(老艄公老两口除外,人家那是练出来的),惊恐中,抬头望去,只见黑云如锅盖,压在咱们头上,狂风摧城拔寨、掀起大柳河里的狂涛巨澜,黄豆大的雨点砸在咱们头上砸得咱几个直哎哟,风借雨势,雨助风威,天地间眨眼就伸手不见五指啦,咱几个赶紧退回老艄公的茅草小屋,拿歪柳拐子顶上门,像一窝刚出壳就淋湿了羽毛的小鸡,狼狈不堪地抱着肩膀挤在一起发抖,你看这形象,哪像个吃皇粮长大的!

"大柳河畔旷野河滩,哪有啥遮挡,雨呀风呀,砸得两间小茅屋要瘫,掀得两间小茅屋要散,那真叫惨,比杜甫那间小茅屋差了去了,眼见着一时半会儿走不掉,吴主任对老艄公两口子说:'看样子晚黑得在你家开伙啦,家里有啥好吃的都拿出来,明儿天晴了叫镇里会计把菜金给你送来。'大娘一听有点急:'你说啥哪?吴镇长,你把咱大柳河人看瞎啦,咱要你啥菜金!'吴镇长笑说:'你不要咱也得派人送,咱政府不能占你个人家的便宜,就这样说好了。'老艄公说:'咱就怕他两个城里干部,吃不惯咱乡下土灶柴火芝麻秸烧的土菜。'吴镇长说:'咋吃不惯,现在人家城里人吃饭专门开车下乡找土菜吃,你家菜再土,还能土到哪里去?'周主任也说:'吃得惯,吃得惯,咱当年知青下放插队在县里,都是自己烧自己吃,咋能吃不惯?'老艄公问:'周干部搁咱县下放过?'吴主任说:'就在隔壁响梁子乡。'周主任也说:'就在东边响梁子乡梁子村,那会叫响梁子公社响梁子生产队。'老艄公说:'那俺问你个人你可认得。'周主任说:'你说的是哪个人?'老艄公说:'就是响梁子公社响梁子生产队的梁有旺。'吴镇长笑说:'俺那会小,才十几大岁。'

"乡下这样的谈话挺有味,讲的还都是当地的方言,咱都看着周主任,把外头的狂风暴雨都给忘了。周主任皱皱眉说:'梁有旺?没听说过呀,哪队的?'老艄公老伴说:'就是响梁子生产队的。'周主任说:'你叫俺想想。'老艄公说:'梁有旺是他的大号。'吴镇长说:'那他小号叫个啥?'老艄公说:'他小号叫梁拐蛋,晚辈都喊他拐蛋叔拐蛋叔的,是响梁生产队队长。'周主任恍然大悟:'噢,你说的是拐蛋叔,那俺咋不知道,那俺也太知道啦。'老艄公一脸被人认同和理解的笑容:'你知道吧,他还有个远房的表侄女,小号叫椿,椿的,那年打城里知青来插队,不就住在他家的,后来还谈了个学生,两人好了年把,那个学生上大学了就没见回来。'周主任突然脸色大变,说:'那像是有这件事。'吴镇长说:'拐蛋叔早老了呗?'老艄公老伴说:'早老啦,都老了十几年啦。'吴镇长说:'你跟咱老拐叔是啥亲戚?'老艄公老伴说:'也是表亲。'吴镇长说:'这地球多小,几扯拉都扯上啦,咱老叔,咱老拐叔那位椿,椿的表侄女,后来可知道上哪啦?'老艄公说:'那就不知道了,都好几十年啦,谁知道她上哪了。'老艄公老伴说:'老头子,面和好啦,烧锅去。'驾驶员小李说:'这是俺的活。'吴主任用手拢着大家,说:'来来来周主任,咱几个都往柴火上坐,烧锅暖和。'你别说,还真是的,灶台跟前当柴火用的稻草麦秸,又暄又软,还暖和,人歪进去,半天都爬不起来,但就是有一个毛病,教人困,歪巴歪巴眼皮就撑不住啦,哈哈。"

"那晚狂风暴雨折腾了大半夜,半夜里咱和周主任爬起来上外头撒尿,夜光晴明,月朗星稀,风平浪静,大柳河水白花花明晃晃的,乡土气息真叫咱倒,倒,倒,再倒,再倒!喝,你可知道孤陋寡闻这个成语是咋发明的?那就是咱的真实写照!不瞒您说,咱这辈子还真没见过那般凄美的乡村夜景!见过了,这辈子也值了啦!回到老艄公的茅草小屋里,咱和周主任相当亲密地倒在各自撒尿前坐成的暖和窝里,酒的作用真不能小觑,咱想,要不是晚饭时老艄公的那瓶低档大柳河(当地酒名),咱怎么能在这荒郊野地成就人生最重要的一堂课?炭火通红,鼾声振天(吴镇长和驾驶员都歪在柴火里睡得香呐),茅草小屋里除了烟气浓厚营造着气氛,还就挑不出啥缺点毛病了,咱和周主任都没一点困意,咱俩在城里可都是不吸烟的,但那晚咱趁吴主任酣睡之际,悄悄把他小皮包里的卷烟偷出来,和周主任不知不觉吸完了将近二十根,那叫一个荡气回肠呀,咱指的是周主任那晚敞开心扉,向咱独家披露的个人初恋史,也就是《买油记》,咱是他的知音啊,对周主任,通过那晚的一番交流,咱对他的认识像是换了个人,咱对他这个人认识得清清亮亮,就像已经认识了好几辈子了。"

嗨,你瞧,咱这语言苍白没文采,故事说得真不好,跟人家周主任的真情讲述简直不能同日而语!不过,信不信你自个拿捏着,这就是咱要说的故事,咱坚持要说的故事,虽然咱这故事的开头可能并不吸引人,但你学过写作课没有?这叫铺垫,精彩的部分,还有咱自认为有点偏黄的段落都在后面,都在第三部分,也就是 C 部分和 D 部分(E 部分也有),现在你走,未免就太可惜了。

不瞒您说,咱已经向咱的数任女友复述过《买油记》这个故事了,故事说到最后,咱最经典的结束语就是:"通过这个故事,现在,你该知道咱对咱俩这件事的最后态度了吧?不过,在咱明确说出这个答案之前,你还有一次用'是'或者'不'预测一下咱这个答案的机会,咱希望你能用好这次机会。"听到咱的这段话,虽非正式通牒,但咱时任女友的脸都会瞬时大变,咱是好意,但事后回想起来,这也是对人家蛮不尊重的一件糗事(唉,咱那时不成熟嘛),所以没有一位女孩子进行了是或否的选择,她们的反应各不相同:

A:"你是个重感情的人,不过我不会供你海选!"然后起身离去……

B:"你比网络还浅薄!"……

C:站起来瞪咱一眼,狠哼一声"你以为……"然后起身离去,从此消失在苍茫人海里……

D:哭泣一会,无奈而痛苦、友好地结束了两人的关系……

E:……

让咱惊讶和自豪的是,咱时任女友们的反应都是准确无误的:A 不卑不亢,有独立自主性,咱喜欢这样的女孩子,但由于传统的男尊女卑观念的作怪,咱没敢立马选这样的女孩子赐予她一生幸福;B 是一个不懂感情的美女,但人家很快找到了人家那壶高贵的茶,咱也衷心地祝福人家(心里也是酸酸的)……C 是一位眼高手低的女孩,根据香港某中文大学的调查,咱这类人跟她这类人在人群中相遇的概率,只有十万分之一,如果真被咱摊上了,那只怪咱爸妈早生了咱一秒钟,假如咱爸妈能错开这一秒钟,咱随手在四牌楼商业闹市区抓,也能抓一把般配的……D 是一位让人怜惜的可爱的性情女孩,但对咱似乎不太合适,咱是打算一辈子做大事业的人,幕后英雄的责任沉重无比,咱咋忍心把那样重的担子压在人家身上,唉,其实真可惜咱们俩没缘分……

问答结束之后,响梁山上一般都只剩咱一个人孤独地窝在山坡的凹陷里舔伤口,也好,人也需要时时用挫折来提醒提醒自己。那时,咱眼睛包里含着不常见的腥咸泪水,远望着山包下广袤无际的大平原,咱一般会想,喔,老天呀,感谢你把咱诞生到这个令人上瘾的世界上来,虽然咱刚刚第 N 回失恋了,但咱矢志不渝呀,老天不会让咱这样疑似优秀的人才单身一辈子的,他不会不惦记着咱的,他抽空会给咱分配一位好媳妇的,只不过他现在一时忙不过来(咱多为人家着想呀),人家工作量大,累,心里也总烦着哪,只因为咱中国的父母喜欢挑拣、退货的原因,男娃抢手,女娃滞销,人家实行的又不是计划经济,库房里的搭配也是成分失调啊,唉,人间、天堂都不容易,各有各的难处,咱说的这是实话。

## C 部分

以下是大柳河畔茅草屋内的夜晚,周主任亲口讲述的《买油记》的故事,本人未做任何修饰和更动,虽然也难免会留下咱的同感、口气和语调。

"俺在中学里就是个文艺活跃分子,好汉不提当年勇,但那会年轻的俺,笛子吹得真好,大多数时候,虽然只是八毛钱一根的竹笛,是从成熟的芦苇里撕下来的笛膜,但俺吹起来好听呀,俺躺在大柳河河滩的草坡上吹,吹得雪白的羊群都不低着头吃草,而是抬起头来静静地陶醉在俺的笛声里了;俺在大雪初晴的冬麦田里吹,生产队里乱跑撒欢的牛犊子就不再乱跑乱跳了,一个个温驯地摇着尾巴走到俺身边,靠在俺身上蹭呀蹭的,跟俺套近乎;俺靠在夏天散发着麦香的新麦秸垛上吹,能把全村的孩子都引来在俺跟前坐成一片听俺吹,都不带一个中途退场的;俺在这大平原中间一棵老柳树底下吹,方圆十几里都没有一个人走动,俺就能把这方圆十几里成群的麻雀、小鸟都引到这棵老柳树上,叽叽喳喳地给俺捧场。说起来你不相信,二三十年前,水也比现在清,天也比现在蓝呀,俺真不是诓你。

"那天,俺正躺在村外的小河边陶醉地吹笛子,跟俺在一个村插队的知青小椿挺着胸膛、挎着黄书包从小石桥上走过,听见俺的笛声,她就停下脚步,站在小石桥上跟俺说话,小椿说:'哎,哎,哎,周跃进,周跃进,周跃进,你吹啥呢?'俺终于听见她在跟俺打招呼了,俺欠起上身,胳膊肘支着草地,回答她:'俺吹笛子呢。'她笑了,甜甜地笑了:'俺知道你在吹笛子,俺问你吹的是个啥调子?'正像一首老歌里唱的,她有一双明亮的水汪汪的大眼睛,她的辫子也是黑又长的,其实那时候女青年的标准打扮不都是这样吗? 俺说:'俺吹的是《阿佤人民唱新歌》。'她说:'这支歌俺也会唱。'这俺相信,那时候谁不会唱这支歌? 俺说:'你唱给俺听听。'她红着脸,四面八方看看,说:'这里可有人?'俺说:'没有人。'她说:'你给俺伴奏。'俺说:'那管。'俺吹起了过门,小椿唱起了革命歌曲,时间很快就过去了。

"小×(周主任这是称呼咱呢),你是学中文的,你该知道诗歌里有比兴手法,所谓兴,不就是先咏他物,再咏所咏之物吗? 这谈恋爱看样子也是这样的,总要先做点别的,唱唱歌,跳跳舞,看看书,接着就谈起了恋爱了,在不同的时代有不同的方式,目的还不都是一样,俺接着说吧,唱完了歌,小椿说:'小周,明天你陪俺进一趟城可管?'俺说:'进城弄啥子?'小椿说:'俺想进城卖点粮食,俺一个人又扛不动。'俺说:'俺也正想明天进城来,粮食俺替你扛着。'小椿说:'那还真巧来。'俺说:'就是的,还真巧来。'小椿快乐地说:'那俺明早过来喊你(她住在她表叔梁拐蛋家的)。'俺说:'喊也行,不喊也行。'小椿说:'俺是怕你早上起不来。'俺说:'拐蛋叔一敲钟俺不就起来了?'小椿说:'那有点晚了,城里的自由市场都跟个露水集似的,太阳一出来人都散了。'俺说:'那俺俩就早点去。'小椿说:'你等俺喊你。'俺说:'那俺就等你喊俺。'费话有点多呗?青年男女没话找话说还不就这样?这是恋爱特征,呵呵,这暗号可不就对上啦?

"从此以后,俺就跟小椿谈起了恋爱,在村里不行,村里人多嘴杂,俺俩面皮薄,都架不住,那就上村外,只要遇到赶集啦、开知青会啦、开团员会啦,俺俩就往一块凑,开头就是走路、说话,还互相学着背唐诗,俺俩最喜欢的就是那两句,'荒陌六七里,烟村三五家',觉得很有俺们生活那地方的乡村风味,后来,看见周围没有人,就跟小偷似的拉拉手,说起来你是不相信,俺们两人好了快一年,就没尝过亲嘴的滋味。那时候谈恋爱不兴亲嘴,不敢呀,也不懂,既不敢又不懂,不知道还有这一说呀,哪知道人间还有这样占便宜不犯法的好事,又没看过黄片子,黄色书刊,电影里都干干净净的,想学也没人教呀,只有到爱情深入进展、不可挽回的时候,才无师自通地来那一套。

"嘿,你看俺扯巴的!俺回过头来接着说,说俺没人的时候跟小椿偷偷拉手,俺第一回拉手那种感觉,麻酥酥的,手一拉上,话都说不出来了,拉过了手,觉得关系就进了一步,不生分了,以后进展飞快,也搂过了,也抱过了。有一天,小椿说:'俺想从俺表叔家搬出来,搬到知青院里住去。'俺说:'为啥?'那时候俺队知青院在村外边,是几间五十年代盖的破破烂烂的老房子,最多时住过十七个男女知青,现在只有四五个了,小椿说:'不为啥。'俺说:'那你表叔可同意?'小椿说:'他不同意,可俺想独立,他也管不了俺。'俺说:'那俺替你搬去。'小椿说:'俺不要你搬,人家看见会说闲话,俺自己把被褥抱到女知青宿舍不就行了。'原来小椿是想搬过来没人管,跟俺见面、接触方便,俺心里头激动哪,一个女孩子(那时候叫女青年)对你这样好,时时处处想到你,你心里咋能不感动,人心又不是石头做的。

"俺和小椿好到了那一年的国庆节前夕,几个知青都回家了,俺和小椿也各自回家了,两人约好回家跟父母公开这件事,争取家里人的同意,那样的话,以后两人的事情就好办了,也就没啥要遮掩啦,俺两个人都还挺有信心的。俺兴冲冲地回了家(沱湾县城),没想到俺爸俺妈像是知道俺俩的事似的,他们哼哼啊啊的就是不吐'同意'这俩字,'到底为个啥?''不为啥,你可了解人家?''俺咋不了解!''人家有对象你可知道?''俺咋不知道,那是她家给她介绍的一个医生,她一开始就不同意。''这事再说吧',俺爸说,'听讲就要恢复高考了,你把心思多用点在复习上,前途和理想都不能丢!'嘿,又是那种命令式的口气,吓唬小孩子哪!'俺响应党的号召,在农村插队闹革命,前途好得很!''你还犟嘴……'俺爸气得伸手要打俺,却叫俺妈拦住了,'好了好了,这事以后再说,以后再说。''俺要同你们这个资本主义家庭彻底决裂!彻底决裂!'俺高呼了两句口号,拎起黄书包就冲出了家门,乘车回到了农村,其实俺家那算个啥资本主义,俺爸俺妈不过都是工厂里的中层小干部,月工资几十块钱,不过劳保用品发得多,手套和翻毛皮鞋在俺家都用不完,谁来谁拿。

"俺悲愤地跑回生产队,在生产队里边干活边等小椿回来,等来等去等到第六天傍晚,她才神情憔悴地回到知青宿舍,'你咋到现在才回来!''俺妈天天锁上门不叫俺离家……俺眼都快哭瞎了,这辈子差点见不到你了……'一见俺的面,小椿扑在俺怀里就哭了,俺用尽全身力气紧搂着她,像是怕她再走掉,'你家里不同意?'俺知道了俺还问她,俺是想从她嘴里得到一个准确的信儿,她点点头,抹抹眼泪说,'俺俩出去说话,俺爸妈叫俺表叔看住俺,俺表叔马上要来拿俺的行李,叫俺还回他家住去,俺就不去,俺俩锁门快走!''走!'俺和小椿带上手电,锁上门,手拉手跑进湖地,又一口气跑到了响梁山上,响梁山漆黑一团,小椿有点怕,她紧紧地抱着俺的腰,俺俩摸到一片陡壁下的避风处,无丝无缝地搂抱在一起,'俺打今往后就是你的人啦,任谁掰都掰不开!''要是怀孕了咋办?'俺还担心这个! 其实也不懂,'要是怀孕了,俺俩就上县知青办打证明结婚去,恋爱自由,县知青办还能不支持俺?''管,那就这样办!'

"就是在那天晚上,俺和小椿的初恋,发生了质的变化,可以说,达到了俺们俩人生的最高潮,从那以后,俺走的,可以说都是下坡路,但也不幸被俺言中,小椿怀孕了(这俺们都是估计的,从卫生书上也只能片言只语地揣摸)。种完小麦的时节,小椿在俺们知青宿舍院里,天天吐得一塌糊涂,还浮肿发烧,连活都不能下地干,只能在床上睡着,饭都不能做,还好那时知青院只有俺们俩人,别的知青都回城复习准备高考了,对生产队,她就请假说拉肚子发烧。工分不挣也就算了,俺俩都是没经过这种事的,心里都很慌,两人相依为命,小椿更是离不开俺,俺下地干活回来她一听见门轴响,就扶着宿舍门在屋里迎俺,'跃进这样咋办来?'小椿泪水涟涟地说。'咋办,结婚呗,这还不好办!''那你家人不同意咋办?'你看这女人,到这时候了她还想的是婆家人的态度,俺说:'俺不管,在社会主义社会,一方有难,八方支援,俺还非得靠家里人? 那你家人咋办?''俺只要有你俺就能活了,家里人的工作,以后慢慢再做呗。'那天晚上,俺和小椿商量到凌晨天快亮,俺俩决定,五天后的星期一上午,俺俩就一块上县城找知青办去(大小队证明拐蛋叔他不可能给俺们开),请求他们的支持,给俺们开证明结婚。

"你得问了,打算结婚就抓紧结呗,夜长梦多,还非得等五天以后的星期一干啥?原来队里安排好,这天早晨派俺和赶马车的大牯等两位社员一起,到八十公里外的沱尾县石油公司去买柴油,那时候柴油紧张得很,生产队没有关系哪能搞到多余指标买到柴油,这一次的指标还是俺爸通过关系给生产队弄来的,因此非得俺跟着去一趟,事情才能办好,马车到沱尾县来回得两到三天,再加上买油的一天,就得四天,第五天是星期天,知青办不上班,这可不就得第六天去办?趁俺疲乏睡着之际,小椿点亮煤油灯,连夜穿针引线,把买柴油的四百五十块钱给俺缝在内衣棉裤里,鸡鸣叫早,天快亮时,俺抱着小椿亲了亲,小椿也紧紧地抱着俺亲了亲,'你早点回来,俺在家等你。''俺买完油就回来,一分钟都不耽误。'说完,俺就穿衣下床,开门出去了,小椿挣扎着爬起来,扶着门支撑着站在门口,眼巴巴地看着俺走了。

"因为马车走得慢,买油的手续又得提前办好,因此队里安排俺到县城坐班车走。俺紧赶慢赶赶到县城,当天上午去沱尾县唯一的一班客车车票早就卖完了,俺排了三个小时的队,才买到一张下午去沱中县的过路车车票。到沱中县时,天已经黑透,冬天天黑得早,去沱尾的车早就没有了,我只好买了一张第二天早上七点去沱尾的车票,然后到沱中县城桥东的一家国营大旅社住下。在旅社登记的时候,过堂里有两个公安局人员,来来回回走了好几趟,服务员也翻来覆去把俺的大队和生产队介绍信看了半天,才叫俺登记住下来。开房间的时候,她一边开,一边问俺,有没有啥贵重物品?有贵重物品就存起来,身上带的钱多了,就交到公安局保管,她又说,昨天这里才有个河北来的业务员叫坏人抢了,人被砍伤了,五十块钱也叫坏人抢走了,公安局正在破案。她叮嘱俺,住下以后,不要多跟不认得的人讲话、交底,有可疑的情况,要及时报告,夜里睡觉,也要随时提高警惕。

"服务员的话俺牢牢地记在了心里,到房间住下不久,房间里又来了一个人,个头小小的,脸上瘦瘦的,嘴皮薄薄的,虽然并不是凶相,但看他的样子,怎么也有点可疑,不太像好人。他表面上很热情,一住下就跟俺搭话,先跟俺打招呼,后又问我从哪里来,到哪里去,生产队里的形势咋样。俺心里有点提防他,他问一句,俺才答一声,他不问,俺就一句话都不说。说了几句话,俺就起身上旅社食堂吃饭去了,吃过饭,时间也还很早,俺说的是睡觉时间觉得还很早,虽然天早就黑了。俺就离开国营大旅社,上城里转一转,沱中县是个老城,城外的水很大,石堤也很高,到农村插队第一年的夏天,俺和拐蛋叔路过这里往沱中县北赤山公社去买牛,河里的水涨得漫天遍野。河边的撒鱼人,对着急流,'哗'地把渔网撒开,吸引了两岸的许多大人小孩观看,河边就像开群众大会一样热闹。嘿,俺又扯巴得远了去啦!

"话再说回来,那晚俺在沱中县街里转了一圈,回到旅社准备睡觉,屋里的那个人已经睡倒了,那个房间里总共有四个床铺,但旅客还是俺们两个人,俺从门外走廊里关了屋里的电灯,黑暗中,俺躺在床上,警惕性弄得俺不能入睡,俺越想越觉得旁边睡着的那个人可疑,他的一举一动,一言一行,都像是有意图的,俺实在睡不着,俺索性爬起来,穿上衣服,往沱中县公安局走去,到了公安局,办公室里有两个披黄色军大衣的人值班,一个年岁大些,有五十岁上下,另一个年岁轻些,有三十来岁。年岁大的人问俺,'你有事呗?''俺要把钱保管在这里',说着,俺就把四百五十块钱和大、小队的介绍信,都从内衣棉褂上扯出来交给他,他坐在桌边,仔细把介绍信看了几遍,然后抬起头,严肃地说:'你先坐下,你身上带了这样大一笔现钱,是非常危险的!你到底是什么人,俺们还要打电话核实一下。'俺胸有成竹地说:俺们大队没有电话,你给俺县广播站打电话吧。俺心里十分坦然,去年年底,俺被县广播站抽调去,在县广播站当了近半年的记者编辑,广播站里的人俺都熟悉,他脸沉沉的,没有同俺说话,侧身摇起了电话,又对总机里说要接俺县广播站。"

"总机把电话接过去了,等了很长时间,电话才接通,电话里是一个女的说话声,俺一听就听出来是播音员小吴,心里就像见到了家乡人一样热乎乎的,年岁大的公安干部先一字一顿地报出了俺的姓名、生产队,然后就问县广播站知不知道这个人,是不是个下放知青,小吴用普通话一连声地说:'有这个人,是我们这里的记者、编辑。'小吴又问:周跃进在沱中县公安局干什么?那位公安干部说:'他身上带了很大一笔钱,说是给生产队买柴油的,俺们核实一下。'放下电话,年岁大的人站起来,找出一张纸,把钱包好,放进柜子里,又转身坐下,问,'你啥时候走?''俺车票买好了,明天早上七点整的车。''那你明天早上六点半来取钱吧,这样大一笔钱带在身上,是非常危险的,下次不准这样了!'说完,他站起来送俺到门口。

"那天夜里,俺睡得很踏实,早上天还不亮,俺就醒了,旅社过堂里有个挂钟,俺跑到过堂里去看时间,看了好几次,指针刚指到六点半,俺就收拾好东西,出门往公安局去了,空气寒凉寒凉的,东方的天边有一点点鱼肚白。街上的人只有一两个,到了公安局大院,大院里静悄悄的,一点声响都没有,昨晚有人的办公室,现在也锁得紧紧的,俺心里有点着急,怕耽误了赶车,但又不知道到哪里去找那个公安局的人,连他的姓名都不知道,俺在院子里心急急地转悠了两圈,大门口有了一点响动,俺赶忙转头一看,就是他,他披着黄军大衣,正往院子里走来,他就对俺点点头,然后走到办公室门口,用一只手拉着大衣领子,另一只手拿钥匙打开门,从柜子里拿出纸包把钱还给俺,离开公安局,俺一路飞跑着到了汽车站,汽车上已经坐满了人,俺在汽车上才坐稳,汽车就开动了,汽车开出沱中县城,开到大柳河大桥上,大桥上下,大河上下,一片轻薄飘飘的雾气。汽车开进已经入冬的田野,田野里有青,有白,有黄,青的是冬麦苗,白的是前些天残存没化的雪,黄的是裸露的土地,一直到这时候,俺才能定下心来想小椿,小椿一个人拖着怀孕的病体,孤零零地住在知青宿舍小院里,俺很担心,不过要真有啥情况,拐蛋叔和拐蛋婶也不会撒手不问的,这样一想,俺才有点放心了。"

"沱尾县城离沱中县城才三十几里地,虽然那时候路很不好,但客车个把小时也就到了,在沱尾县城唯一的十字路口和大牦他们两人赶的马车会合,坐上马车,到沱尾县石油公司的油库去,到了油库,俺拿着指标条子到开票处去开票,没想到,开票的那位好看的妇女说沱尾县油库没油了,要么就等,要么就签个字上沱湾县(也就是俺家那个县)提油去,她叫俺们商量商量,这有啥好商量的,等还不知道要等到哪一天呢,签过字,俺和大牦三人在沱尾大闸旁边的羊肉汤馆吃了一顿烧饼羊肉汤,吃过饭,赶着马车就抄近道奔沱湾县城了,中间除了吃饭,喂马,半天一夜走了一百三十多里路,马车上有棉被,困了俺就裹着棉被睡觉,凌晨五点多到了沱湾县石油公司油库,等到油库上班,一问,这里也没有油,要等到明天再看,大牦说:'等就等呗,既然来了咱就得把油等到手才能回去,俺两个在这里住小旅馆就糊了,小周你回家睡觉去,开房间你还得多花钱。'那时候没有钱,人都省得很。

"其实才跟家里闹过,俺一时半会儿哪想回家,但这事也没法跟他俩明说呀,俺只好硬着头皮回家,回到家跟俺妈打了个招呼,俺倒头就睡,睡到天快黑时,俺妈进屋来叫俺起来吃饭,'跃进,起

248

来吃饭啦,俺在街上碰见你高中同学程一歌,她说晚上和你同学来看你(俺妈最最喜欢的就是程一歌)。'这俺也没法拒绝,到了晚上,俺的高中同学程一歌等三人到俺家来了,一见面他们就说复习高考的事,程一歌说:'周跃进你得给咱们同学带个头来,上学时哪一次你的作文不上校团委的墙报!'几个人说话一直说到下半夜,他们走了,俺睡了一会,天亮爬起来就骑俺哥的自行车到油库去,人家说今天还没有,还得等一两天,俺心里急得火烧火燎,小椿一个人生病在家里躺着也不知咋样了,可有饭吃?可有水喝?可好一点了?可是那时候生产队又没有电话,也没法联系呀,俺咬咬牙,心想再等一天就再等一天,中午俺叫大牯赶着马车停在俺家住的单位大院外边的小巷里,俺爸俺妈请大牯他俩吃了两顿饭,晚上大牯他俩刚回旅馆,俺高中同学芮毛几个人听说俺回城就又来了,都是在学校里成绩比较好的,大家兴致勃勃谈的都是高考、复习,各种有关的小道消息。

"下一天俺一上班就跑到油库去看,人家说今天还是没油,明天再来看看,俺和大牯两人坐在马车上天南海北地说了一会话,俺就沮丧地回家了。一到家,看见俺队队长拐蛋叔在俺家吸烟喝茶坐着来,俺惊得嘴都合不上,拐蛋叔说:'小周,俺给你送信来了。'俺妈:'你看梁队长还带的花生、芝麻。'还真是的,墙根还放着两布袋东西,'送啥信?俺拐蛋叔。'拐蛋叔就像进城的敌后武工队,笑呵呵、不慌不忙地说:'你看过就知道了。'说着,他就把已经放在桌子上的信递给俺了,俺接过信,抽出信瓤一看,是小椿给俺写的信,小椿在信里(大意)说:'跃进,俺一切都好,病也好了,不发烧也不难过了,吃饭喝水样样都好,俺也没啥肚子疼的毛病了(俺觉得,小椿这件事处理得很巧妙,她在信里又不能直接说怀孕的事),那都是俺自个瞎猜疑的,你不要为俺担心,不过,俺打算明天回家复习高考,你也留在城里复习准备高考吧,年轻人要有抱

负、有志向,在革命的道路上不能落后掉队,咱们高考时见,此致革命敬礼!小椿'

"看了小椿的信,说老实话,俺多少有点疑惑,疑惑的是小椿咋说改变就改变啦?但俺那时太年轻了,想不到多少事,疑惑也很快就过去了,俺决定留在城里和同学们一起复习参加高考,回生产队小椿又不在也没啥意思,再说离12月10号的高考日期也很近了,和小椿很快也就能见面了。就这样,俺陪拐蛋叔吃了饭,油库也有油了,拐蛋叔他们买了油就赶着马车回生产队了,俺留在城里开始复习了,12月7号俺回到响梁生产队,俺一直等到9号也没等到小椿回来,按照规定俺9号上午要到沱中县城考点报到,见到小余(俺们一个知青小组),她拿给俺一封封了两层的信,说是小椿托人带给她叫她转交俺的,俺找个没人的地方打开一看,小椿说(大意),'跃进,你不要再找俺,也不要再等俺了,俺抗不过社会的力量,俺俩这辈子成不了了,可是俺的心一辈子都要等你,俺哪怕更名换姓,也要在你熟悉的地方等你一辈子,看你一眼,俺死才瞑目,跃进,你还记得俺俩最喜欢背的那首古诗呗,俺最后再背一遍给你听,'荒陌六七里,烟村三五家',俺的人不能跟你,但是俺的心永远永远永远永远都在这里等你!一辈子都在这里等你!!!'看完信,俺一下子冲出城外,一口气冲到七八里外的大柳河上,对着河南岸疯叫疯喊,不过,现在想起来,俺内心里还是理智的,天黑时俺又回到了县城,第二天参加了人山人海的高考,1976年3月份进潍大报到上学了。

"小×(周主任这是称呼咱哪),这就是俺二十多年前的一段初恋经历,对你们年轻人来说,这是个老观念的事,你们不一定感兴趣,听了这个故事,你可能觉得俺有点自私,就这样轻描淡写的就完啦?你就去上大学啦?后来就跟你中学同学程一歌结婚生孩子啦?就完全把人家忘啦?没有的事,这事俺咋能忘?一辈子两辈子三辈子也忘不掉呀!这几十年来,俺一直在找俺的小椿,高考后俺到她家去找,她家人把俺骂出来了,骂俺是个负心狼害了他家闺女一辈子,后来俺从小椿妈嘴里知道,小椿只回家一趟就被家里人骂走了,从此就失踪不见了,小椿的信俺一直珍藏着,年年都要拿出来看几遍,俺相信小椿如果还活着,一定就更名换姓地生活在俺们沱浍平原这一片土地上,也许嫁了人成了家,也许生了孩子,也许一个人单过了一辈子,但大海捞针,俺上哪里找她去?开始俺到处打听在当地扎根的插队知青,还到附近各县知青去查找,都没线索,时间也长了,物是人非,后来俺从小椿的信里受到启发,'荒陌六七里,烟村三五家',也是利用采访便利,注意了解带数字、特别是带六、七、三、五这样数字的村名、地名,不过一直到如今,都没有任何进展。

"小椿的事情,俺后来越想,越觉得这里面的疑点很多,但当时都没有想到,你比如,石油公司咋那样巧都没油了,为啥沱尾县石油公司一定叫俺回俺家沱湾县城买油?俺在沱尾县等两天不也行吗?程一歌他们咋那样巧就碰到俺妈啦?拐蛋叔咋知道俺在沱湾县等油的?小椿咋好得那样快?她说她怀孕是瞎猜的,那她天天吐又是咋回事?也是诓俺的?她能装得那样像?小椿又是咋知道俺在沱尾县城的?还写了信叫拐蛋叔捎来?俺大哥那几天一直不见人影,俺妈和俺嫂子都说他出差了,但他后来咋见俺就躲?他对俺做啥亏心事啦?要是当时俺多留个心眼,咋挑挑不出个疑点来?唉,这事俺一辈子想想俺就心疼得慌……"

## D 部分

嗨,你们被这个虽然传统但内涵深刻的故事震住了吗?不会,你们不会,你们谁不见多识广、胸有城府!你(或你们)可能要说这是一个老掉牙的没有多少社会学价值的故事,不过咱个人是深受感动的。另外,对整个社会来说可能是老掉了牙,但对那个具体经历了这件事的人来说,那也是刻骨铭心的,听了这个雷声大雨点小的老套故事,你很可能会失望,也未必会心有感动。不过,俺也没想仅仅对你(或你们)讲一个疑似苦歪歪的老套故事,就要跟你们探讨貌似深刻的时代和社会问题,俺从来不那么正经。

但,以上就是需在进行爱情摊牌时,咱在响梁山上N遍对咱的时任女友复述的初恋故事,也许你不觉得有所谓,但在现场具体而逼真的环境的烘托下,它还是有相当的艺术感染力的。这就像一个知名的故事所产生的令人思索的效果一样,那是一个关于"国家"话题的一段对话,当年红军万里长征攻占一座小镇并抓获了一位欧洲传教士,当他们共同分享最后一块苞米饼时,"你大概知道世界上一共有几个国家",传教士向看管他的十六岁小战士了解他对这个问题的看法,小战士思考了一段时间以后相当认真地说出了他自己的答案:"一共有五个,中国、外国、洋国、帝国和鬼子国。"传教士点头表示同意,在那种环境下对地理知识的了解并非首要,首要的是具备一种意识和观念,从此以后,传教士成为中国共产党人的忠实拥趸,对他而言,中国共产党人所毕生追求的大同,在他那里,是早早就实现了的。

是周主任那晚讲述的经历促使咱立马决定选人结婚的,人生苦短,爱一个人就不要犹豫,就要全力以赴,机会失去就再也找不回来了,这就是咱从周主任的悲痛经历中得出的结论。"真有这样的事?"女友总会抹抹潮湿的眼眶不相信地问,"咱从来诓男人不诓女人,这是咱的职业道德。"故事讲完了,咱不失时机地说出"这辈子只打算和你一个人锅里搅马勺啦!"的密语后,咱就牵着咱女朋友温软无骨的小手,起身转到山梁背后的一堵陡崖下,让咱的女友观看咱保守的最后的秘密,这种待遇也只留给咱认定的这一辈子的伴侣的,其实陡崖上并没有什么稀奇的东西,只不过是周主任不知道生前啥时候在上面用黑笔留下的一句记录:周跃进和李小瑜刻骨铭心的地方!!! 看完这句震撼人心的话,咱的女友立刻昏倒在咱的肩膀上,咱则趁势把她卷在怀里,这世间就此成就了又一段美满姻缘。

　　从大柳河渡口回城后咱就成了周主任最为亲密的朋友(虽然在年龄上有差距),咱对工作中和生活中的周主任再也不设防啦,午间的烂工作盒饭咱也可能不去吃,咱俩会下楼东行两百米,上"小来顺"吃小份的驴肉火锅去(大份咱俩吃不掉),咱俩还能喝干半斤装的一瓶中档"大柳河",从大柳河渡口回来再喝"大柳河"酒,那滋味可就完全不一样啦！咱喝着酒,抬头看见狼吞虎咽几乎没有啥吃相的周主任,咱的心突然一愣接着就酸楚到心根根,不是不是,咱绝对不是玩善良,如果你有良心,你总还记得咱前面跟你说的那个大柳河的夜晚呗？你总还记得咱描述的吴镇长歪在柴火里猪睡的情形呗？"嘿,这位老乡,(在有这样的隐私故事的前提下)他还真能睡得着！"不瞒你说,咱当时心里就是这般思想的,但是第二天再次前往三里凌家村刘文芳家采访(或曰打探)的一个间隙(周主任不在场的间隙),吴镇长的一席话又叫咱愣住啦。"记者,昨晚的故事好听呗？""好听好听。"咱晕,人家这才叫政治素质！"周主任的事咱都知道……""都知道？""县里打过招呼,周主任这是查出癌症后,向组织上请求的,最后一次到咱县里来采访、找人,要求咱全力以赴配合好。""啊……""嗨,这位周主任,也真是个心痴哪！""那可不？"信息不对称,咱只有附和人家的份了。

　　话再改回来说,咱看着周主任的吃相心酸,因为不知道他还能吃几回这驴肉火锅,还能喝几杯这中档的"大柳河"老酒,但那也就一刹那的事儿,心里的那段情绪也就过去了,咱心里又奇怪开了,你说这人(咱特指的是周主任)怪还是不怪,咋得了癌症,还跟好人一样儿的,该吃的吃,该喝的喝,跟没事人似的呢。咱想,有两个原因,一个原因,可能是人家周主任心态好,看得开,听说这癌症还不就那样,你知道了,十天半个月就垮了、毁了,你不知道,三年五年都没事;第二个原因,是医院误诊,现在这样的差错很不少,有的能吃能喝能睡好好的人,突然被医院误诊为癌症,没症也症了,实为人间悲剧,"嘿,兄弟,今晚把你那房借俺用一用,明早还你。"咱正如此这般遐想着,周主任向咱伸出了求助的双手,"没问题大哥,拿去用没问题。"嘿,在那种情况下,你说咱能说出个不字来吗?换你你能吗?咱的心有那么黑吗!

当晚咱挤在咱时任女朋友的小床上,翻过来掉过去地睡不结实,"你干吗呢?翻过来掉过去梦里跟哪个名模呢?""睡不结实呢。""睡不结实来一下子累了不就睡结实了?大活人也不能叫尿憋死呀!"对呀,知道者还不是咱的知心女友!咱赤脚翻上时任女友的山梁,但是下来后两个人的困意都没了。"嘿!""后悔啦,后悔你狠狠心别借呀。""咱能狠下那个心吗?该你你能吗?""借了你就别后悔了呀。""咱不是后悔,咱是看她不上眼,涂脂抹粉的,还有点粗俗,见谁都想松腰的那种。""人家叫你看上眼干啥?萝卜白菜,各有所爱,人家看上眼可不就得啦?"外人可能听不懂,咱这是跟咱时任女友背地里议论周主任的情人林妹妹呢,咱知道背地里说人不是啥好素质,但碰见这样的事情,毕竟功力未到,咱忍不住呀,"你说这叫啥事儿呀,说走就走了,还折腾这一出子,对得起人家程一歌阿姨吗!""不,不,这里头有文化。""有啥文化?你给咱分析分析。"嗨,这女友配合的,你说这累还是不累,不过,咱就好这口,咱这叫乐此不疲呢。"那咱就给你分析分析?""分析分析,分析得让咱满意了,咱还出让咱身体的使用权……""别别,你饶了咱,咱正修身养性……""也没少淫秽你!"

哈哈,你还别说,女友的"请教"总是令咱兴奋不已的!于是咱分析,"在乡下谈的小椿,是周主任的真爱,程一歌是和他过日子的,林妹妹则是他顺应时代潮流找来填补感情空缺的,这几位令人同情的女性,她们在各个不同的社会历史时期,并非偶然地出现在周的个人情感历史之中,而是均有其特别的历史文化意义的。""哟,还历史文化意义来!啥历史文化意义,这么玄乎?""啥历史文化意义?第一个(女朋友)是中国社会政治史的个人化,不管是喜剧还是悲剧,从广义的角度看,个人都无法脱逃,像周主任和小椿那种情况,现在还可能出现?不会;第二个(老婆)是人类的周期性的生物规律和社会礼俗对周的规范和制约,只要他是个身体和感情正常的人,他一般就回避不了,这叫传统;第三个(情人)则是全球化商品语境压力下的时尚与逃亡,这讲起来就复杂啦,不说也罢,也罢。"

嗬,你说这叫啥世道!咱这些奇谈怪论还真能糊住人!但百闻不如一见,咱(至少是自认为)了解她们,(借用台湾军方的话说)都在掌控之中,可不,每当咱正经谈论理论和文化之时,都是咱征服咱时任女友之时,在咱的滔滔雄辩中,咱的时任女友都会被咱清楚的头脑和锋利的思路弄得晕头转向,这之后她们以真诚和崇拜的态度提出的问题也都十分幼稚和可笑,"你说的那些狗屁理论咱听不懂,咱就想问你,如果周主任和他第一个女友小椿结婚,会咋样?""在社会主义商品经济机制开始后,他会离婚或者会去找情人。""周主任如果和他的情人林妹妹结婚,又会咋样?""像他那样经历的人,他不可能和他的情人结婚。""那为啥?""为啥?在商品经济的视野中,情人的定位非常明确,情人就是情人,不可能也不应该成为老婆,因为情人与老婆的各项指标都相去甚远,他知道情人不会比老婆过日子更好。"嘿,用咱某时任女友的话说,这就是咱那桃花院淫窝文化!这是咱时任女友在咱那一段特殊时期给咱租来的那个小淫窝的定性,咱心里暗自想,租金到期咱是不能再在那里住下去了。"有点恶心,咱在那种'语境'下做不成爱!"女友的模仿能力真强,这也是咱喜爱她的一个原因。

## E 部分

  时过境迁,物是人非,咱在前面很清楚地说过,原先在人生的恋爱环节,咱是个笨人,咱是在大学毕业工作之后于一次旅途中受到刺激,咱才开始了疯狂的恋爱活动的,这期间天巧机缘在一特殊的环境里亲耳聆听了咱报社同事周主任的事迹报告,就此开启了人生的大彻大悟(既是爱情方面的,也是人生方面的)。咱创造了人类历史上绝无仅有的每到与时任女友摊牌的关键时刻就上响梁山的先例,上了响梁山咱就必须得抓住有利时机讲出经过咱修饰敷衍的爱情故事《买油记》(谁叫咱是学中文的,这是中文系学生的通病),讲完故事咱又得不失时机地抛出咱的经典疑问加陈述句:"现在你应该知道咱对咱俩这件事的最后态度了吧?不过,在咱明确说出这个答案之前,你还有一次用'是'或者'不'预测一下咱这个答案的机会,咱希望你能用好这次机会。"咱的脸色大变的时任女友就会用不同的态度对待咱,到最后一般总会留下咱一个人蜷缩在响梁山的山坳里猛舔咱心灵的伤口,但过一阵子咱又好了伤疤忘了疼,全身心地投入另一场吉凶难卜的爱情豪赌(或爱情角力)中去了。

  咱再一次声明,是周主任生前风雨大柳河夜晚的故事促使咱成亲结婚的,在这件事情上,他绝对居功至伟!他的惨痛的经历促使咱加速给事后想起来后怕的爱情长跑画上了一个完美的句号,当咱在响梁山的荒草丛中面对咱心仪的美女说出"只和你一个人在同一个锅里搅马勺"的暗号,并且牵着美女滑软无骨的小手站在瑶海区民政局婚姻登记处里拿出咱自制的结婚证书时,咱心慌得站不住,生怕在爱情的关键时刻蹦出个进城买油的岔子出来,毁了咱一生的幸福不说,还给后人留下一个经典案例,那可不是咱愿意得见的。

谢天谢地,当咱流畅无比地破解了妈妈级人物的"一、二、三"之谜,又携美女开始了能提升咱人格魅力的蜜月之旅时,咱和美女的幸福就达到了人生的某个巅峰,不瞒您说,蜜月旅行咱去的是延庆的康庄,咱和美女并肩站立在康庄的街道上,对,就是康庄,如果你不以为然,咱也不跟你抬杠,但那是咱和美女的共同首选,如果你知道有一个叫啥许辉的朋友写过一部叫《康庄》的小说,那你就会对咱和美女的蜜月选择入那么点法眼了。康庄?对,就是康庄,《康庄》,那可叫咱看得唏嘘不已,内心紧得很(咱曾经有意无意地把咱这个专有版权的《买油记》故事讲给他听,他点拨咱说这种写法叫啥"解构主义",就是把完整的一个故事拿粉碎机打碎了,再拿搅拌机搅拌在一起,这就叫解构主义,咱也听不大懂),要是叫咱说,《康庄》那部中篇小说咋就不能得个茅盾文学奖?咳,说到底,都还是怀才不遇之人啊!

说到"小说",咱想起来了,咱这人虽然能侃,但其实并不会讲故事,肚子里有,嘴里还真倒不出来。呸,罢,罢,还是留给那些作弄小说的人去作弄吧,好在小说现在不景气,边缘化,给他们留口饭吃,以免咱这个人人叫好的正在全球化的社会三百六十行中减少一行,给那些正在后悔当初全球化的人物一个反对的口实,显得全球化不那么完美。《买油记》的故事到此几乎就要结束了,如果你们二十四小时之后不再记得咱,那咱也没有啥可遗憾的,因为从某种意义上来说,咱也只不过是人家虚拟的一个人物,咱要真是把咱自个当成了一个人物,那咱可就真成个人物了,哈哈……

最后,咱还想正告那些总想从康庄的后街绕到前街(也就是咱和美女的正面),企图一窥美女芳容的家伙,咱现在拿一位叫贾永军的朋友在报纸上发表的短文来说这个事儿。贾永军朋友说,他最怕别人在电话里粗声大叫,更别提打错电话的时候了。那天下午,贾正在屋里写总结,电话不明不白地响了,"喂哪位?"贾朋友问。"是咱哪。""您哪位?""咱你都听不出来啦!"出于礼貌,贾朋友打起了哈哈,"哦,哦,你在哪儿呢?""嘿,咱就在你家楼下。""好,你等会儿,咱马上下楼接您去!"贾朋友撂下电话,嘿嘿在心里冷笑说,"您就在咱家楼下等着吧! 咱家现在住的是平房,等咱啥时候买楼了,咱就下楼接您去……"

咱总是为咱这张生就的损嘴发愁,咱这张嘴是有点损、贫,包涵包涵,不过,嘿嘿,那些想从康庄的后街绕三四公里到前街一窥咱美女隐私的朋友,咱对您的回答,也就是贾朋友这样。

2006 年

## 鄢家岗的阚娟

### 1

人人都说阚娟肉,阚娟也觉得自己肉。当这一年最后一股春风,毛手毛脚斜刺里从鄢家岗镇吹过的时候,阚娟终于抵挡不住鄢所长的纠缠,了了鄢所长的"肉欲"。

"唉,这人哪,一辈子也就图个'肉欲'。啥叫'肉欲'?'肉欲'就是男人看见女人的肉,就想吃那口肉,这就叫'肉欲'。是人,都逃不脱这个'肉欲'。"

阚娟知道鄢所长人不坏,对自己也不坏。他就是喜欢喝酒,喝完酒他就喜欢哭一哭、闹一闹,哭过了,闹过了,他又成了一个好人。上班的时间他一声不吭,活干得干净利落,全县邮政系统没有几个活干得能比他更好的。知根知底、每天下午开邮车来的老笪,一定得替他惋惜一声,才会踩油门上路。中午喝完酒鄢所长会找他老婆商大姐胡闹,找不到商大姐他就歪在自家门口的石台阶上睡觉;晚上喝完酒商大姐多数又是开会不在家的,鄢所长就找阚娟,敲她的门,影响也不好。但邮电分家,大院里住的电信那两家人,都关门闭户的,没有人管这里的闲事。

就在二十分钟前,歪坐在床沿,一根烟没吸完的鄢所长,说着说着酒话,忽然像野地里少不更事的牛犊子,突兀地扑在阚娟怀里,呜呜闷哭起来,一时把阚娟吓尿了裤子。"呜呜,小狗日的俺哪都比他强！呜呜……"

阚娟突然觉得他很可怜。就在那一秒钟里，顶多一秒钟，咔嗒一声，阚娟觉得心头一酸。她知道自己母性的小闸门打开了，她啥也控制不了了，这实在不能怪她。

现在，鄢所长懒洋洋地歪靠在阚娟单人小床的床头，酒足饭饱般地吸着一支带哨的金叶牌香烟，这是鄢家岗镇中等以上收入的男人流行吸的香烟牌子。鄢所长拿眼乜斜着低头闷坐的阚娟。听到鄢所长的高论，阚娟既觉得鄢所长的话没有错，又觉得受到了鄢所长巨大的欺侮，特别是在刚干过事的这种时候。但阚娟低头坐在床沿上，竟一句话都没有说。考虑到所长与本所职工这层关系，鄢所长终归有些害怕。

"嗨！阚娟，你把套子给俺，洗洗晾晾还能用。唉，阚娟，你真肉！真肉！"

阚娟正胡思乱想着，听了鄢所长带结束音的话，她伸手扯出鄢所长遗落在她肉里的套子，啪一声扔在他壮实的胸脯上。鄢所长的脸倏然间发生了变化，阚娟的心如刀割般抖动了一下。其实阚娟不想这样，她真实想做的，是趴在鄢所长的胸脯上，发泄般地痛哭。就像她在去年夏天一个燥热难耐、蚊蝇不眠的伏夜，很想趴在二毛身上大哭的感觉一样。但是，唉，阚娟知道自己肉，想说的话她不一定能说得出来，或者不一定来得及说出来；想做的事她也不一定能做得出来，或者不一定来得及做出来，这一次一定又是这样的。阚娟伤心地、担心地预感着。鄢所长摇摇头，拍拍阚娟肉乎乎的圆肩膀，翻身下床，找到已经洗得发白的蓝棉布西装裤头，拉开门走出去。

"唉，阚娟，你真肉，真肉！你比他妈的猪都肉！"

听见鄢所长摇着头趿着鞋的脚步声走远，阚娟回过神来。她不能为自己刚才的行为负责，怪只怪自己的"肉"、笨，那才是导致自己总要做错事的真凶。阚娟恼羞极了,她杀猪般闷叫一声,一头拱进刚才叫鄢所长折腾得汗津津的被单里。阚娟搥自己的头,挖自己的眼,阚娟怨自己"肉"、笨、猪,没把想说的话说出来,没把想表示的意思表示出来,还叫鄢所长误解了自己。阚娟觉得,这一晚的亏可真是吃大了。

阚娟气恼地倒在床上,睁着眼,睡又睡不着,没有办法,她哭哭啼啼地爬起来,从温州生产的带轱辘的旅行箱里,翻出鄢所长昨天送她的低档印花长袖衫,拉上跳了丝的尼龙袜,开门出了菜花芬芳的大院,期期艾艾地往镇外鄢家岗的岗头上走去。夜晚不知咋的恁亮,"关爱女孩,就是关爱民族的未来",夜晚亮得连煤厂墙上用白石灰写的一行大标语都看得一清二楚。阚娟不想叫人看见,她躲躲闪闪地溜着墙根往前走。

乡下的夜晚真是菜花芬芳的,不只是农家菜园子里的越过冬的青菜,还有满坡遍岗的油菜花芬芳。几乎就是这样,鄢家岗这里原本就是中国腹地出了名的粮油生产基地,这个月份又正是眼看得见的收获的季节。不过,出了镇上的两条小街,来到镇外的鄢家岗,鄢家岗岗头上的清凉如水,就差不多完全盖住了菜花的芬芳。岗头上露水还没有落,但草场终归是清凉如水的,岗左的懒柿林也清凉如水,早虫的叫声也有些清凉如水的味道。阚娟猛然想起山从镇山窝村里自己的父母小妹小弟,她咬着肉实的嘴唇,努力不让自己哭出一声。

于是,阚娟蹲在路边蚊虫飞动的草地里,等二毛的三轮车驶过来。在她快要睡着的时候,一阵发动机的声音终于响起来了,但那不是二毛乘风牌农用三轮车的柴油发动机,而是一辆宗江牌两轮摩托车的发动机响。阚娟伸头引脑向岗头下的鄢家津张望,原来是散了会的镇里的鄢书记,骑着他的宗江牌两轮摩托,后头捎着商大姐,从对面岗头上下来了。阚娟此刻是看不见人脸的,后来她听见那两个人说话的声音,才做出了这种判断。

宗江在鄢家河上停住,那两个人翻身下车,到水边洗脸,洗着洗着脸,两人突然孩子一般嘎嘎笑闹着对泼起水来,而后又弃车走去鄢家河左岸的柿树林里,一时半刻不见了踪影。"那不是镇上的鄢书记和鄢所长家的商大姐吗?"阚娟好奇得不得了,她慢慢地站起来,下了岗头,往鄢家津的宗江车那里走去。她想看看他们两个到底在做些什么,这样晚了还不往家里回,两个人又在开啥小私会呢?

虽然阚娟这样想着,但是阚娟的脚只移动了一步,她的右脚就被左脚绊倒了。阚娟揉着痛得钻心的膝盖骨,正兀自卧在路边恼着鄢所长家的商大姐,鄢书记的两轮宗江已经载着商大姐,哗哗哗地驶上岗头,嘎吱停在了阚娟的面前。阚娟皱着粗眉,狠命地揉着红肿的膝盖骨。

"阚娟,半夜三更的,你在这弄啥的!"鄢书记厉声喝问。

俺半夜在这里管你蛋疼!阚娟想骂他两个不要脸的!她更想骂商大姐是个不要脸的!但是,她抱着膝盖骨,龇牙咧嘴,就是一句不吭。

"唉,阚娟,你真肉,真肉!"商大姐说。

"你他妈比猪都肉!"鄢书记凶巴巴地丢下这一句话,然后哗哗哗哗载着商大姐,眨眼就没了影子。

2

这就是这一年春天的最后一天,在商县鄢家岗镇邮政所所里所外发生的一件事。好几年以后,阚娟回到这里,她的心中还是充满了复杂的说不清的感情。想起从前,她心里多少还有些不悦。那会儿在鄢家岗,取款、汇款、寄信的人,人人都说阚娟"肉",连外地来收集邮戳的邮迷都说阚娟"肉"。旁人说多了,传到阚娟的耳朵里,阚娟暗下里恼得撕脸、抓腮,她自己也觉得自己笨、无能、"肉"。

事发第二天是立夏节气,天气燥热无比。大晌午快下班时,阚娟心头正因昨晚鄢家岗岗头上的事兀自烦乱、气恼、怪怨自己,这时,从门外匆忙闯进来一个五十余岁满头大汗、头发稀疏不识相的外地人。嗨!原来是个收集邮戳的!他摊开一台子各色邮品,展露出一种阚娟从未见过的诡谲笑容,装作耐心地向阚娟解释着"今天的邮戳就是明天的邮史",以及他想盖啥样的邮戳,他还想请阚娟把邮戳盖在他花花绿绿邮品的啥地方。

"你姓巢?"

"姓巢。"

"巢湖的巢?"

"没错,巢湖的巢。"

"你专门从双椿市搭车跑一百公里,来俺们鄢家岗收集姓氏地名邮戳?"

"一点都不错。俺经常搭车全国各地跑。"

"嗨!就为这个破邮戳!你神经啊!"

老巢惊恐地看着阚娟,会说这些题外话的邮政工作人员,他还是第一次碰到。

"邮戳就是俺们的公章,俺不能随便给你盖。对不起你,俺下班了。"

看着老巢因着急赶路而赶出的满头的大汗和他花白的头发,阚娟心疼得如刀割一般。阚娟的本意是一定要给老巢盖上的,让他自己盖也行,他想咋盖就咋盖,想盖多少就盖多少,他把邮戳拿回家盖,阚娟都不会说一个"不"字的。但有另外一个人在指挥她的手脚和嘴巴,她冷着脸,锁上脏兮兮的抽屉,羞愤不已地站起来,扭腚向外走去。

阚娟听见老巢一愣怔之后,在她身后暴跳如雷地骂她"肉"!比猪都"肉"!骂她怪!骂她土!要找她的所长来治治她!她知道,电信柜台的鄢桂芝虽然不吭声,但肯定是在心里狂笑,肯定是在看她阚娟的笑话的。阚娟都不敢相信自己怎么会这样"肉"、这样笨、这样无能!怎么会"肉"、笨、无能、运气差到这种地步!阚娟强忍着眼泪,出了邮政所,捂脸跑到鄢家岗的岗头,躲在懒柿树的背后泣血般地伤心啜泣。

头毛稀疏、头发花白、腰有些佝偻的老巢,似乎是受到了阚娟致命的打击,比十五分钟前显老十岁都不止。他面色黯然地顶着响午的大太阳,歪歪倒倒、骂骂咧咧地向鄢家岗的岗头爬上来。一到中午,鄢家岗镇就没有外出的客车了,要到下午2点多钟才会有。这位老巢,看样子也想省几块钱,走几十里地回商县县城去。阚娟含泪躲在柿树的树后,看着老巢令人伤心的背影走过。她的心都快碎了,她想哭喊着跑过去拉住他,跪求老巢回所里盖邮戳去。邮戳又不是啥好东西,也是盖不完的,给他盖就是了,给他盖得满满的,连他衣服上都盖得认不出一片布丝来,叫他笑得合不拢嘴地回家去。但是阚娟如在梦里一般,挪不动平常还没觉得有啥不对劲的脚步。阚娟掴自己的脸,拧自己的大腿,但那位老巢已经走下岗头,失魂落魄般地走远了。

当晚商大姐又开会不在家,而鄢所长晚上又在镇里同中学的鄢校长等人喝了辣酒,喝酒回来后他又不顾影响地敲开了阚娟的门,敲开门后他又突兀地扑在阚娟怀里呜呜地哭诉起来:"呜呜,小狗日的俺拔根鸡巴毛也比他强!呜呜,小狗攮的俺抢他女人他就打击报复俺,叫俺在鄢家岗这狗操的地方窝一辈子!呜呜……"

这当儿阚娟早已识破了鄢所长的骗局,她对鄢所长的老套儿也不再感动,她的打过了两个补丁的小裤头也不再是湿淋淋的了。

她打心眼儿里拿鄙视的眼光乜着鄢所长酒气熏天、气喘吁吁的嘴脸。阚娟只觉得他可怜,而自个的命也差。

"俺隔天往山从镇开会,散会俺专门往山窝村你娘家走一趟,给你家父母小妹小弟带些肉菜去。这些你都不要跟你商大姐讲,天知地知你知俺知就管了。"

好像是意识到了并为了掩饰自己吸引力的乏味,或许这才是他真正固有的德行,鄢所长突然使出了这一新鲜无比的招数来。阚娟身子一动,这正是鄢所长所渴望和期待的。阚娟是想讲点啥,作为回报,阚娟想把商大姐和鄢书记不要脸的事讲给鄢所长听。鄢所长的手停在阚娟的胸脯上,满怀期待的地眼巴巴地望着她,却只看见阚娟赤身裸体地低着头,坐在床沿闷头不说话。

"唉,阚娟,你把套子给俺,洗洗晾晾还能用。俺走啦,你商大姐开会要散会啦。唉,阚娟,你真'肉',你比镇那头菜瓜家猪圈里的猪都他妈的'肉'!"

鄢所长唉声叹气,万分失望地左右找寻自己已经洗破了几个洞的蓝布西装裤头。阚娟从下身抽出黏巴巴的套子,甩手扔在了鄢所长的脸上。其实这并不是阚娟的本意,阚娟的本意真的是想扑在鄢所长的脸上,把商大姐见不得人的丑事告在鄢所长这地方,告得她一秒钟之内就不得不跟鄢所长离,告得鄢所长当着阚娟的面把她捶得像杀猪一样地号。而她阚娟,则捏着鼻子,死乞白赖地要跟这个越来越觉得他无能的鄢所长过一辈子,还要给他生一窝孩子。阚娟天生就是喜欢成窝的孩子的,这一点阚娟在三毛跟前从来不隐瞒。但阚娟想做的事和做出来的事,不一定是一样的,甚至还可能是相反的。

"老鄢,俺操你的亲老娘!"

听到自己的声音,阚娟吓了一跳,阚娟都不知道这是哪个人在说这个话。打是疼,骂是爱,其实阚娟这是又疼又爱到钻心刺骨时才讲出来的话。但鄢所长不这样想,任何人在这种时候都不会这样想。鄢所长愣了愣,翻身站到地上,穿上裤头出去了。

"唉,阚娟,阚娟,"鄢所长恼恨、无奈地发狠说,"人家都说你'肉',唉,你真'肉',真'肉'!你真比鄢家岗镇那头菜瓜家猪圈里那两头老母猪还他妈的肉!"

阚娟气得拱在被鄢所长作弄得汗津津的被单里闷号,阚娟气就气自己的笨,恼就恼自己的'肉'。没有办法,眨眼间阚娟又怨艾地来到了鄢家岗的岗头上。这时从岗头上往下看,鄢家津通商县县城的大路凹在两个岗头之间。鄢家河的河水哗啦啦昼夜不分地流淌着,水大了时路就没在水下,水小了时路就显在水上。

正是在这一晚夜还不很深的时候,二毛和他的朋友捆蹄,驾驶着他的乘风牌农用三轮车,拉着两头从南乡收购来的哼哼叫的生猪,从鄢家岗岗头的夜色里开过来。阚娟的心情好多了,她站在路边,忘掉了一分钟以前发生的所有不愉快,开始享受即时的快乐生活。她搭乘上二毛的免费车,一路不拐弯地高声练着歌,和颠得哼哼叫的臊烘烘的猪们一起,来到了商县城郊的小泥村。在清凉的空气中,大路边朦胧的树林、农田、岗头、农房、水闸、河渠、粮库,都显得安静而且清洁。在这种情况下,阚娟觉得自己很像童话电视剧里的小天使,她的眼睛迸散出幸福和感动的泪花。不过在夜里,谁也都看不见。

在血腥味刺鼻的农家小院里,在双椿市当保姆的三毛已经把大铁锅里的水烧开,二毛和捆蹄躲在披屋里叽叽咕咕令人心疑地磨刀。生猪们已经预感到有啥不对,开始夸张地号叫起来。阚娟坐在钉着生铁钉的杀猪台上,等待三毛涂上猩红色的指甲油,扣上加强型胸罩。五分钟以后,她们捂着鼻子绕过一段臭不可闻的垃圾路,走上了商县县城的街头。

这一晚上她们都在走路、练歌,除却那段在人行道上吃担担凉皮的时间。鄢家河一直流到商县县城来了,鄢河桥上几个乘凉的人渐渐都走散了。阚娟跟三毛手挽手来到了鲇鱼岭水库的石坝上。三毛的加强型胸罩和紧绷绷的大屁股,吸引了一拨又一拨夜游的浪皮,但三毛身上洗不尽的血腥气,还是把他们都吓跑了。她们把会唱的歌都练了一遍,欢快的、悲伤的、爱情的、失恋的。除了这些歌曲,她们并不觉得还有什么值钱的东西属于自己,她们因此也没啥负担。

天快亮的时候,阚娟跟着三毛回到商县城郊的小泥村。三毛搂着阚娟睡了一到两个小时。"娟娟,啥时间你有空,俺带你上双椿市供销大院骗钱去。那里老男人的钱好哄得很。"

阚娟屁都不放一个响的。三毛翻了个身,迷幻一样的声音说:"唉,娟娟,你真肉,真肉,你比俺哥他俩杀的那两头猪还肉。唉,俺的亲娟娟,你叫俺咋说你!"

3

从此以后,阚娟就一直过着如此这般的生活了。

清闲发呆的时候她在心底里恨着商大姐,但她又从来都没向鄢所长告发那晚发生在鄢家津的事。她穿着鄢所长在商县县城地摊上买来送给她的廉价服装,吃着鄢所长在邮电所大院的空地上开荒种出来的蔬菜,夏天有辣椒、茄子和西红柿,冬天有大白菜和胡萝卜,春秋则主要是叶子菜。老乡二毛的乘风农用三轮经过时,说不准哪次就会丢下一挂猪下水给阚娟改善改善生活。阚娟长年从镇上的明芹小店买一块钱一大包的不合格的红糙卫生纸用。夏天和秋天她有时会牺牲午休的时间去东圩稻田里用碎猪肝钓大龙虾解解嘴馋。每月四百二十块钱的工资,阚娟总是要给山从镇山窝村的娘家寄三百五,剩下的七十块钱,到月底她还能富余一二十。

在某段情绪高涨期,鄢所长突然发起了神经,借"开会"的机会,先后往山从镇山窝村阚娟的家里去了三次。第一次他给阚娟的父母小妹小弟,带去了价值三十二元的肉菜,那都是在山从镇的菜摊子上买的;第二次,他带去了价值四十六元的肉菜,临走,还丢下了二十元现款;第三次他带去了价值五十四元的肉菜,临走丢下了二十五元现款。

"你家小妹小弟,原本好好的孩子,唉,可怜,真可怜,到现在连个话都不大会讲。"鄢所长说着说着,就多愁善感地抹起鼻涕来。

阚娟不知道鄢所长说这个话,是不是就为了找个理由当下睡她一次。从山窝村回来,鄢所长总是因行了善而兴奋得拿捏不住,拍着胸脯,唾沫星乱喷地说个不停。阚娟知道鄢所长人不坏,鄢所长甚至还是一个难得的好人,不过阚娟心里仍觉得苦,背地里到鄢家岗岗头哭得嘤嘤的。但在鄢所长跟前,她一滴泪都没掉过,一句怨也没发过。阚娟情愿报答他,永远报答他。

阚娟周末的时间,"法定"是鄢所长的。鄢所长在阚娟身上哭一哭,闹一闹,一周心情都要好一点点。其他的时间,则是阚娟自己的。阚娟会打扮打扮,脸上抹一层薄薄的雅霜,伸手跟鄢所长要一二十块零花钱,随三毛买张车票,去双椿市供销社大院的老巢家骗吃骗喝。

在双椿市供销社大院5栋303室,集邮爱好者老巢已经被急性肠胃炎和感冒折磨得不成样子了,在那不到六十平方米的两室一厅里,汗馊和湿霉味呛得初次登门的阚娟反胃不止、呕吐不尽。气息奄奄、蓬头垢面的老巢,躺在床上用仇恨的眼光看着阚娟,却用哀怨恳求和因三毛的到来而感激涕零的目光看着三毛。

三毛捂着鼻子,坐在床沿,给老巢灌下半瓶加了安眠药的红茶,拍拍他的头,念一声阚娟听不懂的咒语,让他睡去。然后三毛吃光了老巢冰箱里所有的荤菜和苹果。午饭后三毛又打开老巢灰旧老化的电视机,津津有味地看起了古装电视剧;阚娟则一声不吭地搓洗着老巢几件油渍斑斑的汗衫。

"这老东西,真受不了他!娟娟,俺把他让给你啦。他老婆二十五年前就跟人跑了,老不死的一个人过,退休工资都花在到全国各地收集邮戳的路上啦。这个老不要脸的神经病,还净想着占俺便宜!"

三毛轻声说:"他那玩意不行啦!老不死的老废物!"

晚上,老巢弱不禁风,但因三毛的到来而心绪安宁地睡在客厅吱嘎响的破躺椅上,不时气息将尽地哼哼两声。三毛歪在他旁边的烂沙发里,嘲着老巢拖动病体专门为她批发回来的降价雪糕。阚娟则一声不吭地撅腚干活,东擦擦,西抹抹。三毛用胳膊肘碰碰老巢,抬抬下巴,叫老巢看阚娟扭动的大屁股,和T恤衫外宽厚的大肥腰。

"老巢,下礼拜,俺这个妹妹来。你要是在她身上送了老命,老巢你可别怪俺事先没给你下通知。"

三毛哈哈哈哈放浪地大笑起来。阚娟心里想反驳她一句,但她不知为啥站起来,擦拭起了白炽灯泡。"哈,她,哈,她,"老巢哈着腰,咳嗽半天,才气数将尽地说,"哈,她,哈,她,她,'肉','肉',比猪,哈,她,都,哈,'肉',哈,'肉'。"那一夜,老巢睡在他那间小屋的小床上,哈她哈她地咳嗽。三毛睡得呼呼的,阚娟却怕老巢不知啥时候,会把老命哈她掉。

下一个周末,阚娟自个掏钱,来到了臊烘烘的老巢家。老巢骂骂咧咧地举起他因病而瘦骨嶙峋的手要掌掴阚娟出门,但这对肥臀厚腰的阚娟来说,确实构不成啥像样的问题。阚娟只用几个小指头,就把老巢架回到床上去了。老巢在他的小卧室里哈她哈她、命悬一线地咳着、喘着、骂着,阚娟则像打开自己平生从未打开过的希望之门般地,庄重地打开老巢家所有的门窗,让室外充沛的阳光照射进来,把老巢屋里累积了几十年的病菌全部杀死了。

阚娟用一个上午的时间冲洗老巢腥臊难闻的房屋,又用一个下午的时间洗净晾干老巢所有的衣被,再用一个傍晚的时间剪平老巢稀疏花白的头发,并在大澡盆里洗萝卜一样,翻来掉去搓尽了老巢遍身的油泥。夜晚,当老巢这辈子第一次面容惨白、身轻如燕、神情自若地靠在躺椅上喝冰糖稀饭,看电视里小女生选美,阚娟慌慌忙忙跑到阳台上收被单的时候,阚娟搂着散发出洗衣粉和阳光干香的被单子,哇啦哇啦地痛哭起来。

"哈,她,哈,她,娟,娟,哈,哈,咋,咋哈弄,咋哈弄的?"

敏感、神经质的老巢,一定是听见了阳台上的啥动静。他不惜一切代价地扔掉手里的稀饭碗,挣扎着就要爬起来。阚娟赶忙抹抹眼泪进屋,咣当一声,把阳台的门关死了。老巢则应声跌坐在他破旧的躺椅上。

## 4

很快,几个星期过去了。二毛私宰生猪被罚款两千块钱,这营生干不成了,二毛同捆蹄只好在商县东菜市批发冻带鱼卖。三毛花钱进了鲇鱼岭一家纺织企业,不过由于美国和欧盟的无耻制裁,纺织厂不日裁减起了员工。三毛于是炒了老板鱿鱼,只身来到双椿市,跻身一家美容院当起了昼夜不分的服务生。

日子似乎过得很平静。但是世上没有不透风的墙,终于有一天,三毛听到了不祥的风声,于是她暴跳如雷、恼怒不已、不请自到地来到了老巢的"新"家。

从踏进老巢家门的第一时间,三毛充满嫉恨心理的眼光就挑剔起来。她恼羞成怒地一会儿说厨房里的小方桌太他妈的油腻,一会儿说老巢家的窗户没必要擦他妈的那么亮,一会儿又说阚娟烧的菜盐总是放过,她现在一口都吃不惯。好像老巢家里的事物,没有一样能让她舒心、满意。孱弱的老巢哈哈喘着,胆怯地靠在躺椅里,习惯性地准备迎接三毛即将大动的肝火。阚娟则一刻不停地擦洗锅盖、方桌和水壶。于是,三毛摔碎了阳台上一只豁了口的破花盆,又把老巢卧室里一款行将淘汰的垃圾桶踢滚了三个过。

最后,似乎为想对策,三毛打开冰箱,熟练地从冰箱里拖出一串葡萄,坐到沙发上,目光呆滞地沉思着吃起来。当她吃到第三颗的时候,那却是一颗发霉的烂葡萄。三毛受到了她在老巢家从未受过的空前大的欺侮,她好看的杏仁眼里溢出两滴让人怜爱的清莹泪珠。看到这一切,老巢受不了般地怪叫一声,用手抓住自己几乎不存在头发的板寸头,翻来覆去地撕扯着。三毛则站了起来,默默地拥抱了阚娟丰厚的腰肢,然后饱含着热泪,永远地离开了老巢的家。

就这样,阚娟过起了有实际内容的日子。在鄢所长专为她转租的一亩薄瘠的岗地里,阚娟闷声不吭地种植、收获着肥大的土豆。在收获的间隙,阚娟直起腰,看着岗冲大地的起起伏伏,心里突然有一点点粗糙无故的激动。这时,豆大的汗珠从阚娟黢黑的面孔上掉下去,杯水车薪般地很快渗入干燥的土壤里。当下,阚娟觉得自己的生命很是精彩。

收获的季节慢慢结束了,老不正经的集邮爱好者老巢,竟给阚娟写来了词不达意、爱恨交加的无聊情书。阚娟不相信自己一辈子还能有这样好的运气。她双手捧着老巢歪扭斜八的情书,像捧着自己失而复得的小心肝,嗷号着跑到鄢家岗的岗头上,扑倒在她常去的那棵懒柿子树下,扭曲着脸放声痛哭起来。

三毛在自己"上辈子欠你的,上辈子欠你的"哭啼声中,心甘情愿地来到鄢家岗镇,操办了阚娟的一切嫁妆。在略有闲暇的盛夏的正午,阚娟和三毛回到了无忧无愁和无知的童年。两人来到通往鄢家河的大北沟,跳入浑浊的沟水里摸起了大胡鲇子。她们潜入水底,又披挂着水底的淤泥、烂草和破塑料袋冒出头来。酷暑中的大北沟升腾起蒸汽,一眨眼间,阚娟就觉得山窝村儿时的光阴不存在了。两天以后,三毛在商县城隍庙买到一对足以乱真的假耳环,于是她乘坐最价廉物美的普快列车,北上省城发展去了。

激动人心的一天终于来到了。在阚娟大喜的日子里,鄢家岗镇人民万人空巷,围坐在镇邮政所褪了漆的大门前,吃着以猪肉为主的流水席。鄢所长则喝得烂醉,蜷缩在邮政所门前的邮筒边,自说自话、手慌脚乱地指挥着婚事的进行。老巢穿着阚娟搓洗过的老头衫,拘谨地乘坐着二毛驾驶的乘风牌农用三轮车,旋起一阵带鱼腥味的热风,腾云驾雾般来到商县鄢家岗镇邮政所门外。东方的太阳,则不失时机地跳出了鄢家岗岗头。

老巢不像是那种宿疾全消、已经完全好利索了的样子。看到他的羸弱而又知道阚娟的壮实的人,都暗自里叽叽咕咕,替他捏着一把冷汗。二婚的老巢彻底晕菜了,他在捆蹄的搀扶推搡下,昏头涨脑、南北不辨地进入了邮政所的大堂,来到阚娟所在的柜台前。"今天的哈邮戳,就是明天的哈邮史。"老巢嗫嚅地叽哽着,手脚僵硬地从随身斜挎的书包里,掏出一堆花花绿绿的邮品,打算摊开在柜台上。但是邮品稀里哗啦散落了一地。看热闹的人前拥后挤地跟随着他,人们善意地哄笑他,一个不落地捡拾掉在地上的花纸片。虽然他们不知道老巢这是在干啥,但他们懂得期待。全场顿时鸦雀无声。

鄢家岗人人都说阚娟"肉",其实阚娟一点都不"肉"。自打看见老巢进门的那一刻,阚娟就忍不住地哭个不停。在人们莫名其妙的期待之中,阚娟高高地举起邮戳,噼里啪啦胡七乱八地在老巢自制的邮品上盖了个遍。鄢家岗人民的喝彩声则不绝于耳、绵延不断。

阚娟嫁给了老巢。从此以后,阚娟虽然不能完全摆脱烦恼,但她有了自己的崭新生活,变成了一个利落能干的小媳妇。在阚娟的抚慰和滋润之下,老巢灰暗的面孔逐渐水灵起来,上午他提笼架鸟在公园里闲遛,并从菜市的波霞豆腐店捎带一块豆腐回家,这样就免得阚娟老想着跑菜市了。下午充沛的午睡起来或夜晚临上床以前,老巢竟然敢于在阚娟跟前说些掺素带荤的挑逗话,而不怕应验三毛关于他将在阚娟身上送掉老命的预言。半年以后,阚娟的腰身更加粗壮起来,这使电话里的三毛以为自己提前耳背了。"娟娟,你真肉,你他妈的真肉!"阚娟从三毛激动不已的话音里听出的是真正幸福的祝福。

## 5

小巢满周岁的时候,从远方的山窝村和鄢家岗传来了最新的消息。山从镇山窝村村民吃死猪肉吃出了猪链球菌,阚娟贫穷的父母双双病亡。阚娟在老巢前奔后颠的招呼下,呼天抢地、披麻戴孝地送走父母,又把小时候吃劣质奶粉吃傻了的小妹小弟接到了身边。靠老巢千把块钱的退休金,阚娟一家五口的日子过得很是拮据。老巢天生是个无忧无虑的乐天派,闲来无事,他定要怀抱小巢,手领小妹小弟,去街头小花园看戏看个痛快。阚娟则总是在厨房里忙个不停,绞尽脑汁地准备一桌看上去还算丰盛的晚饭。她会把啃过的西瓜皮切切炒菜,并把晒干的橘子皮当成下酱豆的最佳作料。

在商县鄢家岗镇邮政所,鄢所长夜晚喝酒归来,掉到机井里淹死了,至今真相不明。而前后投入近五亿元人民币治理的鄢家河却在汛期决了口。鄢家岗镇副镇长商大姐带领群众抢险,又被洪水冲走了。商大姐报了烈士,鄢书记则被撤掉职务,易地做了安排。至此,鄢所长和商大姐名存实亡的婚姻,终于有了个了结。

好些年以后,阚娟和老巢又回到了鄢家岗这里。阚娟的心中还是充满了复杂的说不清的感情,也许就是那种叫耿耿于怀的东西:那时,在鄢家岗这里,取款、汇款、寄信、领包裹的人,人人都说阚娟"肉",连外地来收集邮戳的老巢都敢说阚娟"肉"。阚娟自己更怨汰自己,觉得自己笨、无能、"肉"。

鄢家岗这里通了铁路,还有一条高速公路从鄢家津那个地方通过,一条省道也从这里通过,路面都修得不错。趁驾驶员停车上货的当儿,老巢要下车去转转,阚娟死活不愿意,老巢便让她和小妹小弟以及小巢留在车上。十几分钟后,老巢返回座位。他很遗憾,当年红极一时的老巢,现在的整个鄢家岗镇,却没有一个人认得出他,而他也不认得鄢家岗任何一个人。"邮政所还是老样子,妈的,邮政越来越走下坡路了。"阚娟趴在椅背上装睡,其实老巢知道她刚哭过。老巢才不傻。

汽车开动的时候,阚娟突然搂住老巢骨头比肉多的瘦腰,这使老巢受宠若惊。直到现在,阚娟仍不相信她这辈子会有这样好的运气,会跟上老巢这样完美的男人,虽然老巢的头毛稀一点,白发多一些,人老了一些,身子骨也瘦一些。做饭的时候,吃饭的时候,买菜的时候,和老巢睡觉的时候,她都不相信,她总以为自己仍生活在鄢家岗邮政所盛夏酷暑的小屋里不真实的梦境中。不过,阚娟是个现实的、容易满足的女孩子,她很看重她这辈子唯一碰到但就被她抓住的运气。她打心底下愿意为他们——小巢、老巢、小妹和小弟服务。他们就是她阚娟一辈子割舍不得的命根子。

这就是这一年春天的最后一天,在商县鄢家岗镇省道上发生的一件小到不能再小的小事。两小时后,老巢和阚娟的脚已经踩在省城比双椿市还厚的水泥地上了。三毛扮相妖艳地来车站接他们,她挤眉弄眼地看着老巢。阚娟知道,三毛是有意做给她阚娟看的,三毛不可能从她阚娟手里抢走老巢的。三毛不适合老巢,老巢现在也满足不了身野心大的三毛了。阚娟拉着三毛的手,阚娟现在操心的是另外一件事。

老巢在省城云飞楼邮币卡市场租的一个摊位,明天就能开张。对这件事,阚娟虽然心里一点底都没有,但她知道情况不会比她二十二岁以前更差——放学后和三毛一道上山守花生,困得撑不住蜷在山坡就睡了。二毛找到她俩时,只找到两团黑毛球,她俩都叫山里的大黑蚊子裹住吸贫血了——阚娟只知道,跟着老公老巢走就啥都搞定,走哪是哪,这是阚娟的底线。

# 1984 年的丑男

## 1. 时间、空间以及人物的交集

时间:1984 年——2004 年。
地点:黄淮省灘河地区——川西芭梅县。
人物:宋春萍、雷远飞、赵俪俪。
献词:想我们得不到的;做我们能想到的。

## 2. 进入雷远飞生命范畴的宋春萍

喔,现在,在大姑娘宋春萍的小小卧室里,最后一只会飞的黄豆蛾已经剪出来了,她暂时压抑住内心的喜悦和激动,哼着轻快的乐曲,下楼找来扫帚,打扫干净木地板上的纸屑和遗留。"萍,萍。"妈妈肯定是听见宋春萍上下楼的声音了(妈难得地盘腿静坐在床上做针线活的姿势还停留在宋春萍的脑海里),"你小丫头瞎忙啥咪?可是在备课咪?""妈妈,"宋春萍觉得自己真藏不住事,她掩盖不住自己心情的快活,掩盖不住内心的激情,但她还是决定对妈妈来点小掩饰,也想学着在妈妈跟前撒撒女儿的小娇气,"妈,妈,你管俺弄啥咪,嘻,嘻嘻,嘻嘻……"

妈妈肯定莫名不解就摇头不语,继续做她的针线活了。宋春萍欣喜的眼光立刻又回到在整张床上铺展开来的黄豆蛾身上。"喔,喔,多么可爱的小昆虫、小害虫嗬!"宋春萍轻轻叹息着,尖起她细细的小手指,把它们小心地一一串联在一起。在1983、1984年物质尚不丰富的年代,滩河城街上的大小百货店和街角的小杂货铺还都只能买到这种发出脆响的光连纸。宋春萍觉得黄色比红色要更好一些,因为红色的光连纸颜色有些土,而在她的眼里,黄色却是代表了很好开端的颜色,黄色还表示了上上下下的各种可能性,这也许是她的性格决定的,妈妈的教育思想里也充满了遇事不走极端并留有余地和退路的点拨。宋春萍打开阁楼上的小窗,把豆蛾串挂在窗外的木挂钩上。已经是春天了呢,虽然春风还有点凉,但阁楼下柳树的枝条都开始转绿了呢,那些遇风的豆蛾立刻活泛起来,春风吹得光连纸"哗哗"作响,豆蛾们在早春的自然空间里飞舞,宋春萍春风恣意的眼睛里,几乎涌出了晶莹的泪花。

对街院里的范大毛,带着会跑的儿子冬冬来找宋春萍上郊外剜野菜去。冬冬穿着小丫头才穿的花夹衫,他的留前牙子的头发上还卡着花卡子呢。宋春萍疼死了这个小脸红扑扑的小男孩,止不住抱起他来亲了一亲。范大毛站在一边看见了,笑着说:"看你那贫样子,还是自个找人生一个的好。""你去一边子去!"宋春萍把范大毛一嗔老远,拉上青帮布底鞋,挎上妈妈递给她的浅竹篮,一溜烟领着冬冬跑到了西关外的冬麦地里。范大毛想追都追不上他们。"想小子还是丫头?""那还不都一样嘛!"

满田漫野的冬小麦都已经返青了,花红柳绿的,春天在不着屋舍的旷野里更显得娇蛮,平原上遥远的村庄一片浅绿,春气从田地里丝丝地向阳光明媚的天空升起,几个推独轮车的男人正扭着腰臀向黄河故道进发。宋春萍和范大毛铲下几片野荠菜,就坐在荒野的河坡上说话晒太阳了,河坡上的黄土经过一冬的霜雪冻酥,细细的颗粒温柔异常,装扮成小丫头的冬冬则四处呀呀稚叫着寻找盛开了的野花耍玩。

"他到底哪点好呢?萍,萍,你到底看上他啥了呢?"

"俺也不是很好看呢。"

"你还是学校里连续三年的优秀的年轻教师呢。"

"唉,那俺一定是看上了他的才气才这样的呢。"

"你们又是一个学校的同事呢。"

"他教他的语文,俺带俺的生化,俺沾不上他的光呢。"

"他家庭是贫寒农村,龌龊呢。"

"这个俺不嫌弃呢。"

"他年岁已经不小了呢。"

"嘿,俺的大毛姐,俺今年也都二十六七啦!"

"嗨!"

范大毛扭过头去,一时不再说话。宋春萍脸上红红的,总觉得有点不自在。宋春萍的所有亲属以及认识她的人,都惊奇宋春萍怎么会看上雷远飞。"唔,那个腌臜的小人精……"一米五八的小个儿,长相刻薄、丑陋,性情古怪,走路外八字脚,又好穿长于脚码尺寸的大鞋,于是人送外号卓老二(卓别林老二),但宋春萍却为他的一堂语文课所倾倒,就此为雷远飞移注了自己宝贵的青春和一生的感情。

"后皇嘉树,橘徕服兮。受命不迁,生南国兮。"

也许所有来听雷远飞这堂语文示范课的领导(严校长应该除外)和老师,都不会为雷远飞在课堂上摇头摆尾,时而温软轻柔,时而声嘶力竭的讲授产生什么心理的更遑论生理的反应了,如果不是不屑一顾的话,他们顶多也只会勉强承认雷远飞尚有独到的授课能力。但宋春萍完全不一样,宋春萍听到雷远飞开口说出第一句话,她就觉得自己在雷远飞的面前被扒光,并且瘫掉了,在心理和生理上都瘫掉了。

"这是怎么回事?怎么是这样呢?妈妈救我呀!"1984年,几乎从未接受过正规的开放式的心理学教育的宋春萍,坐在教室里,心急如焚,但无力挽回。她心绪烦乱,浑身发抖,也很难为情,怕为他人看穿,她把头埋在胳膊围成的防线里,以便抵御讲台上雷远飞(完全无意地)纷纷不断抛洒过来的隐形利矢。平时都不怎么正眼细看的同校的一位普通同事,竟有如此张扬的才华,宋春萍惊讶、好奇,也感到非常神秘。"这是什么东西?也许是恋爱了呢?"宋春萍觉得。常常听别人说起,也在小说和电影里看到的恋爱的感觉,一下子竟有过之无不及地来到了自己的身上,她没有任何防备,不禁惊慌失措,惶恐万端。

"喔,我要完蛋了……完蛋了……"宋春萍在心里挣扎得疲惫不堪,她埋着头气喘吁吁地嗫嚅着,生怕当众出丑。

一下课宋春萍就起身跑进教学楼顶头的女生厕所里,不顾一切地狠狠销上了单独的小木门,蹲在池上,涕泗纵横地抗拒命运的作弄。令宋春萍奇怪的是,此后数天,她浑身依旧抖个不停,一天里总是有上厕所的想法,下身也湿濡滴沥,老觉得擦不干净。

"别人是否都如此这般?真难为情!唉,也许只是生病了呢。"

宋春萍疑惑难解,这种事她又没法找人问去。夜晚的睡眠非常不踏实,短暂地睡着后也总会梦见一个古代的大头野蛮人用刀猛扎自己。宋春萍无助地抱住枕头,赌咒发誓这辈子再不济也不会嫁一个比自己还矮小半头的脏男人。"呜呜,呜呜呜,真丢人,真丢人!把你家祖宗三代的人都丢尽了!"

但对自己不断的咒骂、暗示似乎完全无济于事,宋春萍控制不了自己的感情,好几次她特意守在办公大楼不远处的杏树下,看似在等人,其实是在等雷远飞从大楼里出来,看看对他的感觉到底是怎么样的。"呜,呜呜……"宋春萍发出了心底的哀鸣,一瞧见雷远飞她的腿就没出息地发抖,"他是那样英俊(在宋春萍的眼光里),同时还控制不住地闪耀着强烈的智慧的光芒!"她十分明了地知道,唉,人生的事情,怎么能一句话就说得清楚?"唉,唉,遭罪哪,遭罪哪,"宋春萍无可奈何又不无得意地想,"此生恐怕是非雷远飞莫嫁了,唉,莫嫁了。"

既然终归是这样的结果,那与其被动困守,倒还不如主动进攻呢。

生物界的自然法则一旦开始起作用,宋春萍就觉得自己像是换了一个人,在雷远飞面前(如果有机会或偶遇的话),她希望自己变得十分大胆和皮实。"雷远飞,课咋讲得那样好唉?可有啥诀窍?透露一点给俺。"一而再,再而三地在办公楼终年不见阳光的北门拦住雷远飞,向他提出以上这个愚蠢不堪的问题,但过后宋春萍就懊丧得不能饶恕自己。"啊,啊,真笨,我真笨,真笨啊!我怎么会这样笨!这样笨!干巴的语调,生硬的语气,死皮赖脸的做派……呜,啊,啊……我的命真不好哇,哇,哇……"宋春萍扯住自己的头发(当然不是真扯,只是需要一个合适的抓手),遁地无缝。

"唔,唔?"聪明绝顶的雷远飞,一手抱着膀子,一手捻着下巴上不一定存在的胡须,听着宋春萍成熟流利的表述,觉得她虽然并不漂亮,但充满了热情和能力,稳重实在,似乎正是他需要的女人,他仔细地端详和打量着眼前送上门来的猎物,"唔,唔,那你晚上到我屋里来嘛……唔……唔……"

这是一而再,再而三时发生的约定,虽然,宋春萍觉得还是矜持一下最好,但不知何故她不假思索就答应了,一来她没有考虑那么多,二来雷远飞的突然回应使宋春萍没有斟酌的余地,三来她也并不觉得只身前往雷远飞的住处就会有什么和看得见的危险。

如果不是上天的安排,那么就是一种我们还分析不了的法则在起作用,当晚的宋春萍穿了一身过后看来属奇装异服的服装(橘红大翻领上装,最时髦的在滩河地区小城尚鲜人敢穿的踩蹬裤,紫色中跟鞋),乘暗夜黝黑,前往雷远飞在校园最偏僻角落的单身宿舍,那是一排五十年代初建筑的危房,冷清而孤僻,差不多已经没有几位单身男教师在此居住了。

"呕,呕,臭袜子,烟头和垃圾,发黑的毛巾,肮脏的被头,遭罪啊,真遭罪啊!"妈妈唠唠叨叨的口头语现在不由自主就从宋春萍的心里冒出来了,宋春萍伤心欲绝地在心里叫骂起来,"怎么这么不自爱呢!呕,呕……遭罪呢……真遭罪呢……"宋春萍觉得现在已经像自己曾经不理解的妈妈一样地唠叨起来,但说这是个臭烘烘的猪圈是不会有人举手反驳的。于是一分钟以后,宋春萍已经挽起她古怪装束的袖口,大包大揽地卖力洗衣拖地起来。而雷远飞则抽着烟,在层高很高、面积也不算太小的寒凉的房间里一边踱步,一边滔滔不绝地向他无言却忠诚的听众,发表着不着边际的长篇大论。

"封建社会有封建社会的人才观,资本主义社会有资本主义社会的人才观……"

"他真能讲,口才真好!"宋春萍在心里暗暗称奇,也敬佩到了极点,至于雷远飞演讲的观点正确与否,宋春萍觉得自己并不怎么挑剔,能听他口若悬河无休无止地说下去,就是世界上最大的一种耳福和享受了,"怪不得严校长那样护才呢!不像那些背地里说他坏话的有眼无珠的领导和老师,他们不是嫉妒,就一定是无知!嗨,到人家屋里就找活干,我还真是有些贱呢!"

第二个夜晚,沉浸在家务工作和胡思乱想的无上愉快之中的宋春萍,突然被雷远飞单身房间里中断了噪音的静谧惊醒了,夜间的僻静没有了雷远飞的演讲声,竟让宋春萍一下子觉得很不习惯。她停住手中的活计(抹布正擦在烧柴的灶台拐角),慢慢地昂起头来,感觉到身后雷远飞的两只小细手卡在她的两边腰肢上,下身则抵在她的屁股上。

"我要你的这一切。"雷远飞的下身拱了几拱,自信十足地说。

"不要乱来！你乱来俺转身就走。"

片刻的僵持后，宋春萍觉得身后的身体渐渐撤离了，呼……她在心里松了一口气，不过她明确地知道，那不是她的语言和态度所起的作用，而只是身后身体的自我选择。

雷远飞踱步和演讲的声音又响起来："人才观是每一个社会第一位重视的问题，封建社会有封建社会的人才观，资本主义社会有资本主义社会的人才观，社会主义社会是人类历史上出现的最先进的文明社会，人才观是马克思列宁主义的重要组成部分，对不对？对不对？"雷远飞目中无人地咄咄逼人地发问，宋春萍则确认般地点着头，就像一秒钟前啥事都没发生过一样。宋春萍感觉到，他是诚恳的，并没把刚才那事往心里去，也就是说，他想到了就会去做，他不想或觉得不该去做的事，他也会立刻更正。宋春萍因摸准了雷远飞的这个脾气而有些莫名地兴奋："唉，他真像个要人照顾的孩子，忘性这样大。"

不过，宋春萍也同时感觉有点失落和不快："也好，也好……"这倒使她因为留下了一个颇具诱惑的悬念，而心里再次快活和兴奋起来。

于是，宋春萍在既为男女之间的神秘所吸引，又有点担心雷远飞突然从身后卡住她的腰并用下身抵住她臀部的情况下，再次应约晚上去了雷远飞的宿舍。不是，不是的，宋春萍不是完全不愿意，她只是心里有很多的担心和害怕，妈妈的，学校的，同事的，朋友的，邻居的，女人本能的，再说，这才是第三次相约见面，就这么轻易地献给雷远飞，宋春萍觉得很亏。

但事情的发展似乎并不在宋春萍的预算之内，偷偷摸摸到达雷远飞宿舍不到十分钟，正伸长手臂卖力地擦抹雷远飞唯一的油腻中式方桌时，雷远飞突然关了灯，闪电般用他的两只小细手固执地从宋春萍的身后卡住她的腰，并用前挺的下身顶住了她的臀部，同时劝说宋春萍跟他一起去煤矿电影院看一部晚场的电影《钢花四溅》(或者《庐山恋》《女大学生宿舍》《没有航标的河流》《青春万岁》《16号病房》……慌乱中宋春萍记不清了)。宋春萍羞愧难当,使劲甩了两次甚至把雷远飞甩得脚离了地都没能甩掉,这让宋春萍对男人有了初次的认识:哪怕他再小,如果他还是个男人,他都是和女人有区别的。

两人在黑暗里保持着一种古怪难堪的不雅姿势。"这样不是个办法呀。"僵持不下之中,还是宋春萍做出了妥协,答应雷远飞去煤矿电影院看一部晚场的电影。他们在黑暗中各自简单拍打收拾了一番,分别出了学校,在煤矿电影院售票厅后面的阴影里会合。

在那晚余下的时间里,雷远飞近乎无赖地并且持之以恒地骚扰着宋春萍,宋春萍恪尽职守,本能地做了一个正派的女人该做的工作式的抵抗,而在麻木和疲沓了之后,宋春萍则只得无奈地选择了做一只沉默和温驯的羔羊:在售票厅的阴影里,在煤矿电影院厕所后面的臭椿树下,在电影院的座位上,在从电影院返回学校的路途中,在二中校园的高三教室后面……

起先雷远飞只是不断地从背后突袭,抱住宋春萍的腰,踮脚亲吻她的脖子和腮帮,并用下身淫秽地顶住宋春萍的屁股间或拱动一二。当宋春萍对这些标准动作习以为常不再反抗时,他的手就伸进了宋春萍的内衣,向上或者往下;宋春萍从衣服外面抓住他的手,但是很快雷远飞的手突然向下运动至宋春萍的阴私处,并揪住了宋的毛发。"哎哟。"宋春萍神经质地叫唤一声,于是,这种入侵的事实很快也就成为宋春萍合法的自我道德的底线了。

假若当晚在高三教室后面的那些"暗夜里的人性之恶"(雷远飞语)仅此而已,宋春萍可能还是十分满意的,那样宋春萍还会有咀嚼消化的快乐和满足,还会有自己想象和推演的精神愉悦,但因碎砖乱石而脚下不稳的雷远飞,突然像外国人那样捉起她的手疯狂亲吻起来的瞬间,宋春萍的防线一下子崩溃了。宋春萍觉得自己当时完全蒙了,雷远飞的这一招在老实厚道的滩河居民看来着实新鲜,不仅极富创意,而且过于诚恳,令宋春萍因受宠若惊、毫无准备而晕头转向,她捂住发晕的脑袋,听天由命、顺其自然地瘫痪仰倒在二中高三教室窗后的碎砖瓦地上,接受了雷远飞急风暴雨般的生命洗礼……

提上裤子起来后,宋春萍觉得自己仍然晕得站不住,她不知道自己在做什么,也不知道周围有什么人,是什么情况,发生了什么事情,裤衩里则乱糟糟湿漉漉的很不舒服。宋春萍很想回家擦个周身澡,她搂着雷远飞的脖子跟他往前走去,走到雷远飞单身宿舍前面的几株大松树下的时候,他们不由自主地又发生了第二次身体关系。(为什么近在咫尺却不进雷远飞屋里去?当时谁都没有,也没可能细想这个问题。)任凭着雷远飞的主持和摆布,宋春萍抱住了芳香的松树树干,由雷远飞从她身后发起了似乎不逊于前次的第二波进攻,之后宋春萍瘫坐在大松树下很长时间。

宋春萍不知道自己是怎样回到家的。(她记得雷远飞说累了并没有送她回家,她是自己回家用兜里的钥匙开的门,妈妈刚刚睡下,原来时间还并不太晚,其实他们并没把那部不知其名的电影看完,也许仅仅看了个开头两人就跑了,她还记得她对妈妈说在学校给同学补课,黑夜中妈妈并未追问。)

她夜里睡得很死,除中间醒来一次蹲在尿盆上尿尿,短暂地有点身体上的灼热感和心情上丢弃了一段生命的遗憾感觉。宋春萍再次上床仍睡得很死,至第二天醒来时宋春萍才知道自己原来很皮实。"唉,这个人真的很皮实哎……"她觉得自己在身体上和心理上一夜之间就变成了"厚颜无耻"的家庭主妇,甚至连适应期都不必有的。

真是令人吃惊的速度!宋春萍和雷远飞成了二中校园里一对

其实最为般配的开放恋人,宋春萍开始公开地替雷远飞洗衣服、到食堂买饭和打扫卫生,"他俩太般配了,个头,长相,脾气,换个人对他俩都不合适!……"至于他人不可能不出现的议论,在宋春萍和雷远飞的坦然和无所谓中,很快也就销声匿迹了。

雷远飞在宋春萍身边无时无刻不在激情地演讲,一次又一次不断地征服着她,并促使她义无反顾、心甘情愿,不分时间地点、温度风向、方法方式地为他献身,为他贡献一切,并成为他的保姆、监护人、听众和附庸,看电影时雷远飞总是要把手放在宋春萍的会阴处,看书时则把腿架在宋春萍的两腿上,雷远飞精力旺盛,也可能他预感机不可失、时不再来而要抓紧有限的时间(宋春萍后来觉得)从宋春萍身上获取最多的享受和快乐,他随时随地会要求宋春萍张开身体或摆出特殊的姿态来配合他的冲动,看了老电影《马路天使》以后,他就要求宋春萍举起双手贴在墙上由他呢喃作态地胡作非为。他坚持要骑自行车外出郊游,并坚持要在农人可能出没的到处都是羊屎球的荒草坡上和宋春萍发生关系,宋春萍都惯着他,顺着他,积极地和他配对结好,当然,年轻和几乎是初恋的宋春萍在肉体上也是非常需要的。

或许真的是爱情的滋补作用,雷远飞神采飞扬,参加《华东区语文教学竞赛》荣获亚军,参加《华东文学期刊小说联合征文》获三等奖,在学校的声誉日隆,才情无人可挡。但是,他因嘴而福也因嘴而祸,由于口无遮拦,在濉河地区教育界(甚至文学界)任谁都看不起,在学校里把领导和老师都得罪光了,要不是严校长保他,他在二中是根本没法混的。

"黄老师,俺听说了,俺正要去逮他呢,都是远飞的错,"与雷远飞发生不快或者矛盾的老师和领导,都把雷远飞当不懂事的孩子,尽量不同他发生正面的冲突而是找到知情达理的宋春萍告状,"贾老师你别放在心上,雷远飞那个人你不是不知道,他刀子嘴豆腐心,贾老师你放心,俺去说他,俺保证他不贰过,你别跟他一般样……"告状的人总会从连续三年的优秀教师宋春萍那里得到宽慰、保证和承诺,至于今后会怎样,宋春萍三天就摸透了雷远飞,她知道雷远飞在社会交往方面缺心眼是没有第二次的,他只对事不对人,在心眼里是绝对大度宽容的,他不会同任何人无原则地长久结疙瘩。

### 3. 活在自主生命内容里的雷远飞

喔,春天的风景还在继续,似乎还能永远继续下去,扭腰转腚的推独轮车的农人,正渐次消失在平原远端的青绿里,冬冬呢,他跑到有人走过的小路上捉花蝴蝶去了,但他始终在范大毛和宋春萍目力所及的视界里。春天暖融融的阳光有点闹人,有那么三五分钟,宋春萍和范大毛张开双臂、沐浴在温暖的阳光里睡着了,等她们睁开眼醒来时,她们并未发觉春天发生了什么实质性的变化,一切如故、如旧,她们从酥草地上懒洋洋地爬起来,带手剜了几棵沟帮儿上的老荠菜,而后喊上冬冬,轻飘飘地往城里回了。

自那以后,其实也只有短短的三五个月,宋春萍就在雷远飞高频高效的娱乐之下,迫不及待地怀上了雷远飞的孩子并打算立刻同他结婚了。

"你太厉害了……等不得了呢。"

那是衣单衫薄时节宋春萍十分投入的一次对攻战,战后雷远飞正想蜷在宋春萍的怀里睡觉,宋春萍推开他,对他说出了现实的情况和自己的想法,雷远飞二话没说即对此表示完全赞同,并且主动拿出了他在银行的全部存款八百元,交给宋春萍全权去办,当然,妈妈的工作也还是好做的,虽然有求全责备的闲言碎语时不时传来,但妈妈并未觉得雷远飞十分地不好,妈妈也不是那种过于心细的人,"女婿又不是留着看的,实用就行,长那样俊弄啥,再说俺闺女长得也不好看,对得起她了。"跟邻里大妈们在一起时,妈妈大致会如是说。

结婚的手续从学校开了介绍信后很容易就办完了,学校的老师都等着吃雷远飞和宋春萍的喜糖了,时间定在八月中旬一个农历带八的日子(七月初八,也就是阳历 1984 年 8 月 4 日,这倒是宋春萍妈妈亲自并坚持选定的呢),"何必呢,反正时间来得及……"妈妈觉得,整整一个暑假,从七月到八月,婚后小两口能有一小段适应的日子,过后学校就要开学上课了,再说拖下去的话宋春萍是拖不起的,肚子太大到难看,母女俩还懒得听同事和邻人指点议论纷纷呢,至于季节是夏天还是秋冬,那就随它去了,明年春天生孩子,夏天就大了,秋天长点膘,冬天就不是那么难带了——这就是宋春萍和妈妈没怎么口头挑明的如意算盘,按正常时间推算,这么考虑也十分适当及合理。

新房暂且定在宋春萍的家中,雷远飞的单身宿舍据说快要拆除了,长远指它不得,需要时妈妈愿意搬到小阁楼上去住,把楼下的小房间和小客厅让给他们,所有的结婚准备工作都是宋春萍一个人着手准备的,雷远飞和妈妈都是地道的口头支持派,这倒也合乎宋春萍的想法和胃口,她就是要下个大功夫,把婚礼弄得像那么个样子。"对女人来讲,这是一辈子唯一一次的大事情,半点都马虎不得呢!"

领雷远飞来家里看了两次,叫他提提想法,动动手指,不过都太难,妈妈不在家里的时候他还净缠着宋春萍想从背后卡住她的小蛮腰。

"结婚前俺要同你禁止,留到结婚那天俺给你玩个够呢。"

宋春萍觉得半个夏天也许会把雷远飞憋屈坏,但她知道那只是自己说说,并不会当真,再说真能坚持到结婚的那天,新婚当夜的高潮体验,一定会让两个人记得一辈子呢,于是雷远飞答应校团委带部分高二班同学外出搞社会实践去了,宋春萍松了一口气,"嗨,不指他,他也不会干啥事呢,俺眼不见心也不烦……"打扫家里的陈年老灰,给家具或门窗上一遍清漆或紫漆,给素布的窗帘绣一对鸳鸯,暂且把雷远飞和自己的黑白照各自放大一张用橘红木的相框并排挂在床头,俩人的结婚照等雷远飞带学生回来再照也还来得及,宋春萍总会带足满意感地对闲暇过来陪她的范大毛说:"男人那个笨样子你又不是不知道,叫他们干点活还不够烦心死你,真不如都自己做还省心呢,等他回来会钻洞房还不就行了……"

"哟,听你说得还真革呢!"范大毛看着整日兴奋忙碌不停的宋春萍,眼神里时常流露出时光不再的既羡慕又倾心的酷意。

在那些粗笨肮脏的活计之外,谈不上十分心灵手巧的宋春萍剪(或扎)了半个暑假的墙纸、窗花和结婚风铃,那是她最喜欢做的事情,墙纸是梅红色的,风铃是紫罗兰的,窗花是深红色的,宋春萍觉得挑灯孤赏的那种美妙感觉从未体验过,一再做过,再三做过,她忘记了世界上还有另外的任何事情,沉迷在一种最完美的期待和最倾心的小手工的境界里,不能自拔,小阁楼上有点昏黄的白炽灯光经常亮到公鸡啼叫的黎明。

"萍,睡一会呢,结婚时身子骨要紧着呢。"

"哎,(春天以前还不常有的撒娇的声音呢)妈妈!"

如此这般一日一次的母女对话,似乎顺理成章,让宋春萍产生了莫大的错觉,以为生活历来如此,直至在一个暴雨刚过的清晨,宋春萍被自己清亮的答应声"哎"醒,她才恍然发觉身边的事物总有那么一点点不太对劲,是什么呢?她推开阁楼上的(因暴雨将至而关闭的)老式方格木窗,侧耳静听城市里和不知名远方的动静,"时间不多了呢(她指的是从即刻到结婚之间的日子)……"宋春萍的心里突然莫名地烦躁起来,她粗暴地推开身边玲珑精巧的小玩意,天刚亮就骑上自行车来到了黄泰山黄老师的家门外。

"社会实践活动已经结束了呢,老师同学们早两天就返校都散了呢……"

黄老师从门口乘凉的凉床上惊醒,揉着近一个月睡眠不够的眼睛嘟噜着说。

在那一天所有的时间里,宋春萍瞒着妈妈,在潍河城里遍地寻找失踪的雷远飞。第二天,她发了疯地找;第三天,她憔悴万端地找,他的老师朋友,他的麻将朋友,他的文学朋友,他的熟人,他认识并且跟宋春萍提过的人;第四天,她把总务处的钱老师强拉至总务处档案室里,"浍河县涧湖镇雷家庄……"宋春萍在本子上记下这一串陌生的地址,"唉,宋老师,你这是叫俺犯错误呢……你打死也不能讲是俺透露给你的呀……打死都不能讲呀……"宋春萍从未从雷远飞口中听说过这样的地址,她也从未想到要问过,也许是不关心,也许是还没来得及。

"浍河县涧湖镇雷家庄……"那是平原河渠纵横之间的一个小村庄,田野里长着葱绿的玉米,进村的路有些发白,路边成排的大杨树在夏风里飒飒作响,村口站着三棵更加巨大的杨树,杨树下停着一盘沉重古老的石碾子,石碾子旁边有两个赤膊戴旧草帽的壮年农民在给大红牛上套儿,"唔,唔,敢情你讲的是雷大帅?……咱多少年都没见过他家那小子啦,没家来,家来咱还能看不见,这样小个小庄……听讲在地区学校里教书,聪明着来……他两口子?……跟他大伯、大婶长大的呢……唉,唉,那小子聪明着呢……嘀嘀……"

在夏天最后的酷暑里,宋春萍不想离开雷家庄那种虽然暑热但充满了想象氛围的情境,她坐在已经空无一人的石碾子上看着阳光强烈的村庄附近的一切,这里也许是雷远飞小时候常常跑来玩的地方……那还是一个调皮捣蛋的孩子……从这里，就是这里，碾子下边一块有点发紫的大方石……（那样清晰的场面）他从这里爬上，又从那里跳下，跌跌绊绊向村庄跑去……宋春萍眼眶里的水珠像涌泉一样尽情地涌流出来，她甩着头要把伤心的想象甩去，甩去……庄稼地里有一顶鲜亮新麦秸的草帽在快速移动，很快就看见了一个娘们从庄稼地里拐到进村的路上来了，可能是个新婚不久回娘家或从娘家回来的小媳妇，她穿着合体的花衣裳，走路的频率很快，走过石碾子的时候她不好意思地害羞地偷偷看了宋春萍一眼，然后快速地走进村里，并且推开路边的一家大门进去了。

"呜，呜呜……"宋春萍的心里充满了悲哀和凄怨，她抹着泪离开了雷远飞至少在小时候一直生活并且至今（在宋春萍的嗅觉里）还遗留着他的气味的地方。第五天，宋春萍一天都在找，她用充血骇人的目光掘开潍河城里的每一寸土地，一定要把雷远飞抠出来，她深信雷远飞就躲藏在潍河城里的哪一块土壤下面，他只不过是在那里等待她找到他，然后他就会跟她回家不再跟她闹着玩了；第六天，宋春萍找到清水凌凌的潍河拐弯的抽水站旁，她站在抽水站抽水的粗铁管上，不相信会发生什么想不到的和她从未敢想的事情，她心里奇怪地、哀痛地想："这个人莫非已经死了？在自己看不见的一个地方死了？"她现在已经敢于想"死"这样的词汇了，"……活该见人，死也该见尸呢……"她不敢把自己的预感再推演下去，她捂着脸在潍河抽水站的粗铁管上站（或坐）了差不多一天，直到当天的第二场暴雨停歇，妈妈和范大毛扑过来快要抱住她冰冷的身子的时候，她才仰面往后"咣当"一声跌倒下去。

"他真不是人！哪有这样的人！哪有这样的人啊！……"

接下来的数天中，宋春萍把自己关在闷热的小阁楼里等待雷远飞的归来："他真不是人！真不是人！哪有这样的人啊（宋春萍都不敢相信）！比畜生都不如啊！……"她一刻不停地羞愤地踱着步,嘴里喃喃自语着,但她幻想着奇迹还会出现,面子还能挽回,夫妻还能和好如初……

那时节暴雨经常不期而至,然后天边又会呈现彩虹,不过在宋春萍的心里,她觉得小阁楼里的日夜,是没有白昼的,只有夜晚和暴风雨。她头上跌破的伤口发炎感染,深更半夜"咕咚"一声晕倒在小阁楼的旧地板上。在一直守望在窄小的楼梯上的伤心欲绝的妈妈的呼喊声中,邻居们七手八脚地用板车把她拉到医院。"唉,唉,都轻得掂不出分量了呢……"妈妈也流下了几十年未曾流下的眼泪,"遭罪呢……唉,真遭罪呢……"(后来宋春萍和妈妈说起此时的情况,宋春萍心里总是想)妈妈经受挫折一辈子坚强的长城塌掉了一大块,"唉,唉,这孩子小命真苦呢,遭罪呢,真是遭罪呢"……

1984年8月4号是宋春萍发疯的日子,在潍河城大隅口老街那所有些破旧的老式木楼的一间小阁楼里,宋春萍怒吼着撕碎了她曾经极其珍视的那些花花绿绿的纸片,并且从小木窗里扔到燥热的天空中。"他不是人!他是畜生!畜生!"宋春萍一直用大家看不见的剪刀把阁楼的木板墙捅得"咣咣"作响,所有的人都集中在宋春萍家贴着大红双喜的阁楼的楼下,学校领导们隔着门向宋春萍保证一定会严肃处分雷远飞,如果经过调查属实,情节严重态度恶劣,还要报教育局批准处分、开除公职呢,女人们则哭哭啼啼,挨个走到极显陡窄的老式木楼梯口,对着紧闭的鲜亮紫漆门苦口婆心地劝说。

"连畜生都不如!畜生都比他强!"

她们无一例外地都对犯事的人定下了这样的公论。

先前定下来的结婚大喜的日子,就这样撕心裂肺地过去了,宋春萍在阁楼的小木板床上时惊时乍地喘息着,昏睡着,妈妈则鼻子一把泪一把地坐在地板吱咯的床头,咒骂那个遭天打五雷轰的畜生,为女儿遭受的羞辱和女儿今后的命运而忧心如焚。

"开学第二天了,雷远飞还没到学校签名上课呢。"

一直处于恍惚状态的宋春萍,听到坐在床头的张芹老师带来的这个消息以后,从床上翻身坐起来,晃晃悠悠地刷了牙,梳了头,洗了脸,还吃了一碗妈妈千劝万劝她都不吃的糖水荷包蛋,整合了一种像以往一样平静平淡的面孔,头上还扎着在医院新换的白绷带,从抽屉里翻出她和雷远飞在大隅口街道办事处领的结婚证,挣扎着跟张老师一块骑自行车去了学校。

从学校财务科领了她和雷远飞两个人的上月工资(把结婚证拿给会计以做证明),又咬着牙不流眼泪到严校长和教务主任那里请了假,张老师在走廊的一头悄悄塞给她一张一寸的黑白照,"她同学手里的,"张老师担心地看着宋春萍的脸,"唉,就是这个小丫头!农村姑娘,早熟着呢!"

宋春萍把刚领到的工资交给张老师,又张开双臂从腰间抱抱张老师,"告诉俺妈一下呢。"宋春萍抑制着不叫自己哽咽,"俺一两天就回家来呢。"张老师泪眼婆婆地点点头,宋春萍把自行车留在雷远飞的单身宿舍里,她离开学校,在汽车站附近的杂货铺里买了一把锋利的新剪刀,装在当时老师们常用的那种玫瑰色的塑料革单拎包里,进站买了一张农客车票,乘车往山乡春秋镇那个叫西衖的地方去了。

车子离开环城路以后很快就开到了乡下,虽然路有些颠,但乡村的气氛轻松舒缓,宋春萍的感觉似乎好了许多,她觉得能透过一些气来了,但时不时她的心房还在汩汩地往外冒着血水,宋春萍拿出赵俪俪的一寸黑白照捧在眼前看。"遭刀割的人呢,畜生都不如呢!"她骂的似乎还不是赵俪俪,更多的是雷远飞,她怎么想都想不起来,但肯定是见过这个小丫头的,甚至还说过话,或叫她做过什么事,或搬过作业的,"不知是哪一个学生呢,骚货真贱呢!"承受了巨大羞辱的宋春萍,想起由春至夏,再到秋,一天一天发生的事情来,都觉得不能尽信。

农客驶进了低山的地区,山山水水的都清鲜起来,一棵或几棵的大树远远地丛聚在岩石上,路边小片小片的圆石间,都长着绿茵茵的矮草,宋春萍的心里又酸楚起来,"要是跟雷远飞没有这样的事情发生,两个人一块到山乡来,心情会是怎么样的呢……"她不敢再想下去,其实是不敢思想了,她抬起泪眼专注地看着车窗外,山洼里一间两间青瓦黛墙的农舍落后去了,一辆装满毛竹的手扶拖拉机停在一个上坡的地方,这里并没有很大的深山,但这种低缓的山,也颇有悠然无尽的味道。

在春秋镇下了车以后,还要走半个多小时的山路,宋春萍一步一步地走近一个小山村,村里没有一个大人,只有几个学龄前的孩子在一户人家的门口玩耍,在宋春萍的要求下,他们热情地带宋春萍去看赵俪俪的家,她家住在西衕村的一个小山坡上,那是一片很大的封闭式的房子,房子里有很大的客厅,是公用的,客厅的墙根下躺着两头哼哼唧唧的肥猪,还有露天的天井,天井里有古老的石井沿的水井,很可能这里是新中国成立前地主家的老宅子,新中国成立后即被贫下中农分住了。

老宅子里住着一二十户人家,赵俪俪家住在最西边的两小间偏房里,孩子们人架人马上从门楣上拿下来赵俪俪家的钥匙,打开了房门,让宋春萍进去看。

"唔,唔,这就是小妖精的家呢!"

宋春萍一半憎恨一半好奇地慢慢在屋里看,赵俪俪家不大,也没有什么东西,但还是整洁的,地是干净的黄土地,墙上贴着毛主席像,贴着刘晓庆、张瑜、陈冲等人的明星照,还有几张赵俪俪和她弟弟的奖状,除两间小小的偏房,屋里也有个小木阁楼,宋春萍心想那一定是赵俪俪的住处,她缓缓地蹬上小木梯,伸头向阁楼里看,但阁楼里太黑了,什么都看不见。

"她家里没有人吗?"

"都在田里干活来,都在田里干活来。"

"老师,你是哪一个学生的老师?"

孩子们围着宋春萍,争先恐后地回答并提问,不知怎么的,在这些质朴不设防的孩子跟前,宋春萍发狠的心有些平缓下来了,有些狠不起来了,她为自己的这种状态而感到担忧。

在热情的孩子们的引导下,她跟着孩子们离开了老宅子,向山里走去,离老宅不很远的地方,是一片生满了大圆石的山岗,大圆石前面是一个悬崖,悬崖的对面是更远的山岭,悬崖的下面就是成片成片肥沃的稻田,孩子们竞相引吭向稻田里的人呼喊,终于有两个人开始向崖上移动了,宋春萍抱住肩膀,时而看着下面往上移动的人,时而看着山景树林。"我是受害的,我是受害的!"她一直在心里反复告诉自己。

并没有什么特别的情况出现,赵俪俪的父母都是那种朴实、忠厚得让人同情的山民。

"我是赵俪俪的老师,出差从这里经过,顺便过来看一看……"

"孩子在学校上学,辛苦老师呢……"

赵俪俪的父母既不提出任何问题,也不对来人产生任何怀疑,他们只是客气地硬要宋春萍到家里喝口水再走(回到家里临时升火烧开水也大出宋春萍的意料),看样子他们对山外发生的事情是一无所知的,宋春萍几次想把赵俪俪的事情告诉他们,但她觉得他们无法理解那些事情的来龙去脉,也无力去解决那些超出他们理解和能力范围的事情,不过当宋春萍离开那个地名深奥的小山村时,她觉得自己有点从残酷和走投无路的心境中解脱出来了。"眼前的天地还是宽的……"她觉得这一趟来得值。

从山里回来后宋春萍逐渐换了一个人,新学期的节奏她似乎也能跟上了,新一届高一的班主任任命她仍按原定计划带了一个班。"程小琳,叫郭红侠到办公室来一趟。""哎。"看着程小琳欢快跳跃着离开办公室的背影,宋春萍觉得她仍然是喜欢这些天真无邪充满朝气的孩子的。"嗬嗬,站起来的速度真比倒下去的速度还快哪。"看到严校长肯定的眼神,宋春萍对自己似乎有了新的发现和认识,她知道她不是那种遇事就慌的小女人,她是知道怎样区别个人的私事和公家的公事的区域及不同的。

"离开你雷远飞俺也能活呢。"有时候宋春萍突然会这样想,甚至还有片刻的得意,"喔,喔,你宋春萍还真的很难倒下去呢……"她会这样鼓励和奖赏自己,这也使她对今后的生活有了新的目标和规划。

雷远飞的单身宿舍说扒未扒,但新学期一开学又没有了动静。宋春萍请人换了一把大铁锁,但她每天都要去看看,打扫打扫,天晴时开门透透气,晒晒雷远飞的被褥、床单和枕头,雷远飞的其他东西她都一动不动,保持原貌。

"哦,哦,女人到底是贱的呢……"但宋春萍知道自己该做什么和正在做什么,如果有一天雷远飞回来,她会把这里的一切完好无缺地交给雷远飞,为什么会这样想,就是为了争一口气吗?她不知道,也说不清楚,"哦,哦,女人天生真是贱的呢,唉,唉……"雷远飞的工资宋春萍则是毫不客气照单全领的,雷远飞的孩子正在宋春萍的肚子里一天天发育长大,他(或她)需要母亲的营养和母亲无忧的心情,这是雷远飞应该支付的,虽然她还不知道严校长对雷远飞的惜才心态能维持多久。

"宋老师,宋老师……你过来一下……过来……"

宋春萍把结婚证压在了箱子底下,她做好了长期单身生活的思想准备和打算,但是只有两个月稍多,张芹老师传递过来的信息,立刻又促使宋春萍离开已然有规律的生活轨道,往春秋镇的山村西街跑了一趟。"俺长大了,妈妈,俺长大了,妈妈放心吧,你家闺女长大啦……妈妈……妈妈……"一晚上宋春萍都还是基本平静的,但作业她改不下去了,她睡在被窝里听着外面刮起的秋风的声音,墙上曾经挂了半个月的她和雷远飞照片的钉子还在,而现在墙上却显得空荡荡的,"不是人的东西啊……"

宋春萍的心里又有点隐隐作痛起来。

深秋的山村依然是阳光明媚的,虽然热度比起夏天来已经大不如了,看见宋春萍在孩子们的簇拥下突然出现在老宅子的客厅里,赵俪俪几乎吓坏了(更多的可能是没有思想准备,惧怕在乡亲和亲人面前丢人现眼)。"宋老师……"赵俪俪脸色惨白,嘴唇颤抖,泪流满面,她伸开双臂从竹椅子上站了起来,却犹豫着不敢扑进宋春萍的怀里。

终于亲眼看见了还有点孩子气但面色红润、丰满成熟而且还颇有些姿色的赵俪俪,宋春萍心里的一股恶气突然蹿了上来。"他还真有本事挑一个好的……"她恼火羞愤,如果赵俪俪是个丑丫头也许她会不屑于雷远飞和赵俪俪的,"你跟我出来!"宋春萍面露凶光、咬牙切齿地压低了声对赵俪俪说,转身想着"不治死你个小婊子俺不姓俺宋春萍这个宋"! 宋春萍就自顾自地走出老宅,走向村外能够俯瞰悬崖下成片稻田的圆石丛那里去了。

宋春萍转到圆石丛后面没人能看得见的地方,她知道赵俪俪一定会老老实实地跟着她走过来的。"她不敢不来,她不来俺当众就叫她难堪……"

"宋老师……"

宋春萍面向悬崖站着,看着下面苍老的稻田和谷地,小阁楼里的墙壁倾倒、旋转并且突然一抖就扎扎实实地在地面上立住了,宋春萍的心里冷得令她自己都无法置信,她毫不犹豫地相信此刻的女人是什么事情都干得出来、都下得了手、都狠得了心、都一点不会含糊的,原来一个人是可以这样的,片刻间宋春萍好像理解了雷远飞,听到赵俪俪怯怯的声音,不等她说完,宋春萍就返身扑上去揪住她的衣领,抡起右臂,左右开弓地扇向了她的脸。

"你打俺吧,宋老师,你打俺吧,这不能怪俺呀,不能怪俺呀!"真是嫩滑的脸呀,但第一掌太重了(宋春萍后来觉得,她自己的手掌立刻就打麻了),赵俪俪的鼻子马上流出了鲜血,但宋春萍没有停止,她觉得自己是个疯子,她一下一下地扇着赵俪俪的脸:"不要脸的小婊子,叫你贱!叫你贱!俺打残你,打残你个臭不要脸的小婊子!"宋春萍骂出了她有生以来最难听的话,她不知道自己是什么时候、怎么记住这些脏话的,虽然从未实践过,但肯定在什么生活的场景中听到别人骂过,赵俪俪捂着脸不让宋春萍打,宋春萍打不到她的脸,就捏住拳头,不分地方、劈头盖脸地往赵俪俪的头上砸,"不怪你怪谁,不怪你怪谁,你不贱他敢碰你?"宋春萍气急败坏,"你不贱他敢要你?你给我跳下去死!你给我跳下去死!"

"俺不跳,俺不跳,俺不想死呀,宋老师……俺不想死呀……"

赵俪俪抱着头哭求着宋春萍,宋春萍抬脚把赵俪俪往悬崖下踢,她失去了理智,变成了疯子,她下狠心地把赵俪俪往死里踢:"不想死也得去死!你去死!去死!"赵俪俪被宋春萍踢倒在石头上:"俺不死!俺不死!"她哭号着死抱住宋春萍的一条腿,宋春萍下死劲把她往悬崖下踢,但赵俪俪哭号扭曲着拼命抱住宋春萍的腿,宋春萍被赵俪俪拖倒在地,她拼尽最后一口力气用脚尖猛踢赵俪俪的脸,踢赵俪俪的胸脯,踢赵俪俪的肚子,后来她知道她踢不死赵俪俪了,她没有那个能力和力气了,她累得几乎瘫痪不能动了。

"小贱婊子,你给俺去死,你去死!"宋春萍倒在石头上呼呼地喘息。

"宋老师,俺不想死,俺不能死呀……"赵俪俪倒在宋春萍的脚下,捂着脸痛哭。

"不能死？为啥不能死？你还想活着害人哪！"

"宋老师,俺真的不能死,俺一定要活着啊……"赵俪俪痛不欲生地大哭。

"你活！你活着不如死了！"

赵俪俪捂着流血的脸痛哭。

"那好,俺叫你活,俺现在还叫你活……"宋春萍气喘吁吁地说,"你把前因后果给俺说出来！都给俺说出来！"宋春萍突然从包里掏出了那把在汽车站杂货铺买的锋利剪刀,与其说这是要威胁赵俪俪,倒不如说是宋春萍想给自己壮胆,稍微平静下来一点后,宋春萍突然觉得,两个人在荒山野坡上,如果真的较起劲来,她宋春萍未必就一定能战胜年轻力盛的赵俪俪,宋春萍半靠在大圆石上,手里有把剪刀,心里就有底多了,"你说吧,连细节都不许给俺隐瞒！你说吧……"

"俺是雷老师的人了……"

"你是猪！"宋春萍突然打断赵俪俪,号叫起来,"你是猪！你是个臭不要脸的臭破鞋,好,好,赵俪俪,你说吧,你前前后后跟俺说清楚,你给俺说吧,哪件事都不许漏,漏一点俺就宰了你！你说吧。"宋春萍喘息着,休息着,手软得剪刀几乎握不住,"你说,啥时候的事？"

"就是暑假的事……"

"在哪里？"宋春萍想起暑期婚前对雷远飞的禁欲,懊悔得几乎要崩溃。

"开始在学校,后来在社会实践营……"

"在学校哪里？"

"在学校高三教室后面……"

"还有哪里?"(问这样仔细,宋春萍觉得自己多少有点变态起来)

"还有雷老师宿舍门口大松树下边……还有电影院里……"

"我杀了你!杀了你!"宋春萍疯狂地把剪刀扔向赵俪俪,不过没能刺中,剪刀"当啷"一声掉入大石缝中,宋春萍使尽全力扑上去用嘴撕咬赵俪俪,但只软软地咬住了赵俪俪的衣襟,她摔倒在大石头上,膝盖疼得几乎要断掉,"呜,呜,这么短的时间!……"也在高三教室后面!也在大松树下!也看电影!像过电影般的一些片断……想到雷远飞用春天和夏天曾经有效对付自己的那些招数(从后面两手卡住腰,下身使劲顶住屁股,像外国人那样突然捉住赵俪俪的手翻来覆去地亲吻,在大松树下让赵俪俪双手撑住松树树干,他则从后面,看电影时总是把手放在会阴处,在撒满干羊粪球的草坡上雷坚持要身下的人嗷嗷叫唤……),"活流氓……这个活流氓啊……"宋春萍心里痛得受不了,她用手捂住脸痛哭起来。

"宋老师……"

"不要喊我宋老师!"宋春萍声嘶力竭地吼叫。

夜晚,在春秋镇私人旅馆的单间里,宋春萍和赵俪俪挤在房间里唯一的一张大床上,谁都没想过要去吃一点饭,谁也都没想过饿,山区夜晚的气温有点偏低,宋春萍觉得衣衫单薄,但她根本不敢去盖那床看上去实在脏不可盖的大棉被,她也不愿意和赵俪俪共用一床棉被。

"雷老师是俺1984年见过的最丑的一个男人,一个最丑的丑男……"

"虚伪!真虚伪!"

"不过,俺叫他的激情、口才、光环和才气罩住了,俺跳进他的大海里游不出来了……"

"恶心,恶心,真恶心死人了!"宋春萍声嘶力竭地大叫,她嗓子干哑,叫也叫不出多大的声来。

"俺不想死,俺不是怕死,俺跟雷老师说好的俺永远都不死啊……"

"真恶心,真恶心……"宋春萍喃喃自语,不仅是语言上的,她因为嘶喊而真的感觉恶心作呕。

"雷老师决心带俺在社会上以写作演讲为生,但他身上的钱花光了,俺们只好回来了……"(痛哭流涕)"俺想死,俺不怕死,俺想立马就去死,但为了雷老师,俺不能去死呀……"

宋春萍抱着肩膀蜷缩在床的一角,背对着赵俪俪,时而清晰,时而迷蒙地听着赵俪俪断续的哭泣和表白,心里和身上却时而气得发抖,时而震惊万分,时而悲伤绝望,时而冷得发颤。

"不要脸,真不要脸(宋春萍不知道这是在骂谁)!"

"两个畜生,畜生!(她的心气得发痛)你跟他走吧,走吧,你跟他喝西北风去吧!你跟那个不名一文的穷光蛋,我看你们能有啥好结果,他就是个嘴,你卖身养他,他还会再找第三个,拍拍屁股转脸就不认得你了,他就是那种东西,不计后果缺心眼的东西!俺是跟他打过结婚证的,没有办法,你这样跟他图个一时快活最后能落个啥(赵俪俪一直呜咽啜泣不停),真摊上这样的东西,哭都不见眼泪!好,好,赵俪俪,俺不难为你,这事也不全怪你,你给俺滚吧,滚得越远越好,俺给你钱,你上川西去,走投无路你就死皮赖脸上川西芭梅县俺表舅那找件事做,听俺妈说他现在芭梅县文教局工作,多少有点办法,你明天就给俺滚,再叫俺在滩河地区看见你,俺扒你的贱皮!抽你的贱筋!赵俪俪,听见了你就点点头,你点点头……"

赵俪俪呜咽欲绝、泪流满面地点了点头。

"俺滚,俺滚,俺就是不知道你表舅他可能容俺……"赵俪俪号哭着说。

"俺跟他长久都不来往,小时候只见过一面,在俺家吃过饭的,但他人是好人,能容人,你就说是俺的学生,他就一定能容你,能容你……"

宋春萍蜷在床角蜷坐到天快亮,夜里赵俪俪把被披在她身上她也没动一动,店家的鸡叫二遍时宋春萍爬起身来,看看用棉被捂着脸棉被都哭湿透了的赵俪俪,心里突然觉得她也可怜,这样小的年纪她懂个啥,怪还不只怪那个活流氓雷远飞!但宋春萍还是狠了狠心,伸手轻轻拍了拍赵俪俪,丢下来时就准备好的一卷钱,开门离开小旅馆,赶第一班车回滩河城里了。

到城里时已经天光大亮,宋春萍又在那同一个杂货铺里买了一把同一品牌的锋利剪刀,一路往家里走,晕得几乎站不住,但头脑却格外清醒。

"遭罪啊,真遭罪啊!"快到家时听见妈妈在小楼门口骂人,宋春萍的心突然硬起来,她拉开挎包,把手插在挎包里,走到小楼的门前,拨开人群,看见雷远飞瘦小的身体蜷作一团,一声不吭地抱头蹲在小楼的门口,正被邻里乡亲围在一起数落着,"在这里硬蹲了一夜呢……"看见宋春萍回来,众人都七嘴八舌地对她说,宋春萍心一酸,挎包里的手不知怎么就松开了,就当没看见他,侧身进门回了家,在屋里含着眼泪洗梳了一番,又上小阁楼换了衣服,然后干干净净、平平静静地出了门,去学校带班上课了。

中午和晚上宋春萍都没有回家,在学校食堂吃过饭,就开了雷远飞的单身宿舍,闩死了门,在床上休息,宋春萍睁大着眼看着很高很旧的木梁屋顶,不由自主胡思乱想了许多事情,想到结婚前开玩笑对雷远飞禁欲的事,宋春萍的眼泪止不住又滴了出来,一时把肠子都悔得青了,不过转念又想,其实真是自己冷落了雷远飞吗?根本不是,那是雷远飞的本性,就像法国的作家巴尔扎克说的,真的没有必要拿雷远飞的错误来惩罚自己,也许像雷远飞这种男人的这包毒疮,早晚都得冒出这个脓头来才得好。

傍黑妈妈到学校来找宋春萍,娘俩在学校图书馆背影地人不常到的地方讲话。"唉,真是遭罪,遭罪呢……"原来这两天雷远飞都是赖着不走,蜷在小楼的门口过的夜,妈妈出去赶他,他也不走,手里还拿着笔和纸,没人的时候就在纸上写个不停。妈妈一出门,他就打招呼喊一声妈,妈妈斥骂他,他也不恼怒,妈妈不在的时候,他还跟邻居讲话,讲他经过这两个月的事情,知道啥好啥坏了,心里想到的宋春萍,就像自己的妈妈一样,她啥都好,还是他的安慰,是他的依靠,有了她,他就能像小孩子一样,想咋玩咋玩,想咋闹咋闹,天黑了困了就回家找妈妈,趴在妈妈怀里闹妈妈吃饭上床睡觉了,邻居都叫他讲哭了,给他拿吃的、拿草席、被单给他铺、给他盖,"真是遭罪,遭罪呢……"妈妈抹着眼泪,说心里也乱得很,不知道事情该咋收场、该咋样办。

"就他妈的一张好嘴(现在一张口宋春萍的粗口也就出来了),就他妈一张哄死人不偿命的好嘴!"

宋春萍扑在妈妈怀里哭得收不住声,她心灵的堤坝一下子就垮塌得不见踪影了,当天天将黑时,宋春萍大步走回小楼,当着众多邻人的面,大声斥骂着雷远飞,咒他死,赶他滚,但是到了最后,她还是不得不满面泪流,拎住雷远飞的耳朵,把他提溜撕扯回了学校他的单身宿舍。

"俺真是上辈子欠了你的呢……"宋春萍大哭着说。她一边哭泣着,一边点燃报纸和木柴升起了煤球炉,给雷远飞烧水洗澡,给他拿衣服拎拖鞋,给他泡热茶,好酒好菜地招呼他,又关了灯陪他睡觉,由他上上下下地(但同时也是小心翼翼地)作弄。

"俺早晚都还是要走的呢……俺只能给你一年半的时间……"

这是雷远飞和宋春萍完事以后说的第一句和唯一的一句话，这句话惹得宋春萍又哭了大半夜。"你真不是人,真不是人啊,你这个没良心、黑心肝的东西啊……"宋春萍受不了的是他刚从她身上下来就说这种不是人说的荒腔倒板的没良心的话,宋春萍觉得心都被他伤透了。

　　"你真敢走俺就杀你!"

　　雷远飞累了呼呼大睡去,宋春萍则偎在他的怀里,呜呜地流着心酸的眼泪,无奈地默认了她和雷远飞之间的这一种生活现实,"呜,呜呜,俺真是上辈子欠了你的,俺真比那个贱女人还贱万分呢……"宋春萍用牙齿轻轻地啃咬着雷远飞瘦弱的胸脯,她知道他是个耍嘴皮子的,虽然他不作假,他也一贯是诚恳、诚实和光明磊落的(他明白无误地告诉了宋春萍他跟她在一起的期限),但是没有办法,宋春萍明白,吵闹和撕打都挽回不了、打理不净一个(宋春萍在某种时刻认为的)发霉的灵魂的,这辈子缠上他,是该着的,哪怕杀了他,他也还是她伤口上的罪。

## 4. 活在自己的生命内容和雷远飞的灵魂中的宋春萍

　　第二天早晨,当阳光透过落叶将尽的树杈,花花点点洒落在偏僻的危房的玻璃窗上,宋春萍从带有浓烈男性气味的深沉睡眠中醒来的时候,她的幸福感达到了有史以来的最高峰,她把脸颊贴在雷远飞瘪凹的奶头附近,虽然有与雷远飞无语的妥协和默契,表面上的胜利者的心态还是很快就让宋春萍滋润快乐起来。

　　"唉,女人的忘性就是这样大呢。"闲暇的时候宋春萍会在心里带有满足感地这样想,在半个多月的时间里,宋春萍听到过一次赵俪俪的名字(听到那个名字宋春萍就会心惊肉跳),是张芹老师传递过来的信息,说深圳正在改革开放,赵俪俪跟着一个深圳的老板跑了,跑到很远的广东去了。"死了才好呢。"一刹那宋春萍心里突然想,"喏,喏,……"宋春萍捂住嘴不敢想下去,"生和死的事可不是随口乱说的呢……"包括赵俪俪。

从此以后,宋春萍和雷远飞就俨然过起了"幸福美满"的夫妻生活,他们在雷远飞的准危房里生火造饭,洗衣晒被,日出上班,日落睡觉,日子过得似乎顺畅和有规律。在宋春萍的多次恳求和"证明"下,雷远飞的"错误"很快就化险为夷了。他依然是聪明绝顶的,被惜才爱才的严校长严厉批评过的雷远飞,很快就在教学中找回了自己的自信和感觉。他若无其事地重新开始了自己的事业和创造,并且立刻又成为滩河地区教育系统和二中领导、老师关注的焦点,在省教育厅主办的语文教学示范课竞赛中,他轻轻松松拿了个第二名,这也是滩河地区教育系统在此项比赛中的历年最好成绩,地区教育局组织全区语文老师听雷远飞的示范课,省教院也两次请他去给进修教师讲授语文课教学技巧。"在这样的生活里,他大概会很快忘记犯糊涂时候说过的那些昧良心的话呢……"宋春萍既高兴又小心翼翼地体验着雷远飞正在创造的个人历史。

雷远飞在校园里走路时又开始昂起了他曾经耷拉过一段的脑袋,说话又口无遮拦起来,但人们不再去向宋春萍告雷远飞的状,而宋春萍也不再会因为雷远飞的走红而意气风发、神采飞扬,宋春萍知道自己已经变化了,变得心肠硬朗了,宋春萍无数次想找回1984年夏天以前那个温柔、贤淑的自我,但是一点办法都没有,她无法回到从前,无法回到春天的无忧无虑、幸福陶醉的情境中去。

"哦,哦,怎么了……真变了个人呢……"经常无缘无故的,她的心窝里总会有些隐隐地痛,但是因为肚里小宝宝的原因,她努力忘记过去发生的一切不愉快的事情,立志成为一个能胜任工作而又能专心过日子的女人。在经济上宋春萍则是大权独揽,雷远飞永远是沾不上手的,"你对雷远飞有点过分呢……"宋春萍在心里对自己说,但是她暗地里拿死了这一点,而且不容雷远飞讨论,总是有一个可怕的预期在她的心头隐现,使她不由得就焦虑和烦躁起来。"他要存钱留着以后去拐那个野女人呢……"每月两个人的工资宋春萍理直气壮、一分不剩全部揣进自己的腰包,雷远飞有了外快,只要宋春萍听到风声,就一定会千方百计地夺完取尽而后快,甚至当雷远飞还在某中学的课堂上讲课时,宋春萍已经骑着自行车到那个中学的会计室领钱了。

"你不能连打小麻将的钱都不给吧……还要买书呢……"雷远飞并不自信地抗议着,听了雷远飞的话,宋春萍觉得,他其实真的非常不擅长处理生活上的事情,对经济也是完全没有头脑的,她的心悲痛哀鸣不已,因为为一个完全属于自己的心爱的男人打理这一类他一听就烦的琐事,正是女人获取幸福和满足的强项啊,但她知道她宋春萍终将无缘于这个她其实是非常愿意获得和担当的角色。

"小麻将?多少钱一嘴子?"宋春萍压抑着即将疯掉的绝望风暴,尽量平静地问。

"就两分钱一嘴子的小麻将……"雷远飞不识时务傻乎乎地还跟着宋春萍的话说。

"那你不会自己再去挣!你不会去问那个跟大款跑了的小婊子要?!你这个不长骨头的东西,只知道欺负自己家的女人,你算个什么东西?!你连猪都不如!猪都不如!"

宋春萍突然从为未来的孩子做红布兜的针线筐里抽出在汽车站购买的锋利剪刀刺向雷远飞,剪刀刺中木椅背"咣啷"一声掉在水泥地上,宋春萍看见雷远飞脸都吓白了,她冲到墙边拼命地砸墙、捶墙、擂墙。"倒啊!你倒啊!倒啊!砸啊!"但墙并没有倒,甚至连晃都不怎么晃,宋春萍则"扑通"跪倒在墙角,"遭罪啊,真遭罪啊……真遭罪啊……"她号啕大哭,头在水泥地上"嗵嗵"地磕出了鲜血。

"哦,哦,还真是个泼妇相呢!"回想起来的时候宋春萍就会这样给自己定义,但当她摔掉饭碗和搪瓷盆疯狂地发泄,并捂住脸"呜呜"地大哭出来以后,她觉得心里就舒坦了。在她发疯的时候吓坏了的雷远飞很快悄无声息地从宋春萍眼前消失了,他敏感而吃惊地躲到门外,蹲在门外潮湿的墙角旁,两手抱头,陷入一种不能自拔的痛楚之中,而发泄完以后的宋春萍很快又心痛起他来,她出门抱住雷远飞,不由得"呜呜呜呜"地哭得更凶:"进屋吧,进屋吧,听话,进屋吧,外边冷呢,别受凉了,进屋吧,进屋吧。"

进屋关了门,这个(在这种时候宋春萍觉得近乎与世隔绝的)偏远的人生角落一片静寂,宋春萍感到自己非常想要他,经历了这些波折以后,宋春萍觉得自己完全变成另外一个什么陌生人了,此刻她非常想要他———一个男人(不是他也可以是别的任何男人)的野蛮进攻(虽然一定要顾忌肚子里的宝宝),那也许是另一种最最过瘾的宣泄,如果没有,宋春萍会觉得精神和身体上受不了、受不了的,她需要一个男人的疯狂进攻,然后,完事后,她盼望着自己的精神会分裂、分化,像她剪刀下那些黄色身体和翅膀的豆蛾一样,蓦然从她细皮嫩肉的指尖突然起飞,它们轻盈地飞出木阁楼的小木窗,飞往春天里长着麦苗和野荠菜的田野。"呵,呵,从天空中俯瞰大地是怎么样的一种状况呢?"它们会永远在春天明亮的天空飞翔(一定要是春天的,在那样的季节里,宋春萍觉得,那样的季节里才可能有她梦寐以求的终身幸福,一个女人最渴望的美满和幸福),然后(她想退而求其次),它们会飞往某一个看不见的天国,不过它们在陌生的地方会受到隐蔽的东西的横扫,它们会纷纷掉落死亡,哪怕再亲的亲人也会马上就失去,永远都不能再见到……他(或她)的音容笑貌……

"不想它,俺不要再想它(豆蛾们的灾难情境)!"宋春萍此刻迫切需要雷远飞帮助她排遣噩梦般的结局,但雷远飞则好像还没有完全从过度的惊吓之中回到平静的现实里来,也许他开始还有点勉强,甚至还有些不情愿,但宋春萍知道,在女人的肉体面前,男人的兽性很快就会取代其人性的,他们永远会迷乱发昏,至少在短时间内,宋春萍剥光全身,敞开胸怀(对雷远飞她也如此代劳),像一头过分强大的母兽在赏玩一头不同种类的柔弱的小兽,她不要他的人性(因为她相信自己得不到了)而只要他的兽性,雷远飞的身体逐渐温热并摆脱了此前的惊恐场面而被她挑拨起来,于是宋春萍开始近乎淫荡地全神贯注地接受着雷远飞,这时的雷远飞仿佛全然不能满足宋春萍了,虽然他也很卖力,但此时的宋春萍并不觉得是雷远飞在身上或身后的存在,她只是在尽力享受自己的淫欲,直到她觉得疲乏了,她才默默地停歇,也不下床打扫,又精疲力竭地默默睡去,至于雷远飞这个工具,宋春萍已经不像以前那样细微地还要照顾到他的感受,还要为他的存在而操心了。

"你不能什么都想得到,不给别人留一点东西,再说,俺还得靠这几个钱,以后养活你孩子呢。"

过后,宋春萍还是要让理智控制自己,把关于经济上的想法向雷远飞说清楚,或者是向他做一个情有可原的说明,她宋春萍生下来是这样的人吗?是这种在经济上斤斤计较的女人吗?这种行为以前都是让她所不齿的呢,但现在她不这样想了,她觉得对生而活之的生活现实,自己已经不具备以前能感觉到的(也许仅仅是感觉到的)那种把握的能力和乐观态度了,她觉得没有报复、平衡和制约雷远飞的其他手段,经济上的控制倒是最方便和最简单有力的一种补救的方法。"这样也许真的会把他推远呢……"但宋春萍知道自己其实没有别的选择,那一天(雷远飞指定的那一天)总有一天要到来的,她不抱更多的不切实际的幻想。

"哦,不给就不给,那就这样吧……俺下乡支教的事教育局批下来了……也就两月时间……"

"喔……香泉……"宋春萍知道那是一个国内都知名的产花椒的地方,一个新的计划仿佛在一眨眼间就来到了她的心间,她的注意力突然不再那么集中而是非常涣散,她努力地迫使自己回到当下的时空中来,"俺知道了,衣被俺都给你准备好了,被子还叫俺妈拆洗了呢……"

"不过,俺最后离开你的时间缩短了……"雷远飞接着自己的话说,他丝毫不为宋春萍的表态所动,也似乎根本就没有听见宋春萍的好意的发言,"从一年半缩短到……大概是一年的时间……"雷远飞深思熟虑地说。

"随便你,你现在就可以走,跟那个小婊子走……"

"俺不想和你吵架了……"

"嗤,俺想和你吵……"宋春萍觉得自己的挑衅性和攻击性越来越强,"你以为俺想和你吵……"

颠簸近两个小时到达香泉镇中学雷远飞支教的临时宿舍后,宋春萍第一件要做的事就是关上门,把赵俪俪寄给黄老师转交雷远飞的信摔在他的脸上:"真不要脸,藕断丝连的两个畜生,真不要脸,真不要脸!"

但是他们现在疲沓得好像真的不是太能吵得起来了,宋春萍在屋里快速地踱着步,寻找着进攻的良机,雷远飞则淡然地从地上拾起赵俪俪的信,坐在木板床上默默地看了起来:"哦,俺并没有什么要瞒着你的意思,如果……"

宋春萍似乎明白雷远飞在暗示她什么,但她突然什么事都懒得去做,晚上在香泉中学食堂吃过饭以后,他们平安无事地散步般地走出学校,沿着较大的山路走向小镇附近的山头:"这都是花椒树……"雷远飞指着山坡上的许多带刺的小树对宋春萍说,宋春萍点点头,看一眼那些带刺的树,她还把鼻子凑近去闻了一闻。

"你床头看的啥书?""《傲慢与偏见》""唔……""又带上你那把著名的剪刀了吗?"雷远飞手背在身后,看着远处的山林,边走边平静且轻描淡写地问。"嗯……在宿舍的……挎包里……"宋春萍不得不承认,"嗬,有点可惜……如果……"宋春萍停下脚步,她几乎要气晕过去,"噢,对不起,宋春萍,你只剩下半年的时间了,半年以后俺就走……"在雷远飞话音未落之际,宋春萍手中的鹅卵石已经向他的头上飞去,但石头偏离很远地落向山涧里的溪滩,并且发出了经久不断的滚动碰撞声。

"我要杀了你!杀了你!"

宋春萍不顾一切地嘶声大喊,她自己的声音把自己的肚肠都震得有些抽疼了。

而到了夜晚,当雷远飞倒在床上睡熟后,宋春萍从挎包里掏出在汽车站小杂货铺买的锋利剪刀,只放在眼前看了一看,就疲惫不堪地把它扔进屋角一个盛粮食的折子里去了,她走出房门摸进学校的食堂,抓了大半碗花椒煮成汤喝了下去。"也许真像妈妈她们传说的那样,可以打掉这个小孽种呢……"宋春萍捂着有些烧灼的肚子爬到雷远飞的身边搂着他睡下,"要是自己也能跟着(肚子里的)他(或者她)一块走了,可能还更好些呢……"宋春萍的眼角不由得又湿润并流出了眼泪来,她轻轻地往雷远飞的胳肢窝里拱一拱,钻一钻,想要寻找到一些温暖,"唔……唔……"雷远飞在睡梦里动了动,宋春萍趁机搂紧他。

她觉得自己找到了,至少现在暂时找到了,她安心地在雷远飞的胳肢窝和瘦弱的胸脯之间睡去。

传说中的花椒的堕胎功能在宋春萍的身上不起任何的作用,风暴过后的一段时间他们总还会觉得心灵上有一些靠近,那也是宋春萍情绪最平稳也是最容易动感情的时刻,冬天雷远飞从香泉返回后最暖和的日子里他们甚至还去野外郊游了一次,他们躲在平原上枯草凄凄的干沟的凹坑里,地上铺着从家里带来的黄油布,听着鸟叫,晒着太阳(黄油布已经被太阳晒得发热),不知道天气为什么一点都不冷,还暖得让人发困,地上的草也都是干暖干暖的。

"唔……过来,你掉过来,屁股掉过来……"

应雷远飞的要求,其实宋春萍也愿意,宋春萍褪下裤子,只褪到腿弯附近,她侧身半躺在油布上,头枕着干沟的沟沿,而把雷远飞淡紫色的毛线大围巾护在肚子上,这样她就既可以很轻松,能看见原野上的风景,还不怕肚子受凉进寒伤害宝宝,雷远飞在她的屁股后面有一搭无一搭地进出,屁股和大腿在暖洋洋的阳光的抚弄下舒适无比,其实他们是在享受冬天暖和的阳光下一种暂时平和的心态,肉体的娱乐则只不过是助兴的那种搭配和调料。

"你到底是个啥样的人哪,俺真的一点都看不透你,俺都快憋死了……"宋春萍突然抽抽搭搭地哭了起来,她感到雷远飞在她的身后停住了,也能明显地感觉到他的阴茎在逐渐缩小,几近于无,他可能正为自己当前的行为和自己对宋春萍曾经的所作所为而倍感羞愧,"对不起,雷远飞,俺不是有意为难你,俺只想听到你一句实话,不然俺就要被你憋死了……"

"俺喜欢你,但是俺又禁不住她的诱惑,"雷远飞突然说,这种交流是从来都没有过的,在宋春萍的印象里,雷远飞从来都是不屑于同她交流或交换什么看法的,他总是专断的,"也许,真喜欢的还是她吧,跟她在一起没有负担,跟你在一起要承担很多、很多……"

"喔……"

"俺是承担不起的……"他并不说明原因,"你别生气……"

"俺不生气……俺就想问你……那你为啥不走?为啥不现在就走?为啥还跟俺扯巴着不断?"

"俺不能走,俺现在走对不住你和孩子,"雷远飞喃喃自语般

310

地说,"等孩子出生了……俺就走……"

宋春萍内心凄伤地点了点头,"也许雷远飞并没有做错什么,他只是为自己的真性情而生活着,这也不是完全没有道理的呀……"宋春萍眯着眼但眼神不聚焦地看着冬阳迷离的原野,觉得似乎对雷远飞的生活态度和生活观念有了一定的理解了,"但他想最大限度地榨取两个女人的生命和情感资源,这难道又不是自私和自利的吗……"宋春萍在思想上矛盾着,雷远飞体验到了宋春萍身体的和温度的变化,其实也是在宋春萍的默许和鼓励下,他慢慢地又在宋春萍的身后律动起来,宋春萍的身体因被雷远飞有规律的轻轻撞击而向前一耸一耸,她现在觉得,自己越是进入生活的腹地,就越是回答不了生活中出现的各种难解的问题,也许这些问题都是无解的,只要去生活就是了,也许只好这样了,也许只有生活才能给所有的问题一个最权威的答案。

宋春萍的肚子一天天膨胀鼓突,和妈妈、范大毛、张老师她们又重新计算过好几回,都是阳历春天的四月里呢,"这孩子还真是会选时候……"宋春萍一直同雷远飞住在雷远飞的单身旧危房里,她不愿意回到妈妈家里,不愿意回到妈妈和邻居们的旧木楼里去,也许宋春萍追求的就是一种象征,在学校里和雷远飞住在一起,她会有归属感,而那种(不管是多么复杂烦恼多事的)感觉,在妈妈身边,在别的地方,她都得不到。

天气一天一天地变得越来越暖和了,感觉上最后的日子就要来临了,虽然宋春萍早有思想准备,但从心底里,宋春萍还是希望推迟些,还是希望那不是真的,不会变成现实,还是希望生命的轨道会因际缘而改变。

"具、具体是哪一天的呢……"

"那可算不出来,没有哪个人能算出来呢……"

生孩子前宋春萍请了两天假,在家里收拾收拾孩子以后要用的东西,雷远飞则神情紧张恍惚,饭食也几乎禁绝了,但他只说是没胃口,不想吃。"等、等忙完这一阵子就好了。"雷远飞嘴干舌燥、喉头发紧,恍若悬河的口才突然不知跑到哪里去了,宋春萍挺着巨无霸的肚子靠在床上怜惜地看着低头坐在小板凳上的瘦小委顿的雷远飞(像一只被某种看不见的力量拘束住的本来是自由自在的小跳鼠),心里溢满了矛盾和惆怅的感觉,她觉得雷远飞可能有些紧张,也许是无法承受自己生孩子的那种精神和道义上的压力吧,宋春萍觉得可能就是这样。"他快要崩溃了呢,"宋春萍心里酸楚的泪忽然又要涌出来了,她假装叹了口气。

"去喊俺妈妈来吧。"

宋春萍决定了要给雷远飞永远的机会:"你在这里真是啥事都不能做的,还净惹俺心烦。"

雷远飞唯唯诺诺地站起来,晕头转向、不知所措地碰撞着门板走出去了。"唉……"宋春萍看着他的身影消失,她撩起衣襟掩盖住不断流淌下来的滚热的眼泪。

半个小时以后,宋春萍的妈妈和范大毛夫妻拉着板车匆匆忙忙来到了宋春萍的床头,他们有条不紊、举重若轻地扶起沉重不堪的宋春萍,离开雷远飞那间说起来有点危旧但环境安逸的单身宿舍,来到了潍河地区医院妇产科,住进了一间涂成了半截绿墙的病房,雷远飞(据妈妈和范大毛说)则借口上街买卫生纸,悄然离去,再也没有回来,宋春萍此生亦再未与他重逢。

"唉,成全他了呢……"

宋春萍流着泪想到当时的情景。

雷远飞和自己永远是法定的夫妻,宋春萍对此信念坚定、毫不怀疑,她半辈子都在等待雷远飞的归来,哪怕他带着另外一个人,或另外两个人(大的人和小的人),她都能接受,至少在感情上能够接受,随着年龄和阅历的增长,她能够理解许多看似不可能或者荒唐的事情,也开始能够承担更大的所谓情感的"羞辱"和生命的"打击",正因为如此,宋春萍觉得自己生活得很舒适,也很平安,没有什么外在的事情还能撼动或支配她为自己及家人准备的生活。

"剪开个大口子呢……"妈妈心绞般地对宋春萍说。

生孩子的痛苦使宋春萍感受到生命和感情的弥足珍贵,那种皮开肉绽的体会让宋春萍当时发誓永远不再要如此这般经受了,但是当她一觉醒来(其实也只是短短的半个多小时,她精疲力竭后的睡眠医生说对产妇来说是非常需要的,也是产妇身心健康的标志,非常有利于产妇的恢复),看见身边皮红肉粗、皱眉闭眼的儿子时,她激动得四肢发抖,不由得就更改了生产时发下的誓言。

"这就是那么多快乐、高潮、吵闹、信任或背离的产物?"宋春萍接过范大毛递过来的小肉球儿,她的下身不时灼热疼痛,突然来时会疼得她龇牙咧嘴,不过如果可能,她愿意再经受一次这样的极度疼痛,这是值得的,最好也还是跟雷远飞进行的合作,人类的绵延是多么奇妙呀,生理的和情感的东西都掺合在一起了,掰都掰不开,宋春萍把孩子紧紧抱在怀里,妈妈冲过来小声叫着:"萍,萍,你疯啦,疯啦……"范大毛也跑了过来,于是妈妈抢走了宋春萍的孩子,宋春萍倒在棉枕上,再一次昏睡过去。

"喔,有了他(那个孩子),这一辈子还真就不缺啥了呢……"宋春萍总会这样想,这也是她安身立命的根本。

## 5. 尾声:以及活在相互生命内容里的宋春萍、雷远飞和赵俪俪

"妈妈,你一定要给我找回爸爸,你答应过的,你不要骗人!不要骗人!"

"妈妈,火车快到站啦……不过还有一个多小时呢……时间怎

么这样慢……马上就可以回家见到爸爸啦……赵阿姨也在家吗……哈哈……"

"嘿,这孩子,短信发得快着呢……"宋春萍总是把雷电不断发来的短信念给在座的人听,盛夏的暑热还远没有过去,一盆浓郁翠绿的吊兰从窗帘旁的铁钩上悬垂下来,客厅的大立式空调吐出清凉的冷风,使所有的人都觉得清爽,"听说雷电他们大学跟欧洲的哪个大学……""唔,听说还是真的呢……"他们,妈妈,老王,范大毛夫妻,张芹老师,还有黄老师,他们坐在沙发上或皮椅上,看着无声的电视,说着话,等着雷电的到来。

"上屋里歪一会去吧……"妈妈心疼地看着宋春萍,"这一阵哪天都没睡好呢……"

"真的,上屋里歪一会去吧……"客厅里的人都说,"身体可不能累垮了呢……"

宋春萍真觉得有些疲倦了,她进到崭新的卧室里,斜歪在床上,看着对面墙上并排而挂的她和雷远飞二十年前各自拍的黑白照,黑白照的效果真是最好的呢,"可真不知该咋样跟孩子说呢……"宋春萍的心里有一点犯难,也有些发昏,在床上的感觉仍好像坐在沿川西的高山峻岭盘旋的长途客车上颠簸,咆哮的滚滚流水则不绝于耳。

"人生真是过得很快呢……"

二十年里,宋春萍哪时哪刻不打算抱着孩子,四处打听,找到雷远飞?她要把孩子还给他,那是他的孩子,他不能不承担他本该承担的义务和责任,但这只是宋春萍的一种"想法",在现实的生活中她无法以此来约束自己。

也许生理的和世俗的要求更占上风,在长达二十年的岁月里,宋春萍跟三四个其他的男人约过会、上过床、睡过觉,甚至也动过一点表面的小感情,但最终都是无疾而终的,第一个男人是张老师介绍的比宋春萍大近十五岁的三中的一位同行王老师,因农村老婆病亡而单身的王老师是世界上最本分老实的一位老师,他每次同宋春萍见面,都相敬如宾,客气得不得了,并且会主动和宋春萍保持相对固定的距离和规矩,在和宋春萍"谈恋爱"的近一年时间里,他只会帮宋春萍家买煤、拉煤土、买面,干这些被认为是家庭重活的事情,他连宋春萍的手都没想主动拉过一次,但是妈妈喜欢他,妈妈总会在宋春萍面前说他能干,农村出身的老师不薄人,人厚道,隔三岔五就叫宋春萍约他来家里吃饭。"妈妈,这是俺给你预备的一件厚礼呢……"宋春萍看穿了妈妈的心思,两年后王老师成了宋春萍的继父,对妈妈、宋春萍和雷电,他一辈子都是真正放在心里对他们好的。

(其他的男人也许都是不值一提的?但对宋春萍来说,情况又似乎并不完全是这样,她觉得每一位为此目的和她结交过的男人都有值得她回忆的东西,哪怕那个男人有再多的毛病和缺点。不错,李松江太女人气了,他很温存但是缺乏激情,在床上长时间拖着并不是因为激情而只是要表现那种形式,对李松江的"假",宋春萍从心里有些不屑;贾巍倒是厉害的,但他一身的动物味实在叫她受不了,跟他在一起时她会整夜整夜睡不着,那倒不完全是因为一看见宋春萍的身体他就会产生欲望和冲动并付诸行动,而是因为他身上从内脏里辐射出来的强烈味道,一天洗一千遍也无法洗净,他们最后的分手可能正是这个原因,虽然可惜,但宋春萍觉得这也是必须的。)

一晃就二十年过去了,2004年8月下旬的一天上午,宋春萍坐在开往川西芭梅县的长途汽车上,她联想起那一次乘车前往春秋镇西衖村时与今有些关联的情景,不禁心里愈加苍茫起来,出门前,宋春萍把家里都安排好了,妈妈和老王搬到学校刚装修好的新套房里去住(此前宋春萍也分过一次房子,不过比较小),雷电参加校团委组织的暑假社会调查活动要过些天才能回家来,他的小房间早给他留好布置好了,甚至连NBA巨星的招贴画都给他贴好了呢,只是不知可合他的心意,搬家后宋春萍最后一次到老街即将拆除的小木楼去了一趟,看看还有什么东西可能遗忘在那里。小木楼其实还结实着呢,但实在是旧得不成样子了,在滩河城里,这样的房子已经很少见了,实木的地板也大都磨破了,那是新中国成立前滩河城里最有名的一家中药铺,而父亲只是快解放了才进那家药铺的年纪最小的小伙计。

木地板吱咕吱咕的声音宋春萍再熟悉不过了,楼下妈妈的那一小间卧房里,放着几乎全部被遗弃的家当,大木床、大衣橱,还有一架纺线用的紫红色枣木纺车(妈妈都是舍不得的,但宋春萍强迫着妈妈放弃了,新房里也真是没有地方收留它们呢),妈妈会纺线,而宋春萍连摸都没摸过它,当然小时候把它当作玩具时那是例外,宋春萍站在小阁楼的窗里向外眺望,她觉得,天空、卷卷的云、世界、脚踩在木地板上的感觉、旧木箱里翻出来挂在原床头位置墙壁小铁钉上的光连纸黄豆蛾剪纸、小木窗窗框的情况……都和二十年前没有太大的区别,这使宋春萍对人生的感慨更加强烈,不过,妈妈适才发手机短信过来的铃声在这种忆旧的环境里倒是陌生的。"纺车给俺带回来,乖,一定别忘啦!"妈学时髦还真是快的,语气词用起来也像年轻小女孩那么顺手,不知道的还真以为她是个年轻的MM呢。"妈,放心吧,俺记着呢!"宋春萍离开了小木楼,她觉得,历史的一个片断已经跟着她穿高跟鞋的脚步翻过去了,这具体的一页就再也找不回来了。

"嘀嘀嘀,人生真是过得快呢……真是快呢……"宋春萍再一次感叹了。

当天下午一点,宋春萍来到了芭梅县中学的表舅家。

"表舅天黑才会回来呢,你不要急,要好好休息呢,高原反应可厉害着呢。"平生只见过一次的表舅妈耐看而且能干(她年轻的时候肯定是非常漂亮耀眼的,小时候的印象宋春萍已经记不太清了),她典型的藏族的脸型既规整,又刚毅,她是表舅当年做"金珠玛米"时冒着犯民族政策错误的风险"骗"到手的,高原的风、紫外线把她的脸酱得黝黑,但她的热情和开朗却是怎么挡都挡不住的,"我的名字叫仁青拉姆则,你记不住的,你叫我舅妈就好了,我马上就会打酥油茶给你喝的,你可以看看我的房子和周围的风景,在内地是看不到的,很美丽的。"

表舅家的藏式房是建在绿草茵茵的山坡上的,墙体由一层一层紫色、象牙色或褐色的石片精心垒砌而成,非常讲究,令人惊叹!阳光照在背后青翠碧绿、起伏圆缓的大山上,闪亮耀眼,黑色的牛群和白色的羊群在山坡上吃草,一条很细的淡灰色的小路通向山坡的顶处,但是宋春萍很快就回到了仁青拉姆则表舅妈的身边,现在。"酥油茶已经打好了,你开头不习惯的,没有关系,你一定要趁热喝下去,大口大口地喝下去,营养非常非常地丰富。"宋春萍喝下了第一口酥油茶,其实并没有表舅妈说的那么不习惯,她想立刻知道关于雷远飞和赵俪俪的一切事情,"我会告诉你的,会告诉你的,雷老师的讲课才华在整个川西都是第一流的呢,但是你要趁热把这碗酥油茶喝下去,再喝一碗,一定要再喝一碗,这样的话,你的胸怀就会变得像草原一样宽阔,相信我好了,我讲的都是真实的话。"

喝完了酥油茶,表舅妈带宋春萍去路口的塔子那里转塔子,这是她每天都必须做的一件事情。"2004年8月23号的车祸中,雷老师是受了重伤的呢,救援的人员抬他上来的时候,他坚持说他的女友还在下面,要大家一定再下去救出他的女友,他在送医院的途中就不行了呢。"耳朵里听着表舅妈带口音的普通话,宋春萍不时地抬头看着路边走过去的藏民,当公路上有一辆或另一辆红色的小面的跑过去的时候,她会一闪念地想雷远飞会不会在哪一辆小面的的里面,很多年里他一定都是从这条路上回来的,这次他也许从外面办事情又回来了,快到家(他和赵俪俪的家)时他的心情会有些迫切地想到又要回到家了,但他怎么会在这么遥远的一个具体的地方生活着呢?宋春萍觉得恍然间还是不能相信。

9点钟天将要黑暗的时候,表舅带着一个看起来又瘦又小的藏族学生回来了,因为自己的孩子们都已经在成都或康定找到了工作,他是表舅和表舅妈抚养的一个藏族孤儿。"我要请你喝青稞子酒哪,"表舅还是一口的滩河话,作风也像电影里的"金珠玛米"那样干脆利落,"低度的,在咱们内地没有人能喝得到的,你妈妈的身体都还好吗?"宋春萍觉得吃不惯桌子上的牛羊肉,也许是心情没有完全轻松,也许是初来的人都是不习惯的,晚饭后宋春萍还是迫不及待地想知道他们的情况,一切情况,哪怕是各种各样的细节,现在都不必担心什么了,表舅从一个蒙着羊皮的书柜后面拿出了一本川西或芭梅地图(宋春萍始终弄不太明白),"我会告诉你的,所有的一切都会告诉你的,但是,你要先学会认识地图。"

表舅在桌子上打开了地图,翻到宋春萍仍然看不懂的其中一页:"这里是尼玛神山,这里是河水汹涌的绰斯甲河,这里的悬崖是世界著名的,又高大又峻峭呢。"

表舅妈坐在宋春萍的身边,两手温热地抱着她的腰,还把头靠在她的脸上,就像她草原上(有时在电影或电视里看到的)即将开口唱歌的一位女友一样。

"赵老师乘坐的客车就是在这里发生车祸的呢,她要到马尔康去会见从成都讲课回来的雷老师,那一天就变成了人生的一个灾难的日子了。"年轻文雅的扎西老师摇着头悲伤地说。

"那是2003年的8月23号,到了一年以后,2004年的8月23号,咱们农历的七月初八,雷老师乘坐的客车,也是在这里滚下了陡坡,掉进了美丽却汹涌的绰斯甲河,我想他们是一块去了呢,按照咱们滩河老家的风俗,就是可以这样认为的。"表舅用手指指点着地图上的某处,"就是在这个地方呢,我后来还专门到那里去看过一次呢。"

"1984年、1985年?赵俪俪还没到川西来呢,她跟一个深圳的老板跑掉,就是为了从那位老板手里挣到一笔钱,才会同雷远飞一同到芭梅来的呢。"

"雷老师和赵老师真是可惜的呢,"扎西老师发自内心地不断重复说,"真是可惜的呢,他们的感情真的像草原一样纯洁呢。"

宋春萍用毛巾捂住了泪流满面的面孔。"其实雷老师真是可惜的呢,他人真是个很好很有才华的人呢。"宋春萍使劲地点着头,同意着。

"雷老师是坚决不相信赵老师车祸的事实的,他前往马尔康、康定、甘孜、理塘、炉定、德格、成都、炉霍、丹巴、道孚等地张贴寻人的小告示,寻找他痴心的女友,"卓玛老师说起雷远飞来也是叹息不已的,"赵老师生前同雷老师讲好,过两年一定要同他一道回老家看儿子、看宋老师呢,他们诚心诚意地打算要同宋老师和好的呢,年岁大了,他们想家了呢……"几位老师七嘴八舌地述说着,"整整一年中雷老师吃住都在小旅店、汽车站或者火车站的候车室里……""可怜的雷老师有时捡拾破烂,有时吃别人吃剩的盒饭,他的一双皮鞋已经破得穿不住了,他在成都双流机场吃住了一个多月,等候他温柔的赵俪俪的归来……""晚上他打一个地铺在候机楼的一个角角睡觉,早上再卷起来不影响人家的市容……""有许多的人给他捐钱呢,他口袋里可是不缺钱花的呢,不过他一样好东西都不会买的,他说要把钱留下来给赵老师买化妆品用呢……""当地的晚报记者采访他的时候,他说他已经同女友约好了,女友是答应来机场会见他的,他一定要在机场等到她的到来,如果他离开了,她找不到他,错过了唯一的一次机会,他们就永远没有机会见面了……"

表舅妈在晚寝前闭目念起了很长很久的经文,宋春萍在被窝里呜呜咽咽地哭了大半夜,第二天跟着表舅一家来到草原上的时候,她的眼睛依然有些红肿,按照高原自然界的规律,夜间的冷雨按时在上午九点左右停止,太阳出来了,人的身体就觉得暖和起来,虽然温度还不是很高。

塔公草原上的赛马会正在举行,不断有草原上的勇士从马背上掉下来,但是后面跟进的骑手依然疾驰而过,中午在龙灯草原上午餐时阳光已经非常强烈,不远处聚会的康巴小伙子们在阳光下进行桌球的比赛,老年男人半躺在低头吃草的骏马旁打瞌睡,中老年妇女在清凌凌的溪流边梳洗长发,较远处的水葬台四周插满了经幡,姑娘们则手牵手围坐在一起唱着宋春萍听不懂但感觉略带忧伤的藏族歌曲,这使宋春萍的感情更有些受不了,她在毡子上翻身转向南方,闭目流泪但装成了睡觉的样子。

两天以后,宋春萍带着他们的骨灰盒上路了,返回了他们在潍河的老家。

客车离开炉霍以后,其实就有很长的一段路是沿着绰斯甲河前行的,宋春萍抱紧装盒子的旅行袋,挤在浓郁的牛羊的气味里,半醒半睡地随着客车进入流动的云雾之中转眼又行进在寒冷的高山草甸之上,车窗外的风景极其优美,高山巨树,绿草如画,绰斯甲河则咆哮奔腾,汹涌而下。"冤家,我真是你们的收尸官呢。"宋春萍疲惫却又安心地想,但一路上她发现手机都没有信号,其实她是盼着信号的,心切地盼着信号的,不觉间她却沉沉地睡着了。

温度忽然有点上升(也许是温度的上升使她醒来?经过表舅说的那个事故的路段时,她的梦中也并没有出现雷远飞和赵俪俪的画面),宋春萍睁开眼,清醒而敏感地觉得快要到马尔康了,手机的信号也突然出现了,雷电儿子的短信立刻收到了。"妈,俺后天回家。你啥时候回呢？俺到车站接你去,带了爸爸和赵阿姨回家吗?"

宋春萍搂紧旅行袋把脸包在小棉袄里抱着手机哭起来:"儿子,妈明后天就到了呢,乖儿子歇着吧。"宋春萍心尖颤抖,她知道,她带着(或陪着)他们很快就可以平安到家的(乖儿子很快就可以见到爸爸了呢),因为她知道,就在前些时候,火车又一次提速了呢。

2007 年

# 桑　　月

　　青麦的原野里一切看起来都差不多,虽然可能有的地方高一些,有的地方低一些;有的地方离村庄近,有的地方离村庄远;有的地方靠近水源,就有条件成为水浇田,有的地方远离水源,只能成为旱地;有的地方被多条道路或小路切割,田块很小,有的地方根本找不到像样的道路,庄稼会长得连绵一片;有的地方历年贫瘠,需要花很大的成本才能使其肥沃,有的地方曾在历史上一次有名的大水中累积了足够的有机物,三五年都无须施肥……对田野里的知情人来说,这些差异都是一目了然的。

　　傍晚时分,阳光的热力稍有减退,青涩而沉重的麦原延续着一种饱满的情绪。但这种情绪是隐含在泥土、植物的茎叶和距离麦原三到五米高的空气中的,人能感觉得到,却不容易说明白。

　　感觉与知识和见识的确有关,但有些感觉却永远无法改变——当我们一愣神想到这一层事物的时候,麦原的幻灯片式的画面已经由全景切换到了局部。

　　现在,我们所在的是红草沟(因一条短小的长满红草的小沟而得名)。一阵微屑的风吹过,接近田埂的一枝小嫩桑把已经发青的独枝儿轻轻摆了一摆。一直关注着她的小胖头、南风黄、小饱饱和嘟嘟穗们立刻相互摩挲起来,这使麦原发出了"沙沙沙沙"的声响。

　　"嘻嘻,嘻嘻,她摆头了呢,她摆头了呢。"

　　"她多可爱呀,身条多柔嫩呀,你是今年才长出来的吗?你睡醒了吗？"

"我们叫你小靓桑好不好？你从哪里来的？为什么田野里只有你这么一棵独桑苗呢？"

"嘻,嘻嘻,她还贪睡呢,她的芽苞鼓突了,但是叶子还没长出来呢。她还没睡够呢,咱们不打扰她了好不好？"

"夜晚的暴雨会让她醒来的,瞧她那小样,叫姐姐们怜爱着呢。"

"嘻嘻,嘻嘻,嘻嘻,嘻嘻。"

一位八十余岁的老农,背对着正在被浓厚的云层一口一口吞吃掉的太阳,在干白的田埂上,一步一步地走过来。

他只有近一米六的高度,走路倔倔的,身板倒显得不是一般地硬朗。他脸色成年累月叫太阳浆得黢黑,满脸都是像"旧社会"保存粮食的褶子一样的皱纹。他头上戴一顶朽了檐的旧麦秸草帽,肩上扛一把槐木柄的老锄,脚后跟着一只黑黄杂陈的老狗花花。他由生疆湖(不是真正的湖,是一块相对较洼的田地的名称)那边向红草沟走过来,走到红草沟麦原的一处田埂上。他站住,往较远处望一望。他把槐木把的旧锄从肩上摘下来,拄在干地上。

"累了,歇一歇呢。"

像是对老狗花花说,又像是对自己说。老年人拄着老槐木的老锄,缓缓地在田埂上坐了下来。

老狗花花沉重地摇了摇尾巴,然后疲乏地卧倒在老农的右脚边。它的下巴懒懒地搁在小靓桑唯一的嫩枝条上,把她尚未萌芽的枝条压得弯下腰去。

哗哗哗哗,正在抽穗灌浆的青麦们一传十、十传百,对田埂上的突发事件做出了惊讶的描述。但老狗花花总是知道青麦原野里的分寸的,它很快移开了脑袋,小靓桑很有韧劲地弹起了她的腰身。于是,麦原恢复了片刻前的平静。

西天的云层越来越浓厚,凉意突然浸漫过来。老狗花花警觉地抬头瞅了瞅麦原,又侧脸瞅了瞅老农。但戴旧朽檐麦秸草帽的老农正全神贯注、凝滞地看着厚重的麦原。此刻,整个青麦原野沉重地低垂着鼓胀的头,南风黄和小胖头互相搭靠在一起,嘟嘟穗则倚靠着小饱饱。

远处,表示乡村土路所在所往的一排行道树也静默不动——在这一片广阔的原野上,再没有比那些粗壮的大杨树更具有反抗实力的物体了。它们的凝重和沉默,表示了原野对某种预感的屈服。

突然,一阵幼稚的小男孩的呼叫声打破了原野的滞重。

"俺祖上,俺祖上(这表明辈分已经超过了三代),俺娘叫你家去啦,老天要下暴暴啦。"

"俺祖上,俺祖上,俺娘叫你家来啦,老天要下暴暴啦。你可听见啦?!"

小男孩连续地并且还可笑地夹带些斥责腔调的呼喊声也许有点贫,但他对他娘教给他的话倒是尽责尽职地传到了。

循着幼稚的声音望去,青麦棵里的那个男孩,小人儿还不及麦棵儿高呢。他脑袋后勺的一撮毛上扎着红头绳儿,肚子上围着一块红布兜儿。他也不是一个人来的。他身后跟着一位不到三十岁的农村少妇,她头上斜插着一根妖红色的极大的发卡,左手捏着一瓶乳酸饮料。她微弯着腰,右手扎巴着,总离跌跌绊绊走路还不怎样稳当的小男孩一拳远,以防他摔跤(听到小男孩的稚嫩的斥责声她就发笑)。小男孩站住掐田埂边的麦穗穗的时候,她才能直起腰来,拢拢额头上零落下来的散发,转脸向浓重的行道树的土路方向,瞟个一眼半眼。

"这个人,叫俺咋讲他!老天都要下雷暴暴啦,咋到这会还不家来哩!"这是心里讲的话,旁人是听不去的。

324

"俺祖上,俺祖上,俺娘叫你家来啦,你可听见啦?!"小男孩幼稚的斥责声再次响起。

"是俺重孙军军呢,他来唤俺回家呢。"

老农的听力似乎不大怎么好,连老狗花花都是这样。但老农终于听见了他重孙的呼唤声,他满脸的皱纹都像即将萌芽的嫩桑叶那样舒展开来了。他拄着硬槐木的旧锄站了起来(老狗花花也有些兴奋但又有点疲惫地站起来,拿身体蹭着老农的小腿)。他以渴望和寄托的眼神尽力远眺着小男孩呼喊他的方向。

在少妇的指点下,小男孩看见了青麦原野中的老农,他突然启动,飞身向老农磕绊着猛跑过来。少妇尖叫着伸出双手追赶他,老狗花花跃起冲向了小男孩,老农也扔了老锄,趔趄着扑向已经绊在一墩鲜草上的小男孩军军。

他们三个滚翻在一起,小男孩哇哇大哭起来。戴朽了檐的麦秸草帽的老农,伸出糙手抹去他嫩脸上大颗的泪珠。老狗花花用头拱着小男孩的屁股。少妇则轻轻责怪了小男孩一声,把手里的乳酸奶递给他。小男孩歪在老农的怀里,抹抹眼泪不哭了。

"俺祖上抱抱呢。"小男孩在老农的怀里细声说。

"甭逞,祖上抱不动你!"少妇佯装着严厉。

"俺祖上抱抱呢。"小男孩军军仍倚在老农怀里,吸着乳酸奶,柔声细语地撒着娇。

"呵呵,祖上抱抱俺家军军呢,祖上抱抱俺家小乖乖军军呢。"老农使劲抱起了小男孩,嘴里喏嚅着说。

片刻的工夫,青麦原野已经消失了人声。

麦原的幻灯片又由局部的画面切换到了全景式的镜头。沉滞的乌云淹没了天空里的所有,一阵强力的凉风被看不见的蛮力生硬地推送到原野上,整个麦原都因受到无礼的搓动而笨重地晃动起来。天地骤然黯淡了下去,一阵更沉重的黑风推涌而过,无数因抽穗灌浆而看上去感觉笨拙的麦穗惊悚地眨巴着。她们晕头转向，失去理智和控制，互相撞击，或摔碰到近邻的头上、身上。

一眨眼几乎什么都看不见了。接着是电闪雷鸣，冰凉的暴雨夹杂着雹子纷乱地从头顶上砸下来。在吱咯作响的有行道树的土路上，树枝劈头盖脸地断坠到路面。闪电照亮的一霎，只见狂风正恶追一个骑摩托车的黑脸壮汉，从铁路路东，追过阴森黑暗的桥洞，一直追到铁路路西，把黑脸汉子和他的玩具般的摩托车抓起来摔在冻雨、冰雹和泥浆里。

黑脸壮汉翻身跳起来，跃上摩托车又向前乱撞。狂风暴雨再次把他捉起来，摔进泥水坑。一堆断裂的树枝向他砸下。

也许，此刻的黑脸壮汉已经不像个人的模样了，但出奇的是，他的生命力极其顽强。他骤然从泥水坑里再跳起来，又如一阵黑旋风，跳上摩托，驾车狂奔而去，并很快湮没在惊雷骇电和恶风黑雨之中。

倒海翻江一般的折腾，到凌晨才逐渐平息。不过漆黑的深夜里，青麦原野遭受的损失，或发生的改变，一时也是无法盘点的。麦原在激亢过后，亦要经过一段喘息，才能平静下来。

少女白的天际终于渐渐抹上了一层红晕。早晨的空气像冰缎一样清新、清凉、爽滑。

"小饱饱，嘟嘟穗，醒醒，醒醒，太阳出来啦。小胖头到哪里去了呢？"

"小胖头，小胖头。"小饱饱和嘟嘟穗都焦急地呼喊起来。

"呜呜，呜呜，小胖头被冰雹打倒了，她的腰折弯了，暴雨打起来的泥浆糊住了她的上半截身体。"南风黄伤心地呜咽着。

"南风黄，不要哭了，你和我们在一起吧，和我们在一起吧。"小饱饱用青涩的麦穗抚摸着南风黄。

"我们都会照顾你的，"嘟嘟穗轻轻碰了碰南风黄，"时间不多了,西南风就要吹拂过来了,别忘了我们还有孕穗灌浆的重要任务。"

"对啊,南风黄,我们都不会忘记小胖头的,都不会忘记她的可爱的小模样!"周围的麦穗纷纷抚慰南风黄,她们七嘴八舌地说着鼓励的话,"不过,时间真的不多了,如果西南风吹过来的时候,我们还不能灌浆饱满,农业收成今年就要减产了呢。南风黄,一定要振作呀!"

"对,一定要振作呀,南风黄,振作呀!"一个新鲜的、高八度的声音从不太高的空中传来。麦穗们吃了一惊,纷纷抬头去看。

"小靓桑,是小靓桑,她的叶子长出来啦。瞧,她的嫩叶比雨后天空的颜色还鲜嫩呢!小靓桑,你好!小靓桑,你好!"

"大家好!大家好!"小靓桑落落大方地说,"南风黄,振作起来吧,咱们的任务都紧迫着呢,一定不能委顿下去呀。"

"知道啦,知道啦,我的心情已经开朗啦。"南风黄摆动着麦穗,"谢谢小靓桑,谢谢姐姐们。"南风黄挺直了腰身,这样,她就能看见正在升高的太阳了。

阳光哗啦啦啦地倾洒在青麦原野上。但是,这已经不是昨天,不是暴风冰雹前的青麦原野了。水汁充盈的土地上,无际的麦棵都争先恐后地刷新着海拔纪录。黄淮平原成千上万平方公里的地域内,由早至夜,都齐整而又凌乱地爆响着麦棵拔节抽穗的咔吧声。淮河的河床变得稍窄了那么一点点,这是雨水汇入河流的缘故,汛期在四十天以后则会降临。中游宽展无比的黄河河床也见得到那条多出来的曲延水线了,它反光(白天是阳光,夜晚是月光和星光)、细弱,甚至时续时断。就黄河两岸而言,季节变化总是比淮河流域略迟那么一个星期,但这里的雨水也渐多起来。夜晚听得见蛙声一片,人和动物的心情也开始生起了变化。

还是那位八十余岁、只有不到一米六的高度、走路倔倔的、头戴朽了檐的麦秸草帽、肩扛一把旧槐木老锄的祖上吗？（比起那一年来）他的年齿又长了好几岁吧！他依旧戴着他的那顶旧草帽,不过肩上的老锄已经换成了手里的一根细竹竿。老狗花花精神不振地跟在他的脚后跟旁。那个在恶风雹雨里翻滚跳爬的黑脸壮汉,在他的侧后方孝顺地扶着他。爷孙俩过沟上坎,总算来到红草沟长满了即将黄熟的小麦的原野上。老爷子颤巍巍地尽力挺直了腰,觑着在阳光的光线里流泪的眼,看着壮年的麦原。

在麦地的边缘、祖上的左脚边,一棵拇指粗、挂了数十颗桑果儿的桑树,正惬意地迎风摆动着宽大阔厚的桑叶。桑葚儿硕大,有红的,有青的,也有紫的。黑脸壮汉腾出右手,摘了一颗紫红的桑葚,放在嘴里若有心又若无意地品咂起来。

"这一棵桑苗儿,"祖上颤抖抖地用手里的细竹竿敲敲点点,瘪着嘴说,"是大前大前年,俺眼看着她长起来的呢。"

"就是的,就是的,"黑脸孙子顺着他的话讲,"俺们不都是你眼看着长起来的?"

"你掐一颗给俺尝尝。俺没有牙,只剩一颗槽牙啦,俺拿牙花子扁扁味。"

"俺挑一颗沾嘴化的给你,你扁都不用扁。"黑脸汉子讨好地说。

祖上不讲话了,嘴里扁着黑紫色的桑葚,半抖半晃地看着老花视界里的物件。老狗花花则一直卧在麦埂上,偶尔摇动一下掉了毛的尾巴。

村口好像起了一阵骚动。是那个七八岁的男孩军军,那样调皮,人还没有车子高,就歪歪倒倒地骑着一辆破旧的老绿女式自行车,闯出村庄,抄小路奔李楼小学去。插妖红色发卡的少妇打村里追出来,扬着手,叮嘱着他。其实他一句都没听进去,早消失在正由青转黄的麦原里了。

黑脸的壮汉隐约听见他媳妇的咋呼声,他知道又是那小子调皮捣蛋了。"这小子欠俺一顿揍呢!"他想回去揍他一顿,不揍他他皮痒痒。他(黑脸壮汉)的手也痒痒。但他知道他揍不着他,几个人都护犊般护着他呢。再说他也只是有这个念头,真叫他实践起来,他还得好好思量思量。

"俺们家去吧,家去吧。"祖上颤悠悠地说,"你扶俺一把。"

西南风来得稍稍早了三天,小麦减产半成已成定局,但焦根黄、大梢头、小粗粗和睡不够们都心满意足了。没有十成的庄稼,这样的收成,就是大丰收了。

"嘻嘻,恭喜呢,恭喜呢。"小靓桑欣喜地说。

"嘻嘻,小靓桑,谢啦,谢啦。"

白天的空气开始干热起来,夜晚的雨水也越来越少(并非没有),干香的麦气越传越远。

桑月结束前李楼村的人们送走了老祖上:当晚他的最后一颗槽牙叮当响地掉在瓷碗里以后,天快亮时他就倒在牛圈里的一堆陈年的麦草上,永远地睡着了。

送走老祖上隔天的傍晚,刚下过雨的桑月麦原,还部分沉浸在豪雨带来的较强烈的印记中,一个胆大心细的狗屠,在麦原深处的一个地方偷走了老狗花花。狗屠四十岁不到,板寸儿头,粗壮,面相亮堂却俗气,穿一身带有浓烈狗腥气的牛仔式的粗布短衣。

狗屠推着自行车钻过铁路边的旱苇地,他的破自行车后架上吊着皮毛不整、捆蹄扎嘴、老眼无光的老狗花花。从捆扎了老狗花花的那一刻起,狗屠就觉得事情较为不顺:攀越铁路路基时被列车驶过卷起的一粒碎石击伤了嘴角(没有证据,他也纠缠不上铁路的有关部门);钻过铁路边的旱苇子地时他的脚又被去年割苇时留下的尖苇茬刺伤,连同他在小镇上新买的仿制的人造革皮鞋。

生礓湖无遮无拦的太阳晒昏了他的头。狗屠想喝口水,这才发现每天出门前必带的用来盛水的巨大的塑料水瓶不知被哪根苇枝钩走了。待他终于走到红草沟时,狗屠在一棵小桑树边扎住自行车,想喘口气,点支烟吸。但是桑树(以及桑树附近几乎已经成熟的小麦们)突然剧烈抖动起来,桑树上和麦地里栖息的大小昆虫霎时四散扑来,有的迷住了他的眼睛,多数则见肉就叮。一番狂攻之后,狗屠落荒而逃,他刚点起的香烟也在他的胳膊上烫起了两个大火疱。

好不容易脱离了麦原的狗屠,疼得一路走,一路骂着粗口,好不容易才口吐白沫、跌跌倒倒地挨到黄桥镇镇郊凌乱血腥的家院里。

即使催动了寄宿在自己枝叶上的所有昆虫向狗屠发动了一次不对称式的进攻,但小靓桑和焦根黄、大梢头们也知道,那并非她们的终极使命。她们的使命就是在严格的季节的逻辑行程里,分秒不差地出生、成长、成熟。

于是,原野安静下来了。除去风、雨、露、闪电、雷鸣、阳光,在麦原的绝大部分地方,都极少留有人和其他家畜、其他野生小动物的足迹,就算不大的红草沟也是这样。小麦和野生的那一棵(或那几棵)桑苗独自生长着,自我完善着,几乎不为人知地走完自己的一生。

太阳天天都会升起,如果没有遮挡它的乌云和暴雨出现的话。麦香气干燥并且混杂着浓重的泥土气,在桑月里连续的一些晴烈阳光的暴晒下,小靓桑的皮肤突然绷裂了。这将让她的名字与来的那年的形象不十分吻合,新抽穗灌浆的那些妹妹级的麦穗也一定会问出这样的稚气而可爱的问题:

"小靓桑,嗨,嗨,小靓桑,你的皮肤为什么这样粗糙?你的名字是怎样来的呢?"

"唔,这个嘛……"

小靓桑知道自己回答不了这样的问题,但她也知道,她们(小靓桑和她们,以及原野里的其他庄稼和植物)总是会相互扶助、友好相处的。因为狂风暴雨每年都会出现,而她们又从来都非常善良。

太阳快要落下去了,大梢头、小粗粗、睡不够和焦根黄们都低垂着沉甸甸的脑袋,真像睡不够似的,沉沉地打着瞌睡。呵呵,呵呵,她们很快就要休眠啦,到明年才能在红草沟这里再看见她们的基因。

小靓桑还不想睡,在露水落下来之前。她轻轻地抖了抖身体,让身上那些深紫色的桑葚掉落在泥地上,让她们走自己的路去。

"唔,我生存着,我才知道了这一切呀。"小靓桑独自儿这么想着。

# 槐　月

闲李村一位不到三十岁、精瘦但结实的男人二官,穿一件紫T恤,似乎有些闲散。天才刚亮,他就肩背粪箕儿,手握短铲,从村东口出来,向村东南的树林和池塘走去。

而在村西一家农户里,一位同样三十岁左右但粗矮有力的男人,蹲在老屋的门槛上,咽下最后一口香油鸡蛋面鱼子,抹抹嘴,把一只牛仔布的暗蓝双肩包甩到肩上,离开老屋,走到院里。一位扎大辫子、穿都市女子流行的低胸背心的少妇,从屋里跟了出来。

男人在院里站住,点燃一支香烟,香喷喷地吸了一口。

"收了麦再走呢,挨不过这个月麦就熟啦。"大辫子少妇说。其实她不一定知道她的装束和打扮多么地后现代。如果她少晒太阳,并且此刻并拢了双腿,站在都市一个大商厦的门口的话,路透社的记者一定会把她写进自己最新的报道中国的文章里去,而且会与刚通车的青藏铁路及中国的油气战略关联起来。

"老板催着呢。"粗矮有力的男人站在院里,吸着烟,眯眼瞅着眼前刚完工的三间水泥平顶房。院里的碎砖和用剩的白石灰胡乱地散放在地上。白猪头从墙角猪圈的低墙上伸出来,并搭在低墙上,鼻子使劲地吸着。吸到了人气,猪头就哼哼起来。"麦收时还跟二官家走,他家找收割机多少钱一亩,咱家也多少钱一亩,你也省了心了。"粗矮有力的男人边说,边瞥少妇一眼,注意着少妇的表情。

"嗯哪,俺知道啦。"少妇躲开他的眼神,有点心不在焉地回答他。

他心里有点没底,但也没有更好的办法。为了掩饰自己此刻的状态,粗矮有力的男人转身迈腿向院外走去。少妇跟着他,找话和他说:"8点多的车呗?天黑就到了。"

少妇既问又答的话,使男人无法回应,另外,他突然也有点心烦意乱。他难看地皱皱眉头,大步地跨出了院门。

"俺走了。"男人迈着军人一般的步伐向村外走去,少妇则倚在门上看着他的背影。不过对这种习以为常的离别,她也不会有任何伤感的表情。

这时,精瘦结实的男人已经出了村。他站在出了村的路边看了看那些上街赶集的人,不过时间很短。然后他就走到树林边缘一块扎着疏离的树枝栅栏的菜地里,不紧不慢地忙活起来。

树林外的树木虽然粗大,但确实还比较稀少。透过树木之间很大的空隙,能看见一些起早赶集的人,他(她)们有的步行,有的骑自行车,还有的骑着三轮车。骑三轮车的赶集人不是家里做事要大量买东西,就是赶集卖菜、卖鸡蛋或卖辣椒苗、红芋秧子的,不然他(她)不会骑三轮车上集,那样显得烧包,也有点累赘。

这是槐月(桑月、槐月都是农历四月的别称)时节。白天的阳光将会显得很晒,并且越来越晒,所以赶集的人都趁清早天凉快时,匆匆忙忙地往集上去,买了或卖了东西,再匆匆忙忙地往家里回。心里一心的事,谁都不愿意把时间耽误在路上。上学的小孩子吃着烙馍卷鸡蛋,也都走得匆匆忙忙的。

清晨的雾霭尚在村庄、树木、土阜上萦绕。打西边诸村来的赶集人,走到闲李村村口,不再走土大路,而是往右手一拐,拐上了一条被树林浓遮密闭的近道。这里离镇子更近,只有五百米左右,赶集的人穿过几块长势旺盛的麦田,就可以进到镇子里头了。

不过他们只是擦着浓密的树林的边缘而去的——树林其实很

大,中心的树木也更浓密。有一条岔道通往树林的腹地,在树林的中心地带,一连串地卧着四座相连接的池塘。最南的那座(一号塘)较圆大,中间的两座(二、三号塘)显得长而曲折,最北的那座(四号塘)最长大,水面也开阔。

一棵水桶粗的中年槐树斜拦在二号和三号池塘的水面上,像闲李村最能干的农妇一样,她粗壮的根暴露在陡峭的水岸边,紧紧地抓住土地,这样既能够使身体牢固,又能吸收土地里的水分和营养。她肥圆浓绿的丛丛叶片里孕育出无数成串的紫蓝色的花骨朵,它们饱满肥嫩,颗颗相连。一只柳叶大小、嫩绿色的麦丝鸟无声地飘落在槐树的叶丛里,轻盈而悠长地鸣叫着,但用肉眼怎么都看不见她的。太阳升上了池塘边最低矮的一棵毛白杨的树顶的时候,晨雾气短时间内就失去了踪迹。于是在阳光的热烈催动下,槐花盛开,整个池塘都喷香起来。

"啧啧,"一夜沉静此刻仍凉爽的水面赞叹地对槐树说,"打了这样多的花骨朵,你真是不惜力的呢,年年你都是不惜力的呢!"

"这是俺的本分。"槐树有点儿羞赧,"这也是俺一年里最大的事情呢。"

"槐花嫂子,给俺一颗花骨朵儿吃呗。"

一条浑身黑斑的小泥鳅从水草里跃出水面,衔住一颗花骨朵儿又落下去。

"缎儿黑,小心,小心。"碧绿的水草们惊叫起来。她们聚合在一起,缓缓托住了缎儿黑滑软的身体。缎儿黑慢慢地从水草们柔韧的手掌里滑入水中,并在水面上打起一两片几乎看不出来的小水花。

"咕嘟嘟,咕嘟嘟,俺不冒那个险,"一只大龙虾从岸边浅水的洞穴里伸出了红钳子,钳住了一朵飘近洞口的槐花,"俺在家门口也能吃到俺槐花嫂子送给俺的槐花呢。"

"嘻嘻,红钳客,嘻嘻嘻嘻,"水草们叽叽喳喳地说,"谁都能像你那样稳重,像你做得那样好呢?你天生就是防守型的,不但挖了洞穴保护自己,还穿上了又硬又厚的铠甲,嘻嘻嘻嘻。"

"咕嘟嘟,咕嘟嘟,水草妹妹,这就是俺的世界观呢,咕嘟嘟,咕嘟嘟。"

"有人来啦,有人来啦。"麦丝鸟悠长地鸣叫着,轻轻蹬了一下槐枝,飞进了池塘边的树林深处。槐枝抖动着,拂动了水面。水面上荡起微小的涟漪,通知了水草、大龙虾和小泥鳅。池塘转瞬间就恢复了平静。

树林边缘处沉闷的重物的声音和喘息声,逐渐在池塘的空间里放大了。很快,就能看见一团根质感的紫蓝相间的东西,在树干上碰撞着,在干硬的地面上摔打着,在野草上滚翻着,向着池塘的方向而来,并最终咕咚咚咚跌入平静的水里,激起了很大的浪头。浪头扑向池塘对面的陡岸,连续地激荡着、冲刷着。

那团重物继续在水里、泥里搏斗,时出时没。整个池塘地区回响着骇人的动静。不过,时间也不是太长。那团紫蓝相间的东西终于停止了角力,分别激烈地喘吁着爬到池塘岸边的干地上,相隔着一段距离,分坐在不同的地方。气氛一时仍然紧张。

水面和塘区连呼吸都不敢出声,包括种植在树林里晚于季节的节拍的蚕豆。只有阳光依旧无声无息地快速地升高。还有,树林腹地那条路上一辆自行车"叮叮当当"地骑过。是什么人?做什么的?年岁大小?性别如何?健康状况?心情咋样?都不知道。

粗矮有力的男人摸索着点燃一支香烟,呼呼地吸着。精瘦结实的二官却找不到自己的打火机了,他扭动上身,用眼光四面寻找。打火机很可能掉落在池塘里了,这种可能性最大,但也有掉落在菜园地里的可能,一时间无法确定。

"二官,你给俺小心点!"粗矮有力的男人狠劲说。

"你火给俺使使。"粗矮有力的男人把打火机扔给二官,打火机扔在干地上。二官捡起打火机,打火点着烟,吸了一口。"俺该咋着就咋着,俺没啥要小心的。"他回应那个粗矮有力的男人。

"哼!你没啥要小心的!"

"俺没啥要小心的。你蒿子有话说出来。"二官摆出有理的样子。

"哼!俺有话说出来!你心里比谁都明镜!"

"俺不明镜。"

"哼,你不明镜!"蒿子斩钉截铁地说。

"俺一点都不明镜。"

"哼,你一点都不明镜!你哄老鬼!"蒿子吼叫。

"谁对你说的你说出来。"二官聪明地转了一个话题。

"谁对俺说的你不要管!"

"俺不管你也不要诬赖俺。"

"俺不诬赖你。"粗矮有力的男人竟有点气短。

"你不诬赖俺你就不要瞎猜!"二官渐硬起来。

"俺猜?俺才不猜来。"

"你不猜你就不要瞎讲!"二官现在竟然也理直气壮地吼叫起来。

傍晚的大暴雨不仅覆盖了李楼、生礓湖和红草沟,还晃动了整个黄淮麦原、黄桥镇、小黄庄、闲李村、树林、池塘和池塘附属的全部事物。暴雨肆虐了差不多大半个夜晚。村庄(这里指的几乎就是闲李村)一点声响都没有,人们可能都在睡觉。即使没有睡觉的人(睡不实的老年人、有很重心事的人)也都在漆黑的屋里老老实实地待着。他们在这样大的、虽常有间歇但间歇时间很短的暴雨里无能为力,所有的事都得等到暴雨停止以后的天明,才能去做,去想办法,去尽可能解决。也有的事根本不可能解决,他们只能愁一愁,愁过了,也就是这样了。

天亮以后,得益于雨水的充沛灌溉,麦原像面包一样高速地膨胀、蹿长着,无可匹敌。雨后的天空划过一些麦丝鸟飞翔、游荡的痕迹,不过人的肉眼是看不见的。人的信息接收器官只能接收到那些散落在碧蓝天空中的音符(如果人的心境足够宁静的话),那是麦丝鸟早已飞远后遗留下来的零散信号。远远地响起了一两声客运列车起程的汽笛音,不过,那更像是广远的青麦原野的背景音。它提醒我们这个世界是立方的,不仅仅有这里的一块原野、一方麦田、一丛村庄、几条道路、一片树林、一泊池塘,还有其他的,信息甚至同等丰富。

池塘里的水已经涨至落雨后的最高点了,水线逼近了槐树的根部,槐树的一小部分枝叶和花都浸在塘水里。池塘里的水看上去十分浑浊,水湾里和水面上还漂浮着草末、断蚕豆梗、各种花的腐朽物以及陈年的玉米秸。树林里的空气潮湿但极清新。(树林里)又有一些桑树结出了青涩的果子,向日葵在树林东缘的土阜上面向东方展开了它的巨大的叶扇,菜地里的豆角甚至迫不及待在夜间就已经开花结荚了。

有人到池塘边来了,是精瘦结实的二官。他穿一双黑色的高腰胶靴,肩上背着粪箕,手里拎着一把铁铲。随着他在被雨水泡透了的土地上的艰难行走,带些黏性的泥顺着他的靴帮不断地往上爬动,最高的一小块泥已经掉落进他的靴子里去了。他不得不粗骂一声,停止行走,用一只脚着地,把另一只脚的靴子脱下来,在树干上磕去里面的泥巴,再把脚穿进去,继续行走。

二官是这一天唯一一位光临池塘的客人。他来到池塘边,看着几乎蓄满了水的池塘,略微停留了片刻,似乎没有任何思考或者表示,他就转身离开了。

太阳升起了、运行着、落下去。

"有谁愿意和我说句话吗?"小泥鳅黑缎子从浑浊的水面上跳起来,又哗啦一声落入水里,"水底的气氛太沉闷啦,简直要憋死我啦。"

"嘻嘻,头还有点昏呢,很不好意思,水里的杂质太多了些呢。"水面慵懒地呢喃着,"不过,相信很快就会好的,现在已经觉得自己的容貌越来越清秀了,哈哈。"

平原和池塘都在沉淀着自己的历史和面貌。阳光遗留在青嫩的小麦、槐树的枝叶、池塘和泥土里,并转化为叶脉、果实、比黑缎子更小的小小泥鳅、比红钳客更小的小小龙虾、泥土里种子的信念、麦丝鸟鲜艳的羽毛。不过,槐月过得实在是太快了,平原上的气味已经完全改变了香型的系列。干燥的西南风掠过麦穗的梢头,使之焦脆。池塘里的水由满溢的浑浊到沉淀后的清澈再到几乎清浅见底。白昼水面如煮,黑缎子和他的伙伴们只能在夜晚天气凉爽时才好出泥觅食。红钳客隐蔽的洞口早已暴露在阳光和空气之下了,即使一丛好心的水草在干死前把自己的尸体覆盖在洞口之上也无济于事。终于有一天,一群放麦假的调皮男孩扛着铁锹来到池塘边,他们一眼就看见了水线以上的虾洞。在近半个小时的努力深挖之后,红钳客被提着巨螯扔进了孩子们带来的竹篮里。

槐树在烈日的炙烤下叶片绵软,水草则匍匐在塘底的湿泥里。收割机从这一天的清晨就开始在树林外的麦海子里遨游了。除了听到(因距离远近而产生的)时大时小的噪音,还不时看得见天空中升起的一阵阵杂质,那是收割机工作时的副产品。正午时分收割机开进树林灭火歇息。精瘦结实的二官腰间系着方形的腰包,三下五除二就把上午的账算给了机主。

机主和机手喝光吃完二官老妈送来的汤、饭、菜,倒在地上分秒必争地打起了呼噜。精瘦而又精明的二官拉紧腰包上的拉链,甩开大步前往树林深处的池塘里洗脸洗手。

那时,树林和树林里的池塘都安静得不见人踪。二官站在大槐树的树干背后,看着撅腚蹲在池塘边、正尽力想从泥水里捧出一捧水抹在脸上的、穿低胸背心的大辫子少妇暴露出来的后腰:那样宽厚的腰和大屁股,照乡里人的看法,一定是个生孩子的能手。不过她再能生,政策也只准她生两个。她展现不出她的才华。

"看啥啦你。"穿低胸背心扎大辫子的少妇头也不回地轻声说,"没见过咋的!"

二官啥都没说,跳进池塘的泥洼里,弯腰撅腚挖了个坑。

他们分别沉默地坐在池塘的岸上。二官点燃一支香烟吸着,穿低胸背心的少妇看着泥洼发呆。

清水很快就泉满了泥坑。"你洗吧。"二官细声说。但是扎大辫子的少妇却用右手撑着地面,站起来默默地转身走了。她片刻不停地绕过大槐树,离开池塘,走进树林,消失在树林的静默处。二官则一直沉默地吸着烟。

黄淮流域的小麦基本收割完毕时,相对而言的"雨季"开始了,三天两头总会有一些雨水光临。不过,人们的心情已经十分轻松了。

"嘻嘻,今年老天爷真是帮忙呢,嘻嘻,嘻嘻。"水面听到槐叶发出一些窸窸窣窣的响动的时候,知道她醒了,于是就轻言细语地和她说话。

"就是呢,"槐树伸展着枝叶,"该下的时候下,该晴的时候一定晴呢。"

天已经放亮,太阳快要出来了。水面适中,水量既不过多,也不太少。水草在水面上微微地晃动着,黑缎子把嘴伸到水和空气交接的地方,吐了几个小气泡,又潜入了水底。几只青皮细鳌、面孔陌生的小龙虾,正忙着在水岸边打洞。麦丝鸟突然无声地降落在槐枝上,婉转而悠长地歌唱起来。

槐月就这样非正式地过去了。

# 广　　场

## 网络

"嗨,小甜心,俺好困困……"

"嘿,大青虫,胖胖妞妞……"

"小甜心,小甜心,进行咱们的结束仪式吧……"

"嘿,嘿,大青虫,胖胖妞妞……"

"在乎俺就跟俺玩游戏喽……"

"听起来近乎要挟,哈哈……"

"没有啦,你的自由和权利不容侵犯……"

"嗬嗬……游戏,游戏…………"翟永军还是没想好,他不一定想陷得太深,或者说他依然顾虑重重。

"好啦,好啦,洗好你的屁屁上俺的床吧……"

"那好吧,"翟永军意犹未尽,似乎还有一百个不愿意,"那好吧,那好吧……"

"嗨,俺真好困困……"

"嘿,嘿,……"

"结束仪式开始啦……"

"嘿,嘿,嘿……

"洗干净你的臭屁屁……"

"嘿嘿……嘿嘿……"

"倒计时开始,10,9,8,7,6……"

"哈哈,偶迫不及待,已经上了你的香闺床啦……"

"哈,哈(打哈欠的声音),你好臭啊,好臭啊……"

"嘿,嘿(憨厚的招女孩子喜爱的声音,此刻已经顾不上说话啦)……"

"你好坏,好坏啊……"

"我真的顾不上、顾不上说、说话啦……"

"…………"

"该你叫啦……"

"啊,啊,真的很勉强啊……"

"嘿,那好吧,改天见吧……"

"小甜心,改天见,改天见……"

"改天见……"

梦幻般的场景在迷蒙的眼前渐渐消失,一种难以言述的快乐感觉也慢慢褪色了。翟永军关闭电脑,打开门,到走廊那头的洗脸间用凉水洗了把脸。抬头就是一面明窗,明窗外的空调台上传来几声野鹌鹑的梦呓,踮起脚尖,把脖梗扭到几乎折,才能看见一对野鹌鹑在这个向阳的空调台挡墙后面垒的窝。是野鹌鹑吗?野鹌鹑是家庭式一夫一妻制的生活方式吗?翟永军是翻阅过《鸟谱》才自认为它们就是一对野鹌鹑的。至于窝,鸟窝,那是树枝、紫红色塑料绳和毛发等物质的混合体,翟永军观察得很仔细,特别是有关塑料绳的细节,他觉得,不仅仅人类在无所不在地使用化工产品,聪明可爱的鸟类也在使用。也许它们别无选择。在人类主宰的这个星球上,人类和鸟类,和所有生物,难道不都是捆绑在一起的吗?一荣俱荣,一损俱损,翟永军习惯于用职业的社会学视角去看问题。

关于城市十五楼上的鸟窝,这是翟永军的小秘密。野鹌鹑只是在人们下班并入夜以后,才会回到鸟巢休息。翟永军觉得,就是类似于鸟巢这样的小秘密,才使生活充满了魅力和滋味。从十五楼看深夜里的城市,翟永军内心会产生一种别致的感觉,那就是他仍在承担上天赋予人类的某种使命的感觉;只要在夜深人静的深夜走到窗口,不管是哪个窗口,是单位这个十五楼的窗口,还是家里那个五层楼的窗口,翟永军都会有这种感觉。也许每个人在这种情况下都是这样感觉或认为的——翟永军有时会这样想,但他还是相信自己的独到。

翟永军甩开胡思乱想,回到办公室,给娇妻打了个电话,说他马上回家。

"你还没睡吗?我也许明天要出差呢,最迟后天。小欢欢睡了吗?小笨笨呢?"小欢欢——那是他们的宝贝女儿;而小笨笨,只是一只可爱的宠物狗的奶名。

"我已经上床了,小欢欢搂着她的福娃娃(一种玩具娃娃)睡着了,睡得香着呢。小笨笨已经连打两次哈欠了。你又工作得这么晚呢,我留着门等你回来吧。哦,亲亲,亲亲。"

"亲亲,亲亲。"

"噢,对了,市政府电话,他们还是想请你搞城建和城建色彩功能论证,只是社会学方面的,你还是不准备接吗?"

"喔,我再想想,再想想。"

"哦,老公,回见。"

"老婆,回见回见。"

娇妻温软柔美的话总是让翟永军感动和舒缓。她是一个令人着迷的奇迹,一个永远美貌、永远年轻、永远洞察一切、保持理性的奇迹。翟永军离开办公室并走向电梯,但电脑屏幕上带有个性化特征的问候语还若有若无地在耳边响着。

"呕,小甜心,小甜心……"

"嘿,大青虫,胖胖妞妞……"

翟永军不知道沉迷于这种他自己命名的所谓"适度的、能理解的和必要的精神出轨"最终会产生什么样的结果,会对什么人或什么事造成伤害。其实只是一种游戏,翟永军坚持这样想,这是当代人必要的精神生活;另外,自己的理智和控制力没有问题,是第一流的,不会有什么失控的事情会发生在自己身上。没有迎头撞见大青虫之前,翟永军的学术生涯仿佛已经走到了尽头,对课题的承担也失去了兴趣,他似乎失去了前进的方向和目标,失去了攀登的动力和兴趣。就学识、思想和研究能力来说,翟永军觉得,在微丘省社会科学院,除了自己所在的社会学所的老所长老管,他现在已经没有真正能看得上眼的人了。商院长?怀才不遇的人,七年的市长干下来,没有合适的位置安排,只好来社科院"养老";姜院长?没法让人不同情他,曾经全省最年轻的县长,当农科院院长时一桩永远无法定性的桃色事件,让他降级来到了社科院;涂院长,不学无术的东西,学术永远只是他的敲门砖,但政治之门未必就不会被他连推带砸带敲地弄开,他也是翟永军最看不惯的人;只有老管,管所长,他既做得一手好学问,又永远是那么睿智,他的"百岁功名无足道,十载德业照千秋"的辩证唯物主义式的警句,使翟永军佩服得五体投地,他觉得,在微丘省,他这一辈子只能拿老管做楷模和参照物了。

"呕,呕,小甜心,小甜心……"

"嘿,大青虫!你这个农田里的死害虫!农民伯伯的死敌!"

"哈哈!……"

翟永军在电脑键盘渐去渐远的嗒嗒作响的余音声中回到了娇妻的床前,卧室里总是有一股含笑花的清淡香,翟永军永远都会觉得娇妻的无尚高雅和温情,这也是他从不怀疑的。翟永军站在床头看着酣睡中的娇妻,她立刻心有感应地睁开了蒙眬而迷惘的大眼睛,并从被窝里伸出粉嫩温热的小胳膊。在这种时刻,翟永军无法不立刻对人生大满足并且大快乐了。"哦,女人啊,女人,你真是男人理想和事业的大敌呢!"翟永军马上就会这样想。过于舒适的生活,使翟永军觉得会失去行动的动力,也会丢弃行动的愿望和冲动。但这又并不是娇妻和家庭的错误呀。难道一定要迸发婚姻的危机、爆发家庭的暴力和冲突,才能出现创造和前进的动力吗?

脱衣上床,娇妻的粉臂已经箍过来了。

一刹那,翟永军突然决定了,他要和大青虫玩那个找 MM 的网络游戏,他要去试探一次一种崭新的背景虚拟的新生活。注意,是"试探",而且就"一次",翟永军提醒自己。

"明天真是要出差的呢,是上午十一点半的火车呢。"翟永军深感抱歉和内疚地喃喃自语。

"嘀嘀。"娇妻单纯而迷人地梦幻一样地轻轻笑道,"那就早点睡吧,嘀嘀,进来早点睡吧。"

于是万籁俱寂。

## 旅行

"小甜心,俺晕,真的是你吗?嗨,是你吗?……"(手机屏幕上浮现出一条青翠欲滴的大青虫,她把尾巴从菜叶下翘出,以示对翟永军的奖励)

"嘿嘿(做作的忸怩、不好意思状),大青虫……"

"嗨,嗨……"

"我觉得你今天絮叨了一些……"

"嗨,嗨嗨……"大青虫也扭捏了起来,"你,真真正正……"

"咔,咔咔,我吐血……喷血……"翟永军连续传发了自己的鬼怪脸谱。

"OK,OK,欢迎加入网络找 MM 游戏,经过一番艰苦的甚至是恼人的寻找之后,你的网络MM,也就是俺大青虫胖胖妞妞,将会在你最意想不到的时间和最意想不到的地点出现在你的面前……"

"我想确切地知道,你将会在啥时间、啥地点、出现在我的面前?或我的床前?"

"呕吐,哇,哇,呕吐,呕吐……"

"嘀嘀,我脸皮颇厚实……哈哈……"

"吭,吭吭,小子听好,吭,吭吭,俺将在你最意想不到的时间和最意想不到的地点,也可能是白天,也可能是夜晚,也可能是半夜,还可能早晨,也可能是车站,也可能是旅店,也可能是餐馆,还可能是路边,总之是最意想不到的时间、最意想不到地点,出现在你身边,并将赐予你最激情和最迫不及待的奖励(那时候俺整个都是你的啦,你有随意支配和使用俺的义务和权利)。"

"哈哈,这正是我迫不及待要迎接的……"

"请做好以下准备。吭,吭吭,(故作冒号状)吭吭吭……"

"嘀嘀……今天是你最神的日子……(不屑)哼哼,哼哼……"

"哈哈哈哈……硬件:电脑(连通网络的)、手机(连通网络的)。程序:沉思与冥想。范围:中国大地。条件:在一定的时间和空间范围内,毫不迟疑和无条件地接受、执行网络MM,也就是俺大青虫的电脑或手机指令。北斗系统启动。OK?"

"OK。"

这就是时下最流行的网络"找MM"游戏?翟永军没想到自己会深陷其中,但他深知自己不会损失什么,更不可能一夕"失身"。他是坦然的,如同一块半新的待机状态中的电脑液晶屏。

列车在盛夏酷暑的微丘地带奔驰,翟永军正身处其中。

也许"奔驰"这个词不准确,因为这只是一趟几乎站站停的普快列车,车资也相当便宜,乘汽车需三四十块钱车资的路途,乘这趟车则只需十多块钱。车厢里热烘烘的,特别是临时停车时,嗡嗡作响的电扇顿时开动起来,使翟永军感觉中国又回到了二十世纪八十年代,他的平民和奋斗意识立刻就被激活了。车厢里人并不很多,特别是几站一过,下的人多上的人少,宽松的环境和轻快的气氛让翟永军内心激动甚至有点欣喜若狂了。呕,翟永军觉得,真太有感觉了!像附近的那些乘客那样,翟永军努力克服了心理障碍,东张西望确认没有影响他人以后,他脱下鞋把脚蹬在对面的座椅上,噢,真是无比放松和舒畅,这是一种烦琐的心理礼仪的解脱和放下。不虚此行!绝对不虚此行!不过翟永军很清楚,这当中当然还有优越感的成分在起作用,专业领域的成就会带给人心灵上的安全和支撑,这其实是生物原则对勤奋和努力的一种公平的补偿。

"嗨,小甜心……"

"嘿,大青虫,胖胖妞妞……"翟永军心不在焉。

"呕……"大青虫识相地做了个鬼脸,从手机屏幕上慢慢隐去。

"老公,到哪里了呢?"娇妻来的短信。

"嘀嘀,老婆,还在路上。"

微丘地带的风景从普快列车的车窗外一一闪过,有时是一大片一大片葱茏茂盛的水稻田,长势绝佳,真是极其茂盛的,呈现出一种丰腴的富庶。这也是翟永军在潜意识里欣喜万端的。他欣赏蓬勃向上和日益富足的态势,厚旺的根基总是学术研究成功的心理和知识保证。——那是江淮流域的水田,而在一些较高的地势上,也就是岗地上,则旺盛地生长着旱粮作物,小片的大豆、小块的山芋、小片的玉米、小块的高粱,还有成片的柿子树,树枝上悬垂着众多的青涩的果实,这些地块都是因势而生的,起起伏伏,没有定律,更无法形成连绵不尽的大块土地。村庄也是零散小规模的,几只大芦花公鸡和母鸡蹲在村庄外小树的树杈上避暑,乡下的一个壮实的汉子骑着摩托带着一个散发飘逸的女人翻到岗子后面去了。

"嗨,嗨,小甜心……"

"呕,……"沉思和冥想中的反应依然迟钝。

大青虫扭动的肥硕身段无奈地从手机屏幕上渐渐淡去。

"噢,噢,我正在外地出差,好的,我参加,参加,没问题,一定参加。"

市政府许秘书长打来的关于城市发展论证的邀请电话。

翟永军突然决定了要参加。也许只不过是特殊情境下一种带有情感色彩的冲动。

眼光和心灵的视角再次移向车窗外。

还有那些有着细微差别的小站,这是翟永军特别喜欢的,翟永军特别喜欢列车在一些小站的极短暂的停留,在翟永军的记忆里,它们可能是:上派:县城外的一个小站,那是个只有几间平房的乡镇式的小站;杭埠:这是舒城县的车站,但这里离舒城县少说也有十公里;万山:庐江县站,离庐江县城也有一二十公里;柯桥:一个设在镇上的小站,近处有一些低山;桐城,一个清代出文人的地方;安庆西站:怀宁县的站名;潜山:你总看过民国张恨水的通俗小说,或当代人改编的他的小说的电视连续剧,例如《金粉世家》……

列车停在这些小到几乎可以忽视的小站上时,一些背着尼龙袋的民工下了车,结伴向站外走去,他们的自信心开始放大,从他们不疾不徐的甚至有点发横的行走上就能看出来;还总会有一些打扮入时的年轻女孩子出现在下车的人群中,她们不背尼龙袋子,她们总是戴着假耳环,总是拖着轮式的箱包,总是站在站台的背阳处,等待来接她们的那个农民出现,于是两人出现强烈的城乡反差。翟永军痴迷地看着眼界里的这一切,看得呆掉了,他不是不知道世界上还有另外一群一群的人生活着,但这些人的生活(片断)

能清楚地活生生地呈现在他眼前,这使他受到不小的震动。他在心底里感激这客列车的存在,小站是绵亘不断的铁路线上的弱者,如果没有一天一趟的这种普快列车的停留,翟永军觉得,它们(这些小站)可能会立刻被外面飞速发展的社会抛弃和遗忘,这里人们的有价值的生活也将被彻底忽视。

太阳开始西下,丘岗上最大的树已经不时地能够遮挡住逐渐变红的夕阳了,在城市里,没准这时候正是下班堵车的高峰。

"嗨,嗨,小甜心,小甜心……"

大青虫这次来势凶猛,手机屏幕上的她(在肥厚多汁的菜叶下扭动的大青虫)固执而顽固,看上去她不会善罢甘休。

"嘿……"慵懒无奈的应酬。

"嗨,小甜心,嗨,嗨……"坚持不懈的。

"哦,哦,大青虫……"

(仿上海话呢)"侬不想好哇啦!"

"嘿嘿,我发呆呢……"

"哈哈,看女孩呢?还是风景?……"

"唔,唔,二者,兼而有之,兼而有之……"(哈哈,大青虫从肥嫩的厚菜叶下探出了她骨碌碌转动的惹人怜爱的杏仁眼,她耷拉下了眼皮,呕,呕,夸张的无比沮丧和失落的神情)

"呜,呜,俺不玩啦,不玩啦……"

"哈,哈哈……"

"哼,小点心,小心俺一口吃掉你这块小甜点!哼哼,算你狠!冥想程序结束,转为执行程序!"

"嘿,嘿,有事好商量,好商量……"翟永军故做哀求状。

"有啥好商量,叫侬知道老子厉害……"(咬牙切齿、面目狰狞、语言错位)

"呜呜呜,放射凶光的三角眼,我好怕怕……"

"哈哈,你也有今天!"大青虫身段开始放软,"冥想程序不可以拉长,读者会跑光光……立刻报告你的位置!"

"列车已经停靠湖北黄梅车站,停车时间两分钟。"

"OK,半小时后进行下一次报告。"

"嘀嘀……"

## 广场

列车驶过长江大桥,夕阳正在向长江江面滑落,这是翟永军见过的又一种充满人文信息的宏大地景,江水浩荡,混无际涯。翟永军双脚落在实处,接上了地气。"大青虫,大青虫,该死的农业害虫,农民伯伯的死敌!大青虫,大青虫……"

"嘻嘻,不好意思,嘻嘻,去洗手间啦,嘻嘻……"

"列车已经停靠江西九江车站,请求指示下一步行动路线。"

"OKOK,欢迎使用网络 MM 指南,下车请出火车站前往长途汽车站,乘高速公路快班前往湖口,车资十元。四十分钟后车过鄱阳湖湖口大桥,这里是鄱阳湖进入长江的泄水湖口,(广告式的旅游指南)。班车进入湖口县城区,左手是新开发的商品住宅小区,右手是建成不久的新汽车站广场,你可于广场附近下车,并就近入住任意一家旅社、招待所或宾馆,晚上见,小甜心,拜……"

当晚翟永军入住车站广场不远的一家私人旅社"湖口之星",没有什么特殊选择,只因为"湖口之星"三楼的小单间里有宽带上网接口,嘀嘀,这是翟永军完全想不到的,在一个陌生的小县城里。

洗刷一番翟永军就外出吃饭。吃过饭后天早已黑了,翟永军觉得当下就回旅店,委实是早了一些。"嘿,嘿,小青虫屁屁,你在哪里?我晚上该做啥子?等待你的指示……"

手机屏幕上许久才出现大青虫慵懒地躺在肥厚的青菜叶上的

身影。"唔,唔,夜里见,夜里见……唔,唔……大青虫懒懒地蠕动几下,淡淡隐去。

"老公,出差到地方住下了吗?"娇妻来的短信。

"住下了,在吃饭呢。小欢欢干吗呢? 小笨笨又闹人了不成? 你的课讲得怎么样了呢?"

"小欢欢在写作业,小笨笨仰着脸想你呢,我的课还不就那样。老公,家里都好,你放心吧。"

翟永军还是不知该往哪里去,也许只要去人多的地方吧,转一转就回房间睡觉吧。他看见晚饭后的人们都往一个方向流动,于是他也顺流而去。

顺一条小巷向长江的方向走(水腥味的指引,有关于人的本能),小巷里长着古老的大树,都有一个人的合抱那样粗细,夜色明暗间,也看不出是什么树种;树的两边都是古老人家,墙脚都是整块青石的墙脚,窗沿饰着汉砖上的那种种雕纹,屋檐上则蹲伏着种种传说中的怪兽;从人家打开的院门里能看见里面芳菲满庭,似乎屈原《离骚》诗间例举的薜荔等各种香草的香气正飘溢散发出来;湖南洞庭湖? 江西鄱阳湖? 这又有什么根本的区别吗? 翟永军脚下逐渐逐渐走不大动,就站在一户人家柴扉外装作等人的样子,手不由自主地就摸住那些斧斫得颇见功夫的香木了;木栅都串接得十分讲究,严丝合缝的,也没有扎人的木刺,再嗅嗅手指,掌面还真留下了清淡的白兰香气呢,叫人头脑清醒,诸事明理;三两结合的男男女女,背景般温润地从老巷里走过;栅栏里一只黄花猫卧在一丛湘妃竹下,看见了翟永军她喵喵叫两声,那样的悠然并令人爱怜的可爱样子;一个扎粗花布头巾的男性小贩,推着一车喷喷香的果实,从一丛丹桂的后面转出来,翟永军跟着几个背书包上中学的女孩子围了上去。"都有些什么呢?"有青丝小汤圆,红米细糕,桂花糯米糕,黑芝麻团,莲羹汤,切条酥烧饼,清蒸糕,等等。翟永军跟着当地上晚自习的那群女中学生凑热闹,叫了一碗青丝小汤圆,坐在木制的小矮桌上慢慢地吃着,哦,真正、真正香甜宜口得无法评说呢!那些身上散发着接近于成熟女人体香的女孩子,哧哧地低笑着、会晤着,无声地吃完,又轻盈地起身而去,隐没于巷陌的某个结点。翟永军觉得自己简直无法消受这种汉文化意境中的典范遗存,深爱它们(这一切:柴扉、香草、果实档、木栅栏、女孩子们、意境、气氛和感受)深爱得心里有点点痛。他吃完了,站起来,觉得身段和腿脚都无比轻盈,不舍地慢慢再走。

这是什么地方? 是中国传说中的世外桃源吗? 翟永军在心里极其喜欢上了这个地方,喜欢得甚至有些欣喜若狂了,这种享受他实在不愿意一下子就挥霍完呢。"嘀嘀,大青虫胖胖妞妞,我还亏你想得出湖口这样的地方呢,嘀嘀……"大青虫不知在哪里夏眠,久久不见她的回应,连她的肥厚身形都不得一见。倒好,翟永军一点都不郁闷,倒好倒好,清净了,索性忘记了她的存在也罢。

踯躅着在老巷里走了一段,翟永军渐渐有了一些感觉,觉得大约还离得远,却已经嗅出滚滚江水的那种浩瀚和气势了。真是不得了,长江所承载的文明和文化的丰厚信息似乎快要来到身边了呢。翟永军内心兀自又有些激动,中国真是地大物博,势头强劲的呢,生活在这样的时代,该是越来越舒心了。

不多时果然到了,眼前豁然开朗,原来湖口的新城市中心广场,是面江倚山,矮在脚下的,此刻正灯火通明,舞乐四起,人头攒动,热闹非常着呢,这和刚才小巷里的从容、淡雅区隔了两重的天地。翟永军慢慢走到广场上去看,原来许多都是三口之家,用小车推着孩子出来乘凉的,孩子都还小,藕肢藕腿,都坐在一种竹制的轻盈灵动的小推车里,伸头引颈向外面张望,少妇们则丰腴匀称,白腿粉臂,眼光明媚,触之有电感;老年夫妻则结伴而行,都依偎不已的样子。广场上和广场附近,做什么的都有,有大排档,有卖各种各样充气玩具的,有套环儿有奖的,有卖棉花糖的,有斗扑克牌的,还有计划生育科普知识宣传图片栏,翟永军觉得,这广场近乎一个百科全书式的城市平台。

哇耶!广场的中心播放着立体声的舞曲,近千人铺排成行,跟着领舞跳广场式的健身舞,翟永军走过去定睛细看,他没有办法相信这是从刚才极具古典美的小巷里走出来的百姓和民众,她们多为中年,也有少数的老年和青年,还有三两个颇具舞蹈天才因子的小男孩和小女孩。舞曲响起来的时候,那些收身紧腰、姿态健美的县城女子,个个活力四射,踩着节点,扭腰磨腔,风姿绰约、怡然自得地运动着。翟永军羡慕她们自娱自乐的超然姿态,也许是灯光下朦胧的效果使然,翟永军觉得那些女子个个如花如玉、风韵万种。长长的一曲结束,她们都放松了自己,相互地交流或者独自地打理,又一支舞曲响起来的时候,群舞的场面则复制再现,场面极其震撼。

翟永军站得腰酸腿疼,但就是不愿离去,他退到面江的那一面山体上,那里是挖掘和开山炸岩而成的石级看台,除去一些游走的少女、老人和小夫妻,还有一位长发赤足的流浪汉最吸引翟永军的眼球,流浪汉的眼光善良、微笑,并且兴致勃勃地享受眼前的生活与场景。翟永军坐在山体上,与流浪汉为伍,居高临下看着热烈的极具小城市生活魅力的广场以及广场后面的朦胧长江,江风有点鱼腥气,江北棉田里的植被气息甚至都会为夜风捎带星点过来。那是我们贴身熟知的信号吗?已然扎入基因的一种信号?一点都不错!翟永军想起来了,历史上这里是有名的棉产区,像"棉船"这样的地名都还保留至今呢!这种知识的忆起,使翟永军莫名兴奋。所有的人都是这样子的,没有例外。

"嗨,小甜心,小甜心……"忽然腰间的短信来了。

屏幕上大青虫丰腴肥嫩的腰身在菜叶上风情多端地扭动着。

翟永军一步三回头地离开湖口城市中心广场,离开那一种别样的(至少在翟永军的感受里)热力四射的大众生活,回到"湖口之星"三楼的房间。打开电脑,宽广的屏幕上现出大青虫探头探脑的肥头。

"嘿,嘿,女人的名字……"

翟永军仍有些兴奋,并且有了与大青虫调情的一点点情调。

"???……"

"哈哈,隐私的窥探者……"

"嗨,说点正经的,今天收获如何?……"

"我最痛惜你的缺席……情致至高时的不在现场……"

"嗨,嗨,那又怎样……"

"追究起来就是你的不作为,哈哈,不作为……"

"哦,哦,那并非俺的责任……"

"我要你做出精神方面的补偿,我要你现在就做出这方面的补偿……"

"唔?……俺不明白,不明白……"

"我认为你真的很明白,很明白……"

(嗫嚅着)"俺认为你今天有点兴奋过度……要么你就是个十足的色情狂……"

"哈哈,你讲吧,哈哈,随你讲吧……"

翟永军觉得,任何人都会有偶然的冲动、网络上的冲动以及恣意的意淫。在某种场合或条件下,还迫切需要一种催眠类的性幻想,以解决生理方面的和心理方面的麻烦,当然,这都不是什么大不了的社会问题。

大青虫在屏幕上无奈而性感地蠕动起来,并且缓慢地脱下她一层又一层青绿色的外衣。

于是,翟永军陷入有关大青虫的性幻想之中,眼前幻化出大青虫肥腴的腰身、屁股、胸脯、防摩擦的前阴毛,但场面似乎并不淫秽。

"嘿,抱歉,我困了,我不想玩了,嘻嘻,嘻嘻(讨好的声音),拜……"

"拜……"

大青虫肥白的臀部渐渐消失……

## 命运

"改革开放新时期以来的广场建设整合了所有的城市理念,也为社会学的研究提供了丰富的人文情报,城市广场包容了人类集聚生活之社会内容的所有主要方面以及大量的个性化细节……"

翟永军本人可能并未完全意识到,他的这篇题为《社会多文化因子语境中的城市广场研究》会成为未来二三十年中国绿色城市建设的必备精神指南。现实的情况是,这篇有关新时期中国城市中心广场的论文除却解决了翟永军所居城市的城市建设的诸多难题以,还陆续斩获了国家社会科学奖以及联合国教科文组织可持续发展国际和平奖金等五十余项各种重要大奖并使翟永军成为国内本领域炙手可热的领军人物。当他站在五花八门的讲台上,面对仰脸聆听的忠实听众侃侃而谈时,翟永军的心中只有一种责任感和使命感,没有什么虚荣及轻飘等扯淡的东西。

自打那次神奇的湖口行之后,翟永军很长时间再没有工夫和兴趣贴近虚拟的网络而只顾忙碌于现实的工作之中,大青虫似乎也识相地消失不见了,嘀嘀,确乎有些怪怪。哦,哦,那真正是一次不可言喻的奇妙之旅!精神间歇的空隙,翟永军的意识桌面会突然切换到近乎遥远的江西湖口的城市中心广场上去。一次虚拟游戏中的旅行会让他收获那么多东西,他简直不敢相信;那完全不是物质上、财物上和看得见的收获,而纯粹是一次精神和意识上的劫掠。想到这些,他不止一次从内心里衷心地感激着奇妙的生活,无限的、广大的、没有止境的丝丝入扣的生活;他还要感激网络,是网络向他提供了相对而言无限多的选择和可能。网络这种不可思议的介质提升了他生活和事业的品质,也使他能够从混沌昏庸的境界中成功突围。

还要再一次感激网络的牵线,使翟永军结束游戏的旅行回到固有的生活之中后,他的人与人之间的评价体系发生了革命性的改变。他能轻而易举地举出如下的例证,比如那位"来社科院养老"的商院长,竟然还有长达十五年救济山区因家庭灾难而失学的贫困学生的经历;那位卷入无法定性的桃色案件的姜院长,则写得一手几可乱真的颜体字,你可以评价他是无价值的摹仿,你却无法否定他一年四季闻鸡起舞的恒心;不学无术,"拿所谓的学问做敲门砖"的涂院长,其实出身一个贫苦的农民家庭,是在农村中学上学时一次捡拾富裕同学的剩菜吃而遭耻笑的痛楚经历,激发了他出人头地的誓言,从这种角度去理解,你总能找到某些事物的来源,虽然你不能肯定自己就会认同;而管所长,他的睿智和超然,也有脱离实际和现状的危险,笼统地看这没有什么,大不了是白璧微瑕,但具体到某一明确的个体,则很可能毁掉他整个的前程。

功成名就的翟永军还要再一次着力地感谢网络和也许不存在的网络 MM 大青虫,是她无私地牺牲了自己,牺牲了自己的某种色相(一层层扒光的虫类服装以及性感扭摆的肥臀),而成全了(或者说无意间成全了)翟永军的功名,并使他自觉因此而找到了生命的突破口,也找回了激情和前进的方向;还有那个十五楼的夜晚,唽,唽,那对夜宿的野鹌鹑还在吗?"抬头是一面明窗,明窗外的空调台上传来几声野鹌鹑的梦呓,踮起脚尖,把脖梗扭到几乎折,才能看见一对野鹌鹑在这个向阳的空调台挡墙后面垒的窝。是野鹌鹎吗？野鹁鹎是家庭式一夫一妻制的生活方式吗？翟永军是翻阅过《鸟谱》才自认为它们就是一对野鹁鹎的。至于窝,鸟窝,那是树枝、紫红色塑料绳和毛发等物质的混合体,翟永军观察得很仔细,特别是有关塑料绳的细节,不仅仅人类在无所不在地使用化工产品,聪明可爱的鸟类也在使用。也许它们别无选择。在人类主宰的这个星球上,人类和鸟类,和所有生物,难道不都是捆绑在一起的吗,一荣俱荣,一损俱损,关于城市十五楼上的鸟窝,这是翟永军永珍心底的小秘密。"

二十世纪九十年代以后,财政收入逐年增加的中国县市,几乎无一例外地都修建了漂亮的城市广场或城市中心广场,这些广场所承载的是与当地有关的平民化的文化和社会功能,丰富、重要而且有趣。安徽阜南县城市中心广场:七八月份人们议论的主题总是淮河主汛期洪峰,以及王家坝开闸放水淹没蒙洼行蓄洪区的人命关天的大事;甘肃张掖的城市中心广场:身穿各式民族服装集中排练的喜庆场面热烈而豪华,广场右侧的杏皮茶小店则彰显其丝路风情;河南项城市中心广场的夜舞规模更加庞大,激动人心,操河南当地口音的演讲者周围总能围满一圈人(好酒者四态:饮前甜言蜜语,饮时豪言壮语,饮多胡言乱语,饮醉则一言不语);西藏拉萨的中心广场上永远有成群结队的藏族妇女向你出售转经筒等纪念品,她们诚恳地希望你能保持某种心态上的平衡,因为你既然买了她的(她们的同伴的转经筒),也买我的一两个吧,这样我也就会有一点收入;四川马尔康的体育广场清晨会有锅庄舞会,军民(汉族和很多少数民族的市民)手拉手的舞蹈一直持续到八点多钟(相当于东部时间的七点左右);北京昌平亢山广场及南邻的亢山山头上,清晨喊嗓子的人络绎不绝,响彻初冬的晴空;陕西延安的广场上不时会上演头扎白毛巾的"老汉"腰鼓,游客们围成一个很大的场子认真观看,运气好时会同时有几拨"老汉"表演,那时候他们因无形的竞争而特别卖力,演出也因此而更加精彩……

翟永军当然最要感谢他的娇妻!不,他什么都不会说穿的。其实他也未必就真能肯定她的娇妻的"所作所为"和良苦用心。"我已经上床了,小欢欢搂着她的福娃娃(一种玩具娃娃)睡着了,睡得香着呢。小笨笨已经打了两次哈欠了。你又工作得这么晚呢,我留着门等你回来吧。哦,亲亲,亲亲。"嘀嘀,多么像那么一回事呢!直到某一个娇妻声言早已经上床睡觉的夜晚,翟永军突然回家想起要传一份文件发现电脑还热着,娇妻设置的温暖的小小保育箱里一只肥嘟嘟的毛毛虫正血压波动地呼呼大睡的时候,他的心里开始犯起了小嘀咕,"哦,哦,我晕,我吐,我喷血喷血呢!娇妻=或≈或>大青虫?不会,哈哈,不会呢!不会呢。"于是翟永军多次声称在单位,其实却在离家很近的网吧上了网,并且在和大青虫聊得最欢时突然回到了家中。呃呃,无所遁形!无所遁形!娇妻真正手忙脚乱着呢,而立刻又回到网吧的翟永军发现,大青虫一定在当晚去向不明了。

但是,翟永军永远不会戳穿他的可爱的小娇妻的这套可爱的小把戏的,虽然他如今早已忙得和曾经的网络游戏,和大青虫MM失去了联络。"一切还不都在娇妻的掌控之中?你逃不出网络,也逃不出妻掌。这就是男人的终极命运。"翟永军自认了以上这一铁的定律,"嘀嘀,没有坏处,没有坏处的!没有女人管的男人是多么可怜和无助!永远做一个有人操心疼爱的大孩子,那种终身的幸福感觉不可言述!再说,咱们(男人)又不失却什么。哈哈,哈哈哈哈。"

# 花　　生

列车进站似乎较早,这有点出乎朱国胜的意料,列车时刻表和他中途询问的列车员,都说是半小时后才应该正点进站的。朱国胜随着略显稀拉的旅客下了车,站在冰凉的站台上,脚踏实地,定了定神,他觉得站台上有点新鲜,接车的车站工作人员都站得笔直,其实不知是一种什么感觉。站台上很快就一个人没有了,毕竟才凌晨两点不到,进站和出站的列车可能也都没有几辆的。

朱国胜跟着最后几位旅客,经过地下道前往出站口。只不过离开了一个多月,地下道似乎也有点陌生了,不光地砖显得新,连上坡都滚动着自动电梯,熵市竟有这样大的变化? 也许这是自己的错觉? 朱国胜在心里问自己,也许这只是自己以前从未注意到的情况吧? 毕竟在熵市生活了近二十年,熟视无睹,见多不怪了?

其实朱国胜说服不了自己,出了站,站前广场亮堂堂的,都深更半夜了,还这里那里地站着一些民警,这使深夜出站的旅客心里很宽松,而拉客住旅店或上出租车的那些男男女女,都只是在离出站口很远的草坪旁向朱国胜招手,这跟从前比真是好多了。那时候出站时肯定要被一哄而上的男女围堵撕扯得心烦意乱,再合体的衣服,一番突围出来,也已经凌乱不堪;一个接着一个的"住不住店""打车走吧"的追问,弄得人疲惫不堪,一个一个回答,烦,不回答,却可能讨来一句很难听的话,心窝半天都堵得难受。

朱国胜离开广场,走到停车坪上,有几个人过来问他住店和打车的问题,但都是浅尝辄止的,并不死磨硬缠。朱国胜对付掉身后跟上来的两个拉客住店的老妇女,但一个三十多岁小镇农民模样看起来颇诚恳的男性出租车司机,则一直坚定不移地跟在他身后。

"没有公交车了,打车走吧。"

"打不打表?"

朱国胜知道这时候已经没有公交车了,但如果没有合适的交通工具,他准备步行回家,那也不过半个小时的路程,一个人在深夜里体验体验"久违的"对熵市的新感受,也是他非常愿意的。

"打表打表。"

"打表?"

"打表打表,不打表咋走?"

这也新鲜,以前深更半夜下火车,出租车都是不打表的开口价,五元即到的路程,司机一开口都是三十五十,费半天口舌讲价,也只能杀到二十元,还惹一肚子气,像欠了司机的,一路上小心翼翼地尽看他脸色。

朱国胜将信将疑地上了车。

"先生到哪里?"

"到芳菲佳园。"

出租车驶出火车站广场,沿江淮路向前疾驶。夜深车稀,路灯亮堂,道路似乎修得很好,黑油路面宽展平整,一点都不颠人,和那些沿海沿江的经济快速增长的火爆城市比,也绝不逊色。街道两边新建成的商厦和高层住宅楼造型现代,绵延不绝,很有点大都市的样子了。色彩鲜艳的人行道上不时有一两位穿正装或长大衣、高跟鞋的女士从路边铿锵走过,她们盘着发髻,戴闪亮的耳环,显得很高雅,甚至有点高贵。朱国胜内心惊讶不断,熵市的治安现在一下子变得这样好?这些女的一点都不害怕走夜路?

"熵市这两年建设得还可以。"司机没话找话说。

"嗯,还可以,像个样子了。"朱国胜应付他一句。

出租车在十字路口的红灯前停住,路口新建成的高大商厦门前的小广场上,矗立着带喷泉的西式大钟,两个穿红马甲的清洁工,分别在两个商厦外的小广场上,手持带铁尖的竹竿,一扎一扎地把地上的碎纸片扎起来,放进身边的小背筐里。这让朱国胜有些感动,在这夜深人静的时刻,这里又没有人看见她们的工作,但她们仍然一丝不苟地在有些寒冷的夜晚干着这种单调的活计。

红灯似乎有些长,司机拧开了电台开关,电台里一个清纯可人的女声正在播报整点新闻:"台湾地区'三合一'选举结果揭晓,国民党大获全胜,民进党惨败收声……"

"哈,台湾真能折腾,它说是民主自由,俺觉得那是劳民伤财,咱大陆不能学,一学就败,一学就散。"司机又找到了话题。

"唔?"

朱国胜看着车窗外静止的建筑和正在走过的女郎,并不想同司机讨论政治问题,一则是在他的印象里,熵市出租车司机多是从附近乡镇来的,文化水平都不高,又不见多识广,除了发发牢骚,不可能有什么见地;二则他很想保持此刻对熵市新鲜平静的心情,也很想保持他离家一个多月终于回家的醇酽心境。

"国民党大胜你高兴个啥?"司机似乎是在对着电台里的女播音员说话,"人家马英九又不是你共产党,你光说他反'台独',你咋不说他还反统一咪?"

"反统一?"

"电台都说人家马英九是反对急统的,他啥时候想统一,咱这边还说不准……"

"哦。"

绿灯亮了,司机踩油门开车,嘴里继续说:"不过人家马英九老子有本事,那几句话讲得好……"

"哪几句话?"朱国胜想知道。

"哪几句话?人家老爷子总结得好,叫作'有原则不乱,有计划不忙,有预算不穷',你看总结得可好?人家这才叫有家教、有家训,跟咱老祖宗孔子是一路下来的。"

"讲得好,真讲得好。"

朱国胜认真附和着,熵市的出租车司机现在突然这么开朗、能侃,又能侃出个名堂,这很出乎他的经验。

"你不能不承认,人家把老祖宗的东西保存得好……"

听到朱国胜的肯定,司机很来精神,张嘴又来了。朱国胜知道他也许很快就会扯跑题、扯不上线的,但恰好这时芳菲佳园到了,朱国胜用手指指小区大门,司机闭了嘴,慢慢把车靠到了路边。

芳菲佳园的对面是各路长途汽车站的集聚地,拉客住宿的招待员比火车站还多。朱国胜正付钱给司机,已经有一个年轻的女子,飞快地从客运站那边穿过马路跑过来,替朱国胜拉开了车门。

"先生可住宿?有彩电,有暖气,有热水,可以洗澡,明天代购车票……"

朱国胜突然觉得她的介绍和热情并不让人讨厌,相反,还很有人情味,甚至还是雪中送炭的,省去初来乍到人生地不熟的旅客的茫然了。再说,她们也不容易,不管刮风下雨、酷暑严冬,深更半夜她们也不能睡觉,在车站附近裹着黄大衣转悠,竞争又激烈,挣两个钱真不容易!

"谢谢,不住,到家了。"

"到家了?"招待员看着微笑的朱国胜,一脸的迷惑。

"到家了。"

朱国胜肯定地说,一边说,一边熟练地走进马路边的小区大门。招待员相信了,她慢慢地横穿过马路,回到路那边她的两个姐妹身边去了。

朱国胜走进他熟得不能再熟,已经生活近十五年的小区里,门卫开着灯和电视,却坐在电暖气通红的值班室里的藤椅上睡熟了。

小区里安静得几乎没有什么声音,亮灯的人家仅百有一二,也许他在看电视,有什么重要的球赛吗?朱国胜已经许久无暇操心这样的"闲事"了,或者她是在等人?不能知道。

进了小区大门,朱国胜前行五十米,开始向右转弯,这时他身后响起了自行车轧在地上的声音。朱国胜转脸看去,原来是一个穿着前卫的大男孩,骑着一辆赛车,正试图从他身边的道路上骑过去,可道路狭窄,他一时没法通过。但他也不摇铃惊扰朱国胜,而是选择了等待。大男孩的"教养"和"礼貌"使朱国胜有些心动,以前可不是这样的,以前这个小区里的人总是横冲直撞、不讲谦让、口痰乱飞的。朱国胜赶紧对他笑一笑,把道路让给他。

大男孩慢慢地骑了过去,他自行车后面还跟了一条体格健壮、面如黑熊的英俊大狗。"黑熊"摇摇尾巴友好地看着朱国胜,然后摇头摆臀一溜烟地跟大男孩跑了。

"它真漂亮!真漂亮!喜欢死它了!"朱国胜心里由衷地赞叹,他觉得对这个他既住得熟悉又住得有些腻歪的小区,他的心情一点也不像以前那样对立了。

大男孩和跟着他自行车的"黑熊"消失在楼房的拐弯处,朱国胜则走进了自家的那个门洞。

这次又出乎朱国胜的预料,不像街道和一路上碰到的那些人,门洞里的一切没有任何变化,连楼道里的气味都还是以往的。楼道里还是显得较陈旧,甚至连十五六年前这栋新楼装修时,工人在墙上留下的"还是家好"以及"世上没有爸爸好"等铅笔字都还清晰地存在着。三楼搁在楼梯窗口的旧塑料花盆依然风尘满面地放在原处,路灯下,花盆上每天上楼下楼看得熟透了的古文短句照样看得清楚。"可以清心",朱国胜在静谧无人的深夜,在旧花盆前站住,把古文短句在心里读过,想找到那种曾经持续十几年,但前些日子似乎中断了的感觉,然后才继续往楼上走。

到了自己的家门外,朱国胜从包里掏钥匙,他不知道这许久不用的钥匙还能不能打开这扇他非常熟悉但又仿佛有些陌生的防盗门。钥匙很容易地就插进了锁孔,一拧,几转,门打开了,开门的感觉似乎与一个多月前并无二致,不过也好像不是没有一点生疏感的。

朱国胜走进家里,关好门,拉开灯,站在门边看着自己离开了一个多月的家。房间里静静的,没有人,但灯光温柔,有家庭的气息,有温馨感,特别是老婆随意放在沙发上的玫红色的小夹袄,还有女儿两年前贴在墙上的卡通猫,还有茶几上一份翻开但未看完的《熵市晚报》,还有电视柜上没怎么拧紧的一瓶贵妃糖……

朱国胜轻轻地从肩上卸下单肩包,放在门旁的鞋柜上,然后向客厅茶几的方向走了两步,但是他突然又停住了。他回过头去看着放在门口鞋柜上的单肩包,为什么要放在那里?是随时会离去的信号吗?朱国胜想走过去把单肩包拿过来,放在另外一个地方,但他环顾整个客厅,一时竟拿不定主意应该放在哪里更合适。他心里想,算了,先放在那里再说吧。

朱国胜觉得,虽然是自己的家,但多少还是有一些生疏感和新鲜感的,就像初次到一个人的家里那样。朱国胜不再去想单肩包的事情,他轻轻走到沙发旁,轻轻地坐下来。除晚报,茶几上还有一张信纸,朱国胜俯身去看,那是老婆的留言,一看就是老婆的笔迹。

"我上夜班了,不去不行啊,老板正炒人呢。我下班就回来。你跑累了回家先歇着吧,厨房里给你留饭了,还有你喜欢吃的炖肚子,热一热就可以了。"

朱国胜觉得满意,这里还有人这样在乎自己,这使他觉得很满意,老婆有这份心,也让他有些成就感。但朱国胜此刻并不想吃饭,他俯身对着茶几,顺着老婆走前看到的地方看起晚报来。

客厅门外的小露台上好像有一点响动,朱国胜刚进来的时候就有一点,但朱国胜没有注意,现在又有了。朱国胜站起来,先拉开小露台上的电灯,再慢慢地打开门。朱国胜的家是这个六层的住宅楼的顶层。在有些发黄的白炽灯的灯光里,露台上的花花草草都还有些青葱,那都是朱国胜在家时十几年间种植的,他觉得非常亲切。

朱国胜伸头对露台看了半天,露台上没有什么特别的事物,于是他走到露台上去,挨个地看他亲手种植的盆景和花草。月季现在还在开着,虽然不多,但花朵很大,那是因为原来底肥上得很足,平常管理得又很周到、细致。花朵有白的,有浅红的,鼻子凑上去闻一闻,还有芬芳的香味。向阳的台子上种着几盆青菜和大葱,那一定是老婆种的。老婆是个很会过日子、很俭省的人,种这些菜蔬,是符合她的性格的。

露台的东南角又有了一点动静,像是什么生物发出来的。朱国胜有点警觉,也有点好奇。那里是一株生长得很大很旺的金银花,这他是知道的。朱国胜轻手轻脚地走过去,想看个仔细,不过那里因为离灯光有点远,有点看得不清楚。朱国胜细心地用眼睛搜索了一遍,却什么都没看到。

朱国胜伸直了腰,正要转身离去,金银花纠缠的藤条里又有了响动。朱国胜定睛去看,看了很长时间。也许是眼睛完全适应了室外的环境,这时看清楚了,原来很隐蔽很温暖的枝条里有一个鸟窝,鸟窝里有两只大野鸟,可能是野斑鸠,正拥在一起睡觉,不一会儿就有一只鸟挤一挤,动一动,可能是灯光,或者过汽车的动静扰动了它们,也可能纯粹是它们的梦呓,另一只鸟也咕咕地哼唧一声,之后它们又睡着了。

"不要打扰它们,叫它们睡吧,香香地睡吧。"朱国胜在心里小声地对自己说。

朱国胜心里充溢了一种特殊的温暖的感觉,他退回室内,关了露台的灯,一点声音都没有地关了门。屋里比室外温度要高好多,他轻轻走进厨房,拉开灯,看看厨房里的情况。

厨房的小餐桌上依然放着自己熟透了的那些盘碗。他掀开一个盖碗,仍然是那个蓝色碗边有点脱瓷的花瓷碗盛着炖肚子,餐桌旁边靠墙的地上放着一些蔬菜,有大白菜,有土豆,还有洋葱,土豆旁边有一个编织得很结实的小尼龙袋。

"喔,花生。"

朱国胜立刻在小尼龙袋旁蹲了下去。他记起来了,那还是他走前吃过而没有吃完的那一小袋新的生花生,一个多月后它竟还保持着他走前的一模一样的姿势,这使他惊奇。花生是老婆单位一个老家在乡下的小姐妹,回老家秋收时从自己家的地里挖出来晒干,回城分别给几个处得好的姐妹带来的。记得老婆把花生带回来以后,自己饿了,或者无事可做时,总会从袋子里摸出几枚生花生剥了吃,还会顺手把花生壳扔进种植着需要结果实的植物的花盆里去,因为花生壳含有很高的钾元素。

此刻,朱国胜突然很想吃这些生花生。他把装花生的小尼龙袋提起来,放在餐桌上,他坐在椅子上,把花生袋倾斜,从里面倒出一些花生在餐桌上。朱国胜捏着一颗花生,就像怕别人抢他东西的小男孩一样,手心里同时还蜷了两个,两个手的手指一捏,花生壳就按预期的那样裂开了。

花生真是很饱满的,朱国胜把捏开的花生壳里的两粒花生吸进嘴里,咀嚼起来,很香,很有油脂感,就像他离开家以前吃这些新花生时的感觉一样;还有天气的背景,都能想起来。那时天气很晴朗,那两只野斑鸠经常落在窗台上咕咕叫,朱国胜从不去惊扰它们,该去窗口时都要等一会再去,避着它们,让它们有安全感。这里所有的人也都不会惊扰它们的,但那时候它们俩还没在朱国胜家的露台花园里搭窝。

朱国胜一边吃,一边想,一边又用两个手的手指捏开一个花生。他把捏开的花生壳凑近嘴巴,正准备再用嘴把花生米吸进嘴里去,这时,房门"咔嗒"一声响,门打开了,又"咔嗒"一响关上了,老婆风尘仆仆地从外面走了进来。因为家里的灯光,她知道朱国胜已经回来了。她伸头看见厨房里的朱国胜,于是很好看地对他笑了笑,然后弯下腰,在门边换鞋。

朱国胜不由自主地站起来,把手中的花生和花生壳丢在餐桌上,然后走到客厅里正在弯腰换鞋的老婆附近,低头看着她。老婆从外面带进来的寒气,辐射、传递到朱国胜的身上,让他想起一个多小时前他回来时的感觉。老婆弯着腰脱鞋,鞋好像不太好脱的样子,也许是怕在她使劲脱鞋而鞋一时脱不掉的情况下冷落朱国胜,她同时又努力转过脸,对朱国胜笑笑。

"车上人多吧?"

"还好,不太多。"

朱国胜觉得老婆有一点点紧张,对他笑的时候,还有一些羞涩和腼腆。她的鞋很难很难才脱掉,她换上棉拖鞋,直起身,松了一口气。她站在朱国胜跟前,才到他的下巴颏。朱国胜张开双臂,她犹疑了一下,就势抱住了朱国胜的腰。

朱国胜搂着老婆,他突然那么想亲她,他低下头去找她的嘴。老婆对这样的程序立刻就明白了,她仰起脸来,朱国胜迎上去亲住她,还是原来熟悉的体温、味道和感觉,但朱国胜感觉到的似乎要比以前强烈十倍。

"还是老婆好、家好吧?"

朱国胜此时不想同老婆讲一句话,也不想回答她的肯定句式的提问,他亲着她,把她带到卧房的床上去。

其实也没有什么太激烈的场面,只是觉得非常利落、爽快、舒服,后来,朱国胜就搂着老婆睡着了。

很快,天就亮了,市声也渐大、渐喧嚣起来,但朱国胜和他的老婆对这一情况并不知情,卧房里仍然是平静和安逸的,是家里的那种样子和感觉,他们很香熟地在床上搂睡着,连姿势都不怎么变换。

而在厨房里,袋口半躺倒的花生袋、几枚倒出袋口躺在餐桌上的带壳的生花生、两片花生壳和一个已经剥开了壳的花生,都一动不动地陈列在餐桌上。

虽然地理位置偏北,但毕竟还算是南方,所以早晨的阳光很快又从窗外照射进来了。按照惯常的叫法,这是上午,是"这一天"的上午,可能世界上 99.99% 的人都不知道发生在凌晨近两点到此刻的与这个叫朱国胜的人有关的事情,中国有十三点五亿人,这一点琐事,想想,其实真不值一提的。

# 在卫运河艾墩甸的高坡上

这一年某月某日一个极早的清晨,老顺像卫运河左近艾墩甸高坡的露水,在一阵又一阵远近不定、梦幻不已的麦丝鸟害羞的鸣啼中打了个尿颤醒来。

说"极早的清晨",是说艾墩甸荒坡是这左近的制高点。因之太阳每天都最早光顾坡顶,这里的清晨也就比坡下早了半个到一个小时。

但是,已经有一个人,一位麦月穿黑色低胸背心、扎粗长辫子的少妇,挎着一个中等大小的竹篮子——竹篮子里盖篮底的是她一路走一路从田野里随手掐下来的野生马齿苋(给天天闹嚷要吃马齿苋瘦肉饺子的五岁的甸生包饺子用的)——一步步走上略带红土意味的艾墩甸荒坡的最顶端。

她以坡顶那株有名的地标性的巨大枣树为衬景,站在高坡边缘,长久地面向着晨曦微白的亘古大地。

坡下最近的闲李村离坡顶也有三华里路呢——她因此得起多么早!

由坡顶居高临下往下看,可以说无所不览(居于坡顶的老顺每天也都是这样做的)。不过这也需要一些初步的地理和历史知识作为铺垫。这么说吧,我们的视界所收录的,是亚洲东部黄淮海平原的一部分:它

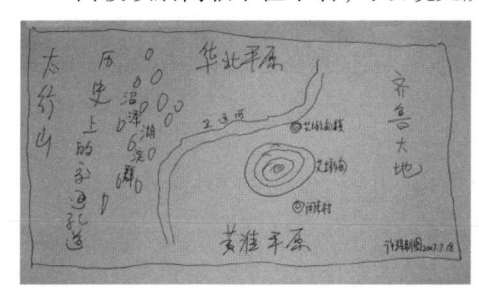

的南部为一马平川的黄淮平原,东为丘阜相连的齐鲁大地,往北越过冬春季节酱油色的卫运河所在的华北平原就到满族人起事的关外了,西则是太行山及华北沼泊湖淀群之间的历史性的交通孔道。这里就是大致这么样一个自然地理格局。

我们还是来看柴棚内正预备起床的老顺。

老顺在用拐枣木绑扎而成的软床上伸屈伸屈地活动他残疾的右腿。他旋腚90°,把两脚搭到硬邦邦的泥地面,又一抖擞站了起来,抱起发黑的破棉絮,推开秋秸门,一瘸一拐地走出比他曾经供职的李楼希望小学外的地窝子还简陋的柴棚,走进曙光微露、略显混沌的天地当中。

成丝成缕的湿润气正缓慢而柔韧地飘过秋秸门和简单的柴棚,继而消失在天和地嫩绿色的宏阔中。

老顺顺手把棉被搭在门外壮实木的肉架上。他拐头看见了甸生娘,那位挎着中等大小的竹篮、只在麦月穿黑色低胸背心、扎粗长辫子的少妇。

"哎,天天来等她的人回呢。"

老顺摇摇头,叹了口气。像他经常做的那样,他一瘸一拐地走过去看她,把她当成雕塑仔细揣摩。他摩挲她树脂般沙滩色的脸庞,同时故作内行地仔细地审视她焦虑的眼神。

她忧虑、极度渴望地眺望远方,并且忍受着内心情感的煎熬或焚烤。

"哪如一个人过一辈子好啊……唉,痴迷呢!"

这就是艾墩甸高坡的一个寻常的清晨。

不过那些虚幻的东西——少妇啦、露水汽啦、地理学或历史学的知识啦等等——随着晨曦的高升,很快就消散不见了。此刻的此地,最终只留下那些实实在在具有物理特性的实物了。例如比整个欧洲还大的茵梦色的黄淮海大平原上已然返青拔节的青麦原野。挑着"吱扭儿"响的猪肉筐的狗屠哼着宋元响马中流行的粗俗曲调,准时从露水汽笼罩的平原冒上来。"早哇老顺!"他大大咧咧地同蹲在艾墩甸高坡的边沿喝红芋稀饭的老顺打着招呼,同时掀开柳条筐上的脏白布,哼哧一声从里面拎出半扇猪肉挂在实木的肉架上,蹭亮尖刀,一屁股蹲在油腻的石板上等过往的客户了。瘸子老顺在另一块较干净的青石板上摆出了食品饮料、香烟酒醋等百货。闲李村精瘦但结实的二官和粗矮有力的蒿子各背一个打工用的蛇皮袋(里面装有绽了线的被子、掉了瓷的饭缸、残破的北京市暂住证、仿名牌的桶装方便面、封面失踪的下流故事杂志、深紫色塑料水杯等),面红耳赤、争执不休、一前一后地走上艾墩甸高坡。"还吵呢你俩,为甸生那孩子(的生父问题)。"老顺说。"这回要彻底解决啦!"他们俩异口同声地说。老顺目送他俩走下艾墩甸高坡,走到北方邈远的卫运河危桥上。老顺由高临下看见他们俩站在桥上争论了片刻,就一同过桥去赶普快列车进京打工了。赶集上镇的农民陆陆续续地从艾墩甸高坡上来来往往,有人挎着篮子停下来割两斤肉、买一瓶酱油就节省时间掉头不再往艾墩镇上去了。劣质发动机的吵闹声由远逼近,猛然一阵不惜代价、拼尽全力的轰鸣,肩扛警章、胸佩警徽的黑脸壮汉驾驶的陆狼摩托跃上艾墩甸高坡,并戛然熄火。黑脸壮汉扔下摩托,大步向无证肉贩狗屠走去,并弯腰指斥蹲在地上吸烟的狗屠。"俺见你一回熊你一回,见你一回训你一回,你咋就不长记性、就不听俺劝咪?唵?"手握尖刀的狗屠则只是仰脸嘿嘿傻笑。"找点别的事干,别老弄这无证猪肉在这卖叫俺为难,可听见啦?""这管你啥事?人家工商局都不管。"老顺笑说。"净说那没用的!老顺,吃出病来谁负责?还不得报警找俺麻烦!"黑脸民警和缓些口气说。他接过狗屠递过来的香烟,点着,大步走到老顺柴棚后滋了一泡尿,又回到台面儿上,叉着腰,叹口气。"俺要不退伍哪赶上为你们操这份闲心?

1997年香港回归俺就是那位叫英军下岗的解放军军官,全世界谁不认得俺?"黑脸壮汉扔去烟头,"夸",一个立正,"你们下岗了!我们上岗!"他用普通话粗声粗气又学了一遍。"俺看你学得倒像,不过你比人家那位同志矮小半个头。"狗屠边称肉边揭黑脸壮汉的底。黑脸壮汉摇摇头,给自己找个台阶:"跟你们这帮没文化的人讲不通,讲不通……"而后踩着摩托,七颠八磨地从北坡轰轰地下去了。一位被阳光浆得黢黑的戴眼镜的中年男人,迎着接近正午的骄阳,从麦原里走了上来。"买一瓶山泉牌矿泉水,多少钱?""一块钱。"老顺拿了一瓶矿泉水给戴眼镜的中年男人,不过总觉得他有些面熟。"这位同志有点眼熟呢……"老顺好客地打着招呼。"也许在上辈子有缘相见呢,哈哈。"戴眼镜的中年男人爽快地回应他,"艾墩甸镇离这还有好远?""不远,往北下去就到了。"戴眼镜的中年男人灌饱了水,在高坡上四处走走。他抬头看见那棵巨大无比的古枣树,禁不住讶异了一声,走过去仔细端详。"这就是传说中有八千年历史的枣母?""枣母?"狗屠忙里偷闲竟能听见中年男人自语般的说话。"不错,一点都不错,"被阳光浆得黢黑的戴眼镜的中年男人用手拍着树皮粗裂的枣树,语气肯定地说,"这就是传说中的中华枣母,世界上所有枣树都是它的儿子、孙子、重孙、累孙……"他退离巨型枣树,掏出相机"哗哗"拍了半天,又兜到艾墩甸高坡的边缘俯瞰着四面八方无边无际的青葱原野,"哗哗"又拍半天,这才同老顺、狗屠等乡民打了个招呼,转身往坡下走去。麦月的阳光渐次升高并愈益强烈。瘸子老顺一瘸一拐走到巨枣树下挑了一片因露水散尽而绿厚硬挺的枣叶,放进嘴里,回到柴棚前的青石板附近,坐在地上吹起清秀的曲调来。曲调与他的相貌好像是两码事,完全不一样。艾墩甸平原的动植物醒悟过来,感受到了季节的召唤,它们抓紧有利时机疯狂成长。一部分麦蚜虫抵抗住生物制剂的清剿,保住了性命和种群。野斑鸠夫妻俩在稠密的麦稞间轮番辛苦孵化,已经送飞了两窝幼鸟(每窝两只,但这一个生育年度的第二窝只有一只)。小麦争分夺秒拔节抽穗,在上午由嫩绿变为深绿,下午时分抽穗灌浆由深绿变为嫩黄,而至日光西斜则整个艾墩甸原野已然金黄漫溢、麦浪滚翻、屈香气扑鼻。得种势、水势、风势、光势之先的田块已有收割机"隆隆"作业,颗粒归仓,而后清茬旋耕、扬肥撒种,不日即青葱盈日、芝麻拔节了。

这就是艾墩甸荒坡上无尽岁月中极稀松寻常的一天。

日暮途穷,夜光晦暗,老顺收拾干净青石板上的食品、饮料、杂货,关了秫秸门摸黑睡觉。

第二日如是,第三日如是,第四日如是……每日如是。

但是第九百六十五天的清晨,柴棚背后一声虫叫似的婴啼惊动了老顺。

那时天还没亮,老顺点亮风灯,手扶柴墙,一跌一拐摸到柴棚背后的草窠里,抱回来一个血污未干、想哭却哭不出声了的婴儿。

"啥孩?"狗屠问。天亮后人们已经闻风而至。

"女孩。"

"不是女孩谁舍得扔哪?!"人们逐渐围拢到艾墩甸荒坡的柴棚里。多事的妇女还自作主张拆开老顺摊位上的低价奶粉,冲水喂用老顺的脏背心包裹的婴儿。

"既来之则安之,老顺你留着养呗,你一个人一辈子过得多腌臜!"狗屠擦拭着尖刀上的血迹说。

"俺不养,俺一个人一辈子过得多滋润。俺想吃就吃,想喝就喝,想睡就睡,俺才不痴迷咪。"老顺断然拒绝,眼光却始终没离开双臂紧搂着的婴儿半秒。

"那你老了咋弄?你就没有老的那一天?谁给你端吃端喝?"有个娘们不带力度地反诘。

"让开,都让开,黑脸老警来了,副所长来了!派出所副所长来了!"

黑脸壮汉健步抵达老顺家的现场,低头审视着老顺和老顺怀里紧抱的女婴。

"哪来的?"

"柴棚后拾的。"

"净说那没用的!柴棚后拾的?你再去拾一个给俺看看。"

众人哄笑,老顺语塞。

"哪偷的还给俺送哪去,俺不治你的罪。"

"俺说你不信……"老顺紧张、无奈地干笑着,并不住地舔着干燥开裂的嘴唇。

"俺当然不信。"

"你不信就算了。"

"那咋能算。你不说清楚这事咋能算?"

"瘸子你就说实话呗。"给婴儿喂奶的农妇们心不在焉地说,她们的心思都在婴儿身上,"看这小脸多粉啊。手跟鸡爪子样,这孩子长大有福。"

"俺说的就是实话。"老顺分辩道。

"你说的啥实话?"

"俺说的是大实话。"

众人善意地哄笑。

"好,瘸子,你看俺咋处理你。"

"你咋处理俺?"

"别说那没用的!这孩子俺没收了!"

"没收你就没收,俺一个人一辈子过得还滋润咪。"老顺口里这样说,两手却更紧抱着婴儿不放。

"你再给俺写个过程。"黑脸老警说。

374

"啥过程？"老顺诧异地昂脸问。

"偷孩子的过程。"

"俺编一个给你？"

"你叫他编他都编不出来。"众人七口八舌、无事一身轻地议论。

"给俺。"黑脸壮汉向老顺伸出双臂。

"啥？"

"孩。"狗屠代黑脸壮汉说。

众人都笑。多事的农妇们头拱在老顺怀里继续热心地、叽叽喳喳地给婴儿喂奶，还逗她笑。

"俺不给。"老顺赌气说。

"不给？"黑脸壮汉似乎不相信老顺敢说出这种硬话。

"不给。"老顺浑身颤抖，好像也没信心。

"那你想咋办？唵？"黑脸壮汉厉声说。

"俺不想咋办。"

"他想自养。"狗屠又聪明万分地代言。

"俺也不想自养，俺一个人一辈子过得多滋润。俺痴迷这弄啥？"老顺嘟哝说。

"你既不想自养，又不愿给俺，你到底想咋着？唵？"黑脸老警喉管发出职业性的严厉声音，脸上却犯着困惑。

"俺不想咋着。"

黑脸壮汉狠狠地、慢慢地点点头，用粗壮的手指一下一下地点着，逐渐地伸直了腰肢。

"好，瘸子，刁民，你硬！你够硬！你看俺可有法治你！"黑脸壮汉咬牙切齿说。

黑脸壮汉气得发抖地从裤子口袋里捏出一根香烟，从另一个裤子口袋里摸出塑料打火机打算点火吸烟静静心。

"吸烟都出去吸,别呛着孩子!"管闲事的农妇们厉声把黑脸老警及几个男人全都推出了柴棚。

男人们在巨大枣树下的肉架周围蹲成了一圈。黑脸壮汉罕见地向四周散了一圈烟,接烟的人没有一个客气的。

"瘸子恐怕想自养,别看他嘴上比谁都硬。"狗屠吸着烟说。

"净说那没用的!那些所谓的国际人权组织盯得比谁都紧。今天咱艾墩甸出的事,明个人家那头就知道了。"黑脸壮汉烦恼地说。

"它咋恁快?肯定有内鬼作乱!"

"那还不快?现在谁家没有电话?拨个号不就出去了?"

"那咱这一堆人你看哪个像内鬼?"

"哪个白哪个就像内鬼!"

"俺弄你妹子带你表侄女的……"

众人你一言我一语,相当热闹。

"好了好了,别净扯那没用的!大伙替俺想个法子,对上对下都好交代。"黑脸壮汉甩掉烟屁股,站起来拔出手机看了看时间。

"不如……"狗屠如此这般出了主意。

男人们众星拱月似的拥戴着黑脸老警重返柴棚内。瘸子老顺顿时警惕地又昂起了脸。

"你又想干啥?"

"别扯那没用的。老顺,俺向你宣布一个临时决定,临时的,决定。"黑脸壮汉举着小本子,一字一顿地说。

"啥临时决定?"老顺似乎紧张万分。

"……兹临时决定:该女婴由瘸子老顺临时代为抚养,至上级单位有正式决定时止。不过,该临时代养人须保证:第一,要有领养该女婴的经济能力……"黑脸壮汉有点磕巴地宣读着,引起看热闹的围观者的阵阵窃笑。

376

"瘸子,你可有领养该女婴的经济能力?"为了转移视线,黑脸壮汉突然加重语气,厉声喝问。

众人顿时止住窃笑,屏气凝神地把视线聚焦到老顺身上。

"俺咋没有？俺有！俺原先卖劣质矿泉水、劣质食品也没少挣钱!"

老顺突然不服气地声嘶力竭地喊道。他站起来,用那只瘸腿一下踢翻了堆着破棉被、旧床单的用拐枣木绑扎而成的软床。

"挖！给俺往下挖!"老顺平生首次喝令身边的众人。

狗屠闻声而动,义不容辞地扑过去,单腿跪地,持刀向地底挖去。

男人们都围拢,连扒带挖,弄出一个发霉的切割机零件包装箱,摆在黑脸壮汉的脚下。众人都严正地看着黑脸壮汉的脸色,看他怎样发落。黑脸壮汉抬脚踩住箱盖。

"好了好了,不要打开。这条算通过了,通过了。"

他接着再读。

"第二,不得虐待该女婴;第三,不能随意将该女婴送人;第四,有事代养人要随时向艾墩甸镇派出所报告。此临时决定由代养人签字生效。"

"签字吧,赶快签吧瘸子！签完国家就承认了!"众人迫不及待地推搡着老顺。

"俺不识字。"老顺焦急地说。

"你看看,你看看,俺说的吧,净扯那个没用的,你光有经济能力管屁用。人家国际人权组织净抓咱的把柄,讲咱国家的领养人素质低,没有文化领养能力。就你们这素质,你叫俺警务机关咋替你们帮腔、说话?"

"唉,叫他现学也来不及。"

"找个识字的代他签一个不就完啦?"

377

"净扯那没有的！你还嫌咱国家假货不够多,再给添一个!"众人都急得乱嚷嚷。

"按个手印不就完了？就向上头汇报说手里没有现成的水笔。大活人还能真叫尿憋死啦,咱中国人的聪明才智不比外国人低!"管闲事的农妇尖声细嗓地号叫、插话。

"骚×娘们净说那没用的！上哪找红泥去？"个别男人不屑一顾、不假思索地加以反驳。

自以为聪明的农妇被噎得打了个嗝,立马低头不讲话了。

"咋没有红泥？叫狗屠挖一块猪血来不就成了？人咋就敢笨成这样子来？"身后的又一个妇女发飙说。

问题全部解决了。黑脸壮汉疲惫地连吸了两支瘸子老顺的喜事烟,然后腿软心乏地捉着老顺的包装箱走出了柴棚。

"国家有明文规定,钱不能埋在床底,容易虫蛀、霉变、失踪,你们就是不听,出了事报警还得烦俺翻蹄子四处跑。俺代你先存在镇农行,赶明儿给你送个折子过来。"

黑脸壮汉振奋精神,粗气厉嗓地喊叫一番。他一抬头看见狗屠挂着几片猪肋条的肉架,不由得气又不打一处冒上来,指点着正可惜那折了刀尖的割肉刀的狗屠:

"俺见你一回熊你一回,见你一回训你一回,你咋就不长记性,就不听俺劝来？唵？找点别的事干,别老弄这无证猪肉在这卖叫俺为难,可听见啦？再不听俺掀你的摊子,收你的肉!"

"这管你啥事？人家工商、税务、卫生都不管。"看热闹的一个满脸胡楂的小个子男人擦着手上的泥接话说。

"哟哟哟,又钻出个冒充大尾巴驴的！别净说那没用的！吃出病来谁负责？还不得报警找俺麻烦!"

"你不就是干这个的?"满脸胡楂的小个子男人嘿嘿笑说,手上不停地搓下泥来。

"俺抽你！净扯那没用的！"

黑脸老警累了。他有气无力地咕哝着，费劲地跨上摩托，发动劣质发动机，一蹦一颠地驶下艾墩甸荒坡。

热心的人也都渐渐散了。

枣叶若隐若现地深藏在艾墩甸原野麦浪滚滚的大背景里。有些跳跃，有些清凉、自在，又有点俗尘未泯的意味，还略微有点儿沉雄。

他前天在合肥百盛遇到的那位貌若仙女的导购，或我昨晚逛街偶遇问路的台前县黄河中学的女教导主任，还有你明天将前往会面的北京 UST 女首席，谁知道她们文化、出身、背景的源流、流向和归宿呢？

没错，世界上的任何事物都是一种隐喻，而我们只能依力而为。

# 俺 的 自 传

不错,俺正是在潍城,这个平原小城的西南郊出生的。但俺大部分童年和小部分少年时期却是在重峦叠嶂的皇藏峪度过的。二十多年前,俺爸还在的时候,俺家可是一个人丁兴旺的大家庭呢。

俺出生在1966年那个飞雪如席的冬天。俺能想象当俺爸英雄般扛着铁锹、昂首挺胸地叉腰站立在他刚为俺栽下的银杏小苗旁,听见屋里传来俺哇哇的初啼时,他心里那种豪情万丈的感觉:俺爸扔去铁锹,裹挟着一阵风雪,转身大步推开门扇,闯进屋去。

就有那么巧!当俺哇哇初啼着,猛然睁开俺还没调整好焦距的小眼,看见一个目光如炬、满口獠牙、变了形的面孔正在过分地凑近俺时,俺吓得仓皇失措、号啕大哭。

那就是俺爸,一位虽称不上英俊,但穿着整洁、办公桌上永远铺一块磨损发暗的山羊皮垫片、识字能干的年轻公社秘书。

"依咱潍地规矩,男孩子要培养他赤身睡觉习惯,往后啥样困难他都不怕了!"俺爸向俺妈发出了俺妈乐观其成的指令。从此,在俺人生大辞典中睡眠那一栏,就只剩下了"裸睡"一词。

半年后,俺在一阵晕菜般过度的颠簸后醒来,俺又见到了那个古怪可怕的面孔。空旷阴森的大房间高不见顶,他笔直地稳坐在一张沉重的老紫色办公桌后头,面对着俺,逐渐伸出魔掌,露出他夸大变化、青面獠牙的真面目。俺惊恐地哭号起来,紧紧搂住俺娘的脖子,向发出光亮的门扇方向拼命挣扎。

"呜哇哇呜哇哇哇哇哇……"

俺要赶紧逃离这个威胁到了俺生存的怪物。难道俺娘他们看不出来？俺二哥却跳上去骑在那个怪物的头上,这是俺当时更加害怕的一件事。俺二哥马上就要被怪物连皮带骨吞吃掉啦!俺不想亲眼看见这场惨剧,俺幼稚的心脏还经受不起那种强烈的打击。

"俺乖不怕,俺乖不怕。"俺娘嗔着俺爸,俺爸却仍抖动着魔掌,脸上露出怪异的笑容。

"去去,你看你吓着孩子。"

俺娘用她圆润有劲的胳膊把俺牢牢地圈在怀里,还开始有规律地摇晃着俺。

"枣树高头结枣枣呀,枣枣开花荒又荒呀,周把少爷不长牙呀,枣枣磨俺崽崽牙呀……"

这就是俺滩浍地区的摇篮曲。俺娘摇呀摇呀,直到把俺摇得天旋地转、昏昏欲睡、哭不成腔调。于是,俺找到俺娘喷香柔软的奶头,猛喝起来,并且最终眼不见心不烦地蜷缩在这个世界上最安全、最温暖的所在,睡熟了。

再次醒来,俺的小脸因充足和温暖的睡眠而变得水灵灵、红扑扑的。俺娘敞开了俺的衣领给俺散热。俺娘抱着俺安详地端坐在门后一张有靠背的雕花长条椅上。俺二哥站在砌在北墙边的一个旧砖壁炉上,踮着脚去够墙上的老挂钟。俺三哥坐在那张沉重的深紫色办公桌上画人民空军的飞机。俺四哥却蹲在地上叽叽咕咕自言自语地叠带字的花纸片。

时间一分一秒地过去。围在桌边的人们昂首挺胸地逐渐走完。连自始至终怀抱铸铁盒、手捏旧纸卷、一直蹲在墙角不吭声的一位瘦跛子,也失望地站起来默然地走了。俺爸合上他手里的本子,抬起头,远远地看见俺红扑扑的水灵灵的小脸。他立刻挤眉弄眼、讨好地向俺笑起来。

这一次,他的面貌全变了。他变得目光炯炯、浓眉大眼和年轻精神。

也许是看见了俺清澈的眼神,他忽然起身推开座椅,迈着沉重的步伐向俺冲过来。在俺正想扁扁嘴哭出声并再度缩回俺娘怀里时,他却已经用两只巨掌从俺的腋下抄起幼小的俺,把俺从俺娘的怀里抢走了。接着,俺又反应不及地一下子被他忽悠上了天,又忽悠上了天,再忽悠上了天。最后,俺不可抗拒地被他忽悠得落在了他肩上。

俺二哥"咣啷啷"把公社的挂钟摔了个粉碎,在俺娘的巴掌未及落下时,他已经脚底抹油溜出了办公室。俺三哥无动于衷地继续把自己画进人民空军飞机的驾驶舱里。俺四哥则(因俺爸抱了俺而万分嫉妒)嫉妒地抱住俺爸的腿哭号起来。不过俺娘抱起了他,他得到了补偿,也就退而求其次,不再坚持什么原则了。

就这样,在俺"咯咯咯咯"的傻笑声中,俺爸顶着俺走出公社大门,快活地游走在大山里了。

呵呵,后来懂事了俺才知道,皇藏架可是这滩浍平原唯一和最大的山区。

这就是俺最早看到的皇藏架山区的画面:

①这是清澈的溪水;②这是山里的古石桥;③这是一群洗衣服的妇女(也包括后来卷起衣袖和裤腿,站在清溪里幸福和自豪地看着俺爷几个的俺娘);④这是青翠的竹林;⑤这是正在盛开的金银花;⑥这是成片的茶园;⑦这是开花的板栗、旺长的银杏;⑧那是刺破蓝天的皇藏顶(俺爸说站在皇藏顶上,东能看见东海,西能看见天山,俺婴儿时期也听不太懂他说的啥);⑨这是一群唱着歌扛着锹排队下田劳动走过的学生;⑩这是皇藏洞(俺老乡刘邦那年就在这里躲藏追兵);⑪这是正在溪潭里摸鱼的俺大哥,在摸鱼的同时,他还兼顾着严厉地训斥不是浑水摸鱼而是搅场的俺二哥。

俺二哥只争辩了一句,就被俺大哥掀翻在溪潭边的乱石堆里了,在脑壳上"梆梆"敲了几个很重的疙瘩梨。俺大哥这一招俺自始至终紧盯着看得仔细。除了从那一天就开始崇拜他,这事可把俺笑坏了。俺笑得止不住地前仰后合。看见俺这样开心,着力讨好俺、瞧俺眼色行事的俺爸俺娘,也都开心极了。俺觉得俺做人真是成功!

俺记得,幼年和童年的不少时光,俺都是在俺爸的头顶上度过的。虽然虚构的成分也不能说没有,特别是幼年的那些所谓记忆,之后还有俺小妹的夺宠对俺心灵造成的短暂伤害,但总的来说,那个位置使俺坐得高,看得更远,这奠定了俺成年后思想品德的基础:习惯于登高望远的境界。

但是不久,真正的怪物似乎出现了。

那是俺睡意蒙眬中,从俺爸和俺娘的只言片语中猜测的。它的个头比俺爸还高一头,体格比俺爸大两个,是个真正的红毛獠牙的怪物。俺吓得心里"怦怦"直跳,只好本能地采取鸵鸟政策,把俺的小脑袋使劲拱进俺娘的怀里。

俺不由自主就做了个关于红毛怪的噩梦,天快亮时俺娘发现俺讲起了胡话,发起了高烧。俺娘吓得抱着俺哭起来。

"俺的乖乖儿呀,你别吓唬娘呀。"

她紧紧地搂着俺,好像怕就此失去俺一样。俺有气无力地躺在俺娘的怀里,喘着烫人的粗气。

从那天起,如果是白天,俺再也不敢一个人跑到公社院外打野枣吃了;如果是夜晚,俺情愿尿床,也不敢到被窝外去小便。为此,俺娘咬牙切齿,可没少在俺的小屁屁上奖励她粗糙的大巴掌。

很快有一天,俺爸煞紧皮带,腰里别上"盒子枪",穿上能让脚发出古怪和神秘气味的"解放鞋",趁俺熟睡之机,半夜起床,带领解放军搜山去了。

这都是俺娘后来对俺说的。一说起这些,俺娘的眼圈就红红的。俺长大了,不能也不愿意再拱在她怀里撒娇了。俺娘就只好搂着俺小妹,在下雨天或下雪天,说几句这样的陈年旧事。

俺娘红着眼圈,从俺爸那张老旧的办公桌上收卷起磨损暗旧的羊皮垫纸,抱着俺妹妹、领着俺哥几个离开了皇藏镇。从那以后,俺就再也没见过能说会笑的真人的俺爸。

作为家庭主妇的俺娘,内心凄凉地抱着俺小妹,牵着俺和俺四哥,回到平原安详的潍水小城,在代表着俺爸的那棵银杏树的粗枝上,拴紧第一根青绿色的潍河结(一种野蒿编成的吉祥物,但所有的农作物、农村的植物都可以成为制作潍河结的材料),过起了自强不息、自力更生的拮据生活。

俺二哥和俺三哥挎着细篾竹篮,跑到郊外果园沙河里挖来河沙,俺外奶和俺娘在当院支锅架柴,爆炒起了银杏果(俺爸和俺娘结婚时以及俺娘生俺大哥时俺爸替俺大哥栽植的银杏树上结的果实)。

滚烫的热沙里,银杏果有点青涩,但香气厚实的果仁味在街巷瓦顶上飘荡。不过俺外奶不给俺们多吃,她一次只各发五粒给俺们,剩下的她都念着咒语收藏起来,俺娘说连她都找不到。俺们试着念出各种暗语,但手里什么都不出现。

俺外爷从乡下背来一口袋黄瓤的红芋,摊开在院里的青砖地上晾晒。他喜欢坐在堂屋的木门槛上吸烟袋,还把烟袋灰磕在木门槛外的青石板上。

俺被俺二哥和三哥拉拽到了墙头上,他俩轮流向隔壁人家的黄狗头上扔小泥块,看谁砸得准。因为平时都低头不见抬头见的,黄狗不便发作,只好强颜欢笑地摇动尾巴,忍气吞声地四处藏躲。俺哥仨哈哈大笑不止。

在俺爸祖传的老屋里,最喜欢摆弄斧锤刨钻的俺三哥,在俺娘的指挥授意下,兴致勃勃地把单人木床加高,变成了摇摇欲坠的双人床,为了防止倒塌,俺娘又指挥俺二哥和俺三哥爬上屋梁,拴上粗麻绳固定住床框。

院里银杏树底下和银杏树以外的闲地,俺娘都把它开垦成菜园。墙拐隐蔽处的陈坛里经年累月发酵着人粪尿,卷心黄白菜和辣椒几乎可以常年供应烟熏火燎的锅屋,紫茄子和丝瓜的供应季节却要短一些,或晚一些。

墙角大银杏树下遗留的两丛鸢尾在秋天开出了青白色的串串花,探亲回家的俺大哥对它们进行了特别的保护,他给它们施了鸡屎肥,又街头巷尾地拾砖给它们垒上了护栏。俺娘抹着眼泪进了老屋,她不可能不想起俺爸那年用拉不上拉链的黑提包,从山里挖它们回来带雨移栽的情形。

每当这样的时候,俺娘就会拐着篮子下乡跑一趟,割些青鲜作物回来,再花一两个夜晚编织成鲜绿的滩河结,拴到代表俺爸的那棵银杏树上,把风吹日晒褪了色的旧滩河结换下来。

毫无疑问,俺大哥的到来,给俺们带来了解放军的荣誉和神秘感。在俺哥四个的苦苦哀求下,归队前最后一个晚上,俺大哥终于脱下内裤,向俺们展示了他打满补丁、凹凸不平的破腚。

他眉飞色舞、慷慨激昂地告诉两眼圆睁、瞠目结舌的俺们:他裸睡(滩地和家族的习惯)中被一阵嘹亮的冲锋号吹醒,一股脑向前冲击并一屁股坐在越南人埋设的竹签阵上时,他眼没眨、气没喘,大吼一声、咬牙挺身跃起、屁股上拖带钉满竹签的竹板,又紧跟我军圆头圆脑的仿苏坦克、向敌人发起了饿虎扑食般的冲锋。

直到攻占敌人的阵地,他才喝令一个被俘的越军帮忙,拔掉了屁股上的竹签板。

"从此以后,俺的屁股就被越南人搞破了相。"俺大哥提上裤子,十分苦恼地说。然后就洒脱、爽快、火爆地哈哈大笑起来。

就这样,俺大哥像县城滩水路一样凹凸不平、打满补丁、疙疙瘩瘩的屁股,成了俺们这伙人心中的偶像。俺们开始像一个"真正的男人"那样做起了"大事"。

在一个由秋转冬、寒流来袭的夜晚,工业局半废弃的地道里点亮了一盏旧药瓶制作的鬼鬼祟祟、闪烁不定的煤油灯。在地道口望风的俺三哥不时压低声发出敌情警报,神秘地报告有"老百姓"走过的信息,他还时不时地跳下来询问会议的进展情况,显得有点过分关心。俺则冻得缩着脑袋,蜷蹲在俺四哥身后。

——俺二哥牵头组织了一个绝对是"地下"组织的南关红色人民卫队,主要任务是夜晚巡逻,保护当地老百姓的生活安宁。他当司令,他两位最好的同学兼朋友当上了副司令还有参谋长,也经常逃学但跟他走得最近的女同学蔡芬则当上了政委。俺三哥、俺四哥,还有俺,都是他的,或被迫成为他贴身的卫兵、保镖。

不过,平时就喜欢挑战俺二哥的权威,还经常是俺二哥的死对头的俺三哥,对俺二哥故意在他望风不在现场的关键时刻,选出了红色人民卫队的领导班子的行为大为不满。俺三哥不得到参谋长的位子是不可能罢休的!他俩大吵一场,弄得大家都很泄气。于是,俺三哥开始反抗俺二哥的专制统治,他很快就拉出一队人马,打算另立山头了。

为了拉拢俺们这些墙头草,俺二哥和参谋长抛出了撒手锏,决定带俺们去看后巷哑巴家的大惠洗澡。这是他们谁都不肯告诉的秘密。

他们眼光贼亮地吸着烟,十分得意地扫视着俺们这些没见过世面的下属。所有打算跟俺三哥走的人,包括俺三哥本人,都站住不走了,他们叽叽咕咕了一阵,盘算着先去看看俺二哥使出的这一招可够"级"。如果不够"级",那他们还得揭竿而走。

但蔡芬不愿意去!她痛骂俺二哥是"流氓",还骂骂咧咧地扑上去撕打俺二哥。

俺们这些小孩都被她的用词吓坏了。但同时又觉得她对俺二哥的撕扯很好笑。她不像个政委,更像个娘们。俺二哥悠然地吸着烟,一边抬胳膊抵挡她,一边和副司令、参谋长安排晚上集合的事。蔡芬受到了冷落,转身愤愤地走了。

入夜以后,俺们悄悄来到后巷墙拐弯的一棵大槐树下,一个挨着一个爬上了墙头。

在半遮半掩的月光下,俺们微弓着腰在墙头上走动。俺二哥神秘地打手势叫俺们蹲下。俺们蹲下以后,发现那里已经是哑巴家的屋顶上了,从那里能看见哑巴家亮着灯的院落。

哑巴家正在院里吃饭,吃过饭披头散发的大惠就和她娘收拾碗筷进了厨房。后来他们又在院里和屋里来来回回走动多次,他们还啊吧啊吧地说着俺们听不懂的话(大惠和她的弟弟、妹妹都能正常地说人话)。夏初冷暖倒是适宜。正当俺们蹲得有些乏味、倦怠的时候,一直趴在屋顶上的俺二哥,打手势招呼俺们,叫俺们一个一个轮流到天窗去往屋里看。

俺轻手轻脚走向天窗,趴在那里向屋里看。那可能是俺成人的标志和起点。洗澡的也许是大惠,但也许是大惠的妹妹。因为是从上垂直往下看的,俺只看见一片乌黑的头发,还有一些晃动不稳的大腿和白肉块。俺吓坏了。匆忙间俺其实啥都没看仔细,也辨认不出来,就慌慌张张地撤回到墙头上了。

俺眼冒金星,一直闷闷不乐、郁郁寡欢地蜷坐在墙头上。

"任务完成,敌人目标已被突击,撤!撤!"有人小声地挥手下达命令。俺只注意到俺乱跳不停的心脏,都不知道俺是咋回的家、咋上的床。

俺觉得俺真没出息!俺重蹈(野人出现时的)覆辙,又发起了高烧,还弄到上吐下泻、屡治不愈的地步。俺娘心疼俺心疼到抹眼泪呜呜地哭。她抱着俺无助地哭求着俺已去世的外爷、外奶的帮助。俺无能为力地忧伤地看着泪水涟涟的俺娘。俺只能和俺娘相依为命,趴在俺娘怀里当个小病猫。

俺妹妹过分热情地拧热毛巾给俺擦脸上的冷汗,她的小手还扮家家式地喊"乖乖宝宝"地轻轻拍俺哄俺入睡。她平常拍的都是布娃娃,这次拍的是个真娃娃。俺觉得这事有些腻歪,叫她过一边子去,她就眼泪哗哗地扑在俺娘怀里哭。俺可不想过多地和女孩子在一起玩,俺当男孩子当得好好的,俺才不想变成说话面叽叽的女的呢。俺从小就有大男子主义。不过,嗨,碰上这样黏缠搅局的小女孩,俺又能有啥样甩脱她的好办法。

在俺生病落难的日子,除了老好人俺四哥放学回来伸头看俺一眼,俺二哥和三哥在外面玩得面都不见,这使俺失望至极。俺无奈而郁闷地听任热情过分的俺小妹五哥长五哥短地叫唤。她端红枣冰糖水给俺喝,找小画书给俺解闷。又挑选她最漂亮的女同学李妮来探望俺。俺娘也当着俺的面表扬她会疼人。为了不伤她的自尊心,俺只好拖着乏软无力的身躯,陪她和李妮去郊外的果园里玩。

那时候潍水县城城郊所有的地方都长满了果树。黄河故道、沙质土壤的果园里会有一些清浅的河流,还有池塘。水边除了扒根草组成的片片草地,另有许多根结粗壮的大柳树。俺撅了一根柳枝,系上俺的带有脚臭气的鞋带钓起鱼来。

这正是男人适于渔猎的秘密。可能确是俺的脚臭气起了关键的作用,虽然没有鱼钩和鱼饵,但水里的生物太多了,甩进水里的东西都被误认为鱼食,鱼虾纷纷上钩,让俺应接不暇。

果园里安详甜蜜的气氛使俺受用终生。钓鱼钓烦了俺就躺在温暖干燥的沙河边的秋草地上,看小河对面的大柳树和大梨树。一架简陋的木制双翅膀飞机呜呜呜呜地从树梢上飞过去了。河流和池塘上则飞舞着水红色和钢蓝色的蜻蜓。也有一些蜜蜂在草地和果园之间来往。刚看过的小画书上说蜜蜂这些昆虫都是建筑好手,它们的住房都建筑得科学、合理。

木制的双翅膀飞机又飞过去了,贴着俺眼前的水面。

俺激动得在草地上坐起来。俺能很清楚地看见戴紫皮帽的飞行员转过脸来向俺挥手。那不是俺三哥吗？不是他又能是谁！飞机又贴着梨树的树梢飞过来了。俺拿起钓鱼用的柳枝,用跪射的姿势,向俺三哥发出"叭叭"的"枪"声。俺三哥装成中弹的样子,翅膀一歪,飞机刮着水面,蹿向蓝天,飞远了。

这是俺在那一天的第一段奇遇。紧接着,俺小妹跑过来,求俺去救李妮。李妮蹚水到小河的沙洲上去掐野花,却不敢回来啦。俺咕哝一声,不情愿地跟着俺妹妹走去。

翻过野花遍地的沙土坡,河分两流。李妮在沙洲上,正一边采着花,一边快乐地扎巴着两只小手,跳着舞,唱着歌。俺卷起裤腿,蹚向沙洲。这时,天空中再次响起呜呜呜呜吵人的轰鸣声。俺三哥又驾驶着他讨厌的双膀子木制飞机,超低空俯冲下来了。俺妹妹幸灾乐祸地拍手大笑。李妮则尖叫着扑进俺的怀里,两臂吊在俺的因病还有些绵软的脖子上。

这是俺在那一天的第二段奇遇。俺抱着李妮早熟的圆润身体,有一种奇怪的体验。俺的小身躯里突然冒出来俺生平第一股说不清楚的撞击。俺很慌张,但俺不舍地更紧地抱住了李妮。

蹚过小沙河,俺把李妮放在草地上。她们俩拉着手欢跳着跑进草地玩去了。俺则一个人看似郁郁寡欢地走回俺钓鱼的地方,体味着朦胧的身体觉醒的苦闷。

从那一刻起,俺知道了人需要单独待着(独处)的道理。俺两手交叉在脑后,躺在沙河畔的草地上看着晴朗的天空。俺三哥驾驶的木制飞机几次掠过树梢、水面,还不断地摇摆翅膀,向俺示好。俺是个有心事的人,哪有心思跟他玩那个？俺三哥讨了没趣,只好越飞越高,扫兴地飞走了。

俺娘好像突然知道了俺生病这件事情的真相。为这事,俺娘扬着扫帚,满院追打俺二哥。追不上他,俺娘就返身进屋拿出一把菜刀,吓唬说要把不争气的俺二哥切巴切巴喂狗。不过俺二哥一点都不害怕,他还爬上大银杏树,有意笑着逗俺娘说:"你来,你来呀。"弄得俺娘哭笑不得,直骂俺二哥作孽。

不消说,这一定是蔡芬勾结俺三哥告的状:俺四哥亲眼看见他们俩在学校的乒乓球台子边嘀嘀咕咕。对这件事,俺个人认为蔡芬是个可耻的叛徒,虽然她丰满结实的身材一直是俺不由自主地关注和"垂涎"的对象。

恰在这时(俺娘拿着菜刀和俺二哥在银杏树下对峙的时刻。也许已经是又一个年头了,俺记不清了),俺大哥提着、背着上面印有"中国人民解放军陆军98军专用"的带老虎标记的黄帆布军用包,背包上别着一颗不锈钢制作的红五星,脚穿8520工厂生产的正宗解放鞋,大步地踏进了家门。

在那个出人意料的尖峰时刻,俺们都激动得尖叫着扑向俺魁伟的大哥,拉扯着他欢呼起来。

短暂的骚乱过后,俺大哥好像一眼就看出了院落里正在发生的对峙。他上前接过俺娘手里的菜刀,举重若轻地把被幸福和激动陶醉得不知所措的俺娘抱起,小心翼翼地轻放在屋檐下的条凳上。又向银杏树上摆摆手,叫俺二哥下来。俺二哥大吼一声,飞身落入暄软的菜地,砸坏了几棵无辜的花花草草。他揎拳捋袖地挥拳向俺大哥的面门砸去,却被俺大哥屁劲不费、四两拨千斤点了个屁股墩。

而对突如其来的家庭振兴的大好局面,俺娘再一次六神无主地抹起了她欢欣鼓舞的老花的眼泪。俺这滩浍平原无数家庭里平常的一家,似乎因俺大哥的转业而就此重树了坚不可摧的主心骨。俺家的生活和俺家所有人的命运也似乎因此发生了天翻地覆的变化。在食品门市部当营业员的大惠,也利用工作之便免去肉票,下班用灰草纸给俺娘包来了第一块油光光的五花肉。

俺家的伙房重新裹满了久违的猪油气。那是除俺大哥俺兄弟四个最专心致志的一顿晚饭。没有人傻到要说一句废话。因为俺们的目标都非常明确,那就是赶在别人伸筷子之前尽量从狼嘴里多抢下几块肥肉。

冬去春来,小雨蒙蒙(或许是又一个冬去春来)。当梳着粗壮的大辫子的大惠利用工作之便,下班用灰草纸给俺娘包来第三十块五花肉以后,俺大哥的婚宴终于在埇桥老街的人民饭店举行了。

人民饭店是俺们滩城解放以后最古老的一家国营饭店,是俺们这些小孩景仰不已的地方。城里百分之八十的婚礼,都是在这里举行的:饭店深达三四十米的长厅,是举行婚礼的最佳场所。

但因为啰唆的崔老师的拖堂,天黑透了俺才能把书包往身上一撂,冲出教室,向人民饭店狂奔。

俺推开人民饭店厅堂的大门,所有人的眼光立马一齐转向了俺,接着人们又都不怀好意地坏笑起来。

俺扑向俺三哥和俺四哥中间,喘息着在椅子上坐下。俺大哥穿一身钢蓝的新中山装,他的小平头剃得比学校操场的水泥地还平。文静贤淑的大惠则穿一件猩红色的对襟小褂,头上别一朵初放的石榴花,喜气洋洋而又羞羞答答地依偎在俺大哥身旁。

婚宴也不知道是啥时候开始的。俺三哥理直气壮、胸有成竹地开怀大吃。俺四哥有点文质彬彬地正襟危坐。俺二哥却垂头丧气、灰头土脸地缩在餐桌底下。如果俺三哥把偷看大惠洗澡的秘密报告俺大哥,俺大哥肯定会把俺二哥一顿狂殴令其半残!不过,俺可不愿意俺大哥在喜气洋洋的时刻为这样的糗事烦心。

理亏知趣的俺二哥左手端着舔得一尘不染的餐盘,右手攥着一双喜筷,馋得憋不住时他就会露出头,趁人不备,狂夹半盘荤菜,又沉至桌底。有时他则在桌下猛捣俺或俺四哥的腿,叫俺们从桌上批量地偷菜给他。

婚宴进行不到一半,俺二哥就偷了一书包甜果子和卤菜,从桌子底下匍匐着爬向门口,钻过大人们的腿缝逃走了。俺二哥肯定是忙着孝敬他的政委蔡芬去了,虽然蔡芬在偷看大惠的事情上背叛过他。那个娘们肯定正吸着烟皱着眉站在四中的煤渣跑道上,不耐烦地等俺二哥兑现自己信誓旦旦的诺言。见面第一件事她也肯定是飞起一脚踢在俺二哥裆内,踢得俺二哥就地打几个滚,却又不得不赶紧双手紧急呈上他的贡品以消蔡芬胸中招之即来的浊气。

俺小妹和李妮跑到桌端,抱着大惠的头,前前后后地钻研那朵能引起众人喝酒和欢笑的神秘的石榴花。大人们则又坏笑着,或鬼笑着,端起酒杯向俺这个不知孬好的小孩走来。他们半劝半逼地灌俺喝酒,还挤眉弄眼、过分热情地说一些俺听不太懂的激励话或笑话。

俺娘一边心不在焉地吃菜,一边和旁边的人说话,一边却远远地看着俺。可她不像平时那样过来管俺、护俺,也不把那些坏笑的大人撵走。这使俺的胆子渐壮起来。该喝的俺端过来就掀下去了。

俺大哥从俺身后经过的时候,则轻轻地拍拍俺的肩膀:"老弟,不老实俺可得揍你!"他低眉偷偷说完这句话就灰头土脸地溜走了。俺向他伸舌头做鬼脸。俺知道俺大哥疼俺,他根本不舍得碰俺一根小手指头!

那就是俺此生第一次喝醉酒的感觉:走路轻飘飘的不当家,不过头脑却和上数学课时差不多清醒。

俺大哥抱着俺走向披红挂彩、停在埇桥老街国营人民饭店门外的双排座。春天的小雨星擦过发黄的温和街灯飘在俺红润的小脸上,这使俺知道俺现在已到饭店外面了。大人们都挤在星点春雨的街道上,继续坏笑着不怀好意地看着俺。俺娘则装成生气的样子,站在人群的后边,小声而又不当真地埋怨着、嘀咕着。

大惠一身喷香地坐在俺的另一边。当车开动,俺在他俩之间摇头晃脑坐不住的时候,大惠伸出同样喷香的胳膊搂住了俺,甚至还把俺的头搂在她厚软的怀里。于是就在那一瞬,俺失去了记忆和知觉。哈哈,这就是俺滩浍平原大哥结婚须由最小的未成年弟弟陪睡第一夜的婚俗。俺真走运,这个电灯泡当得也真值!

但是,那晚俺一直不争气地昏睡、昏睡、还是昏睡。俺什么都不知道,什么都没听见、看见,简直是一无所知,无端地浪费了一个良宵。当天光大亮俺一觉醒来,发现雪白的墙上挂着大惠穿国营食品公司白兜兜的体面大照片,而俺竟睡在俺大哥宽大干净的新床上,还搭盖俺大哥结婚喜红的新被子时,俺吓坏了。俺以为俺不知觉地做了什么见不得人的大坏事,俺跳下床贴墙根向门外仓皇逃窜。

也许是听见了门响,正在小院的水泥地上和炭晒煤球的俺大哥和大惠赶紧回过头看俺。不过俺已经拉开贴着大红"喜"字的院门,撒腿跑出去了。

"小子,往哪跑?"

"上学。"

"星期天上啥学!"

俺无地自容地狂跑到插花巷口,迎面撞上了匆匆向火车站方向疾走的俺二哥、蔡芬他们五六个人。

"走啊老五。"

"上哪?"

"上火车站扒火车。到南十里庙拉练搞演习去!"

南关红色人民卫队又搞活动了!在俺二哥和蔡芬他们的盛情

邀请下，俺跟着他们扒炭车来到南十里庙的野地里。

俺们先像铁道游击队那样纷纷跳下火车，又像兔子那样弓腰躲开敌人的视线，蹿过土沟和麦地。最后，俺们分别爬上高低不一的楝树，等待命令，随时准备晃动消息树、向麦地里潜伏的战友报告敌人的消息。

就在那一刻，俺居高临下，俯瞰平原上的青葱、铺天盖地的果园，蜿蜒流淌的沙河，笔直通向远处的铁道，濉河、沱河和浍河的东流，地线处剧烈起伏的皇藏架山影，正在村里庄外活动着的像俺娘那样的亲人，还有划过天际"噗噗"跌落银河系的流星，俺突然在肉体的感觉上，回到了那个盘踞在俺爸脖梗上的时代。亦即在一个相对高的局点、俯瞰万事万物的时代。

那就是俺"开窍"的时刻？俺恍惚看见铺天盖野的淡白梨花扑面而来，又纷披而去。香气胡乱地黏在俺脸上、鼻孔旁、头发上。浅黄色的花粉颗粒俺都看得清清楚楚。气流吹拂中高速运动的蜜蜂背对气流，收缩脚爪，试图控制住身体而软着陆于俺的头上、脸上以便收集花粉。却又因气流太盛，它们停留不住，只好纷纷离俺远去，在俺身后的高速气流里各呈姿态。

凭借神秘怪异的第六感，俺开始迫切地在茫茫书海中寻找可以拯救俺一生的文化稻草。

那并不是一件十分容易的事情。经过一番艰苦不懈、大海捞针般的心智搏杀，俺迷上了德国勃劳斯所著的《毛：一位世纪伟人的青少年时代》这本写给少年朋友看的通俗读物。靠着这本书进行的有效文化和心性启蒙，俺终于寻找、选定并及时确立了俺的世界观、人生观。

"唔，这终于使俺有资格屹立于八亿人民之林了。这辈子不愁，基本可以立于不败之地啦！"

俺松了一口气，并征得俺娘的同意，从老木箱底翻出俺爸生前在办公桌上铺垫过的旧羊皮垫纸,给俺个人的这本"圣书"包上了羊皮的书皮。从此,俺天天必把它装入挎包,有空就拿出来攻读、研习。

几乎在这同时,俺大嫂(即大惠)生下了他们的小孩建军。

俺怀揣着被俺视为神圣的羊皮宝书前往俺大哥家看婴儿。俺大哥几个来送红鸡蛋来的战友却一口咬定那孩子是俺的。俺大哥爽朗地大笑起来。不过俺知道,那是不可能的。那晚俺肯定是中了俺大哥的迷魂汤,俺啥都不知道,俺睡得太死啦!在这种事情上,俺小孩懂个啥!

俺家过上了看似平淡无奇,但人人信心倍增、行云流水般的温暖生活。仰仗着俺大哥无所不能的精心操持,俺二哥高中勉强毕业进了城建局城管队。他每天开着队里那辆半新的双排座130,送俺大哥的战友进城下乡,检查工作。那时的俺二哥,酒场不断,酒友遍天下,着实地风光了好一阵子。

俺二哥和他的政治委员蔡芬早婚以后,就住在城管队一排外墙刷得苍白的小平房里。但只分到了其中一间。小平房的前面是一条运送城市污水的臭水河,不过习惯了也就无所谓了。

当夏天的晚上,俺三哥拉着俺、俺四哥还有俺小妹上他家蹭酒喝、蹭饭吃的时候,平房里的十几户人家都已在臭水河边的水泥地上摆好了饭桌。几堆熏蚊虫的蒿草则不急不缓地燃冒着苦辣的清烟。小孩子们东躲西跑捉猫猫玩。邻里家坊互换好吃的特色饭菜,如辣煎毛刀鱼、红炖羊杂等等。隔家的饭香,定是这个道理。那人间的烟火气还真是相当浓郁。

招工进了果园场农机队并登上木头飞机抛洒农药的俺三哥,在俺二哥和蔡芬面前总是闷头喝酒、低头吃菜的。俺三哥的酒量和俺二哥有得一拼。

喝完了蔡芬从电影院小店打来的一大瓷缸高粱酒,俺二哥即满脸通红地倒在凉床上收听收音机里拿腔拿调的梆子戏。俺三哥则面不改色地坐在俺二哥的脚头,从洗得发白的工具包里摸出工作之余自造的电动飞机,快速地拼装起来。他按动遥控器,让小飞机嗡嗡地从河这岸飞到河对岸,再嗡嗡地从河对岸飞到河这岸。

俺三哥的惊人举动立刻引来了在水泥地上吃饭的十几个孩子,遥控器你争我夺终于摔散在水泥地上。小孩们都吓得轰然散去。俺三哥却并不在意这种不菲的损失,他从包里抽出一本油腻的《空气动力学入门》,埋头研读起来。蔡芬洗刷好锅碗,就搬个小板凳,坐在凉床跟前,嗑着瓜子,心思迷惘地看着漆黑的河对岸。

当小建军已经能在俺大哥脖梗上坐稳时,俺娘和俺大哥商议着要趁清明时节给俺爸迁坟出山(后来俺大哥却又突然改变了主意,俺爸永远留在了他工作和长期生活的皇藏山里),俺们全家集合在一起,进了一趟皇藏架。谁都无法预料这趟皇藏架命运之旅对俺全家人非凡的重大意义。

颠簸不已的130双排座,在杏花、春雨和浓雾的三重气氛中开进了层峦叠嶂的皇藏镇。

当石板小路愈来愈干净、山涧里的山溪愈来愈潺潺、漫山遍野的淡红色杏花愈来愈浓厚、山崖拐弯处的民宅愈来愈青白、竹林深处的楼房愈来愈高大、充当镇政府(原公社)办公场所的老教堂黯然退后、溪头和瘦石前捧书伴读的青年男女愈来愈分明、"濉州师专"的招牌缓缓从眼前移过、一位削短发的淡眉女孩(小榭)站在路边等车开过去的时候,俺大哥机灵地凝视着浑身山泥、由几位市县干部陪同、从深山老岭里走出来的两位肩背高高旅行包的白人探险家(其中一人还拿出相机捧在胸前给老教堂拍照),陷入了类似于痛楚的思索。

俺和俺四哥、俺小妹却都不由自主地为眼里的美女或美景欢呼起来。

俺趴在车窗上勾头向后张望:建筑古怪的老教堂,削短发的淡眉姑娘,低烧一样的杏花红晕,还有竹林里的教学大楼。俺浑身的神经都因绷得太紧,激动、亢奋而使俺产生了抽搐和干呕的症状。这里就是俺人生的正式起点,甚至还可能是俺未知感情的真实归宿？俺的有所预感的心反复地如此念叨。

事情来得快速而又突然。听到大哥的决定后俺全家都惊呆或震惊了。半月后还在青杏打纽的时节,俺大哥已经毅然决然,辞去了他在税务局的舒适工作。他收拾好印有陆军98军专用老虎标记的背包,从俺大嫂用黑呢子布精心缝制的小布袋里取出不锈钢红五星别在背包上,又穿上俺大嫂精心保藏的军用解放鞋,义无反顾地踏进皇藏架的荒山野岭,开始了他数年如一日,也是和那几位白人探险家比速度的追寻皇藏架野人踪迹的惊天大事业。

"这才是大哥的样子!""做大哥,不能没有样子!""俺服了!服了!彻底服了!"送别大哥的家宴上,俺哥几个喝酒失态扯巴成一团。

"为啥啥事都该外国人抢先去做？咱中国人就比他缺一个鼻子少一个眼?!从今以后,绝不可以!!"俺大哥一拳擂塌了石板饭桌。

一年后的一个冬日,在皇藏架俺大哥自造的石窝里,俺大哥如是主动说起他决定进山寻找野人的心因。

石窝在一堵断崖中,宽约一张床,深不足两米。地上铺着厚厚的山茅草,洞壁突起的石柱上挂着别有红五星的军用背包,石槽里放着一本紫皮的日记本、一本军事地理学著作、一架黑色军用望远镜、一把军用匕首、一把弹簧刀、一管强力手电、一堆山芋、一包盐还有一本书:《中国自然界未解之谜》。

皇藏顶气象观测点兼皇藏顶野人寨十人复式小学唯一老师的老回,蹲在积雪没顶的石头上吸烟。他发眯的两只小眼默默但是警觉地扫视着绵远的山脉和寂静的山林。老回成了俺大哥在冷寂的深山里最常见到的人形。

"俺战友搞首次黄河漂流死在黄河里了,尸首都没找到,这事对俺影响太深了。咱中国的事情,就得中国人先去发现,先去做。哪怕结果就是个死!"

"大哥,俺带人进山跟你干!"二哥吼道。

"没必要!你照顾好俺娘!"

这可能是俺大哥进山后说话最多的一次。像老回一样,山里人都沉寂得要死。

俺大哥领着俺哥几个在林子里掀起一块够分量的石片,用细树枝撑起来,石片下扔了一截山芋。俺大哥用这种机关就能和老回一起吃上山里的荤菜。不过,山里的动物肉都骚得很,不一把把加粗盐都不能吃。俺吃不惯。

在那些应该称之为"漫长"的日子里,俺娘总是迷惑却又坚定地和俺大嫂一起,替俺大哥缝补着被荆棘扯散的袖口和裤腿。她可能更想亲眼看看那位推动山崖上的巨石、把山崖下的俺爸砸得血肉模糊的野人的真貌。不过她很可能到时候却又不敢去看了。

印象里俺大嫂总抱着孩子,在窗前晃来晃去,哄孩子入睡。俺伏案苦读的心情被她细微的哼唱挑起,渗出那么一些些酸楚。不久,俺就趴在俺的羊皮宝书上睡着了。"一定要考进师专呀!"俺发出梦里的呓语。

距清明杏花红只不过小半年(或者是又一个差不多的年头?),到山杏晕黄的时节,俺竟真的扛着俺娘给俺缝制的小薄被、手捧潍州师专的录取通知书、跳下笨头笨脑的长途客车,挺胸收腹地站在校园半开放的石围墙外那位削短发的淡眉女孩面前了。

人生如梦。假如梦了,没准就梦想成了真。

这就是大名鼎鼎的校花小榭。小榭脚下是黎明色的圆润的山石、流淌淙淙的溪水。她背后则是一层叠一层的黛青色的山影和掩藏在山峦间飞檐走瓦的皇藏架佛教名寺甘露寺。

唉,此刻俺还只能坐在小槲斜对面偶尔地欣赏她,看她调皮的小脚在发青的溪水里拔拉着。假如能和她坐成并肩……俺暂还不敢想象人生那登峰造极之时刻。

面对小师弟(俺的)结结巴巴的自白,小槲扑闪着她深潭一样的大眼睛,既不吃惊,也不厌烦,而是通体洋溢着一种使人肝儿颤的耐心和暖意。这可能就是俺冒失的青黛色的初恋。在俺的眼眶里,连小槲转身离去的背影,都是青黛黎明的山色。

还有她圆嘟嘟似乎不设防的小脚。那一时期俺成了心理阴暗的恋脚癖者。俺数次发呆地看着小槲在清冽溪水里拔拉着的小脚,冲动地想把那双细白粉嫩、圆嘟嘟的小脚抱进怀里。但俺不敢。俺有心无胆。想。俺打内心里不敢。真想。又真不敢。

"为什么只能成为朋友不能成为恋人?为什么?为什么?你只要告诉俺一个为什么!"

"因为你脚好臭!"

小槲已然跳起来跑远。但她咯咯咯咯的笑声像遥远的二十世纪三十年代电影里银铃般的回声,每次都会一直萦绕在俺耳边大约五天零七个小时八分钟:这是俺一星期全部醒着的时间加一部分睡着而未做梦的时间。也就是说,小槲的一次笑声的药理效果,大约对俺能起五天零七小时八分钟的作用。药性过去以后,俺一般就会陷入迷惘和烦恼的痛楚状态,难以自拔。

"俺脚好臭?"

俺手握羊皮书呆若木鸡。俺从没想过这样的问题会成为小槲嫌弃俺的理由。俺低头迷惑地看看俺脚上似乎是与生俱来的土黄色的解放鞋。又一屁股蹾在生满青苔的滑石上,把酸馊湿黏、骨骼粗陋的双脚捧近鼻孔嗅闻。内心却实在琢磨不透小槲话里的深意。

俺不知道俺错在哪里。但对俺来说,小槲的话不啻圣旨,绝无对、错之别。俺握拳下定决心,一定会捕风捉影、对小槲不懈地跟随!

蓦然回首,发现土操场那一端临风背湖的野石堆上,教历史的瘦跛子李老师推敲、深思、审视的眼光迎了过来。没准他已盯了俺大半个学期呢。

"你可到俺宿舍一晤。虽痴迷于斯,感觉上你还是个能造就的大才。"

"呵呵,李老师,遵命。"

青年时代就会有那么多"不期而遇"的关心、适时而至的机遇和命运与造化的大红包!

"追随李子跛,早晚也得跛。"俺蔑视这种不解善恶的迷信传说。俺怀揣俺的羊皮宝书,出入于李子跛的破山房。粗茶两盅,抚石教学。从时空、人类、国家,到出产、习俗、男女,无所不问,畅所欲言。俺竟迷上了这位貌不惊人、孤立于世的瘦跛子,并尊崇为导师。或许也隐约有一丝同情弱者的心理在,却更是俺今后华运走福的一道天赐伏笔。

"只可点菜油灯照明,并以猪笼岭灯芯草为捻,方可体味古圣贤之情怀。"

某一日两人关窗闭户,锁帘掩亮。在李子跛指导下,费时三刻,俺好不容易从移开的实木大床地底下的石缝中,抠出一个干石灰深埋的铸铁匣。铁匣上龙飞凤舞,只觉得年代已经十分久远。铁匣打开,其中现出以酱白老粗布密针缝制的土布袋。

"可是数百年常抵上性命之代价,才终于保管下来的呢!也有几年没见它了。"李子跛抚摸爱物,浊泪滴出。

"务必惜藏此两小包珍稀实物、资料!对其中文字部分,尽量争取一字不漏熟背下来,倒背若流更佳。这有可能成为你人生之重大转折。"

枯灯昏黄的陋室,俺伸出双手,恭敬地接过俺精神导师生命般的馈赠。一个人躲在甘露寺后墙阳光暖意的无人隐蔽处偷阅。小和尚应天对俺招招手锁门而去。到底是什么样的一种神秘东西? 一段尘封的渊源于是面对了一个全新读者。

原来在残疾的外表和弱不禁风的躯干之后,也埋藏着一段多代为文、数代乡绅的曲幽家史。要不是解放前夜做国民党阴阳保长的父亲遭流弹误毙,导师还未必会抑郁一生呢。自始至终手捏旧纸卷、凄然蹲踞于俺爸办公室墙角不吭声的那位瘦跛子形象,刻在俺沟纹未成的脑海里,是一辈子都抹不去了。

人生似乎正式开始了。竟有那么多的神秘、未知、诱惑,激动人心啊!

在李子跛低头见雪、仰面见岭、鸢尾青绿的陈年木窗里,在校园清月若水、凉意一阵紧似一阵的栗树下,在晚饭后逶迤进山出山、近寺远寺(甘露寺)、手电光半空乱射的师生散步队伍里,过溪流众男生手拉手保护吱吱尖叫女生时的澎湃心情里,俺体会到了最初的生命的快感、诗意。那可是比俺二哥的南关红色人民卫队的活动更有滋味的体验。

印记太深啦!不可以言述!

俺开始了一天一次温泉泡脚的无期限"疗程"。俺大嫂和俺二嫂又各助俺两双千层底的细帮黑布鞋以便俺攻占高地。鞋帮上绣五星记号为俺大嫂纳造,绣小飞机的则是俺二嫂缝织。

不过俺始终挣脱不了解放鞋对俺无法切割的诱惑。真是个穿解放鞋的命!离了它,俺竟思想涣散、心神不宁。俺只好白天强制自己穿上细帮黑布鞋,到食堂打饭经过正排队的小榭附近时把鞋跺得"噼啪"响,以便引起小榭的注意。晚上泡脚前再穿上解放鞋过把瘾。如此,俺才能平静、正常地思想和生活。

但故意高鸣着刺耳喇叭、打亮刺眼大灯的紫皮"波罗乃滋"(一种从东欧进口的小轿车),却两次招摇地破开晚饭后上山散步的师生人流,在众人不屑的怒视下,半强迫地接走了并不情愿的小槲,使俺喷焰的眼睛发火红烂数日。身边的细山竹也被俺不知觉地咔咔撅断。

俺操他的!他有啥了不起!不就仗着他上人有权有势摆阔头!俺咽不下这口气!咽不下这口气!

不过,俺又能有啥办法?俺又能有啥办法把小槲从人家手里硬生生地抢拽过来?

俺滴着5分钱一支的廉价眼药水掩盖事实的真相:男人的眼泪竟也会飞。俺不懂,实在不懂。为啥市里的美女都被省里人选走?县里的美女又都为市里人所用?县里人无奈,只好依法炮制,理所当然地把乡镇的美女掳走。俺们这些在县乡之间打拼的男人,凭啥就得过索然无味、清汤寡水、眼福都不保的苦日子?俺们为啥就享不上这个人人都有权享有的福分?俺的导师李子跛甚至还一辈子自己跟自己过、跟自己斗。

不成,不成!又不是旧社会!这个年代不可能这样不公平、不公正?小槲命里注定是俺的,从那年清明乘130进山的第一眼算起。这事,俺是必得抗争了。

"凡事不可造次则个。"李子跛,已病入膏肓的俺的精神导师,在俺的笔记本上给俺留下了唯一的题词。俺是永远把它作为不可撼动的箴言来供奉的。

"年轻人是断不可以乱来的。但不乱来,那还叫年轻人吗!"这却又是俺某一天在山影月光下为自己敲定的座右铭。俺人格上的独立自主,大概就是从那一晚开始的。虽然导师俺永远都要尊崇。

在一股莫名而来的激情推动下,在神经衰弱的折磨和亢奋中,俺连起夜草成一封告小榭及全体师生书:"……远古洪荒,天圆地方,美色天成,人人得享……"抄录整齐后,趁月色惨白,凄然塞入恩师李子陂清幽淡远的门缝。俺即怀揣羊皮宝书,肩背黄书包,头戴、身穿俺大哥送俺的洗得有点发白的不带帽徽、领章的旧军帽和旧军装,手持那晚被俺撅断的细山竹,搭天不亮最早的和唯一的那班客车,匆忙赶往行署所在的潍浍市。

当通红的太阳冉冉从低楼背后升起,打算横扫城市里有限的那一点薄雾,而广场上的人民自觉地排成了纵横队伍、高音喇叭突然放出了音乐,预示着中央政府推广的全民健身运动就要开始的时候,俺已经站在市政府广场革命英雄纪念碑墩厚的花岗岩平台上,仰脸目测人民英雄造形石刻的高度,用细山竹比比画画,盘算俺行动计划的每一个具体步骤了。

哦哦,那就是俺年轻时代的壮举吗?俺昨天、今天和明天,俺前世、今生和来世,都没有一丁点后悔。不过,一粒带八一军徽的硬塑料纽扣,俺唯一的疏漏导致的唯一遗憾,给俺青年时代的完美主义烙上了一粒纽扣么大的缺欠。这是俺至今都对自己很不满意的地方。

"这个年轻人剪一副板寸,一看就不是好人!"离休干部赵爷爷在潍浍市公安局治安支队的笔录中写道。

"俺估摸这个坏分子是想炸革命英雄纪念碑,你看他一只手时刻都不离黄书包,书包里藏的不是炸药还能是啥!"居委会治保主任张大娘朗声对围观市民说。

"俺拼死也不能让坏人的阴谋得逞,改革开放大好形势绝不能毁在这一小撮人手里!"退休工人刘大爷粗声大气地挥舞着拳头说,向民警介绍事发经过。

毫无疑问,俺的反常举动引起了晨练市民的高度警惕。在全民健身的雄壮音乐声中,周围市民不约而同、自发地向俺围拢过来,并越来越收紧了包围圈。当俺突然发现刘大爷等人跨上台阶,向俺猛扑过来时,俺也不是吃素的,俺"狗急跳墙",转身蹿上了革命英雄纪念碑。

就在那一瞬间,俺右脚绣五星标记的布鞋脱落在地上(唉,这就是使人丧失理智的恋爱埋下的祸秧)。旧军装上衣的一颗纽扣也蹦掉了。它蹦蹦跳跳,在凹凸不平的石雕上碰撞了几次,砸在刘大爷额头上砸出个小紫包。又弹进张大娘的怀里,成了她掌握坏人破坏改革开放大好形势的第一手铁证。

革命英雄纪念碑真雄壮结实呀!上面的地方也宽敞得多,虽然晨风略大了些。

除俺爸的脖颈、滩浍平原上的楝树,俺又一次站在居高临下的位置了。这是俺获得进步的最强劲的动力。不过,这里比俺爸的脖颈高十几倍,比平原上的楝树也高数倍,所谓登高望远,这里才更名符其实。

市府广场上,成千上万的人几乎是整齐划一地做着健身操。真激动人心!俺知道这均属自发。这种观感使俺第一次直观地体验到俺国家的人民无所不在的组织性、纪律性和自觉性。这也许正是俺们集体的力量所在。

机不可失,时不再来,俺没有时间想那么多了。俺脚蹬英雄群雕的大腿,用细山竹面向整个市府广场撑起了一幅布质对联。上联是:市里人县乡村选美之风可以休矣!下联为:新时代东中西人人享有公平爱情!横批是:俺可真爱小槲啊!

对联安置稳妥以后,俺从怀里掏出羊皮宝书,在布对联下,昂首挺胸,弓箭步,倚北面南,做出了雕塑般的造型。

片刻时间,俺感觉,全广场的人都围拢了过来。人们都在喳喳议论。

很快,广场上响起了支持和声援俺的第一声掌音。顿时,掌声在平原一般宽大的广场上,由东南,而西北,又四面八方,响成一片,响彻了广场。俺的弓箭步抖动着,拿羊皮宝书造型的胳膊也软得都拿不住羊皮宝书了。但俺尽量坚持着俺雕塑般的造型。

"这位同志,请你下来吧,不要影响公共秩序。"

俺斜着眼,看见下面说话的是一位中年民警,还有一辆公安专用带押解犯人后备厢的"仪征"车停在不远处。俺一时有点拿不定主意。这事就这样解决了?俺觉得俺心里没底。

"这位同志,你下来吧,下来吧,消防大队的战士把梯子都搬来了,你不要辜负解放军的一片心意。"

下面的群众都一连声地劝俺。穿红衣服的消防队员真抬着云梯分开人群过来了。这算是给足了俺面子和台阶。俺决定这事暂时只能这样收场了。再说,人的体力也毕竟是有限的。俺收起了累人的造型。大叫一声:"谢谢,俺不需要!"话到人动,俺逗能地从十几米高的石雕上飞身向一尘不染的花岗岩平台跳下。

如果一切正常,俺的这个漂亮的结束串子一定是完美收场的。但天竟有不测风云,就在俺飞身跳下的当口,站在平台上的张大娘受到了惊吓。可能是怕俺砸住她,她"啊呀"一声,张皇失措地扬手向后连连退去。此刻,她手里捏着的证据纽扣应声飞出,撞击了群雕基座后,"当啷啷"滚落在花岗岩平台上。纽扣才安定,俺赤裸的右脚心就落了上去。

"哎哟……"一阵钻心的疼袭来。俺不得不放弃颜面、顺应人体生理的反应而瞬时疼晕过去。

俺在治安支队会议室里象征性地待了一天,还应支队长之邀狂咳了一顿清理脏乱差清理来的红焖狗肉,就被开着专车专门赶来的副校长和校教导主任签字领回去了。在治安支队的会议室里,副校长和教导主任翻转着俺的身体,仔细观察着俺身上的一针一线,一布一缕,像是寻找俺身上近几年并不存在的虱子。围在周边的治安支队的干警都看呆了。

"找啥呢两位?"

"咋没给他戴脚镣手铐呢?"

"那用不着,人民内部矛盾。"支队长严肃地说。

俺穿着公安干警送俺的崭新的解放鞋,恋恋不舍地离开潍浍市公安局治安支队,跟着苦闷、迷惑不堪的两位领导返回学校。当俺一瘸一拐地出现在校门口欢呼着的校友们面前时,俺人生的英雄感似乎达到了那个时期的一个高峰。俺小妹扑上来吊在俺的脖颈上。对刚入校就破例选上了系学生会文体委员的俺小妹来说,俺的这个壮举来得正是时候。俺怎能叫俺爱撒娇的小妹和站在她身边手足无措、兴奋不已的李妮觉得俺只不过是一个平庸的五哥?那可真不是俺的风格!

小橺和面带和解笑意的"波罗乃滋",还有甘露寺的小和尚应天,搀扶着重病在身的李子跛站在人群的后面。俺心里重又涌起巨大的酸楚、失落和忧郁。

"看到,你的,历史性的,个性化的,举动,以后,俺,终于,终于,可以,放心地,放心地,走了,走了,走了……"

俺最后一次轻轻拥抱了俺虚弱不堪、气游一丝的导师。

一周以后,李子跛不愿再浪费学校有限的医疗经费,而选择在自己粗石陋瓦的小屋里做最后的坚持。面对闻讯赶来拥堵在门里门外准备送他远行的全校师生,他骨瘦如柴地躺在俺的怀里,艰难地伸出枯槁的左手,用食指向上指了指,又向下指了指,再向自己指了指。

"天,地,人。"俺费力地向群众翻译着俺恩师难懂的肢体语言。

李子跛闭眼休息了片刻,又努力地抬起手腕,向自己,向左,向右各指了指。

"中,西,东。"俺不敢完全肯定地翻译着。

李子跛再闭眼休息了片刻,努力地抬起手腕,又向左,向自己,向右各指了指。

"昨天,今天,明天?"俺继续不敢完全肯定地翻译着。

李子跛闭上眼,奋力和空气搏斗着。他终于又强力裂开眼缝,耗尽最后的体能抬起左手食指,向周边划了一圈,然后费劲地把手掌蜷了起来。

"你,我,他?"俺猜测着俺恩师的意思。

李子跛微微点点头,脸上露出了欣慰的笑容。他猛地撒开拳着的手掌,倏然去了。全校的师生都唏嘘不已、议论纷纷,试图立刻就诠释出这位古怪、孤僻,平时并不被看重的普通历史教师的哲学或宗教般的深奥。小和尚应天则咪咪嘛嘛面壁念起了佛经。女生们都嘤嘤地啜泣起来。

此后略长一段时间,俺沉浸在失去人生第一根精神支柱的转型、适应过程之中。俺默默无闻、心灵孤独地生活着。但俺觉得俺自己厚重起来。即使不同他人扎堆,俺也不觉着俺有什么不自信。

俺的右脚落下了残疾,走路总不由自主有那么一点点的点地跛。不过俺掩饰得算是好的,不留心也不那么轻易就能看出来。上山和下山就更容易蒙混过去了。平常俺也总是拣坑洼不平、曲折迂回的路线行走,以便避人眼目。

校方则长时间地研究着、激辩着应该依据什么样的规定,给俺个什么样的处分。但俺的"国内没有先例的首创"行为,为潍州师专在全国做了个巨大的免费广告。连年报考俺校的学子如过江之鲫。潍州师专不得不一而再,再而三地推迟对俺的处分,也不得不一而再,再而三地接受上级的巨额财政拨款,圈地扩编,建起一幢又一幢教室楼、教授楼、教学楼、图书馆,并把潍州师专的招牌一而再,再而三地修改为潍州师院、潍浍学院。

  为了让俺开心,俺三哥给俺们提供了一次大家在一起的机会。果园场农机队解散前,俺们登上了俺三哥开的撒农药的木头飞机。

  那还是一种螺旋桨在飞机头上的飞机。飞机停放在果园场中心的一片空地上。空地的边缘有几个汽油桶,往飞机油箱里灌油时先要用嘴把插进油桶的塑料管里的油吸出来才行。飞机发动时需要两个人像发动手扶拖拉机一样拉绳启动发动机。飞机里只有两排固定靠墙的木制长条椅,捆人的安全带都毛头乱疵。俺觉得,除了能飞,这架飞机和俺见过的手扶拖拉机没多大区别。

  "俺真想买下这架飞机呀!但俺上哪弄钱去。"有一晚在俺娘和俺四哥开的小杂货店里,俺三哥说着说着就抱头缩脑地号啕大哭起来。看样子他是真的喜欢那架飞机!

  俺娘把俺家院墙靠街巷的那面改造成了杂货铺,这样,她和没有正式工作的四哥,就有一份比较固定的收入了。

  在飞机上,俺小妹和(还了俗的)小和尚应天(刘军)一惊一乍、指指点点地趴在窗口往外看。俺和"波罗乃滋"坐在条椅的两边,小榭和李妮坐在中间,俺们都专心地但不声不响地看着窗外。俺二嫂则坐在俺三哥旁边副驾驶的座位上。飞机起飞时,俺二嫂轻叫一声,一把抓住了俺三哥的手。不过,很快她又放开了。

  飞机终于摇摇晃晃地飞上了天空。连接两个木翅膀的铁条都有点锈迹了,但即使外行看来也知道肯定断不了。

  "二战时,架上机枪这就成战斗机了。"俺二嫂有点兴奋过度地不断回头忠实地向俺们传达俺三哥的"语录"。俺小妹斜着眼看了俺一眼。俺避开了她的眼睛。对俺二嫂现在兴致勃勃扮演的角色,虽然俺没讲出来,但俺心里多少有那么点"尴尬"、不快活。

  在空地上盘旋了一圈之后,飞机擦着树梢,"嗡嗡嗡嗡"地飞向无际的果园深处。从空中往下看,果园里和地面上的东西都一清二楚。飞行途中,俺和刘军、"波罗乃滋"在俺三哥指挥下,把两袋农药拆开从舱底倒了下去,俺三哥这趟飞行的任务就算完成了。

飞机一圈一圈地飞行着。飞机飞过小时候俺和俺小妹、李妮钓鱼、游玩的沙河时,俺立刻认出来了。俺的感觉很古怪,不知为何却想起俺怀里揣着的羊皮宝书。俺偷偷用手按了按,它还在。于是俺的心就踏实了。

同样是为了给俺散心,冬雪再一次融化的时候,俺们一行人又应俺大哥之邀,浩浩荡荡开进皇藏峪,到他在一个叫叮当湾的无人区临时垒建的石窝附近做一次春游。

那时,深山里的天空显出一种利刃般的钢蓝。溪流淙淙的对面,山林茫然,山影幢幢。

两位和俺大哥同样痴迷于野人的白人老外,收起帐篷,背起大背包,"Baybay"着沿着溪流走了。他们要回滩浍市的基地进行例行的休整了。老外身上穿的一种叫羽绒服的棉袄又松又暖,使俺们所有的人都眼红、羡慕。

很快,俺二哥和俺三哥把细山竹伸进哗哗流淌不息的水里开始钓鱼。他俩自始至终相距二三十米,相互间一句话都不说,只是咬着牙、冷静地、竞赛般地开始你一条、我一条地钓山扁花(山溪里的一种鱼,尖头圆身细尾,肉又细又香)。钓上来的鱼,按照老回的安排,先放在溪流的一个沙石窝里。那里有较深的水,水可以流进流出,但鱼却逃不出去。

"刘军,俺跟俺三哥,你跟俺二哥,咱俩看谁捡得多。"俺小妹时不时地尖叫着,一遍又一遍地捡拾俺三哥钓起又落在沙滩上的活蹦乱跳的山扁花。

"哎。"刘军丢下书本,蹲在俺二哥身后全神贯注做起了小伙计。他是决心要在今年考进滩州师专并终生追随俺小妹的。对勤快伶俐的刘军,俺家里没人不满意,甚至包括俺大哥的儿子小建军。

老回一声不吭、精干灵巧地从山坡或山梁上捡来一抱一抱的粗壮干柴，又垒起石灶，搭起木架，点火煮鱼并烤起了焦黄的馒头和全鱼。他还把炒得喷香无比的野生白果分给俺们吃。

火堆边的石块上搁着一瓶"濉水老曲"。俺大哥则熟练地削了一根竹签，一手领着建军，钻进竹林，拨开枯叶，挖出一堆不停蠕动的酱紫色的大虫蛹，给他们钓鱼的当鱼饵。

"皇藏峪到底有没有野人？""波罗乃滋"跟在他身后好奇地追问。

"百分之五十一有。"俺大哥说。

"百分之五十一？"

"有，还是没有，都得俺们中国人先给出一个最权威的答案。"

"波罗乃滋"思索着，点点头。

现在，俺大哥留一头旺盛蓬乱的长发。他的张飞般的络腮胡子把他整个脸都包藏起来了。如果想看清他的真面目，就必须得凑近去，把头发和胡子扒开，才能看出个大概。俺小妹就是这么干的。她抱住俺大哥的头，用两只小手扒开他的头发和胡子。"哈哈哈哈，俺大哥你还找啥野人，你不就是个野人嘛！"俺大哥则若有所思地看着周围，自言自语地说："人味太重啦，俺明天就得搬家。明天一定得搬家。"

俺四哥安安静静地抱了一大堆山草在溪流边的巨石下。他半躺在暖和的草窝里，手里捧着一本印刷糙劣的《营销手册》和另一本印刷同样糙劣的《历史知识》杂志，时而看二哥和三哥钓鱼，时而看一眼手里的书或杂志。李妮也安静地坐在草窝里离他有半米远的地方，看着河滩上发生的一切。太阳晒得他们眼睛都眯起来了。

俺娘和俺二嫂在俺们头顶巨石崖的石窝里收拾打扫忙个不

停。俺大嫂抱一大抱拆下来的脏被套从石窝里下来。

"不能在这洗,在这洗他们就没法钓鱼啦。"

俺大哥迎上去,接过俺大嫂怀里的一抱脏被。头发已经花白的俺大嫂跟着他。他们往溪流下游的方向走去,很快就在溪流拐弯的地方消失了。

"波罗乃滋"用俺大哥专门为他制作的细长钓竿,选了溪流中一块圆石,站在上面也钓起鱼来。俺和小榭跟在他的身后拾鱼。不过,俺的绣有小飞机的黑布鞋很快就被山扁花溅起的溪水弄湿了。小榭看看俺的鞋,看看俺。"俺拾烦了。"小榭说。"那你俩随便转转吧。""波罗乃滋"看着淙淙的流水,鼓励俺和小榭。小榭对俺点点头。

俺和小榭在完全没有离开大伙视线的情况下,往溪流的上游走了一段路。圆石和碎沙总是绊住俺的脚。"还穿你的解放鞋吧,布鞋你又穿不惯。"小榭温柔地对俺说。

俺心里酸酸的,甚至冲动得想抱住小榭。但俺不敢,也觉得不可以。

俺们拐个弯,爬上半山崖俺娘和俺二嫂已经整理得干干净净的石窝。俺娘和俺二嫂把被毯平铺在石窝外的巨石上,她们同时晒着太阳。从她们坐的那里,能居高临下看见这一段溪谷里的所有人物和事物。要是站起来极目远望,就隐约能看见东天钢蓝的海水(那是东海)和西天浑黄的大漠(那是天山)。

一只肥硕的胖鸟在阳光漫射的天空中滑来滑去,它一直专注地俯视着深谷里钓鱼、晒太阳和烧烤的人。它突然垂直地向下方老回的烤全鱼发动了攻击,但是瞬间就撞上木架跌落在老回的脚边。老回眼疾手快地拾起昏头涨脑的肥鸟,高高举起,哈哈大笑。

老回把肥鸟向冒着蒸汽的汤锅比画比画。但他又突然改变了主意,把肥鸟向天空抛掷出去。肥鸟一时不能领悟,被沉重的地心引力吸引,旋转着再次落向汤锅。不过它并没有糊涂到最后。在离冒烟的汤锅仅半米之遥时,它努力挣扎着获得了动力,并最终扑棱棱向蔚蓝的天空蹿去。

所有的人都松一口气,欢呼起来。

俺和小槲在石窝被太阳晒得暖热的草窝里坐下。俺随手拾起已经被俺大哥翻得破烂不堪的《军事地理学》,毫无心情地瞄了两眼,又放下了。俺娘重又低下头,缝补俺大哥的棉手套。俺二嫂手撑腮帮,呆呆地看着溪畔钓鱼的人。俺二嫂把坐到她身边的小槲抱在怀里。俺突然看见俺二嫂的眼里流出了两排眼泪。俺惊呆了,不知为何。只是隐约觉得有什么事情正在不可逆转地发生。但俺不能问、不好问。

俺娘无声地叹了一口气,用宗教般的态度似无止境地缝补着衣物。俺大嫂洗晾好被套,眼睛哭得像个红肿的烂桃,回到石窝附近,也没事找事地埋头缝补起了俺大哥洗褪了色的草绿色军布袜。

俺站起来,走到石窝旁一片临崖的石台上。伸展开双臂,向下面波澜起伏的山岭丛莽,尽情地深呼吸。把苍山、流水、蓝天和飞鸟一并儿吸进去,再呼出俺自己不需要的。小槲也站起来走到离俺不远的地方眺望着世界的尽头,好像有点要与俺殉情同归的意思。这让俺心里万分感动、激动,但俺又完全没有把握拿得准。

"凡事不可造次则个。"关键时刻,俺恩师李子跛的话又在俺耳边响起。

俺想,俺大哥肯定也时常这样做的:站在这堵居高临下的断崖的石台上,他心里也一定时常充满了万端困惑。野人在哪里？这样的人生又是不是值得？但是没有法子,人生只能有一种选择,而且必须选择。就那么一秒钟的时间,人就要把自己的路选定。

想到这些,俺的头开始剧烈地眩晕。这样的思想似乎超出了俺思维能力的极限,使俺不堪其精神重负。俺心里预感到要坏事了。因为俺做出"糊涂"举动的时候,都是在听到俺恩师李子跛有特色的忠告之后(他的话毫无疑问是完全正确的)。俺摇摇欲倾地晃动起来,俺觉得非常恐惧。这样下去可不得了。无疑会有俺预测不到的、可怕的事情发生。

俺低头着,用大拇指狠命地按住太阳穴,既是掩饰,也力图使自己平静下来。但是不成,俺的身体像筛糠一样摇晃得更加剧烈。如果旁边有一棵大树就好了(俺可以扶住)。不过遗憾,在俺的印象里没有。如果说有,那就是槲——一种木材坚实的落叶乔木。为了渡过迫在眉睫的危机,俺只得当机立断,转身紧紧地抱住了小槲。

也只有那么片刻,俺就像在娘胎里一样,完全平顺地宁静下来了。

所有的人都目睹了俺疯狂的举动。而"波罗乃滋"肯定只是咬着嘴唇,颤抖着勉强地继续站立在溪流中的圆石上。不过,大自然的规律不可抗拒,他最终还是跌落在冰凉的溪水里。眼明手快的老回则在第一时间把他拉上岸,在火堆上翻来覆去地(如烧烤般)烘烤着他。

俺青年时期真正的初恋就此无疾而终了。按照小槲的说法,她的先天性的心脏病肯定会给她选择的亲人带来一生的烦恼和负担,她需要一个既爱她、经济上又承担得起的家庭。再说,她也不知道她能给她爱的人多长时间,也许是五十年,但也许只有五年,或五个月。这就是她选择"波罗乃滋"的原因。

俺丢下小槲冲下半崖跑出了深山。俺的绣着小飞机的黑布鞋在迷狂乱跑的途中不知丢弃在哪块山岩上了。俺的两脚被山石扎磨得鲜血淋淋。俺小妹回校后抱着俺的烂脚,心疼得断断续续哭了两天都不止。她和李妮跟着刘军,还有校学生会的两位姑娘(俺小妹又当选了校学生会的文体委员),去甘露寺的北山,不分晨昏下峪攀崖采到了五棵羊角草(血立凝),终于治愈了俺的烂脚。

那是俺、甚至是俺一家近半数的人最困难不堪的一段日子,虽然还不是最痛苦的一段日子。

在俺看来,小榭毕业离校后的濉州师院寂寞得要命,说它是一个已经死亡了的学校也不过分。俺像俺大哥那样蓄起了长须。俺整天无所事事,二十四小时夹着廉价香烟、毫无顾忌地跛着脚,一点一点地四处乱串。皇藏镇街民支篷子办婚宴酒席竟邀俺这个看客参加喝酒。在高大古怪的老教堂门前进行的几次有名的吵架,俺也都是从头看到尾一句不漏的。

不过,这样的日子竟然也不能长久,校园里很快又流传校方要给俺一个严厉的、不可更改的处分的消息了,可能就是要开除俺。据说处分通知正在校长办公室打印。校办同情俺的秘书一拖再拖,实在拖不下去了,已经开抽屉取印泥和公章准备盖戳子了。

为了不当场难看,也为了俺小妹、刘军和李妮的面子,俺不辞而别,离开学校,回到了濉水县俺娘的身边。

"哪方水土都养人,俺去南方看看。"

俺家不太大的院子里现在挤满了银杏树愈来愈粗壮的树干。下午,当俺在面街的小杂货铺枕着俺四哥一厚摞《历史知识》《地理知识》和营销学杂志,沉沉睡去又豁然醒来时,俺娘从后窗口喊俺帮她干活。

在俺娘的具体指导和协助下,俺用俺娘递给俺的小镢头把每一棵银杏树根部的土刨开,把靠近地面的浮根切断,并各围绕树根挖出一个半径一米的土坑,再把俺娘在墙角土缸里沤泡的臭肥埋了进去。俺娘则跟在俺身边,一边跟俺说话,一边抚摸着俺爸栽种的这些树,陪伴着俺的工作。

"走走也好。走走也好。树挪死,人挪活。走走就好了。"俺娘絮絮叨叨地对俺说。

"南方红土呈酸性,因而花大果香。"俺的事就像俺四哥的事。俺四哥已经不吃不喝不睡地抱着书刊为俺查了一天一夜另加两小时十一分五十五秒的南方资料了。他从窗口探出脑袋,指点着他钟爱万分的杂志中的某句话给俺看。这些句子他都知在哪一本、哪一页、哪一段上。他熟得都能背下来。

暮晚,俺三哥骑一辆用废钢管、飞机旧轮胎、破自行车把手、旧汽油机拼凑的两轮机动式"跑车",专程从果园场赶来塞给俺三十块钱,又匆忙跑回他的宝贝库房摆弄"飞机"去了。他停在院外的怪物惊动了所有的街坊邻居,特别是小孩。人们围着它议论不休。不过,这个怪物响动太大了,它发动的时候,就像一支重型装甲部队的到来。当它惊天动地从人们的视线中消失两刻钟后,它的轰鸣声还一点都没有减退的意思。

俺三哥买不起那架即将拆散的木头飞机。但他倾其所有,用本场职工才可享受的象征价,买下了一批在别人看来屁用没有又占地方的破飞机翅膀、脏螺丝、烂轱辘、锈支架、霉飞行帽、漏油箱、断台钳和一台废弃不用的发动机。这些废物塞满了他在果园场那间平房和平房外临时搭盖的芦席棚屋。现在,除了花极少时间在他承包的果树上,他几乎二十二小时与成堆的废品为伍。吃饭对他来说也不是犯难的事,他每天都以果园场盛产的水果充饥。

在俺娘的叮嘱下,俺此行始终瞒着俺大嫂和小建军。俺娘怕俺大嫂知道了向俺投钱。她那点可怜的固定工资养活分文不挣的俺大哥和小建军都不够。连年的亏空,俺大嫂把家里不值钱的小电炉都变卖了。不过,听俺娘说,俺二哥和俺二嫂怄气、吵架前可没少带荤菜上俺大嫂家去,俺二哥单位执法后分的东西,俺娘家和俺大嫂家也都不缺少。

俺四哥向俺提供了一批难吃的苏打饼干和快要到期鼓胀的橘子罐头。在俺二哥毫不迟疑的同意和支持下(他此刻进山看俺大哥去了），胸腹已略显粗笨、脸上长满了蝴蝶斑的俺二嫂来到俺家，和俺娘说了一会话以后，她塞给俺一百元巨额盘缠和二十斤全国粮票。俺激动得手都发起抖来。俺不知道今后该怎样报答他们才好。

终于，俺斜背着俺娘连夜替俺缝制的结实的干粮袋（就像红军长征时装炒面斜背在肩上的干粮袋一样）、脚穿肆无忌惮的解放鞋（俺大哥转业交给俺娘保存的其中一双）、手提由俺娘和俺二嫂被柴火熏烤着、一锅一锅辛苦炒熟的自家小白果，踏上了前程模糊的征途。

就在俺从俺四哥手里接过装苏打饼干和橘子罐头的大网袋，用那只带点残疾的右脚迈上火车车门的时候，俺大嫂领着小建军，呼天抢地地赶来了。她拉住正要上车的俺，硬塞给俺五张两元的人民币和三斤全国粮票，还有俺大哥作为镇包之宝的不锈钢红五星。接着就"兄弟，兄弟……"恸哭起来，再也说不成个句了。

"兄弟，兄弟……"的恸哭声渐渐弱小下去。半小时后俺已经站得有点儿累了。

"你可以想开一点，不要再伤感啦。其实，路就在你的脚下啦。"身边一位跟俺大哥年龄相若、精黑结实、说话利落的旧书贩子，摊开双手怪腔怪调地对俺说。俺眼含两包热泪在两节车厢连接处的开水炉旁挤挤坐下，从怀里取出羊皮宝书苦读起来。

"哪个厂出品？"旧书贩子问的是俺脚上的解放鞋。

"8520厂。"

"正点！"他向俺跷起大拇指。

"天下穿解放鞋的都是一家啦。"他又没话找话地对俺说。

俺低头看去。挤得水泄不通的走道里和车厢连接处，无数只粗粗细细、大大小小穿解放鞋的脚支撑在地面上。旧书贩子则脱去解放鞋坐在一个装有旧书刊的灰布袋上，手里捧着一本1965年出版的,页面上涂满购买者、阅览者姓名的,名为《胞波情谊》的老破书在如饥似渴地翻看。老书的书脊上还粘有"沱浍县图书馆藏书,1966年"字样的标签。

"大哥,当过兵?"俺直截了当地问。

"当过五年知青啦。现在贩旧书混口饭吃啦。"

"你叫啥?"

"你可以叫我旅长啦。哈哈。"旧书贩子眼光犀利、贪婪无比而又充满热情地看着俺手里的羊皮宝书,"我们也是可以交换手里读物的啦。哈哈。"

车厢走道处浓厚呛人的脚臭气十分张扬,但俺在这样的空气中却似乎呼吸舒畅、游刃有余、如鱼得水。

饿了俺就吃俺四哥送俺的苏打饼干,闲了俺就吃几粒俺自家树上结的白果,渴了俺就喝身后茶炉带一股煤炭味的半生水。俺和脚比俺还臭的旅长想改善生活的时候,俺就取一瓶即将过期的橘子罐头,在火车门把手上撬开,两人轮番心满意足地仰着脖梗,把瓶子里最后一滴糖精水都喝光。

"老弟,方便时可以到姐莫来找我啦。"

车门外的土地由黑改褐,又由褐改白,再由白变红。当车厢里逐渐热得穿不住厚夹衣,潮闷的裤裆湿痒难耐的黎明时分,俺终于忍无可忍地跳下火车,来到一个叫麻林的小镇。

俺穿解放鞋的脚扎扎实实地踏在红土地上啦。这是俺自从穿上布鞋以后再也没体验过的畅快。麻林小镇来往人等都讲一口听不懂的"白话",院里院外街拐郊野则随地生长一丛丛高大如灌木、绿油油的鸢尾花。这里的鸢尾可比俺家院里的鸢尾巨大多啦!爆开的花朵也膨大无比,成群的大蜜蜂在花筒里进进出出。这情景让俺惊奇万分。

俺踩着硬邦邦的红土,遥望起伏的山影,步行五公里到田林。

午后俺在一家菜市外吞食一碗叫米线的口味古怪但不压饿的麻辣食品后,又步行二十公里进入了一座叫姐芽的城市。

俺径直走进市中心,在市中心最大的邮电局门口排了三小时长队,两头通过总机接通了俺二哥办公室的电话。"俺到姐芽啦。离俺大哥打反击战的地方不远啦!"俺通过俺二哥向俺全家人报平安。

"老五,不装孬熊!好样的!在外头闯吧!要啥给你二哥打电话说一声!"

但俺不知道,也不可能想到,这竟是俺最后一次听见俺二哥一贯带有生蛮特性的大嗓门。

二十天后,甚至二十年后,皇藏架深山里还流传着这样的传说:一只比人大一到两倍的母野人,把一个当过兵的壮汉掳进山洞,胁迫他当压洞丈夫。四天后,被逼当了压洞丈夫却又绝不失去人类尊严的壮汉,冒死反抗,持军用匕首砍伤母野人,却最终七孔喷血、肋断骨折地惨死在皇藏顶气象观测点兼皇藏顶野人寨十人复式小学唯一的老师老回的柴门外。

不幸的消息传来,俺二哥断指立志,要继承俺大哥遗志,一定要找到野人、抓住野人。他卷起铺盖,号叫着踢翻阻挡他的俺二嫂、击倒阻拦他的俺三哥和俺四哥、抢过俺三哥的两轮机动"跑车",一路洒血、天崩地裂般绝尘而去。

俺二哥冲开全副武装的陆军238重装师箍成的铁桶阵、封锁线,驾车轰鸣着开进皇藏架叮当湾的深山老岭。但智商绝不差于人,而又势大力沉的母野人已预先埋伏在"老风口"断崖急弯处。她由崖侧巨石后突然现身,怪号一声,掀翻了俺二哥炸山轰雷、泰山压顶般砸压过来的怪异"跑车"。俺二哥和他的"跑车"像碎石一样在陡崖上撞击跌落。母野人又发狠掀下两块巨石,仰面朝天啸吼几声,遁去。

不过此刻,俺无从知晓俺家未来即将发生的惨祸。"二哥,谢啦！你叫俺娘放一百四十个心！"俺挂断电话,到总营业台结账、取回押金。回到姐芽的闹市大街上。

姐芽,中国南方一个重工业城市。

厚大重叠、直插云天、陡崖万仞的百万大山的巨脉矗立在城市背后的西南郊。姐芽江从市中心广场汹涌泄下,广场上生长着一些长生不老的参天古树。古树上开满了鲜艳无比、不可胜数的巨大花朵。俺想起俺四哥告诉俺的从杂志上看来的那些关于红土地的故事。俺浑身激灵、颤抖不已。这可正是俺一心向往、神奇无比的地方。这是南方的天堂呀！

广场边几家茶铺竞相争客。俺在古树下的茶桌旁卸下包袱。罩驼炮老茶铺的瘦老头给俺泡了一壶老山茶,茶味酽得俺直咂嘴。但喝完第二壶俺就再也离不开它了。

古树外阳光明亮的广场上人来人往、川流不息。宽阔处还摆放一排排低矮的用不透明塑料布蒙住的半圆形的担担小床,上面纸牌写着"踩肩踩背,一位五元,流水作业"。每一张担担床上都有一个年轻的、或中年的,半露上身、下身罩在不透明塑料圆棚里的妇女。她们虽涂脂抹粉,但均脸色平静。床口则各守一个无所事事,或吸烟,或说话,或看通俗小说的男人。

突额凹眼、戴银饰的妇女和一些工人模样的男人逐渐会聚到广场和古树下。他们散布在各家茶铺上喝茶,还有人试唱"山歌好比芽江水哎,一波更比一波长……",巨形的大树下时常响起莫名、但开心的大笑。

"侉崽,五块钱不贵啦。你可以进来试一试,非常非常舒服的啦。"一个守卫担担床进口的"长毛怪"友好地跟俺套话。他身后下身隐于塑料圆棚里的年轻的黧黑女人热辣地向俺扮笑着。

不时有男人进出那些塑料的小棚。看起来,这像喝茶一样,是南方男人经常要做的一种很平常的事情。

俺被南方这种奇怪的风俗所吸引。俺拎起包裹,钻进那位对俺微笑的"黑牡丹"的塑料圆棚。

守门的男人堵在门外,使俺退不回去。黑牡丹用她赤裸、肥厚的脚趾踩住俺精悍旺盛的下身,使俺一时没法动弹。俺只得听从了黑牡丹的指点,匆忙上床、并脱下了俺的解放鞋。

"侉崽,你脚真臭!"

俺不知道她是怪俺呢还是嗔俺。但塑料棚里确实立刻就弥漫着一股俺脚的馊臭气了。俺有一点自卑。黑牡丹则快速、熟练地蹲坐在俺身上,用湿润的软肉急速地摩擦俺的下身。俺几乎都没反应过来,她顷刻间就在俺深陷于肉体战栗的紧要当口、玩儿般地呼呼吸走了俺从未赠予他人的精华。

"妖怪啊!"俺暗自思忖。

俺身软腿瘸、病恹恹地拔上鞋,钻出塑料圆棚,晃悠悠回到罩驼炮茶桌旁,又要了一壶浓酽的老山茶。俺一碗接一碗地喝起来。

广场上的人们突然欢呼着站立起来。俺看见从俺脚底的万丈姐芽江下游的惊涛骇浪中努力划上来两只柠果船,柠果船上坐满了年轻万丈黑、饰物叮当的越南女和寮寨妹。随着众人的指点、呼喊,俺又看见从俺头顶的百万大山的万仞陡崖上冲下来一群头缠布卷、衣着鲜艳的男女胞波山民。于是四方对垒扎寨于古老的广场大树下,各踞一隅,生生赛起了灵性而又悠远荡漾的憨蛮山歌。

"山歌如水随江波,阿妹有心献阿哥……"

俺跟着拍手叫起好来。

俺感觉俺已经完全融入这座陌生却随和的、消遣和梦幻的、童话和寓言般的、可能也隐藏着许多奇妙的古灵精怪的南国城市。连城市的名称都那么神奇。

俺觉得俺有些喝醉了。俺醉汉般地用食指关节敲击着糟漏的破茶桌,随着对歌的人瞎唱起来。

半夜时分,柠果船悄无声息地消隐于神话般的姐芽江的波涛中。头缠布卷的山民也翻过陡立于城市上空的百万大山的山脉,消失在南方清爽潮润的夜色里了。

居住在姐芽城里的市民也逐渐散去,连城郊某公社最后一位女歌王也被她骑自行车而来、蹲在巨树的气根下等候多时的丈夫接走了。黑牡丹和长毛怪收拾了小床回到覃驼炮的茶铺里。广场上很快就空无一人。雨季接踵而至。南方的大雨哗啦哗啦浇在盛开花朵的大树和俺倦怠孤单发抖的身板上。

一个瘦小漫游的蛮崽双手插在裤袋里从雨帘下缓缓走过。听见俺时断时续的歌声以后,他慢慢靠近来,坐在俺身边的石板上,沉默地聆听俺不着边际的歌唱。但最终他还是在俺身上翻找后匆忙离去。片刻,两个披塑料布的瘦小青年跑过来,他们在俺身上翻找一番后,把塑料布披在俺身上,替俺遮掩好,也跑开了。俺却始终一无所知地泊在泥水里,坚持着有一声没一声地瞎唱着。

"这个侉崽很快就要烧死掉啦!"俺听见覃驼炮、长毛怪和黑牡丹在老茶铺里议论。

覃驼炮和长毛怪冒雨抱一挂菖蓑裹住俺把俺拖进茶炉间,又掰开俺的嘴灌入两壶滚热浓酽的老汤茶。

三天以后,俺摇摇晃晃站起来给客人打茶泡水。俺就此成为覃驼炮老茶铺的新伙计。

雨季淅淅沥沥地过去了。覃驼炮的老山茶逐渐变得寡淡无味,喝茶和对歌的人渐渐远离了覃驼炮的老茶铺和长毛怪、黑牡丹的担担床而转向了相邻的茶桌、相邻的床位。覃驼炮忧郁地坐在当柴烧的竹筒上,缓慢地用手卷起近尺长的烤烟叶,然后塞入长有巫怪图案的竹管中,长久地、麻醉地吸食。

失去了笑意的长毛怪则找来几只破损的竹篓,跪在地上用麻袋针缝扎结实,并爬上城市头顶陡直的万仞高山,砍下比房梁还高的仙人掌,挥动弯月亮般的小刀,在厅堂里削呀削呀。于是俺们整天都以这种苦涩的植物为食。

"佯崽,你若真心要谢我,就追随我做一次竹篓帮好啦。"

俺坚定、认真而又好奇地点着头,扎紧俺的解放鞋鞋带,揣牢羊皮书、系紧干粮带。并学覃驼炮、长毛怪和黑牡丹的样子把缝有粗蓝布布边的竹篓抛过头顶,背上双肩。俺跟随零星会集而来的竹篓帮,默默无语地砍开封路锁道的巨形仙人掌,翻进了壁立万丈的百万大山山脉。

山越翻越高,水却越喝越寒,人也越走越少。竹篓帮第五天住进咕咕湖畔泥泞多石的水寨。入夜后,服饰艳丽、妖娆妩媚的长发水妹在竹楼水岸间架起红热的篝火,唱着意味深长、暧昧原始的海菜调,把俺和长毛怪他们吸引到火堆边以及她们的身边。

俺蜷腿跪坐在头秃发白的覃驼炮身侧,学他半醒半眠地敲击生满绿锈的铜架鼓。无休止地扭动鱼身蛇肢的水妹们眼放雷石火花,电击着长毛怪们的软肋。长毛怪们因控制不住而不得不尾随长发桶裙的黝黑水妹们眼花缭乱的舞步,不知倦息、彻夜不眠地向她们献上阿谀奉承的矮脚舞。

至天亮火熄时,长毛怪们已经睡上长发水妹们的光滑竹床,在水寨安家落户了。俺和覃驼炮、黑牡丹们只得背上竹篓,默然上路。

第六天竹篓帮费力攀上姐芽江上游几乎是高不可攀的姐芽岭,精疲力竭地借宿于姐芽金矿堆放铁器零件的寒冷的破仓库里。晚餐时金矿队长突然点名为黑牡丹开起了热焰腾腾的火锅小灶。席间,他把一块尚未提纯的粗金亲手拴在黑牡丹手编并体温浓重的花裤带上。黑牡丹把粗金藏进因山高云低而潮湿绵软的厚被褥下,感伤而又自愿地留在了金矿。金矿队长则马上翻脸,在天将黎明时就将俺们竹篓帮赶出了金矿。

竹篓帮沿陡深峡谷走进涓涓细流的姐芽江源。山谷间的寒气冻得人心口发疼。竹篓帮凑钱请一位脖颈圈有三十道银环的长寿老男,带领竹篓帮穿过姐芽岭山底的古老溶洞,来到姐芽山南坡土肥水也沃的姐莫高原。

姐莫高原的上空飘动着由印度洋水汽整合而成的云朵。山谷和原野里遍开着妖艳万分的鲜花。在小道旁生活的农人住在一种人字形的土屋里,他们以当地盛产的宽树叶盖房顶、当被单,维持简单的住宿。他们用山坡出产的竹筒盛米饭、喝水,并招待俺们这些来自远方的客人。他们的手里则持一种比较原始的抓钩刨翻土地,撒下一些极为细小的黑色魔怪种子。

"哈哈,我早已经说过啦,天下穿解放鞋的都是一家人啦!"

当竹篓帮被一群持枪的武装人员(他们戴着没有帽徽的洗得发白的布军帽)带进山间平地一间最大的竹厅时,俺惊讶地看见旅长正率领他的一群参谋人员和几位野性美女警卫在竹厅门口迎接俺。他狠狠地搂住俺的肩膀,极其开心地把俺半挟持进他简陋的旅部。

俺对此种奇遇几乎消受不起甚至惊讶得快要闹起了肚子,旅长的兴致却正高昂。他拉俺坐到上座。美女警卫则为俺在做工粗糙的楠木桌上的劣质塑料碗里倒满私酿的浊酒。

旅长兴致勃勃地命令俺先灌下这杯酒再开口说话。覃驼炮他们却都被安排坐在竹地板上,只能喝到从竹厅外舀来的山溪水,抽上不带哨的土制香烟。

"我接到尊贵朋友的命令,已经在这里等候你几天啦。"旅长红光满面、兴致勃勃地漫谈起来,"我是必须要在五天之内把你送回尊贵朋友那里的啦。不过,你必须留下你的羊皮书或者你正宗的解放鞋,这也是我和我尊贵的朋友谈妥的唯一的前提条件啦。

至于他们(覃驼炮他们),你都不用操心啦,他们可以自行返回的啦。"

"旅长,看在五哥面子上,请你允许你手下的人,用最便宜的价格卖些熟料给我们,不然我们的老茶铺就没有办法开下去啦。"覃驼炮站起来向旅长请求。

"那是绝对不可以的啦。在我的地盘里,从今以后,不允许有一克的熟料往北走啦,我已经和我尊贵的朋友签订了严肃的协议,这是我的最底线啦,保不住底线我就失去威望啦。如果有人胆敢违抗我的命令,我手里的56式是不认得人的啦。不过,我明年就要拨出两条山谷,教我的手下学习栽种甘薯,维持生计啦。我还要拨出两片山头,搞矿山开发,维持我越来越不宽裕的财政啦。"

就这样,数天以后的一个星空和黑暗分明的深夜,俺留下俺正宗的解放鞋,跟随专程前来接护俺的滩浍学院的副院长和教导主任,辗转从姐芽市乘飞机返回了江淮省的省会江淮市。

这是俺第一次坐飞机。

人们拥上飞机以后就哄抢起了座位。这使俺对中国民航的这种规则有点始料不及(后来俺才知道并不是所有的民航航班都采取这种方式。再后来就彻底没有什么航班这么干了)。

虽然俺这阵子因疲劳过度,右脚跛得有点厉害,但当俺快速反应过来之后,凭借俺在百万大山练就的身手,俺还是不费吹灰之力,敏捷地抢占了靠窗的五个座位。俺以迅雷不及掩耳之势把俺随身携带的干粮袋、羊皮宝书,甚至脚上穿的姐莫出产的树皮凉拖抛向座位,霸住了座位,并一一分给了副院长、教导主任和俺看着顺眼的两位戴眼镜的文明乘客。

站在机舱口观战的几位好看的水眼空姐对俺的举动惊讶得张口结舌。她们佩服俺佩服得笑弯了腰、笑疼了肚子。

于是一路上她们都有事无事地出现在俺身旁,给俺送吃送喝送被(毛毯),还专门为俺煎了糖水鸡蛋。即便是站在过道一端目视机舱,她们的眼光也一直目不转睛地盯在俺身上。她们还有意无意地找俺说话,问俺是否需要机长打开飞机大灯,以便俺在漆黑的暗夜能更清晰地欣赏、观看星河实况,被俺因不好意思享受特殊待遇而婉言谢绝。

副院长和教导主任自从出现在俺的面前,就没跟俺提一个字关于学校处分的事。他们反倒对俺特别友好。这最初让俺苦恼万分,以为他们是在搞什么阴谋,或只是想把俺哄回学校再放开手狠狠地教训、挤对,甚至扒俺一层皮。

"你们可以给俺戴上脚镣手铐。俺这是罪有应得,俺不会反抗的。"

"说什么呢这位同学,你是俺滩浍学院的最大的骄傲呢。"

后来俺知道完全不是俺想象的这样的。俺体会到了某种天道对俺命运缺失的补救。

"不过同学,作为教书育人的老师,俺们还是不得不给你打预防针、提醒你:一定要树立坚定的社会主义意志品质,顶得住狂风恶浪的无情袭击。"

俺睁大双眼看着两位领导。他们说的是俺大哥和俺二哥的噩耗。俺用毛毯捂住脸闷号起来。好在运七的双螺旋桨一直在窗外发出巨大的轰鸣,没有人听得见俺心底的哀痛。

俺在困惑和迷惘中回到了俺滩水县城的家。俺在第一时间看见俺爸、俺大哥、俺二哥的银杏树上同时拴着干绿色的滩河结(以前滩河结只拴在代表俺爸的那棵树上),俺心痛得像乱刀零割。俺跪在树下沉默三十五秒钟后,突然暴跳如雷发作起来。俺抄起俺大哥留下的军用匕首,拼死要冲向深山老岭,去找野人报弑父、杀兄之仇。

但俺挣扎着冲出十一点二九米远,最终还是被一把搂住俺的腰又被俺甩掉的俺三哥和俺四哥,哭喊着分别扑倒在俺脚下抱住俺脚踝的俺娘、俺大嫂、(挺胸大肚的)俺二嫂、俺小妹死死拖住,并被匆匆赶到的潍沧学院全校师生呜咽着、苦苦拦下。

"都是传说,传说。谁都没亲眼看见野人一根毫毛。"

副院长、教导主任以及被学校紧急动员来的小榭、"波罗乃滋"苦口婆心地劝慰俺。

"儿呀,咱认命吧。"

俺娘如注的眼泪里掺和着呕泣而出的心血。她跪倒在满院遮天蔽日、搅云揽月的茂盛银杏叶下,仰面向着苍天,发出俺从未经历的、撼人心魄的人类的原始哀号。满院满街满城的俺乡亲们霎时被俺娘的哀号声震得涕泗横流。俺心如斧剁。这口气俺不可忍,也不能忍啊! 俺再一次失去了理智,跳起来撞倒挡住俺路的人们,黑发竖起,整个身体越过众人,凌空飞向院门。

"捆起来! 把他给俺捆起来呀!"

俺重重地跌落在门口的块石上,被俺三哥、四哥五花大绑地捆住,推倒在俺娘跟前。俺娘死死搂住俺的头,像是怕再瞬间失去俺一样。俺的脸也死死地贴在俺娘顿时白了大半头发的头上。

俺坐在俺娘和俺四哥垒砌的略显粗糙的水泥石台上,紧紧搂住俺娘愈加瘦削的肩膀。在那短短几个月里,俺似乎长大成人了。

这就是俺二十岁出头时的传奇经历。

俺做梦都梦不到的呀。

待俺稍事平息,山崖上横枝蔓延的金银花刚刚绽放第一片银花的时候,俺就在国家外事办一位权威司长的坐镇督办下,提前从学校毕业,分配到潍水县文化局成为一名文史干部。两天后山崖上横枝蔓延的金银花由银变金,俺神奇的新生活也开始了,虽然最初的那些内容并不是俺乐意传达的,甚至还是俺极为反感的。

俺强忍住久久不能退去的顿失双兄的撕心悲痛,跟随中央、省、地、县、区、乡和学院的大批领导,乘坐一种新式的尖嘴依维柯客车,浩浩荡荡开进皇藏架、停在皇藏镇。

"五哥,潍水县文化局的文史专家,他完好地发掘、保存了被我抗日军民俘获的侵华日军士兵猪口大郎遗留的日记等第一手资料。"国家有关外事领导如是介绍俺。

"就在这座教堂里……"俺穿一身刚做的公款化纤西服,努力地掩饰着身心的疲惫。俺指着身后显得十分破旧的老公社办公室,一字一句地说,以便那位北京来的中年女同志磕磕巴巴地翻译。这是上级领导反复交代俺的技巧。

"就在这座教堂里,一位年轻的中国妇女,用她营养不良的奶水当药水,给那个叫猪口大郎的日军战俘冲洗伤口,救了他的命。她的孩子不是饿死的,她至少还有草根啃。她的孩子是被侵华日军活活挑死的!"

二十几位日本在华死难者遗族会代表笔挺地坐在老公社前面空地的木凳上,肃穆地聆听。

"她起初并不自愿。她坚持要用她伤残无力的手指掐死他。但在当地一位李姓保长(他的独子李子跛,生前是潍浍学院一位成果卓著的历史学副教授)和心地高尚的中国军民的耐心劝说下,这位中国母亲最终还是哭泣着、发扬人道主义精神,用眼泪和奶水,救了他一条命。"

以下是俺脱口背诵的猪口大郎的部分日记。

"彭雪枫四师的部队向我们射出忽忽悠悠很难击中目标的土子弹……很多这样的土子弹没射出枪膛就爆炸了……这不是我们害怕的……让我们惊恐万分的,是面对面以刺刀相拼……他们的眼睛里滴出仇恨的鲜血……每次这样的生死对视,都让我们对自己最终的下场发抖……当我们终于杀光所有阻挡在我们面前的军人,找到躲藏在洪泽湖芦苇荡里的百姓的时候……我和战友们都失去了人性……所有的男人都被砍死、刺死……所有的女人都被强奸、杀死……"

坐在木条凳上的日本人以手捂脸,纷纷跌坐在地面上,哭喘成一团。他们后面成千上万起初来看热闹、后来进入境界的群众和潍浍学院的广大师生,禁不住气愤地振臂高呼:"打倒日本法西斯!打倒日本帝国主义!"声浪把整个皇藏大山、潍浍平原,都震得抖动,就像发生了历史上从未出现过的烈性大地震。

"不要,再也不要杀人的战争了!……天天夜里梦见中国人向我索命……心上背负的命债压得我喘不出气、活不下去……我深切地痛悔……我要以死向中国人谢罪……甚至连我的死都不配向中国人谢罪……我抢夺专门为我做饭的厨娘的菜刀,扎向腹部……但我愚蠢的行动带来了可怕的后果……中国人再次挽救了我的生命……在前往潍水县城为我买药治伤的过程中,他们死去了三个壮年人……我要和中国的军人一道战斗……我要付出我的性命,打败日本法西斯……"

我告诉那些日本听众,以上,就是猪口大郎实质性的最后转变。战斗间隙,他和中国军民一起蹲在土坯墙根晒太阳、捉虱子。他变成了中国军民至死不渝的战友。

"这就是一个侵华日兵的心路历程。"我终于结束了我对猪口日记的背诵、讲解。

"我们,日本人,要赎罪,一定要赎罪啊!"那些年迈的日本人围住俺,抖动着嘴唇,颤颤巍巍地反复鞠着躬,保证和承诺着。

"唔,这才是最值得去做的事情啊!"按照外事部门的礼仪速成指南,俺多少得做出一些回应。于是,俺套用《论语》的口气,充分地肯定了他们的保证和承诺。

此后很快,回国后的这批日本遗族捐赠的钱汇到了皇藏架。皇藏镇政府用这笔钱把进山的公路拓宽了一点五米。皇藏镇的碾米厂成为中日合资企业,扩大了规模,碾出的皇藏架香米,百分之六十八点五七,都出口到了日本国。

"不过……我们还是迫切想看见猪口先生的原件和遗物啊……对先人的遗族和后人,这是十分重要的认同啊。"

"如果我国政府同意的话……我是无所谓的……"我按照外事部门的指导,熟练地玩起了外交辞令。

"是啊,是啊,取得政府的同意,这是重要的授权啊。"日本遗族会的领导响应着俺的话。

他们反复向俺、周围干群、山崖、老公社办公室鞠着躬。后来,他们就在俺们面前消失了。

俗世的日子过得很快。山崖上的金银花快要开败的时候,俺回到潍水县城的家中,在俺四哥和俺娘的帮助下,从盛开鸢尾花的墙角挖出了用干石灰、塑料袋和白锡纸裹埋的李子跛托付给俺的铸铁匣,并从铸铁匣的一个粗布袋中翻出一张半焦煳的照片、一本封皮印有褪色富士山图案的笔记本,用蓝咔叽布包裹着,被县公安局派警车,送到省城江淮市。

俺跟随江淮省外办主任、共青团江淮省委书记等人,乘火车软卧(俺不够级别,破例经省委办公厅开介绍信特批),心里不间断地深情哼唱着《我爱北京天安门》,来到了金碧辉煌、一眼望不见边、用灰白色水泥方砖铺就的首都北京天安门广场。

俺随各级领导走进有解放军佩枪站岗的北京饭店。解放军腰间的手枪套外挂着红丝绸,但北京的领导竟说枪套里没有枪,这让俺惊叹北京领导的见多识广。在电梯里俺看见几个胳膊上长满又粗又长的黄毛的欧洲男人和女人。虽然在皇藏架俺也远远地见过他们这样的白人,但第一次这样近距离地接触,还是使俺觉得有点不知如何应付。

"你好,我叫里张豆。我们是友好的意大利人。"一位满脸须毛的欧洲男人用听起来古怪的汉语向电梯里的人打着招呼。

俺不能确认里张豆是在和俺打招呼,再说俺又不认识他。这是俺最初和外国人打交道经验不足的一个范例。俺径自昂脸观察电梯顶面呼呼直扇的风扇,并打算数出风扇有几片扇叶,却丝毫没有理睬他的意思。

团省委书记在背后死劲地捅了捅俺的屁股。

"哦,哦,屁股?"俺自言自语地猜测着团省委书记的用意。

"哦,屁股?哈哈,屁股,是屁股,是屁股。"那几位欧洲男女高兴地在电梯里扭动并向俺展示他们的屁股,又向俺伸出了大拇指,"中国人真幽默!哈哈,屁股,屁股。"

里张豆找到知音般握住了俺的手。"哈哈,屁股,我们意大利人就是人类热情的屁股,我们可以和各大陆的人民友好地坐在一起。我们在哪里都可以做得很风流、很舒服。"

"哦,哦……俺相信……这俺相信……你……里张豆?……"

"对,对,是里张豆,而不是安东尼奥尼,是里张豆。"尖鼻翼的欧洲女人(她自报家门叫丽杨豆)小心翼翼但又热切地观察着俺的反应,并提醒着俺尘封的记忆。"里张豆,是里张豆……即里马豆先生的亲戚……而不是什么安东尼奥尼……"

"里马豆?哦,哦,里马豆,马里豆,豆里马,马豆里,豆马里,里豆马……皇藏架基督教堂的里马豆?……"俺沉思、思忖、揣摩着。

"哈哈,皇藏架教堂的里马豆,哈哈!"他们轮流热切地拥抱着俺,并自作主张地决定着一些事情,"猪年,就猪年春天好不好,我们将以(意大利)总理亲自签署的形式,邀请您参加这项重大的国际文化交流活动。就这样定啦,哈哈。"

"呵呵,总理签署……哦,哦……"俺犹豫着,团省委书记则不失时机、又在背后猛捣俺的屁股,"屁股?哦,哦,屁股……呕……"

俺跳出电梯,扑到陶瓷材质、熊猫造型的垃圾桶上呕吐起来。

和俺一起来的领导也都赶紧跟俺跳出电梯,在垃圾桶旁围住俺,并以过来人的身份安慰俺。

"没有关系,没有关系,这叫白人香水过敏症,没出国公差过的中国人都会发作一次,但不会发作第二次。这家伙(指白人香水),女人闻多了还真上瘾,都想买,类似于资产阶级的糖衣炮弹。"有关领导平易近人地耐心、全面地安慰、解释着,并向俺面授机宜,"和欧洲人打交道,除了要用有中国特色社会主义的世界观树立自信,还一定要过西方人资产阶级臭香水这一关,这相当于腐朽阶级的生化武器。这两条做到了,你将无往而不胜。"

俺点点头,站起来,整理好衣服,尽量昂首挺胸向前走去。但俺也不得不时时扭身向后看,好像在检查是否有人在背后秘密跟踪俺们,这样就引得俺身边的所有人都跟着俺往后看。其实俺只是为了掩盖俺走路时的微跛。俺不想在这种严肃的场合叫生人看出俺的生理瑕疵。

埋伏在墙拐角的记者突然举着照相机、摄影机不停地向俺拍照。俺身边的工作人员挡开他们。北京饭店0903房间的大门向俺们一行人大敞着。俺一踏上屋里的大花地毯,就有一群日本男女迎上来向俺不停歇地鞠躬。

"都带来了?"那群日本人围在俺周边,迫切地想却又不太敢地伸着手,试图在俺的身上摸索。

俺把手伸进俺化纤新西服的口袋。大家都屏住呼吸紧盯着。

俺从口袋里掏出了俺的宝贝羊皮书。他们都齐刷刷伸出手。但这不是。俺把羊皮书装回去。俺又从口袋里掏出俺大哥送俺的红五星。他们眼巴巴地紧盯着。但这也不是,俺又装了回去。

最后,俺终于找到并掏出了蓝卡叽小布包,递给他们。日本人打开小布包,他们看见那张半焦煳的照片,那是他们的亲人。他们

431

挤头并脑地观看着、相互扯拉着,跌倒在地毯上放声号哭起来。

哈哈,这就是俺命运的奇妙转折。作为全国四亿青年的一员,俺参加了共一万人参与的中日青年和平大联欢。

两天后,笨头笨脑的大客车把俺们中日青年一股脑儿送往军都山以北、蒙古高原的边缘。俺和来自上海的羽毛球女运动员江囡囡,来自日本京都大学的日本青年渡边研一、温泉樱子分到一组,栽种中日友谊松。高原上流行的季节风吹得俺们站立不住,俺们四人只好开心地匍匐在沙多草少的高原上,一掌一掌地向树穴里推土。

"可以巧妙地利用大自然的力量。"

植树结束后的交谈中,多次在延庆参加集训的江囡囡,神秘地告诉俺们一个可以快速返京的秘方。她指导俺们三人用高原上半干的牛筋草把脱下来的外套的袖口扎起来,再举起外套。于是,(在空气动力学规则的规定下)西西伯利亚的大风就毫不费力地吸起俺们四人,由高往低,把俺们从逾千米海拔的蒙古高原,输送到海拔只有四五十米的北京。

"俺一定要跟你去看看神奇的皇藏架!追寻大哥和二哥的足迹!去寻找野人!如果你不反对的话。"听了俺对家乡和家庭的夸大描述后,江囡囡在空中发出了这样的誓言,并且在俺的影响下使用了俺家乡惯用的人称代词。

按照地形匹配的原理,俺们始终飘浮在与地面相距约二十米的空中,由西北向东南方向飘飞。俺们越过鲜花盛开的康西草原(能闻到野花的香气,还能看见为逃避俺们这些天敌而快速钻进地洞的草原鼠)、古木遒劲的八达岭长城(这里是燕山余脉,山岭和峡谷都很陡峻)、毛主席亲笔题名的十三陵水库(水库里还有小岛呢),顺利地降落在世界上最大的城市广场:天安门广场(此时地面已经换成彩色的釉面砖了)。

俺手持羊皮书、脚蹬解放鞋、身穿化纤料子西服、胸佩俺大哥赠俺的红五星,以毛主席像为背景,笔立在天安门广场上,用江囡囡的海鸥130相机拍下了照片,用作永久的留念。

紧接着,俺们又应邀登上了前门箭楼。工作人员挨个发给俺们一人一只咕咕叫、精神特别好的纯白色和平鸽。在指挥人员"一,二,三,放飞!"的口令声中,统一仰着脸松开了手里的和平鸽。

和平鸽飞跑了。俺低下头来,发现俺的手压在一直站在俺身边的江囡囡的手上。俺惊慌地快速把手拿开。

前门箭楼下成千上万仰观的群众顿时善意地哄笑起来。这是俺平生丢的最"大众"的丑。(当晚,俺看到了中央台的电视录像,俺和江囡囡手压手的大特写触目惊心,连俺手上粗一点的汗毛都照得清清楚楚。还有,俺亲手向侵华日军遗属归还遗物的画面,不但上了电视,还上了《红旗报》头版。)

俺满脸通红。俺和江囡囡被黑压压的中日青年裹挟着,跑下箭楼。俺习惯性地脱下解放鞋,脚丫互搓、心满意足地坐在水泥抹砌的马路牙子上休息。二道贩子、投机倒把分子、盲流和全民经商的人群,时刻不停、川流不息地从俺们面前汹涌而过,看得俺应接不暇。

"什么味道?前所未闻、很个性的一种味道。必须要探验个究竟!"日本青年突然交头接耳、窃窃私语起来。江囡囡不失时机地向俺做了耳语式的同声直译。

"谁脚这样臭!"中国青年却都直率、直言不讳地拍腿而起。

"这就是中国人的素质?和西方人大热天还西装革履、日本人自带吐痰纸相比,中国普通民众的素质是多么低下!"几位打领带的中国青年站起来,向后抹抹伦敦式的发型,慷慨激昂地发表演说。

"不值得大惊小怪。进城打工的农民的脚会臭,因为他们得做很重体力的劳动,却天天吃白菜豆腐汤;二道贩子的脚会臭,因为他们在火车硬座下睡觉,并且拾遗补阙,试图钻社会主义市场经济的空子搞活他们的所谓'经济';卖盗版学术书小贩的脚会臭,因为他们要随时跑在工商管理人员的前面。再说,中国共产党不就是裹破脚布、穿草鞋,泥里水里,两万五千里野营拉练来到天安门广场的吗?所以脚臭不值得大惊小怪。卖除臭鞋垫的商贩在我们面前将永远是零收入!这就是我们要坚持的中华精神,而不是所谓的崇洋媚外。"中国青年相互间又大声地激辩起来。还有穿中山装的青年逆反心理地故意"啪啪"向地上吐痰。

日本青年看到突然发生了面红耳赤、撕破脸皮的摊牌式的争执,从未经历过这种无视礼节、纪律和秩序场面的他们手足无措,一时惊呆了。

"中国人败就败在一团散沙、崇尚空论、无组织无纪律。"

"但他们这种蔑视权贵的毛主义,最终也许能创造出无比强大的国力。"

日本青年受到感染,也窃窃私语般地议论起来,并不无担心地忧虑着。

不过,俺的心已经不在这些争论声中了。

"婚礼不日举行,如可能望速回!"俺三哥此前已向俺发出了一封又一封加急电报。

俺借此由头,在江囡囡贴身的耳语直译声中,穿上解放鞋,跃起拉紧江囡囡既温软而又(因常年握拍训练造就的)有内力的手,跑进古色古香的北京站、跳上即将启动的列车,乘坐国内最快、时速达60公里的特别快车,返回了俺在江淮大地花团锦簇的老家。

一不小心,俺再一次为濉浍学院、为濉浍平原、为皇藏山区、为江淮大地、为家乡争了光。俺带名扬海内外的世界冠军、羽毛球国手江囡囡返乡的消息一夜轰动了潍水县、潍浍市和江淮省。

坏事不出门,好事行千里。一传十,十传百。一时间,俺成千成万厚道、朴实的乡亲拥向火车站、汽车站、宾馆和俺家门外,只为一睹俺和江囡囡的风采。

城市楼房上则悬挂着大幅、醒目的流行语:种西瓜一定要种沙瓤那样的,找老婆一定要找江囡囡那样的!

那是俺极其繁忙却又快活无比、风光无限的时段。俺体味到了众星捧月的滋味。俺带江囡囡前去参加俺三哥和俺前二嫂蔡芬在由果园场原机修大棚改造成的结婚礼堂里举行的隆重婚礼。

人们正陆续从四面八方向机修大棚会聚。无边的梨园迎来了节日般的欢快。俺牵着江囡囡的手故意向人迹罕至、梨花氤氲、香气缭绕的梨园深处(小时候俺同俺小妹、李妮用带有俺脚臭气的鞋带钓过鱼的沙河附近)走去。在梨花繁盛、难觅人踪的宽大梨树王上,江囡囡似乎已经和俺私订了终身。

"去日本大阪参加完最后一场重大国际比赛回来,俺就退役和你……"江囡囡喃喃自语般在俺发抖的唇边说。

也许是过度受宠若惊,没等江囡囡讲完,猝不及防中,俺激动得腿一软,脚一滑,闪身跌下树丫,"咣当"一声摔入沙河并不怎么潺潺的流水中。

俺呛了一口完全没有污染的清清河水。让俺意想不到的是,江囡囡已经在一秒钟之内,随俺跳入河中救起了俺。

当俺们从只不过齐腰深的水中站立起来以后,俺趁机和江囡囡紧紧地拥抱在一起。俺不失时机地向江囡囡发起了毒誓:"对不起,鉴于你的所作所为,俺这辈子不可能不为你赴汤蹈火了。"因为不管怎么说,江囡囡并不是游泳运动员,她在不知深浅的情况下愿意冒死跳水救俺,俺不可能不涌泉相报!

江囡囡则含情脉脉而又略带羞涩地默认了。

俺三哥和已生下俺二哥孩子的俺前二嫂蔡芬的婚礼很快就要举行了,据说还会有一直保密的、惊人的婚礼场面。

在机修大棚外,一架俺三哥几乎已经造好且加注了煤油,并非缺翅少腿远未完工的木制小飞机上摆放着荤冷和素冷拼盘。成群结伙的小孩时常轻手轻脚趁大人看不见去偷菜吃,被发现的大人一声吓喝,就像一群苍蝇般炸散开去。大棚内的酒桌旁则是台钳和刨床。煤油、柴油和机油味冲得人头脑恍惚。

参加婚宴的男人们自作主张地把餐桌之类全部抬到大棚外梨花若雪的果园里,他们晒着太阳,一根接一根地吸着烟,把脚架在条凳上东一桌西一桌侃起了大山。俺大嫂带领一班火头军在砖火熊熊的土灶前忙得不可开交。妇女们头埋在一起对比哪个的毛衣织得好。

俺被俺小妹、李妮他们一帮男孩、女孩缠住,坐在粗壮的几乎被如云的梨花拥裹的梨枝上,口若悬河地向他们吹嘘起北京见闻、中日关系。俺四哥则应俺的要求临时代替俺关照江囡囡。他站在离俺不远的梨花下向江囡囡讲起了中日历史和一衣带水的东海地理。但看得出来,江囡囡的心思全在俺这里:她总是心不在焉地向俺这边观望。

"俺五哥你改天去皇藏架见见老回吧,老回病得不行、就要病死啦。"俺小妹央求着俺。

"老回就要病死啦?"

"俺和小妹报名进皇藏架支教,过些日子就进山接老回手里的活啦。"满手油污的刘军跑过来说。能干、肯干、会干的刘军自告奋勇专门干把红砖放进柴油桶浸泡后再扔进土灶当柴烧的活计。他任劳任怨干得利索极了。

"这事(进山支教的事)俺娘可同意?"

"俺娘哭涕连天地同意啦。"

俺的心突然忧郁起来。俺找了个合适的理由暂时摆脱了俺那群热心、崇拜的听众,攀上一棵百年古梨树的梢头,随风摇摆着、眺望着远处的山影。就像俺小时候攀上楝树展望平原,或更小的时候骑在俺爸脖梗上看世界一样。

在地理位置较高的地方,空气清新,障眼的东西也少,人的头脑总会好使一些。

那就是逶迤起伏、峰险谷深的皇藏架(还有深藏不露的野人)。也许它真是俺这一家人、这一代人、两代人的宿命?甚至是俺濉浍平原、江淮大地的宿命?虽然说不清,但俺一看见它,俺的内心就总隐约有种悲怆的情怀挥之不去。为了平息、澄清俺的心情,俺脱下异味浓烈的解放鞋拴在梨树枝上,从怀里摸出羊皮书,急用先学地苦读起来。

"新娘子上飞机啦! 新娘子上飞机啦!"

俺像所有在场的人一样,"呼啦"一声从梨树的枝头站起来观看。

在小孩子们雀跃的欢呼声中,头戴瓜皮式飞行帽的俺三哥,把穿戴洁白婚纱、(因感念复杂)哭哭啼啼的俺前二嫂蔡芬抱上了他狭窄局促的木制飞机"濉浍一号",并用拉绳拉转了发动机。

俺兴奋而又略带忧心地看着俺三哥和他拮据的"民族工业"制造的高科技产品。这种像废柴油桶一样的简易发动机的噪声,比俺三哥曾经的两轮"跑车"的动静还大。轰鸣声顿时响彻云霄。远方的皇藏架不时传来巨石被震松滚落山崖的轰隆声(落入溪水时水花四溅)。平原和梨树都在抖动,整个飞机都震动得几乎散了架。

但俺知道,虽然过于粗糙,但"濉浍一号"是俺三哥数年如一日东拼西凑、花尽了他的微薄收入,并在俺娘、俺四哥、俺大嫂、特别是俺前二嫂蔡芬的大力支持下才完成的。它代表了俺家从俺爸到俺大哥、二哥的一种志气。而这正是使俺激动、自豪的东西。

用古梨木刻制成的飞机轱辘在这黄河故道用黄沙勉强压成的平地上,歪歪倒倒地向前滑行。到临界速度时俺三哥不失时机地费劲拉起了他的土飞机。在重力和摆脱重力的速度的共同作用下,俺三哥和俺前二嫂蔡芬脸色变形地贴着俺的头皮飞上了蓝天。

"飞机上天啦!飞机上天啦!"屏气凝神的孩子们不知深浅地欢呼起来。

"老五,救俺。"俺前二嫂蔡芬夸张地从飞机里伸出双手,向梨花树梢上观望的俺发出了求救的"哀号",好像她是被俺三哥(骑士)用类似古代抢婚的习俗抢走的妇女一般,让人爱怜。她飘荡在蓝天中的洁白婚纱格外醒目。

"三嫂,接住。"俺不得不动了一点恻隐之心,伸手把俺挂在树梢上的、带有厚重脚臭味的解放鞋抛向俺二嫂。

俺无意中抛出的解放鞋似乎击中了俺三哥不堪一击的飞机。在俺打算低头寻找江囡囡的一眨眼工夫,"滩浍一号"已经摔落在地面。人们惊呼着跑向前去。俺三哥和蔡芬却手拉手、毫发无伤地从蔽日的尘灰中走出。他们站在残火浓烟的机翅上,幸福地交换了足金的结婚戒指。

猪年春天一直没有过完,悲痛和"好运"似乎也就一直围绕在俺身边。

俺带着江囡囡来到了皇藏顶。在皇藏架千仞崖的石缝里,俺再次身临其境、慷慨激昂地向她讲述了俺爸、俺大哥、俺二哥的英雄事迹。一直坐在山崖下大口喘息、昂脸看着俺们、一辈子打着光棍的老回,比比画画、恳切,但却扭扭捏捏地要求俺们在千仞崖上摆出一个生涩的拥抱、亲吻姿势。久病在身的老回拄着竹竿、挣扎着站起来、选好角度、用激动和颤抖的双手,借助江囡囡的 130 相机拍下了俺和江囡囡的"千仞崖之吻"。

"俺是一辈子没摸过女人的人,但俺是个男人。俺死后你们把俺埋在你爸、你大哥、二哥身边。俺们得长年在这睁眼守候。"老回口齿不清地咕哝着。

这就是皇藏顶千仞崖最初四座石碑的来历。

"俺终于找到俺的第二故乡啦!"

江囡囡被俺滩浍地区普通民众的执着震动、激动得泪水涟涟。她虔诚地在皇藏架千仞崖捡拾了一块皇藏石,并怀揣俺娘和俺大嫂、三嫂特意为她炒制的银杏果,乘坐豪华的麦道飞机,前往上海打点行囊,准备赴日本参加她运动生涯的最后一次重大国际比赛。

离别的愁滋味很快就被"俗务"冲淡了。在一个山雨欲来的下午,欧共体文化代表团及北美特邀文化代表一行约二十人,翻山越岭来到了皇藏镇原人民公社办公室外。

"嗨,意大利人的屁股,哈哈,哈哈。"里张豆老远就张扬地伸开双臂提醒着俺。

"欢迎来到俺的家乡。"在里张豆热烈的欢呼声中,俺们紧紧地拥抱在一起。

"请允许我介绍江淮省文化厅(俺已被一纸调令调入江淮省文化厅文物处)的这位权威文物专家五哥(跟国际接轨介绍了俺的昵称)。是他独具匠心地挖掘、保存了有关明清从里马豆到常远望等耶稣会传教士在皇藏架地区活动时留下的文字、日记、图片和其他珍贵的第一手文物,并进行了缜密、科学的研究,获得了丰硕的科研成果。当然,这也与当地一位名叫李子跛的先生的家族具有深远文化意识的优良传统有密切关系。现在,让我们以热烈的掌声欢迎这位权威的文物专家向我们做详细的介绍。"国家文物委的负责同志如是介绍着俺和已然故去的李子跛老师。

站在头排显眼位置的丽杨豆和年轻的白宫实习生梅丽儿热情地鼓着掌。

"女士们先生们,这就是四百年前耶稣会传教士里马豆在中国大陆建造的第一座天主教堂。"俺指着俺爸曾经在里面办公多年的老公社旧礼堂,并尽量以欧洲人习惯的长句向他们做清楚的表述,"当里马豆苦学汉语并与中国人合作向中国人介绍欧洲科技以便拉近他与中国教徒的感情的时候,他也为中国数千年博大精深的物质文明和精神文明而深深折服。从皇藏架山谷普通中国农人按照山区气候特点分别史无前例地创造了油菜文明、稻田文明、腊肉文明、茶文明并同时与山中智慧稍逊的野人以及野兽分享大自然资源的对比中,里马豆更体会到中华文明的源远流长及深谋远虑。"

"嗯,里马豆的野人观是如此精妙,这无疑是他中西文化交流第一人称号的新内涵。"

"但是,对野人文化的解析和探索,必须通过原野考察的方式,而且有必要纳入文化人类学范畴进行,这是我们欧洲文明体系的基本规则决定的,并且不可走向神秘主义。"

"中国人正在这条艰苦实践的道路上扎实迈进,据说前不久还有中国的文化人类学者葬身于野人掌下。他们是高尚的人类文化的探索者、实践家!"

在俺示意大家向前走的时候,欧共体文化代表团的成员们摊手耸肩地讨论起来。

"里马豆遗件的原物也许有介绍给欧洲人民的可能?……"丽杨豆陪欧共体文化高官走过来,并翻译他向俺进行的试探的问话。

"唔,唔……"俺不置可否地应酬。省文化厅领导则又不失时机地猛捣起俺的屁股。

"唔,屁股,屁股……"俺揩手不及地惊叫起来。

"哈哈,屁股,意大利人热情的无所不能的屁股……""中国通"里张豆和丽杨豆兴奋地、哈哈大笑着向欧共体文化官员飞着眼色,"中国人的黑色幽默是世界一流的,"里张豆竖起大拇指,向欧共体文化官员做出了权威解释,"一旦中国人谈到欧洲人的屁股,那就表示这件事八九不离十准成。这似乎应该成为欧中各种谈判中,欧洲代表必须掌握的一项不成文的经验。"

随后的参观是任意而为的。欧洲人掏出一种不用胶卷的奇异相机,前后左右地给老公社办公礼堂拍照。"这是一种电子照相机,里面使用的是一种很小的芯片。"里张豆走近俺,善解人意地向俺做出解释,并随时细心地观察俺的反应。

"唔……很有创意的一种东西。就像俺们当年不得不从欧洲引进的热兵器。"俺模棱两可地嘟哝着,并暗示俺并非对历史一无所知。

"听说你的妹妹和她的男朋友坚持在深山小学教授十几个贫穷的孩子,并且兼管一个气象观测点,我为他们这种无私奉献的精神而感动。"里张豆改变了话题,像他的前辈里马豆一样以这样的开场白来拉近俺们之间又一次谈话的距离,"不过,现在,请你跟我到墙角那棵树的后面去。"里张豆伸出两个手指捏捏俺的手,暗示着俺,就像农村牛马市的经纪人。俺莫名其妙但也只好跟他走了过去。

"你不必告诉别人。"

里张豆从怀里掏出一张盖有意大利罗马邮政局邮戳的政府公文,悄悄把俺拉向树后偏僻处,东张西望,确定无人注意之后,才塞到俺手里。

"这趟公费旅游的美差我们只想请你去,"他入乡随俗地模仿着中国人朋友间处世的方式对俺说,"意大利虽然是参加了七国集团的西方工业强国之一,但是按照中国均贫富的价值观,知道这件事情的人多了,而大家又都想免费去欧洲游玩的话,那我们就既无法回绝,更很难摆得平了啊。"

俺接过公文夹进俺怀揣的羊皮宝书里,向里张豆理解地点点头。

"不过,我的交换条件是⋯⋯"里张豆欲言又止。

"交换条件?"

"顺便说一句,俺个人预测,你们的经济规模将会在下世纪的头 6 年,也就是 2006 年超过意大利,甚至超过英国,而 2008 年的金融危机则有可能重创西方经济体制。这是我预先做出的感情投资,到时候俺落难要饭到你们门口,你可别说不认得俺啊。"

"哈,那怎么可能!"俺欣然接受了里张豆的好意。

就这样,在一个全民做着买卖的骚动的春夜里,俺再一次从俺家旺长着鸢尾花的墙角挖出用干石灰、塑料袋和白锡纸裹埋的李子跛托付给俺的铸铁匣,从铸铁匣里拎出剩下的那个粗布袋(里马豆文物),连同俺的羊皮宝书、红五星、一打 8544 工厂生产的新品解放鞋,揣进怀里或包中,作为贵宾登上了仿古商船"古拉堡号"。

在喧天锣鼓的欢送之中,外古里洋的"古拉堡号"拉响铜铃般的汽笛,拔锚启航,沿西太平洋亚洲黄水海岸,耐心地向南驶去。

这就是古代海上丝绸之路的开端。

最初的日子都是平淡无奇,或至多是有惊无险的。飘动鲜艳的五星红旗的高速鱼雷艇在海况复杂的礁盘间捉迷藏、玩杂技般绕来绕去,着飘带帽的黝黑水兵用产自黄淮平原的麻绳捆绑自己在波涌浪翻、千钧一发的艇舷上,随时准备把装有写给妻儿或老母绝笔信的漂流瓶抛向海洋。而悬挂青天白日旗、高大威猛的台湾国民党"阳字号"驱逐舰则慢悠悠地在黄水和绿水的边缘漂荡,舰上的阿兵哥眼神懒散地哼唱软性的《澎湖湾》《走在乡间小路上》,豁然地思念台南街头的巧克力。

"儿呀,你要上省里当大官了,娘这辈子的罪没白受呀!"

俺心里回响着俺娘欣慰的话音,随"古拉堡号"惊心动魄地穿越着西太平洋"龙王"号台风的台风区、台风眼。船上的木接缝"吱咯"作响。

"女士们先生们,'古拉堡号'正行驶在'涨海'浩瀚的蓝水海面上。"

"古拉堡号"整根原木的桅杆上传来观察水手欣喜的大喇叭声。俺睁开俺困顿的小眯眼,随里张豆和丽杨豆跳起来奔上甲板,凭舷远眺。

"'涨海',这是纪元前中国人最早对南中国海的称谓。仿古商船'古拉堡号'将严格遵守并再现历史原状。"里张豆向俺做出解释。

"而'崎头''石塘'却是两千、一千年前中国人对南中国海诸岛的称呼。"丽杨豆则优雅地半伏在船舷上向俺做补充说明。现在,她只穿着黑色的低胸裙装,虽然她总是大胆甚至放肆地用眼神鼓励俺,但俺不敢坦然面对。

傍晚的蓝水大海上隐约浮现出陆地的影像。火红的赤道晚霞在海面燃烧。一些尖头棕榈叶小船向"古拉堡号"围过来。船头赤裸着上半身的健壮渔民突然发喊跃上船来。

"是马六甲海盗!"里张豆和欧洲海员仓皇间抢起海员斧但很快都被打翻在地。打算逃进舱室的丽杨豆被须毛飞张、狞笑着的海盗头领揪翻在甲板上,用赤脚踩住,并在挣扎中被扒脱上衣、露出白皑皑半边颤晃不已的酥胸。

"哈哈哈哈,这是上帝送来的极品尤物啊!"盗头狂笑着并扔掉铁叉,准备极致纵情地享用一番。

"中国人,救俺。俺可以用俺的所有回报你,如果古板的中国人的两性观足够开放的话。"

危难中的丽杨豆使用俺的人称方言向俺这唯一置身事外的男

人发出了似乎不合时宜的、惊险的赌命之邀。她的暗示像一个欧洲男人打算问候另一个欧洲男人的姐姐一样明显。里张豆及所有被捆绑或被鱼骨矛逼住的欧洲人都眼巴巴地聚焦着俺。

"俺们不妨以物易物进行交换。"俺向正要当众做出不堪之事的盗头建议。

"你是谁?敢坏我的好事!"盗头连续用多国外语表达着他的愤怒(也许他不知晓俺的母语,也许他是想炫耀他留学的国家多)。

"你叫俺五哥好了。"

"五哥?"盗头被俺中国人皆一清二楚的排行文化和俺不明就里的来头弄得多少有些晕菜。

"也许,你听说过郑和?……"

"唔,郑和,那个不能生育的大臣……500年前畸形太监文化的牺牲品……不过,他的人格、智慧和实力使我筛糠般发抖……嗯,你可以先亮出你的底牌。"盗头似乎有所软化,并无奈释出了谈判空间。

"俺自愿用这本羊皮宝书换取你脚下的女人。"

"你是在为难我,你知道我不识字。我平常只定格在八卦频道的。"盗头苦恼地摇摇头。

"那么,这个不锈钢的红五星……"

"陆战之王的象征?它背后好像蕴藏着精深的陆权文化……也许你还能展示第三样东西。"盗头极度气馁、沮丧地瘫坐在红木甲板上,为此次背运的行动唉声叹气。

"那只有这双解放鞋了。"俺佯装生气地把脚上的解放鞋甩在他的脸上。

盗头被俺浓重的脚气噎得翻了翻白眼。他忍气吞声地坐在甲板上捧着俺的老黄色解放鞋反复端详。

"唔,8544厂的新品(他也如此内行)。虽然有你脚的恶臭,但这总比没有收获强。"盗头匆匆爬起来,推开丽杨豆,若有所思地系紧裤带,喃喃自语着,"我们必须快速离开,不然我们将化为齑粉,因为郑和舰队的谋略总是先礼再兵、后发制人的,他一望无际的大舰队肯定就埋伏在附近的海峰浪谷里。"

盗头拎着俺的解放鞋,手搭凉棚向海上张望,仓促带领他手下一干人,纵身跃入大海消失了。

就这样,仿古商船"古拉堡号"回放着经典的历史镜头,驶入了空气中带有微风般小麦气息的地中海。

"未经证实的研究:地中海地区有可能是全球小麦少数几个原生地之一。"行前,俺学识渊博、自学成材,却又怀才不遇的四哥如此告诉俺。作为回报,俺会在进入地中海后的第一时间把俺亲历、验证(空气中带有微风般小麦的气息)的信息通过海事卫星电话报告给他。

俺踏上了繁花似锦,也多少有些人工化的欧洲土地。

俺不得不承认,虽然仍时不时从欧洲偏东的心脏位置传来激烈的枪炮声,但富裕的"西欧、南欧"的空气仿佛更宽松一些。奥黛莉·赫本在《罗马假日》时参观过的罗马市政厅广场上躺满了裸晒的男女。裹白袍、着白头巾的巴勒斯坦人则捧着募捐的纸箱从花花绿绿的人行道上如凝止的时间般晃过。

对俺来说,那好像是一段新鲜、开心、从容、不愁吃喝、似乎完全解决了温饱问题并置身于地球和人类中心的时光。俺应邀住在丽杨豆开窗见海(亚得里亚海)的一个家里,或抬头见山、阳光充沛的另一个家里(法国普罗旺斯地区)。

俺大部分时间都待在她家玫瑰如锦的后花园的阳伞下,心不在焉地手捧俺随身携带的羊皮宝书,把光脚架在洁白的餐桌上,怀念俺虽然拮据,但能激发俺奋斗意志的、恩怨交错的、自由自在的老家。

"嗨,五哥。"丽杨豆穿着百分百低开胸背心风风火火走过来,手捧新鲜怒放的多色西鹃(西洋杜鹃)。

"嗨,苏苏。"这是苏菲·苏苏的昵称,而丽杨豆则是苏菲·苏苏的中文名。

"每天走进花园我都能嗅到一股仿佛来自神秘东方的淡雅体味,你能告诉我那是什么吗?"

俺摊摊手、耸耸肩、噘噘嘴、扭扭俺指甲里藏着的黑黑皇藏架鞋垢的脚趾头。丽杨豆则把鲜花摆放在餐桌上,丰满欲突(因心跳加速)的酥胸抵在俺筋肉颤抖的大腿上,鼻子凑近俺晃动的脚上。

"唔,秘密在这里。"苏菲·苏苏,这位欧洲当代最负盛名的女影星摇晃着食指、假装明白了,"五哥,晚上我们将准时出发前往戛纳。电影节开幕式上的首席女星(她指指自己)必须挽住你这东方人的胳膊进场才能保证稳获金狮奖,没有人敢忽略你这只经济巨兽。"

"穿什么呢?"俺略带为难地说,"俺总是忧虑欧洲人一下子接受不了俺深奥的解放鞋文化。"

"五哥,想太多了呢。"丽杨豆摊开双手说,"欧洲人也在改变,因为他们将学会也必须学会和新来的竞争者打交道。"

"那倒也是。"俺承认。

文艺活动之外俺还得繁忙地代表东方参加欧洲的文化活动。

"乾隆皇帝曾经对西教进行了肆无忌惮的嘲讽,但里马豆对中西文化交流的贡献功不可没。"

"皇藏镇天主教堂的发现是我们之间久远关系的新证据。虽然我们的未来仍须不断定位。但我们还需要皇藏镇天主教堂的一块老砖,以便使用欧洲技术对其进行碳14测定(欧洲人被早前中国人报复式的冒牌仿制商品,如皮鞋、箱包、玩具等坑怕了)。"欧洲学者提出新建议。

里张豆每天早晨准时开车接俺前往诸如欧洲总议会、北约博物馆、西欧历史文化中心、欧洲离岛下议院等机构讲演（出场费都会按时划拨到账）。隆重的里马豆部分遗物交接工作也很快完成（主要是一本里马豆手写于1584年的《中葡词汇表》，该书共9页，以当时皇藏架地区生产的纤维纸为介质，这种纸代表了当时人类造纸技术的最高水平，因此历经数百年而虽旧如新、无一变质，整个欧洲大陆顿时被来自中国偏僻山区的举重若轻的文明深度镇住了）。

俺随身带来的成打解放鞋也已经分送一空（这也是欧洲人极想研究、刺探的秘密，因为他们认为其中包含着神秘的体能和精神信息）。但意犹未尽、极具商业头脑的欧共体文化官员们却仍不愿轻易放过俺。

"也许，我们还能荣幸地邀请您以东方文化使者的身份，参加今晚欧洲足球冠军杯决赛的开球仪式。这是我们对您的最后一个请求，我们保证不再有下一个了。"

"唔……这个……恐怕不太可能……因为，恰巧……江囡囡退役前最后一场羽毛球比赛的现场直播……哈，撞车的遗憾……"

"唔……欧足联秘书长米亚先生肯定能做出合适的安排……"

"也许……如果你能肯定……"

到此为止，俺的奇迹般的好运几乎达到人生的顶峰。

俺在欧足联秘书长米亚先生的陪同下，进入震耳欲聋、人浪翻滚的欧冠决赛现场。

（为掩盖微跛）俺佯装被草梢绊了一下。俺跌跌撞撞地直接抢到绿茵场中间的开球线。数万人悬着心浑厚地"呜"了一声。米亚有点狼狈地跟在俺后头小跑着进球场，嘟哝这该死的不过关的草坪(事后他一定会对主办方进行经济制裁)。

"欧洲人总是喜欢欣赏出格的行为,也习惯于接受非同寻常的结果。同样,开球的机制既是一种足球文化,也是创造一种足球文化的绝佳时机。"调整好心态之后,米亚先生戴着小巧的耳麦,指指看台上巨大的直播屏幕,说出了他的开场白。

他又故作神秘地附在俺耳边,做向掩面授机宜状、挤眉弄眼地大声问:"哦,五哥先生,这是一个纯私人的问题……听说在东方滩地的文化中,男人总是习惯于裸睡,无论春夏秋冬、刮风下雨? 而欧洲年轻的女士们对这个可爱的风俗尤感兴趣……"

整个欧洲都发出了会意的、善意的哄笑声。

"唔……这个……"俺没想到米亚先生会来这一手。俺假装害羞地捂住脸。

"五哥先生并没有否认。"米亚大声替俺做出了回答,也许是为了适应快速的电视转播,他又装神弄鬼地附着于俺的耳际,"那么,五哥先生,你喜欢英超、意甲、皇马,还是德乙?"

米亚搞笑的声音被放送到全世界。现场球迷则人多嘴杂地呼喊自己的球队,给俺支着,试图影响俺一贯的独立立场。俺知道,这是米亚的一个善意的陷阱。

"俺喜欢,"人们屏气凝神地倾听,"俺喜欢,俺的屁股……是的,俺的屁股……"

全场火星般寂静,继而一片哗然。

"屁股?"米亚装作诧异地向现场观众摊开双手,反复做着鬼脸。他又用手指捻动下巴,做思考状。

"屁股? 噢,屁股,"他突然恍然大悟般坏笑着指指大屏幕,又扭动自己的屁股,"哈哈,精妙的蹴鞠,悠远的中华竞技,健身文明。俺得承认,俺对奇异的东方文化知之甚少。今天的遭际,将是俺明天鼎力支持欧洲兴办孔子学院的巨大动力。"米亚先生(像里张豆、丽杨豆一样)也受到俺人称习惯的影响。或者这只是欧洲人灵活处世态度的一种表现。

全场顷刻间传来巨大的会意的笑声、掌声。

"现在,"米亚先生用手掌按下渐渐低沉的笑声、掌声,他指指脚下的绿茵场,又指指俺,"这里是这位先生独自的舞台了。让俺们期待五哥前所未见的、东方式的开球吧!"

米亚先生友好地向俺示意着,并见好就收地退出场外。

俺向全场十余万狂热的球迷(还有全世界观看现场直播的八亿狂热电视观众)举起了双手。

这是一个无可置疑的宗教式的信号。全场观众发出了撼天动地的欢呼。欢呼的声浪逐渐平息下去。人们(包括两支进行决赛的球队)眼巴巴、鸦雀无声地期待着。俺则抬起左脚,向开球线上的皮球踢去。

(像米亚先生一样)俺也不得不承认,因为仓促上阵,又没经过任何彩排,俺的开球经验十分欠缺。由于用力较猛,俺左脚的解放鞋飞了出去,连同被它踢中的皮球共同飞向球场的一方。

足球和球鞋在空中持续飞行。当俺来到主席台,在贵宾席坐定的一瞬间,磕碰不已的解放鞋和足球相继穿过惊慌失措的守门员的十指关,"咣当"一声撞进了球网。

1∶0!巨大的屏幕应声显示。

全世界狂热的球迷都吓呆了。人们以为欧洲足球的末日来临了。

"哈哈,你给欧洲的保守派出了个不大不小的难题,"坐在俺右边的友好的里张豆、丽杨豆和她的母亲兴高采烈地对俺说,"这件事将更好地促使欧盟(包括了欧共体,或大致是欧共体的后身)考虑解除对华军售问题,至少法国和德国现在是热心的。不管眼下绿茵场上的窘况如何解决。"

"中国人的千年谋略真是太厉害啦！这给我们带来了有益的挑战。"米亚兴奋地向俺跷着大拇指离开俺左边的座位匆匆离去片刻，又擦着汗匆匆赶了回来。

"还好，我们见多识广的欧足联技术委员会很快控制住局面，解决了这个世纪性的难题。"他扬扬得意地说。

"这种连鞋带球同进的开球法已被正式命名为'五哥式开球法'。"欧足联技术官员通过大屏幕宣布，"但前提必须是连球带鞋同进。鞋进球不进，不算；球进鞋不进，也不算。刚才的进球有效，1∶0。"

比赛开始了。俺的来路不算那么很正的好运却急遽下降，继而骤然跌入了一个深谷。

为了履行对俺的承诺，足球决赛进行的同时，球场上巨大的电子屏幕切换成了正在日本举行的国际羽毛球决赛的转播，这就是欧足联秘书长米亚做出的"恰当的安排"。

虽然大屏幕上的画面和足球场上的配音并不匹配，甚至截然相反（足球场上沸腾时羽球场上正胶着着、羽球场上得分而响起热烈的掌声时足球场正有人被严重铲伤），但俺突然看见多日不见的江囡囡兴奋异常、嗷嗷喊叫的身影，俺还是热血沸腾地豁然站立起来。

"囡囡，加油！加油！！"

绿茵场上正静待裁判吹哨罚点球的球员受到大屏幕上俺的突然干扰，惊慌失措地一个趔趄滑倒在草地上。他脚尖碰触后的足球从正和守门员教练商讨对策的守门员脚后溜过并滑进球门线。

"1∶1。"

大屏幕又迫不及待地显示出了新的比分。观众席顿时爆发了大规模的抗议、争议，或者声援。

俺却颓然跌坐在座位上。

大屏幕上羽毛球决赛的转播还在有声有色地进行。俺却愈来愈迷惑、愈来愈看不懂、愈来愈愤怒：口气热烈的日本羽毛球解说员不但把江囡囡错称为日本球员,他竟胆敢一而再、再而三地把江囡囡的姓名错报成"渡边囡囡"！

渡边囡囡？……渡边研一？……俺的心里升腾起一股不祥的预感。

"我们终于利用中国人（球员）打败了中国人。"大屏幕上几名头戴布帽的日本观众满意地交头接耳。渡边研一极其浮躁的鼓掌、加油,并和江囡囡拘谨握手的无聊镜头也最终出现在屏幕上,证实了俺希望是纯属无端的内心猜测。

俺抱着头,浑身打寒战,眼眶里似乎闪现着因被大肆羞辱而不请自来的寒光。继而,俺的眼神由激动、兴奋、热烈转化成惊讶、震动、错愕、愤怒、失望和沮丧。俺瘫倒在座椅上,沸腾的血液仿佛一下子凝固了。但这一切,都被有情报文化传统的欧洲人尽收眼底。大屏幕的现场直播也敏感地立刻给了俺所在的贵宾席前所未见的大特写。

"你可以留在欧洲。我期望能用我火一般的热情温暖你冰冻的心。"丽杨豆体贴地用滚热的四肢和发烧的胴体紧紧地搂抱着俺发抖的、正在衰竭的、奄奄一息的身体,"鉴于你对当代欧中关系做出的巨大的、人性化的、划时代的、决定性的贡献,相信欧洲议会定将连夜召开紧急会议审议你的问题,并以一票之差的微弱多数通过你的居留申请。"

"再说,你祖国外交部的发言人也已表态,作为全球化重要发动机的中国（政府）,将尊重你个人的情感选择。不过你所有的后代都将属于中国,一如世界一类保护动物大熊猫。"里张豆认真地补充说。

丽杨豆对俺零距离的贴身说服几乎被现场掀起的甚嚣尘上的

巨大噪声淹没。现在,继欧洲球迷之后,欧洲的影迷也发生了大分裂。欧洲百分之四十九点九九的男性影迷(因预感可能失去他们的精神偶像)向俺发出了毫不隐晦的抗议。

风暴稍减时,俺努力控制住内心的悲痛,保持风度,抬起头,向整个欧洲做出了庄严的保证:

"苏菲·苏苏将完好无缺地留在欧洲而暂时不会成为中国人的媳妇。"

"俺还没做好掀起文明冲突的准备。"

俺伤心欲绝、心神不宁地嘟哝着。

"俺理解你心头的痛楚。"丽杨豆泪流满面地说。

"请给俺准备一辆自行车。再请破费给俺买两丈正宗中国产丝绸,"俺内心凄切地说,"俺将做一个海龟派,并将不畏艰险、重走丝绸路。"俺撸鼻擤涕地宣布了俺这个虽说突然降临,但仍属深思熟虑的决定。

俺不知道俺是怎样梦游般地离开绿茵场,穿上用经过惩罚性关税进口欧洲的中国丝绸做成的中式对襟服装,穿上俺须臾不离的解放鞋、头扎丝绸宽带、别上俺大哥送俺的钢质红五星、骑上欧洲赞助商提供的山地自行车,告别里张豆、丽杨豆及她和善诚恳的母亲、众多欧洲高官、乍暖还寒的南欧,开始俺的新丝绸之旅的。

短暂、浮华的喧嚣过去之后,俺跌落在人间,回归了平静的凡人生活。

俺强打起精神宽慰自己,人生毕竟不是那些漏洞百出的所谓的大片、烂片。这样也好。人还是生活在地面上比较踏实。

俺倍感凄凉和绝望地埋头骑行,加速甩开所有打算陪骑的狂热欧洲"粉丝",隐入东欧寂静、起伏的林莽、山丘。

俺盲目地向太阳升起的东方前进。但俺并不知道具体前方是哪个国家。

在出了一身大汗之后,俺烦乱的心情突然澄澈起来,就好像俺前方阳光下出现的一片浩渺连天、碧波荡漾的平静大湖。不过不相协调的是,许多人正拥挤在湖边空地上、大汗淋漓地抢土垒墙,这极大地破坏了这里上乘的自然景观。

"瓦尔登湖?"俺自言自语。但不可能,那是在北美。这点知识俺并不缺乏。

"如果你不想自找麻烦的话,来自不可信任、神秘东方的客商,"一位满头黄发、疲惫不堪、心烦意乱的男人没忘从拥挤嘈乱的人群中伸出沾满泥水的手指向俺发出外语警告,"你必须90%掉转车头向南走,再掉转110%车头向东走。"

"客商?"俺竟会给人这样一种印象?也许是俺身穿、头扎的丝绸令人误解?

就在此时,一声飞蝇般喑哑的枪声终结了说外语男人沮丧、无奈的口音。俺身上溅满了腥热、花白的脑浆。说外语的男人头冲下栽倒时,一个满脸黑须的壮汉手拎沾透泥污的AK47跨过他的尸体向俺走来。

"俺们正在分家,兄弟们正闹得不可开交,"满脸黑须的壮汉精神抖擞地向俺打着手势,"也许明后年咱们能坐下来谈成几笔无关紧要的小买卖。但必须用美元,至少也得是欧元,并通过北约账户结账。"

"唔,俺的话肯定是多余的……"俺观察着壮汉的表情和反应。如有不对,俺打算即刻抱头鼠窜,虽然俺不能确定俺的腿一定能跑过初速1000米/秒的子弹。"也许多种文化共存的包容体制更易产生强势的文明?"

"那不可能!"壮汉皱皱眉头,斩钉截铁地说,"现在的西式潮流就是单一民族的小国制。我们顺应了这股潮流。再说,我们可以立刻得到美元,这对谁都非常重要。"

"市场难道就不重要？特别是巨大的、超级的黑洞式的市场……"

"你指的是那个玩太极的中国？"壮汉精明地注视着俺，手捏下巴沉思起来，"那个要么是一个真正天生的盟友，要么是一个令人伤透脑筋的、几乎不可战胜的'对手'？"

俺的心情不再郁郁寡欢。俺擦去身上的污秽和壮汉闲聊一番并握手告别。俺听从那个已被拖去掩埋，并将很快分解为该地区石油储量一部分的男人的劝告，掉转方向，埋头向低纬度地区骑行。

"在俺这疙瘩，兄弟，"壮汉猛然想起了什么，用声音追逐、叮嘱、提醒俺，"在俺这疙瘩，人人都得有信仰！"

"谢呵。"俺嘟哝了一句。

天色渐晚。俺连夜骑车穿越寒气上升的大漠。

牧人的帐篷点缀在广远无边、略有起伏的地平线上。浑厚的诵经、祈祷的喉音在沙漠月光下此起彼伏。俺借卧在属于游牧部落（已有两千年驯养史并于千年前由波斯湾商人赠送中国皇帝）的白骆驼的肚腩下取暖休憩，且也必借沙漠月光高声诵读俺时刻怀揣的羊皮宝书，再趴伏在白骆驼肚皮下吸饱温热的奶汁后入睡。

部落的人则远远盘坐在沙漠里静听俺的"诵经"声。虽然不明究竟，但他们定会感受到俺的诚笃，俺想。

午夜以后，常会有无声的脚步伴随一高一低的阿拉丁神灯摸到俺熟睡的躯干旁，拿走俺怀里的宝书、取下俺胸佩的五星、扒下俺脚穿的解放鞋。俺顿然惊醒，但俺就近裹吸几口热乎的骆驼奶取暖仍佯装酣睡。

"一种羊皮包裹的宝书。"他们总会在不远处燃起篝火，围坐在一起，研讨俺的护身三宝，"是真主托人捎来的信物，可以理解为远方民族的《圣经》，虽然羊皮疑似产自高纬度地区某高原。"

"五星是苍天的图腾?"

"鞋内气味怪异,但有两千年前经过这里的那位汉武大哥的体味。"

"他很像是我们一位失散已久的兄弟。"篝火边的人最后得出这样的结论。

黎明时分,他们又会轻手轻脚把宝书塞进俺滚热的散发着奶香味的胸怀,把红五星别在俺一起一伏的胸前,把解放鞋套在俺的脚上,然后悄然离去。

俺解放鞋里的气味逐渐变淡,因为气候越来越干,脚上的汗也越出越少,牛羊和椰枣味却愈益浓烈。

干黄的沙漠一望无际。在太阳未升之前俺总会碰见一些起早赶路的怪人,或看见一些莫名其妙的行为,或获得一些匪夷所思的信息。

清晨露珠未干的沙漠上,一些穿白袍的当地人私自向地底插入塑料管抽取一种黏稠浓黑的液体装进羊皮口袋,运输到海湾卖大钱。另一些留胡须的当地人则和一群喷发胶的人捉迷藏,试图避开那群人的追赶,向一条偏僻无人的山沟里运送一种不能吃喝的"黄饼"(铀料)。他们终于在一片长着低山的戈壁上迎面抵撞,互相揪住了对方。

"你必须为这事评个理儿,哪有这样蛮横的!"留胡须的汉子愤愤不平地拉着俺,"大家都在地球上住着,他也是人,俺也是人,俺做俺自个的事碍他厮鸟事。"

"你拿这个做甚?"俺指的是那些留胡须的当地人手里的"黄饼"。

"俺只不过是想搞点清洁能源给家里人照个亮儿。"

"那这事儿不完全是你的错,如果你不拿这玩意乱来的话。"俺觉得他说得有点道理。

"但他家自留地里多的是稠油,一千零一年再加三个月都用不完。"头上喷发胶的追赶者指责。

"稠油?"

"稠油就是含硫量高的油,又叫重硫油,老百姓俗称稠油。"追赶者快速启动一套规制程序,搬出一摞文件翻给俺看。

"胡说!这是一种故意的羞辱,吃不到葡萄就喊葡萄酸。俺家自留地里没多少稠油,都是稀油。"

"好好,不争论这个。俺问你,既然有稠油或稀油能照个明啥的,你还搞这劳什子做甚?还被人追杀,惹来这样多的烦恼。"俺再次指着当地汉子手里的"黄饼"问。

"这不是黄饼不黄饼的问题。"

"那是啥问题?"

"这是对俺尊重不尊重的问题。"

喷发胶的一群人和留胡须的当地人揪扯起来。俺脱了身,掉转车头向东骑行。

暮晚,俺在干燥的戈壁拾柴煮饭时,美国人拉铜摩尔和邓爱牵着新疆毛驴驮着行囊出现在地平线上,并且越走越近。

"哇,唐人街美食的极致香味。"拉铜摩尔和邓爱站在不远的地方,对俺冒热气的铁锅流出口水。

"咱们可以边吃边谈。"俺向他俩发出了沙漠里最诱人的邀请。

"中国曾经有过热衷于探险的令人激动的时代,汉武帝时亚洲内陆就曾回响着中国军队征服的脚步声,盛唐的都城长安也曾是整个东方的麦加。"在得知俺的国籍和身份后,邓爱翻开他刚出版的宗教新著向俺推荐、解说,"不过,这样光荣的日子已经成为遥远的过去。产生一种令人振奋的新思想,在中国也已经是很久以前的事情了。诚然,1949及1978年以后的中国则另当别论。"

为了回报俺的聚餐邀请,用十数年时间研究中国亚洲内陆边疆的拉铜摩尔,向俺赠送了西方新近发明,却是在中国沿海城市组装生产的一种叫手提电脑,另一种叫手机的神奇电器。

"在沙漠里你也能冲浪,并可即时获知地球各角落前一秒发生的事件。"

当拉铜摩尔和邓爱及一群古老小毛驴的踽踽身影在沙丘里消失后,俺敲击键盘,隐身进入光电的记忆世界,与俺魂牵梦萦的家乡进行了即时的连接。

"嗨,老五!"

"哈,四哥!"

"俺娘坚强着呢。三哥却不幸为试验其第三代木制飞机而摔残了下肢。小妹和刘军即成正果,将择吉日完婚。江囡囡已因情感问题与渡边研一闹崩,她断然甩脱渡边,正在火速赶往濉水县的途中。"怀才不遇、心地善良的俺四哥为人极其热情。

"江囡囡?"

"机不可失,你亦须尽速赶回,冰释前嫌。"

"……"江囡囡近况如何?这虽是俺迫切想了解的,但俺内心却觉得和江囡囡缘分殆尽。不过,也许未必。

这,就是俺迄今为止最激动人心的经历和自传。

俺,一步一步,穿过古老的漠漠西域,绿洲成串的河西走廊,回到了中原文化的核心区。